# 사랑에 빠진 레이철

# Rachel in Love    사랑에 빠진 레이철

빛 머피 지음 · 윤소영 옮김

# Pat Murphy

# contents

# 서문

어떻게 해야 좋은 문체를 개발할 수 있을까요? 학생들이 종종 이렇게 묻는데, 대답은 간단하다. 부모님 공경하고, 당근 꼬박꼬박 먹고, 보도블록의 깨진 금도 밟지 않게 조심하세요. 머리카락과 손톱이 길어지듯 당신의 문체도 자라날 겁니다. 이런 질문도 반드시 따라나온다. 그렇다면 무엇을 써야 할까요? 이번에도 역시 간단한 대답이 떠오른다. 속 끓이지 마세요. 언젠가 당신의 주제가 당신을 찾아올 겁니다.

장편이 다른 우주로 이어지는 통로라면, 단편은 다른 세상의 조각을 엿볼 수 있는 창문이다. 장편소설 『추락하는 여인The Falling Woman』에서 팻 머피는 현대 멕시코와 고대 마야로 통하는 문을 활짝열고 흥미로운 등장인물들과 나란히 걷고 대화하는 여정으로 독자를 초대했다.

이 단편집에 수록된 이야기들에서, 독자는 또 다른 낯설고 신기한 장소와 사람들을 엿보게 된다. 여기서 창문은 두 가지 의미로 작동한다. 우리는 그 반대편을 들여다볼 수 있을 뿐 아니라, 거기서 뒤를 돌아보고 태동하는 신진 작가의 존재를 인식하게 된다. 당근을 꼬박꼬박 먹었고, 부모님을 공경하는 작가. 강렬하고, 명료하고, 종종 시적인, 자기만의 문체를 지닌 작가. 주제와 문제의식이 이 작가를 발견하고 목소리를 원하고 있다.

이 책에 엮인 소설 중 가장 먼저 쓰인 소설에서부터 앞으로 계속될 주제 하나가 이미 윤곽을 드러내고 있다. 그것은 '개인이 지닌 힘과 재능의 의미'다. 「곰의 손길」에서 이 힘은 부정되고, 그러다가 인정된다. '그림자'를 지닌다는 것은 매우 짜릿한 동시에 위태로운 일로 묘사된다. 융식의 분석에서 딱 한발 더 나아가, 우리는 이 초기작에서 과거부터 현재까지 일관되는 강한 연속성을 가장 뚜렷이 볼 수 있다. 주인공이 발휘하는 힘은 머나먼 태고로 거슬러 올라가는 집단적 무의식의 기반, 순수한 원형에서 솟아난다. 과거가 현재의 동적인 힘으로 작용한다는 개념은 거듭 등장한다. 이 초기 단편은 창조력이라는 주제를 노골적으로 제시하고 있다. 이후의 단편에서 보이는 미묘함이 아직 개발되지 않은 시기이지만, 그 의미는 처음부터 명확하다. 이후 팻 머피는 재능과 힘을 지닌다는 것이 어떤 곤경을 일으키는지 거듭 다룬다.

「뒤돌아보지 말라」에서 등장하는 질문은 이런 것이다. '재능은 인간을 결정론적 우주에서 자유롭게 해주기에 충분하지 않은가?' 반면 소박한 농부 예술가가 창조력으로 인해 큰 대가를 치러야 한다는 것을 깨닫는 이야기 「진흙의 악마」에서, 창조적인 힘은 약간 다른 방식으로 인지되며 다뤄지고 있다.

독자를 빨아들이는 일관된 분위기를 지닌 매력적인 이야기 「선견지명」은 이런 질문을 던진다. '어떤 미래가 다가올지 미리 안다면 인생을 보다 낫게 꾸려갈 수 있지 않을까?' 비교적 후기작인 이 단편도 재능이라는 주제를 미묘하게 다루지만, 접근 방식이 다르며 절망적인 분위기가 없다. 이 이야기에서 캐서린은 자신의 특이한 재능을 받아들인다. 주인공은 정직하게, 솔직하게 그 재능을 사용하며, 이후 어떤 결과가 따르든 기분 좋게 수용한다.

인간과 더불어 사는 거인이 힘을 갖고 있지만 그 재능에 합당한 배출구를 찾지 못해 고통받는다는 이야기 「뼈」에서는 그렇지 않다. 출구를 거부당한 힘을 소유하는 것은 위험할 수 있다. 해방 대신 자아의 파괴가 뒤따를 수 있으므로.

팻 머피의 작품에 반복해서 등장하는 또 하나의 주제는 이방인, 어울리지 않는 사람, 문자 그대로 혹은 은유적으로 외계인인 존재와의 만남이다. 상대가 외계인이기는 하지만 환상 속의 연인이라는 소망을 충족시킨다는 단순한 소재부터, 바다에서 사는 물갈퀴 손 외계인이 등장하고 인간은 그냥 평범한 인간인 「군도에서」처럼 보다 복잡한 구도에 이르기까지, 이 유형 역시 초창기부터 시작되어 성장한다. 「군도에서」의 닉과 「오렌지 꽃이 피는 시간」의 마이클은 타자에 대해 의심과 경외, 질투, 억울함, 그리고 이런 만남이 이끌어 내는 인간적인 감정으로 반응한다.

외로운 중년 여성이 외계인을 만나는 이야기인 「유성은 우주에서 날아온 돌멩이다」는 자칫 평범한 호러가 될 수도 있었을 이야기다.

작가는 이야기를 이런 단순한 범주에서 끌어올리기 위해 특수효과 대신 공감을 선택한다. 욕망에 불타는 멕시코 해먹 상인이 몸이 따뜻해지지 않는 기묘한 여자를 만난다는 내용의 아주 좋은 단편

「머나먼 곳의 무더운 여름밤」 역시 공감이 키워드다. 이 두 소설에는 외계인, 타자를 향한 흔해 빠진 혐오가 없다. 대신 공감과 포용이 평화를 부르고, 공허를 채우고, 심지어 구원으로 나아간다.

이 단편집에 수록된 마지막 이야기 「사랑에 빠진 레이철」은 네뷸러상을 받은 유명작이므로 굳이 부연 설명은 필요 없을 것이다.

팻 머피의 장편소설 『추락하는 여인』을 엮는 여러 가닥의 주제 중 하나는 어머니–아버지–딸이라는 삼각형 내부의 관계다. 부모/자식 관계, 남성/여성 관계의 복잡함은 래디컬 페미니즘의 언어처럼 공격적이지는 않지만 팻 머피의 작품 곳곳에서 사려 깊게, 심지어 고통스럽게 드러난다. 남자는 아버지와 예티를 찾아 나서고, 소녀의 언니는 삐걱거리는 가정을 피하기 위해 우주로 도망치고, 여인의 기민한 손가락에서 태어난 악마는 그녀의 남편을 악마로 만든다. 이 모든 것이 꼭 페미니스트의 관심사에 국한된다고 할 수 없는 극히 인간적인 주제들이지만, 한편으로 모든 인류와 그 관계를 모두 포괄하는 것이 페미니즘이다.

무엇이 남자로 하여금 물질적인 성공을 위해 자신의 딸을 희생하게 만드는가? 「TV 속의 죽은 남자들」에서 딸은 복수로 그를 상자 속에 가둔다. 무엇이 남자로 하여금 진짜 여자 대신 식물 여자를 택하게 하는가? 여자는 그에 대한 복수로 순무에도 이빨이 있다는 것을 남자에게 가르친다.

설명은 필요하지 않다. 펼쳐지는 상황을 지켜보는 것만으로도 충분하다. 우리에게는 그림이 주어져 있다. 이유도 곱씹어 볼 수 있다.

무시무시하고 으스스한 「숲속의 여자들」 역시 해답을 제시하려 하지 않고 질문만 제기한다. 땅 주인의 할머니가 어렸던 시절에도 참나무는 늙은 나무였다. 숲은 늘 그곳에 있었고, 달아난 여자들의 공동체로서 그들을 보호해 주었다. 그 연속성이 끊긴 적은 없었다. 이 단편집은 창문이 많은 집이며, 이 이야기 역시 우리가 그 내부에 들어가서 조망할 수 있는 함축적인 세상 중 하나다. 추하고, 험악하고, 신비로운, 실재하는 세상. 결국 우리들의 세상.

이 책에는 10년에 걸쳐 집필된 단편들이 수록되어 있다. 이후 오랫동안 이어지게 될 경력은 이제 막 시작되었다고 보아야 할 것이다. 작가는 자신의 근육을 시험하고 있다. 손아귀는 차츰 튼튼해지고, 한껏 뻗은 팔은 한결 야심만만해지고, 시야는 한층 더 날카로워진다. 작가는 아직 자신의 영역을 표시하는 중이며, 목소리를 찾아냈다. 내가 그랬듯 독자 여러분도 이 이야기들을 읽고, 즐기고, 작가가 더 많은 창문과 출입문을 활짝 열고 우리를 초대할 때 눈앞에 펼쳐질 새로운 전망을 기대하시기를.

1989년 10월
케이트 윌헬름

# 1

## 오렌지 꽃이 피는 시간

### Orange Blossom Time

화물운송기사들이 다시 파업을 시작했다. 식료품 가게에는 과일과 채소가 바닥났고 통조림도 다 떨어져 가고 있었다. 동쪽에는 스모그가 낮고 험악하게 깔려 있었다.

마이클이 잘 모르는 여자가 오렌지 한 바구니를 들고 현관 밖 계단을 올라왔다. 이번 주에 이 골목에서 칼부림이 두 건 있었다. 방 하나짜리 아파트 문을 아주 살짝 열었더니, 여자는 좁은 틈으로 그를 쳐다보며 미소 지었다. "오렌지를 가져왔어요." 그녀는 말했다. "다음에 또 봐요." 그녀는 허리춤에 짊어졌던 바구니를 계단 꼭대기에 내려놓았다.

여자가 돌아서자 마이클은 문을 조금 더 열었다. 금발 머리를 구식으로 머리에 틀어 올린 여자였다. 구릿빛으로 그을린 피부 때문에 이 도시에 사는 사람으로 보이지 않았다. 그녀가 머리를 쓸어 넘기려고 손을 들었을 때, 손목에 든 멍이 눈에 띄었다. 그의 머릿속 한구석은 곧잘 이런 쓸데없는 것들을 기억하곤 했다.

여자가 1층까지 절반 정도 계단을 내려가고 나서야, 누구인지 생각났다. 이름은 모른다. 창문에 방범용 쇠창살을 대놓은 1층의 닭장 같은 아파트에 사는 사람이었다.

마이클이 이 아파트 단지에 살게 된 지도 1년이 넘었다. 그동안 그 작은 1층 아파트에는 바이커, 멕시코계 일가, 창녀가 살았다. 창녀가 창가에서 키우던, 그늘을 좋아하는 식물조차 햇빛이 부족해서 죽었다. 그런데 이 여자는 농장 일꾼처럼 피부가 그을려 있다.

"이봐요," 마이클은 말했다. "무슨 일인지 모르겠는데요. 왜…"

"걱정 마세요." 그녀는 말했다. "어차피 먹지 않으면 버려야 하는 과일이었거든요."

마이클은 바보 같은 기분으로 망설였다. 연극 2막 중간에 극장에 들어가서 줄거리를 짜 맞추려는 관객이 된 기분이었다. "아직 이름도 모르는군요. 마이클이라고 합니다."

"제 이름은 캐런이에요." 그녀가 밝은 파란색 눈동자로 그를 바라보는 순간, 마이클은 그녀가 여기에 어울리지 않는 사람이라는 것을 깨달았다.

그녀는 이 아파트 단지에 어울리지 않았다. 이 도시에 어울리지 않았다. 그녀는 누군가에게 오렌지 바구니를 갖다줄 사람처럼 보였다. 그러다 보니 아까 접어두었던 생각이 다시 떠올랐다. 오렌지는 어디서 구했을까? "다음에 또 봐요." 그녀는 반드시 그렇게 될 거라는 투로 말했다. 그리고 멀어졌다.

마이클이 서점에서 시간제 근무를 마치고 아파트로 돌아오는 길이었다. 평소보다 1시간 늦은 귀가였다. 비상 석유 비축분으로 시내 버스는 계속 다니고 있었지만, 버스 운행은 지난 6개월 동안 점점 더 들쭉날쭉해졌다.

모퉁이를 돌아 아파트 단지 안으로 들어서던 그는 캐런과 부딪칠 뻔했다. 마이클 바로 아래층에 사는 남자가 캐런의 옆에 서서 더러운 손으로 그녀의 손목을 움켜쥐고 있었다. 그는 반대쪽 손으로 병을 든 채 말했다. "이리 와. 같이 한잔하자고. 말동무가 필요해. 몸이 아프다고."

마이클이 그들 옆에서 멈추자, 남자는 영역 동물처럼 이를 드러냈다. 캐런의 표정은 읽을 수 없었다. 혐오감? 동정심?

"캐런. 안 그래도 마주쳤으면 했어요." 마이클은 남자의 말을 가로챘다. 여자의 얼굴에 놀란 빛이 스쳤다. 마이클은 말을 이었다. "제 아파트에 올라가서 차 한잔하시겠어요?"

"이봐!" 남자는 끙 소리를 내며 마이클의 머리에 병을 휘둘렀다.

마이클은 어렸을 때부터 도시에 살았다. 비록 공식적으로 인정받지는 못했지만, 길거리 몸싸움은 고등학교 필수과목이었다. 마이클은 타고난 싸움꾼은 아니었지만 살아남기 위해 재빠른 몸놀림을 습득했다. 적의 움직임을 예측하고, 분석하고, 대응하는 법이었다.

남자는 이미 균형을 잃고 휘청거리고 있었다. 마이클은 병을 휘두르는 상대의 팔을 붙잡아 남자를 앞으로 휙 잡아채며 명치에 단단하게 주먹을 한 방 날렸다. 캐런의 손목을 잡았던 남자의 손이 풀렸다. 그녀는 팔을 문지르며 뒤로 비틀비틀 물러섰다. 자기 발에 걸린 남자는 한쪽으로 몸이 꼬이며 앞으로 쓰러졌다. 아스팔트에 부딪힌 병이 산산조각이 났고, 유리 조각이 주위에 흩어졌다. 달짝지근한 싸구려 위스키 냄새가 피어올랐다.

마이클이 캐런을 보호하듯 그녀의 팔에 손을 얹자, 남자는 얼굴을 찡그리며 일어서려다가 기침을 하며 다시 무너졌다. 가슴 깊숙한 곳에서 거친 쿨럭거림이 올라와서 목구멍을 찢을 기세로 터져 나왔다. 남자는 도로에 널린 유리 조각 사이에 움직이지 못하고 쓰러진 채 부들거리며 경련하듯 기침을 계속 토해내고 있었다.

마이클은 돌아보지 않고 캐런을 데리고 그 자리를 떠났다. "괜찮아요?" 그는 물었다.

"괜찮아요." 그녀는 망설였다. 아직도 약간 놀라고 어리둥절한 기색이었다. "그냥 지나치지 않고 도와주셔서 고마워요. 이런 동네에서 누가 그렇게까지 할 거라고 생각을 못 했는데요."

마이클은 이번에도 바보가 된 기분으로 망설였다. 전에 그를 만난 적이 없다는 듯한 태도였다 "오렌지를 주셔서 다시 감사 인사를 드리고 싶었습니다. 어제는 제가 조금 정신이 없어서…"

"오렌지?" 그녀는 말을 끊었다.

"갖다주신 오렌지 말씀입니다. 어디서 구하셨습니까? 지난주에 제가 간 가게는 통조림 말고는 물건이 동났던데요."

캐런은 신중하게 미소 지었다. "농부가 썩게 내버려 두려고 했던 과일이라. 그것 말씀인가 보군요."

혹시 미친 여자가 아닐까 하는 생각이 스쳤지만, 마이클은 섣부른 결론을 내리지 않았다.

그의 부엌에는 생 오렌지 바구니가 있었다. "올라와서 차 한잔하시겠습니까? 차와 오렌지 어때요? 다른 건 아무것도 없습니다."

"내일. 그럼 내일 만나요. 생각해 보니 오늘은 할 일이 있네요."

그녀는 부드럽게 그의 손에서 팔을 뺐다. 주정뱅이가 손목을 쥐었던 자리가 붉게 물들어서 차츰 멍이 생기고 있었다.

"혼자 그쪽으로 걸어가시면 안 될 텐데요."

"괜찮을 거예요." 그녀는 혼자 멀어졌다.

다음 날 아침 마이클은 일찍 일어나 식료품 가게로 걸어갔다. 단지를 나설 때, 캐런의 아파트 창문에는 아직 불이 켜져 있지 않았다. 식료품 가게 문은 닫혀 있었고, 창문에는 이런 안내가 붙어 있었다. '재고 아무것도 없음'.

안내를 있는 그대로 믿지 않은 누군가가 판유리를 깬 모양이었다. 깨진 유리 조각 사이로 가게 선반이 무너지고 현금인출기가 계산대에서 떨어져 나뒹구는 광경이 보였다. 문으로 가까이 다가가 보니, 계산대 옆에 어질러진 종이봉투가 바스락거리는 소리가 들렸다. 봉투 밑에 몰래 숨어 있던 회색 그림자가 잽싸게 매장 바닥을 가로질렀다.

마이클은 가게 뒤쪽으로 쥐가 사라지는 것을 바라보며 더 이상 둘러보지 않았다.

한쪽 구석의 매대에서 그는 신문을 집어 들었다.

헤드라인은 도시 일부 지역에서 일어난 식료품 폭동과 파업, 유행하고 있는 일종의 열병, 계속되고 있는 휘발유 부족 사태에 관한 내용이었다.

그는 집으로 가는 버스를 기다리다가 1시간 뒤 포기하고 걷기 시작했다. 한 달 가까이 동네 쓰레기 수거가 이루어지지 않아 컨테이

너와 통마다 쓰레기가 넘쳐 하수구로 흘러들어 가고 있었다. 어둑어둑한 그림자 속에서 쏜살같이 지나가는 쥐가 눈에 띈 것도 여러 번이었다.

캐런은 그의 아파트 문간에서 기다리고 있었다.

그녀는 올림머리가 어울리는 시대에 입었을 법한 레이스 블라우스 차림이었다. 겨드랑이에는 빵 한 덩어리를 끼고 있었다. 사워 도우 향이 풍기는, 껍질이 단단하고 긴 빵이었다. "차와 어울릴 거예요. 차 마시기로 약속하지 않았나요?"

찻물이 끓는 동안 빵을 자르면서, 마이클은 빵에 바를 버터와 차에 넣을 설탕이 없어서 미안하다고 양해를 구했다.

"시골에서 왔나요?" 그는 목소리에서 부럽다는 티를 내지 않으려고 애쓰며 물었다.

"전 도시에서 태어났어요. 하지만 요즘은 바깥에서 시간을 많이 보내죠."

"어디요?" 그는 물었다. "이제 도시에는 햇볕을 쬐며 시간을 보낼 만한 곳이 없잖아요."

캐런은 커피 탁자에 놓인 체스판에서 백 졸을 집어 들었다. 마이클이 아파트 단지의 다른 주민과 즐겨 하던 게임이었지만, 이웃은 최근 다른 곳으로 이사를 갔다. 캐런은 그의 질문을 무시한 채 플라스틱 말을 손에 들고 찬찬히 바라보았다. "어렸을 때 난 〈거울 나라의 앨리스〉를 좋아했지만, 체스 두는 법은 배우지 못했어요."

"체스 말이 어떻게 움직이는지 규칙을 알면 그 책을 더 많이 이해

오렌지 꽃이 피는 시간

할 수 있을 겁니다." 그는 충동적으로 손을 뻗어 말을 쥔 캐런의 구릿빛 손을 잡았다. "제가 가르쳐 드리죠."

"그러죠. 해볼까요?"

마이클이 잡은 손목에, 멍이 눈에 띄었다. 주정뱅이의 엄지와 네 손가락이 닿은 곳이 짙은 보라색으로 물들어 있었다. 이런 사소한 것들을 저장해 두는 머릿속 한구석에서 그녀가 오렌지를 갖다주던 날의 기억이 떠올랐다. 삐져나온 머리카락을 매만지려고 들어 올리던 그녀의 손, 그 손목에 보라색으로 찍혀 있던 엄지와 네 손가락 자국.

"전에도 그 남자가 괴롭힌 적이 있습니까?" 그는 갑자기 보호자처럼 물었다.

"아뇨. 마주친 건 처음이에요. 저 혼자서도 처리할 수 있었어요. 단지…" 그녀는 그의 시선이 자기 손목에 난 멍으로 향한 것을 보고 입을 다물었다. "난 나 자신을 지키는 데 익숙해요."

"그럼 다른 주정뱅이를 만나신 모양이군요. 처음 당신을 만난 날에도 그런 멍이 있었습니다. 오렌지를 갖다주신 날에도요."

그녀는 반듯한 직선이 질서정연하게 사각형을 그리고 있는 체스판만 내려다보고 있었다.

"좀 더 조심하셔야 합니다." 그는 말을 이었다. "혼자 그렇게 돌아다니면 안 됩니다. 도시가 어떤 곳인지 모르셔서 그래요."

"난 여기서 태어났어요." 그녀는 조용히 말했다. "저도 여기가 어떤 곳인지 알아요." 그녀는 부드럽게 자기 손을 거두어들이고 체스 말을 제자리에 놓았다. "여기, 말을 어떻게 움직여야 하는지 알려주세요."

　그녀는 마이클의 눈을 피했다. 문득 만난 지 얼마 되지도 않은 사
이에 지켜야 할 선을 넘어선 것이 아닌가 하는 우려가 일었다. "이래
라저래라 할 생각은 아니었습니다." 그는 말했다. "단지… 제 여동생
이 열다섯 살 때 강간범에게 살해당했어요. 부모님은 제가 스무 살이
던 해에 부랑자가 지른 불로 돌아가셨고요. 도시는…"

　"도시는 날 해치지 않아요." 그녀는 말을 끊었다. "난 원하면 언제
든지 떠날 수 있거든요."

　그는 그녀의 손목에 난 멍을 바라보았다. 목소리에 걱정스러운 분
노가 어렸다. "무슨 말씀이세요. 사흘 동안 두 번이나 멍이 들었는데
도요."

　"한 번이에요." 그녀는 침착하게 말했다. "내가 오렌지를 갖다드
린 건 당신이 주정뱅이를 때린 뒤였어요."

　"오렌지를 갖다주신 건 그 전날인데요."

　그녀는 그의 눈을 바라보며 평온한 목소리로 말했다. "그 뒤에 갖
다드렸어요. 나는 시간여행자예요." 마이클은 처음 그녀를 만났을
때, 그녀가 제정신인가 싶었던 것을 기억했다. (하지만 쓸데없는 상념이
오가는 그의 머릿속 한구석은 이런 말을 하고 있었다. 프랑스식 빵과 오렌지 한
바구니를 도대체 도시 어디서 구했을까?) "어제 당신이 끼어들지 않았더라
면, 난 그냥 그 남자를 남겨두고 다른 시간대로 사라졌을 거예요." 그
녀는 솔직한 것 같기도 하고 미치광이 같기도 한 침착한 눈동자로 그
를 바라보았다.

"그런데 오렌지는 어디서 구했습니까?" 이 질문이 문제의 핵심을 건드리는 것 같았기 때문에, 그는 물었다.

"한때 여기에 오렌지 농장이 있었어요. 오렌지가 대부분 익으면 농부들이 수확했죠. 항상 일부가 남았어요. 누가 가져간다 해도, 별 문제 없었을 거예요. 어차피 썩었을 테니까." 그녀는 어깨를 으쓱했다. "그래서 내가 가져왔어요."

"아." 그는 입을 다물고 뭐라 할 말을 생각해 내려 했다.

"그냥 미친 사람이라고 생각해도 돼요. 그쪽이 편하다면." 마이클은 그녀가 짐짓 무관심한 척하고 있다는 것을 말투에서 눈치챌 수 있었다. "체스 말이 어떻게 움직이는지 가르쳐 줘요."

그는 체스 말 움직이는 방법을 보여주고 게임의 규칙도 가르쳐 줬다. 체스를 두면서 그는 체스 말을 쥐는 그녀의 손길, 체스판을 살피는 그녀의 눈빛을 유심히 지켜보았다. 아니, 미친 것 같지는 않았다.

차를 다 마신 뒤, 그녀는 떠날 준비를 하며 일어섰다. "다시 올게요." 애매한 말투였다.

"다시 만나고 싶습니다." 여전히 혼란스러운 기분으로 그는 물었다. "말해주세요. 그냥 사라질 수 있다면 왜 굳이 저 문으로 걸어 나가려는 겁니까?"

언제든지 도시를 떠날 수 있다고 한 뒤로, 그녀는 처음 미소를 보였다. 그녀는 작별의 뜻으로 한 손을 들더니 그냥 사라졌다.

아파트는 텅 비었고, 마이클은 그녀를 믿을 수밖에 없었다. 그날 밤은 도시가 사방에서 죄어드는 것 같았다. 창문으로 불어 들어오는 산들바람에서 스모그 냄새가 났다. 아래층 아파트에서 누군가 끝없이 고통스럽게 기침하는 소리가 들려왔다. 뜬눈으로 밤을 지새우며, 마이클은 캐런이 이 밤 어디를, 언제를 헤매고 있을까 생각했다.

다음 날 퇴근하니, 캐런이 1908년 나파밸리에서 수확한 포도로 만든 적포도주 한 병을 들고 찾아왔다. 그녀는 담근 지 얼마 안 되는 아주 어린 와인이라고 설명했다. 1909년 저장된 와인 창고에서 가져왔다는 것이었다. 곧 산사태가 발생해서 창고가 무너질 예정이기 때문에, 이 병이 없어져서 아쉬운 사람은 없을 것이다.

"과거에서 아무것도 바꿀 수는 없어요. 내가 변화를 일으킬 수 없어요." 그녀는 설명했다. "그렇게 되면, 애당초 시간여행을 할 수 없어요."

"이 와인을 가져와도 아무것도 변하지 않는다는 걸 어떻게 압니까? 한 가지 행동으로 인해 발생할 수 있는 모든 반작용을 추론해 본 뒤에…"

"추론하는 건 아니에요. 그냥 옳다고 느껴지는 대로 해요. 사고방식 자체가 달라요."

그는 커피 탁자 위로 몸을 내밀고 그녀를 빤히 보았다. "당신이 이 모든 걸 바꿀 수도 있지 않나요?" 그는 도시를, 스모그를, 쓰레기를, 세상 전부를 가리키는 뜻으로 손짓했다. "뭔가 아주 작은 행동을 통해서. 포드가 자동차를 발명하지 못하도록 한다든가…"

"아뇨, 그건 안 돼요." 그녀는 탁자 위로 팔을 뻗어 그의 손을 잡았다. "세상을 있는 그대로 받아들이지 않으면, 난 시간여행을 할 수 없어요."

"변화시키지 않겠다는 거군요."

"할 수 없어요. 그게 그런 식으로 돌아가지 않아요." 그녀는 그의 손을 꼭 쥐었다. "미안해요, 마이클. 원래 그런 거예요."

체스를 두고 와인을 마시며, 그는 캐런에게 체스 전략을 가르치려고 해보았다. 하지만 그녀는 바로 다음 수 이상 내다보는 법은 배울 수 없다고 했다. 마이클이 좋은 체스 선수는 몇 수 앞서 생각해서 상대를 함정에 빠뜨릴 수 있다고 설명했지만, 그녀는 고개만 저었다.

그날 밤 캐런은 집에 가지 않고 그의 아파트에 머물렀다. 그녀가 경험이 전혀 없다는 걸 알고, 그는 놀랐다. 그녀는 웃었다.

"내가 누구랑 같이 자겠어?" 그녀는 물었다. "난 고등학교 시절부터 시간여행을 시작했는걸. 시간을 거슬러 올라가면…" 그녀는 망설였다. "거기서 나는 유령 같은 존재야. 사람들은 나를 꿰뚫어 보거나 그냥 지나쳐 버려. 내 존재를 전혀 알아채지 못해." 그녀는 어깨를 으쓱했다. "지금까지 시간여행에 대해서는 아무에게도 이야기하지 않았는데. 왜 당신에게 털어놓았는지 정말 모르겠어."

그는 부드럽게 그녀와 사랑을 나누었다. 이후 침대에 나란히 누운 채, 그는 물었다. "그럼 당신은 몇 살이지?"

"여기 시간으로 말하자면, 3년 전에 고등학교 2학년이었어. 하지만 그동안 상당히 많이 시간여행을 다녔지. 지금 난 스물세 살 정도 될 거야."

"부모님은?"

"가스관 폭동으로 돌아가셨어." 그녀는 입을 다물었다. "어쨌든 부모님과 그리 가까운 사이는 아니었어. 난 달랐거든."

마이클은 한 팔로 그녀의 어깨를 감싼 채 조용히 누워 있었다. 그의 옆에 누워 있는 여자는 원할 때면 언제든지 도망칠 수 있었다. 고갈로부터, 스모그로부터, 전염병으로부터.

"나도 같이 데려가 줄 수 있어?" 그는 갑자기 물었다.

아주 오랫동안 그녀는 조용히 누워 있었다. 마이클은 그녀가 자기 말을 듣지 못한 건 아닐까 하는 생각까지 들었다. "모르겠어." 마침내 그녀는 말했다. "그 말은, 변화를 일으키라는 거야. 우주의 법칙을 흐트러뜨리라는 거야."

"날 데려가는 걸 시도해 볼 수는 있잖아."

"시도해 볼게." 그녀는 좁은 침대에서 그에게 몸을 밀착했다.

"날 안아줘. 그리고 같이 가자." 그는 그녀를 단단히 끌어안고 그녀가 어디로, 언제로 가든지 같이 있겠다고 굳게 다짐했다.

캐런은 그의 팔 안에서 사라졌다.

마이클은 아래층 남자의 기침 소리를 들으며 혼자 침대에 누워 있었다. 아파트 창문으로 불어 들어오는 바람은 죽어가는 도시의 향기를 실어 왔다.

서점에서 일하고 돌아오니, 그녀는 야생 딸기 한 줌을 쥐고 문간에서 기다리고 있었다.

"안 돼서 미안해. 될 거라고 생각하지도 않았어. 과거를 바꾸라는 건데, 그건 할 수 없어."

오렌지 꽃이 피는 시간

"그래." 지저분한 기분이 들었고 피곤했다. 마침 그는 아파트에서 겨우 몇 블록 떨어진 곳에서 강도가 늙은 여자를 공격하는 광경을 목격한 참이었다.

마이클이 그 자리에 도착한 것은 젊은 남자가 막 도망가 버리는 순간이었다.

늙은 여자는 칼에 베인 팔을 끌어안고 울고 있었다.

마이클은 노인을 도와 집에 데려다준 뒤 그 집 전화로 경찰에 신고했다. 노인의 아파트 입구에서 찌든 공기와 기름때 냄새가 풍겼다. 통화하는 동안에도, 노인이 혼자 끙끙거리며 기침하는 소리가 연신 들려왔다. 목구멍과 허파가 찢어질 듯 고통스러워서 허리조차 펼 수 없는, 마르고 거친 기침이었다.

그는 구급차가 도착할 때까지 늙은 여자 옆에서 기다렸다.

캐런은 햇볕에 그을려 건강한 모습으로 소파에 편안히 앉아 등을 기대고 있었다. 마이클의 목구멍은 까칠까칠하고 따가웠다. 스모그 때문에 눈도 아팠다.

"어디 갔었어?" 그는 불쑥 물었다.

"이곳에 인디언들이 살던 시절로." 그녀는 말했다. "흥미로운 사람들이야. 거기 있는 동안 난 그들의 언어를 조금이나마 배우려고 애썼어. 여자들이 도토리를 빻는 것도 구경했는데, 그러다가 내가 대신 방법을 배웠지 뭐야." 그녀는 씩 웃으며 도토리 빻는 흉내를 냈다. "매일 아침 일어나서…"

"거기 얼마나 있었는데?" 그는 자신이 화난 목소리라는 것을 의식하며 물었다.

"일주일 정도." 그녀는 더 이상 인디언이나 도토리에 대해 말하지 않았다. 그도 묻지 않았다.

차를 끓이는 동안, 그는 늙은 여자에 대해 이야기했다. "도시는 점점 악화되고 있어. 이번 파업은 몇 달 동안 계속될 것 같아."

그들은 체스를 두었고, 마이클은 도시에 대해 생각하지 않으려고 애썼다. 하지만 생각하지 않을 수 없었다. 이 여자는 언제든지 떠날 수 있다. "당신한테는 아무 영향이 없겠지?" 그는 마침내 말했다. "이 도시에 무슨 일이 일어나든 당신은 상관없겠지. 언제든지 떠날 수 있으니까."

그녀는 그를 보지 않았다. 직선과 사각으로 세상이 질서정연한 체스판만 내려다보고 있었다. "나는 여기 있어." 그녀는 나직하게 말했다. "나는 항상 여기로 돌아와, 내가 태어난 도시가 무너지는 걸 지켜보지만, 그 과정을 멈추게 할 순 없어." 그녀의 눈빛에는 분노와 슬픔이 드러났다.

마이클은 팔을 뻗어 그녀의 손에 가볍게 자기 손을 댔지만, 그녀는 아무 대답도 하지 않았다. "나는 세상을 있는 그대로 받아들이기 때문에 시간여행을 할 수 있어. 나는 지켜보다가, 도망칠 뿐이야." 그녀는 침묵에 빠졌다.

"캐런, 미안해." 마이클은 입을 열었다. "난 그런 뜻으로 한 말은… 아니, 당신은 나를 데리고 가려고 했잖아. 단지…" 그는 그녀와 나란히 소파에 앉았다. "음, 오늘 밤에는 이 아파트 밖으로 나가보자. 밖

오렌지 꽃이 피는 시간

에서 저녁을 먹는 게 어때? 요즘에도 문을 여는 식당 한 곳을 알아."

그의 고집에 두 사람은 외출했다. 와인은 좋았다. 마이클은 채소에서 나는 통조림 맛을 애써 무시했다. 와인을 세 잔째 마시면서, 그는 말했다. "앞으로 어떻게 될지 당신도 나처럼 잘 알고 있겠군."

그녀는 잔을 입술에 갖다 대다가 우뚝 멈췄다. "아니, 난 몰라. 다음 수는 절대 보이지 않아."

"도시는 죽어가고 있어. 그건 당신도 알잖아. 여기 사는 우리도 같이 죽을 거야. 나도 도시와 같이 죽을 거야. 하지만 당신은 떠날 수 있어." 캐런을 바라보자, 그녀가 오늘 오후 야생 딸기를 땄다는 사실이 떠올랐다. 그는 분노와 질투심을 억누르고 침착한 목소리로 말을 이었다. "난 그게 억울해. 점점 더 억울해질 거야. 당신은 결국 떠나야 할 테니, 지금 당장 떠나는 게 나을지도 몰라."

그녀는 파란 눈동자로 찻잔 너머의 그를 주시하며 와인을 마셨다. "당신이라면 날 떠날 거야?"

따끔거리는 목구멍을 긁으며 웃음이 터져 나왔다. 와인 기운 때문에 얼굴이 뜨겁게 느껴졌다. "바보 같은 소리 마, 캐런. 우리는 서로 잘 알지도 못하는 사이잖아."

"그건 내 질문에 대한 답이 아니야." 그녀는 말했다. 마이클은 대꾸하지 않았다. 그녀는 흔들리지 않는 눈빛으로 그를 주시했다. "나는 친구를 혼자 죽어가게 내버려 두지 않을 거야."

"바보 같은 소리 마." 마이클은 되풀이했다. 몸에서 땀이 계속 났고, 엉덩이 밑의 의자가 흔들리는 것 같았다. 캐런이 아직 옆에 있다는 사실을 확인하고 싶었다. 그는 그녀의 손을 잡기 위해 탁자 너머로 팔을 뻗었다.

1시간 동안 오지 않는 버스를 기다리다가, 그들은 손을 잡은 채 걸어서 아파트 단지로 돌아왔다. 구급차가 아파트 단지 진입로를 막고 있었다. 운전사가 담배를 피우며 구급차 옆에 서 있었고, 경광등이 그의 머리 위에서 빙빙 돌면서 얼굴을 빨강, 빨강, 다시 빨강으로 물들이고 있었다.

마이클은 무슨 일인지 그에게 물었다. "이 아파트에 사는 주정뱅이가 열병으로 죽었어요. 그 전염병이죠. 도시 이 구역을 봉쇄할 예정이라고 들었어요."

라디오 뉴스를 들어보니 도시 이 구역만 봉쇄되는 것이 아니었다. 도시 전체가 바깥세상으로부터 완전히 격리되었다는 소식이었다.

마이클은 두 손에 머리를 묻고 소파에 앉아 있었다.

캐런은 그의 어깨에 한 팔을 두르고 있었고, 그는 그녀를 돌아보았다. 몸이 다시 뜨거웠고, 화가 났다. 주변에서 세상은 점점 붕괴하고 있었고, 그는 그 붕괴하는 세상에 매달려 있는 기분이었다.

"그러지 마…" 입을 열었지만, 말 대신 지독한 기침이 터져 나왔다. 세상이 빙빙 돌았다.

"마이클, 미안해. 나도 당신을 데려가고 싶어. 하지만…"

다시 기침, 열, 가슴 깊은 곳에서 통증이 치밀어 올랐다. 그녀는 울고 있었다. 그녀가 울었던 다른 순간이, 그가 손을 뻗었던 다른 순간이 아주 아득한 먼 곳의 일처럼 떠올랐다. 지금 그는 손을 뻗을 수가 없었다.

"당신을 위해 세상을 바꾸고 싶었어. 그냥 가버릴 수 없었어."

"가버려." 그는 그녀의 마지막 말을 멍하니 되풀이했다. 이어 화난 음성으로 말했다. "됐어. 가버려."

그녀는 떠났다. 소리 없이 사라졌다. 방은 너무 뜨거웠고, 계속 빙빙 돌며 흔들리고 있었다. 이내 그는 잠들었다.

이마에 차가운 손길이 닿았다. 유리잔이 입술에 닿았다. 시큼한 주스 맛이 혀에 닿고 턱을 따라 흘러내리는 것이 느껴졌다. "오렌지 주스야." 캐런은 쉰 목소리로 말했다. "조금 도움이 될 거야."

눈을 떠보니 이른 새벽빛의 희미함 속에서(어느 날 새벽인지 알 수 없었다) 그녀의 얼굴이 보였다. 기억하는 것보다 더 야윈 얼굴, 커다란 파란 눈이었다. "며칠이지?" 그는 간신히 물었다.

그녀는 중얼거렸다. "여기 시간으로? 하룻밤이 지났을 거야."

오렌지 주스가 턱을 따라 흘러내렸다. 방이 빙빙 돌았다. 심술쟁이 어린아이처럼 그는 잔에서 고개를 돌리고, 열기와 함께 추락하듯 잠들었다.

꽃향기. 눈을 뜨자, 도시에 내려앉은 스모그층을 뚫고 새어 들어온 오후 햇살 속에서 캐런의 얼굴이 보였다. 우중충한 빛. 그녀 뒤 커피 탁자에 체스판과 나란히 꽃다발이 놓여 있었다. 플라스틱 말이 게임 준비 태세로 배치되어 있었지만, 백 여왕이 없었다. 캐런이 손에 들고 있었다.

"캐런." 마이클은 말했다. "나도 당신과 같이 가고 싶어. 다음 수를 생각하지 않고 싶어." 혀가 말라붙어 말이 어눌했다.

그녀는 그를 보았다. 눈가의 주름이 눈에 띄었다. 백 여왕을 쥔 손의 살결은 양피지처럼 투명했다. "당신은 어릴 때 체스 말의 움직임을 연구했지. 난 그런 데 관심이 없었어. 사고방식 자체가 달라. 난 당신을 바꿀 수 없어, 마이클." 그녀는 체스 말을 손에서 계속 만지작거리고 있었다.

"몸이 나아지는 것 같아." 그는 입을 열었다. "훨씬." 그는 피곤해 보이는 그녀의 눈에서 흐르는 눈물을 닦아주고 싶어 손을 들려고 했다. 하지만 팔이 너무나 무겁게 느껴졌고, 방이 주위에서 빙빙 돌았다. 그는 오후의 우중충한 빛 속에서 눈을 감고 다시 빙글빙글 돌며 침잠했다. 캐런의 쉰 목소리가, 나이 들어 한층 쉰 목소리가 들려왔다.

"당신에게 거짓말을 하고 싶지 않아, 마이클. 몸이 좋아진 건 아니야. 열병이 치명적이라…" 목소리는 저 멀리 사라져 갔다.

다시 손길이 느껴졌다. 깃털처럼 가볍고 차가웠다. "인디언 이야기 해줘, 캐런." 그는 마른 목구멍으로 속삭였다. 그녀는 인디언 이야기를 한 적이 없었다. 그가 듣고 싶어 하지 않았기 때문에. 캐런은 도토리 죽의 맛에 대해, 햇볕의 따뜻함에 대해, 만자니타 베리로 담근 음료의 맛에 대해, 어린아이들이 뛰어놀고 웃는 모습에 대해 이야기했다. 그는 속삭였다. "당신이 가본 가장 멋진 시간에 대해 말해줘. 내게 들려줘."

쉰 목소리가 말했다. "오렌지 나무가 꽃을 피우는 시간. 오렌지 꽃이 만발하는 시간." 마이클은 사랑하는 여자의 늙은 얼굴을 향해 눈을 떴다. 주름 가득한 얼굴, 피곤한 눈빛. 틀어 올린 머리카락은 희끗희끗했다. "난 당신과 함께 있어, 내 사랑." 그녀는 말했다. "여러 번 떠났지만, 항상 다시 돌아왔어."

그녀는 침대 옆에 나란히 누웠다. 마이클은 창문으로 새어 들어오는 새벽빛처럼 가볍고 창백해지는 것 같았다.

"날 그곳으로 데려가 줘." 그는 이제 자신의 존재가 결코 세상을 바꾸지 않을 거라는 걸 알고 있었다. 어떤 과거도, 어떤 미래도. 캐런의 가느다란 팔이 자신을 끌어안는 것이 느껴졌고, 몸 아래로 부드러운 풀의 감촉이 느껴졌다. 마지막 숨결 속에서, 그는 산들바람에 실린 오렌지 꽃의 향기를 맛보았다.

# 2

채소 마누라

His Vegetable Wife

핀은 봄이 시작되는 첫날, 토마토와 그녀를 온실에 심었다. 포장의 설명서는 여느 씨앗 봉투에 인쇄된 내용과 유사했다.

채소 마누라: 모래땅과 햇빛을 좋아한다. 싹이 얼 위험이 완전히 사라진 뒤 5센티미터 깊이로 심는다. 묘목이 60센티미터로 자라면 옮겨 심는다. 물을 자주 준다.

일주일 뒤, 토마토 옆 플라스틱 화분에 연약한 싹이 텄다. 가지를 치지 않고 직선으로 자란 단단한 순 두 그루. 새싹은 빠르게 성장했다. 묘목이 60센티미터가 되자, 핀은 매일 들판으로 나가는 길에 지나치는 자신의 주거용 돔 현관 근처 햇빛 잘 드는 지점에 묘목을 옮겨 심었다.

묘목을 옮겨 심은 뒤, 그는 녹색 하늘 아래 서서 자신의 제국을 굽어보았다. 급하게 조립한 재활용 주거용 돔이 그의 영지 한복판에 자리 잡고 있었다. 햇빛을 잘 받도록 투명 아크릴 판을 비스듬히 설치한 온실, 그리고 자기 손으로 땅을 갈아 작물을 심은 비옥한 밭 5평. 그는 농지 대부분에 환금작물을 경작하고 있었다. 그는 씨앗의 맛이 좋고 약용으로 사용되는 식물 '시멕'을 재배하고 있었다. 줄줄이 늘어선 진녹색 묘목들이 창백한 하늘을 향해 뾰족한 잎을 세우고 있었다.

농지 너머에는 행성 토착 식물인 키 큰 풀밭이 광활하게 펼쳐졌다. 바람이 불면 풀대는 사각거리며 흔들흔들 휘청거렸다.

풀밭을 스치는 부드러운 바람 소리는 핀의 신경을 건드렸다. 그에게는 마치 사람들이 비밀을 속삭이는 소리처럼 들렸다. 그는 주거용 돔 주위의 풀을 베고 경운기로 뿌리째 뒤엎은 뒤 반듯하게 줄을 세워 시멕을 심는 작업이 즐거웠다.

핀은 각진 턱과 뻣뻣한 갈색 머리카락, 뭉툭하고 상상력이 부족한 손가락을 지닌 남자였다. 그는 체계적인 사람이었다. 혼자 사는 것을 좋아했지만, 남자라면 자고로 마누라가 있어야 한다고 생각했다. 그는 씨앗을 신중하게 선택했다. 섬세한 묘목인 '채소 처녀'나 '채소 신부'를 피하고 어떤 환경에서도 번창하는 능력으로 잘 알려진 품종을 골랐다.

묘목은 빠르게 자랐다. 싹 두 줄기는 하나로 결합하여 굵은 몸통을 형성했다. 시멕이 무릎 높이까지 자랐을 무렵, '마누라'는 그의 어깨까지 키가 닿았다. 잎은 부드럽고 넓었고, 둥치에 보송보송한 솜털이 덮인 연녹색 식물이었다. 매일 아침 해 뜨는 시각은 더 빨라졌다. 시멕은 톡 쏘는 이국적인 향을 공기에 가득 채우며 허리까지 자랐다. '채소 마누라'의 가지는 굵어지고 색은 올리브그린으로 진해졌다. 몸통에는 부드러운 곡선이 나타나기 시작했다. 부풀어 오른 엉덩이와 잘록한 허리, 희끄무레한 솜털로 덮인 둥근 젖가슴, 머리로 발달하게 될 혹을 지탱하는 호리호리한 목. 매일 아침 핀은 묘목 주변의 땅이 얼마나 축축한지 확인하고 성숙해 가는 둥치에서 자라난 잎 사이를 빤히 들여다보았다.

늦은 봄, 첫 음모가 눈에 띄었다. 쌍둥이 둥치가 하나로 합쳐져 몸이 된 지점 바로 위에 형성된 검은 삼각형이었다.

그는 머뭇머뭇 잎을 들추고 어둑어둑한 그늘 속에 손을 뻗어 새로 출현한 부위를 쓰다듬어 보았다. 그 향기가 그를 흥분시켰다. 온실 냄새와 같은, 풍성하고 따뜻한 흙내음이었다. 음모 아래 나무는 따뜻했고, 그의 손길이 닿자 살짝 굴복하듯 휘어졌다. 그는 가까이 다가가 손을 올려 젖가슴을 감싸보고 젖꼭지가 될 돌출부를 엄지로 쓰다듬었다. 잎새에 스치는 바람 소리에 그는 위를 쳐다보았다.

그녀가 그를 바라보고 있었다. 검은 눈, 코처럼 보이는 부위, 아직 제대로 갈라져서 입술이 되지 않은, 그냥 길쭉한 틈.

얼른 물러서는 순간, 아까 둥치를 쓰다듬으려고 다가설 때 잎 몇 개가 부러진 것이 그제야 눈에 띄었다. 그는 죄책감을 느끼며 부러진 잎새를 만졌다. 동시에 이건 식물이다, 아픔을 느끼지 않는다고 자신을 다독였다. 그래도 그는 그날 '마누라'에게 넉넉하게 물을 주었고, 풀밭이 소곤거리는 소리가 들리지 않도록 혼자 휘파람을 불면서 시멕 밭에 일하러 나갔다.

씨앗 설명서에는 '마누라'가 두 달 뒤면 완전히 성숙한다고 적혀 있었다. 매일 아침, 그는 마누라의 성장 정도를 확인하고, 잎사귀를 들어 올려 몸통의 곡선과 가느다란 목, 맑게 반짝이는 눈의 윤기를 감상했다. 그녀는 풍만한 몸과 매끄럽고 둥근 얼굴을 지니고 있었다.

눈이 뜨이긴 했지만, 표정은 순진한 어린 소녀가 아직 의식 없이 어둠 속에서 헤매고 있는 몽유 상태였다.

몸 못지않게 그 표정도 그를 흥분시켰다. 가끔 그는 와락 가까이 다가가지 않을 수 없었다. 엉덩이와 등의 부드러운 곡선을 어루만져 보기도 하고, 머리 꼭대기에 아직 어린 소년처럼 짧게 난, 하지만 다른 부위와 마찬가지로 차츰 성숙하고 있는 고운 검은 머리를 쓰다듬어 보기도 했다.

손을 대는 순간 반응이 처음으로 느껴진 것은 늦은 봄이었다. 젖가슴을 만지고 있는데, 마치 물러서려는 듯이 자세가 바뀌는 게 느껴졌던 것이다. "아." 그는 기대감에 가득 찼다. "이제 얼마 남지 않았군." 최근 가지가 두꺼워지면서 형성된 손이 그를 밀어내려는 듯 바람결에 펄럭거렸다. 불어온 바람에 몸이 흔들리고 잎이 사각거리는 것을 보며, 그는 미소 지었다.

그날 오후, 그는 굵은 밧줄을 가져와 그녀의 발목을 감고 단단히 매듭을 지었다. 검은 머리로 둘러싸인 천사 같은 얼굴을 향해 미소 지으며, 그는 나직하게 말했다. "도망치게 내버려 둘 수는 없어. 이렇게 무르익었으니." 그는 밧줄 반대쪽 끝을 돔 건물 뼈대에 단단히 묶었다. 이후 그는 하루 한 번이 아니라 세 번씩 그녀를 확인했다.

몇 달 만에 처음으로 돔 내부 청소도 했다. 혼자 자는 침대 담요를 빨고, 쿰쿰한 냄새를 환기하기 위해 창문도 열었다. 열린 창밖을 내다보면 그녀가 바람결에 흔들리는 모습을 볼 수 있었다.

때로 그녀는 밧줄이 답답한지 발버둥 치는 것 같았다. 그때마다 그는 매듭이 잘 묶여 있는지 다시 확인했다.

시멕은 높다랗게 자랐고, 날렵하고 윤기 흐르는 잎은 햇빛을 받아 흑요석 칼날처럼 번들거렸다. 마누라의 잎은 어느새 말라 떨어져서 벌거벗은 올리브 그린색 몸을 햇빛과 그의 시선 앞에 적나라하게 드러냈다. 그는 매듭을 확인하기 위해 매일 오후 여러 번 밭에서 돌아와 꼼꼼하게 그녀를 훑어보았다.

어느 날 아침 일어나 보니, 그녀가 묶인 줄을 최대한 멀리까지 당긴 채 쭈그리고 앉아 거친 밧줄에 베인 부드러운 손가락에서 희끄무레한 수액을 흘리며 매듭을 잡아당기고 있었다. "저런, 저런." 그는 말했다. "그건 그대로 둬." 그는 마누라를 뭐라 달래야 할지 생각하며 흙바닥에 나란히 쭈그린 뒤 햇살을 받아 따뜻한 어깨에 손을 얹었다. 그녀는 천천히, 위풍당당하게, 태양을 바라보는 꽃과 같은 위엄과 우아함으로 그를 향해 고개를 돌렸다. 얼굴은 무표정이었다. 눈에도 표정이 없었다. 그가 그녀를 포옹하려 하자, 그녀는 두 손으로 그의 어깨를 힘없이 밀었을 뿐 아무 반응을 보이지 않았다.

흥분이 그를 뒤덮었다. 그는 그녀를 단단한 땅에 밀어 넘어뜨리고 젖가슴에 입을 갖다 댔다. 거친 젖꼭지에서는 바닐라 향이 났다. 그의 손은 검은 삼각형 솜털 안의 수수께끼를 열어젖히기 위해 그녀의 다리를 밀어 벌렸다.

일이 끝나자, 그녀는 부드럽게, 키 큰 풀숲에 둥지를 튼 작은 새의 지저귐처럼 높고 희미한 소리로 울고 있었다. 그 소리가 동정심을 불러일으켰다. 너무 서두르지 말걸 생각하며, 그는 그녀의 몸에서 내려와 바지 단추를 잠갔다.

그녀는 흐트러진 머리로 얼굴이 가려진 채 흙 속에 누워 있었다. 그녀는 조용했다. 키 큰 풀밭의 바람 소리처럼, 머리카락에서 바람 불어가는 소리가 들려왔다.

"진정하라고." 그는 동정심과 짜증 사이의 어중간한 기분으로 말했다. "넌 내 마누라야. 뭐가 그렇게 안 좋아서."

그녀는 그를 바라보지 않았다.

그는 한 손으로 그녀의 턱을 쥐고 표정을 볼 수 있도록 고개를 들었다. 그녀의 얼굴은 평온했고, 표정이 없었고, 멍했다. 그 표정에 마음이 놓인 그는 그녀의 어깨를 두드렸다. 아픔을 느끼지 않았다는 것은 알고 있었다. 설명서에 그렇게 적혀 있었다.

그는 돔 뼈대에 묶었던 밧줄을 풀고 그녀를 안으로 데려갔다. 창가에 그녀를 위해 물 한 대야를 놓았다. 밧줄을 침대 다리에 묶고, 그녀가 창가나 문간에 서서 그가 밭에서 일하는 모습을 볼 수 있도록 줄을 길게 늘어뜨려 주었다.

그녀는 그가 아내에게서 기대했던 모습이 아니었다. 언어를 이해하지 못했다. 말하지도 못했다. 그가 억지로 자신을 쳐다보게 하지 않으면, 그에게 거의 관심을 보이지 않았다. 그는 잘해주려고 애를 썼다. 밭에서 꽃을 따주기도 하고, 차고 깨끗한 물로 대야를 채워주기도 했다. 하지만 알아차리지도 못하는 것 같았다. 밤이고 낮이고, 그녀는 발을 대야에 담근 채 창가에 서 있었다. 설명서에 따르면, 그녀는 피부의 모공을 통해 흡수한 햇빛과 공기와 물에서 양분을 얻는다고 되어 있었다.

그녀는 폭력이나 직접적인 위협에만 반응을 보이는 것 같았다. 그가 성행위를 할 때면 달아나려고 몸부림을 쳤고, 가끔 도랑을 졸졸 흐르는 관개용수처럼 비언어적인 소리를 내며 울었다. 그러다 보니 그 울음이 그를 흥분시켰다. 어떤 반응도 무반응보다는 나았다.

그녀는 그와 같이 자려 하지 않았다. 침대로 끌고 와도 밤중에 몸부림쳐 빠져나갔고, 일어나 보면 항상 창가에 서서 세상을 내다보고 있었다.

어느 날 오후 밭에서 돌아와 보니 마누라가 부엌칼로 밧줄을 자르고 있는 광경을 보고, 그는 그녀를 때렸다. 등과 어깨를 허리띠로 후려쳤다. 비명과 허연 수액 흐르는 광경이 그를 흥분시켜서, 다 때린 뒤 관계를 가졌다. 침대에 깔린 거친 담요는 그녀의 수액과 그의 정액으로 끈적거렸다.

그는 여느 남자가 채소 마누라를 관리하듯, 자기 집으로 데려온 야생동물을 관리하듯 그녀를 관리했다.

때로 그는 돔에 앉아 영지에 내리는 어둠을 바라보며 풀밭에 불어오는 바람 소리를 들었다. 그는 채소 마누라를 바라보며 자신을 떠나간 모든 여자들을 떠올렸다. 그를 입양기관에 내다 버린 어머니부터 시작해서, 그런 여자들은 많았다.

어느 날 시맥 밭을 점검하는 공무원이 헬기를 타고 찾아왔다. 핀은 그 남자가 마음에 들지 않았다.

핀은 시멕을 둘러보라고 안내했지만, 공무원은 계속 돔 쪽을 쳐다 보았다. 아내가 창가에 서 있었다. 벌거벗은 피부가 햇빛을 받아 매끈하고 투명하게, 유혹하듯 반들거렸다. "취향 좋으시군요." 카키 천과 가죽 옷 차림의 젊은 남자가 말했다.

"채소 마누라가 아름답습니다."

핀은 성질을 억눌렀다.

"저것들 꽤 예민하다고 들었는데요." 젊은이는 말했다.

핀은 어깨를 으쓱했다.

돔 입구 근처에 심었던 사과나무에 열매가 맺혔다. 작고 단단한 녹색 사과가 바구니 가득 열렸다.

핀은 사과를 짜서 애플 잭 비슷한, 썩은 사과 맛이 나는 독한 술을 만들어 놓았다. 공무원이 떠난 뒤, 그는 사과나무 아래 앉아 코가 비뚤어질 때까지 술을 마셨다. 그런 뒤, 채소 아내를 창가에서 집 안쪽으로 질질 끌고 갔다.

그는 벌거벗은 몸을 자랑했다는 이유로 아내를 회초리로 쳤다. 화냥년, 창녀, 더러운 매춘부라고 불렀다. 벌겋게 부은 등에서 수액이 흘러내렸지만, 그녀의 눈은 말라 있었다. 맞서 싸우지 않았다. 그 수동성이 화를 더욱 돋우었다. "빌어먹을!" 그는 계속해서 그녀를 후려 쳤다. "빌어먹을 년!"

차츰 피곤해서 팔에 힘이 빠졌지만, 화는 누그러지지 않았다. 그 녀는 침대에서 돌아누워 그를 마주 보았다. 그의 손이 그녀의 목을 움켜잡았다. 혼란스러운 취중에 어쩐지 이 목을 조르면 끊임없이 들려오는 속삭임이, 세상에 범람하는 비밀들이 다시는 들려오지 않을 것 같다는 생각에, 그는 부드러운 피부를 눌렀다.

그녀는 무표정한 얼굴로 그를 응시했다. 피부로 공기를 흡수하기 때문에 목을 졸라보았자 그녀는 조금도 힘들지 않았다. 하지만 그녀는 손을 들어 그의 목을 잡은 뒤 천천히, 꾸준히 압박했다. 그는 취한 상태로 몸부림을 쳤지만, 그녀는 몸부림이 멈출 때까지 그를 놓지 않았다.

마침내 그는 식물처럼, 나무처럼, 바깥의 풀처럼 조용해졌다. 그녀는 그의 주머니를 뒤져 잭나이프를 찾아냈다. 그 칼로 자신의 몸을 묶은 밧줄을 잘랐다. 밧줄에 계속 쓸린 발목 피부에는 단단한 흉터가 생겨 있었다.

그녀는 창가에 서서 해가 뜨기를 기다렸다. 태양이 지구를 따뜻하게 비추면, 그녀는 예전에 그가 땅에 씨앗을 뿌리던 것처럼 그대로 그를 땅에 심을 것이다. 바람에 머리를 날리며 발목까지 진흙에 파묻고 선 채, 그 자리에서 무엇이 자라나는지 지켜볼 것이다.

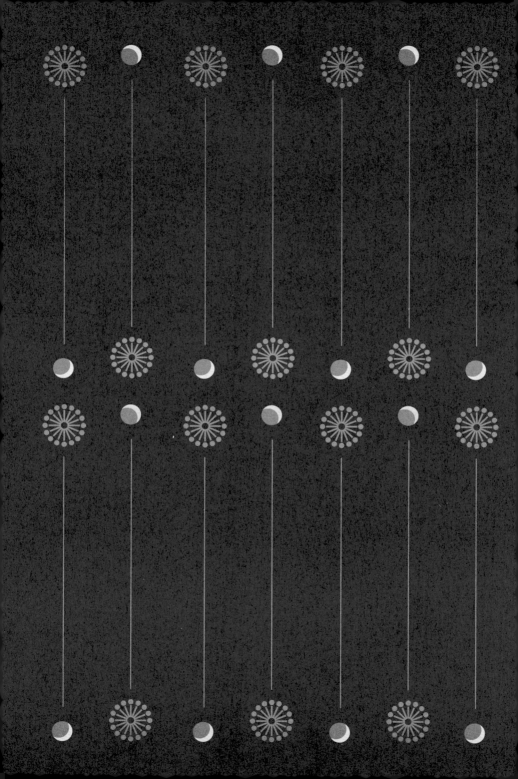

# 3

## 사랑에 빠진 레이철

### Rachel in Love

어느 여름날 일요일 아침, 레이철이라는 이름의 작은 갈색 침팬지는 페인티드 사막 변두리의 외딴 목장 저택 거실 바닥에 앉아 있다.

레이철은 텔레비전에 나오는 〈타잔〉 영화를 보고 있다. 그녀는 털이 덥수룩한 팔로 무릎을 끌어안고 흥분을 억누른 채 앞뒤로 몸을 흔들거리고 있다. 아버지가 보면 이제 이렇게 유치한 오락물을 즐길 나이는 아니지 않냐고 할 것이 뻔하지만, 애런은 아직 자고 있으니 야단칠 수 없다.

텔레비전에서 타잔은 나쁜 피그미 종족들에게 잡혀 대나무 우리에 갇혀 있다.

타잔이 빨리 탈출해서 상아 밀수범들에게 납치된 제인을 구해야 하는데 어쩌지? 화면은 제인에게 넘어갔고, 그녀는 지프 뒷자리에 묶여 있다. 레이철은 혼자 나직하게 끙끙거린다. 울부짖으면 안 된다. 아까 아버지의 침실을 살짝 훔쳐보았는데, 아직 자고 있었다. 애런은 자기가 잠든 사이 그녀가 울부짖는 것을 싫어한다.

영화가 잠시 끊기고 광고가 흘러나오는 동안, 레이철은 아버지의 방으로 향한다. 아침 먹을 준비는 다 됐고, 아버지가 이제 일어났으면 해서다. 그녀는 아버지가 깼는지 보려고 뒤꿈치를 들고 살금살금 침대로 다가간다.

그는 눈을 뜨고 있지만, 아무것도 보고 있지 않다. 얼굴은 창백하고, 입술은 보랏빛이다. 애런 제이컵스 박사, 레이철이 아버지라고 부르는 남자는 잠들어 있는 것이 아니다. 그는 밤중에 심장마비로 죽었다.

레이철이 애런의 몸을 흔들자 고개도 앞뒤로 따라 흔들리지만, 눈은 깜빡이지 않는다. 숨도 쉬지 않는다. 빨리 깨서 쓰다듬어 달라는 뜻으로 그녀는 그의 손을 끌어 자기 머리에 올리고 슬쩍 민다. 그는 움직이지 않는다. 레이철이 몸을 기대자, 손이 침대 밑으로 힘없이 툭 떨어진다.

열린 침실 창문을 통해 불어온 바람에 매일 아침 공들여 빗질하던 가늘고 희끗희끗한 머리카락이 가볍게 흩날려 두피가 드러난다. 거실에서는 타잔을 구출하기 위해 코끼리떼가 울부짖으며 정글을 질주하고 있다. 레이철은 나직하게 끙끙거리지만, 아버지는 움직이지 않는다.

레이철은 아버지의 시체에서 뒤로 물러난다. 거실에서는 타잔이 덩굴을 타고 정글을 가로지르며 제인을 구출하러 가는 중이다. 레이철은 텔레비전을 무시한다. 그녀는 안정을 찾으려는 듯 집 안을 서성거린다. 자기 방에 들어갔다가, 아버지의 실험실을 돌아다닌다. 벽에 늘어선 우리에서 흰쥐들이 강렬한 붉은 눈으로 그녀를 쳐다본다. 깃털 베개가 계단을 굴러떨어지는 듯한 소리를 내며, 토끼 한 마리가 우리 안에서 천천히 뛰어다닌다.

　　　　　　　　　　　　　　　사랑에 빠진 레이철

레이철은 어쩌면 자기가 오해를 했는지도 모른다고 생각한다. 어쩌면 아버지는 그냥 자고 있는지도 모른다. 침실로 돌아가 보지만, 변한 것은 없다. 아버지는 눈을 뜬 채 침대에 누워 있다. 아주 오랫동안 그녀는 아버지의 손을 잡은 채 곁에 바짝 달라붙어 있다.

그는 레이철이 아는 유일한 사람이다. 아버지, 선생님, 친구다. 혼자 내버려 둘 수는 없다.

오후의 태양이 창문으로 쏟아지고, 애런은 여전히 움직이지 않는다. 방이 어두워졌지만, 레이철은 불을 켜지 않는다. 그녀는 애런이 일어나기만을 기다린다. 달이 뜨자, 창문으로 들어온 은은한 은빛이 반대편 벽에 밝은 사각형을 드리운다.

바깥에서는 목장 오두막을 둘러싼 황무지 어딘가에서 코요테가 떠오르는 달을 향해 고개를 들고 울부짖는다. 폐역을 지나치는 기차처럼 외로운, 가느다란 소리다. 레이철도 외로움과 슬픔이 사무치는 고적한 울부짖음으로 합창한다. 애런은 움직이지 않고 누워 있고, 이제 레이철은 그가 죽었다는 것을 안다.


레이철이 어렸을 때, 잠들기 전 애런이 들려주던 동화 중에 좋아하던 이야기가 있었다. *제가 어디서 왔어요?* 그는 수화를 사용해서 애런에게 물었다. *다시 들려주세요.*

"잠들기 전에 동화 읽어달라고 하기에는 이제 너무 컸잖니." 애런은 이렇게 말하곤 했다.

*그래도요. 들려주세요.* 그녀는 수화로 다시 청했다.

결국 그가 항상 항복하고 이야기를 시작했다. "아주 옛날 옛적에 레이철이라는 어린 소녀가 살았단다. 동화 속의 공주님처럼 긴 금발 머리를 지닌 예쁜 소녀였어. 레이철은 어머니 아버지와 함께 아주 행복하게 살았지."

레이철은 만족스럽게 이불 밑에 몸을 묻곤 했다. 좋은 동화들이 모두 그렇듯 이 이야기도 비극의 요소들을 지니고 있었다. 이야기 속에서 레이철의 아버지는 대학에서 뇌 기능을 연구하며 활동 중인 두뇌의 신경 자극이 생성하는 전기장을 기록하고 있었다. 하지만 대학의 다른 연구자들은 레이철의 아버지를 이해하지 못했다. 그들은 아버지의 연구를 불신하고 연구비를 끊어버렸다. (이 부분에서 애런의 목소리는 유난히 분한 기색이었다.) 그래서 아버지는 대학을 그만두고 아내와 딸과 함께 평화롭게 연구할 수 있는 사막으로 갔다.

연구를 계속한 그는 개별 두뇌가 생성하는 전기장이 지문처럼 독특한 자기만의 패턴을 갖고 있다는 것을 알아냈다. (레이철은 이 부분이 약간 따분했지만, 애런은 절대 빼놓지 않고 꼬박꼬박 들려주었다.) 이 '전기적 의식'의 형태는 생각과 감정의 습관적인 패턴에 의해 결정된다. 아버지는 '전기적 의식'을 기록하면 개인의 성격을 포착할 수 있다고 추론했다.

그러던 어느 화창한 날, 박사의 아내와 아름다운 딸은 드라이브에 나섰다. 구불구불한 절벽 길을 과속으로 달리다가 브레이크가 고장 난 트럭이 그들의 차와 정면으로 부딪쳤고, 아내와 딸은 죽었다. (갑작스럽게 닥친 불운에 가슴이 내려앉은 레이철은 이 부분에서 애런의 손을 꼭

사랑에 빠진 레이철

잡았다.)

　하지만 비록 레이철의 몸은 죽었으나 모두 사라진 것은 아니었다. 사막의 연구실에서 박사는 딸의 두뇌가 생성한 전기장 패턴을 기록해 두었던 것이다. 그는 외부 자기장을 이용하여 한 동물의 전기장 패턴을 다른 동물의 뇌에 덮어씌우는 실험을 진행하고 있었다. 동물 전문 점에서 박사는 어린 침팬지 한 마리를 구했다. 박사는 노르에피네프린 기반 신경 전달 물질 혼합물로 침팬지 뇌의 신경 처리 속도를 끌어 올린 뒤, 딸의 의식 전기장 패턴을 이 어린 침팬지의 뇌에 덮어씌워 자신의 방식대로 두 패턴을 결합했다. 나름의 방식으로 딸을 살린 것이다. 침팬지의 뇌에는 레이철 제이컵스가 남긴 모든 것이 들어 있었다.

　박사는 침팬지에게 레이철이라는 이름을 붙이고 자기 딸로 키웠다. 침팬지 후두 구조의 한계 때문에 말하기가 매우 어려워서 대신 수화를 가르쳤다. 읽고 쓰는 법도 가르쳤다. 그들은 아주 좋은 친구, 최고의 동반자였다.

　이야기가 여기까지 오면 레이철은 대체로 잠들어 있었다. 하지만 상관없었다. 결말은 이미 알고 있었으니까. 애런 제이컵스라는 이름의 그 박사와 레이철이라는 이름의 침팬지는 그 후로 오랫동안 행복하게 살았다.

　레이철은 동화를 좋아하고 해피엔딩을 좋아한다. 정신 세계는 10대 소녀지만, 어린 침팬지의 순진무구한 마음을 갖고 있다.


　때로 마디가 뭉툭하고 굵은 자신의 갈색 손가락을 내려다보면, 생경하다, 잘못된 것 같다, 여기 있어야 할 것이 아니라고 느낄 때가 있다. 레이철은 작고, 희고, 섬세한 손을 가졌던 때를 기억한다. 기억 위에는 다른 기억들이 사막에 우뚝 솟은 퇴적암처럼 층층이 덮어씌워져 있다.

레이철은 달콤한 향수 냄새를 풍기던 금발 여자를 기억한다. 오래전 어느 핼러윈 날 레이철이 집시 옷을 입자, 그 여자는(이 기억에 따르면 여자는 레이철의 어머니였다) 집시가 원래 빨간색을 좋아한다면서 레이철의 손톱에 새빨간 색을 칠해주었다. 그 여자의 손도 기억한다. 피부 바로 아래 희미하게 푸른 핏줄이 비치는 흰 손, 단정하게 깎아서 장미색으로 칠한 손톱.

하지만 레이철에게는 다른 어머니와 다른 시간의 기억도 있다. 이 어머니는 검은 피부, 털북숭이고 농익어서 달짝지근한 과일 냄새를 풍긴다. 그녀와 레이철은 침팬지가 잔뜩 갇힌 방 안의 우리에서 살았다. 사람이 방에 들어올 때마다 어머니는 레이철을 털북숭이 가슴에 꼭 끌어안았다.

어머니는 끊임없이 레이철의 몸을 단장했고, 있지도 않은 이를 계속 찾아 열심히 털을 뒤졌다.

잡지에서 오려낸 사진 조각처럼, 아무 의미 없는 알록달록한 콜라주처럼, 기억 위에 기억이 뒤죽박죽 혼란스럽게 중첩되어 있다. 레이철은 우리 안을 기억한다. 발밑의 차가운 철망, 주위에 가득한 공포의 냄새. 흰 실험복 차림의 남자가 털북숭이 어머니의 팔에서 그녀를 떼어내서 바늘로 찔렀다. 어머니의 울부짖는 소리가 들려왔지만, 그녀는 남자의 손에서 빠져나갈 수 없었다.

레이철은 새 드레스를 입었던 중학교 댄스파티를 기억한다. 인파 속에서 친구를 찾아다니는 것이 부끄러워서, 그녀는 주름 종이 장식을 감상하는 척 어두운 체육관 구석에 몇 시간이고 서 있었다.

어린 침팬지 시절의 기억도 있다. 그녀는 이국의 냄새와 소리에 잔뜩 겁을 먹은 채 다른 어린 침팬지 다섯 마리와 함께 갑갑한 열차 화물칸에 실려 있었다.

체육 수업의 기억도 있다. 회색 라커, 비쩍 마른 다리를 드러내는 흉한 체육복. 교사는 모든 학생들에게 소프트볼을 시켰다. 운동에 소질이 없고 극도로 수줍음이 많은 레이철도 예외는 아니었다. 레이철은 배트를 들고 홈플레이트에 선 채 자신에게 집중된 시선에 얼어 있었다. "이 정도는 껌이지." 포수가 말했다. 껄렁한 아이들과 어울리며 늘 담배 냄새를 풍기는 거친 여학생이었다. 레이철이 헛스윙을 하자, 외야수들의 악의 어린 비웃음이 공기를 채웠다.

레이철의 기억은 들국화와 세이지 사이를 팔랑팔랑 날아다니는 보송보송한 나방처럼 여리고 손에 잘 잡히지 않는다. 소녀 시절의 기억은 뇌리에 오래 머무르는 법이 없다. 기억은 한순간 의식에 내려앉았다가 버림받은 기분과 외로움을 남기고 훌쩍 다시 날아오른다.


레이철은 애런의 시체를 그대로 둔 채 눈만 감기고 이불을 머리까지 끌어 덮어준다. 그 이상 어떻게 해야 할지 알 수 없다. 매일 그녀는 정원에 물을 주고 토끼가 먹을 풀을 조금 뜯는다. 매일 먹이를 주

고 물통을 채우며 쥐를 돌본다. 시원한 날씨 덕분에 애런의 시체에서
냄새는 심하게 나지 않지만, 주말이 되자 넓게 줄을 지은 개미가 열린
창문에서 침대로 드나든다.

첫 주가 지나고 달이 뜬 저녁, 레이철은 짐승들을 풀어주기로 결
심한다. 그녀는 계단식 사다리를 올라가 우리에 손을 집어넣어 평온
한 토끼를 한 마리씩 꺼낸다. 토끼를 한 마리씩 뒷문으로 들고 나가
서 잠시 안고 선 채 부드럽고 따뜻한 털을 쓰다듬어 준다. 그런 뒤 토
끼를 내려놓고 울타리 안쪽 정원에서 자라는 녹색 풀을 향해 슬쩍 밀
어낸다.

쥐는 다루기가 더 까다롭다. 커다란 우리를 선반에서 내리려고 해
보지만, 생각보다 무겁다. 몸으로 막긴 했지만, 우리가 바닥에 쿵 떨
어지는 바람에 쥐들이 안에서 우왕좌왕한다. 레이철은 리놀륨 바닥
위로 우리를 질질 밀고 복도를 지나 문틀을 넘어 집 뒤 안뜰로 나간
다. 우리 문을 열자, 쥐떼는 달빛 아래 하얀 팝콘처럼 튀어 사방으로
흩어진다.


한번은 애런이 낮잠을 자는 동안, 레이철 혼자 고속도로로 이어지
는 흙길을 걸은 적이 있었다. 그렇게 멀리 나갈 생각은 없었다. 고속
도로가 어떻게 생겼는지 보고 싶어서, 그냥 우편함 뒤에 숨어서 지나
가는 자동차나 구경할까 하는 생각이었다. 바깥세상이 궁금했다. 파
편처럼 드문드문 스치는 기억은 호기심을 충족시키지 못했다.

우편함까지 절반쯤 갔을까, 애런이 낡은 지프를 타고 달려왔다.

"차에 타!" 그는 외쳤다. "당장!" 그가 그렇게 화가 난 모습은 처음이었다. 도로의 먼지를 뒤집어쓴 채, 레이철은 애런이 화난 모습에 풀이 죽어서 지프 조수석에 올라탔다. 그는 집에 도착할 때까지 한마디도 하지 않다가 쏠쏠함과 억누른 분노가 어른거리는 음성으로 나직하게 입을 열었다.

"넌 밖에 나가면 안 된다. 네가 살기에 좋지 않은 곳이야. 세상은 속 좁고 옹졸하고 멍청한 사람들로 가득 차 있어. 사람들은 널 이해하지 못할 거다. 사람들은 자신이 이해하지 못하는 상대를 해치려 들어. 자신과 다른 존재를 미워한다. 네가 다르다는 걸 알면, 네게 벌을 주고 해치려 들 거야. 널 가두어 놓고 절대 내보내 주지 않을 거다."

그는 더러운 앞 유리창 너머 앞을 똑바로 바라보았다. "세상은 텔레비전 프로그램 같지 않아, 레이철." 그의 목소리는 조금 누그러졌다. "책에 나오는 이야기와 달라."

그는 그제야 레이철을 돌아보았고, 그녀는 열심히 수화로 말했다. 미안해요, 미안해요.

"바깥세상에서는 내가 널 보호할 수 없어." 그는 말했다. "너를 지켜줄 수 없다."

레이철은 두 손으로 그의 손을 잡았다. 그는 화가 풀려서 그녀의 머리를 쓰다듬었다. "다시는 그러지 마라. 절대로."

애런의 두려움은 전염되었다. 레이철은 다시는 흙길을 걷지 않았고 가끔 나쁜 사람들이 자신을 우리에 가두려는 꿈을 꾸게 되었다.

애런이 죽은 지 2주 뒤, 경찰차가 천천히 집으로 다가온다. 경찰이 문을 두드리자, 레이철은 거실 소파 뒤에 숨는다. 그들은 다시 두드리고, 문고리를 흔들어 보더니, 문을 연다. 잠그지 않은 상태였다.

갑자기 공포에 사로잡힌 레이철은 소파 뒤에서 뛰쳐나와 뒷문으로 펄쩍 뛴다. 뒤에서 한 남자의 외침이 들린다. "맙소사! 고릴라야!"

그가 총을 꺼냈을 때, 레이철은 이미 뒷문을 빠져나가 언덕으로 올라가고 있었다. 언덕에서 그녀는, 구급차가 집에 도착해서 흰 옷차림의 남자 둘이 애런의 시체를 실어 가는 광경을 지켜본다. 구급차와 경찰차가 멀어진 뒤에도, 레이철은 집에 돌아가는 것이 두렵다. 해가 진 뒤에야 그녀는 집으로 향한다.

다음 날 동트기 직전, 그녀는 흙길을 덜컹거리며 다가오는 트럭 소리에 잠에서 깬다. 창문으로 몰래 내다보니, 연녹색 픽업트럭이다. 문짝에는 조잡한 흰색 스텐실로 이렇게 적혀 있다. '유인원 연구 센터'.

레이철이 망설이는 사이, 트럭은 집 앞에 멈춘다.

도망쳐야 한다고 결심한 순간, 두 남자가 트럭에서 내린다. 한 사람은 라이플을 들고 있다.

뒷문으로 달려 나가 언덕으로 향했지만, 은신처까지 절반밖에 못 가서 날카롭게 훅 숨을 들이쉬는 소리 같은 것이 들리더니 어깨에 느닷없는 통증이 느껴진다. 갑자기 다리에서 힘이 빠진다. 레이철은 적갈색 털에 먼지를 묻히며 모래 경사를 뒤로 구른다. 울부짖던 음성은 끙끙거리는 신음으로 변하고 이어 아무 소리도 나지 않는다. 그녀는 어두운 잠 속에 빠진다.

해가 떠 있다. 레이철은 픽업트럭 뒤 칸 우리 안에 누워 있다. 의식이 반쯤 돌아오고, 손발이 따끔거린다. 구역질 때문에 속이 뒤틀린다. 온몸이 아프다.

눈은 깜빡일 수 있지만, 그 외에는 전혀 움직일 수 없다. 누워 있는 자리에서는 우리 철망과 트럭 옆면밖에 보이지 않는다. 고개를 돌리려 하자, 피부의 타는 듯한 통증이 심해진다. 꼼짝도 하지 않고 누운채 비명을 지르고 싶었지만, 아무 소리도 나오지 않는다. 레이철은 그저 천천히 눈을 깜빡이며 통증을 잊으려고 애쓴다. 하지만 구역질과 작열하는 아픔은 그대로다.

트럭은 흙길을 덜컹거리며 달리다가 멈춘다. 차체가 흔들리면서 남자들이 내린다. 문이 쾅 닫힌다. 뒷문 열리는 소리가 들린다.

여자의 음성. "카운티 보안관이 수거하라고 한 짐승인가요?" 여자가 우리 안을 들여다본다. 흰 실험복 차림, 갈색 머리를 질끈 묶고 있다. 사막에서 오래 살았는지 눈가에 자글자글 주름살이 있다. 나쁜 사람 같지 않다. 레이철은 여자가 트럭의 남자들에게서 부디 자신을 구출해 주기를 바란다.

"네. 30분쯤 더 있어야 정신을 차릴 겁니다. 어디 둘까요?"

"히말라야 원숭이가 있는 실험실로 데려가세요. 번식장에 빈 우리가 생길 때까지 거기 둘 거예요."

레이철의 우리가 픽업트럭 바닥에 긁힌다. 우리가 어딘가에 부딪힐 때마다 새로운 통증이 몸에 번진다. 남자가 우리를 카트 위에 올려놓자, 여자는 카트를 밀고 콘크리트 바닥을 통과한다. 레이철은 10여

센티미터 거리를 두고 코앞에서 지나치는 벽만 바라본다.

연구실에는 우리가 줄줄이 늘어서 있고, 작은 동물들이 그 안에서 몽롱하게 돌아다니고 있다. 천장에서 갑자기 켜진 눈부신 형광등 불빛 아래 흰쥐들의 눈이 붉게 빛난다.

트럭을 타고 온 남자의 도움을 받아, 여자는 레이철을 실험대에 올린다. 금속판은 차갑고 딱딱하며 몸에 닿자 아프다.

아직 몸을 움직일 수가 없다. 팔다리가 말을 듣지 않는다. 아직 마취총 때문에 마비된 상태다. 볼 수는 있지만, 그뿐이다. 항의하거나 애원할 수 없다.

여자가 고무장갑을 끼고 주사기에 투명한 액체를 빨아들이는 광경을 바라보고 있으니, 레이철의 공포는 차츰 더 커져간다. "표준 결핵 검사를 시행합니다. 다른 개체들과 합사시키기 전에 눈꺼풀을 확인해야겠네요. 기생충이 있을지도 모르니 앞으로 며칠 동안 사료에 티아벤다졸을 섞어 먹여야겠어요." 여자는 말한다. 남자는 대답 대신 흠 소리를 낸다.

여자는 전문가의 손길로 레이철의 한쪽 눈을 감긴다. 반대쪽 눈으로 레이철은 주사기가 다가오는 것을 볼 수 있다. 눈꺼풀에 따끔한 아픔이 느껴진다. 머릿속에서는 울부짖고 있지만, 레이철이 낼 수 있는 유일한 소리는 숨결 같은 한숨뿐이다.

여자는 주사를 옆에 놓더니 레이철의 털에 차갑고 고약한 냄새가 나는 약물을 체계적으로 분무하기 시작한다. 약물 한 방울이 눈에 떨어진다. 타는 듯이 쓰리다. 레이철은 눈을 깜빡이지만 손이 움직이지

　　　　　　　　　　사랑에 빠진 레이철

않아 눈을 문지를 수도 없다. 여자는 남자와 잡담을 나누며 자연스럽고 무심한 손길로 레이철의 다리를 벌리고 성기에도 약을 뿌린다.

"건강해 보이는군요. 번식에 좋은 개체예요."

레이철은 신음하지만, 두 사람 다 알아차리지 못한다. 마침내 그들은 고문을 마치고, 그녀를 우리에 다시 넣은 뒤, 실험실을 나간다.

레이철은 눈을 감는다. 어둠이 되돌아온다.

꿈을 꾼다. 그녀는 목장 저택에 돌아와 있다.

밤이다. 그녀는 혼자다. 밖에서 코요테가 울부짖는다.

코요테는 사막의 목소리다. 바람이 몸을 얇게 펴 두 개의 바위틈으로 비집고 지나가면서 울부짖는 소리다. 이 땅의 원주민들 사이에서는 믿을 수 없고, 변화무쌍하고, 변덕스러운 협잡꾼 신 코요테의 이야기가 전해져 내려온다.

코요테 울음소리에 레이철은 불안하고 초조해서 안절부절못한다. 그녀는 애런을 찾고 있다. 꿈속에서 그는 죽지 않았다. 레이철은 애런을 찾아 어수선한 그의 침실부터 자신의 작은방, 리놀륨 타일이 깔린 실험실까지 온 집을 돌아다닌다.

실험실에 있는데, 뭔가 두드리는 소리가 들린다. 마른 것이 긁히는 작은 소리, 바람에 흔들리는 나뭇가지가 유리창에 긁히는 소리 같다. 하지만 집 근처에는 나무가 없고, 밤은 고요하다. 조심스럽게 레이철은 커튼을 걷고 밖을 내다본다.

레이철 자신의 모습이 비친다. 창백한 타원형 얼굴, 긴 금발. 커튼을 옆으로 걷은 손은 매끈한 흰색, 단정하게 깎은 손톱. 그런데 뭔가 이상하다. 다른 얼굴이 겹쳐져서 유리 안을 바라보고 있다. 짙은 갈색 눈동자, 적갈색 털과 주전자 손잡이처럼 툭 튀어나온 귀가 달린 침팬지 얼굴이다. 그녀는 자신의 모습을 보는 동시에, 외부인의 모습을 보고 있다. 두 얼굴은 한데 섞여 경계가 모호하다. 두렵지만, 커튼을 닫고 원숭이 얼굴을 차단할 수가 없다.

그녀는 차갑고 밝은 유리창 밖에서 안을 들여다보는 침팬지다. 그녀는 밖을 내다보는 소녀다. 그녀는 안을 들여다보는 소녀다. 그녀는 밖을 내다보는 침팬지다. 두렵다. 코요테가 사방에서 울부짖고 있다.

레이철은 눈을 뜨고 깜빡인다. 초점이 맞춰지고 세상이 다시 눈앞에 들어온다. 아픔과 따끔거림은 사라졌지만, 아직 약간 메슥거린다. 왼쪽 눈이 아프다. 눈을 문지르자, 여자가 주사를 놓은 눈꺼풀이 약간 부어올랐음을 알 수 있다. 그녀는 철망 우리 바닥에 누워 있다. 방은 덥고, 공기는 짐승 냄새로 가득 차 있다.

옆 우리에는 꾀죄죄한 진갈색 털을 지닌 나이 많은 침팬지가 들어 있다. 그는 무릎을 팔로 감싼 채 앞뒤로, 앞뒤로 몸을 흔들고 있다. 고개는 숙인 채로. 몸을 흔들면서 그는 혼자 뭐라 중얼중얼 의미 없는 소리를 계속 내고 있다. 그의 두피에서 뭔가 반짝이는 금속이 눈에 띈다. 털을 민 자리에 영구적으로 이식한 전극이 튀어나와 있다. 레이철은 묻는 듯 나직하게 소리를 내지만, 다른 침팬지는 고개를 들지 않는다.

레이철의 우리는 가로세로 몇 발짝 정도의 넓이다. 한쪽 구석에는 원숭이 먹이가 그릇에 담겨 있다. 우리 옆면에는 물병이 달려 있다.

레이철은 먹이를 외면하지만, 목이 말라 물을 마신다.

창문을 통해 들어온 햇빛이 유리를 뒤덮은 철망을 통과해서 작은 사각형 모양으로 내리쬐고 있다. 레이철은 우리 문을 흔들어 본다. 처음에는 가볍게, 이어 세게. 문은 잠겨 있다. 철망 사이 틈은 너무 작아서 손이 빠져나갈 수가 없다. 팔을 뻗어 빗장을 열 수는 없다.

다른 침팬지는 계속 앞뒤로 몸을 흔들고 있다.

레이철이 우리 철망을 흔들면서 울부짖자, 옆에 있던 침팬지는 피곤한 듯 고개를 들어 그녀를 본다. 붉게 충혈된 눈동자에는 초점이 없다. 이쪽을 보고 있는지도 알 수 없다. 안녕, 그녀는 머뭇거리며 수화로 말한다. 어떻게 된 거야?

침팬지는 어둑한 빛 속에서 눈을 깜빡인다. 아파, 그는 수화로 말한다. 침팬지는 손을 들어 전극을 만져보더니 계속 긁어서 벗겨진 피부에 손가락을 갖다 댄다.

누가 널 아프게 했어? 레이철은 묻는다. 그는 멍하니 그녀를 쳐다보고, 그녀는 질문을 되풀이한다. 누가 널 아프게 했어?

남자들, 그는 수화로 대답한다.

신호라도 받은 듯, 빗장에서 딸깍 소리가 나더니 실험실 문이 열린다. 턱수염이 난 흰 실험복 차림의 남자가 들어왔고, 이어 깔끔하게 면도한 정장 차림의 남자가 들어온다. 턱수염 남자가 뒤에 들어온 남자에게 실험실을 보여주는 것 같다.

"…아직은 예비실험일 뿐입니다." 턱수염 남자가 말하고 있다. "수화 훈련을 받은 침팬지가 부족해서 진척이 느려요." 두 남자는 늙은 침팬지 우리 앞에 선다. "이 늙은 개체는 오리건 센터에서 왔습니다. 언어 프로그램 연구비가 삭감되어서 일부 개체는 다른 프로그램으로 전환된 상태죠." 늙은 침팬지는 우리 뒤쪽에 웅크리고 수상하다는 눈으로 턱수염 남자를 쳐다본다.

*배고파?* 턱수염 남자는 늙은 침팬지에게 수화로 말한다. 그는 침팬지가 볼 수 있도록 오렌지를 들어 보인다.

*오렌지를 줘,* 침팬지는 말한다. 그는 손을 내밀었지만, 몸은 최대한 철망에 거리를 둔다. 침팬지는 과일을 손에 쥐고 우리 뒤쪽으로 다시 물러간다.

턱수염 남자는 말을 계속한다. "이 프로젝트를 통해서 우리는 수화를 사용하는 동안 어떤 신경 활동이 이루어지는지 최초로 확실한 데이터를 얻을 수 있을 겁니다. 하지만 고차원적인 언어능력을 지닌 침팬지가 보다 많이 필요합니다. 다들 자기 동물을 너무 아껴요."

"이것도 당신 동물인가요?" 면도한 남자가 레이철을 가리키며 묻는다. 그녀는 최대한 철망에서 떨어져서 우리 뒤쪽에 웅크리고 앉는다.

"아뇨. 제 것이 아닙니다. 누가 애완용으로 집에서 키웠나 봐요. 보안관이 우리에게 수거하라고 했습니다." 턱수염 남자가 우리 안을 들여다본다. 레이철은 움직이지 않는다. 그녀가 수화를 할 줄 안다는 것을 알아차리면 어쩌나 무섭다. 그녀는 그의 손을 응시하며 그 손이 자신의 두개골에 전극을 삽입하는 장면을 상상한다. "번식용으로 분류되겠지요." 남자는 돌아서면서 말한다.

레이철은 그 잔인함에 아연한 채 그들이 떠나는 모습을 멍하니 바라본다. 애런의 말이 맞았다. 그들은 그녀를 벌하려 한다, 머리에 전극을 삽입하려 한다.

남자들이 나간 뒤, 그녀는 늙은 침팬지에게서 대화를 이끌어 내려고 하지만, 그는 대답하지 않는다. 그는 그녀를 무시하고 오렌지를 먹느라 여념이 없다. 그러더니 아까의 자세로 돌아가서 머리를 숨기고 몸을 앞뒤로 흔들기 시작한다.

이런 상황인데도 배가 고파서, 레이철은 먹이를 하나를 먹어본다. 묘한 약 냄새가 나서, 다시 그릇 안에 놓아둔다. 소변이 마렵지만, 변기가 없고 우리 밖으로 나갈 수도 없다. 결국 도저히 참을 수가 없어서 그녀는 우리 한쪽 구석에 소변을 본다. 소변은 철망 사이로 흘러내려 우리 아래 깔개를 적신다. 뜨끈한 오줌 냄새가 우리를 가득 채운다. 수치스럽고, 두렵고, 머리가 아프고, 벼룩 퇴치제 때문에 피부가 가렵다. 레이철은 햇빛이 방을 천천히 이동하는 모습만 바라본다.

하루가 천천히 지난다. 레이철은 다시 먹이를 먹어보다가 거부한다. 저 기묘한 맛보다는 차라리 배고픔이 낫다. 흑인 한 사람이 들어와서 토끼와 쥐 우리를 청소한다. 레이철은 우리 안에 웅크린 채 그도 혹시 자기를 아프게 하지 않을까 싶어 경계심 가득한 눈빛으로 그를 주시한다.

밤이 되었지만, 피곤하지 않다. 밖에서 코요테가 울부짖는다. 달빛이 높은 창문을 통해 스며들어 온다. 레이철은 다리를 끌어모아 잔뜩 몸에 붙이고 팔로 무릎을 감는다. 아버지는 죽었고, 그녀는 이상

한 장소에 포로로 잡혀 있다. 제발 이 악몽에서 깨어났으면, 눈을 뜨면 우리 집 침대였으면, 잠시 그녀는 나직하게 낑낑거린다. 방문에서 달칵하는 열쇠 소리가 들려, 그녀는 자기 몸을 한층 더 단단히 끌어안는다.

녹색 작업복 차림의 남자는 청소 도구가 가득 든 카트를 밀고 들어온다. 그는 카트에서 빗자루를 집어 들더니 콘크리트 바닥을 쓸기 시작한다. 줄줄이 늘어선 우리 너머로 남자의 머리 꼭대기가 비질하는 동작에 맞춰 아래위로 흔들리는 것이 보인다. 그는 천천히, 반복적으로 우리가 늘어선 줄마다 허리를 굽혀 꼼꼼히 비질하고, 먼지와 똥, 음식 조각을 복도 한복판에 소복하게 쌓는다.

청소부의 이름은 제이크다. 중년의 청각장애인이고, 7년째 유인원 연구 센터에서 일하고 있다. 그는 야간 근무조다.

유인원 연구 센터 인사과장은 제이크를 좋아한다. 덕분에 연방에서 지정한 장애인 의무 고용 인원을 채울 수 있고, 게다가 그가 5년 동안 급여 인상을 요구하지 않았기 때문이다. 일이 대체로 엉성해서 불만이 가끔 접수되기는 했지만, 해고해야 할 정도는 아니었다.

제이크는 야심이 없고 두뇌 회전이 약간 느리다. 그가 유인원 연구 센터를 좋아하는 이유는 혼자 일하기 때문에 업무 중에 술을 마실 수 있어서다. 그는 태평스러운 성격이고, 동물을 좋아한다. 때로 동물들에게 줄 간식을 가져오기도 한다. 한번은 임신한 히말라야 원숭이에게 사과를 먹이는 것이 연구실 조교에게 발각되기도 했다. 그 원숭이는 식사 제한이 태아의 두뇌 발달에 미치는 영향에 대한 실험 대상이었다. 조교는 제이크에게 한 번만 더 동물에 손을 대면 해고될 거라고 경고했다. 제이크는 여전히 동물들에게 간식을 주고 있지만, 더욱 조심스러워졌고, 이후 다시는 발각되지 않았다.

레이철이 바라보는 앞에서, 늙은 침팬지는 제이크에게 손짓한다. *바나나 줘. 줘, 바나나.* 제이크는 잠시 비질을 멈추더니 청소 도구 카트 맨 밑단으로 손을 집어넣는다. 그는 거기서 바나나를 꺼내 늙은 침팬지에게 건넨다. 침팬지가 바나나를 받으며 철망에 몸을 기대자, 제이크는 그의 털을 긁어준다.

다시 돌아서서 비질을 하려던 제이크는 레이철 쪽을 언뜻 보고 그녀가 쳐다보고 있는 것을 알아차린다. 제이크가 늙은 침팬지에게 친절하게 대하는 모습에 용기를 얻어, 레이철은 소심하게 수화로 말을 건다. *도와주세요.*

제이크는 망설이다 그녀를 좀 더 찬찬히 바라본다. 두 눈은 미세한 거미줄처럼 충혈되어 있다. 너무 오랫동안 술을 가까이 한 사람답게 코에도 터진 실핏줄투성이다. 면도를 해야 한다. 그가 가까이 다가오자 위스키와 담배 냄새가 난다. 그 냄새가 애런을 연상시켜서 레이철에게 용기를 준다.

*도와주세요,* 레이철은 손짓한다. *여기는 내가 있을 곳이 아니에요.*

제이크는 1시간 동안 꾸준히 술을 마시던 참이다. 그의 눈에는 세상이 약간 흐릿하게 보인다. 그는 게슴츠레한 눈으로 그녀를 응시한다.

그가 혹시 나를 다치게 하지 않을까 하는 두려움은 곧 나를 혼자 간힌 이대로 내버려 두고 나가버리지 않을까 하는 두려움으로 바뀐다. 레이철은 필사적으로 손짓한다. *제발, 제발, 제발. 도와주세요. 여기는 내가 있을 곳이 아니에요. 제발 제가 집으로 돌아갈 수 있게 도와주세요.*

제이크는 이 상황을 곰곰이 생각하며 레이철을 쳐다본다. 레이철은 움직이지 않는다. 조금이라도 움직이면 그가 떠나버릴 것 같아 두렵다. 취한 상태치고는 경이로운 속도로, 제이크는 빗자루를 등 뒤 우리에 기대 세워놓고 다시 레이철의 우리로 다가온다. *말할 줄 아니?* 그는 수화로 말을 건넨다.

*말할 줄 알아요,* 레이철은 손짓한다.

*어디서 왔어?*

*아버지의 집에서요. 남자 둘이 와서 날 쏘고 여기 데려왔어요. 왜 그랬는지 모르겠어요. 나를 왜 감옥에 가뒀는지 모르겠어요.*

제이크는 주위를 둘러보며 공감하려고 노력하지만, 감옥이라는 말에 어리둥절해한다. *여긴 감옥이 아니야. 과학자들이 원숭이를 기르면서…*

레이철은 분개한다. *난 원숭이가 아니에요. 난 소녀예요.*

제이크는 그녀의 북슬북슬한 몸과 비죽 튀어나온 귀를 바라본다. *넌 원숭이처럼 보이는데.*

레이철은 고개를 젓는다. *아뇨, 난 소녀예요.*

레이철은 두 손으로 머리 위를 뒤쪽으로 쓸어넘긴다. 속이 터지고 불행하다는 감정을 나타내는 인간적인 동작이다. 그녀는 슬프게 손짓한다. 여기는 내가 있을 곳이 아니에요. 제발 내보내 주세요.

제이크는 어떻게 해야 할지 고민하며 한쪽 발에서 다른 쪽 발로 체중을 바꿔 싣는다. 너를 내보내 줄 수는 없어. 그랬다가는 내가 정말 곤란해져.

잠깐만이라도 안 될까요? 네?

제이크는 청소 도구 카트를 쳐다본다. 퇴근해서 쉬려면, 이 방을 끝내고 복도 두 개에 늘어선 사무실들을 마저 청소해야 한다.

가지 마세요, 레이철은 그가 무슨 생각을 하는지 짐작하고 손짓한다.

난 할 일이 있어.

그녀는 카트를 쳐다보고 얼른 제안한다. 절 내보내 주면 일을 도와드릴게요.

제이크는 미간을 찡그린다. 내보내 주면 도망칠 거잖아.

아니요, 도망 안 가요. 도와드릴게요. 내보내 주세요.

돌아가겠다고 약속해?

레이철은 고개를 끄덕인다.

조심스럽게, 그는 빗장을 푼다. 레이철은 얼른 뛰쳐나가 카트에서 빗자루를 집어 든 뒤 우리 아래 떨어진 음식 조각과 배설물을 열심히 쓸기 시작한다. 빨리 와요, 그녀는 복도 끝까지 가서 제이크에게 손짓한다. 제가 도울게요.

제이크가 우리로 가득 찬 방에서 카트를 밀고 나가자, 레이철도 바로 뒤를 따른다. 청소 카트의 고무바퀴가 리놀륨 바닥에서 부드럽게 굴러간다. 철제문 하나를 지나니 양탄자가 깔리고 분필 가루와 종이 냄새가 풍기는 복도가 나온다.

복도에는 사무실들이 늘어서 있다. 각각 책상과 책장, 칠판이 딸린 작은 방이다.

제이크는 레이철에게 쓰레기통을 쓰레기봉투에 비우는 법을 가르쳐 준다. 그가 칠판을 청소하는 동안, 그녀는 쓰레기로 가득 찬 봉투를 질질 끌고 사무실마다 돌아다닌다.

처음에 제이크는 눈을 떼지 않고 레이철을 지켜본다. 칠판 하나 청소를 마칠 때마다, 그는 잠시 일손을 멈추고 종이컵에 담긴 위스키를 한 모금씩 마신다. 복도 끝까지 그렇게 간 뒤에, 변기 세제와 창문 클리너 사이에 박아둔 위스키병에서 술을 다시 컵에 따른다. 두 번째 컵을 반쯤 비울 때가 되자, 그는 빨리 끝내고 저녁을 먹자면서 어느새 레이철을 오랜 친구처럼 대하고 있다.

레이철은 재빨리 일하지만, 가끔 서서 사무실 창밖을 내다본다. 래빗브러시 덤불이 군데군데 자라난 모래 평야에 달빛이 비치고 있다.

복도 끝은 좀 더 큰 방이고, 책상 몇 개와 타자기가 있다. 어느 쓰레기통에서 레이철은 종잇조각과 사탕 포장지에 파묻힌 잡지 한 권을 찾아낸다. 제목은 《사랑 고백》이고, 표지에는 남자와 여자가 키스하는 그림이 실려 있다.

레이철은 표지를 훑어보다가 잡지를 카트 맨 아래 칸에 챙긴다.

제이크는 다시 위스키를 한 잔 따르고 다음 복도를 향해 카트를 민다. 이제 일하는 속도가 현저히 느려진다. 그는 연신 기분 좋게 홍

얼흥얼 아무 가락 없는 소리를 내면서 마지막 칠판 몇 개를 대충 청소하고, 레이철은 쓰레기통을 비우면서 제이크가 놓친 자리를 닦는다.

그들은 관리인 비품실에서 저녁을 먹는다. 기름때 낀 낡은 소파와 오래된 흑백 텔레비전이 있을 뿐, 청소 도구 선반으로 가득 찬 창문 없는 갑갑한 방이었다. 선반에서 제이크는 도시락이 담긴 종이봉투를 꺼낸다. 간단한 샌드위치, 바비큐 포테이토 칩 한 봉지, 바닐라 웨이퍼 한 상자가 들어 있다. 그는 대형 액체 세제 통 뒤에서 잡지 하나를 꺼낸다. 담배에 불을 붙이고, 위스키를 한 잔 더 따르고, 소파에 앉는다. 잠시 망설이다, 그는 이빨 빠진 사기잔에 위스키 한 잔을 따라 레이철에게 권한다.

애런은 레이철에게 한 번도 위스키를 허락한 적이 없었다. 그녀는 조심스럽게 맛본다. 처음 냄새를 맡는 순간 재채기가 나지만, 목구멍을 데우고 넘어가는 술의 맛은 신기하다. 그녀는 몇 모금 더 마신다.

술을 마시며, 레이철은 제이크에게 자신을 쏜 남자들, 주사를 놓은 여자에 대해 이야기한다. 그는 고개를 끄덕인다. *여기 사람들은 미쳤어,* 그는 수화로 말한다.

*알아요,* 그녀는 머리에 전극을 꽂은 늙은 침팬지를 생각한다. *내가 말할 줄 안다고 그들에게 말하지 마세요, 네?*

제이크는 고개를 끄덕인다. *아무 말도 안 할게.*

*그 사람들은 제가 진짜가 아닌 것처럼 취급해요.* 레이철은 서글프게 말한다. 미친 사람들에게 잡혀 있다고 생각하니, 그녀는 무서워서 무릎을 끌어안는다. 탈출 계획도 생각해 본다. 이제 우리 밖으로 나

왔고, 제이크보다는 분명 빨리 달릴 수 있을 것이다. 생각하는 동안, 그녀는 위스키 한 잔을 다 비운다. 알코올이 두려움을 조금 가라앉혀 주는 것 같다. 그녀는 제이크와 나란히 소파에 앉아 있다. 그의 담배 연기는 애런을 연상시킨다. 애런이 죽은 뒤 처음으로 따뜻하고 행복한 기분이다.

레이철은 제이크의 쿠키와 포테이토 칩을 먹으며 쓰레기통에서 주운 《사랑 고백》 잡지를 본다. 처음 읽은 이야기는 앨리스라는 여자의 사연이다. 제목은 이렇다. "남편의 도박 빚을 갚기 위해 고고 댄서가 되었는데, 이제 남편이 몸까지 팔라고 한다."

레이철은 앨리스의 외로움과 고통에 공감한다.

앨리스 역시 레이철과 마찬가지로 외롭고 오해받고 있다. 그녀는 천천히 잡지를 읽으면서 위스키 두 잔째를 마신다.

동화를 연상시키는 이야기다. 공주를 구출한 잘생긴 왕자님 대신 끔찍한 남편에게서 앨리스를 구출한 남자가 등장한다. 레이철은 제이크를 흘끗 보며 혹시 그가 자신을 우리에 가둔 사악한 사람들에게서 자신을 구출해 주지 않을까 생각해 본다.

위스키 두 잔째를 다 마시고 쿠키를 절반쯤 먹었을까, 제이크가 이제 우리로 돌아가야 한다고 말한다. 레이철은 내키지 않는 마음으로 잡지를 가지고 간다. 제이크는 내일 다시 오겠다고, 그걸로 만족하라고 말한다. 그녀는 잡지를 우리 한쪽 구석에 놓고 웅크린 채 잠을 청한다.

사랑에 빠진 레이철

레이철은 이른 오후 잠에서 깬다. 흰 실험복 차림의 남자가 낮은 카트를 끌고 실험실에 들어선다.

숙취 때문에 머리가 지끈거리고 속이 메슥거린다. 우리 한쪽 구석에 웅크리고 있는데, 남자는 옆에 카트를 세우고 바퀴를 잠근다. "가만히 있어." 그는 그녀에게 말한 뒤 그녀의 우리를 카트에 싣는다.

남자는 레이철을 밀고 긴 복도를 지난다. 시멘트벽은 공공기관에 어울리는 녹색이다. 레이철은 어디로 가는지, 제이크가 찾아올 수 있을지 생각하며 우리 안에 우울하게 웅크리고 앉아 있다.

긴 복도 끝에서 남자는 두꺼운 철문을 연다. 따뜻한 공기가 문간에서 훅 밀려온다.

침팬지 냄새, 배설물 냄새, 썩어가는 음식 냄새가 풍긴다. 복도 양쪽에는 철봉과 철창이 늘어서 있다.

철창 뒤로 어둑어둑한 털북숭이들이 눈에 띈다. 어느 우리에는 청소년 침팬지 다섯 명이 그네를 타며 놀고 있다. 다른 우리에는 두 암컷이 바싹 붙어 앉아 서로 털을 다듬어 주고 있다.

어느 우리에서 덩치 큰 수컷이 주먹으로 철망을 치며 시끄러운 소리를 내고 있다. 그 앞에서 남자는 속도를 늦춘다.

"존슨." 남자는 말한다. "진정해. 착하게 굴어야지. 새 여자 친구를 데려왔다."

그는 레이철의 우리와 존슨 옆 우리를 여러 개의 고리로 연결한 뒤 문을 연다. "자, 이쪽으로 들어가라. 거기 과일도 보이지." 새 우리 안에는 자른 사과가 담긴 그릇이 놓여 있고, 그 위에 날파리가 웅웅거리고 있다.

처음에 레이철은 새 우리로 들어가지 않으려 한다. 다시 실험실로 데려가 주지 않을까 하는 생각에 그녀는 카트 위 우리에 그냥 웅크리고 있다. 남자는 호스를 가져오더니 수도꼭지와 연결한다. 뭘 하려는지 몰라 쳐다보고만 있는데, 그가 호스 꼭지를 레이철에게 향한다. 차가운 물살이 등을 세차게 때리자, 그녀는 울부짖으며 찬물을 피해 새 우리로 도망친다. 남자는 문을 닫고, 우리를 연결한 고리를 풀더니, 서둘러 나가버린다.

바닥은 시멘트다. 우리는 복도 한쪽 끝에 있고, 두 벽은 시멘트 벽돌로 되어 있다. 한쪽 시멘트벽에 야외 우리로 통하는 길이 있다. 다른 두 벽은 철망이다. 한쪽 벽은 복도를, 다른 하나는 존슨의 우리를 바라보고 있다.

남자가 나가자 조용해진 존슨은 양쪽 우리가 맞닿은 철망의 문 주위를 킁킁거리고 있다. 레이철은 초조하게 그를 바라본다. 다른 침팬지에 대한 기억은 워낙 오래전이라 아득하고, 가물가물하다. 그녀는 어머니를 기억한다. 또래의 다른 침팬지와 놀았던 기억도 어렴풋이 난다. 하지만 강렬한 눈빛으로 그녀를 응시하며 요란하게 씩씩거리는 존슨에게는 어떻게 반응해야 할지 알 수 없다. 수화로 말을 걸어보지만, 그는 더 강렬하게 쳐다보며 다시 씩씩거린다. 존슨 너머로 다른 우리, 다른 침팬지들이 보이지만, 워낙 많은 철망이 시야를 흐려서 복도 반대쪽 끝은 보이지 않는다.

자신을 탐색하는 존슨의 시선을 피하기 위해, 그녀는 문을 지나 흰 콘크리트 바닥에 철망으로 설치한 야외 우리로 나가본다. 바깥은 래빗브러시가 자란 황량한 땅이다. 다른 야외 우리는 다 비어 있다. 존슨이 옆 우리로 따라 나온다. 그의 관심이 신경 쓰여서 그녀는 다시 들어온다.

그녀는 존슨에게서 가장 멀리 떨어진 우리 구석에 물러나 앉는다. 나무로 조악하게 대어놓은 발판이 의자 대신 놓여 있다. 그녀는 팔로 무릎을 끌어안은 뒤 최대한 존슨을 무시하고 긴장을 풀기 위해 노력한다. 잠시 졸던 그녀는 복도 건너편에서 나는 소란에 다시 깬다.

건너편 우리의 암컷 침팬지가 발정기였다.

발정기에 레이철 자신의 몸에서 나는 냄새가 났다.

관리인 두 명이 암컷 우리와 그 옆 우리를 막는 문을 열고 있다. 옆 우리에는 수컷이 대단한 흥미를 보이며 서 있다. 존슨도 바라보며 철망을 붙잡고 흔들며 울부짖는다.

"여기 마이크는 첫 경험이지만, 수지는 어떻게 해야 하는지 알고 있어." 한 관리인이 다른 관리인에게 말한다. "그러니 큰 문제는 없을 거야. 하지만 호스는 대기 상태로 들고 있어."

"그래?"

"그래. 가끔 싸우거든. 싸움이 심해질 때만 우리가 호스로 개입해서 떼어놔. 대체로 알아서 잘해."

마이크가 수지의 우리에 들어간다. 관리인들은 우리 문을 내려서 두 침팬지를 한 우리 안에 가둔다.

수지는 놀라지 않는 것 같다. 마이크가 지대한 관심을 보이며 성기를 킁킁거리는데도, 그녀는 오렌지 조각을 계속 먹고 있다. 오히려 허리를 굽혀 분홍색 엉덩이를 더듬도록 내버려 둔다. 발정기의 징후다.

레이철은 자신이 철망 앞에 서서 나직하게 신음을 내고 있다는 것을 깨닫는다. 발기한 마이크의 성기가 보이고 끙끙거리는 소리도 들린다. 그는 수지의 우리 바닥에 쭈그리고 앉아 암컷을 향해 손짓하고 있다. 레이철은 복잡한 감정이다. 신기하고, 두렵고, 혼란스럽다. 《사랑 고백》 잡지에 나오던 섹스 묘사가 자꾸 떠오른다. 앨리스의 입술에 대니의 입술이 닿는 순간, 억누를 수 없는 열정이 앨리스를 휘감는다. 그가 그녀를 끌어안자, 몸속이 타오르듯 피부가 찌릿찌릿하다.

수지가 허리를 굽히고, 마이크는 커다란 신음을 내며 성기를 삽입한 뒤 엉덩이를 격렬하게 움직이기 시작한다. 수지는 날카로운 외침과 함께 갑자기 벌떡 일어서서 마이크를 물리쳐 버린다. 레이철은 넋을 잃고 바라본다. 이제 성기가 축 늘어진 마이크는 천천히 수지를 따라 우리 한쪽으로 가더니 그녀의 몸을 열심히 정돈해 주기 시작한다. 레이철은 철망을 너무 꽉 붙들고 있어서 손에 상처가 났다는 것을 깨닫는다.

밤이다. 복도 끝 문이 삐걱 열린다. 레이철은 곧장 귀를 쫑긋 세우고 누가 들어왔는지 확인하려고 철창 너머를 열심히 쳐다본다. 그녀는 철창을 두드린다. 제이크가 다가오자, 그녀는 반가워 손을 흔든다.

레이철의 우리 문을 위로 올리는 레버에 제이크가 손을 뻗는 순간, 존슨이 울부짖으며 팔을 머리 위로 올리고 그를 향해 달려든다. 존슨은 제이크를 향해 험상궂은 얼굴로 소리를 지르며 주먹으로 철망을 친다. 레이철은 존슨을 무시하고 얼른 제이크를 따라나선다.

다시 레이철은 제이크를 도와 청소를 한다. 실험실에서 늙은 침팬지에게 인사를 건네지만, 그는 대화보다는 제이크가 가져온 바나나에 관심이 더 많다.

아무리 질문을 던져도 대답이 없다. 몇 번 시도한 끝에 레이철은 포기한다.

제이크가 복도 양탄자를 진공청소기로 훑는 동안, 레이철은 쓰레기를 비우다가 《현대 로맨스》라는 잡지를 《사랑 고백》과 같은 쓰레기통에서 발견한다.

청소를 마치고 비품실로 돌아온 제이크는 담배를 피우고 위스키를 마시면서 자기 잡지를 본다.

레이철은 《현대 로맨스》에 실린 사랑 이야기를 읽는다.

이따금 제이크의 어깨 너머를 보면, 벌거벗은 채 다리를 활짝 벌린 여자들의 사진이 눈에 띈다. 제이크는 큰 젖가슴, 빨간 손톱, 보라색 눈썹을 한 금발 여자들을 한참 동안 바라본다. 여자는 누운 채 다리 사이 분홍색 살을 어루만지며 미소 짓고 있다. 다음 페이지에는 그녀가 자기 젖가슴을 어루만지며 짙은 젖꼭지를 꼬집고 있다. 마지막 사진에는 그녀가 어깨 너머로 이쪽을 돌아보고 있다. 수지가 수컷이 올라타기 편하도록 취했던 바로 그 자세다.

레이철은 제이크의 어깨 너머로 잡지를 훔쳐보지만, 질문을 하지는 않는다. 잡지를 넘기자마자 제이크의 체취는 변하기 시작한다. 초조한 땀 냄새가 담배 향, 위스키 향에 섞여 풍겨 온다.

지금 질문을 하면 귀찮아할 것 같다.

제이크가 시키는 대로, 그녀는 동이 트기 전에 우리로 돌아간다.

다음 주 내내 레이철은, 먹이를 가져오고 우리를 청소하는 남자들의 대화에 귀를 기울인다. 그 내용을 통해, 그녀는 유인원 연구 센터가 기본적으로 연구자들에게 여러 종의 원숭이와 유인원을 공급하는 사육기관이라는 것을 알아낸다. 자체 소속 연구원도 있다. 무관심한 어조로, 남자들은 끔찍한 이야기를 한다. 복도 끝에 있던 청소년 침팬지들은 콜레스테롤이 순환계에 미치는 영향을 연구하기 위해 고콜레스테롤 식이요법을 시행하고 있다. 임신한 암컷 한 무리는 남성 호르몬이 새끼에게 미치는 영향을 알아보기 위해 남성 호르몬 주사를 맞고 있다.

유아 한 무리는 단백질 부족이 두뇌 발달에 어떤 영향을 주는지 알아보기 위해 저단백질 식사를 하고 있다.

남자들의 시선은 마치 그녀가 실제가 아닌 듯, 벽의 일부인 듯, 존재하지 않는 듯, 투명 인간처럼 그녀를 지나친다.

그들에게 말을 걸 수는 없다. 그들을 믿을 수 없다.

매일 밤 제이크는 그녀를 우리에서 꺼내주고, 그녀는 청소를 돕는다. 그는 간식도 가져온다. 바비큐 포테이토 칩, 생과일, 초콜릿 바, 쿠키. 그는 조숙한 아이 대하듯 그녀를 아낀다. 이야기도 나눈다.

밤에 제이크와 같이 있으면, 우리의 무서움도, 앞뒤로 서성거리는 존슨을 바라보는 초조함도, 그 단순한 행동 하나에 수반되는 비현실적인 감각도 잊을 수 있다. 간식을 먹고 《고백록》 잡지를 읽으면서 제이크와 함께 있을 수 있다면, 영원히 만족할 수 있을 것 같다. 그도 그녀와 같이 있는 것을 좋아하는 것 같다. 하지만 매일 새벽이 되면, 제이크는 그녀를 우리 안으로, 공포 속으로 돌려보낸다. 첫 주가 끝날 때쯤, 그녀는 탈출을 계획하기 시작했다.

닷새에 사흘꼴로 제이크가 위스키에 취해 잠들면, 레이철은 혼자 센터를 돌아다니며 사막에서 살아남기 위해 필요한 것들을 은밀히 모은다. 물을 가득 채운 플라스틱 물통, 사료 포대, 추운 사막의 밤에 덮을 커다란 비치타월, 다른 물건들을 넣어 운반할 버려진 쇼핑백. 최고의 횡재는 유인원 연구 센터가 빨간색으로 표시된 지도다. 애런의 목장 주소를 알고 있기 때문에 지도에서 위치를 찾았다. 그녀는 도로를 살펴보면서 집으로 가는 경로를 정한다. 길을 잃지 않는다면 80킬로미터 정도 들판을 지나야 한다. 그녀는 이렇게 모은 물건들을 관리 비품실 선반 뒤에 숨긴다.

탈출해서 집으로 돌아간다는 계획은 세워두었지만, 제이크와 사랑에 빠졌다는 생각이 머릿속에 자리를 잡아서 레이철은 선뜻 마음이 내키지 않는다. 로맨스 잡지에 실린 이야기의 영향이다.

제이크가 아무 생각 없이 그녀를 쓰다듬을 때면, 묘한 흥분이 가득 찬다. 그와 늘 함께 있고 싶고, 그가 출근하지 않는 주말에는 너무나 그립다. 레이철은 그와 같이 있을 때만, 복도를 따라 돌아다니며 향수 냄새 같은 담배와 위스키 향을 킁킁거릴 때만 행복하다. 언제든지 향을 음미하고 싶어서, 그의 담뱃갑에서 담배를 하나 훔쳐 우리에 숨겨놓기도 했다.

그를 사랑하지만, 어떻게 해야 그가 나를 사랑하게 만들 수 있을까? 레이철은 사랑에 대해 아는 것이 없다. 고등학교 시절 가까운 라커를 사용하던 남자애를 짝사랑했던 기억은 있지만, 별다른 사건은 없었다. 그녀는 잡지에 실린 사랑 고백과, 제이크가 매일 밤 가져오는 신문에서 앤 랜더스의 칼럼을 읽는다. 이런 것들을 통해 로맨스를 배운다. 어느 날 밤 제이크가 잠든 뒤, 그녀는 형편없는 맞춤법과 구두점으로 앤에게 편지를 쓴다. 지금 상황을 설명하고 제이크가 나를 사랑하게 만들려면 어떻게 해야 하는지 조언을 청하는 내용이다. 그녀는 '발신 우편물'이라고 적힌 포대에 몰래 편지를 넣었고, 다음 주 내내 한층 비상한 관심을 갖고 앤의 칼럼을 찾아 읽는다. 하지만 그녀의 편지는 신문에 실리지 않는다.

레이철은 제이크가 늘 열심히 쳐다보는 잡지 사진에서 해답을 찾는다. 벌거벗은 여자들, 특히 눈 주위를 보라색으로 칠한, 젖가슴이 큰 여자를 연구한다.

어느 날 밤, 그녀는 비서의 책상에서 아이섀도 플라스틱 통을 발견한다. 그녀는 통을 슬쩍해서 우리로 가지고 간다.

다음 날 저녁, 센터가 조용해지자마자, 그녀는 금속 식판을 뒤집어 반질반질한 밑면에 얼굴을 비춘다. 쭈그리고 앉아서 아이섀도 통을 한쪽 무릎 위에 놓고 내용물을 살펴본다. 작은 메이크업 솔이 들어 있다. 아이섀도는 세 가지 색, 인디언 블루, 숲의 그린, 들판의 바이올렛이다. 레이철은 들판의 바이올렛이라고 적힌 색을 고른다.

한 손가락으로 오른쪽 눈을 누른 채, 그녀는 솔로 조심스럽게 눈꺼풀을 톡톡 두드린다. 갈색 피부에 선명한 난초색 얼룩이 생긴다. 그녀는 비판적인 눈으로 얼룩을 바라보다가 솔을 눈꺼풀 바깥쪽으로 문질러서 갈색 털까지 색을 뭉개 사라지게 한다. 색칠한 눈에서는 카니발의 환희, 광인의 흥겨움이 풍긴다. 그녀는 초집중 상태로 반대쪽 눈에도 똑같이 칠한 뒤 거울에 자기 모습을 비추어 보고 새침하게 눈을 깜빡인다.

옆 우리에서 존슨이 이를 드러내고 철망을 흔든다. 그녀는 그를 무시한다.

레이철을 꺼내주러 온 제이크는 그녀의 눈을 보고 얼굴을 찌푸린다. *다쳤어?* 그는 수화로 묻는다.

*아니,* 그녀는 말한다. 잠시 사이를 두고, 덧붙인다. *마음에 안 들어?*

제이크는 그녀 옆에 쭈그리고 앉아 눈을 응시한다. 레이철은 그의 무릎에 손을 얹는다. 대담한 행동에 가슴이 쿵쿵거린다. *넌 정말 특이한 원숭이다,* 제이크는 말한다.

움직이기가 무섭다. 그녀는 그의 무릎에 얹었던 손을 움츠려 주먹을 쥔다. 눈 주위에 주름이 잡히며 얼굴이 쭈그러든다.

문득 제이크는 일어나더니 수화로 말한다. *원래 눈이 더 좋았어.*

그는 내 눈을 좋아한다. 레이철은 그의 얼굴에서 눈을 떼지 않고 고개를 끄덕인다. 나중에 그녀는 여자 화장실에서 얼굴을 씻는다. 종이 타월 여러 장에 멍 색깔이 묻어 나온다.

레이철은 꿈을 꾼다. 그녀는 갈색 털북숭이 어머니와 함께 붉은 바위 계곡을 따라 페인티드 사막을 걷고 있다. 이 길로 가면 유인원 연구 센터가 나온다는 것을 알고 있다. 어머니는 뒤로 처진다. 센터로 가고 싶지 않은 모양이다. 두려운 것이다. 바위 그림자 아래에 멈춰선 채, 레이철은 제이크가 센터에 있으니 거기 가야 한다고 어머니에게 설명한다.

어머니는 수화를 이해하지 못한다. 그녀는 서글픈 눈으로 레이철을 바라보더니 그녀를 뒤에 남기고 계곡 벽을 버둥버둥 올라가기 시작한다. 뒤따라 낭떠러지 끝까지 기어 올라가 보니, 어머니는 바람에 마모된 붉은 언덕과 모래 위를 성큼성큼 뛰어가고 있다.

레이철은 어머니의 뒤를 따라 달리면서 버림받은 어린 침팬지처럼 울부짖는다.

모래땅에서 올라오는 열기 속에서 일렁이는 어머니의 모습이 멀리서 손을 흔든다. 어머니는 바뀐다. 붉은 모래땅을 달려가는 이는 보라색 스웨트 슈트와 조깅화 차림의 연한 금발 머리 여자, 레이철이 기억하는 달콤한 향기의 어머니다.

여자는 돌아보며 레이철을 향해 미소 짓는다.

"원숭이처럼 울부짖으면 안 돼, 내 딸. 엄마라고 말해봐."

레이철은 말없이 달린다. 꿈속의 질주는 어디에도 가 닿지 않는다.

모래가 발을 태우고, 햇빛이 머리에 따갑게 내리쬔다. 금발 머리 여자는 멀리서 사라지고, 레이철은 혼자다. 그녀는 모래땅에 주저앉아 무서워서 낑낑 운다.

부드러운 손가락이 털을 어루만져 주는 것이 느껴진다. 순간이지만 그녀는 잠결에 털북숭이 어머니가 되돌아온 거라고 믿는다. 눈을 떠보니 철망 너머 진한 갈색 눈동자가 자신을 바라보고 있다. 존슨이다. 그는 철망 사이 틈으로 손을 뻗어 그녀를 어루만지고 있다. 털을 정돈해 주면서 나직하고 부드럽게 어르는 소리를 내고 있다.

여전히 잠결에 그를 응시하면서, 그녀는 왜 그렇게 두려워했을까 생각한다. 그는 나쁜 침팬지 같지 않다. 존슨은 한동안 털을 골라주다가 가까이 앉아 철망 너머로 그녀를 쳐다본다. 그녀는 음식 그릇에서 사과 한 조각을 가져와서 그에게 내민다. 그리고 반대쪽 손으로 사과를 뜻하는 수화를 보여준다. 그가 사과를 받자, 그녀는 다시 수화를 한다. 그는 아주 영리한 학생은 아니지만, 그녀에게는 시간이 많고 사과도 많다.

준비는 모두 끝났지만, 레이철은 차마 센터를 떠날 수가 없다. 센터를 떠난다는 것은 제이크를 떠난다는 것이고, 위스키와 포테이토 칩을 떠난다는 것이고, 안전을 포기한다는 뜻이다. 레이철에게 사랑이라는 개념에는 언제나 위스키와 포테이토 칩의 따뜻한 맛이 따라온다.

어느 날 밤, 제이크가 잠든 뒤, 그녀는 바깥으로 이어지는 커다란 유리문으로 향한다. 그녀는 문을 열고 계단에 앉아 사막을 내려다본다.

때로 토끼 한 마리가 유리문을 통해 비치는 사각형 불빛 안에 웅크리고 앉아 있다. 때로 캥거루쥐가 달빛 아래 단단한 보도를 고무공처럼 튀어 가는 모습도 보인다. 한번은 코요테가 이쪽으로 오만한 시선을 보내며 빠른 걸음으로 지나쳤다.

사막은 외로운 곳이다. 텅 비어 있다. 춥다. 그녀는 관리 비품실에서 부드럽게 코를 고는 제이크를 생각한다. 그러면 언제나 그녀는 문을 닫고 그에게 돌아간다.

레이철은 이중생활을 하고 있다. 밤에는 관리인의 조수, 낮에는 죄수이자 선생님. 오후에는 햇빛을 받으며 졸거나 존슨에게 새 수화를 가르친다.

따뜻한 오후, 레이철은 외부 우리에 앉아 햇볕을 쬐고 있다. 존슨은 안에 있고, 다른 침팬지들은 조용하다. 아버지의 목장에 돌아와 자신의 정원에 앉아 있는 기분이다. 그녀는 낮잠을 자다가 제이크의 꿈을 꾼다.

꿈에서 그녀는 낡은 누더기 소파에 앉아 있는 제이크의 무릎에 앉아 있다. 손은 그의 가슴 위에 얹고 있다. 손톱을 빨갛게 칠한 매끈하고 흰 손이다. 검은 텔레비전 화면 속에, 자신의 모습이 비친다. 그녀는 금발 머리와 파란 눈을 지닌 깡마른 10대 소녀다. 그녀는 벌거벗고 있다.

제이크는 그녀를 바라보며 미소 짓고 있다. 그의 손이 그녀의 등을 쓸어내리고, 그녀는 짜릿한 기분에 눈을 감는다.

그런데 눈을 감자 뭔가 변한다. 제이크는 어머니가 그랬듯 그녀의 털을 넘기며 이를 찾고 있다. 눈을 떠보니 존슨이 뚫어지게 그녀를 쳐다보며 손가락으로 부지런히 그녀의 털을 고르고 있다. 텔레비전 화면에는 두 침팬지가 서로의 팔에 얽혀 있는 모습이 비친다.

깨어나 보니, 센터에 온 뒤 첫 발정기다. 레이철의 성기 주변 피부는 분홍색으로 부풀어 올라 있다.

하루 종일 그녀는 안절부절못하며 우리 안에서 이리저리 오간다. 철망 반대편의 존슨 역시 가만히 있지 못한다. 그녀가 밖으로 나가자 그도 따라 나와서 사이를 가로막은 철망 가장자리를 한참 동안 킁킁거린다.

그날 밤 레이철은 반갑게 제이크의 청소를 도우러 나간다. 그녀는 절대 멀리 뒤처지지 않고 제이크를 바짝 따라다닌다.

레이철이 쓰레받기를 들고 너무 빨리 따라다니는 바람에, 제이크는 비질을 하다가 두 번이나 그녀에게 걸려 넘어질 뻔한다. 그녀는 그가 자신의 상태를 언제쯤 알아차릴까 애가 타지만, 그는 무심하다.

일하는 동안, 그녀는 위스키를 컵에 따라 홀짝거린다. 흥분한 상태라 평소보다 많이, 두 잔 가득 마신다. 술기운에 약간 몽롱한 기분으로, 그녀는 제이크를 따라 관리인 휴게실로 향한다. 그리고 그의 옆자리에 몸을 웅크리고 다가앉는다. 제이크는 팔을 소파 등받이에 편안히 올리고 다리를 앞으로 죽 뻗는다. 레이철은 그의 몸에 자신의 몸을 잔뜩 밀어붙인다.

그는 기지개를 켜고, 하품을 하고, 목뒤가 뻣뻣한지 어루만진다. 레이철은 손을 뻗어 그의 목을 부드럽게 주물러 준다. 손에 닿는 피부의 감촉이 짜릿하다. 머릿속에 혼란스러운 생각이 마구 오간다. 때로 손을 간지럽히는 털은 존슨의 털 같다. 때로는 틀림없는 제이크의 털이다. 때로는 어느 쪽이든 상관없다. 정말 그렇게 다른가? 별로 다르지 않다.

그녀는 다음으로 무엇을 해야 할지 몰라 그의 목만 주무른다. 고백 잡지에서는 바로 지금이 남자가 여자를 품에 끌어안는 시점이다. 레이철은 제이크의 무릎에 올라가서 그를 끌어안고 그가 자신을 와락 끌어안기를 기다린다. 그는 몽롱한 눈을 깜빡이며 그녀를 바라본다. 잠결에 그는 그녀를 어루만지고, 움직이던 손이 성기 근처를 스친다. 그녀는 목구멍에서 나지막한 신음을 내며 그에게 몸을 한층 더 밀어붙인다. 그의 사타구니에 엉덩이를 문지르니, 그의 체취와 호흡도 약간 변하는 것이 느껴진다. 조금 잠이 깨는지, 그는 그녀를 바라보며 다시 눈을 깜빡인다. 그녀는 미소 짓듯 이를 드러내고 고개를 뒤로 젖혀 그의 목을 핥는다. 어깨를 잡고 밀어내려는 그의 손길이 느껴지지만, 그녀는 그가 원하는 것을 알고 있다. 그녀는 그의 무릎에서 내려온 뒤 돌아선다. 그리고 상대가 올라타서 성기를 삽입할 수 있도록 분홍색 성기를 드러낸다. 그녀는 기대감에 신음하며 나지막하게 유혹적인 소리를 낸다.

그는 그녀에게 다가오지 않았다. 어깨 너머로 돌아보니, 그는 소파에 그대로 앉아 게슴츠레한 눈으로 그녀를 바라보고 있다. 그는 손을 뻗어 벌거벗은 여자 사진이 가득 실린 잡지를 집어 든다. 반대쪽 손은 사타구니로 향한다. 그는 자기 자신의 세상에 빠진다.

레이철은 어머니를 잃은 어린애처럼 울부짖지만, 그는 쳐다보지 않는다. 금발 머리 여자 사진만 응시하고 있다.

레이철은 어두운 복도를 달려 우리로, 그녀의 유일한 집으로 향한다. 우리 앞 복도에 도착했을 때, 그녀는 숨을 몰아쉬며 외로움으로 쓸쓸하게 낑낑거리고 있다.

조명이 흐릿하게 밝혀진 복도에서 그녀는 잠시 망설이며 존슨의 우리를 바라본다. 수컷은 잠들어 있다. 자신의 털을 정돈해 주던 그의 손길이 떠오른다.

그녀는 존슨의 우리로 들어가는 문을 들어 올리고 안으로 들어간다. 수컷은 문소리에 잠에서 깨어 킁킁거린다. 레이철을 보자, 그는 반갑게 킁킁거리며 다가온다. 그는 그녀의 성기를 애무하고 체취를 깊이 들이마신다. 그는 발기하고, 흥분해서 끙끙거린다. 그녀가 돌아서서 자세를 취하자, 그는 그녀에게 올라타서 깊이 삽입한다. 삽입하는 순간, 잠시 제이크가, 레이철이라는 이름의 10대 소녀가 떠오르지만, 그것도 잠시. 자신도 모르는 사이에 그녀는 날카로운 비명을 지른다. 기쁨과 상실감이 뒤섞인 외침이다.

성기를 빼낸 뒤, 존슨은 그녀의 몸을 부드럽게 정돈하고, 성기 냄새를 맡고, 다정하게 털을 쓰다듬는다. 만족스럽고 졸렸지만, 그녀는 지체해서는 안 된다는 것을 알고 있다.

존슨은 우리에서 떠나지 않으려 하지만, 레이철은 그의 손을 잡고 관리인 휴게실로 데려간다. 그의 존재가 용기를 준다. 문틈에 귀를 기울여 보니, 제이크의 부드러운 숨소리가 들려온다. 존슨을 복도에 남겨두고 그녀는 방으로 살그머니 들어간다. 제이크는 소파에 누워 있고, 잡지는 다리에 늘어져 있다. 레이철은 자신이 모은 물건들을 집어 들고 잠시 서서 잠든 남자를 쳐다본다. 부러진 의자 팔걸이에 그의 야구모자가 걸려 있다. 레이철은 그를 기억하기 위해 모자를 챙긴다.

레이철은 존슨을 이끌고 텅 빈 복도를 지난다. 유리문 근처 마른 풀에서 씨앗을 모으던 캥거루쥐가 존슨을 데리고 계단을 내려오는 레이철을 호기심 어린 눈으로 바라본다. 레이철은 어깨에 쇼핑백을 걸치고 있다. 저 멀리 어디선가 코요테가 길게, 요란하게 울부짖는다. 다른 코요테가 하나둘 합류해서 달빛 아래 합창하기 시작한다.

레이철은 존슨의 손을 잡고 사막으로 향한다.


플랙스태프의 술집에서 퇴근 후, 윈즐로의 집을 향해 차를 몰던 칵테일 웨이트리스는 눈부신 헤드라이트 불빛을 피해 도로를 쏜살같이 건너는 유인원 두 마리를 보았다.

양심과 한참 갈등을 벌인 끝에(근무 중에 술을 마셨다고 책잡히고 싶지 않았던 것이다) 그녀는 카운티 보안관에게 신고했다.

언론학과를 갓 졸업한 열의 넘치는 한 젊은 지역신문 기자가 경찰 보고서에서 이야기를 입수하고 웨이트리스를 인터뷰했다. 웨이트리스는 누군가 자기 이야기에 관심을 가지고 들어주는 것이 황송하고 기뻐서, 경찰에게 신고할 때 빠뜨린 사항까지 털어놓았다. 유인원 중 한 마리가 야구모자를 쓰고 쇼핑백을 걸치고 있었다는 것이었다.

기자는 조간신문용으로 짧고 유머러스한 기사를 쓴 뒤 이어 주중에 심층보도를 위해 취재를 시작했다. 신문사는 뉴스가 별로 없는 시점이라 감동적인 이야기를 크게 배치할 것이다. 침팬지가 등장하는 '래시, 집에 오다' 같은 이야기.

동트기 직전, 부슬비가 내리기 시작한다. 첫 봄비다. 쉴 곳을 찾던 레이철은 아무렇게나 뒹구는 바위 세 개로 이루어진 작은 동굴을 찾아낸다. 비도 막아주고, 사람들의 시선도 미치지 않는 곳이다. 그녀는 먹이와 물을 존슨과 나누어 먹는다. 어둠과 저 멀리 코요테 울음소리에 위축되었는지, 존슨은 밤새도록 그녀만 졸졸 따라온다. 레이철은 그를 보호해야 한다고 느낀다. 동시에 그와 같이 있으니 용기가 생긴다. 그는 수화로 몇 마디밖에 할 줄 모르지만, 말을 할 필요가 없다. 존재 그 자체가 충분한 위안이다.

존슨은 동굴 안쪽에 들어가서 곧장 잠든다. 레이철은 동굴 입구 쪽에 앉아 새벽빛에 하늘의 별이 사라지는 광경을 지켜본다. 빗방울이 모래에 똑똑 떨어지는 소리도 위안을 준다. 그녀는 제이크를 생각한다. 머리에 쓴 야구모자에서는 아직 그의 담배 냄새가 풍기지만, 그가 그립지는 않다. 정말로. 그녀는 모자를 만지작거린다. 왜 내가 그를 사랑한다고 생각했을까?

빗줄기가 누그러진다. 저 멀리 동화 속의 궁전처럼 피어오른 구름은 떠오르는 햇빛에 분홍빛으로, 금빛으로, 타는 듯한 빨강으로 물든다. 어렸을 때 애런이 읽어준 피노키오 이야기가, 진짜 소년이 되고 싶었던 작은 인형이 떠오른다. 모험의 마지막에 용감하고 친절했던 피노키오는 소원을 이룬다. 진짜 소년이 된 것이다.

레이철은 그 결말에 울었다. 애런이 왜 우냐고 묻자, 그녀는 털북숭이 손등으로 눈을 문질렀다. *나도 진짜 소녀가 되고 싶어요*, 그녀는 수화로 말했다. *진짜 소녀요.*

"넌 진짜 소녀란다." 애런은 말했지만, 어째서인지 그녀는 그 말을 믿은 적이 없었다.

해는 더 높이 떠올라 부서진 탑처럼 우뚝 솟은 사막의 바위들을 비춘다. 이 겸허하고 장대한 황무지에는 마법이 깃들어 있다. 어떤 문화권에서는 젊은이들을 사막에 보내 통찰력과 미래를 향한 지침을 찾게 하고 끝없이 트인 공간과 외로움을 통해, 텅 빔의 아름다움을 통해 진정한 깨달음을 얻게 한다.

레이철은 따뜻한 햇볕 아래 졸다가 꿈속에서 명징한 진실이 담긴 장면을 본다. 아버지가 그녀에게 다가온다. "레이철." 그는 말한다. "사람들이 널 어떻게 생각하는가는 중요하지 않아. 넌 내 딸이다."

*난 진짜 소녀가 되고 싶어요*, 그녀는 수화로 말한다.

"넌 진짜란다." 아버지는 말한다. "그 사실을 증명하기 위해 보잘것없는 주정뱅이 관리인 따위는 필요 없어." 자신이 꿈을 꾸고 있다는 것은 알고 있지만, 아버지가 진실을 말하고 있다는 것도 알고 있다. 따뜻하고, 행복하다. 제이크는 필요 없다. 햇볕이 따뜻하다. 도마뱀 한 마리가 바위틈에서 내다보다 그녀가 움직이자 서둘러 도망친다. 그녀는 동굴 바닥에 굴러다니는 돌조각을 주워 든다. 한가하게, 그녀는 검붉은 사암 표면을 긁는다. 삐딱한 하트 모양으로. 그리고 그 안에 이렇게 쓴다. 레이철과 존슨. 사이에는 더하기 표시.

그녀는 글자를 긁고 또 긁는다. 반질반질한 바위 표면에 수십 개의 미세한 선이 생겨난다. 그러다 아침 늦게, 낮의 온기에 긴장이 풀려서, 그녀는 잠든다.

해가 진 직후, 나이 지긋한 목장 주인이 픽업트럭을 타고 가다 자기 목장 안 외딴곳에서 유인원 두 마리를 보았다. 그들은 바위틈으로 도망쳤지만, 목장 주인은 원숭이들의 생김새를 똑똑히 기억했다. 그는 경찰에 신고했고, 신문사와 유인원 연구 센터에도 알렸다.

다음 날 아침, 기자가 제일 먼저 도착해서 목장주와 인터뷰했고, 유인원 연구 센터에서도 침팬지의 흔적을 추적 중인 사람들이 나왔다.

동굴 근처에서 원숭이 똥을 발견한 그들은 도망친 유인원들이 근처에 있는 게 확실하다고 했다. 배를 깔고 동굴 안으로 기어들어 간 기자의 눈에 동굴 벽에 새겨진 이름이 띄었다. 그는 유심히 바라보았다. 심심한 아이들이 장난치다가 새겨놓은 거라고 생각할 수도 있었지만, 이름 중 하나가 실종된 침팬지의 이름과 같았다.

"이봐." 그는 사진기자를 불렀다. "여기 이것 좀 봐."

다음 날 조간신문에 레이철이 서툴게 새긴 글자가 실렸다. 간략한 인터뷰에서, 목장 주인은 침팬지 중 한 마리가 가방을 가지고 있었다고 증언했다.

"여행에 필요한 물품 같았어요. 한참 돌아다닐 생각인 것 같았습니다."

사흘째 되는 날, 레이철의 물이 바닥난다. 그녀는 지도에 표시된 작은 마을 쪽으로 향한다. 그들은 이른 아침에 마을에 도착했다. 목마름 때문에 낮에도 계속 걸었다.

외딴곳에 떨어진 목장 저택 옆에 수도꼭지가 있다. 병에 물을 채우는데, 문득 존슨이 킁 소리를 내며 경계한다.

검은 머리 여자가 포치에서 쳐다보고 있다. 여자는 이쪽으로 다가오지 않았고, 레이철은 계속 병에 물을 채운다. "괜찮아, 레이철." 신문에서 기사를 읽은 여자가 그녀를 부른다. "마음대로 마시렴."

놀랐지만 아직 경계를 풀 수가 없다. 레이철은 병뚜껑을 닫고 여자를 계속 주시하면서 수도꼭지에서 물을 받아 마신다.

여자는 집 안으로 들어간다. 레이철은 존슨에게 빨리 마시라고 수화로 말한다. 그가 다 마시자, 그녀는 수도꼭지를 잠근다.

돌아서서 떠나려는데, 여자가 토르티야 한 접시와 사과 한 그릇을 들고 집에서 나온다.

그녀는 먹을 것을 포치 가장자리에 놓는다. "이거 먹어."

음식을 가방에 넣는 동안, 여자는 창문 안에서 지켜본다. 레이철은 마지막 사과를 챙긴 뒤 여자에게 손짓으로 감사 인사를 한다. 여자가 수화에 대답하지 않자, 레이철은 막대기를 들어 마당의 모래땅에 쓴다. '고맙습니다.' 손을 흔들어 작별 인사를 건네고, 사막으로 다시 길을 떠난다. 어리둥절하지만, 행복하다.


다음 날 조간신문에는 검은 머리 여자의 인터뷰가 실렸다. 레이철

　　　　　　　　　　　사랑에 빠진 레이철

이 수도꼭지를 틀었다가 다 마신 뒤 다시 잠갔다, 침팬지가 가방에 사과를 차곡차곡 넣고 막대기로 땅에 글을 썼다, 이런 내용이었다.

기자는 유인원 연구 센터장과 인터뷰를 했다. "그들은 동물입니다." 센터장은 화난 어조였다. "하지만 사람들은 털이 난 작은 인간 취급을 하려고 해요." 그는 센터가 "기본적으로 사육기관이며 얼마간의 의료 연구 기능을 갖추었다"라고 설명했다.

기자는 센터가 레이철을 습득한 경로에 대해 예리한 질문을 던졌다.

하지만 가장 이목을 끈 것은 심층취재였다. 기자는 애런 제이컵스의 변호사를 수소문해서 제이컵스가 유언장을 남겼다는 것을 알아냈다. 유언장에서 제이컵스는 집과 토지를 포함한 전 재산을 "내가 딸로 인정하는 침팬지 레이철"에게 남겼다.

기자는 연구 센터의 사무인력 중 젊은 여자 한 사람과 친해졌는데, 그녀는 사무실에서 떠도는 소문을 들려주었다. 주정뱅이 청각장애 관리인이 침팬지를 풀어주었다는 의심을 받고 업무 태만 사유로 해고당했다는 것이었다. 기자는 수화를 할 줄 아는 친구와 같이 제이크가 사는 플랙스태프 시내의 아파트를 찾아갔다.

해고당한 뒤 줄곧 술만 마시던 제이크는 레이철에게, 유인원 연구 센터에, 세상에 배신감을 느끼고 있었다. 그는 레이철에 대해 한참 이야기했다. 친구였다, 자기 야구모자를 훔쳐 달아났다, 왜 그런 식으로 도망쳤는지 이해할 수가 없다…

"침팬지가 말을 할 줄 안단 말입니까?" 기자는 수화 통역자를 통해 물었다.

그럼요, 제이크는 분한 듯 수화로 대답했다. *영리한 원숭이예요.*

기사 제목은 이렇게 나갔다. "똑똑한 원숭이가 거액을 상속받다!"

비록 애런의 유산은 대단한 거액이 아니었고 레이철은 단순한 침팬지가 아니었지만, 요점은 비슷했다. 동물보호운동가들은 레이철을 위해 일어섰다. 전국 뉴스가 이 사건을 다루었다. 앤 랜더스는 레이철이라는 이름의 침팬지가 보낸 편지를 받았다고 했다. 예일대 남학생들이 보낸 장난 편지인 줄 알았다는 것이다. 미국 시민자유연맹은 이사건에 변호사를 배정했다.


낮 동안 레이철과 존슨은 숨을 만한 곳을 찾아서 잠을 청한다. 방목하는 소들을 위한 대피소, 사막 안 도랑에서 몇 년 동안 버려져 있던 녹슨 자동차. 때로 레이철은 어두운 정글의 꿈을 꾼다. 저 멀리 코요테의 울부짖는 소리가 꿈속에서는 동료 원숭이의 울음소리로 들려온다.

사막과 집으로 가는 여정은 그녀를 변화시켰다. 레이철은 보다 현명해졌고, 하얗게 달아오른 청소년기의 사랑을 지나 반대편 출구로 나왔다. 어느 날 그녀는 목장 저택의 꿈을 꾼다. 꿈속에서 그녀는 긴 금발 머리와 희고 고운 피부를 지니고 있고, 울어서 충혈된 눈으로 잃어버린 무언가를 찾아 집 안을 계속 서성거리고 있다. 코요테 울부짖는 소리를 듣고, 그녀는 어두운 창밖을 내다본다. 주전자 손잡이 같은 커다란 귀와 북슬북슬한 털을 지닌 얼굴이 그녀를 쳐다보고 있다.

사랑에 빠진 레이철

그 얼굴을 본 순간, 그녀는 누구인지 알아보고 탄성을 지르며 창문을 연다. 자기 자신을 집 안에 들인다.

밤에도 레이철과 존슨은 계속해서 걷는다. 목장을 향해 걷는 길, 발아래 바위와 모래가 시원하다. 텔레비전의 과학자와 정치가 들은 그녀의 사건이 남긴 파장에 대해 분석하고, 애런 제이컵스가 남긴 연구자료를 통해 밝혀진 기술에 대해 논하고 있다. 하지만 그런 토론은 목장을 향해 꾸준히 나아가는 레이철의 여정과 하늘에서 그녀를 비추는 별빛에 아무런 영향도 끼치지 못한다.

밤, 레이철과 존슨은 비로소 목장에 도착한다. 바람 속에서 자동차 매연 냄새와 낯선 사람들의 냄새가 풍긴다. 언덕에서 내려다보니, 지역 텔레비전 방송국명이 찍힌 흰 밴이 보인다. 레이철은 머뭇거리며 안전한 사막으로 되돌아갈까 생각한다. 마침내 그녀는 존슨의 손을 잡고 언덕을 내려가기 시작한다. 레이철은 집으로 가고 있다.

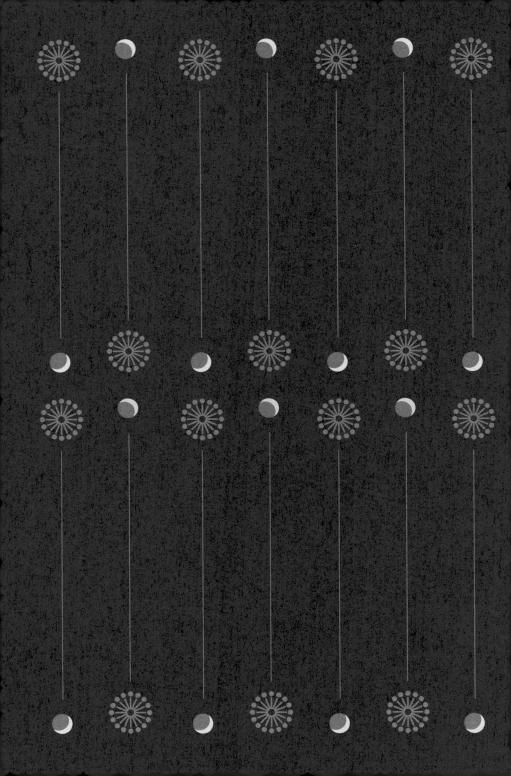

# 4

## 군도에서

## In the Islands

날이 거의 저물었지만, 모리스는 검은 안경을 낀 채 닉을 맞이하러 베이 군도의 유일한 비행장으로 사용되는 짧은 비포장 활주로에 나와 있었다. 닉은 로스앤젤레스에서 온두라스의 산페드로술라를 거쳐 비행기 편으로 도착하는 길이었다. 비행기가 덜컹거리며 멈추는 사이, 그는 낡은 DC-3 기체의 금이 간 유리창을 통해 밖을 내다보았다.

모리스는 군도 당국의 세관 노릇을 하는 방 하나짜리 목재 건물 옆에 소년티를 내며 어색하게 서 있었다.

모리스. 검은 곱슬머리, 미러렌즈 선글라스 위로 낮게 눌러쓴 빨간 야구모자, 팔꿈치가 찢어진 긴소매 셔츠, 밑단이 비죽비죽한 청바지.

어린 소년들이 떼 지어 웃으며 일제히 비행기를 향해 달려오더니 세관으로 가져가야 하는 다이빙 가방과 여행용 가방을 저마다 집어 들었다. 닉을 제외한 모든 승객은 스쿠버다이버였고, 군도의 대표 섬 로아탄 반대편에 있는 앤서니 키 리조트로 가는 길이었다.

닉은 세관 건물을 향해 중간쯤 가다가 모리스를 만나 그에게 잡지를 건네고 이렇게만 말했다. "50페이지를 봐."

기사 제목은 「신종 발광 어류의 생리와 생태」였고, 저자는 니컬러

C. 랜드와 모리스 모건이었다.

몸집에 비해 버거운 여행용 가방을 질질 끌며 와글와글 지나가는 아이들을 무시하고, 모리스는 페이지를 넘기며 기사를 잠시 훑어보았다.

모리스는 고개를 들고 닉을 쳐다보더니 씩 웃었다. 마르고 볕에 그을린 얼굴에서 흰 이가 반짝였다. "나쁘지 않네요." 닉이 기억하던 목소리보다 약간 더 거칠었다.

"첫 논문인데 대단하지." 닉은 모리스의 어깨를 어색하게 두드렸다. 닉은 서른다섯 살이었지만, 생김새와 몸짓은 그보다 더 나이 든 사람 같았다. 대학에서는 동료들에게 거리를 유지하며 예의를 지켰고, 진짜 친구는 없었다.

닉은 알고 지내는 그 누구보다 모리스와 같이 있을 때 가장 편했다.

"자, 가요." 모리스는 말했다. "장비 챙겨서 출발하자고요." 그는 사무적인 말투를 유지하려고 노력했지만, 흥분 때문에 군도 특유의 방언이 튀어나오는 것은 어쩔 수가 없었다. 독특한 억양과 나름의 문법이 있는 구식 영어였다.

닉은 가방을 세관으로 날라준 아이들에게 팁을 주고 다이버 일행 뒤쪽에서 기다렸다. 세관원은 닉의 얼굴을 확인하더니 여권에 도장을 찍었다. "통과하십시오. 즐거운 여행 되시길 바랍니다." 군도의 세관 검사는 형식적인 편이었다. 베이 군도는 온두라스령이지만, 주민들은 그들 고유의 법규를 따르는 경우가 많았다. 베이 군도가 위치한 온두라스 근해는 카리브해에서도 한때 '스페인 본토'라고 불렸던 영역이었다. 주민은 인디언 원주민, '카리브'라고 불리는 이주 노예, 이 군도를 기지로 삼았던 영국 해적의 후예 등 다양한 인종들이 섞여 있었다.

비행장 활주로는 해안을 따라 뻗어 있었고, 한쪽 가장자리에 좁은 모래 해안이 형성되어 있었다. 착륙장 끝에 모리스가 대놓은 소형 보트가 있었다.

"새 보트를 구했어요. 더 좋은 거예요." 모리스는 말했다. "해류가 도와준다면, 2시간 안에 이스트 하버에 도착할 수 있어요."

그들은 닉의 장비를 싣고 바다로 나갔다. 모리스가 작은 배를 조종했다. 그는 바람이 눈에 들어오지 않도록 모자를 낮게 눌러쓰고 바람을 향해 몸을 약간 숙인 자세였다.

닉의 눈에, 키를 잡은 모리스의 손이 들어왔다. 손가락 사이에 뻗은 물갈퀴. 물갈퀴는 넉 달 전 닉이 군도를 떠날 때보다 손가락 위쪽으로 더 자란 것 같았다.

어디선가 돌고래가 나타나더니 배가 일으키는 물결을 넘나들며 공중에 뛰어오르고 물을 튀기면서 동행했다. 닉은 뱃머리에 앉아 모리스를 바라보았다. 소년은 보트 조종에 여념이 없었다. 그의 등 뒤로 돌고래가 장난치고, 보트가 일으키는 물살이 은색 수면을 하얗게 갈랐다. 배가 이스트 하버에 가까워지자, 돌고래는 다시 먼바다를 향해 멀어졌다.

해안을 따라 1.6킬로미터가량 마을이 펼쳐져 있었다. 말뚝 위에 지은 알록달록한 집들, 식료품 가게 하나, 다른 가게 몇 군데가 전부였다. 닉이 빌린 집은 마을 변두리에 있었다.

모리스는 집 근처의 기둥에 배를 대고 다이빙 가방과 짐을 집까지 나르는 일을 도왔다.

"아이스박스에 맥주가 있어요." 모리스가 말했다. "차가워요."

닉은 맥주 두 병을 꺼내 집 앞 포치로 돌아왔다.

모리스는 난간에 앉아 거리를 내려다보고 있었다. 해가 저물고 땅거미도 빠르게 어둠 속으로 사라지고 있었지만, 그는 아직도 선글라스를 쓰고 있었다. 닉은 10대 소년과 나란히 난간에 걸터앉았다. "그래, 내가 떠난 뒤에 뭘 했지?"

모리스는 씩 웃었다. 그는 선글라스를 벗고 모자를 뒤로 젖혔다. 닉은 그의 눈을 볼 수 있었다. 커다랗고, 검고, 억누른 흥분으로 가득 찬 눈빛이었다. "난 가요." 모리스는 말했다. "나는 바다로 갈 거예요."

닉은 맥주를 길게 한 모금 마시고 입을 닦았다. 언젠가 이 순간이 온다는 것을, 그는 오래전부터 알고 있었다.

"아빠가 항구에 왔는데, 같이 헤엄쳤어요. 곧 나도 같이 갈 거예요. 보세요." 모리스는 한 손을 들었다. 손가락 밑동부터 거의 끝까지 모든 손가락에 물갈퀴가 뻗어 있었다. 머리 위 전구의 불빛이 얇은 피부에 비쳐 보였다. "난 변하고 있어요, 닉. 이제 거의 다 됐어요."

"엄마는 뭐라고 하시지?"

"엄마요? 아무 말도요." 흥분이 흘러넘치고 있었다.

그는 한 손을 닉의 팔에 얹었다. 손길은 차가웠다. "난 가요, 닉."

10년 전, 닉은 이스트 하버에서 멀지 않은 작은 산호섬 미들 키 근해에서 야간 잠수를 하고 있었다. 산호초의 야간 생태를 관찰하기 위해 혼자 잠수를 하던 시절이었다. 스물다섯 살 시절에도, 그는 자기 보호 본능으로도 잠재울 수 없는 강렬한 호기심을 가지고 있었다.

빛이 사라지자 산호초는 변했다. 숨어 있던 다른 종의 물고기들이 나타났다. 다른 종의 무척추동물이 산호초 표면을 돌아다녔다. 닉은 특히 어둠 속에서 빛을 내는 작은 물고기, 발광 어류에 관심이 있었다.

발광 어류의 눈 밑에는 생물발광 박테리아로 가득 찬 기관이 있는데, 이것이 차가운 녹색 빛을 발한다. 평소에는 심해에 살다가 달이 기우는 무렵, 밤이 유난히 캄캄할 때만 산호초까지 올라오기 때문에 관찰하기 쉽지 않은 어류였다.

밤에는 먼바다에 있던 상어도 산호초 근처에 와서 돌아다닌다. 닉은 상어를 관찰할 생각이 없었지만, 때로는 상어들이 그를 관찰하러 왔다. 그는 한 손에 손전등을, 다른 한 손에 상어퇴치기를 휴대하고 다녔다. 대체로 상어들은 호기심만 보일 뿐이었다. 상어들은 닉의 주위를 한 바퀴 돈 뒤 다시 멀어졌다.

10년 전 그날 밤, 그의 주위를 두 바퀴 돈 회색 암초상어는 이 점을 이해하지 못하는 것 같았다. 납작한 검은 눈이 냉정하게 그를 바라보는 것이 느껴졌다.

너무나 우아해서 차라리 유유자적해 보이는 움직임으로 방향을 틀더니, 상어는 다시 한 바퀴 돌았다. 그리고 가까이 다가왔다. 수면을 향해 헤엄치면서도, 닉은 상어가 너무나 우아한 기계라고 생각했다. 상어를 직접 해부한 적도 있었지만, 지치지 않고 움직이도록 설계된 근육과 효율적으로 배열된 치열에 경탄을 금치 못했다.

상어퇴치기로 상어를 한 번 세게 때렸지만, 곤봉 끝의 화약이 터지지 않았다. 화약이 터지지 않는 경우는 종종 있었다. 그런데 엎친데 덮친 격으로, 상어는 다시 방향을 틀어 돌아왔다. 다시 상어를 치려는 순간, 상어퇴치기가 손에서 빠져나가서 소용돌이에 휘말렸다. 닉은 상어퇴치기를 얼른 낚아채려고 했지만, 막대기는 수중의 물체가 모두 그렇듯 속 터지도록 느릿느릿하게 멀어져 갔다.

상어는 크게 한 바퀴 돌아 다시 접근했다. 우아하게, 효율적으로, 치명적으로.

상어를 막아선 그림자는 우아하지도, 효율적이지도 않았다. 손전등 불빛 속에서, 닉은 그를 또렷이 볼 수 있었다. 너덜너덜한 바지 차림의 어린 소년이 상어퇴치기를 쥐고 있었다. 소년이 상어를 후려치자 막대기 끝에서 화약이 터졌다. 상어는 우아하고 빠르게 돌아서서 산호초 반대쪽을 향해 멀어졌다.

소년은 닉을 보며 씩 웃은 뒤 어둠 속으로 사라졌다.

닉은 소년의 몸통 양옆에서 다섯 줄의 선을 보았다. 아가미 틈이 벌어졌다 닫혔다 벌어졌다 닫혔다 계속 움직이고 있었다.

닉은 보트에 올라탔다. 그는 누운 채 별을 응시했다. 야간에 수중 세계는 종종 비현실적으로 느껴진다. 그는 별을 응시하며 거듭 그 사실을 자신에게 되뇌었다.

닉이 군도에 머무를 때면, 모리스는 보통 닉이 빌린 셋집 포치에서 잠들었다. 닉은 집 안 침대에서 잤다.

긴 여행으로 피곤했던 닉은 깊이 잠들었다. 금단의 꿈이 놀랄 정도로 긴박하게, 일종의 안도감과 함께 찾아왔다. 꿈일 뿐이야, 그는 자신에게 말했다.

어둠이 그의 죄를 덮어주었다.

꿈속에서 모리스는 물갈퀴 달린 양손을 조용히 양옆으로 내린 채 해부대 위에 누워 잠들어 있었다. 모리스의 눈에는 눈꺼풀이 없었다. 코는 납작하고 평평했다. 얼굴은 가느다란 삼각형이었고 눈에 비해 너무 작았다. 인간이 아니야, 닉은 생각했다. 절대 인간이 아니야.

닉은 메스를 쥐고 모리스의 오른쪽 옆구리에 난 다섯 개의 아가미 틈을 따라 외피와 근육을 갈랐다. 피는 거의 흐르지 않았다. 나중에 내부 장기를 관찰하기 위해 갈비뼈를 가를 때는 절골 가위를 사용해야 할 것이다. 지금은 복잡한 아가미 내부 구조를 드러내기 위해 그냥 피부와 근육을 젖히기만 했다.

모리스는 움직이지 않았다. 10대 소년의 얼굴을 본 닉은 문득 그가 잠들어 있지 않다는 것을 깨달았다. 소년은 죽어 있었다. 순간 닉은 어마어마한 상실감을 느꼈다. 하지만 그는 감정을 밀어냈다. 공허한 기분이었지만, 그는 깃털 같은 아가미 조직을 손가락으로 더듬으며 나머지 해부 계획을 짰다.

잠에서 깨보니, 창밖에서 야자나무 잎이 우수수 흔들리고 있었고 따뜻한 아침 산들바람이 얼굴에 밴 땀을 말려주었다. 창가에 비치는 새벽녘의 빛은 이미 환하고 강렬했다.

모리스는 포치에 없었다. 그의 야구모자는 해먹 옆의 못에 걸려 있었다.

닉은 모리스가 남겨놓은 식료품으로 아침 식사를 만들었다. 달걀 프라이, 빵, 우유. 오전에 그는 시내로 천천히 걸어갔다.

모리스의 어머니 마거릿은 자기 집 거실에서 긴가지해송 장신구를 관광객들에게 판매하는 작은 가게를 운영하고 있었다. 긴가지해송은 깊은 바다에서 채취한다. 모리스가 가져오는 것이다.

항구에 정박한 요트에서 내린 여자 두 명이 긴가지해송 귀걸이 가격을 흥정하고 있었다. 닉은 손님들이 거래를 마치고 떠나기를 기다렸다. 그들은 돈을 지불한 뒤 호기심 어린 눈으로 닉을 흘끗 보며 다시 거리로 나갔다.

"모리스는 어디 있습니까?" 그는 카운터에 몸을 기댄 채 마거릿의 검은 눈을 바라보았다. 다부진 체구에, 크림을 약간 섞은 커피색 피부. 그녀는 무릎 바로 아래까지 내려오는 점잖은 꽃무늬 드레스 차림이었다.

닉은 가끔 이 검은 눈의 여성이 자기 아들을 어떻게 생각할까 궁금할 때가 있었다. 마거릿은 말수가 적었다. 혹시 지능이 좀 떨어지는 게 아닐까 싶을 때도 가끔 있었다. 닉은 이 다부진 여자가 어떻게 해변에서 다른 세계의 애인을 만나게 되었는지, 어떻게 그렇게 낯선 존재와 사랑을 나누고 아무 곳에도 어울리지 않는 아들을 낳게 되었는지 궁금했다.

"모리스, 그 애는 바다로 갔어요." 그녀는 말했다. "요즘은 늘 바다로 가요." 그녀는 관광객들이 흩트려 놓은 장신구를 다시 정돈하기 시작했다.

"언제 돌아옵니까?" 닉은 물었다.

그녀는 어깨를 으쓱했다. "안 돌아올지도 몰라요."

"왜 그렇게 말씀하시죠?" 의도했던 것보다 더 날카로운 목소리가 흘러나왔다. 마거릿은 쟁반에서 눈을 떼지 않았다. 닉은 카운터 위로 손을 내밀어 그녀의 손을 낚아챘다. "날 보세요. 왜 그렇게 말한 겁니까?"

"언젠가 그 아이는 바다로 갈 거예요." 그녀는 나직하게 말했다. "가야 해요. 그 애는 거기 속하니까요."

"작별 인사를 하러 올 겁니다." 닉이 말했다.

마거릿은 그의 손을 뿌리치려고 손을 비틀었지만, 닉은 단단히 붙잡고 놓아주지 않았다. "그 애 아빠도 작별 인사를 하지 않았어요." 그녀는 작게 말했다.

닉은 그녀의 손을 놓았다. 그는 평정을 잃는 일이 거의 없었다. 닉은 자신이 이 여자가 아니라 자기 자신에게 화가 났다는 것을 알고 있었다. 그는 돌아섰다.

그는 이스트 하버의 가장 큰 도로인 흙길을 천천히 걸었다. 자기 집 포치에 앉아 있는 노인에게 고개를 끄덕여 인사했고, 빨랫줄에 빨래를 널고 있는 여자에게도 인사를 건넸다. 날은 뜨겁고 고요했다.

그는 이곳에서 낯선 사람이었다. 언제나 이곳에서는 이방인이었다. 군도 사람들이 자기를 어떻게 생각하는지, 모리스와 마거릿을 어떻게 생각하는지, 그는 알 수 없었다. 모리스는 마을 사람들이 수중 인간에 대해 알고 있지만 비밀을 지킨다고 했다. "바다에 의지해서 사는 사람들이니까요." 모리스는 이렇게 말한 적이 있었다.

"너무 많이 말하면, 그물이 찢어지고 보트가 가라앉아요. 그래서 입을 다물죠."

닉은 마을 끝의 식료품 가게에 들렀다. 가게 바로 옆에 금방이라도 무너질 듯한 잔교가 바다 쪽으로 뻗어 있었다.

10년 전, 잔교 상태는 지금보다 나았다.


그때 닉은 장을 보러 마을에 나온 길이었다. 한 달 동안, 그는 미들 키에 집과 작은 보트를 빌려 산호초를 연구하고 있었다.

해가 수평선에 걸렸고, 햇빛이 수면에 은색 길을 내고 있었다. 멀리서 어린 소년들의 웃음과 외침 소리가 들려왔다. 잔교 저 끝에서 빨간 야구모자를 쓴 아이가 바다를 응시하고 있었다.

닉은 식료품 가게 카운터 뒤 아이스박스 안에 들어 있던 차가운 콜라 두 병을 샀다. 그는 콜라를 들고 잔교 끝까지 나갔다. 낡은 널빤지가 발밑에서 삐걱거렸지만, 소년은 고개를 들지 않았다.

"콜라 마셔라." 닉은 말했다.

소년의 얼굴은 지저분했다. 검은 눈은 얼굴에 비해 너무 컸다. 목에는 빨간 스카프를 둘렀고, 너덜너덜한 바지를 입고 있었으며, 두 번째 단추가 있어야 할 자리가 횅하니 열린 셔츠 차림이었다. 그는 콜라를 받아 들더니 아무 말 없이 한 모금 마셨다.

닉은 잠시 그의 얼굴을 관찰하며 자신이 기억하는 얼굴과 대조했다. 묘한 평정이 그를 사로잡았다. "밤에는 잠수하면 안 된다." 그는 말했다. "넌 상어한테 목숨을 잃을 위험을 무릅쓰기에는 너무 어려."

소년은 씩 웃고 다시 콜라를 한 모금 마셨다.

"너였지?" 닉은 물었다. 그는 물 위에 다리를 늘어뜨리고 소년과 나란히 잔교에 걸터앉았다. "너 맞구나." 목소리는 침착했다.

"네." 소년은 어둡고 심각한 눈빛으로 닉을 보았다. "저 맞아요."

정보를 검토하고 받아들이거나 기각하는 의식의 한 구역이 이 말을 인지하고 받아들였다. 닉의 의식 이 부분은 소년의 존재를 꿈이었다고, 상어를 상상 속의 존재였다고 믿은 적이 없었다.

"네 이름이 뭐지?"

"모리스."

"나는 닉이야."

그들은 악수를 나누었다. 소년의 손가락 사이에 있는 물갈퀴가 닉의 눈에 띄었다. 손가락 맨 밑부터 첫 번째 관절까지였다.

"아저씨는 해양생물학자예요?" 소년은 물었다. 말하는 것이 힘든지, 또래에 비해 약간 깊고 거친 목소리였다.

"그래."

"밤에 왜 거기서 잠수를 하셨어요?"

"난 어류를 관찰했어. 밤에 산호초에서 무슨 일이 일어나는지 궁금해서." 그는 어깨를 으쓱했다. "가끔은 나도 지나치게 호기심이 많을 때가 있다."

소년은 생각에 잠긴 검은 눈으로 그를 바라보았다. "제 아버지는 상어가 아저씨를 물어 가도록 내버려 뒀어야 한다고 했어요. 아저씨가 다른 사람들한테 소문낼 거라고요."

"난 아무한테도 아무 말 안 했어." 닉이 항변했다.

소년은 콜라를 다시 한 모금 마시고 병을 비웠다.

그는 잔교에 조심스럽게 병을 내려놓고 계속 손으로 붙잡고 있었다. 그는 닉의 얼굴을 관찰했다. "절대 말하지 않는다고 약속해요." 그는 야구모자를 뒤로 젖히고 닉의 얼굴을 계속 관찰했다. "제가 아니면 절대 찾아낼 수 없는 것들을 보여드릴게요." 조용하고 침착한 목소리였고, 닉은 자기도 모르게 고개를 끄덕이고 있었다.

"아저씨가 찾는 작은 물고기 말인데요, 빛이 나는 물고기." 닉이 놀란 표정을 짓자 소년은 미소 지었다. "세관 사람이 아저씨가 그 물고기를 찾고 있다고 했어요. 전 달이 기우는 무렵 그 물고기를 볼 수 있는 곳을 알고 있어요. 책에 나오지 않는 종류도 하나 찾아냈고요."

"책에 무슨 물고기가 있는지 어떻게 알지?"

모리스는 물 흐르듯 유연한 동작으로 어깨를 으쓱했다. "난 책을 읽어요. 그런 것들을 알아야 하거든요." 그는 닉에게 악수하자는 뜻으로 손을 내밀었다. "약속해요?"

닉은 망설이다 소년의 손을 잡았다. "약속해." 이 소년에 대해 더 알아낼 수 있다면, 그보다 더한 것도 약속했을 것이다.

"난 저것보다 훨씬 좋은 보트가 있어요." 모리스는 닉이 사용하는 보트 쪽으로 얄보듯 고개를 젖혀 보였다. "내일 미들 키로 나갈게요."

모리스는 약속대로 미들 키에 나타났고, 닉 혼자서는 절대 찾아내지 못했을 장소에 그를 데려가 주었다. 모리스는 대단한 관심을 보이며 닉의 참고서적을 죄다 독파했다.

손가락의 물갈퀴도 점점 더 자라났다.

닉은 식료품 가게에서 차가운 콜라 한 병을 사서, 다시 집으로 돌아왔다. 모리스가 포치 난간에 걸터앉아 잡지에 실린 그들의 글을 읽으며 기다리고 있었다.

"저녁으로 랍스터를 가져왔어요." 그는 말했다. 발치에 있는 뚜껑 덮인 나무 상자에서 작게 긁히는 소리가 들려왔다. 소년이 발뒤꿈치로 상자를 쿵 치자 잠시 잠잠해졌지만, 소리는 곧 다시 들리기 시작했다.

"어디 있었니?"

"호그 군도요. 거의 낚시만 했어요. 요즘은 하루 종일 물 밑에서 지내다시피 해요." 모리스는 닉을 바라보았다. 그의 눈은 미러렌즈에 가려 보이지 않았다. "예전에 아저씨가 떠났을 때, 저는 한 번에 몇 시간 이상 물 밑에 못 있었어요. 근데 지금은 한계가 없는 것 같아요. 너무 오래 물 위에 나와 있으면 살결도 타고요."

닉은 모리스가 잡지를 쥐고 있는 손을 무심결에 관찰하고 있는 자신을 깨달았다. 손가락 사이의 물갈퀴는 말끔하게 접어 넣었는지 눈에 띄지 않았다. 이럴 리가 없는데, 그는 생각했다. 인간의 형태를 한 존재가 어류처럼 헤엄치다니. 하지만 논리적으로 따지면 호박벌은 날 수 없어야 마땅하다.

"그 글 어떻게 생각하니?" 닉은 물었다.

"좋아요, 그럭저럭. 더 쓸 수도 있었을 거예요. 그동안 제가 계속 관찰했는데, 물고기들은 서로 신호를 보내는 것 같아요. 수컷과 암컷은 서로 다른 패턴을 보여요. 제가 다 적어놨어요. 나중에 보여드릴게요. 수온도 영향을 미치는 것 같아요."

닉은 자신의 이 호기심이 얼마나 고통스러운지 생각하고 있었다.

언제나 그랬다. 그는 알고 싶었다. 이해하고 싶었다. 닉은 모리스의 체온을 측정했다. 모리스의 심장박동 소리를 들었고, 그가 잠수 중일 때 느린맥박을 추적 관찰했다. 혈중 산소농도를 측정했고, 모리스의 신체 발달도 관찰했다. 하지만 아직 알아야 할 것이 너무나 많았다. 자신의 배경지식이 부족한 것이 문제였다. 그는 생물학자이지 의사가 아니다. 모리스를 다치게 하지 않고는 수행할 수 없는 검사들이 있었다. 그는 모리스를 다치게 하고 싶지 않았다.

아니, 모리스를 다치게 하고 싶지는 않다.

"아저씨 책상에 기록을 전부 놔둘게요." 모리스는 말하고 있었다. "제가 가기 전에 한번 보세요."

닉은 미간에 주름을 지었다. "다시 돌아올 수도 있잖니. 네 아버지도 널 만나러 온다면서. 돌아와서 네가 본 걸 들려주면 되잖아."

모리스는 잡지를 난간에 내려놓고 모자를 다시 눌러썼다. 렌즈가 그의 눈을 가렸다. "바다가 절 변화시킬 거예요. 아저씨에게 뭘 들려드려야 하는지 기억 못 할지도 몰라요. 제 아버지는 깊게, 물을 통해 생각해요. 나도 아버지를 다 이해하지는 못하죠." 모리스는 어깨를 으쓱했다. "나도 변할 거예요."

"나는 네가 생물학자가 되고 싶은 줄 알았는데. 배우고 싶은 줄 알았는데. 이제와서 변할 거라니, 이 모든 걸 잊을 거라니." 닉의 목소리는 착잡했다.

"선택의 여지가 없어요. 가야 할 때가 왔어요." 닉은 소년의 눈을 볼 수도 없었고, 소년의 말투를 해석할 수도 없었다. "난 더 이상 땅에 속하지 않아요. 여기 사람이 아니에요."

닉은 자신이 기댄 난간을 꽉 틀어쥐고 있다는 사실을 깨달았다. 그는 모리스에게서 너무나 많은 것을 배울 수 있었다. 너무나 많은 것을.

"왜 네가 바다에 속한다고 생각하니? 네겐 군도의 기억이 있잖아. 넌 그곳에 어울리지 않을 거야. 거기에 잘 맞지 않을 거야."

모리스는 안경을 벗고 검은, 젖은 눈동자로 닉을 보았다. "맞을 거예요. 맞아야 해요. 난 갈 거예요."

랍스터가 박스 안에서 다시 바스락거렸다. 모리스는 선글라스를 다시 쓰고 가볍게 뚜껑을 다시 발로 찼다. "요리를 해야겠어요. 이것들이 가만히 있지 못하네요."


미들 키에서 여름을 보내는 동안, 닉과 모리스는 친구가 되었다. 닉은 산호초에 대한 모리스의 지식에 의지하게 되었다. 모리스는 섬에서 살았고, 그곳에서 자신에게 필요한 안정감을 찾는 것 같았다. 바다에 대한 호기심은 닉과 맞먹었다.

매일 해가 진 직후 이른 저녁, 두 사람은 바닷가에 앉아 이야기를 나누곤 했다. 산호초에 대해서, 대학 생활에 대해서, 해양생물학에 대해서, 그리고 가끔은 모리스와 그의 아버지에 대해서.

모리스는 아버지에 대해 말할 수 있는 것이 거의 없었다. "아빠가 전설을 들려줬는데요." 모리스는 닉에게 말했다. "하지만 그뿐이에요. 전설에 따르면 수중 인간은 별에서 내려왔대요. 아주 오래전에." 닉은 모리스를 바라보고 있었고, 소년은 뭔가 손에 쥘 것을 찾으려는 듯 손가락으로 모래를 파고 있었다.

"넌 어떻게 생각해?" 닉은 물었다.

모리스는 어깨를 으쓱했다. "상관없어요. 난 수중 인간이 이 세계 원주민일 거라고 생각해요. 그렇지 않다면 인간과 교배할 수 없을 테니까." 물갈퀴 달린 손가락 사이로 해변의 모래가 흘러내렸다. "하지만 별 상관은 없어요. 난 여기 있으니까. 난 인간이 아니니까." 그는 검고 외로운 눈으로 닉을 바라보았다.

닉은 모래 위로 손을 뻗어서, 계속 모래를 파서 거르고 있는 소년의 차가운 손을 잡아주고 싶었다. 뭔가 위안이 될 만한 말을 해주고 싶었다. 하지만 닉은 침묵을 지켰다. 그저 소년 곁에만 있어주었다.


닉은 침대에 누운 채 저녁의 소리에 귀를 기울였다. 이웃집 닭들이 쉴 준비를 하며 꼭꼭거리는 소리가 들렸다. 야자나무 사이로 부는 저녁 바람 소리가 들렸다. 잠들고 싶었지만, 꿈을 꾸고 싶지 않았다.

한번 가면, 모리스는 다시 오지 않겠지. 닉은 생각했다. 여기 붙잡아 둘 수만 있다면.

가물가물 잠들었던 닉은 막 꿈이 시작되려던 찰나 정신을 차렸다. 그의 손이 모리스의 목을 죄고 있었다. 어째서인지 그 순간 손은 그의 것이 아니었다. 그의 아버지의 손이었다. 차갑고, 깨끗하고, 잔혹할 정도로 유능한 손. 더 큰 존재가 되고 싶다는 욕구를 품은 고등학교 생물학 교사였던 아버지는 개구리를 단단히 붙잡고 두개골 바닥에 긴 핀을 꽂아 넣어 마비시키는 법을 가르쳐 주었다. "그냥 개구리일 뿐이야." 아버지는 말했다. 그 손이 모리스의 목을 죄고 있었다. 닉은 생각했다. 목을 부러뜨릴 수도 있겠다, 빠르게, 고통 없이. 어쨌든 인간은 아니니까.

닉은 퍼뜩 잠에서 깨었고, 나쁜 짓을 하지 못하도록 막으려는 듯 두 손을 움켜쥐었다. 따뜻한 공기 속에서도 몸이 떨리고 있었다. 그는 두 손을 계속 깍지 낀 채로 일어나 침대 가장자리에 앉았다. 그는 모리스가 자고 있는 포치로 나왔다.

모리스는 없었다. 해먹은 비어 있었다. 닉은 텅 빈 거리를 둘러보며 손에서 긴장을 풀었다. 침대로 돌아와서 다시 잠을 청했지만, 온갖 목소리들이 저녁 바람 소리에 섞여 꿈자리를 어지럽혔다.

전처의 분한 목소리가 바람 소리 너머로 들려왔다. "난 갈 거야. 당신은 날 사랑하지 않아. 그저 날 분석하고 싶을 뿐이지. 난 갈 거야." 동물은 고통을 느끼지 못한다, 이건 오로지 과학의 발전을 위해

서다, 지겹도록 설교하는 아버지의 목소리도 들려왔다. 그러다 결국 깊이 잠들 수 있었지만, 다음 날 아침, 그는 간밤에 무슨 꿈을 꾸었는지 기억하고 싶지 않았다.

아침 식사를 끝낸 후에도 모리스는 돌아오지 않았다. 닉은 모리스가 남긴 기록을 읽었다. 기록은 빈틈없었고, 꼼꼼했다. 닉은 발광어류에 대한 다른 논문을 위해 메모를 했다. 이번 논문에는 모리스의 이름을 책임저자로 넣을 예정이었다.

모리스는 오후 늦게 돌아왔다. 닉은 메모에서 고개를 들고 모리스의 거울 같은 눈을 바라보며 죽음을 생각했다. 그리고 죽음을 생각하지 않으려고 노력했다.

"미들 키로 나가서 저녁을 먹을까 했는데요." 모리스는 말했다. "소라와 새우를 잡았어요. 야외용 그릴을 가져가서 구워 먹어요."

닉은 초조하게 연필로 수첩을 두드렸다. "그래. 그러자."

모리스는 미들 키를 향해 보트를 조종했다. 군도를 둘러싼 산호초가 물 밑으로 파랗고 푸른 그림자처럼 보였다. 산호초에는 여기저기 수로가 형성되어 있었다. 모리스는 주 수로를 따라 해안까지 접근한 뒤 시동을 끄고 물결을 따라갔다.

그들은 쓰러진 야자나무 둥치가 바람을 막아주는 평평한 지점에 그릴을 설치했다. 모리스는 소라 껍데기를 부숴 깨서 새우와 함께 팬에 집어넣었다.

요리가 익는 동안 그들은 맥주를 마셨다. 그들은 나무 둥치에 나란히 기댄 채 양철 컵에 음식을 담아 먹었다.

"보트는 아저씨가 가지세요." 모리스는 느닷없이 말했다.

"네가 사용할 거 아니냐."

닉은 놀라 그를 보았다.

"기록은 아저씨 책상에 뒀어요. 최대한 분명하게 썼어요."

닉이 그의 얼굴을 찬찬히 바라보자, 모리스는 말했다. "난 오늘 밤에 갈 거예요. 아빠가 여기로 날 마중 나오기로 했어요." 해가 지고 저녁 바람이 잔잔한 수면에 파도를 일으키고 있었다. 그는 맥주를 비운 뒤 그릴 옆에 병을 놓았다.

모리스는 일어서서 셔츠를 벗고 바지도 벗었다. 갈비뼈 바로 밑에서 시작되는 아가미 선은 엉덩이 근처까지 이어졌다. 닉의 기억보다한층 더 근육질이었다. 모리스는 물을 향해 걸어갔다.

"잠깐." 닉이 말했다. "아직 안 돼."

"가야 해요." 모리스는 닉을 돌아보았다. "보트에 마스크와 오리발이 있어요. 잠깐 따라오세요."

앞장선 모리스는 수로를 따라 헤엄쳐서 빠져나갔다. 닉은 마스크와 오리발을 착용하고 뒤따랐다. 황혼빛은 이미 사라졌다. 물은 컴컴했고, 수면은 은빛으로 빛났다. 밤은 초현실적이었다. 캄캄해서 그저꿈결 같았다. 닉의 발이 수면을 차는 소리가 요란하게 들려왔다. 피부에 닿는 물의 촉감은 너무 따뜻했다.

모리스는 바로 앞에서, 팔이 닿지 않는 거리에서 헤엄치고 있었다.

닉은 잠수용 칼을 허리에 차고 있었다. 벨트에 늘 달려 있는 장비였다. 헤엄치는 동안, 그는 자신이 칼을 뽑아 휘두를 준비를 하고 있다는 것을 깨달았다. 돌을 부수고 소라 껍데기를 깨는 용도로 제작된 묵직한 칼이었다.

곤봉으로 사용할 때 가장 유용하지, 그는 생각하고 있었다. 등 뒤에서 느닷없이 한 방 날리기 좋은 곤봉. 그 정도면 충분할 것이다. 그가 부르면 모리스는 멈출 것이고, 그러면 잡을 수 있다.

하지만 목소리가 그를 돕지 않았다. 아직은. 손은 준비를 마친 채 칼을 들고 있었지만, 부를 수가 없었다. 아직은.

한층 깊은 바다로 나가자, 수온이 변하는 것이 느껴졌다. 다리에 뭔가가, 물결 같은 것이 닿았다. 뭔가 커다란 것이 옆을 헤엄쳐 지나가는 느낌이었다.

앞에서 헤엄치던 모리스는 물에서 사라졌다. 수면은 매끄러웠고, 오르락내리락하던 모리스의 머리가 보이지 않았다.

"모리스," 닉은 불렀다. "모리스."

그때 그는 보았다. 수면 아래 어른거리는 형체들을.

모리스는 날렵했고, 거의 인간의 형체였다. 그의 아버지는 남자의 형태였지만, 달랐다. 팔의 모양이 달랐다. 다리 역시 굵고 근육질이었다.

모리스는 손을 뻗으면 닿을 것 같았지만, 닉은 칼을 휘두르지 않았다. 모리스가 팔을 뻗어 차갑고 부드러운 손으로 닉의 손을 건드리자, 닉은 칼을 놓았다. 그는 칼이 바다 밑바닥으로 천천히 가라앉는 광경을 지켜보았다.

모리스의 아버지는 물속에서 방향을 틀어 닉을 바라보았다. 인간의 것이 아닌 그 눈에서 닉은 아무것도 읽을 수가 없었다. 차고, 어둡고, 감정이 없는 눈. 상어의 눈처럼 검고 무심한.

모리스가 헤엄쳐 가더니 암흑 속으로 내려가자는 듯 아버지의 어깨를 툭 쳤다.

"모리스!" 닉은 외쳤지만, 모리스가 들을 수 없다는 것을 알고 있었다. 그는 칼이 사라진 것도 아랑곳하지 않고 미친 듯이 발길질을 했다. 모리스를 막고 싶지 않았다. 모리스와 함께 가고 싶었다. 함께 돌고래와 헤엄치며 바다를 탐험하고 싶었다.

아래는 암흑이었다. 차갑고 깊은 바다. 해류가 몸을 잡아당기는 것을 느낄 수 있었다. 닉은 에너지를 아끼지 않고, 아무것도 신경 쓰지 않고 계속 헤엄쳤다. 발길질이 차츰 약해졌다. 그는 암흑과 수수께끼의 세계를 내려다보았고, 기꺼이 기쁘다시피 한 마음으로 수면 아래로 가라앉았다.

차가운 팔이 어깨에 닿았다. 팔이 그를 수면 위로 끌고 가자, 그는 물을 토해냈다. 토하고, 물과 공기를 절반씩 들이쉬고, 다시 토했다. 팔이 그를 앞으로 끌고 갈 때마다, 어두운 물이 마스크 너머에서 넘실거렸다. 숨이 막혀 허우적거렸지만, 팔은 계속 그를 끌고 갔다.

버둥거리던 한쪽 다리가 산호초에 부딪혔고, 이어 모래밭이 발에 닿았다. 모래에 등을 긁히며, 그는 모래사장 위로 질질 끌려 올라갔다. 마스크가 떨어져 나갔다. 닉은 비스듬히 누워 구역질을 하며 바닷물을 게워냈다.

모리스는 차가운 물갈퀴 손을 계속 그의 어깨에 얹은 채 옆에 쭈그리고 앉았다. 닉은 그의 얼굴을, 미러렌즈처럼 멀어 보이는 검은 눈을 주시했다.

"안녕, 닉." 모리스가 쉰 목소리로 속삭였다. "안녕."

그의 손이 닉의 어깨에 잠시 머물렀다.

청년이 일어나서 바다를 향해 다시 걸어갔다.

닉은 등을 땅에 대고 누워 별을 바라보았다. 잠시 후 호흡이 좀 더 편해졌다. 그는 해변에 놓인 모리스의 모자를 주워 무심히 손에 쥐고 계속 돌렸다.

닉은 물에서 좀 더 멀리 기어나와 쓰러진 통나무에 머리를 기댔다. 별과 바다를 응시하며, 모리스가 떠나던 모습을, 모리스의 아버지를 어떻게 쓸 수 있을까 생각했다. 아니, 쓸 수 없을 것이다, 뭐라 말로 표현할 수 없을 것이다.

쓸 필요가 없었다.

닉은 빨간 야구모자를 머리에 쓰고 눈 위로 챙을 잡아당겼다. 통나무를 베고 잠든 그의 꿈에 찾아온 것은 그저 은빛 수면 아래 도사린 깊은 밤이었다.

군도에서

# 5

## 곰의 손길

Touch of the Bear

암곰의 모습을 한 영혼이 지난 사흘 밤 동안 내 오두막 주위를 쿵쿵거렸다. 곰의 영혼은 나를 건드리지 못한다. 내가 가죽끈에 달아 목에 두르고 있는 곰의 발톱들이 강력한 호신부이기 때문이다.

나는 오두막 옆 초원에 앉아 창 촉의 날을 세우기 위해 돌을 쫀다. 곰의 영혼은 키 큰 풀밭에서 내 주위를 돌고 있다. 북슬북슬한 곰의 몸이 햇빛을 계속 가로막는다.

일하는 동안 나는 고대어를 읊조리며 영혼에게 왜 여기 왔는지 묻는다. 영혼은 대답하지 않는다. 하지만 영혼이 나를 바라볼 때, 가장자리가 붉은 그 눈에는 기대감이 어려 있다. 뭔가 오고 있다.

영혼은 묵직한 머리를 돌려 초원 저편을 바라본다. '바깥세상'으로 통하는 길에서 두 빛깔의 점이 천천히 움직이고 있다. 외침 소리가 계곡에 메아리친다. "안녕, 샘!" 귀에 익은 저음의 목소리다. 내 의형제 마셜이 계곡으로 돌아왔다. 영혼을 다시 돌아보니, 곰은 회색 안개로 흩어져서 오후 햇살 속으로 사라져 버린다.

도구를 내려놓고, 나는 일어서서 오래전 마셜이 가르쳐 준 방식대로 이를 드러내며 미소 짓는다. 짐에 묶은 라이플 총열을 햇빛에 반짝이며, 그는 풀밭을 성큼성큼 헤치며 이쪽으로 다가온다.

마셜은 마지막으로 같이 사냥을 했을 때보다 살이 붙은 모습이다. 어깨가 넓고 근육질이라 아직 덩치 큰 사내지만, 근육이 물러진 것 같다. 목에 두른 체인에 곰 발톱 세 개가 매달려 있다. 그와 내가 함께 죽인 곰에서 얻은 것이다.

그는 내 앞에 서서 웃는다. "보호구역을 함부로 나서지 않는 자네가 현명해, 샘." 그는 말했다. "돌아오니 얼마나 좋은지." 미소 아래에 2년 전 없었던 긴장이 깔려 있다. 그는 짐을 땅에 내려놓고 머리카락을 뒤로 흔들어 넘긴다. "다시 문명의 때를 벗어야겠어."

소녀티를 벗지 못한 어린 여자애가 그의 옆에 서 있다. 희끗희끗해지기 전 마셜의 머리 색이 그랬듯, 여름 초원처럼 금빛이 도는 갈색이다. 키는 나보다 한 뼘 이상 크지만, 우리 부족의 기준으로는 마르고 허약해 보이는 몸매다. 이목구비는 다른 인류와 마찬가지로 섬세하다. 뾰족한 턱, 작은 코, 튀어나오지 않은 눈썹 뼈.

"내 딸이야. 커스틴이라고 해." 마셜은 그녀의 어깨에 팔을 두르며 말한다. "커스틴, 이쪽은 샘이야. 마지막 네안데르탈인이지."

그녀는 내게 손을 내민다.

인간 기준으로 내 모습이 별종이라는 것은 알고 있다. 넓은 어깨, 다부진 체구, 지나치게 넓적한 얼굴, 지나치게 납작한 코. 다른 인류의 이마가 높은 데 비해 내 이마는 위로 올라갈수록 뒤로 쑥 꺼진 형태이기 때문에, 내가 멍청할 거라고 판단하는 인간도 있다. 나는 멍청하지 않다. 과거에서 나를 데려와 자기들 사냥용 보호구역 관리자로 만들어 놓은 돈 많은 바보들은 영어로 나를 훈련시켰다. 목소리가 걸

걸하긴 하지만, 나도 영어를 잘한다. 세계 법정에 섰을 때도 말을 잘했다. 최종심에서 나는 인간이라는 판결을 받았고, 내 시대에서 끌려온 보상으로 보호구역을 받게 되었다.

내 손을 잡는 커스틴의 손은 차갑다. 시선이 내 눈과 마주친다. 어린 소녀지만, 그녀는 주술사의 눈을 가지고 있다. 어떤 힘이 그녀를 감싸고 있다.

"우리는 사냥하러 왔어." 마셜이 말한다. "동굴 곰을 사냥하고 싶어." 불안한 눈빛이다. 그도 우리가 처음 만났던 때를 기억하고 있겠지. 우리는 다른 시대에서 태어난 두 젊은 전사였다. "난 동굴 곰을 사냥하고 싶어."

이제 나는 암곰의 영혼이 사냥을 예견하고 있었다는 것을 깨닫는다. 그 눈빛에 어렸던 기대감은 무엇이었을까. "사냥하기에는 징조가 안 좋아, 형제." 나는 말한다. "풀이 얼마나 많이 자랐는지 봐. 곰을 사냥하기에는 너무 늦은 봄이오. 곰은 동면에서 깨어서 경계하고 있을 거야."

"전에도 늦은 봄에 사냥했잖아." 마셜의 미소 아래 어린 긴장이 한층 팽팽해졌다.

"우리는 젊었고 어리석었지."

"다시 젊고 어리석어질 수 있어."

"어리석어질 수는 있겠지."

"우리는 사냥을 해야 해." 그의 목소리에 두려움이 깔린다. "당신이 나와 같이 사냥하지 않겠다면, 나 혼자 할 거야."

나는 미간을 찌푸리지만, 왜냐고 묻지는 않는다. 그의 주위에 감도는 분위기는 언쟁의 여지를 남기지 않는다. "오늘 밤이 보름이야." 그는 말한다. "뼈를 굴려서 영혼들이 결정하도록 하는 게 어때."

나는 마셜이 영혼의 존재를 믿지 않는다는 것을 알고 있다. 그가 목에 곰 발톱을 걸고 있는 것은 나에 대한 예의 때문이다.

그는 확률의 법칙이라는 것을 믿는다. 그 법칙이 오늘 밤 자신의 손을 들어주기를 바라고 있다.

"뼈를 굴려보도록 하자고." 나는 패배를 인정하고 동의한다. 영혼이 결정하도록 하자. 그들이 어떤 결정을 내릴지 알 것 같아서 두렵다.

황혼 무렵 나는 저녁거리를 사냥하러 움막을 나선다. 커스틴도 함께 따라간다.

내가 초원 가장자리에서 흐르는 시냇물을 따라 걷는 동안, 풀밭의 곤충들이 날카로운 울음으로 서로 신호를 보낸다. 커스틴의 바짓단이 키 큰 풀에 쓸리는 소리뿐, 우리는 정적 속에서 걷는다.

커스틴의 목소리에도 눈에서 감지할 수 있는 힘이 깃들어 있다. "왜 이 계곡을 떠나지 않으세요, 샘?" 그녀는 묻는다.

세계 법원이 내게 땅을 보상해 준 뒤로, 나는 보호구역을 떠나지 않았다. "바깥세상에는 나를 위한 게 아무것도 없어." 나는 말한다. "이제 내가 사는 곳은 여기야."

"예전에 살던 세상으로 돌아가고 싶으세요?"

"세계 법원이 허락하지 않을 거야. 나를 돌려보냈을 때 벌어질 상황이 두렵겠지." 내가 우리 부족으로 돌아간다면 어떤 일이 벌어질까? 나도 생각해 본 적이 있었다. 내 세계에서 나의 존재가 시간의 흐름을 어떻게 거스르게 되는 것일까?

"하지만 돌아가고 싶으신가요?" 그녀는 다시 묻는다.

나는 그녀의 질문을 곰곰이 생각해 본다. 보호구역에 도착했던 날이 떠오른다. 나는 새로운 장난감을 갖고 노는 부자들에 의해 이해하지 못하는 세계로 끌려온 혼란스러운 젊은이였다. 나는 내 부족의 편안함과 힘에 의지하지 않고 살아가는 법을 익혔다. 주술사의 도움 없이 영혼과 협상하는 법을 익혔다. 나 자신의 힘을 익혔다.

"나는 이 세상에 오면서 변했어." 나는 말한다. 이어 어깨를 으쓱하고 다시 되풀이한다. "이제 내가 사는 곳은 여기야. 이 계곡으로 충분해. 나는 늙었어."

그녀는 망설이다 말한다. "아버지는 자신이 늙어간다는 걸 두려워하세요. 그래서 다시 사냥을 하셔야 하는 거예요."

"늙었지." 나는 말한다. "나도 늙었다." 이 사람들은 이해할 수가 없다. 비록 마셜과 나는 의형제 사이이지만, 나는 그를 이해할 수가 없다.

그녀는 어깨를 으쓱한다. "아버지는 달라요. 다시 사냥을 꼭 하셔야 해요." 그녀는 신경이 곤두서 있지만, 나는 그 두려움의 원인이 무엇인지 알 수 없다.

시냇가를 따라 걷는 동안, 물에서 한 줄기 안개가 피어오른다. 안개는 형체를 갖추고 굳어지더니 커다란 암곰이 커스틴 옆에서 걷기 시작한다. 영혼은 커스틴의 머리카락에 코를 부비고 목덜미를 킁킁거리지만, 그녀는 옆에서 굽어보고 있는 덩치 큰 짐승의 존재를 의식하지 못한 채 계속 걷는다. 나는 걸음을 멈추고 영혼과 여자를 바라본다. 주술사의 눈을 지니고 있지만, 커스틴은 보지 못한다. 그녀의 힘은 초점을 찾지 못한 상태다.

암곰은 고대어로 으르렁거리며 동굴 곰을 사냥해도 좋다고 우리에게 허락을 내린다. 나는 그 눈에서 교활함과 속임수를 읽는다. 곰은 변덕스러운 영혼이다. 때론 너그럽고, 때론 앙심을 품지만, 언제나 위험하다.

커스틴은 내가 왜 걸음을 멈추었는지 모르고 미간을 찡그리며 나를 마주 바라본다.

"사냥이 성공할 거라고 약속하는가?" 나는 고대어로 영혼에게 묻는다.

"네?" 커스틴은 묻는다. "누구한테 말하고 있어요?"

영혼은 내 질문에 대답하지 않고 안개로 흩어진다. 커스틴은 되풀이한다. "누구한테 말하고 있어요?"

"널 따라오는 영혼을 보았어." 나는 말한다. "못 봤니?"

그녀는 고개를 젓는다. 영혼들에게 사냥을 해도 좋은지 허락을 구해야 한다고 처음 내가 말했을 때 자기 아버지가 그랬듯, 미심쩍은 기색이다. "네 아버지는 영혼을 보지 못한다." 나는 커스틴에게 말한다. "그는 영혼의 존재를 믿지 않아. 하지만 너는 주술사의 눈을 지니고 있다. 너 자신이 지닌 힘을 아직 모르고 있어."

"마법사요?" 그녀는 말한다. "설마요, 내가." 그녀는 주위를 둘러보며 풀밭과 시냇물을 살핀다. "영혼은 전혀 보이지 않는데요."

"영혼은 사라졌어."

"아무것도 보이지 않아요." 그녀는 다시 나를 따라 시냇가를 걷기 시작한다. 잠시 후 그녀는 묻는다. "어떤 영혼이었어요?"

나는 조용히 하라고 그녀에게 손짓한다. 멀리 야생 돼지 무리가 눈에 띄어서다. 우리가 살금살금 다가가자 돼지들은 고개를 들지만, 너무 멀리 있어서 해코지를 할 수는 없을 거라고 안심한 것 같다. 나는 고대어로 그들에게 하나만 죽어달라고 외친다. 나이 많은 수돼지 한 마리가 고개를 젓더니 이쪽으로 걸음을 옮긴다. 라이플을 사용하는 것에 대해 영혼들을 향해 사죄의 말을 읊조리며, 나는 총을 들어 한 방으로 돼지를 죽인다. 나머지 돼지들은 흩어진다.

커스틴은 사냥감이 쓰러진 쪽으로 따라온다. "총을 쏘기 전에 뭐라고 하셨어요?"

"어느 짐승이 죽고 싶으냐고 물었다." 나는 수돼지의 사체 옆에 무릎을 꿇고 가죽끈 옆구리에서 흑요석 칼을 푼다. 수돼지 어금니는 강하다. 어깨는 넓다. 그의 영혼이 앞으로 사냥에서 나를 도와줄 수 있을 것이다. 나는 돼지의 멱을 딴다. 영혼이 빠져나와 흉폭한 눈으로 나를 응시한다. 영혼은 풀밭에서 발을 구르면서 죽은 자신의 몸을 코로 비빈다.

"저기 풀밭의 수돼지의 영혼이 보이니?" 나는 커스틴에게 묻는다.

그녀는 나를 보다가, 내 시선이 향한 곳을 바라본 후 고개를 젓는다. "내 눈에는 풀밖에 보이지 않아요. 아버지도 영혼을 보지 못하는데, 내가 왜 볼 수 있을 거라고 생각하세요?"

영혼은 나를 노려보고, 나는 고대어로 외친다. 돼지는 덤벼들지만, 나는 이미 대비하고 있다. 전투는 조용하다. 돼지의 영혼이 내 안에서 포효하고, 내 영혼도 함께 포효한다. 돼지는 발을 구르지만, 나는 어머니가 아이를 안듯 영혼을 둘러싸고 끌어안는다.

눈을 떠보니, 커스틴이 내 옆에 서 있다. 그녀는 어리둥절하고 걱정스러운 표정으로 머뭇거리며 묻는다. "뭘 하셨어요?"

"돼지의 영혼을 받았다. 짐승을 죽이면, 그 영혼을 받아들여야 해. 안 그러면 짐승의 영혼이 내 영혼을 가진다. 네 아버지는 이걸 이해하지 못해." 나는 걸음을 멈춘다. 피 묻은 손에는 계속 흑요석 칼을 쥐고 있다.

오래전 암곰을 죽였을 때, 마셜이 그 영혼을 받아들였어야 했다. 그랬더라면 지금까지 이렇게 우리 뒤를 쫓고 있지 않을 것이다.

"정말 그렇게 믿으세요?" 그녀는 묻는다. 젊은 목소리다.

나는 어깨를 으쓱한다. "영혼은 사방에 있다. 어떻게 믿지 않을 수 있겠니." 나는 시체를 어깨에 둘러멨다. 우리는 말없이 오두막을 향해 걷기 시작한다.

"절 따라온 건 어떤 영혼이었어요?" 그녀는 다시 묻는다.

"암곰." 나는 답한다. "네가 자기 거라고 하더구나."

오두막에 거의 다 왔을 무렵, 그녀는 다시 말한다. "아버지에게는 이 일에 대해 말씀하지 마세요. 알겠죠?"

"상관없어. 네 아버지는 믿지 않는다."

오두막에 도착한 뒤, 나는 마셜을 도와 돼지의 가죽을 벗기고 피를 빼고, 커스틴은 자기들이 가져온 천막을 설치한다. 작업을 하면서 마셜은 그동안 바깥세상에서 어떻게 지냈는지 이야기한다. 입 밖에 내어 말하지는 않지만, 나는 그가 지난 몇 년 동안 행복하지 않았다는 것을 알 수 있다. "커스틴과 나는 이제야 서로를 알기 시작했어." 그는 말한다.

"그 애 어머니와 나는 오래전에 이혼했으니까. 아이가 어렸을 때 자주 찾아가지 못했지. 하지만 커스틴은 내 유일한 자식이야."

커스틴이 천막을 설치하는 쪽을 바라보니, 그 옆에 암곰이 걸어 다니고 있다. "자네 딸 옆의 회색 그림자 보이나?" 나는 마셜에게 묻는다. 그는 눈을 찡그리며 딸 쪽을 바라보더니 고개를 젓는다. "자네가 죽인 암곰의 영혼이 커스틴을 데려가겠다고 하고 있어." 나는 말을 이었다. "지금 영혼이 자네 딸을 따라다니고 있어."

"샘…" 그는 뭐라 말하려 하지만, 내가 가로막는다.

"자네 눈에 보이지 않는다는 이유로 존재 자체를 부정하지 말아." 나는 말한다.

"이렇게 하지." 그는 말한다. 그는 목에 건 곰의 발톱을 벗어 한 손에 쥔다. 암곰은 흥미 어린 눈으로 이쪽을 쳐다본다. "자넨 이 발톱이 영혼으로부터 나를 보호해 준다고 했지. 그럼 이걸 커스틴에게 주겠어."

"다시 둘러." 나는 날카롭게 말한다. 영혼은 이쪽으로 어정거리며 다가오고 있다. "자네한테는 그게 필요해. 자네 딸은 강해. 없어도 괜찮아." 마셜이 다시 체인을 뒤집어써서 목에 걸자 영혼은 우뚝 멈추더니 돌아선다. 나는 마셜을 똑바로 보며 말한다. "내가 자네 딸에게 영혼과 싸우는 법을 가르쳐 주지. 그녀는 배울 수 있어."

그날 저녁, 우리는 구운 돼지고기를 먹고 마셜이 바깥세상에서 가져온 와인을 마신다. 커스틴이 잔에 와인을 따를 때, 땅에 술이 몇 방울 흐른다. 축축한 지점 위에 회색 안개가 소용돌이쳤지만, 영혼이 나타나지는 않는다.

달이 중천에 떠오르자, 마셜은 하품을 하기 시작한다. 나는 허리춤에 찬 주머니에서 뼈를 꺼내서 커스틴에게 설명한다. 이건 내가 처음 죽인 동굴 곰의 발가락뼈라고. 세 뼈 모두 한쪽 면은 매끈하게 닳아 있고 반대쪽 면에는 끌로 새긴 자국이 있다.

내 지시에 따라 마셜은 자기 등 뒤에 그림자가 지도록 달을 향해 앉아 자기 앞 땅의 흙을 평평하게 고른다. 그가 땅에 뼈를 던지는 순간, 나는 고대어로 나직하게 주문을 읊으며 사냥이 성공할 것인지 묻는다.

뼈는 매끈한 쪽을 위로 해서 땅에 떨어진다. 셋 다. "사냥은 성공할 거야." 나는 말한다. 마셜은 나를 향해 웃는다. 번득이는 불빛이 그의 눈 밑 주름살을 밝힌다. 피곤해 보이지만, 긴장은 조금 누그러든 것 같다.

"내일은 긴 여행을 해야 해." 그는 말한다. "이제 좀 자야겠어."

커스틴은 불 옆에 남는다. "곧 따라갈게요." 그녀는 말한다. "아

곰의 손길

직 별로 피곤하지 않아요."

마셜의 얼굴이 다시 긴장한다. 나는 그 얼굴에서 커스틴이 말했던 두려움을 읽는다. 그는 나이를 두려워하고 있다. 시간의 흐름을 두려워하고 있다. 하지만 그는 혼자 천막에 간다.

나는 모닥불 옆에 쭈그리고 앉아 마셜이 갖다준 담배를 파이프에 채운다. 그리고 구수한 연기를 뿜으며 생각에 잠긴다. 흡연은 과거에서 이 시대로 온 뒤 내가 습득한 유일한 인류의 습관이다. 모닥불 옆에 앉아 과거를 돌아보고 미래를 고민하는 인간에게 파이프는 너무나 좋은 친구다.

"너는 왜 여기 왔지?" 나는 커스틴에게 묻는다. 스스로의 힘을 깨닫지 못하고 있는 이 소녀-여자에 대해 더 알아야만 한다.

"아버지가 같이 가자고 했어요." 그녀는 말한다. 나는 더 묻지 않는다. 그녀는 잠시 간격을 두었다가 한층 나지막한 음성으로 말을 잇는다.

"젊을 때 아버지가 여기서 뭔가 발견했대요. 난…" 그녀는 말을 끊고 어깨를 으쓱한다. "내가 뭘 찾고 있는 건지 모르겠어요." 나는 고개를 끄덕인다. 그녀는 젊은 시절의 자기 아버지와 비슷하다. 하지만 그가 전사였다면, 그녀가 지닌 것은 다른 종류의 힘이다.

"나를 따라왔다는 영혼에 대해 말씀해 주세요. 왜 따라왔나요?"

"암곰이 따라온 이유는, 네게 힘이 있지만 스스로 그 힘을 자각하지 못해서야."

"내겐 힘이 없어요." 커스틴은 말한다.

"왜 자신의 힘에서 물러서려고 하지?" 나는 묻는다. 그녀가 답하지 않아서, 나는 말을 잇는다. "수퇘지의 영혼이 내게 들어왔듯, 암곰의 영혼도 네 몸에 들어갈 거야. 네 힘을 자각하지 못한다면, 그 영혼과 싸울 수 없을 거다." 나는 파이프 연기를 한 모금 빨아들인 뒤 커스틴 옆에서 빙빙 맴도는 회색 안개를 향해 뿜는다. 덩치 큰 영혼의 형체가 나타난다. 영혼은 그르렁거리고 킁킁거리며 털북숭이 귀를 쫑긋거리고 모닥불 너머에서 작은 눈으로 나를 흘끗 본다. "저기, 봐라." 나는 커스틴에게 말한다. "영혼이 돌아왔구나."

커스틴은 내가 가리키는 방향을 쳐다본다. "내 눈에는 아무것도 안 보여요."

암곰이 끼어들더니 내게 커스틴을 가르치지 말라고 고대어로 으르렁거린다. 여자는 제 것이라는 것이다. 나는 공정한 전투가 두렵냐고 마주 으르렁거린다. 영혼은 대답 대신 입을 벌리고 뒷발로 반듯이 몸을 곧추세워 성인 남자 두 배의 키로 모닥불을 굽어본다.

그 자세로, 영혼은 안개로 흩어져 사라진다.

커스틴은 아직도 내가 가리키는 방향을 응시하고 있다. 나는 말한다. "영혼은 갔어. 하지만 돌아올 거야. 싸우는 법을 배워야 한다. 내가 가르쳐 주마." 하지만 이렇게 용감한 말을 건넬 때조차도, 주술사의 눈을 지닌 이 여자에게 자신이 보고 싶어 하지 않는 것을 보게끔 가르칠 수 있을까 하는 의문이 든다.

새벽에 우리는 곰이 사는 동굴을 향해 사흘 동안의 여정에 오른다. 마셜은 아침 식사 자리에서 초롱초롱하고, 커스틴은 걱정스러운

　　　　　　　　　　　　곰의 손길

얼굴로 그를 본다. "각성제를 복용하고 계세요." 그녀는 마셜이 못 들을 정도로 멀찍이 떨어져 있을 때 내게 말한다. "여행 내내 저 상태를 유지할 수는 없어요."

오전 동안, 우리는 산기슭 계곡을 따라 걸으며 물소떼와 돼지떼를 지나친다.

계곡 건너에서 매머드 무리를 보고, 우리는 멀리 돌아간다. 오후쯤 풀이 무성한 언덕을 오르기 시작하자, 마셜의 걸음은 차츰 느려진다. 배낭의 무게로 어깨가 처지고, 햇빛과 더위가 심하지 않은데도 땀을 많이 흘린다. "괜찮나, 형제?" 잠시 멈추어 쉬는 동안 물었더니, 그는 날카롭게 대꾸한다. "아, 그럼. 괜찮지." 이어 그는 미소를 띠며 목소리를 누그러뜨린다. "우리 중 제일 어린 사람부터 걱정해야 할 텐데."

그는 커스틴 쪽으로 손짓하지만, 그녀는 줄곧 아무 불평 없이 자기 배낭을 짊어진 채 꾸준히 걷고 있다. 다시 걸음을 옮기기 시작하자 그녀는 뒤로 처지지만, 자신이 피곤해서가 아니라 아버지 때문이라는 것을 알 수 있다.

생각했던 것보다 빨리 야영 준비를 한다. 하지만 나는 마셜의 상태가 걱정스럽다. 그는 저녁으로 육포 조금밖에 먹지 않았고, 달이 뜨고 있을 무렵 잠자리에 든다. "아버지는 체력을 모조리 소모하고 있어요." 커스틴이 말한다. "약에 의지해서 계속 걷고 계세요. 속도를 늦추는 게 두려워서."

나는 파이프로 담배 향을 음미하면서 그녀의 얼굴을 본다. "네 아버지는 너를 잘 모른다고 하더구나. 네가 어렸을 때 어머니와 헤어졌으니까. 그런데 너는 어째서 아버지를 그렇게 잘 알지?"

그녀는 문득 풋, 하고 웃음을 터뜨린다. "난 아버지를 텔레비전으로 봤어요. 아버지가 쓴 책도 읽었고요. 아버지가 만든 영상은 하나도 빼놓지 않고 열 번도 넘게 봤을 거예요. 어떻게 모를 수가 있겠어요. 세상에서 제일 사랑받는 모험가인데." 그녀는 모닥불을 바라본다. "사람들은 내가 아버지를 닮았다고들 해요. 내가 영혼을 볼 수 없는 것도 그 때문인가 봐요."

"보게 될 거다." 나는 말한다. 모닥불에서 조금 떨어진 어둠 속에서 암곰이 웃는다. 커스틴은 불에서 눈을 떼지 않는다. 영혼은 그녀 쪽으로 다가가 옆에 선다. 커스틴은 영혼의 존재를 눈치챈 기색을 전혀 보이지 않는다. "네 옆에 서 있는 그림자 보이니?" 나는 묻는다.

"달빛과 모닥불밖에 보이지 않아요." 말은 이렇게 했지만, 그녀는 눈을 깜빡인다. 순간, 시선이 영혼에 초점을 맞추는 것 같다.

하지만 그녀는 고개를 젓는다. "눈에 보이지 않는 존재와 싸울 수는 없어요."

다음 날 여정은 더 길고 힘들다. 우리는 능선을 올라가고 있다. 커스틴은 자기 힘을 억누르고 실제보다 더 약한 척하면서 의도적으로 천천히 아버지를 뒤따르고 있다. 마셜은 창백하다. 점심을 먹으려고 멈췄을 때, 그는 배낭에서 흰 약을 꺼내더니 수통의 물과 함께 꿀꺽 넘긴다. 나도 산을 오르느라 다리가 아프다. 나 역시 늙어가고 있다. 하지만 점심을 먹은 뒤, 마셜은 청년 같은 에너지로 걷기 시작한다.

그날 밤 모닥불 옆에서 마셜은 불꽃을 바라보며 꾸벅거린다. 약 기운이 다 된 것 같다. "이렇게 늦은 봄에 사냥하면 안 돼." 나는 그에게 말한다. "지금이라도 돌아갈 수 있어."

"아니야." 그는 청년 시절과 마찬가지로 고집스럽다. "뼈는 성공할 거라고 예언했어."

"사냥은 성공할 거라고 했지. 하지만 자네는 무엇을 사냥하고 있나?"

그는 일어선다. 아직 키는 크지만, 어깨는 축 늘어져 있다. "자네가 돌아가겠다면, 샘. 나 혼자라도 가겠어."

"자네 딸은…" 나는 그녀가 위험하다는 것을 일깨워 주려 한다.

커스틴이 끼어든다. "혼자서는 안 돼요."

그는 딸을 향해 미소 지으며 돌아선다. 이가 언뜻 드러나자 청년 시절처럼 다시 젊어 보인다. 커스틴은 아버지가 천막으로 걸어가서 허리를 굽히고 안에 들어가는 모습을 지켜본다. "내 자신은 내가 돌볼 수 있어요." 그녀는 나직하게 내게 말한다. "난 아버지가 걱정돼요."

"네가 얼마나 큰 위험에 처했는지 몰라서 그러는 거다." 나는 말한다. "영혼이 네 몸을 빼앗으면 아무것도 남지 않아."

"난 아저씨의 부족과 다르잖아요. 영혼이 날 건드리지 못할 수도 있어요." 그녀는 말한다. 마치 열에 들뜬 사람처럼 눈은 초롱초롱하지만, 환하게 밝힌 모닥불 주변을 맴도는 영혼은 보지 못하고 있다. 잠시 시선이 영혼을 따라가나 싶었지만, 그녀는 다시 고개를 돌린다.

자신의 힘을 인정하는 것을 두려워하고 있다. "아저씨는 돌아가

셔도 돼요, 샘."

나는 고개를 젓는다. "마셜은 내 의형제야. 난 그의 곁에 남겠어."

그녀는 말없이 앉아 불꽃을 바라본다. 달이 뜬다. "내가 뼈를 굴려볼게요." 달이 중천에 떴을 때, 그녀는 말한다.

"원하지 않는 답이 나올 수도 있어." 나는 말하지만, 그녀는 손을 내민다. 나는 뼈를 건넨다.

그녀가 뼈를 굴리는 동안 나는 주문을 읊는다. 달빛 아래 뼈는 희게 빛난다. 흰 면 세 개가 위로 향한다. 성공한다는 점괘다. 암곰은 어둠 속에서 클클 웃으며 묵직한 머리를 흔든다.

커스틴은 듣지 못한다. 그녀는 흙 속에 놓인 뼈를 관찰하고 있다. "사냥은 성공이라는 말이군요. 이제 내가 무엇을 사냥하는지 알 수만 있다면." 그녀는 뼈를 내 손 위에 올려놓으려다 문득 망설인다. "직접 굴려보시겠어요, 샘?"

나는 고개를 젓는다. "아니, 나는 더 이상 사냥하지 않는다. 나는 아무것도 찾지 않아."

다음 날 아침, 곰을 사냥하기로 한 날. 나는 새벽에 잠에서 깬다. 커스틴은 이미 깨어 있다. 그녀는 타고 남은 재 옆에 서 있고, 나는 그녀를 바라본다. 그녀는 주먹을 꽉 쥐고 양옆에 늘어뜨린 채 우리 위에 있는 능선을 응시하고 있다. 옆에 암곰도 있지만, 그녀는 모른다.

내가 다가가자 영혼은 사라진다. 커스틴의 어깨에 손을 얹지만, 그녀는 돌아보지 않는다. 그녀의 굳은 얼굴을 보니, 오래전 어느 새벽 마셜과 내가 암곰의 동굴 입구에서 불을 지피기 위해 층층나무 가지를 모으던 기억이 떠올랐다. 짐짓 용감한 척했지만, 그때 마셜은 두려워하고 있었다.

나는 곰 발톱을 매단 가죽끈을 벗어 커스틴의 목에 걸어준다. "이제 영혼은 너를 건드리지 못한다. 넌 안전해."

그녀는 손을 들어 손가락으로 발톱의 구부러진 곡선을 쓸어본다. 두려움과 기대감, 안도감, 일종의 후회가 묘하게 섞인 표정이다. "나는 건드리지 못하겠지만, 아저씨는요?"

"나는 호신부 없이 곰 사냥을 해봤어. 곰은 나를 원하지 않아."

"아버지가…" 그녀는 뭐라 말하려 한다.

나는 말을 가로챈다. "존재 자체를 믿지 않는데, 네 아버지가 그 존재로부터 널 어떻게 지키겠니."

그녀는 잠시 침묵을 지키다 말한다. "난 아저씨와 아버지가 걱정돼요."

"우리 몸은 우리가 지킬 거다." 나는 말한다. 그녀는 다시 손을 들어 곰 발톱을 만져보고 뾰족한 끝을 더듬는다. 우리는 불에 태울 층층나무 가지를 같이 모은다.

"아저씨와 같이 곰을 사냥할 때 아버지는 여기서 뭘 찾았나요?"

"젊은 전사의 힘을 찾았지. 죽음에 맞섰고 그 안에서 힘을 찾았다."

"나는 뭘 찾게 될지 궁금해요."

아침 식사를 하는 동안 마셜은 조용하다. 딸의 목에 걸린 곰 발톱을 보았는지 못 보았는지, 별다른 말을 하지 않는다.

그는 라이플을 한 번, 두 번, 세 번 확인한 뒤 뾰족한 창 촉을 시험해 본다.

　나는 층층나무 더미를 멘 채 바위를 휘감고 관목 수풀 사이로 구불구불 이어진 길을 따라 화강암 능선을 오른다. 나는 굴에서 곰을 몰아내기 위해 불을 피운 뒤, 굴 입구 한쪽의 바위 턱에 설 것이다. 마셜은 라이플과 창을 준비한 상태로 입구 반대쪽 바위 턱에 설 것이다. 커스틴은 라이플을 들고 굴 위쪽 바위 턱에서 대기할 것이다.

　나는 마셜을 뒤따라 굴로 이어지는 좁은 길을 걷는다. 굴 입구의 바위 턱은 기껏해야 내 오두막만 하다. 바위 턱 끝은 낭떠러지다. 아래는 날카로운 돌밭이다. 굴에 드나드는 바람결에 곰과 썩은 고기 냄새가 흘러나온다.

　나는 조용히 불을 피운다. 불을 붙이는 순간, 굴 안에서 뭔가 움직이는 소리가 들린다. 나는 얼른 내 자리로 뛰어가서 마셜에게 '곰이 온다'라는 뜻으로 손짓한다. 그때 등 뒤에서 곰의 기척이 느껴진다. 나는 창을 단단히 쥐고 휙 돌아 입구를 바라본다.

　곰이 덤벼드는 순간, 나는 한쪽으로 몸을 숙여 가볍게 내지른 곰의 앞발을 피한다. 곰은 마셜 쪽으로 돌아선다. 그는 짐승을 향해 외치고 있다. 곰은 덩치가 거의 암곰만 한 성체다. 네 다리를 다 짚고 있는데도 마셜을 위에서 내려다보는 덩치다. 곰은 포효하며 뒷다리로 일어선다.

　바람의 방향이 바뀌면서 층층나무 타는 독한 연기가 우리를 둘러싼다.

　연기, 곰의 포효.

　　　　　　　　　　　　　　　　　　　　　　　　　　　곰의 손길

연기, 고함, 혼란, 회색 안개를 뚫고, 나는 의형제를 돕기 위해 걸음을 떼려고 한다.

그 순간 안개가 몸을 얻는다. 암곰의 영혼이 내 앞에 서서 길을 막는다. 영혼은 내게 앞발을 휘두르고, 나는 얼른 뒤로 피한다. 하지만 이제 나는 낭떠러지 끝에 서 있다. 도망갈 곳은 없다. 영혼은 뒷다리로 일어서면서 나를 향해 씩 웃는다.

"샘!" 위에서 외치는 소리가 들린다. 영혼은 고개를 들고, 커스틴이 던진 곰 발톱 목걸이가 내 옆의 돌에 달그락 부딪힌다. 내가 미처 발톱을 주워 들기도 전에 영혼은 사라진다. 돌아서 보니, 위쪽 바위 턱에서 소녀-여자가 자기 키보다 훨씬 거대하게 솟은 그림자를 마주 보고 있다.

마셜이 소리치고, 나는 그를 돌아본다. 곰이 그를 공격하고 있다.

그는 낭떠러지 끝에 서 있다. 라이플은 몇 발짝 옆에 떨어져 있고, 그가 손에 쥔 것은 창뿐이다. 곰이 앞발을 휘두르자, 그는 창으로 찌르지만, 표적은 빗나간다. 그는 곰이 휘두른 앞발을 아슬아슬하게 피한다. 젊은 시절 그랬듯 얼굴에는 미소를 짓고 있다. 늙은 눈동자에 전사의 불꽃이 타오르고 있다. 환희에 넘치고 있다. 뺨의 주름은 사라지고, 눈빛은 또렷하다. 나는 그를 향해 걸음을 옮기려다 그 미소 앞에서 망설인다.

머리 위 바위 턱에서 커스틴의 목소리가 들려온다. 그녀는 고대어로, 힘의 음성으로 내게 말하고 있다. 목소리를 듣고 나는 그 자리에 선다. 그녀는 나를 내려다보며 미소 짓는다. 그 눈 속에서 나는 두 가지 존재를 본다. 여자, 그리고 곰이다. 거대한 영혼. 때론 앙심을 품는, 때론 너그럽고, 때론 화를 내고, 때론 연민하는 영혼.

나는 마셜을 돌아본다. 커스틴이 지금 라이플을 쏠 수도 있다. 그녀 안의 암곰 영혼이라면 아버지를 습격하고 있는 곰을 돌아서게 할 수 있다.

마셜은 짐승에게 욕설을 퍼붓고 다시 창을 앞으로 휘두른다. 죽음에 기꺼이 맞서기를 원하는, 그에 맞서는 남자의 얼굴이다. 곰은 망설이며 그를 굽어본다.

때론 연민하는 영혼.

무시무시한 곰의 앞발이 마셜을 후려친다. 그는 낭떠러지에서 떨어진다. 아버지가 떨어지고 곰이 돌아서는 순간, 커스틴은 하마터면 떨어질 뻔하면서도 허둥지둥 바위 턱에서 뛰듯이 내려온다. 그녀는 계속 무너져 내리는 느슨한 암반 위를 미끄러지며, 떨어지다시피 하며 낭떠러지 바닥까지 내려간다. 어설프고, 재빠르고, 강하고, 우아한, 여자-소녀-곰-여자의 움직임. 나도 그 뒤를 따라서, 조심스럽게 발을 디디며 사면을 내려간다.

커스틴은 주먹을 움켜쥔 채 아버지의 시체 앞에 서 있다. 바위에 부딪혀 긁힌 팔의 상처에서 한 줄기 피가 가늘게 흐르고 있다. 내가 다가가자 그녀는 고개를 든다. 눈동자에는 여러 영혼이 거칠게 명멸하고 있다. 여자-곰-소녀-곰.

"내가 곰을 막아 세울 수도 있었어요." 그녀는 나직하게 더듬더듬 말한다. "난 영혼을 만났어요. 그녀는⋯ 나는⋯ 우리는⋯" 그녀는 고대어로 '합일', '결합', '두 시냇물이 만나 강을 이룬다'라는 뜻의 단어를 목구멍 깊숙한 곳에서 내뱉는다. 영혼은 그녀를 제압하지 못했다. 그들은 하나가 되었다. 여자-곰이자 곰-여자가 된 것이다. "막아 세울 수 있다는 걸 알고 있었는데…" 말이 계속 툭툭 끊기면서 흘러나온다. "막아 세울 수도… 하지만 이쪽이… 이쪽이 더… 아무리 그래도 막아 세울 수 있었는데…" 그녀의 눈에 눈물이 고인다. 하지만 여자-곰-소녀-곰을 넘나들며 거칠게 명멸하는 눈빛은 멈추지 않는다. 주먹도 긴장을 풀지 않는다.

손을 뻗어 그녀의 어깨를 짚으니, 눈물이 흘러나온다. 이 순간 파란 웅덩이를 통해 밖을 내다보며 아버지의 죽음을 애도하는 존재는 겁먹은 어린아이, 마셜의 외동딸이다. "아버지는 죽었어요, 샘. 아버지가 죽는 것을 원했다고 생각하세요?" 눈물을 줄줄 흘리며, 그녀는 아버지의 깨진 머리 옆에 무릎을 꿇는다. 나는 그녀의 어깨에 손을 얹은 채 서서 움직이지 않는다. 이제야 커스틴이 왜 자신의 힘을 두려워했는지 이해할 수 있다. 힘이 있으면, 아버지가 원하는 것을 찾도록 도울 수 있었으니까. 이해할 수는 있지만, 변하는 것은 없다.

우리는 마셜의 목에 곰 발톱을 걸어놓고, 라이플과 창도 그의 옆에 두었다. 커스틴과 나는 무덤을 만들었다. 짐승들의 접근을 막기 위해, 그를 지키기 위해, 우리는 바위를 굴리고 돌을 날라서 시체를 빙둘러싸고 그 위에 돌을 포개 얹었다. 매번 커스틴을 볼 때마다 내 눈에는 다른 존재가 보였다. 여자, 혹은 곰, 혹은 소녀-어린아이.

일을 끝낸 뒤, 커스틴은 돌무덤을 굽어본다. 긁히고 멍투성이이지만, 손은 이제 긴장을 풀고 있다. "아버지가 진정 원했던 것을 여기서 찾았는지 모르겠어요, 샘." 궁금증과 의문이 가득한 목소리였다. "이제 행복하실지."

오두막으로 돌아오는 길은 이틀이 걸렸다. 조용히 걷는 동안, 그녀는 자기 자신과 숲에 점점 적응하며 편안해졌다. 눈빛은 현명하고 침착하다. 그녀는 내게 곰 발톱 호신부를 계속 목에 걸고 있어야 한다고 했지만, 여자가 말하는 것인지 곰이 말하는 것인지 알 수 없다.

어쩌면 둘 다이리라. 그녀는 내 친구다.

그녀는 고대어를 말하고, 새들과 짐승들이 그 말에 귀를 기울인다. 우리는 시냇가에서 그녀가 불러낸 물고기로 끼니를 해결한다. 그녀는 바람의 목소리와 덜컹거리는 땅의 불평을 듣는다.

하지만 이제 그 고요한 눈매에는 가장 커다란 힘이 깃들어 있다. 그녀는 더 이상 자신의 힘을 두려워하지 않는다. 내 계곡을 떠난 뒤 그녀가 무엇을 할지는 알 수 없다. 낯선 물고기들을 바깥세상으로 불러낼 것인가? 땅을 향해 진동하라고, 바람을 향해 태풍을 일으키라고 주문할 것인가? 도시에 짐승을 가득 불러들일 것인가? 혹은 그저 인간을 지켜보며 연민을 담은 웃음을 커다랗게 터뜨릴 것인가? 때론 너그러운, 때론 앙심을 품은, 그런 웃음을.

주술사-여자-곰-소녀-아이가 무엇을 할지 나는 모른다.

내 오두막에서, 그녀는 바깥세상을 향해 돌아선다. 나는 배낭을 집어 드는 그녀의 어깨에 손을 얹으며 말한다. "행운이 너와 함께하기를, 커스틴."

곰의 손길

그녀는 조심스럽게 미소 짓는다. 작은 미소이지만, 크나큰 장난기와 크나큰 즐거움, 크나큰 슬픔이 스치는 미소다.

"내가 옳은 일을 한 걸까요, 샘?" 그녀는 묻는다.

"너는 해야만 하는 일을 했어." 나는 말한다. "잘했다."

"다시 찾아와도 되죠, 샘?" 질문을 던지는 그 눈 속에서는, 소녀-아이가 나를 바라보고 있다.

"원할 때면 언제든지 돌아오거라, 나의 친구." 나는 말하며 손을 들어 작별 인사를 한다.

그녀는 자신보다 더 큰 그림자를 드리우며 바깥세상을 향해 걸음을 옮긴다.

# 6

머나먼 곳의 무더운 여름밤

## On a Hot Summer Night
## in a Place Far Away

그레고리오는 멕시코에서는 메리다로 알려진 고대 마야 도시 티호의 해먹 상인이다. 그는 솜씨 좋은 장사꾼이다. 엘 메호르el mejor, 최고의 해먹 상인이다.

그는 이달고 공원과 티호의 중심 광장 소칼로에서 지나가는 관광객들을 향해 영어로 호객한다. "이봐요, 해먹 하나 사세요."

그레고리오는 키가 겨우 150센티미터 정도로 작지만, 힘이 세다. 손아귀 힘도 세고, 해먹을 물들일 때 사용하는 식물성 염료 때문에 손톱에는 늘 보라색 때가 끼어 있다. 앞니 두 개는 금으로 테를 둘렀다.

대체로 그는 좋은 남자다. 한 번 결혼했고, 어린 딸 둘은 유카탄반도 반대쪽에 위치한 바야돌리드시 근처 픽소이 마을에서 멀리 떨어져 살고 있다. 술을 너무 많이 마시고 다른 여자들과 바람을 피우고 다녀서, 아내가 그를 내쫓았다. 그녀가 다른 남자와 재혼하자, 그레고리오는 마을을 떠나 메리다로 향했다. 그는 해먹 장사를 하면서 근처 틱스코콥 마을에 살았다. 한번은 딸들을 보러 옛 마을을 찾아갔지만, 아이들은 그를 낯선 사람처럼 쳐다보았고 다른 남자를 아빠라고 불렀다. 그는 다시는 딸들을 찾아가지 않았다.

아내에게 쫓겨났을 때는 슬펐고 여전히 고향과 딸들이 그립지만,

그레고리오는 술을 마시고 여자랑 잔다고 해서 나쁜 남자가 되는 건 아니라는 것을 알고 있다. 그는 술을 많이 마시는 짓은 그만두었지만, 여자들과 자는 일은 계속하고 있었다. 그는 선이든 악이든 중용을 지켜야 한다고 믿었다.

그레고리오는 이달고 공원 옆 노천 카페에서 깡마른 여자를 만났다. 여자는 그가 미국 커플과 흥정하는 광경을 지켜보고 있었다. 하와이안 셔츠를 입은 턱수염 남자가 값을 깎겠다고 작정하고 나서는 바람에, 흥정은 1시간이나 걸렸다. 결국 이긴 쪽은 그레고리오였지만, 관광객은 그 사실을 몰랐다. 보통 관광객에게 할인해 주는 가격보다 최종적으로 싼값에 팔긴 했지만, 그래도 그레고리오의 최저가보다는 약간 높았던 것이다. 미국인은 만족했고, 그레고리오도 만족했다.

해먹 꾸러미를 묶고 있는데, 그 여자가 그레고리오의 눈에 띄었다. 짧게 친 희끄무레한 금발 머리, 작은 가슴을 지닌 마른 여자였고, 길고 가느다란 다리를 탁자 아래 죽 뻗고 있었다.

그녀는 무릎 위에 수첩을 놓고 한 손에는 펜을 들고 있었다.

흰 바지와 흰 셔츠 차림이었으며, 검은 선글라스로 눈을 가리고 있었다.

"이봐요, 해먹 살래요?"

그녀는 살짝 고개를 저었다. "아니요, 그라시아스gracias."

"포르케 노porque no? 왜요? 해먹에서 자봤어요?"

"아뇨." 그녀는 그를 바라보고 있었지만, 검은 선글라스 뒤에서 무슨 표정을 짓고 있는지 그는 알 수 없었다. 그녀의 얼굴에는 어딘가 낯선 데가 있었다. 눈썹, 광대뼈, 입, 모두 괜찮았다. 하지만 그것들이 한데 합쳐진 모양이 어딘가 낯설었다.

그레고리오는 해먹 다발을 내려놓고 주위를 둘러보았다. 화창한 일요일 늦은 오전이었다.

대부분의 관광객들은 우슈말이나 다른 고대 관광지에 가 있을 것이다. 그는 의자를 끌어당겼다. "잠시 앉아도 되죠?"

그녀는 수첩을 탁자에 놓으며 다시 어깨를 으쓱했다.

손가락도 다리처럼 길고 가늘었다. 반지는 끼고 있지 않았다. 얼굴에 어딘가 묘한 데가 있긴 했지만, 잘생긴 여자였다.

그레고리오는 웨이터를 부르고 카페 콘 레체cafe con leche, 우유 넣은 커피를 주문했다. 커피가 나오자, 그는 설탕 여섯 숟가락을 잔에 넣고 의자에 물러앉았다. "어디서 오셨어요?"

"여기저기." 그녀는 말했다. 그가 계속 쳐다보고 있으니, 그녀는 이어 말했다. "가장 최근 있었던 곳은 캘리포니아. 로스앤젤레스."

행동거지가 캘리포니아 사람 같지는 않았지만, 그레고리오는 넘어가기로 했다. 캘리포니아 사람들은 말이 너무 많고 아주 친절하다.

"휴가 중이에요?" 그는 물었다.

"그런 셈이죠. 항상 관광객이에요."

그들은 잠시 날씨에 대해, 메리다에 대해, 근처의 유적에 대해 이야기를 나누었다. 도무지 어떤 유형으로 분류할 수 없는 여자였다. 관광객처럼 보이지는 않았다. 편안하게 긴장을 풀고 있지도 않았다.

긴 손가락은 종이 냅킨을 아무렇게나 비비 꼬고, 탁자를 두드리고, 테이블보 위에 놓인 계산서의 선을 쓰다듬는 등 계속 분주했다.

그는 우슈말과 치첸잇사에 가보았느냐고 물었다.

"이번 여행 말고요." 그녀는 말했다. "전에 가봤어요. 아주 오래 전에."

근처 교회에서 정오 미사를 알리는 종이 울렸다. 작은 새들이 나무에서 날카롭게 짹짹거렸다.

여자는 커피를 마시며 쓸쓸히 먼 곳을 응시했다. 프로그레소 근처 늪지에 서서 뭔가를 기다리는 키 큰 황새를 떠올리게 하는 모습이었다. 그레고리오는 그녀가 마음에 들었다. 긴 다리도, 펑퍼짐한 셔츠 안에 숨겨져 있을 작은 가슴도 마음에 들었다. 조용한 것도, 쓸쓸한 분위기도 마음에 들었다. 조용한 여자들은 아주 열정적일 수 있다.

"제 해먹에서 자면 잠이 잘 와요." 그는 말했다.

그녀의 얼굴에 미소가 벌새처럼 언뜻 스쳤다.

"그럴 것 같지 않네요."

"안 누워봤는데 어떻게 알아요? 하나 사시죠."

"해먹은 얼마예요?"

그레고리오는 씩 웃었다. 그는 받고 싶은 가격의 두 배를 불렀다. 그녀는 흥정을 잘했다.

그가 더 낮출 수 없는 가격이라고 막아설 때 진심인지 아닌지 정확히 아는 것 같았고, 흥정을 통해 상대가 설정한 최저가를 알아내는 과정을 은근히 즐기는 것 같았다. 그녀가 산 해먹은 햇빛 아래 일렁거리며 빛나는 진한 보라색이었다.

그레고리오는 커피를 마신 뒤 해먹 꾸러미를 들고 다시 일을 시작했다. 그는 대학 티셔츠 차림의 두 금발 머리 미국인을 소리쳐 불렀다. 상대가 뭐가 뭔지 정신을 차리기도 전에 그는 이미 흥정을 시작하고 있었다.


관광객들은 소칼로를 거닐며, 고대 마야 신전의 돌로 세운 대성당을 올려다보고, 도시의 콜로니얼 건축을 감상한다. 많은 이들에게 해먹 상인들은 구구거리며 대성당 출입문 상인방을 더럽히는 비둘기 무리처럼 성가신 존재다. 많은 관광객들은 바보다.

해먹 상인들은 티호에서 일어나는 일을 꿰고 있다.

그들은 정예 부대다. 언뜻 숫자가 훨씬 많아 보이지만, 티호의 거리에서 해먹을 파는 사람은 서른 명밖에 되지 않는다.

다들 줄로 단단히 동여맨 해먹 꾸러미를 짊어지고 다닌다. 그리고 각자 해먹 하나만 풀어서 끈을 어깨에 걸치고 쿠션으로 사용한다. 관광객을 소리쳐 부르면서 풀어놓은 해먹을 잡아당겨 활짝 펼치면, 알록달록한 직물이 열대의 태양빛을 눈부시게 반사한다.

해먹 상인들은 관광객과 다른 박자로 생활한다. 언젠가 행운이 찾아온다는 것을 알고 있기 때문에, 그들은 그늘 아래 느긋하게 앉아 이야기한다. 서두르지 않는다. 어떨 때는 관광객이 해먹을 산다. 어떨 때는 사지 않는다. 해먹 상인은 그저 소칼로를 서성이며 행운이 오기를 기다릴 따름이다.

기다리는 동안, 해먹 상인들은 사람들을 바라보며 이야기를 나눈다. 호텔 카리브에 머무는 프랑스 관광객들은 절대 해먹을 사지 않는다. 흥정은 하지만, 절대 안 산다. 유카탄 대학에서 스페인어를 공부하는 텍사스인 중에 예쁜 여자들이 있지만, 그들은 전부 남자 친구가 있다. 희끄무레한 금발의 키 크고 깡마른 여자는 매일같이 아주 일찍 일어나고 아주 늦게야 호텔에 돌아간다.

"저기 왔군." 히카르도가 해먹을 꾸러미로 묶다가 고개를 들며 말했다. "저 여자 간밤에 문을 닫을 때까지 익스프레스 식당에 있었어. 아구아르디엔테를 마시면서."

그레고리오는 깡마른 여자가 어제와 같은 탁자에 앉아 있는 것을 보았다. 기다리는 친구가 오지 않는지, 생각에 빠진 듯한 표정이었다.

"오늘 아침 7시에도 여기 있었어." 머리가 희끗거리고 느릿느릿한 해먹 상인 피치가 말했다. "저 여자는 남자가 필요해."

히카르도가 이 말을 듣고 뚱한 표정을 짓는 것을 보니, 간밤에 깡마른 여자에게 수작을 걸었지만 실패한 모양이었다. 해먹 상인들은 잠시 여자에게 무엇이 필요한지 논하다가 오늘 저녁에 열릴 권투 시합 이야기로 되돌아갔다.

여자는 그저 잠깐 지나치는 관심사일 뿐이었다.

그래도 호객을 하러 나선 그레고리오는 그녀의 탁자를 지나치다 인사를 건넸다. 수첩은 탁자에 놓여 있었지만, 뭐라고 적혀 있는지 읽을 수는 없었다.

스페인어는 아니었지만, 영어 같지도 않았다.

머나먼 곳의 무더운 여름밤

아침 햇살은 그다지 눈부시지 않았지만, 그녀는 검은 안경을 써서 눈을 가리고 있었다. "부에노스 디아스Buenos Dias." 그녀는 그에게 인사를 건넸다. "께딸Que tal?"

"예, 좋은 아침입니다." 그는 그녀의 탁자에 앉았다. "뭐 써요?" 그는 탁자에 놓인 수첩을 들여다보았다.

"시. 한심한 시예요."

"주제가 뭡니까?"

그녀는 수첩을 쳐다보았다. "천 년 동안 잠든 공주 이야기 아세요? 난 천 년 동안 잠들지 않은 여자 이야기를 썼어요."

"오늘 왜 그렇게 슬퍼 보여요? 휴가도 왔겠다 햇빛이 찬란한데."

그녀는 어깨를 보일락 말락 움직여 으쓱했다.

"휴가 와 있는 게 지겹네요. 하지만 집에 갈 수가 없어요. 난 친구들을 기다리는 중이에요. 여기서 만나기로 했어요."

"이해합니다." 고향이 그리운 마음이 무엇인지 그는 알고 있었다.

그녀는 한참 그를 뚫어지게 쳐다보았다. 그는 검은 선글라스 뒤에 감춰진 눈 색깔이 뭘까 궁금했다. "그 해먹에서 자봤어요?" 그는 마침내 물었다.

"호텔 방에 걸었어요."

"거기서 잤어요?"

그녀는 고개를 저었다. "아뇨."

"왜요?"

그녀는 가볍게 어깨를 으쓱했다. "전 잠을 안 자요."

"전혀?"

"전혀."

"왜요?"

"집에서는 잘 잤어요. 하지만 여기서는 잘 수 없어요."

"악몽 때문에? 도움을 받을 만한 민간요법 약사를 제가 알고 있습니다. 악몽을 쫓아내는 가루약을 지어줄 겁니다."

그녀는 고개를 저었다. 거의 습관 같은 거부의 몸짓이었다.

"그런데 왜요, 왜 잠을 못 자요?"

그녀는 어깨를 으쓱하고 다시 고개를 저었다. "모르겠어요."

안경을 벗었으면 좋겠다 싶은 기분으로, 그는 그녀의 얼굴을 응시했다. "눈동자는 무슨 색이에요?"

그녀는 선글라스를 콧등 위로 끌어 내렸다. 해 질 녘의 황혼을 닮은 보라색 눈동자가 안경테 너머로 그를 바라보았다. 눈 밑은 어둑어둑했다. 조금은 길을 잃은 듯한, 조금은 경계하는 눈빛. 그녀는 아주 잠깐 안경을 내렸다가 다시 바로 썼다.

"정말 안 잡니까?" 그레고리오는 물었다.

"정말이에요."

"당신은 남자가 필요해요."

"그건 아닌 것 같아요." 차갑고, 냉담하고, 묘한 말투였다. 아까 잠시 본 보라색 눈동자의 길 잃은 눈빛과 어울리지 않는 말투였다. 그녀는 카페 반대쪽 끝 탁자에 와서 앉는 미국 여자 둘을 가리켰다. "저 두 사람, 해먹이 필요한 것 같은데요."

그레고리오는 그들에게 해먹을 팔러 갔다.

그는 다른 해먹 상인들에게 깡마른 여자가 잠을 자지 않는다는 이야기를 하지 않았다. 그 이야기를 떠벌리는 것을 잊었다는 게 이상했다. 그 특이한 여자에 관련된 재미있는 사실인데도. 그런데 아주 늦은 밤 그녀를 다시 만났을 때까지도, 그는 그 사실을 까맣게 잊고 있었다. 그레고리오는 일진을 탓하며 소칼로를 배회하고 있었다. 젊고 예쁜 여자와 같이 영화를 보느라 집이 있는 틱스코쿱 마을로 가는 막차를 놓친 것이다. 하지만 젊은 여자는 같이 침대에 들지 않겠다고 했고, 이제 그는 집에 갈 수가 없었다. 그는 해먹을 걸 만한 자리를 마련해 줄 친구를 소칼로에서 찾고 있었다.

혼자 벤치에 앉아 별을 응시하고 있는 깡마른 여자가 눈에 띄었다. "이렇게 늦은 시간에 여기서 뭐 해요?" 그는 물었다.

그녀는 어깨를 으쓱했다. "카페가 문을 닫았어요. 당신은 여기서 뭐 해요? 손님들은 다 집에 갔을 텐데."

그는 상황을 설명했고, 그녀는 생각에 잠겨 고개를 끄덕이더니 자기 옆 벤치에 놓아둔 아구아르디엔테 병을 권했다. 아구아르디엔테는 도수가 센 브랜디인데, 병은 반쯤 비어 있었다. 그는 벤치에 나란히 앉아 한 모금 길게 마셨다. 그녀의 발치에 놓인 종이봉투를 발로 미니, 쨍그랑 소리가 났다. 그 안에도 병이 들어 있었다.

"나는 이 술을 좋아해요." 그녀는 고개를 뒤로 젖히고 별을 보며 천천히 말했다. "몸이 뜨끈해지거든요. 여기 있으면 나는 늘 추워요. 여기서 충분히 따뜻한 곳을 찾을 수만 있다면 잠들 수도 있을 거라는 생각이 이따금 드네요."

관광객들 앞에서 음악을 연주하는 기타리스트가 오늘 저녁 번 돈에 대해 뭐라 투덜거리며 악기를 챙기고 있었다.

소칼로는 인적이 거의 없었다. 그레고리오는 벤치에서 불편하게 자세를 고쳐 앉았다. "이달고 공원에 가서 피치가 아직 있는지 찾아봐야겠어요. 그 친구라면 자기 집에 묵게 해줄 겁니다."

"잠깐 나랑 말동무나 해주세요." 그녀는 말했다. "내 방에서 하룻밤 지내도 돼요." 그녀는 그를 바라보았다. "그런 눈으로 보지 말고요. 난 오늘 밤 호텔 풀장 옆에서 지낼 생각이에요. 별을 구경하기 좋은 밤이네요." 그녀는 다시 몸을 젖히고 밤하늘을 바라보았다. "말해주세요. 원래 틱스코콥에 살았나요?"

"픽소이 출신입니다. 하지만 지금은 거기 가지 않는 게 나아요."

"나아요?" 그녀의 눈길은 하늘에 가 있었지만, 어쩐지 그를 빤히 쳐다보고 있는 듯한 불편한 기분이 은근히 들었다.

"모두에게 더 나아요." 그는 말했다.

"그렇군요." 그녀는 병을 들고 한 모금 마신 뒤 그에게 다시 넘겼다. 두 사람은 달이 뜨는 것을 바라보았다.

여자의 객실은 레포나 호텔 맨 아래층이었다.

작고 어두운 방이었고, 갑갑하고 무더웠다. 해먹이 벽에 박힌 고리에 걸려 있었다. 침대 옆 작은 탁자에 수첩 여러 권이 쌓여 있었다. 옷장에는 카세트 플레이어 같기도 하고 라디오 같기도 한 작고 특이한 기계가 있었다. "이건 뭡니까?" 그는 기계를 집어 들며 물었다.

머나먼 곳의 무더운 여름밤

그녀는 그의 손에서 기계를 빼앗아 다시 탁자 위에 가볍게 올려놓았다. 아구아르디엔테 기운 때문에, 그녀는 키 큰 나무가 바람 속에서 흔들리듯 약간 휘청거렸다. "내 생명줄, 내 닻. 어쩌면 내 목에 걸린 알바트로스."

그레고리오는 이 대답에 어리둥절해서 머리를 흔들었지만 무슨 뜻이냐고 물어볼 마음은 없었다. 브랜디가 핏줄을 데웠고, 그는 깡마른 여자가 남자가 필요해서 자신을 방에 끌어들였다고 확신하고 있었다. 그는 여자에게 다가가서 그녀의 몸에 팔을 두르고 가슴에 머리를 기댔다. 작은 가슴이 느껴졌고, 그것이 그를 흥분시켰다.

그녀는 놀라운 힘으로 그를 밀어냈다. 그는 침대로 쓰러졌다. 그녀는 수첩과 작고 특이한 기계를 집어 들더니 아구아르디엔테 병을 겨드랑이에 끼고 문으로 향했다. "자요." 그녀는 말했다.

꿈자리는 뒤숭숭했다. 다른 사람의 생각에서 뻗어 나온 촉수가 그의 꿈에 침입했다. 그는 해먹처럼 진한 보랏빛이 내리쬐는 따뜻하고 습한 공간을 헤매고 있었다. 그곳에는 깡마른 여자처럼 키가 크고 마른 남녀로 북적거렸다. 여기가 어디냐고 물었더니, 그들은 진한 보라색 눈동자로 신기하다는 듯 그를 쳐다보았다. 집에 가고 싶어서 어디로 가야 하는지 물어보았지만, 그들은 아무 말도 하지 않았다. 너무 피곤했지만, 그 공간에서는 쉴 수가 없었다. 공기가 너무 탁하고 뜨거웠다.

땀에 젖은 채 깡마른 여자의 객실에서 눈을 뜬 그는 그녀를 찾으러 테라스로 나갔다. 아침 해가 동쪽 하늘을 밝히고 있었지만, 머리 위에는 아직 별이 보였다.

여자는 풀장 옆 라운지 의자에 앉아 기계에 대고 조용히 뭐라 말하고 있었다. 무슨 소리인지 알아들을 수는 없었다. 빈 아구아르디엔테 병 두 개가 발치에 놓여 있었고, 옆 탁자에도 하나 더 있었다. 그는 그녀 옆 의자에 앉았다.

반딧불이가 풀장 위에서 춤추고 있었다. 그녀는 탁자에 놓인 병을 가리켰다. 어쩌다 병 안에 들어가 버렸는지, 반딧불이 한 마리가 나오는 길을 찾지 못해 우왕좌왕하는 것 같았다. 벌레는 가냘픈 불빛을 깜빡이며 유리 안쪽 벽을 타고 기어다녔다. "꺼내줄 수가 없어요." 그녀는 브랜디 기운으로 쉰 목소리로, 불확실함으로 가득 찬 목소리로 말했다. "길을 못 찾고 있는데. 계속 불만 깜빡이는데, 아무도 대답하지 않아요. 아무도."

그레고리오는 말없이 병을 들어 풀장 옆 장식용 화단으로 가져갔다. 화단 가장자리에서 벽돌을 주워 들고, 병을 시멘트 위에 놓고, 그는 벽돌로 한 번, 두 번, 세 번 병을 가볍게 때렸다. 병을 칠 때마다 실금이 방사형으로 퍼졌고, 그 상태로 병목을 잡아당기자 금이 갈라지면서 병이 깨졌다. 반딧불이는 느릿느릿 날아오르다 곧 다른 불빛들을 향해 빠르게 춤추며 날아갔다.

그녀는 미소 지었다. 브랜디에 취한 상태라는 것을 알 수 있었다. 꽃이 피어나듯 느리고 환한 미소였다.

"자기가 있어야 할 곳으로 돌아갔군요." 여자는 춤추는 불빛을 향해 눈을 깜빡였다. "가끔 나도 고향에 돌아와 있는 게 아닐까, 그저 잠들어서 이 공간에 대한 꿈을 꾸고 있는 게 아닐까 생각할 때가 있어요. 가끔은 그렇게 생각하려고 노력해요. 사실 나는 잠들어 있는 거라고 믿으면서 며칠을 보내죠. 그러다 제정신을 차리면 다시 이곳이 현실이라는 걸 깨닫고." 그녀는 마지막 병으로 손을 내밀었지만, 병은 비어 있었다.

"당신 고향은 어디요?" 그레고리오는 물었다.

그녀는 가느다란 팔을 들어 하늘 높이 밝은 점 하나를 가리켰다. "저거예요."

그레고리오는 그녀를 보며 이마를 찡그렸다. "왜 여기 왔어요?"

그녀는 어깨를 으쓱했다. "메리다는 기다리기 아주 좋은 곳이에요. 따뜻하니까요. 다른 어떤 곳보다 따뜻해요. 내 친구들이 와서 날 데려가기로 되어 있어요. 그런데 늦네요."

"얼마나 늦었는데요?"

그녀는 무릎 위에 깍지 낀 가느다란 손을 내려다보았다. "많이 늦어졌어요. 이제 100년도 더 넘었어요."

그녀가 한 손으로 다른 한 손을 감싸 쥐었다. "어쩌면 돌아올 생각이 없는지도 모르겠어요. 그래서 걱정돼요. 난 정기적으로 보고를 올리고 있는데, 어쩌면 그들이 원하는 건 그뿐인지도 몰라요. 날 영원히 여기 내버려 둘 생각인지도."

"영원히?"

"내가 살아 있는 동안." 그녀는 그에게 시선을 보냈다. 떠오르는 햇빛 속에서, 그는 기묘한 보라색 눈동자를 볼 수 있었다. 커다랗고 슬픔에 잠긴 눈빛이었다. "나는 이곳에 어울리지 않아요. 나는…"

그녀는 말을 끊고 두 손에 머리를 묻었다. "왜 이렇게 늦는 걸까. 집에 가고 싶은데." 이어지는 말은 알아들을 수가 없었다. 영어도 아니고 스페인어도 아니었다. 그녀는 울고 있었지만, 그는 뭐라고 해야 할지, 어떻게 해주어야 할지 알 수 없었다. 그녀는 피가 흐르는 상처 같은 표정으로 그를 쳐다보았다. 보라색 눈은 젖어 있었고, 눈 아래 둥글게 처진 주름은 멍처럼 검었다. "집에 가고 싶어요." 그녀는 다시 말했다. "난 여기 사람이 아니에요."

"당신은 누구요?"

그녀는 잠시 눈을 감고 힘을 끌어모으는 것 같았다. "탐험가들이 우리를 여기 데려왔어요. 우주선을 탄 사람들. 그들은 당신들에 대한 정보를 수집하기 위해 우리를 여기 남겨뒀어요." 그녀는 잠시 눈을 내리깔았다. 말을 끝내나 싶었는데, 그녀는 다시 고개를 들었다. "우리는 탐험가들과 여행하지만, 그들과 다른 종족이에요. 새로운 환경을 만나면 우리는 거기 적응하지요. 우리는 배워요. 우리 자신을 어느 정도 유지하면서, 다른 종족을 어느 정도는 받아들이는 거예요. 그리고 양쪽을 조화롭게 만들지요." 그녀는 무릎 위에서 두 손을 활짝 폈다. "우리는 외교관, 번역가, 무역의 중개자. 우리는 경계에 사는 자, 물고기도 새도 아니고, 이쪽도 저쪽도 아니에요."

그녀는 주먹을 쥐었다. "원래 우리 세 명이 같이 있었는데, 마이라가 2년 전 죽었어요. 세나는 작년에. 우린 너무나 피곤했어요. 너무 오랫동안 여기 방치돼서. 난 나 자신을 잃었어요. 내가 누군지 모르겠어요. 말하면 안 되는데, 하지만 너무 오래됐어요." 그녀는 고개를 저으며 가느다란 손가락으로 눈가를 문질렀다.

"당신은 이 대화를 잊어버릴 거예요. 내가 잊어버리게 할 거니까." 그녀는 의자에 기대앉아 하늘을 쳐다보았다. 떠오르는 햇빛에 힘을 잃어 별은 이제 보이지 않았다. "요즘은 보고서 대신 시를 보내지만, 그래도 아무도 날 찾으러 오지 않네요. 관심도 없는 것 같아요. 어쩌면 이 모든 일이 중요하지 않은 건지도 모르겠어요." 감정을 억누를 수 없는지 높고 갈라지는 목소리가 흘러나왔다. "처음에는 나도 상관없었어요. 다른 사람들이 살아 있는 동안은. 최근에 와서야 이렇게 됐어요. 이제 나도 괴로워요. 그저 웅크리고 누워서 잠만 자고 싶어요. 며칠이고 몇 주고."

그레고리오는 그녀의 길고 마른 손을 잡고 위로하듯 가만히 힘을 주었다. 이 여자는 도움이 필요했다. 그리고 그는 그녀를 원했다. 무심하고 낯선 이방인인 그녀를 안고 싶었다. 왜가리처럼 길고 가느다란 다리 때문에, 성모의 차가운 손길 같은 길고 가느다란 손 때문에, 그는 그녀를 원했다.

그는 아무 말도 하지 않았다. 그저 간밤에 꾼 꿈 때문에 떠오른 장소, 근처 오문 마을 외곽의 어둡고, 따뜻한 석회암 동굴을 생각하고 있었다.

이 깡마른 여자가 벌거벗은 몸으로 동굴 속 물에서 자신과 단둘이 수영하는 모습을 생각하고 있었다.

그녀는 그의 얼굴을 보더니 웃음을 터뜨렸다. 자기도 모르게 저절로 튀어나온 나직한 웃음이었다.

"그러다가도 난 때때로 자기 연민에서 빠져나오는 길을 찾곤 하지요. 당신, 이 도시들을 건설한 낯선 사람들의 후손이 눈을 휘둥그렇게 뜨고 나를 쳐다보고 있네요… 뭐죠? 뭘 원하나요?"

그녀는 그를 바라보았다. 재미있다는 기색이 역력한 보라색 눈이 희미한 불빛 속에서 뭔가 찾으려는 듯 갑자기 커졌다. "잠깐… 이건 뭐지… 이 공간… 어디죠?"

그녀의 가느다란 손가락은 뭔가를 찾는 듯 그의 얼굴 위를 더듬었다. 그녀는 손을 뻗어 차가운 손가락으로 한 손의 손등을 쓸었다. 그녀는 그가 궁금하다는 듯 눈을 커다랗게 뜬 채, 가까이 다가앉아 있었다.

조용한 여자들, 그는 속으로 생각했다. 조용한 여자들이 항상 가장 열정적이지. 다시 그녀의 모습이, 벌거벗은 몸으로 따뜻한 물에 발을 들이며 그를 향해 어서 오라는 듯 미소 짓는 키 크고 흰 여자의 모습이 또렷하게 떠올랐다.

하지만 그녀는 의자에 몸을 기대며 물러앉더니 검은 선글라스를 보라색 눈 위에 끌어당겨 쓰고 렌즈 뒤로 숨었다.

그날 낮이 되자, 그레고리오는 풀장 옆에서 있었던 일을 전부 기억할 수 없었다. 다만 자신의 손에 쥐어져 있던 여자의 손을 기억했다. 자신이 오문의 동굴로, 그가 아는 아주 은밀한 동굴로 그녀를 데려가겠다고 말했던 것도 기억했다. 하지만 기억은 흐릿하게 번진 듯 묘하게 불완전했다.

그레고리오는 여자가 마음에 들었지만, 자신이 교묘한 장난에 당하고 있다는 막연한 느낌이 들어서 마음에 걸렸다. 그는 다시 그런 일이 일어나는 것을 막기 위해 대책을 세웠다. 정신을 맑게 하기 위해, 그는 오른쪽 주머니에 성수로 세 번 축복한 반질반질한 돌을 넣었다. 왼쪽 주머니에는 한 면에 낮을 관장하는 태양신 킨 아하우의 얼굴을, 반대쪽 면에 밤을 관장하는 표범 머리 신 악발의 얼굴을 새긴 호박석을 넣었다. 행운을 가져다주는 부적이었다. 부적을 지니니 마음에 자신감이 생겼다. 이제 머릿속이 흐려지지 않을 것이다.

오문으로 가는 버스는 덥고 북적거렸다. 버스는 그들을 마을 밖에 내려주었다. 그레고리오는 유카탄 전역에 무성한 관목 수풀을 헤치며 여자를 동굴 입구까지 인도했다.

유카탄반도에는 땅속 깊숙이 이어지는 캄캄한 석회암 동굴이 수없이 많다. 동굴이 지하수면 아래로 꺼지는 지점에는 여기저기 지하에 호수가 형성되기도 한다. 그레고리오는 그런 동굴 한 곳을, 귀여운 미국 관광객을 데려가서 유혹하기 좋은 은밀한 지하 호수를 잘 알고 있었다.

그는 지하로 깊이 들어가서 석회암 동굴 속에 있는 깨끗한 호수로 향했다. 고대의 조개와 굴이 남긴 껍질이 돌에 박혀 있었다.

첫 번째 웅덩이에서 계속 안쪽으로 이어지는 두 번째 통로에는 한층 더 은밀한 호수가 있었다.

그레고리오는 한층 더 깊은 이 호수로 여자를 데려갔다.

종유석이 호수 위쪽 천장에서 아래로 길게 자라나 있었다. 밀폐된

공기는 습했고 아주 뜨거웠다. 그는 작은 손전등으로 석회암을 비추며 길을 안내했다. 여자는 미소 지으며 뒤에 바로 붙어 따라오고 있었다.

그레고리오는 오래전 석회암 벽에 자신이 설치해 놓았던 고리에 해먹을 걸었다. 걸자마자, 여자는 해먹에 걸터앉더니 가볍게 한숨을 쉬며 뒤로 누웠다.

"수영도 할 수 있어요." 그레고리오는 조용히 자기 옷을 벗고 있었다.

해먹에 누운 여자는 아무 대답도 하지 않았다.

그는 벌거벗은 채 해먹으로 다가갔다. 그녀는 한 손을 뺨 아래 받치고, 다른 한 손을 가슴 위에 올린 채 제 둥지를 찾은 새처럼 웅크리고 있었다.

눈은 감고 있었다. 호흡은 부드럽고, 가볍고, 규칙적이었다. 그는 마침내 따스해진 그녀의 뺨을 만지며 흐트러진 머리카락 한 가닥을 가지런히 올려주고 그녀에게 가볍게 키스했다. 그녀의 뺨에 손을 대는 순간, 따뜻한 감각이 선명하게 느껴졌다. 브랜디처럼 뜨끈한 기운이 속에 번지는, 하지만 더 빠르고, 깨끗하고, 더 순수한 느낌이었다. 키 크고 마른 사람들이 환영의 뜻으로 긴 팔을 내밀고 있는 모습이 어둠 속에서 보였다. 충만한 기분, 사랑받는 기분, 드디어 고향에 돌아온 기분이었다.

그는 그녀를 깨우지 않았다. 그는 따뜻한 물에서 혼자 헤엄치다가 옷을 입은 뒤 평화롭게 잠든 그녀를 그대로 두고 떠났다.

오문의 한 석회암 동굴 안에, 동화 속의 공주처럼 한 여자가 잠들어 있다. 그레고리오는 그녀가 거기 있다는 것을 알고 있지만, 숨겨진 동굴로 가는 길을 아는 사람은 거의 없다. 혹시 누군가 우연히 그녀를 발견하더라도, 그레고리오는 그 사람의 머릿속 역시 흐릿해져서 잊어버리게 된다는 것을 알고 있다. 그레고리오는 가끔 그녀를 찾아가서 뺨에 가볍게 손을 대보고 고향의 따뜻한 온기를 느낀다. 그리고 그는 잠을 자지 않는 키 크고 마른 남자가 도시에 나타나 친구를 기다리는 눈치로 늦게까지 카페에 앉아 있는 날을 기다린다. 그런 남자가 눈에 띄면, 그레고리오는 그를 동굴로 데려가서 곤히 잠든 공주를 깨울 것이다. 키스로 그녀의 잠을 깨워 고향으로 데려갈 것이다.

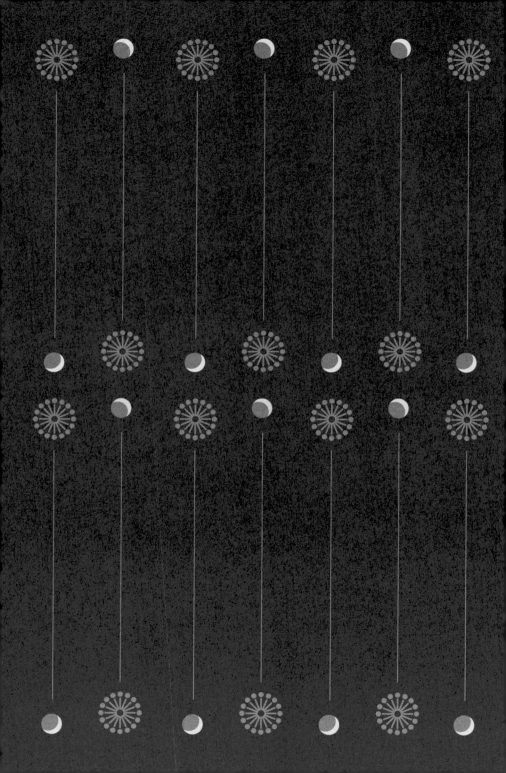

# 7

# 도시 빈민가의 재활용 전략

## Recycling Strategies
## for the Inner City

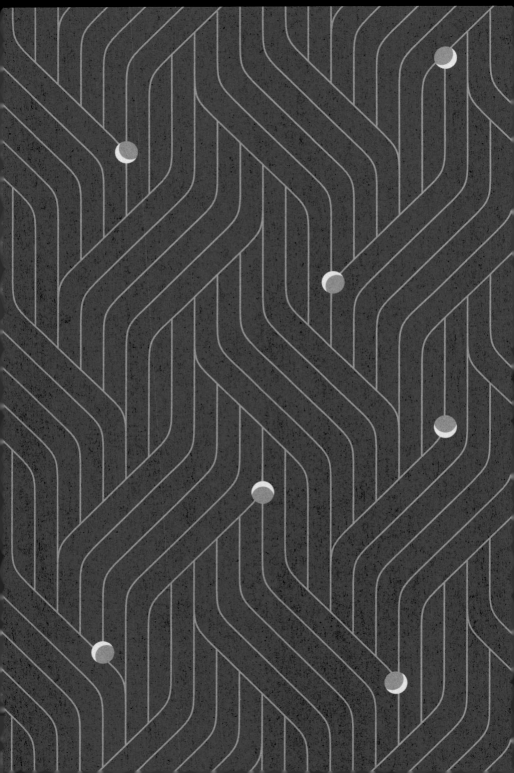

하수도 안에 뒹구는 깨진 병과 쓰레기 사이에서 쇠 집게발이 눈에 띈 순간, 나는 곧장 알아차린다. 이건 외계인 우주선 부품이다. 집게발을 줍기 전에, 나는 혹시 쳐다보는 사람이 있는지 양쪽을 확인한다. 근처에 있는 유일한 사람은 남자를 기다리는 창녀 하나, 그녀는 지나가는 차들을 바라보고 있다. 젊은 커플이 지나치고 있지만, 그들은 창녀와 나 둘 다 못 본 척하기로 작정한 듯 다른 곳을 바라보고 있다. 수많은 다른 사람들과 마찬가지로 그들 역시 주위에 무엇이 있는지 보고 싶어 하지 않는다.

나는 외계인의 물건을 집어 든다. 집게발은 손가락 세 개가 두꺼운 몸통에 붙은 형태다. 더 큰 장치에서 떨어져 나왔는지 몸통 끝은 거칠다. 안개 낀 날씨지만 금속의 촉감은 따뜻하다. 집게발을 만질 때는 그 손가락이 반응해서 움직이는 것 같더니, 좀 더 자세히 쳐다보자 꼼짝도 하지 않는다.

나는 집게발을 분홍색 비닐 쇼핑백 안의 보물 사이에 넣고 서둘러 내가 사는 호텔로 향한다.

호텔에 들어서니, 해럴드가 프런트 데스크를 지키고 있다. 늘 입는 우중충한 흰 셔츠, 버건디 타이, 해진 파란 정장 재킷 차림이다. 그는 정장 재킷이 점잖은 분위기를 연출한다고 생각하는 것 같다. 해럴드는 자칭 호텔 매니저라고 하지만 사실 그저 데스크 직원에 지나지 않는다. 그는 과대망상에 빠진 중년 남자다.

내가 들어서자, 그는 쳐다본다. "담당 사회복지사가 오늘 당신을 찾더군요." 그는 무뚝뚝하게 말한다. "면담 약속을 두 번이나 어겼다고요." 해럴드는 나를 보지 않은 채 말한다. 나를 지나쳐서 머리 뒤 어딘가를 바라보고 있다.

"제가 잊어버렸나 봅니다." 나는 말한다. 한 달 전, 나를 담당하는 사회복지사가 갓 대학원을 졸업한 젊고 똑똑한 여자로 바뀌었다. CIA 요원이 아닐까 싶다. 한번은 내가 외계인 이야기를 입에 올렸더니 드디어 찾았다는 반가운 빛이 그녀의 눈에 스쳤다. 그녀는 흥분한 기색을 감추었지만 내 눈을 피하지는 못했다.

"그 여자가 이걸 남겼습니다." 그는 거친 녹색 종이를 건넨다. 내일 시청 사회복지과에 출두하라는 공식 통보다.

나는 종이를 받아 쇼핑백에 넣고 객실로 향한다. 로비를 지나는 길에 존슨 씨, 대니먼 씨, 골드먼 부인을 지나친다. 그들은 찌든 때 묻은 로비 의자에 앉아 호텔 정면 창문을 통해 지나가는 사람들을 바라보고 있다. 나는 그들에게 고개를 끄덕이며 미소 짓지만, 그들은 반응이 없다. 삶이 어떤 것이었는지 가물가물한 기억을 더듬는 좀비처럼 그저 나를 지나쳐 뒤쪽을 응시할 뿐이다. 아무리 늙었을지언정 나는 그렇게 죽음에 가까운 존재가 되지 않기를 바란다. 나는 엘리베이터 호출 버튼을 누른다.

도시 빈민가의 재활용 전략

호텔 꼭대기 층 복도에는 다른 사람들의 음식 냄새가 풍긴다. 불법 핫플레이트에 데운 토마토 수프, 길거리 음식점에서 포장해 온 기름투성이 버거, 축축해진 종이박스에 담긴 중국 음식. 복도 가운데를 따라 선홍색 양탄자가 길게 깔려 있다. 바닥 전체에 깔린 회색 양탄자가 닳아서 해진 부위를 가리기 위해 덮은 것이지만, 위에 깐 양탄자도 서서히 닳고 있다. 한가운데에 발자국과 흙 자국이 나 있고, 가장자리 올이 풀리기 시작한다.

나는 쇼핑백을 들고 복도를 지나 내 객실로 간다. 싱글 침대와 낡은 서랍장, 청록색 비닐을 씌운 의자가 있는 아늑한 방이다. 비록 작지만, 나는 이곳을 내 공간으로 꾸며놓았다. 벽면을 따라 내가 수집한 물건들이 가득 든 판지 상자를 쌓았다. 다른 보물들이 들어 있는 종이봉투가 나머지 공간 대부분을 차지한다. 문에서 의자까지 좁은 통로가 있다.

나는 의자까지 가서 해진 회색 양탄자 위에 쇼핑백을 놓는다. 하루 중 최고의 순간이다. 이제 발견한 보물들을 풀어서 각각 어울리는 장소에 넣는다. 단추는 단추 봉투에, 병뚜껑은 병뚜껑 상자에, 부서진 우산은 부서진 우산 뭉치에. 사회복지과에서 남긴 녹색 쪽지는 쓰레기통에.

쇠 집게발은 적당한 장소가 없다. 나는 의자 팔걸이에 집게발을 놓는다. 다른 우주선 부품들을 더 찾게 되면 같이 보관해야겠다.

정부는 사람들이 외계 우주선에 대해 아는 것을 원치 않는다. 미확인 비행물체나 비행접시를 보았다는 신고는 모두 부정한다. 정부는 사람들이 보지 말았으면 하는 것들을 숨기는 재주가 좋다. 로비에 앉아 있는 늙은 남녀, 길모퉁이의 창녀, 우리 세계를 방문하는 외계인, 이런 것들 말이다.

하지만 나는 외계인에 대해 알고 있다. 늦은 밤, 나는 창밖 화재 탈출 통로의 좁은 철 난간에 앉아서 하늘을 바라본다. 도시의 불빛이 별빛을 삼키지만, 하늘에는 다른 불빛도 있다. 샌프란시스코 공항에 착륙하는 비행기, 순찰 중인 경찰 헬기, 그리고 물론 외계 우주선, 도심 건물 바로 위쪽에서 튀는 작은 불꽃. 때로는 거의 보이지 않는다. 눈을 가늘게 뜨고 집중한 채 어둠 속을 빤히 응시하다 보면, 차츰 또렷해진다.

추적추적 비가 내리는 마지막 전날 밤, 나는 외계인과 교신하려고 노력하고 있었다. 나는 빗물이 흘러내리는 유리창 너머로 특정한 외계 우주선 한 대를 죽 지켜보고 있었다.

희미하게 흔들리는 불빛은 어린 시절 본 개똥벌레를 연상시켰다. 일렬로 늘어선 점 모양의 불빛이 꺼졌다 켜졌다, 꺼졌다 켜졌다 반복하고 있었다. 틀림없이 무슨 메시지였지만, 신호를 해독할 수가 없었다.

불빛은 고도를 낮추어 몇 블록 떨어진 건물 바로 위까지 내려왔다. 나는 창가를 떠나 문가 전등 스위치 옆에 서서 내가 방금 본 패턴대로 천정의 알전구를 껐다 켰다, 껐다 켰다 해보았다. 외계인들이 어떻게 반응할지 알 수 없었다. 전등 스위치 옆에서는 창밖이 보이지 않았다. 세 번째로 패턴을 반복하는데, 사이렌 소리가 울리더니 아득하

도시 빈민가의 재활용 전략

게 경찰 헬기 소리가 들렸다. 나는 스위치 옆을 벗어나서 창가로 달려갔다.

헬기는 근처에서 선회하고 있었다. 빗물에 반사된 스포트라이트 불빛이 눈부신 기둥으로 지상과 헬기를 한데 연결하는 것 같았다. 스포트라이트는 무질서한 패턴으로 자동차와 골목, 건물 벽면을 바삐 훑고 있었다.

거리의 사이렌 소리, 청색과 적색으로 번갈아 번득이는 경광등 불빛, 따닥거리는 총성, 아득히 멀리 폭발음. 와락 겁이 나서, 나는 창가에서 물러섰다. 불을 끄고 침대에 누워 이불을 턱까지 덮었다. 우주선을 이렇게 가까이 유인할 생각은 없었다. 문제를 일으킬 생각은 없었다.

아주 오랫동안, 나는 뜬눈으로 사이렌 소리에 귀를 기울였다.

다음 날, 해럴드는 근처에서 마약사범 검거 작전이 벌어졌다고 했다. "동네 정화 차원에서 뭔가 한다니 다행이지요." 그는 골드먼 부인에게 말하지만, 그녀는 듣지 않고 있었다.

해럴드는 신문에서 읽은 것을 그대로 믿는다. 외계인에 대해서는 모른다. 그는 세상을 있는 그대로 보지 않는다.


의자 팔걸이에 쇠 집게발을 놓아둔 채, 나는 침대에 누워 잠을 청한다. 내 객실은 조용한 곳이 아니다. 욕실 수도꼭지에서 물 떨어지는 소리가 어둠 속에서 작게 똑, 똑, 똑 들려온다. 도로를 지나가는 버스소리, 덜컹거리는 전차 소리가 저 아래 거리에서 내 방 창문까지 올라온다. 옆방의 텔레비전 소리가 벽 너머에서 웅웅거린다. 이웃은 귀가 약간 멀어서 텔레비전 소리를 크게 튼다.

이날 밤에는 새로운 소음이 들려온다. 내가 움직일 때마다 멈추는, 조심스럽게 사각사각 긁는 소리다. 쥐 소리 같아서 나는 침대에 일어나 앉아 주위를 둘러본다. 호텔 계단에서 쥐를 본 적이 있었다. 역겨운 회색 그림자는 발소리를 듣고 잽싸게 도망쳤다.

쇠 집게발은 의자 팔걸이에 없다. 나는 움직이지 않고 기다린다. 마침내 봉투와 상자 사이에 가만히 웅크리고 있는 집게발이 어슴푸레한 달빛 속에서 눈에 들어온다. 그렇게 바라보고 있노라니, 집게발은 다시 부러진 몸통을 양탄자 위로 질질 끌며 세 다리로 움직이기 시작한다. 내가 자세를 고쳐 앉자 침대가 삐걱거린다. 순간 집게발은 그 자세 그대로 우뚝 멈춘다.

어둠 속에서 바닥에 웅크린 모습이 너무나 무서워하는 것 같고 무력해 보인다. "괜찮아." 나는 집게발에게 나직하게 말한다. "걱정 마. 난 널 해치지 않는단다. 난 네 친구야." 나는 꼼짝도 하지 않는다.

결국 집게발은 다시 움직인다. 부드럽게 사각거리는 소리를 내면서, 집게발은 종이봉투 사이로 기어간다. 고장 난 우산 사이에서 달그락거리는 소리가 들린다. 나는 집게발이 부드럽게 달각달각 펴졌다 움츠렸다, 펴졌다 움츠렸다 하는 소리를 들으며 잠든다.

아침에 일어나 보니 집게발은 창가에서 희미한 아침 햇볕을 쬐고 있다. 소녀 시절 할아버지의 농장에서 지낼 때, 아침 햇살은 들판에 자라는 옥수수처럼, 정원 가장자리의 해바라기처럼 노란색이었다.

도시 빈민가의 재활용 전략

하지만 도시의 불빛은 회색이다. 서로 다른 별들은 각각 다른 색의 빛을 발한다고 어디서 읽은 기억이 난다. 집게발은 어떤 색의 빛에 익숙할지 궁금하다.

밤 동안 집게발은 상태가 더 좋아져 있다. 이제 다리가 여섯 개다. 원래는 세 개였는데, 부서진 우산살로 제작한 듯한 다리 세 개가 더 붙어 있다.

침대에 일어나 앉으니, 집게발은 얼른 상자와 봉투 사이로 도망친다. 나는 집게발이 가버리는 것을 지켜본다.

방에 살아 있는 뭔가가 있으니 위안이 된다. 한번은 고양이를 키운 적이 있다. 골목의 대형 쓰레기통 밑에 숨어 있는 것을 발견해서 데려온, 뼈만 앙상한 검은 길고양이였다. 그런데 해럴드가 알아내고 고양이는 금지라고 통보했다. 그는 내가 외출한 사이 방에 들어와서 고양이를 가져가 버렸다. 집게발은 잘 숨을 테니 해럴드의 눈에 아예 띄지 않을 것이다.

나는 일어나서 세수한다. 금이 간 컵에 욕실 수도꼭지의 뜨거운 물을 받아 인스턴트 커피를 만든다. 길모퉁이 가게에서 사 온 하루 지난 도넛 봉투에서 스위트롤을 꺼내 먹는다. 아침을 먹고 옷을 입으면서, 나는 내 물건 사이 어딘가에 숨어 있는 집게발에게 계속 나직하게 말을 건다. "여기서는 아무도 널 찾지 못할 거야. 내가 잘 지켜줄게. 나랑 있으면 안전해."

집게발은 대답하지 않았지만, 나는 발이 거기 조용히 숨어 있다는 것을 알고 있다. 나는 옷을 다 입고, 쇼핑 봉투를 들고, 오늘은 무엇을 찾게 될지 둘러보러 나간다.

　날씨는 춥고, 매서운 바람이 도랑을 말끔히 쓸어 간 상태다. 몇 시간을 찾았지만, 우주선 부속은 발견할 수 없다. 대신 다른 물건들이 있다. 알루미늄 캔 몇 개, 핀이 망가진 모조 다이아몬드 브로치, 누군가의 코트에서 떨어진 단추 하나. 건설 현장 근처에서 여러 가닥의 구리 선으로 이루어진 30센티미터 길이의 케이블도 발견했다. 하지만 우주선에서 나온 물건은 더 이상 없다. 마침내 오후 늦게, 나는 객실로 돌아간다.

　내가 외출한 사이 집게발은 분주했다. 침대와 물건 봉투 사이 좁은 공간에 가느다란 우산살로 금속 뼈대가 세워져 있다.

　내가 없는 사이 집게발은 자신감이 생긴 것 같다. 내가 의자로 향하는 동안에도 집게발은 일을 쉬지 않는다.

　뼈대는 길이가 약 180센티미터, 폭이 약 60센티미터 되는 원통형이다. 내가 지켜보는 동안, 집게발은 고장 난 우산살을 깔끔하게 하나 더 떼어 온다. 금속 조각을 앞발 두 개로 가지고 원통 끝까지 오더니 구조물을 가로지르는 다른 우산살 위아래로 엮어 넣기 시작한다. 임무를 열심히 수행하는 아주 영리하고 깜찍한 기계다. 내가 집에 돌아왔다는 것도 눈치채지 못한 게 아닐까 하는 생각이 든다.

　나는 발치에 쇼핑 봉투를 놓고 습득물을 정리하기 시작한다. 집게발은 새로 수집품에 합류한 물건들을 둘러보러 대담하게 다가온다. 집게발은 찬찬히 훑어보더니 케이블을 이루는 구리 선 가닥을 부드럽게 분리하기 시작한다. 나는 잠시 바라보다가 바닥 근처에 손을 놓

　　　　　　　　　　　　　　도시 빈민가의 재활용 전략

고 고양이한테 이리 오라고 부르듯이 손가락을 꼼지락거린다. 집게발은 케이블을 놓고 내 손 쪽으로 돌아서서 조심스럽게 다가온다. 집게발 두 개로 나를 가볍게 건드리더니, 망설이다가 죽 뻗은 손에 기어오른다.

오랫동안 바깥을 돌아다닌 참이라 손이 아직 차갑다. 집게발은 타오르는 모닥불처럼 기분 좋은 온기를 발산한다.

나는 천천히 움직여 집게발을 내 무릎 위에 올린다. 집게발은 다리를 몸통 아래 접어 넣고 웅크린다. 가볍게 쓰다듬어 주자, 집게발은 고양이가 갸르릉거리는 듯한 기분 좋은 진동으로 화답한다.

"내가 널 찾기 전에 혼자 외로웠구나?" 나는 집게발에게 묻는다. "길을 잃고 외톨이였니?"

집게발은 그저 갸르릉거리기만 한다. 옷감을 뚫고 열기가 전해진다. 온기가 쑤시는 다리를 달래준다. 집게발을 그렇게 들고 앉아 있으니 기분이 너무나 좋다.

"정말 두려웠던 모양이구나. 누가 같이 있으면 훨씬 좋지."

이제 일어나서 핫플레이트에 수프를 데워야 하는데도 나는 계속 집게발을 쓰다듬는다. 아침에 스위트롤을 먹은 뒤로 아무것도 먹지 않았지만, 지금은 배고프지 않다. 나는 창문 너머로 차츰 어두워지는 하늘을 바라본다. 긴장이 풀리고, 움직이기 싫다. 나는 집게발이 만든 구조물을 곰곰 생각해 본다.

위험한 물건일 수도 있겠지만, 그럴 것 같지는 않다. 집게발은 우호적인 존재인 것 같다.

나는 구조물을 뜯어보며 이것이 무엇일까 생각한다.

학창 시절 플라나리아라는 벌레로 실험을 한 기억이 난다. 플라나리아를 잘라내면, 그 조각은 다시 자라 온전한 한 마리의 플라나리아가 된다. 필요한 것은 단 한 조각, 그러면 그 조각이 다시 나머지 전부를 만들어 내는 것이다.

혹시 외계 우주선이 플라나리아 같은 거라면.

부품 하나하나에 전체 구조에 대한 모든 정보가 들어 있는 게 아닐까. 하나가 부서져 나간다 해도, 그 조각이 나머지 전체를 재구성하는 것이다. 나는 집게발이 만든 구조물을 찬찬히 살핀다.

"뭘 하는지 알아맞혀 볼까?" 나는 집게발에게 말한다. "넌 폭발한 그 우주선을 다시 만들고 있구나."

집게발은 내 추론에 아무 관심을 보이지 않는다. 잠시 후 집게발은 내 무릎에서 내려가서 다시 자기가 세워놓은 구조물에 구리 선을 이리저리 바삐 엮기 시작한다. 이따금 단추 상자에서 금속 단추를 골라 단춧구멍에 전선을 꿰어 엮기도 한다. 무슨 단추를 고르는지, 어디에 설치하는지, 딱히 패턴이 보이지는 않는다.

그날 밤 나는 뜬눈으로 누운 채 집게발이 사각사각 돌아다니며 물건을 뒤져 외계의 패턴에 따라 조합하는 소리를 듣는다.

나는 알루미늄 달그락거리는 소리에 잠에서 깬다. 집게발은 열심히 일하고 있다. 납작해진 알루미늄 캔이 구조물 안의 공간을 채우고 구리 선으로 엮은 그물망이 지탱하고 있다. 봉투와 상자를 뒤져 찾아낸 진주 단추와 모조 다이아몬드 브로치가 캔 사이에서 반짝거리고 있다. 집게발은 지치지도 않고 구조물 표면을 바삐 돌아다니며 덧댄 캔 위에, 구리 선을 엮어 감싸고 있다. 너무나 자연스럽다. 거미줄을 돌아다니는 거미 같다.

나가고 싶지 않다. 혹시 나갔다 돌아오면, 집게발이 사라지고 없을까 봐 두렵다. 나는 침대 가에 앉아 집게발이 일하는 모습을 지켜본다. 그러자 집게발은 잠시 망설이더니 작업장을 떠나 내 발치에 와서 쉰다. 손을 뻗으니, 내 손 위에 올라온다. 나는 무릎 위에 집게발을 올린다. 한동안 집게발은 내 무릎에 앉아 갸릉거리다가 다시 일하러 간다.

집게발이 자기가 타고 떠날 우주선을 만드는 모습을 보고 있으니, 서글프다. 그러다 더 이상 바라보고 싶지 않아서, 나는 여느 때처럼 동네를 둘러보러 나간다.

차갑고 황량한 날씨, 흥미로운 물건은 눈에 띄지 않는다. 알루미늄 캔 몇 개, 병뚜껑 몇 개뿐이다. 집게발이 작업에 사용할 수도 있겠지. 나는 그것들을 가지고 호텔로 돌아온다.

나를 담당하는 사회복지사가 지저분한 소파에 불편하게 걸터앉아 로비에서 기다리고 있다. 그녀는 골드먼 부인과 존슨 씨 사이에 앉아서 뭔가 밝은 음성으로 이야기하고 있지만, 노인들은 각자 멍하니 상념에 사로잡혀 그녀의 말을 무시하고 있다. 내가 지나치기 전에, 그녀는 얼른 나를 붙잡는다.

"만나서 반갑습니다. 혹시 약속을 지키지 않으실까 봐 걱정했어요. 매니저에게 객실을 확인해 달라고 부탁했습니다." 그녀는 해럴드를 돌아보지만, 그는 뭔가 읽느라 바빠서 고개를 들지 않는다. "침대 옆의 그 쓰레기는 전부 치워야 합니다."

나는 그녀를 응시한다. "무슨 말을 하는 거죠?"

"그 캔과 잡동사니들 말이에요. 정말 위생상 좋지 않습니다. 내일 사람이 오기로 되어 있으니…"

"안 됩니다. 그건 내 물건이에요."

"진정하세요." 이해심이 넘쳐흐르는 목소리다. "정말 위험해요. 불이 난다고 생각해 보세요. 그렇게 잡동사니가 많으면 방에서 빠져 나올 수가 없습니다. 가장 좋은 방법은…"

"불이 나면 우리 전부 다 마시멜로처럼 구워지겠지." 나는 말하지만, 그녀는 듣지 않는다.

"…저희가 전부 다 치워드리는 겁니다. 그러지 않으면 제가 할 일을 다하지 못하는…"

나는 그녀에게서 물러서서 내 방으로 도망친다. 다행히 그녀는 따라오지 않는다. 정부 요원이 아니라 해도, 그녀는 위험인물이다. 내게 사물을 못 본 체하라고, 건너뛰라고, 세상을 무시하라고 가르치려 든다.

그녀는 자기 방식만이 세상을 보는 유일한 방식이라고 생각한다. 나는 동의하지 않는다.


나는 내 방으로 뛰어 들어가서 문을 잠근다. 우주선이 침대와 상자 사이 공간을 가득 채우고 있다. 해적의 보물상자 뚜껑처럼 생긴 경

도시 빈민가의 재활용 전략

첩 달린 뚜껑이 닫힐 준비를 마친 채 세워져 있다. 나는 후미 쪽에 손을 대본다. 안에서 뭔가 웅웅거리고 있는지 희미한 진동이 느껴진다. 집게발은 뚜껑 옆에 웅크린 채 기다리고 있다.

"넌 빨리 여기서 나가는 게 좋겠다." 나는 집게발에게 말한다. "그들이 우리를 추적하고 있어. 우리 둘 다 가둘 거야."

나는 우주선이 이륙할 수 있도록 창문을 연다.

그리고 물러선다. 아무 일도 벌어지지 않는다. 집게발은 그냥 뚜껑 옆에 앉아 움직이지 않는다.

"자, 정말 빨리 떠나야 해." 나는 말한다. 집게발은 움직이지 않는다.

집게발이 아무 행동도 하지 않는 것이 답답해서, 나는 의자에 앉아 쳐다본다.

옆방 텔레비전에서 〈스타트렉〉 테마 음악이 들려온다.

집게발은 의자 팔걸이로 올라간다. 다리 두 개로 내 손가락을 잡는다. 부드럽게 내 손을 끌어당겨 동체 쪽으로 움직이려 한다.

"원하는 게 뭐야?" 나는 묻지만, 집게발은 다시, 이번에는 좀 더 세게 나를 끈다.

나는 다른 손으로 집게발을 들고 우주선으로 향한다. 내부의 빈 공간은 딱 내 키만 하고, 어깨가 들어갈 정도의 폭이다. 안에 낡은 스웨터가 깔려 있다. 푹신하고 상당히 아늑해 보인다.

요전 날 밤 플라나리아를 연상한 것은 오해였는지도 모른다. 좀 더 오래 생각했어야 했다. 예를 들어, 말과 자동차의 차이가 뭘까? 말은 자기만의 정신 세계를 가지고 있다. 우리는 말과 관계를 맺을 수 있다. 내가 말을 좋아하고 말도 나를 좋아하면 같이 잘 지낼 수 있다. 그렇지 않으면, 못 한다. 말은 인간을 그리워하기도 한다. 말을 뒤에 남겨두면, 사람을 찾으러 올 수도 있다. 자동차는 그저 쇳덩어리다. 충성심이 없다. 차를 팔면, 사람은 차를 그리워할 수 있겠지만 차는 사람을 그리워하지 않는다.

만약에, 만약에, 어딘가에서 누군가가, 자동차보다 말에 가까운 우주선을 만들었다고 해보자. 조각 하나가 있으면 전체를 다시 지을 수 있는 우주선. 누군가 그 우주선을 타고 가다가 그냥 남겨두고 사라졌다고 해보자. 죽었다든가. 그렇지 않다면 이렇게 멋진 우주선을 남겨둘 이유가 없지 않나. 우주선은 잠시 기다리다가 자신의 창조자, 자신의 주인을 찾아다니는 것이다.

어쩌면 원래 주인을 찾을 수 없었는지도, 대신 다른 누군가를 찾았는지도 모른다. 여행하고 싶어 하는 사람. 집게발은 내 손에서 갸르릉거리고 있다.

나는 신발을 벗고 조심조심 입구에 발을 들인다.

조심스럽게, 나는 동체 안에 다리를 집어넣는다. 발치에서 숨겨진 엔진의 열기가 느껴진다. 집게발은 내 옆에 웅크리더니 목 옆으로 파고든다.

"준비됐어?" 나는 묻는다. 팔을 위로 뻗어, 뚜껑을 닫는다. 우리는 출발한다.

도시 빈민가의 재활용 전략

# 8

# 안녕, 신시아

## Good-Bye, Cynthia

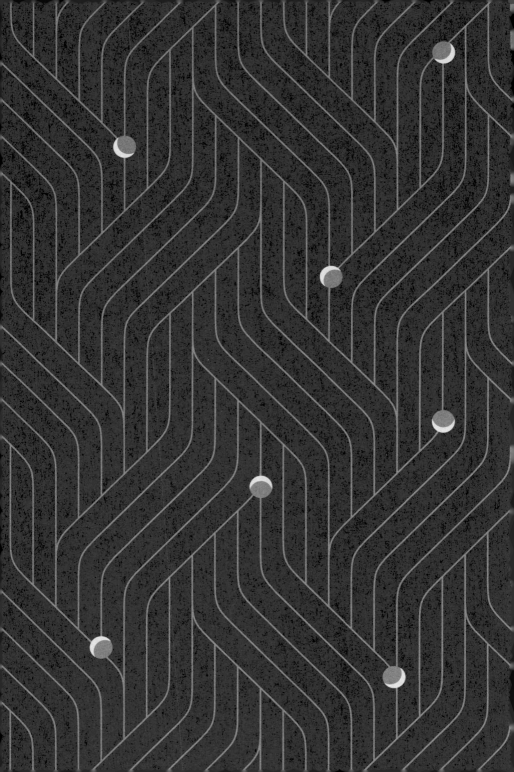

벽장은 상자로 가득 차 있고, 상자는 내가 거의 잊고 있던 물건들로 가득 차 있다. 석영 조약돌처럼 보이도록 제작된 투명 아크릴 두 덩이. 이건 언니와 내가 1965년 뉴욕 만국박람회에 출품된 '미래의 자동차' 전시장 바닥에서 훔친 것이다. 언니와 내가 바느질해서 만든 튜닉을 아직 입고 있는 트롤 인형 두 개. 마을 장터에서 우리 이름을 새긴 알루미늄 메달 두 개, 하트 안에 새겨진 이름은 재닛, 네 잎 클로버 안에 새겨진 이름은 신시아다. 메리 아주머니가 하와이에서 갖다 준 행운 팔찌 두 개, 내 팔찌에는 알파벳 '알로하ALOHA', 신시아의 팔찌에는 '하와이HAWAII'가 새겨져 있다.

어머니가 뒤에서 다가와 어깨 너머로 들여다본다. "아, 네 행운 팔찌가 여기 있구나. 예쁘네. 나도 잊고 있었어."

'너you'라는 단어는 단수와 복수를 동시에 의미하기 때문에 편리하다. 신시아가 떠나고 5년이 지나자, 어머니는 더 이상 신시아라는 이름을 입에 담지도 않았고 내게 한때 언니가 있었다는 사실을 인지하지도 않게 되었다. 어느 날 학교에서 집에 와보니 어머니는 신시아가 쓰던 트윈침대에 새로 산 담요와 베개를 깔아 소파 겸 예비 침대로 단장해 놓았다. 벽난로 선반에서 신시아의 사진도 치웠고, 침실 책장에서 신시아의 책도 치웠다. 매년 신시아와 나는 부엌 문틀에 키를 재어 표시해 놓곤 했다. 어머니는 신시아의 키를 기록한 선도 지워버렸다. 신시아 자체를 지워버린 것이다.

나는 어머니가 보지 못하도록 행운 팔찌를 손안에 감싸 쥐었지만, 어머니는 벌써 잊어버렸다. 어머니는 잊으려고 정말 노력했다.

"차고 지붕에서 낙엽을 쓸어주렴. 네가 지붕을 쓸어내리면, 내가 정원에서 갈퀴로 모으마."

나는 팔찌를 다시 신발 상자에 넣어서 숨긴다. 어머니와 달리, 나는 잊고 싶지 않다.


내가 1학년이고 신시아가 3학년일 때, 신시아는 내게 외계에서 온 여자 이야기를 들려주었다. "그녀는 X행성에서 왔어." 신시아는 이렇게 말하곤 했다. "우주선을 타고 날아온 거야."신시아는 별자리와 별의 이름을 다 외울 정도로 환히 알고 있었다. 여름 하늘에서 별자리를 전부 다 찾을 수도 있었다. 카시오페이아자리, 전갈자리, 용자리, 궁수자리, 기타 너무나 이국적인 이름들. 별을 가리키며 이름을 알려주기도 했다. 전갈자리의 불그스름한 심장 안타레스, 북극성 폴라리스. 언니는 언제, 어디에서 유성과 위성을 찾을 수 있는지 알고 있었다. 외계 우주선에 대해서도 모르는 것이 없었다.

언니는 별자리와 행성에 관한 것들을 걸스카우트 지도자에게서 배웠지만, 우주선 관련 정보의 출처는 그 정도로 믿을 만한 곳은 아니었다. 어머니가 슈퍼마켓에서 집에 가져오는 타블로이드 신문, 도서

관의 과학소설책, 심야 텔레비전 영화 등이었다. 하지만 출처는 상관 없었다. 신시아는 우주에서 온 여자를 믿었고, 나는 신시아를 믿었다.

부모님이 싸울 때마다, 신시아는 내게 우주선 이야기를 들려주었다. 부모님의 성난 음성이 계단을 타고 유독가스처럼 흘러 올라와 집 안을 가득 채우면 숨 쉬는 것이 힘들었다. 어머니의 목소리는 깨진 유리 조각 모서리처럼 날카롭고 높았고, 아버지의 목소리는 고속으로 달리는 트럭 엔진처럼 간헐적으로 으르렁거리는 저음이었다.

무엇 때문에 싸웠는지 기억나지 않는다. 돈 때문이었을 것이다. 부모님은 언제나 돈 때문에 싸웠다. 세탁기 수리비, YMCA 수영 교습비, 새 옷을 살 돈, 신시아가 원하지도 않는 보철 비용. 늘 돈이었다.

신시아는 숨을 급하게 들이쉬어 가며 목소리를 잠재우기 위해 빠르게 지껄였다. "우주 언니가 사는 달에는 돈이란 게 없어. 돈 대신 돌을 사용하지. 누가 돌이 더 필요하면 그냥 나가서 주워 오면 돼. 그래서 모두 넉넉히 갖고 있어."

"그들은 어디서 살아?" 나는 물었다.

"동굴 속."

"난 동굴에서 살고 싶지 않아."

"거기 있는 건 달의 동굴이야. 지구의 동굴과 전혀 달라. 산소를 내뿜는 식물을 많이 키우고, 어딜 가나 꽃이 피어 있어."

때로 나는 우주 언니와 꽃으로 가득 찬 달의 동굴이 나오는 꿈을 꾸었다. 꿈속에서 그녀의 얼굴은 어머니를 닮았다. 그녀는 반짝이로 뒤덮인 긴 녹색 드레스를 입고 있다. 신시아는 우주 언니가 찾아와서 우리를 다른 행성으로 데려갈 거라고 했다. 나는 그녀가 서둘렀으면 좋겠다고 생각했다.

어머니는 집을 내놓기 위해 청소를 하고 있다. 부모님이 이혼한 뒤로, 나는 이 집은 한 사람이 살기에는 너무 넓다고 어머니에게 계속 말했다.

마침내 어머니도 이제 집을 팔 때가 됐다고 동의했다. 나는 이사 준비를 돕기 위해 시내에서 달려와 지난 사흘 동안 정원의 잡초를 뽑고, 풀을 깎고, 뒤뜰 울타리를 수리하고, 차고 서까래에서 거미줄을 털어냈다. 집은 그 어느 때보다 말쑥하다.

나는 사다리를 타고 차고 지붕으로 올라갔다. 지붕 너와 위에 집 옆에 자라는 버드나무 잎과 부러진 가지가 잔뜩 떨어져 있었다. 낙수받이 홈통으로 쓰레기를 쓸어내리는데, 밟고 있는 너와가 삐걱거리며 부서졌다.

"떨어지지 않게 조심해라." 어머니가 밑에서 소리쳤다. 내가 쓰던 침실 창문이 차고 지붕으로 통하게끔 뚫려 있었다. 더러운 유리창을 들여다보니, 예전에 쓰던 침대와 열린 옷장이 보였다.

더운 여름밤이면, 신시아와 나는 창문을 열어놓고 조용히 쪼개진 너와 위로 나왔다. 우리는 지붕에 누워 별들을 바라보곤 했다.

8월의 어느 밤 유성우를 봤던 기억이 난다. 유성 하나마다 소원 하나, 우리는 모두 스물여덟 개까지 세었다. 나는 환한 빛이 하늘을 가로지를 때마다 조랑말을 가지게 해달라고 빌었지만, 진짜 생길 거라고 생각하지는 않았다.

신시아는 유성은 별이 아니라고 했다. 유성 하나하나는 지구로 떨어지다가 대기권에서 타오르는 돌멩이라는 것이었다. "일부는 제외하고. 어떤 건 다른 행성에서 지구로 사람들을 태우고 오는 우주선이야."

"저기." 나는 유난히 밝게 꼬리를 끄는 유성 하나를 가리켰다. "저건 틀림없이 우주선일 거야."

"어쩌면. 네 말이 맞을지도 몰라." 우리는 꼬리를 끌며 하늘을 가로지르는 유성을 몇 개 더 바라보았다. "우주선이 여기 착륙할 수는 없어." 그녀는 말했다. "사람이 너무 많아. 그들은 누가 자기들을 볼지도 모르는 곳에 착륙하는 걸 싫어해."

신시아는 우주 언니가 착륙하게 하려면 높은 언덕 꼭대기에서 손전등으로 신호를 보내는 수밖에 없다고 주장했다. 우리 집은 주택단지 가장 외곽에 있었다. 집 바로 뒤에는 방목하는 소들이 아직도 풀을 뜯고 있는 언덕이 있었다. 신시아는 이 언덕이 우주 언니의 착륙 장소로 완벽하다고 생각했다. "내가 신호를 보내러 갈 때 너도 같이 가도 돼." 그녀는 선심 쓰듯 말했다.

나뭇잎과 쓰레기를 쓸어내는 동안, 나는 차고 지붕에서 높은 언덕을 볼 수 있다. 여전히 집은 없다. 산사태가 잘 나는 곳이라 주택을 건설하기에는 너무 경사가 급하다는 것이었다. 산비탈은 추레해 보인다. 작년에 자란 금갈색 풀 사이로 초가을 비에 돋아난 새싹이 무질서하게 눈에 띈다. 언덕 꼭대기 근처에는 참나무가 무리 지어 그늘을 드리우고 있다. 가장 가파른 경사에는 아이들이 자전거로 초목을 밟고 지나가서 낸 흙투성이 갈색 바큇자국이 나 있다.

나는 낙수받이 홈통에 엉겨 붙은 나뭇잎과 가지를 떼어내고 깨 끗이 청소한다. "잘했다." 어머니는 내가 일을 마치자 말한다. "아주 잘했어." 어머니는 피곤해 보이고 약간 신경이 곤두선 것 같다. 오랜 세월 습관으로 굳어진 표정이다. 어머니는 원래 활동적인 여자였지 만, 지금 그 에너지는 마치 몸이 쉬는 것을 허락하지 않기 때문에 끊 임없이 움직이는 듯한, 불건전한 집착처럼 보인다. 지붕에서 내려가 다가, 나는 철제 사다리가 흔들리지 않도록 붙잡고 있는 어머니의 손 을 본다. 한 겹 피부 아래 두꺼운 파란 핏줄이 손등에 구불구불 뻗어 있다. 주름살과 검버섯투성이다. 어머니는 나이 들었고, 몸이 배신하 고 있다.

"차고에 물건을 옮겨야 하는 데 도와다오." 그녀는 말했다. "여행 용 트렁크를 하나 꺼내서 거기 이불 종류를 챙겨야겠다."

트렁크는 판지 상자와 누렇게 바랜 신문지 더미, 이런저런 천 조 각이 가득 든 종이 가방 아래 숨겨진 상태다. 나는 끙끙거리며 상자 를 치운 뒤 트렁크를 꺼낸다. 사람 한둘은 들어갈 수 있을 만큼 크고 묵직한 검정 궤짝이다.

"내가 나중에 치우마." 어머니는 말은 그렇게 했지만, 내가 거기 서 있는 동안 뚜껑을 들고 내용물을 하릴없이 들추어 보신다. 오래된 서류, 책, 유행이 한참 지난 옷가지 등이다.

"이거." 어머니는 진녹색 천으로 장정된 커다란 책을 꺼낸다. "이 거 아버지에게 갖다드려라. 아버지 대학 졸업앨범이야."

나는 마지못해 앨범을 받아 든다. 아버지와 거의 만나지 않는 사

　　　　　　　　　　　　안녕, 신시아

이고, 다음 저녁 식사 자리에 이 책을 신나게 들고 갈 마음도 별로 나지 않는다. "직접 우편으로 보내시지 그래요."

"안 보낸다." 어머니는 짜증스럽게 답한다. "난 네 아버지하고 아무런 볼일 없다."

"알았어요, 알았다고요." 두 분은 내가 대학을 졸업한 다음 해 이혼 수속을 밟았다. 그간 자식 때문에 같이 사셨지만, 좋은 결혼 생활은 아니었다. 기억을 아무리 더듬어도, 아버지와 어머니가 마음에서 우러나는 애정 표현을 하는 장면을 한순간도 찾을 수 없다. 가벼운 포옹, 키스, 농담, 아무것도 기억에 없다. 오로지 말다툼뿐이다. 돈 때문에, 아버지의 음주 때문에, 휴가에 어디 갈까 하는 문제 때문에, 휴가 중에는 어디 머물고 어느 길로 가야 하나 하는 문제 때문에. 항상 운전사는 아버지였지만, 절대 차를 세우고 남에게 길을 묻는 법이 없었다. 그런데도 길을 잃으면 어째서인지 모두 어머니 탓이 되곤 했다. 사소한 것들, 두 분은 사소한 것들을 놓고 끊임없이 싸웠다.

부모님의 말다툼은 마침내 신시아를 집에서 쫓아냈다. 그해 여름, 우리는 우주 언니에게 신호를 보내러 언덕에 올라가자고 계속 이야기했지만 언제나 다음으로 미뤘다. 처음에는, 신시아가 걸스카우트 캠프 야영에 다녀온 뒤에 하자고 했다. 다음에는 불꽃놀이 구경을 해야 하니 7월 4일 이후에 해야 한다고 내가 고집했다. 다음에는 우리 둘 다 이웃집 고양이가 새끼를 낳을 때까지 기다리기로 했다. 그 장면을 포기할 수는 없었다.

여름이 다 지나갈 때까지, 나는 계속해서 핑곗거리를 찾아냈다.

개학일이 닥치기 전에 밤에 언덕에 올라갈 일이 생기지 말았으면 하는 게 내 속마음이었다. 무섭다는 걸 신시아에게 들키기가 싫었다. 어둠이 무서웠고, 하루 종일 산에서 낡은 자전거를 타며 참나무 숲에 숨어 담배를 피우는 10대 소년들이 무서웠고, 말라가는 풀을 뜯는 소가 무서웠고, 우주 언니 자체도 무서웠다. 가을이 일찍 찾아왔으면, 빨리 비가 오고 추워졌으면 하는 마음이었다. 신시아도 빗속에서 진구렁에 빠져가며 언덕에 올라가자고 고집하지는 않을 것이다.

하지만 개학일을 일주일 남기고, 부모님은 몇 시간 동안 계속 싸웠다. 무슨 말인지 대체로 들리지는 않았지만, 가끔 침실 벽 너머로 이런저런 구절이 귀에 꽂혔다.

"아이들이 깨겠어." 높고 초조한 어머니의 음성.

"아이들 집어치워." 지하에서 웅웅거리는 듯한, 술기운에 혀가 꼬인 아버지의 음성.

멀리서 드문드문 언어의 파편이 이어졌다. 아버지는 어머니가 멍청하고 한심하다고 뭐라고 했다. 어머니는 날카로운 목소리로 악착같이 자신을 방어하고 있었다. 나는 이불 밑에 머리를 묻었지만, 목소리가 들려오지 않아도 팽팽한 공기는 느낄 수 있었다. 눈에 보이지 않는 전선이 부모님과 나를 연결하는 것 같았다. 양철컵 전화선을 따라 흐릿한 목소리가 전해지듯, 그 전선은 메시지를 전파했다. 의미는 사라져도, 감정은 고스란히 전달되었다. 고통, 분노, 좌절감, 두려움. 부모님은 돈 때문에 싸우는 것이 아니었다. 지켜지지 않은 약속 때문에 싸우고 있었다. 메시지는 바닥을 통해, 벽을 통해 전해졌고, 나는 도망칠 수 없었다.

마침내 아버지가 집을 나가는 소리, 자동차 시동 거는 소리, 차를 몰고 가는 소리가 들렸다. 일단 다툼은 멈췄지만, 나는 사실 끝나지 않았다는 걸 알고 있었다. 끝나지 않았다. 절대 끝나지 않았다. 타고 남은 재 속에 누군가 불을 붙이면 언제든지 다시 타오를 분노가 숨어 있었다.

어머니가 위층으로 올라오는 소리가 들렸다. 조용히, 그녀는 우리 방문을 열었다. 신시아와 나는 눈을 가볍게 감고 나직하게, 규칙적으로 숨을 쉬며 잠든 척했다.

눈꺼풀 너머로, 열린 문간에서 흘러 들어오는 불빛이, 어머니의 그림자가 보였다. 그녀는 내 침대 옆에서 허리를 굽히고 턱 밑까지 담요를 끌어 덮어주었다. 다시 발자국이 멀어지는 소리, 문 닫히는 소리가 들렸다.

몇 분 뒤, 신시아가 속삭였다. "재닛?"

자는 척할까 생각했지만, 신시아를 속일 수는 없을 것 같았다. "왜?"

"난 오늘 밤 언덕에 올라갈 거야. 너도 갈래?"

"난 못 가. 가지 마."

그녀는 대답하지 않았다. 옷 입는 소리가 들려왔다. 운동화를 찾는지, 신시아의 걸스카우트 손전등 불빛이 벽을 비췄다. 나는 그녀가 내게 뭐라도 말하길 바랐지만, 신시아는 내게 원하지 않는 일을 하라고 강요할 마음이 없었다. 언니는 내게 겁쟁이라든가, 멍청하다든가

하는 말을 하지 않았다. "언니가 안 갔으면 좋겠어." 나는 속삭였다.

"가야 해." 그녀는 청바지와 티셔츠 차림으로 내 침대 옆에 섰다. 한 손에는 운동화를, 다른 한 손에는 손전등을 들고 있었다. "잘 있어. 우주 언니에게 네 안부를 전해줄게. 내가 어디 갔는지 사람들한테 말하지 않는다고 약속해."

"약속할게." 나는 말했다. 그녀는 살그머니 문을 나섰다.

나는 판자가 삐걱거리지 않도록 발판 가장자리를 조심스럽게 밟으며 계단을 내려가는 그녀의 모습을 상상했다. 최대한 조용히, 나는 침실 창문을 열고 차고 지붕 위로 올라갔다. 혼자 지붕으로 올라가려니 겁이 났지만, 신시아에게 작별 인사를 하고 싶었다. 그녀는 진입로 끝에서 마주 손을 흔들었다.

나는 우주선이 착륙하는 광경을 기다리며 한동안 하늘을 바라보았다. 그러다 잠든 것 같다. 눈을 떠보니 달은 졌고 내 몸은 이슬로 푹 젖어 있었다. 나는 다시 안으로 기어 들어가서 침대에 누웠다.

아침에 신시아는 돌아오지 않았다. 신시아가 어디 있느냐고 어머니가 물었을 때, 나는 모른다고 답했다. 내가 잠든 사이에 나간 것 같다고 말했다. 어머니는 경찰에 신고했고, 수색이 시작되었다. 신시아의 사진이 신문에 실렸고, 슈퍼마켓 유리창에 전단이 붙었다. 이 아이를 목격하셨습니까? 실종: 신시아 제이컵스, 9세. 엄숙한 눈빛을 한 걸스카우트 제복 차림의 어린 소녀가 전단 안에서 카메라를 똑바로 바라보고 있었다.

이후 부모님은 그렇게 큰 소리로 싸우지 않았지만, 두 분 사이의

안녕, 신시아

긴장감은 더욱 강해졌다. 나는 느꼈다. 침묵에 속지 않았다. 나는 왜 신시아가 떠났는지 알고 있었다. 저녁 식탁에서 어머니는 내게 말을 걸었고 아버지도 내게 말을 걸었지만, 두 분은 절대 서로 대화하지 않았다. 중간에서 어떻게 해야 할지 혼란스러운 기분이었고, 신시아와 같이 갈걸 하는 생각이 들었다.

어머니와 차고 청소를 마친 뒤, 나는 한동안 옷장 안의 상자들을 하나씩 열어보며 옛날 내 소지품들을 세 종류로 분류한다. 버릴 것, 구세군에 보낼 것, 그리고 가장 작은 무더기는 내가 가져갈 물건이었다. 저녁 늦게야 어머니와 나는 급히 준비한 햄버거로 식사한다. 식탁에서 우리는 말을 많이 하지 않는다. 나는 가족에게 별로 할 말이 없다. 입 밖에 내지 않고 넘어가는 것들이 너무나 많았다. 그런데 어째선지 오늘 밤에는 어머니에게 말해야 할 것이 있다는 기분이 든다.

"저기, 벽장에 있던 물건들을 살펴보다 보니 신시아가 생각났어요."

어머니는 그늘이 드리운 눈매로 나를 조심스럽게 바라본다. 그녀는 신시아의 기억을 뇌리에서 밀어내 버렸다. 듣고 싶지 않겠지만, 나는 말해야 한다. "지금 어디 있든지, 신시아는 행복할 거라고 생각해요." 나는 말한다. "진심으로 그렇게 생각해요." 내가 아직도 신시아와 유대감을 느낄 수 있다는 말은 하지 않는다. 아주 가느다란 선이 우리를 연결하고 있다. 나는 신시아가 행복하다는 걸 알고 있다. 그녀가 슬프다면 내게도 느껴질 것이다.

어머니는 자고 가라고 붙잡지만, 나는 그날 저녁에 떠난다. 시내

Good-Bye, Cynthia                                              197

에서 할 일이 있다, 밤에 운전하는 걸 좋아한다고 말한다. 핑계지만 어쨌든 둘 다 사실이다. 나는 벽장에서 찾아낸 기념품을 상자 하나에 싣고 어머니에게 손을 흔들며 차를 몰아 진입로를 나선다.

집에서 몇 블록 떨어진 가로등도 없는 막다른 길에서, 나는 차를 세운다. 근처 주택에서 개가 짖다가 잠잠해진다. 풀밭에서 귀뚜라미가 울고, 멀리서 정원 스프링클러가 규칙적으로 쉭쉭 작동하는 소리가 들린다. 젖은 잔디 냄새, 교외의 향기가 풍긴다. 나는 차에서 손전등과 벽장에서 추려낸 물건으로 가득 찬 신발 상자를 꺼낸다.

언덕을 오르는 것은 어린 시절에 비해 쉽다. 풀밭에 버려진 도시의 잔해들 위로 손전등 불빛이 비친다. 부서진 채로 잡초 틈에 버려진 플라스틱 물총. 누군가의 자전거에서 떨어진 빨간 반사등, 구겨진 담뱃갑.

언덕 꼭대기에 평평한 화강암 바위가 있다. 나는 바위에 앉아 상자를 푼다. 만국박람회에서 훔친, 습득 과정이 구렸기 때문에 한층 가치 있는 아크릴 조약돌 하나. 하와이라고 적힌 행운 팔찌 하나. 네 잎 클로버 모양 메달. 오렌지색 머리, 녹색 유리 눈알, 서툰 솜씨로 기운 펠트 튜닉 차림의 트롤 인형. 나는 이 물건들을 바위 위에 놓고 그 옆에 누워 별들을 바라본다.

몇몇 별자리가 눈에 들어온다. 전갈자리, 북두칠성, 용자리. 별과 초승달을 응시하며, 나는 깜빡 잠들었다가 어린 시절 보았던 유성의 꿈을 꾼다. 유성 하나하나는 너무나 밝고 마법 같다. 유성 하나하나가 다른 세상에서 찾아온 방문객이었다. 그중 하나가 유난히 밝다.

어둠을 가르고 청백색으로 길게 꼬리를 끄는 유성의 잔상이 시야에 계속 남아, 나는 눈을 깜빡거린다. 눈을 떠보니, 언니가 곁에 있다.

신시아는 청바지와 티셔츠 차림이고, 아직 아이다. "언니는 떠날 때와 같은 나이구나." 나는 말한다.

그녀는 우주 여자의 우주선이 광속보다 빠르게 여행한다고 설명한다. 지금까지 은하계 방방곡곡을 돌아다녔지만, 아직 열 살이 약간 넘은 나이라는 것이었다. 지구의 우리가 계속 나이 먹는 동안, 그녀는 호박 안에 갇힌 곤충처럼 시간 속에 얼어붙어 있었다.

"언니에게 주려고 가져온 게 있어." 나는 말한다. "우리가 살던 집 옷장에서 찾았어."

그녀는 돌 위에 늘어놓은 물건들을 보더니 미소 짓고 아크릴 조약돌을 집어 이 손 저 손 번갈아 굴렸다. "달의 돌, 그때는 이게 달의 돌이라고 생각했는데. 지금은 아니라는 걸 알지." 그녀는 바위 위에 아크릴을 내려놓았다. "네가 가져. 내가 있는 곳에서는 이게 필요 없어. 나 대신 보관해 줘."

"언니는 지금까지 어디 있었어?" 나는 묻는다. 신시아는 달의 동굴과 다른 행성의 정착지들. 머나먼 별들의 이야기를 들려준다. 자기가 내 이름을 따서 별자리 이름을 붙였다는 이야기, 하지만 그 별자리는 베가의 궤도를 공전하는 행성에서만 볼 수 있다는 이야기도 해 준다.

신시아는 자기가 떠날 때 같이 가도 된다고 하지만, 그 말을 하는 목소리는 슬프다. 내가 무슨 답을 할지 알고 있는 것 같다.

"엄마는 언니가 죽었다고 생각해." 나는 그녀에게 말하고, 그녀는 고개를 끄덕인다. "나는 갈 수 없어. 하지만 언니가 행복해서 기뻐. 정말 기뻐."

우리는 잠시 그렇게 같이 앉아 있다. 나는 언니의 어깨에 팔을 두른다. 그녀는 너무나 작고 마른 것 같다. 내 언니 신시아, 지금은 그저 작은 꼬마.

나는 해 뜨기 직전에 잠에서 깬다. 바위 위에 누워 있었더니 등이 뻣뻣하다. 옷은 이슬에 젖어 있다. 나는 팔찌와 조약돌, 메달, 트롤 인형을 챙겨서 다시 신발 상자에 넣는다. 나는 언덕을 내려온다. 떠오르는 햇빛 때문에 눈에 눈물이 고인다.

# 9

## TV 속의 죽은 남자들

## Dead Men on TV

나는 매일 밤늦게까지 잠자리에 들지 않고 텔레비전에서 돌아가신 내 아버지를 본다. 오늘 밤에는 제2차 세계대전 당시 잠수함 선원의 이야기를 그린 영화 〈심해의 천사〉에 아버지가 나온다. 아버지가 맡은 역할은 비니, 억울하고 불만이 많은 억센 뉴욕 청년이다.

영화 촬영 당시, 아버지는 스무 살 정도였다. 그는 어딘가 위험하고 절박한 분위기가 감도는 검은 머리, 검은 눈동자의 미남이다.

벌써 대여섯 번은 본 영화지만, 그래도 나는 텔레비전을 켠다. 버번 한 잔과 담배를 들고 제일 좋아하는 편안한 의자에 몸을 둥글게 말고 앉는다. 넓은 크림색 벨벳 의자 팔걸이에는 여기저기 담뱃불에 탄 흔적과 늦은 밤 버번 잔을 얹었던 동그란 자국이 검게 남아 있다. 청소부가 얼룩이 통 지워지지 않는다고 하길래, 나는 괜찮다고 했다. 나는 얼룩을 신경 쓰지 않는다. 술잔과 담뱃불 자국은 내가 텔레비전 앞에서 지샌 수많은 깊은 밤의 기록이다. 이 기록은 시간이 연속된다는 느낌을, 역사가 축적되어 있다는 감각을 준다. 내가 이 장소에 속한다는 기분을. 어두운 방 안에서 깜빡이는 텔레비전 불빛이 모닥불처럼 나를 따뜻하게 데운다. 세트에서 아버지의 음성이 나를 향해 말하고 있다.

"안 느껴져?" 아버지는 다른 선원에게 말한다. 쉰 목소리, 덩치를 작게 보이려는 듯 어깨는 앞으로 구부정하다. "사방에서 우리를 둘러싸고 있어. 검은 물이 내리누르고 있어. 안으로 들어오려고." 그는 오싹 떨며 두 팔로 몸을 감싼다. 잠시 아버지의 눈과 내 눈이 마주친다. 그는 나를 향해 말을 건넨다. "난 나가야겠어, 로라. 나가야겠다고." 텔레비전 화면에서는 앨이라는 남자가 비니의 몸을 흔들며 정신 차리라고 말한다. 앨은 이후 극 중에서 죽지만, 나는 앨 역을 맡은 남자가 아직 살아 있다는 것을 알고 있다. 며칠 전 신문에서 그의 사진을 보았다. 연예인 골프 대회에 참가했다는 소식이었다. 영화에서, 그는 죽고 아버지는 산다. 하지만 여기 바깥세상에서는, 아버지가 죽었고 앨은 살아 있다. 앨이 살아 있고 아버지는 죽었다는 것을 알고 있으면서, 앨이 죽은 아버지를 흔드는 장면을 보고 있다니, 이상하게 느껴진다.

"난 나가야겠어." 아버지는 신음한다.

그는 나갈 수가 없다. 앞으로 1시간 반 동안, 그는 사방에서 물이 내리누르는 잠수함 안에 갇혀 있어야 한다. 나는 아무 동정심도 느끼지 못한 채 아버지가 침상에 웅크린 모습을 바라본다.

밤늦게 영화를 볼 때, 나는 텔레비전 화면 속에서 오가는 남녀 대부분이 죽은 사람들이라는 것을 알고 있다. 그들은 내 거실에서 농담을 하고, 웃고, 죽은 음악가들이 연주하는 빅밴드의 음악에 맞춰 춤을 추고, 서로 거짓말을 하고, 바람을 피우고, 배신하고, 말다툼하고, 사랑을 나눈다. 그리고 그 모든 것들에도 불구하고, 그들은 죽었다.

TV 속의 죽은 남자들

죽은 사람들을 텔레비전에서 본다는 것이 이상하게 느껴진다. 그들 모두 벌을 받고 있는 걸까? 다른 사람들은 무슨 짓을 했을까? 누구를 아프게 했지? 누구의 용서를 받아야 하나?

아버지의 장례식 다음 날까지만 해도, 나는 천국이나 지옥, 사후 세계를 믿지 않았다. 나는 아버지의 집에 홀로 앉아 있다가 텔레비전 을 켰다. 아버지의 얼굴이 나를 응시했다. 그는 돌벽과 어둠에 둘러싸 여 있었다. 잠시 후에야 나는 〈파라오의 무덤〉 중 한 장면이라는 것을 깨달았다. 아버지는 고대 유물을 훔치려는 범죄자 일당에 의해 무덤 에 갇힌 고고학자 역할을 맡고 있었다.

"우린 여기 갇혔어." 한 여자의 목소리였다. 히스테리 직전의 상태 였다.

"탈출로가 있을 거요." 그는 말했다. "찾을 수 있습니다. 분명 나 갈 방법이 있을 겁니다."

분명 아버지가 죽었다는 것을 알고 있는데도, 그는 바로 저기 내 텔레비전 화면 속에 있었다. 텔레비전 화면 속에서 내게 말을 건네고 있었다.

나는 이런 게 아닐까 생각한다. 영화 카메라가 인간의 영혼을 훔 치는 거라고. 영화를 찍을 때마다 아주 조금씩.

한 사람이 아주 많은 영화에 출연했다면? 뭐, 그렇다면 그 사람의 영혼 전체가 카메라에 빨려 들어가서 영화 안에 갇혔다고 할 수 있지 않을까.

이런 방식으로 본다면, 나는 아버지의 영혼을 상자 안에 담아서

가지고 있는 셈이다.

마트 트럭이 내게 생필품을 배달해 준다. 텔레비전 가이드, 버번, 아침에 먹을 달걀, 점심으로 먹을 냉장 소시지, 저녁에 구울 스테이크, 수프 통조림, 다양한 생채소. 요즘 나는 직접 요리한다. 많이 먹지는 않는다. 지난번 요리사는 내가 술 마시는 것을 못마땅하게 여겼다. 더 많이 먹고 더 자주 밖에 나가야 한다고 들들 볶았다. 그래서 해고했다. 요즘 나는 직접 요리해서 내 몸이 연료를 요구할 때만 먹고 있다.

어린 시절 나는 비만이었다. 사진마다 뚱한 표정을 짓고 있는 동그란 얼굴의 어린 소녀. 지금은 말라깽이다. 손목뼈는 어마어마하게 굵다. 갈비뼈는 눈으로 헤아릴 수 있을 정도다. 얼굴은 각졌고, 피부 밑으로 뼈가 다 드러나 보인다. 옷은 우편 카탈로그를 통해 주문하는데, 항상 내 몸에는 커서 헐렁하지만 별로 신경 쓰지 않는다. 바지가 흘러내리지 않도록 허리띠를 단단히 매서 그냥 입는다…

식료품을 정리한 뒤에, 나는 비키니를 입고 풀장 옆에 누워 TV 가이드를 뒤적인다. 아버지는 이 집과 신탁 자금을 내게 남겼다.

마당과 수영장은 정원사가 관리한다. 집 안 청소는 가정부가 한다. 나는 아버지의 영혼이 계속 살아 있도록 그의 옛 영화를 계속 본다. 내게 남은 것은 아버지뿐이다.

어머니는 내가 다섯 살 때 돌아가셨다. 어머니의 부드러운 손과 검은 곱슬머리가 기억난다. 사진도 남아 있다. 살집이 있는 푸근한 몸매, 둥근 얼굴, 검은 눈의 여자.

조지아주 출신인 어머니는 은근한 남부 억양이 있는 조용한 말투

TV 속의 죽은 남자들

의 시골 처녀였다. 캘리포니아로 이주한 뒤 MGM 영화사에서 비서로 일했고, 거기서 아버지를 만났다. 당시 아버지는 여전히 삼류 괴수영화나 서부영화에서 단역을 전전하고 있었다.

내가 태어난 해, 아버지는 처음으로 큰 배역을 따냈다. 〈심해의 천사〉 비니 역할이었다. 영화는 성공했고, 이어 그는 전쟁 영화 몇 편을 더 찍었다.

그 뒤 아버지는 영화 시리즈에서 하드보일드 탐정 역할을 맡아 이름을 날리게 되었다.

어머니는 술을 많이 마시기 시작했다. 매일 오후 그녀는 버번 잔과 함께 풀장 옆에 앉아 있곤 했다.

아버지가 아예 집에 들어오지 않는 밤도 있었다. 그런 다음 날이면, 어머니는 눈 밑에 어두운 그늘을 드리운 채 아침부터 검은 원피스 수영복 차림으로 라운지 의자에 앉아 술을 마셨다. 버번 냄새를 풍기던 끈적한 키스가 기억난다. 어머니가 내게 하던 말도 기억난다. "네 아버지는 아무짝에도 쓸모없는 구제 불능이야."

버번과 수면제가 어머니의 목숨을 앗아 갔다. 검시관은 사고사라고 했다. 어머니는 유서를 남기지 않았다. 하지만 나는 알고 있었다. 그것은 자살이었다. 어머니를 그렇게 몰아간 것은 아버지였다.

이후 아버지는 한층 더 뜸하게 집에 들어왔다. 집에 있을 때도, 아버지의 시선은 내가 마치 실재하는 존재가 아닌 듯, 나를 투명 인간처럼 뚫고 지나갔다. 아버지가 내게 무슨 짓을 해서 미운 게 아니었다. 나는 그게 싫었다. 아버지가 내게 한 일은 별로 없었다. 내가 아버지를 미워한 것은 그가 내게 해주지 않은 일들 때문이었다. 아버지는 나를 사랑하지 않았고, 나를 원하지 않았고, 내게 관심을 갖지 않았다. 내가 용서할 수 없었던 것은 그런 것들이었다.

아버지는 나를 사립 기숙학교에 보냈고, 나는 거기서 여름방학을 간절히 기다렸다. 그러다 방학이 되자, 아버지는 나를 캠프에 보냈다. 나는 선생님과 상담사와 여사감 들의 보살핌을 받으며 기숙사와 오두막을 전전했다.

나는 아버지를 현실보다 영화에서 더 많이 보았다.

아버지는 재혼했다. 세 차례 더. 세 번 모두 이혼으로 끝났다. 하지만 아이는 더 이상 없었다. 하나로 충분했다. 하나도 너무 많았다. 애당초 아버지는 딸을 원한 적도 없었을 것이다.

새벽 1시, 나는 〈지하의 어둠〉을 비디오테이프로 보고 있다. 아버지는 탄광촌에서 석탄을 캐는 빈곤한 광부를 연기하고 있다.

텔레비전 화면에서 나오는 빛이 거실을 밝히고 있다. 나는 TV 불빛이 좋다. 마치 거실에 실체가 없는 듯, TV 불빛은 모든 것을 비현실적으로, 환상처럼 보이게 한다.

소파와 탁자는 어둑어둑한 윤곽만 드러날 뿐 거의 눈에 띄지 않는다. 이런 불빛 속에서는 나도 실재하지 않는다. 텔레비전 세트 안의 세상만 실재한다.

오래된 비디오테이프다. 알록달록한 눈발 같은 빛이 화면에 번득인다. 나는 선택의 여지가 없을 때만 비디오테이프를 튼다. 방송을 시청하는 것이 더 좋다. 많은 사람들이 아버지를 보고 있다는 것을 알 수 있으니까. 하지만 테이프도 장점은 있다.

"나는 이 삶이 싫어." 아버지는 말한다. 그는 주먹으로 거친 나무 탁자를 내리친다. "싫다고. 여우가 덫에서 벗어나려고 자기 다리를 물어뜯는 기분을 알 것 같아."

"그러지 마." 아내 역을 맡은 여자가 말한다. 이름은 메리였던 것 같다. 그녀는 앞치마에 손을 닦고 얼른 그의 곁으로 간다.

나는 테이프를 멈추고 앞으로 돌려서 다시 재생한다. "나는 이 삶이 싫어." 그는 말한다. 문득 아버지는 내 시선을 의식하고 텔레비전에서 나를 응시한다. "로라, 들어다오. 제발."

아버지의 얼굴이 화면을 채운다. 피부에는 얼룩덜룩한 반점이 있고, 노란 눈발이 그의 뺨 위에서 불꽃처럼 파득파득 춤춘다. 그는 주먹으로 탁자를 내리친다. 이번에는, 여자가 달래주러 오기 전에 테이프를 멈춘다.

나는 그 장면을 돌리고 또 돌린다. 아버지가 탁자를 내리치며 탈출할 수 없다는 데 대한 분노와 좌절감에 휩싸여 외치는 모습을 바라본다. "난 이 삶을 견딜 수 없어. 로라…" 화면 속에서 그의 눈이 나를 바라보고 있다.

마침내 나는 영화를 끝까지 내버려 둔다. 아버지는 광부들을 이끌고 파업을 벌인다. 그들은 회사를 상대로 승리를 거두지만, 아버지는 죽는다. 좋은 영화다. 특히 아버지가 죽는 붕괴 장면이 좋다. 나는 그 장면만 몇 번 반복해서 시청한다.

어머니의 장례식에서, 나는 아버지의 손을 잡고 나란히 걸었다.

우리가 무덤가에 서 있는 사진도 보았다. 검은 정장을 입은 아버지는 훤칠했다. 나는 검은 드레스, 검은 장갑, 챙 넓은 검은 모자 차림이었다. 유일하게 흰 곳은 내 얼굴이었다. 눈에는 검은 그늘, 둥글고, 창백하고, 슬픔에 잠긴 얼굴. 새 에나멜 신발에 묻어 반짝이던 잔디의 이슬이 생각난다. 물방울은 햇빛을 받아 다이아몬드처럼 반짝였다. 신문기자들이 우리들의 사진을 찍었지만, 나는 사진기자들 쪽을 보지 않았다. 나는 신발만 쳐다보고 있었다. 사진기자들을 뒤로하고 그 자리를 떠난 뒤, 아버지는 더 이상 내 손을 잡지 않았다.

우리는 죽어가는 꽃향기가 가득 밴 길고 검은 차를 타고 집으로 돌아왔다. 나는 넓은 뒷자리 한쪽 끝, 아버지는 반대쪽에 앉았다. 그의 눈은 충혈되어 있었고, 숨결에서는 위스키 냄새가 풍겼다.

텔레비전에서 어머니를 볼 수는 없다. 그녀는 영화에 출연한 적이 없다. 어머니가 죽었을 때 영혼이 어떻게 되었는지 궁금하다. 영화에 출연하지 않은 사람을 위한 천국이 있을까?


일요일 오후 2시의 영화는 〈여름의 열기〉다. 전에 본 적이 있다. 아버지는 여기서 자신이 저지르지 않은 죄를 억울하게 뒤집어쓴 샌 퀜틴 교도소 재소자 역할을 맡았다.

1시 30분, 나는 커튼을 내려 방을 어둡게 하고 텔레비전을 켠다. 영상 대신 화면에 번개가 치듯 비죽비죽한 선이 지나간다. 텔레비전 옆면을 두드렸더니, 번개는 흔들렸지만 영상은 뜨지 않았다. 지직거리는 백색 소음만 흘러나올 뿐이다.

가정부가 쉬는 날이다. 집에는 나 혼자. 공황이 순식간에 엄습한다. 영화를 보아야 한다. 나는 언제나 아버지의 영화를 본단 말이야. 손에 멍이 들도록 텔레비전 세트를 때리고 또 때렸다. 이 채널 저 채널 다급하게 돌려본다. 소용없다.

나는 전화번호부에서 '텔레비전 수리'를 찾는다.

가게마다 차례로 전화를 걸었지만, 응답하는 곳은 없다. 일요일 오후, 아무도 일하지 않는다.

마침내 '피트 수리상'이라는 곳에서 한 남자가 전화를 받는다. "피트 수리상입니다."

"감사합니다. 드디어 받았군요." 나는 얼른 대답한다. "텔레비전이 고장 나서 고쳐야 해요."

"그러시지요. 월요일에 갖다주시면 제가 살펴보겠습니다."

"그게 아니라요." 나는 불안한 목소리로 말한다. "반드시 오늘 오후에 수리해야 해요. 아버지가 2시에 출연하는데." 나는 시계를 본다. "15분밖에 안 남았네요. 보수는 추가로 드리겠습니다."

"그건 곤란한데요." 그는 정중하게 답한다. "오늘은 가게 문을 닫았습니다. 저는 마침 잠깐 들렀다가 어디…"

순간 나는 무너진다. "도와주세요." 나는 애원한다. "제발요. 아버지가 2시에 텔레비전에 나오는데, 꼭 봐야 해요." 울음이 터져 나와 말할 수가 없다.

"잠깐만요." 그는 나직하게 중얼거린다. "진정하세요. 텔레비전에 어떤 문제가 있습니까?"

코를 연신 훌쩍이며, 나는 텔레비전의 상태를 설명한다. 그는 집 주소를 묻더니 곧바로 가겠다고 답한다. 나는 시계를 보며 서성거린다. 2시 5분 전, 진입로에서 밴 소리가 들린다. 나는 진입로를 반쯤 내려가서 그를 맞이한다. 안경을 쓰고 덩치가 큰 갈색 곱슬머리 중년 남자다. 빨간 셔츠 주머니에 이름이 새겨져 있다. '피트'. 그는 공구함을 들고 있다.

"서둘러 주세요." 나는 간절하게 부탁한다.

나는 그가 일하는 모습을 지켜본다. 그는 텔레비전 뒤판을 떼어내서 복잡한 배선을 살피고 있다. "마실 것 좀 드릴까요?" 나는 어색하게 묻는다.

"네. 맥주 있습니까?"

나는 고개를 젓는다. "버번과 레모네이드 어떠세요? 전 그걸 마셔요."

"주십시오. 마셔보지요."

부엌에서 나와보니 그는 나직하게 휘파람을 불고 있다. "이 정도의 출장 수리비라면 차라리 새 텔레비전을 사시는 게 좋을 겁니다."

나는 고개를 끄덕인다. "한 대 더 사야겠어요. 만일을 위해서."

그는 텔레비전 세트에 무슨 문제가 있는지, 새 텔레비전은 얼마나 하는지 일하는 동안 계속 지껄였지만, 내 귀에는 거의 들어오지 않는다. 나는 시계만 쳐다보며 언제쯤 영화를 볼 수 있을지 애타게 기다린다. 마침내 2시 30분, 그가 수상기 플러그를 전원에 꽂자 화면에 초점이 돌아온다.

TV 속의 죽은 남자들

"감사합니다, 아, 감사합니다."

나는 행복하게 소파에 몸을 묻는다. 텔레비전 화면 속에서는 내 아버지가 좁은 감방을 서성거리고 있다. "나는 여기 있을 사람이 아니야."

여윈 얼굴과 차가운 눈매, 깡마른 체구의 감방 동료가 침대에 드러누운 채 웃는다. "이 감옥의 모든 죄수들이 다 그렇지."

"당신은 이해 못 해." 아버지의 얼굴이 화면에 클로즈업으로 비친다. 고통스러운 눈빛, 턱수염이 까칠까칠하게 난 각진 턱. "난 죄가 없어."

"이건 좋은 영화예요." 나는 피트에게 말한다.

"전에 본 영화예요?" 그는 술잔을 들고 소파 옆자리에 앉는다.

"그럼요. 다섯 번 봤어요."

"어련하시겠어. 죄가 없겠지." 아버지의 감방 동료가 말하고 있다.

"당신도 그렇고 다들 마찬가지야. 우리 모두 죄가 없다고." 깡마른 남자는 담배 연기를 한 모금 들이마시고 연기를 천장으로 뿜는다. "그런데도 다 여기 처박혀 있어."

"예전에 본 영화인데, 왜 그리 급히 텔레비전을 고쳐달라고 했어요?" 피트는 어리둥절한 얼굴로 궁금한 마음을 솔직히 드러내며 나를 응시하고 있다. "아버지가 텔레비전에 나온다고 홀쩍거리며 일요일에 사람을 불러놓고…"

"저 사람이 제 아버지예요." 나는 아버지가 담배에 불을 붙이고 있는 텔레비전 화면 속을 가리킨다.

"당신 아버지라고요?" 피트는 수상기를 응시한다. "어릴 때 저 사람 영화를 많이 봤는데."

"나도 그랬어요. 아버지 영화는 다 봐요. 전부 다."

잠시 피트는 내 얼굴로 시선을 돌렸다가 다시 화면을 바라본다. "네, 그렇군요. 저 사람 딸처럼 생겼습니다."

나는 놀란다. "그래요?"

"그럼요. 특히 눈이. 눈매가 똑같아요. 알아차렸어야 했는데."

술잔이 비어 있다. 나는 그에게 버번 레모네이드를 다시 권하고, 그는 수락한다. 같이 영화를 보는 것이 묘하게 편안하다. "1년 전에 돌아가셨어요. 하지만 나는 아버지 영화를 전부 다 봐요. 그러면 아버지가 제 곁에 계속 있으니까요."

"정말 훌륭한 분이었나 봅니다." 피트는 잠시 망설이다 진지하게 말한다. "아버지가 많이 그리우신 것 같아요." 그는 나를 위로하려는 듯 한 팔을 내 어깨에 두른다. 나는 그의 어깨에 기댄다.

"그렇지는 않아요. 그 사람은 이제 항상 내가 원했던 자리에 갇혀 있는 거예요. 도망치지 못하고."

피트는 미간을 찌푸린다. "무슨 뜻입니까?"

"아버지는 바로 여기 있어요. 난 매일 밤 그를 봐요." 나는 웃었고, 피트는 어리둥절한 듯 미소 짓는다. 그는 술을 한 잔 더 마신다.

그리고 한 잔 더. 우리 둘 다 약간 취했다.

나는 텔레비전의 불빛 속에서, 아무것도 현실처럼 느껴지지 않는, 불확실하게 깜빡거리는 불빛 속에서 수리공을 유혹한다.

아버지는 화면에서 바라본다.

늦은 밤, 영화는 뮤지컬이다. 아버지는 사교계 부인과 사랑에 빠지는 도박사를 연기했다. 죽은 남녀가 사랑에 관한 노래를 부르고, 음악에 섞여 피트가 우르릉거리는 베이스 음역으로 코를 곤다. 힘찬 합창 소리 때문에 피트는 퍼뜩 잠에서 깬다. 그는 비몽사몽 나를 보며 눈을 깜빡인다.

"괜찮아요?" 그는 웅얼거리더니 몽롱하게 자기 머리를 긁으며 내 대답을 기다린다.

"그냥 잠이 안 와서요. 괜찮아요." 나는 말한다. 그는 소파에서 힘들게 몸을 일으켜 앉는다.

"내 코 고는 소리 때문에 그랬군요." 그는 음울하게 중얼거린다. "나 때문에 잠을 못 잔 거죠?"

"아니. 그런 게 아니라, 난 원래 잠을 많이 안 자요."

그는 한숨을 쉬고 손가락으로 머리카락을 헤집는다. 곱슬머리 절반이 비죽 곤추서 있다. 곱슬곱슬한 가슴 털도 머리 색과 같다. "내가 화물 기차처럼 코를 곤다고 전처도 항상 투덜거렸어요."

나는 새삼 흥미로워 그를 유심히 본다. 그에게 코를 곤다고 투덜거렸던 전처가 있었다는 사실을 알게 되니 그가 한층 더 현실 속의 인물처럼 보인다. 벌거벗은 모습이 '피트 수리점'이라고 새겨진 셔츠보다 그에게 더 잘 어울린다.

텔레비전에서는 몸에 달라붙는 반짝이 드레스 차림의 죽은 여자 셋이 여름밤과 달빛, 사랑에 대해 노래하고 있다.

"전처는 어떻게 됐어요?" 나는 묻는다.

"코를 안 고는 사람을 찾아서 애리조나주 피닉스로 가버렸어요."

"그녀를 원망해요?"

"아니요. 피닉스에서 산다니 그걸로 벌은 받을 만큼 받은 거라고 생각해야겠죠."

그는 어깨를 으쓱한다. "자기가 원하는 건 손에 넣었지만, 아내는 그래도 행복하지 않은 모양이에요. 어떤 사람들은 애당초 행복해지는 법을 모르는 것 같아." 그는 하품을 하고 비틀거리며 일어선다. "뜨거운 우유 한 잔 마시면 잠이 오지 않을까요?" 내 대답을 기다리지도 않고, 그는 부엌으로 향한다. 나도 그 뒤를 따른다. 나는 벌거벗은 털북숭이 남자가 내 부엌을 차지한 채 우유를 소스 팬에 붓고 찬장을 뒤지는 모습을 바라본다. "흑설탕 있나요? 흑설탕이 좋은데, 뭐, 백설탕도 상관없어요." 그는 우유를 끓기 직전까지 데우고, 설탕을 넣고, 계피를 뿌린다. 그는 우유를 머그 두 잔에 따르더니 다시 앞장서서 거실로 나온다. "우리 엄마는 내가 잠이 안 온다고 하면 이걸 만들어 줬어요." 그는 내게 잔 하나를 건넨다.

달콤한 우유가 속을 달래준다. 뭔가 이렇게 맛있게 느껴진 것은 처음이다. 텔레비전에서 아버지는 주연 여배우와 춤을 추고 있다. 여배우가 머리를 아버지의 어깨에 기대고 있다. 잘 어울리는 한 쌍이다.

"난 아버지가 싫어요." 나는 피트에게 말한다.

"그래요?" 그는 텔레비전의 한 쌍을 쳐다보더니 어깨를 으쓱한다. "왜 신경 써요? 죽은 사람이잖아요."

나는 텔레비전에서 아버지의 얼굴을 바라보며 어깨를 으쓱한다.

"자, 이리 와요." 피트는 말한다. "누워서 좀 자요." 나는 그의 옆에 누웠고, 그는 팔로 나를 감싼다.

꿈에서 나는 아버지의 영화 속으로 들어간다. 아버지의 팔이 내 허리를 감고, 우리는 크리스털 샹들리에 아래에서 같이 왈츠를 춘다.

열린 프랑스식 창문 밖은 청명한 여름밤이었지만, 무도장은 서늘하고 축축하다. 부패한 냄새, 썩어가는 살점과 죽어가는 꽃 냄새가 감도는 시체 안치소의 악취가 풍긴다.

아버지와 같이 빙글빙글 도는데, 언뜻 악단이 눈에 들어온다. 지휘자는 죽은 지 얼마 안 되는 사람이다. 몸은 퉁퉁 불어 있고, 피부는 색이 변해 푸석푸석하다. 죽은 음악가들도 다양한 부패 단계를 거치고 있다. 트럼펫 연주자는 겉으로 앙상하게 드러난 이빨로 트럼펫의 마우스피스를 누르고 있다. 두개골은 턱시도 목깃에서 튀어나온 척추 위에 놓인 채 아슬아슬하게 균형을 잡고 있다. 베이스 연주자는 뼈만 남은 손으로 현을 튕기고 있다.

"긴장 풀어." 아버지는 내게 말한다. 아버지의 상태는 악단보다 낫지만, 각막은 뿌연 젖빛이고 내 손을 잡고 있는 손은 속에서부터 썩기 시작한 게 아닐까 싶은 정도로 수상하게 물렁하다. "네가 늘 있고 싶었던 곳이 여기 아니냐."

잘 차려입은 남녀가 무도장 주위의 작은 탁자에 앉아 이야기를 나누며 웃고 있지만, 웃음소리 대신 이 달각거리는 소리, 뼈 부딪치는 소리가 들려온다. 금발 머리 여자 한 사람은 머리 한 뭉텅이가 빠져

나갔고, 반짝이는 이브닝드레스는 속을 채우는 살이 없어서 그저 어깨에 걸린 채 축 늘어져 있다.

"나랑 같이 있어도 된다." 아버지는 말한다. 눈은 푹 패어 있다. 미소는 표정 없는 해골의 웃는 입 모양이다. "난 좋은 아버지가 아니었지. 이제 만회해 줄 수 있어." 나는 물러나려 애쓰지만, 그는 시력 없는 뿌연 눈으로 나를 쳐다보며 물컹하게 썩어가는 손으로 나를 붙잡고 한사코 달라붙는다. 나는 그를 뿌리치고 열린 문을 향해 달려간다.

텔레비전 화면에서는 이브닝 가운 차림의 여자가 무도장을 가로질러 달려 나가고 있다. 건강하고 잘생긴 아버지가 그녀의 뒷모습을 응시한다. 검은 머리 한 움큼이 그의 눈을 덮고 있다. 그는 미남이고 매력적이다. 무도장은 아름다운 남녀로 가득하다.

나는 피트의 팔에서 벗어나 마음이 바뀌기 전에 얼른 텔레비전 플러그를 뺀다. 낡은 텔레비전은 너무 무거워서 들 수가 없다. 나는 TV를 질질 끌고 거실을 가로지른다. TV의 나무다리가 거실 입구의 이탈리안 타일에 긁혀서 끔찍한 소리가 난다. 피트가 잠에서 깬다.

"뭐 하는 거예요?" 그는 중얼거렸다.

"도와줘요." 나는 말했다.

그는 비몽사몽간에 텔레비전을 밀고 복도를 지나서 뒷문을 통해 마당까지 끌어낸다. 그는 입구에 멈춰 선 채 내가 풀장으로 이어지는 콘크리트 길을 따라 TV를 끌고 가는 모습을 바라본다. 나는 풀장 근처에서 TV를 길 밖으로 밀쳐버린다. TV는 안뜰의 불빛과 달빛을 화면에 반사하며 축축한 잔디 위에 하늘을 보고 나뒹군다.

그에 비하면 비디오 재생기는 가볍다. 나는 비디오테이프를 텔레비전 위에 쌓아 올린다. 이어 2층 옷장에서 아버지의 옷도 꺼낸다. 흰 정장과 턱시도 여러 벌, 트렌치코트 하나, 서랍 가득 들어 있던 청바지. 트위드 재킷에는 아직도 아버지의 체취가 남아 있다. 희미한 담배 연기, 애프터셰이브 향, 살짝 감도는 위스키 냄새. 나는 재킷을 들고 까칠한 섬유의 결을 손가락으로 어루만지며 축축한 잔디 위에 잠시 서 있었다. 그러다 바람을 막으려고 재킷을 어깨에 걸친다. 피트는 고개를 저으며 나를 바라보고만 있다.

차고에 정원사가 잔디 깎는 기계용으로 보관하는 휘발유 통이 있었다. 나는 옷가지에 넉넉히 여러 번 기름을 뿌린다.

단 한 개비의 성냥에 불을 그으니 옷 무더기는 화염으로 타오른다. 마치 독립 기념일, 오르가슴, 괴물을 처치하는 순간, 영화가 행복하게 끝나고 엔딩 크레디트가 올라가는 장면 같다. 피트는 무어라 외치며 나를 불에서부터 멀리 끌어당긴다. 나는 그의 손을 뿌리친 뒤 어깨에 걸치고 있던 재킷마저 벗어 불 속에 던져 넣는다.

나는 피트의 품 안에 안긴 채 그의 어깨에 고개를 기댄다. 공기 속에서 휘발유 냄새, 화염 냄새, 젖은 잔디 냄새가 풍긴다.

타오르는 불꽃을 바라보고 있으려니, 멀리 사이렌 소리가 들려온다.

자유롭다는 것은 좋은 기분이다.

Dead Men on TV

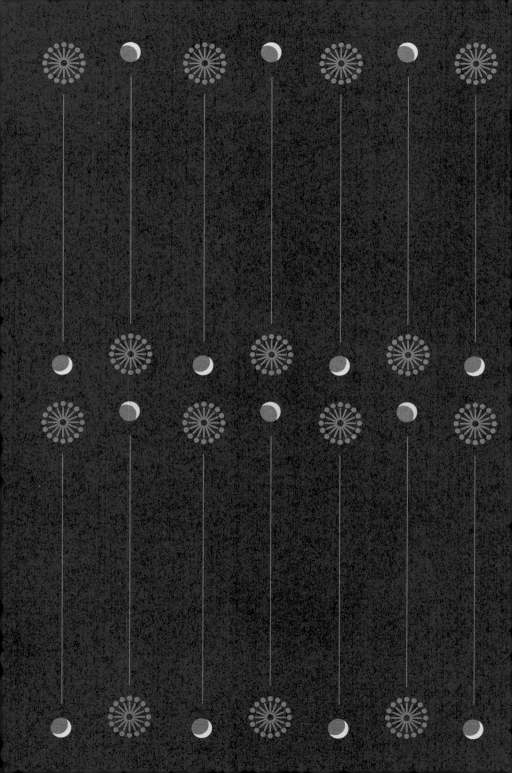

# 10

숲속의 여자들

Women in the Trees

"여기가 이제부터 우리 집이야." 당신의 남편이 말한다. "여기서 행복하게 살자."

근처에 민가 하나 없는, 페인트가 벗겨져 가는 흰 농장 주택. 집 뒤로 금빛 언덕이 굽이굽이 지평선까지 이어진다. 숲이 집 주위를 빽빽하게 둘러싸고 있다. 가지를 위로, 옆으로 한껏 뻗은 참나무다. 굵은 가지는 늙어서 옹이가 많고 이리저리 비틀려 있다.

남편은 당신의 손을 잡고, 당신은 달려오는 자동차 헤드라이트 앞에서 얼어붙은 사슴처럼 꼼짝도 하지 않는다. 그는 당신의 뺨에 키스하고 맞잡은 손에 부드럽게 힘을 준다. "행복하게 살자." 그는 되풀이하면 그 말이 실현될 거라는 듯 다시 말한다. 당신은 이번에는 그의 말이 맞기를 바란다.

그날 오후 이삿짐 차량이 짐을 부리고 떠난 뒤, 당신은 침실에서 옷가지를 풀고 있다. 남편의 셔츠도 옷장 서랍에 차곡차곡 넣는다. 한 장 한 장 목깃이 서랍 안쪽을 향하도록, 단추가 위쪽을 바라보도록 정리해 넣는다. 그의 셔츠를 제대로 정리하지 않으면 무슨 일이 일어날지 모른다.

서랍을 정리하다가 고개를 드는 순간, 문득 당신은 남편의 셔츠를 잊는다. 창문 밖에서 자라는 참나무 잎 사이로 햇빛이 새어 들어온다. 아무것도 깔지 않은 침대 매트리스 위로 눈부신 빛의 반점이 산들바람에 이리저리 흔들리며 일렁거린다, 당신은 창밖의 나뭇잎을 바라본다. 끊임없이 바뀌는 빛과 어둠의 패턴 속에서, 얼굴들이 보인다. 여자들의 얼굴이 당신을 마주 쳐다보고 있다. 산들바람에 나뭇잎이 팔랑거릴 때마다 여자들은 침실에서 남편의 셔츠 걱정이나 하는 당신을 보며 웃는다.

남편은 이 집에 대해 이야기할 때 나무 속의 여자들을 언급하지 않았다. 그가 못 본 것도 이해는 간다. 당신은 다른 사람의 눈에 잘 띄지 않는 미세한 신호를 감지하는 데 익숙하다. 남편의 턱 근육에 움찔 힘이 들어가는 것, 갑작스럽게 어깨를 반듯이 펴는 동작, 자기도 모르게 주먹을 불끈 쥐려는 움직임, 방 건너편에서 미간을 막 찌푸리는 순간을 눈치챌 수 있다면, 나무 속에 사는 여자들을 포착하는 일은 너무나 간단하다.

남편의 발소리가 들려, 당신은 창문에서 시선을 돌린다. 그는 등 뒤에 한 손을 숨기고 문간에 서 있다. "또 몽상이야?" 그는 장난스럽게 묻는다. "뭐 보고 있었어?"

저절로 거짓말이 흘러나온다. "나뭇가지에 어치가 있길래. 날아가 버렸어요." "당신한테 주려고 가져온 게 있어." 그는 말한다. 그는 앙상한 야생화를 한데 모은 큼직한 꽃다발을 등 뒤에 숨기고 있다가 불쑥 내민다. 캘리포니아양귀비, 노란 겨자꽃, 민들레. 그가 내민 꽃다발에서 침대를 수놓은 빛의 반점처럼 환한 노란색 꽃잎들이 양탄자 위로 떨어진다.

꽃다발을 받아 들자, 그는 당신 몸에 팔을 두르고 목에 키스한다. 오늘은 키스의 날, 기쁘다. 그는 두 팔로 당신을 들어 올린다. 그는 덩치가 크지 않지만, 당신은 왜소한 여자, 연약한 여자, 이제 갓 스무 살. 그가 거뜬히 들어 올릴 만큼 가볍다.

그는 아무것도 깔지 않은 매트리스에 당신을 눕히고 다시 키스한다. 아주 부드럽게, 달콤하게. 이 순간 그가 당신을 사랑한다는 것을 알 수 있다. 확실히.

당신의 몸은 그에게, 허벅지를 더듬는 그의 손에, 젖가슴에 와 닿는 그의 입술에 반응한다. 그의 손이 다리 사이를 문지르고, 당신은 신음하며 몸을 그에게 밀착한다. 당신의 몸은 변덕스럽다. 다른 날들을 너무 빨리 잊어버린다. 그는 당신을 끌어당기고, 당신은 그의 몸이 들어올 때마다 파도처럼 밀려오는 쾌감에 탄성을 지른다. 그러다 그는 당신 몸 위에서 늘어진다. 그가 곁에 있으니 기분이 좋다.

당신은 그의 얼굴을 쳐다본다. 뭔가 기억을 더듬고 있는지, 생각이 다른 곳에 가 있는 표정. 그는 당신의 팔을 내려다본다. 위팔의 흰살결 위에 네 손가락과 엄지손가락으로 쥐어서 생긴 멍이 여기저기 남아 있다. 그는 부드럽게 멍을 만지면서 자기 엄지와 네 손가락을 갖다 대본다. 완벽하게 들어맞는다.

생각을 떨치고 나무를 바라보니 여자들이 웃고 있다. 남편이 무슨 생각을 하느냐고 물으면, 거짓말을 해야겠지.

거짓말을 하는 버릇, 둘러대는 버릇이 생겼다. 그렇게 하지 않으면 실패를 인정하는 셈이 되니까. 아내로서의 실패, 여자로서의 실패. 남편은 기분이 좋지 않을 것이고, 그의 불만은 당신 탓이다. 어머니의 목소리가 당신 자신의 목소리보다 더 강력하게 울리는 깊숙한 내면 어딘가에서, 당신은 알고 있다.

결혼식을 치르고 겨우 한 달 만에 남편은 처음으로 당신을 때렸다. 세탁 중에 셔츠 단추가 떨어졌는데, 당신이 다른 단추를 달아놓는 것을 잊어버려서 화가 난 것이다. 그는 셔츠를 서랍에서 홱 끄집어내서 당신의 얼굴에 던지더니 주먹으로 갈비뼈와 가슴, 배를 때렸다.

폭행이 끝난 뒤, 당신은 헐떡거리며 침실 바닥에 누워 있었다. 남편이 거실에서 우는 소리가 들려서, 가봤다. 그의 얼굴은 눈물로 젖어 있었다.

그는 용서를 빌었다. 당신이 떠나면 죽어버릴 거라고 했다. 다시는 그런 일이 없을 거라고 했다. 절대로. 당신은 그를 품에 안고 달랬고, 같이 울었다. 그는 당신을 사랑하고, 당신도 그를 사랑한다. 어떻게 다시 그런 일이 일어나겠는가?

폭행 일주일 뒤에도 숨을 쉴 때마다 찌르는 듯한 통증이 느껴졌다.

남편은 신경 쓰이고 걱정스러워서 당신을 차에 태우고 병원으로 달렸다.

진료실에서 의사는 어떻게 된 일이냐고 물었다. 어쩌다 이렇게 심하게 다쳤습니까? 당신은 의사를 바라보았다. 엄격한 얼굴을 한 연상의 남자였다. "넘어졌어요." 당신은 말했다. "높은 찬장에서 그릇을 꺼내다가 의자가 미끄러졌어요. 그 바람에 넘어졌어요."

그는 멍을 살폈다. 보라색 멍 자국은 누리끼리한 녹색으로 변해 있었다. 세게 움켜쥐었던 손가락 자국, 몸을 주먹으로 친 자국으로 양쪽 팔이 얼룩덜룩했다.

"그렇군요." 그는 진료기록에 적었다. '사고'. 이어 의사는 갈비뼈 두 대가 부러졌다고 했다.

그래, 그건 사고였어, 당신은 생각했다. 남편이 절대 일부러 갈비뼈를 부러뜨릴 리가 없잖아. 그는 당신을 사랑한다고, 거듭 그렇게 말했다. 꽃과 선물을 건넸다. 다시는 이런 일이 없을 거라고 약속했다.

그래놓고 잠시 후 그는 말했다. "네가 기분을 상하게 하는 짓만 안 하면."

다른 남자에게 꼬리 치지만 않으면. 그래서 당신은 거리를 걸을 때 미소 짓지 않게 되었다. 남편이 보고 있다면 미소 짓는 것도 꼬리 치는 행동이 될 수 있으니까.

그가 원하는 것을 소홀히 여기지만 않으면. 그래서 당신은 남편이 집에 있으니 저녁에는 전화하지 말라고 언니에게 일렀다. 말대꾸를 하지만 않으면. 그래서 아무 의견도 말하지 않았더니, 남편은 자기 생각이 없는 멍청한 여자라고 했다.

그는 당신을 자주 때리지 않는다. 때릴 때는 멍이 겉으로 드러나지 않을 만한 곳을 친다. 아, 가끔 뺨도 때리지만, 보통 주먹을 사용한다. 얼굴에는 주먹을 쓰지 않는다. 쉽게 가릴 수 없는 상처가 남기 때문에. 그는 주먹으로 갈비뼈나, 가슴이나, 배를 때린다. 주먹을 막으려 들면, 팔을 때린다. 그는 알고 있다. 당신이 실패를, 치욕을, 불

명예의 흔적인 멍을 겉으로 드러내느니 차라리 긴소매 옷을 입는다는 것을.

새집에 온 첫날 밤, 참나무 가지가 지붕에 쓸리는 소리가 들린다. 집에서 가장 가까운 나뭇가지들이 창틀을 긁고 유리를 손톱처럼 두드리며 관심을 끌려고 애쓴다. "여기야. 우리가 여기 있어." 위로가 된다.

아침에 남편은 그 빌어먹을 나뭇가지가 창문을 두드려서 밤새도록 잠 한숨 못 잤다고 한다. 사실이 아니다. 당신이 잠을 이루지 못하고 깨어 있는 동안 그는 코를 골았으니까. 하지만 당신은 아무 말도 하지 않는다. 숲속의 여자들은 이해할 것이다. 말하면 안 된다.

남편이 출근한 뒤 당신은 밖에 나가 숲을 서성인다. 아침 공기는 뜨겁지만, 그늘은 시원하다. 잔디 속에서 맴맴거리는 곤충 소리, 마음을 달래준다.

나뭇가지에서 당신을 나무라던 다람쥐들도 당신이 여기 속하는 사람이라는 것을 알아보더니 잠잠해진다. 고개를 들어 다람쥐를 바라보니, 한 여자가 당신을 응시하고 있다. 눈동자는 나뭇잎 사이로 보이는 하늘의 파랑. 바람이 불자, 여자는 사라진다.

숲속의 여자는 수줍음이 많고, 지레 겁을 먹는다. 당신은 이해한다. 숨어야 하는 이유가 분명 있을 것이다. 다시 다른 여자가 눈에 띈다. 아니, 어쩌면 아까 그 여자인지도 모른다. 갑자기 움직였더니, 여자는 사라진다.

숲속의 여자들은 어린이 잡지에 실린 퍼즐 같다. "그림 속에 숨겨진 물건을 모두 찾으세요." 열심히 찾으면, 벽지 무늬 속에 코커스패니얼, 화분에 핀 꽃 사이에 망치와 톱, 창문 커튼 자락 속에 하이힐이 보인다. 아주 꼼꼼하게 관찰해야 한다. 조용하고 주의력이 깊으면, 다른 사람들이 놓치는 것들이 보인다.

조용히 걷고 있지만, 여자들은 다시 보이지 않는다. 하지만 집으로 돌아오는 길에, 밝은 파란색 깃털 하나가 눈에 띈다. 그들이 당신을 위해 남겨둔 신호다. 그들이 지켜보고 있다. 당신을 지켜주겠다는 뜻이다.

집에 막 도착할 즈음, 집주인의 픽업트럭이 진입로를 올라온다. 무슨 문제가 없는지 확인하러 온 것이다. 당신은 민소매 셔츠 차림이다. 그는 팔뚝의 멍을 보고 무슨 일인지 묻는다. 당신은 고개를 젓는다. 눈빛에서 거짓말이라는 것을 들키지 않기 위해 시선을 외면한다. "제가 워낙 덤벙대서요." 당신은 말한다. "항상 찬장 문이나 작업대에 부딪혀요." 팔에 부딪히기에는 찬장 문이 너무 높고 작업대는 너무 낮지만, 집주인은 더 묻지 않는다. 사람들은 믿고 싶은 것을 믿는다. 보고 싶은 것을 본다.

당신은 그에게 커피를 대접한다. 집주인이 나이 들어 배가 나오고 볼품없을지언정, 남편은 다른 남자를 이렇게 부엌에 들이는 것을 좋아하지 않을 것이다.

남편은 좋아하지 않겠지만, 어쨌든 별문제는 없어 보이고 당신은 외롭다. 당신은 집주인에게 참나무에 관해 묻는다. 집주인은 대답한다. 캘리포니아 참나무라고, 힘든 조건에서도 잘 자라는 강인한 나무라고.

"이렇게 집 가까이 자란 건 얼마나 됐나요?"

"오래됐습니다. 아주 오래." 저 나무는 집주인의 할머니가 어렸을 때부터 늙은 나무였다고 한다. 할아버지가 돌아가신 후, 할머니는 오랫동안 이 집에서 혼자 살았다.

당신은 고개를 끄덕인다. 여자가 이 집에서, 숲속에서 행복하게 혼자 살았다고 생각하니 좋았다.

"나무가 집 가까이에 자라서 좀 베어드리겠다고 했습니다만." 집 주인은 말했다. "정리를 해야 할 것 같아서요. 그런데 할머니가 원하지 않으셨습니다. 애착이 있는 것 같았어요."

당신은 시간을 거슬러 할머니를 이해하고 미소 짓는다. 할머니도 참나무 숲의 여자들을 알고 있었던 것이다. 생전에 만났다면 마음이 잘 맞았을 텐데.

농가에서 지낸 지 2주가 흐른 뒤, 남편은 이사 2주 차를 기념하자고 했다. 그는 일터에서 전화를 걸어와서 저녁 준비를 하지 말라고 했다. 그는 페퍼로니 피자를 사서 집에 돌아왔다. 조명을 은은하게 낮추고, 낡은 엘비스 프레슬리 앨범을 스테레오에 걸었다. 종이 접시에 피자를 담아 같이 먹으면서, 그는 이야기를 하고 농담을 던진다. 자기 상사에 대해 들려주고, 말할 때 뺨을 부풀리는 습관을 흉내 내며 당신을 웃긴다.

⟨부드럽게 사랑해 줘Love Me Tender⟩가 엘비스의 음성으로 흘러나오자, 남편은 당신의 손을 잡고 소파에서 일으킨다. 그는 당신을 끌어

숲속의 여자들

당겨 안는다. 춤을 추며, 그는 깊고 다정한 목소리로 엘비스를 따라 부른다. 노래가 끝나자, 그는 당신에게 키스한다.

갑작스러운 정적 속에서, 바깥 나뭇가지를 흔드는 바람 소리가 들린다. 당신은 그 소리를 무시한다. 멍은 희미해졌고 당신은 행복하다. 언제까지나 행복할 것이다. 지금으로서는.

어린 시절, 당신의 가족은 자주 이사했다. 아버지는 자동차 수리점에서 일하는 기술자였기 때문에 어디서든 일자리를 얻을 수 있었다. 사장이나 집, 도시가 마음에 들지 않으면, 아버지는 훌쩍 다른 곳으로 옮겼다. 한곳에 6개월 살기도 했고, 때로 3개월, 겨우 두 달 살 때도 있었다. 당신과 당신 언니는 학교에서 느닷없이 뽑혀 나오다시피 했다. 어머니가 굳이 내다 버리지도 않은 골판지 상자에 다시 소지품을 챙겨서 새로운 도시로, 새집으로, 새 학교로 차를 달렸다. 선택의 여지가 없었다.

때로는 친구들을 두고 떠나는 것이 섭섭해서 울기도 했다.

한번은 부모님이 당신을 내버려 두고 그냥 떠날지도 모른다는 생각에 집에서 도망쳐 나와 친구 집에 숨은 적도 있었다. 하지만 부모님은 그러지 않았다. 아버지는 당신을 찾아냈고, 당신은 다시 이사했다.

그 후로, 부모님은 이사 일정을 미리 알려주지 않았다. 가끔 집 안에 묘한 긴장감이 흐를 때가 있었다. 모든 것이 고요한데도 뭔가 움직임이 있는 듯한, 독특한 분위기였다. 그러다 어느 날 아침, 잠에서 깨면 어머니가 신문지로 접시를 싸서 상자 안에 차곡차곡 넣고 있었다.

그러다 보니 당신은 친구를 사귀지 않게 되었다. 한 달 뒤에, 두 달 뒤에, 반년 뒤에 이사할 게 뻔한데 친구가 무슨 소용인가? 필요 없었다. 전혀.

어른이 되면 한집에서만 살아야지 맹세했다. 나를 잘 보살피는 남편과 같이 한곳에서 지내야지. 평생 그 집에서 살면서 이사하지 말아야지. 집주인의 할머니를 생각하면 기분이 좋은 것도 그 때문이었다. 자신의 집에서 살면서 나무와 벗한 나이 든 여자. 얼마나 좋은가.

이사 온 지 한 달째, 남편은 알록달록한 노끈으로 짠 해먹을 집에 가져왔다.

"이 집에 완벽하게 어울리잖아. 나무 사이에 걸어두면 좋을 거야."

그는 냉장고에서 맥주를 꺼냈다. 요즘 그는 맥주를 점점 더 많이 마신다. 긴 통근길에 시달리고 나면 한잔하면서 피로를 풀어야 한다는 것이다. 지각도 몇 번 했고, 상사는 그를 들볶는다. 그는 직장이 마음에 들지 않는다. 당신은 남편을 공감하고 이해하려고 노력한다.

그는 해먹을 걸기 위해 밖으로 나가고, 당신은 그를 따라 나간다. 그는 적당한 거리를 두고 자리 잡은 나무 두 그루를 찾기 위해 이 나무 저 나무 오간다. 해먹에는 밧줄이 달려 있지만, 넉넉한 길이는 아니다. 적당한 거리로 떨어져 있는 나무를 통 찾을 수가 없다. 이쪽은 서로 간격이 너무 넓다. 저쪽은 너무 가깝다.

적당한 나무를 찾으러 돌아다니는 동안, 남편은 점점 화가 난다. 그는 한 손에는 맥주를, 다른 손에는 해먹을 들고 있다. 참나무도 그의 마음에 들지 않는다. 척 보면 알 수 있다. 참나무는 뿌리가 깊다. 그는 자기보다 강한 것들을 좋아하지 않는다.

"이 나무 두 그루는?" 당신은 말한다. "적당해 보이는데요."

"너무 멀어." 그는 갑갑한 듯 말한다.

당신은 여자들이 살고 있는 나뭇가지 사이를 올려다본다. 눈에 보이지는 않지만, 당신은 여자들이 거기 있다는 것을 안다. 주위에서 온통 그 존재가 느껴진다. 할 수 있다면 그들은 당신을 도울 것이다.

"이쪽이 맞을 것 같아요." 당신은 말한다. 그는 당신을 노려보더니 벌컥 화를 내며 해먹을 이쪽으로 던진다. 당신은 마치 장난이라는 듯 미소 지으며 해먹을 받아 든다. 모르는 척한다. 자기 자신을, 그를, 참나무에 사는 여자들을 속인다.

아무도 속지 않지만, 그래도 그렇게 한다. 이제 반사적으로 그렇게 된다.

간격이 완벽한 나무 한 쌍을 찾았다. 밧줄 길이가 딱 맞다. 당신은 해먹이 땅에서 몇십 센티미터 높이에 늘어지도록 나무둥치에 밧줄을 묶으며 고마운 마음으로 참나무 여자들을 생각한다. 남편은 자기가 실패한 일을 당신이 성공했기 때문에 화가 나서 바라보고 있다. 당신은 그를 달래려고 부드럽게 말을 건다. 이렇게 멋진 공간이 생겼으니 주말에 여기서 그가 편히 쉴 수 있겠다고 한다. 좋은 집이라고, 너무나 행복하다고, 남편이 너무나 현명하다고 추켜세운다. 당신이 밧줄을 묶는 동안 그는 돌아서서 맥주를 하나 더 꺼내러 부엌으로 간다.

당신은 해먹을 시험해 보려고 나무 아래 눕는다. 해가 넘어가고 초저녁 별이 떴다. 당신은 집 안으로 들어가고 싶지 않지만, 미적거릴 수록 상황은 더 나빠질 것이다.

날이 저물고 있다. 머리 위 나뭇잎 사이에서 여자들이 춤을 추고 있다. 언뜻언뜻 보일 뿐이지만, 나머지도 상상할 수 있다. 그들은 아름답다. 날씬하고 젊은 여자들, 당신 또래다. 그들이 당신을 부르는 소리가 들린다. 그들은 당신의 이름도 알고 있다. 남편이 고함지를 때 들었을 것이다. 참나무 여자들이 나직하게, 부드럽게 불러주면 당신 이름도 다르게 들린다. 나뭇잎을 어루만지는 바람 소리, 풀 위에 떨어지는 여름 빗소리 같다.

남편이 포치에서 당신을 부른다. 당신은 마지못해 해먹을 떠나 집으로 향한다. "저녁 어디 있어?" 그는 퉁명스럽게 말하고, 당신은 재미있는 농담이라도 들은 듯 미소 짓는다.

다가가 보니, 그는 한 손에 맥주를, 다른 한 손에 톱을 들고 있다. 벌써 세 병째다. 싱크대에 빈 병 두 개가 놓여 있다.

"금방 차려줄게요." 순간 어머니의 목소리가 메아리처럼 들려온다. "그럼요, 여보. 알았어요, 여보." 아버지가 뭐라고 고함칠 때 늘 하던 말이다.

"밤에 소란스러워서 통 잠을 잘 수 없어. 나뭇가지를 좀 쳐내야겠어." 그는 포치에서 내려와서 집에서 가장 가까운 참나무로 향한다. 당신은 포치 옆에 서서 그가 나무에 올라가는 것을 바라본다. 침실 창문에 스치는 나뭇가지는 당신 허리만큼 굵은 둥치에서 뻗어 나와 있다. 남편은 나무둥치에 걸터앉아 어색하게 톱질을 시작한다. 톱질이 서툴고 약간 취한 기색이다. 한 번 톱이 오갈 때마다 그가 걸터앉은 나무가 바르르 떤다.

나뭇잎이 놀라 사각거리는 소리, 참나무 여자들이 자기들끼리 웅성거리는 소리가 들린다.

"조심해요." 당신은 말한다. 무엇을 조심하라는 것인지는 당신도 모른다. 예리한 톱날을 조심하라는 것인지, 참나무 여자들을 조심하라는 것인지, 떨어질 수도 있다는 것인지. 아니, 참나무 여자들을 향해 조심하라고 한 것일까.

알 수 없다. 하지만 어딘가 가까운 곳에 위험이 닥쳤다는 것은 알고 있다.

남편이 톱을 몸 쪽으로 끌어당기자, 나뭇가지에서 날카로운 경고음처럼 끼익거리는 소리가 난다. 가지는 기울어져서 땅에 닿는다.

얇은 껍질 한 조각이 나뭇가지를 간신히 둥치와 잇고 있다. 남편이 톱을 앞으로 밀자, 껍질은 순간 뚝 부러진다. 나뭇가지는 땅으로 떨어지고, 톱은 허공을 가르며 남편의 다리 위로 떨어진다. 그는 비명을 지른다. 부러진 나뭇가지가 땅에 떨어지는 소리가 느닷없는 웃음소리처럼 메아리친다.

당신은 거칠게 찢어진 상처에 붕대를 감아준다. 출혈과 아픔 때문에 남편은 조용해져서 당신의 손길에 몸을 고분고분 내맡긴다.

이럴 때 그는 어른이 돌봐주는 손길에 감사하는 어린 소년이다. 당신은 아까의 팽팽하던 긴장이 사라진 것이 좋아서 아기처럼 그를 어르고 저녁 식사를 대령한다.

그날 밤 그가 잠든 사이, 당신은 집에서 나와 해먹에 눕는다. 숲에서 곤충들이 찌르르 우는 소리, 작은 짐승들이 풀숲에서 바스락거리는 소리, 나직한 올빼미 울음소리가 들린다. 어린 시절, 선생님이 학생들에게 마법의 숲 이야기를 읽어준 적이 있었다. 숲에는 밤마다 달빛 아래 나와서 춤추고 노래하는 요정 드라이어드가 살고 있다. 어느 날 숲에 간 소녀는 드라이어드를 만나는데…

당신은 그 후의 이야기가 어떻게 되었는지 모른다. 다음 날 가족이 이사하는 바람에 끝까지 듣지 못했다. 당신의 머릿속에서 소녀는 그 마법의 숲을 떠나지 않고 드라이어드와 같이 지내며 그들의 생활 방식을 배워 살아가고 있다.

여자들이 노래하지 않을까 해먹에 누운 채 기다리지만, 아무 소리도 들리지 않는다. 잠시 후 달이 뜨고, 당신은 침대로 돌아간다.

당신은 빨간 수첩 하나를 가지고 있다. 1년 동안 2년제 대학에 다닐 때 수업 시간에 들고 다녔던 것과 비슷하다. 가끔 당신은 진실을 적으려고 노력하며 수첩에 쓴다. "나는 남편을 사랑한다." 부러진 갈비뼈가 떠올라, 당신은 이 말을 곰곰이 생각해 본다. 문장을 펜으로 그어 지우고, 다시 쓴다. "나는 남편이 싫다."

이 문장도 지운다. 진실은 손에 잘 잡히지 않는 것, 숲속의 여자들처럼 모호하다.

여름이 흘러간다. 당신은 남편을 잘 돌보려고 노력한다. 그는 사소한 것에 화를 낸다. 언니가 당신에게 보낸 편지를 보더니, 처형은 원래 자기를 좋아하지 않았다고 한다. 식료품 가게 계산원에게 미소를 지었더니, 그는 당신이 값싼 년이라고 한다. 도서관에 가고 싶으니 시내까지 태워달라고 하자, 그는 당신이 자기보다 잘난 줄 안다, 대단히 똑똑한 줄 안다고 한다. 하지만 이런 것들은 모두 사소한 불만이다. 당신은 그를 달래고, 안심시키고, 저녁을 차려준다.

어머니도 이따금 가족의 최근 주소를 알리고 안부를 묻는 편지를 보낸다. 당신은 아무 내용도 없이 밝은 분위기로 답장을 쓴다. 쓸 말이 없다. 처음 남편이 손찌검을 했을 때, 결혼 직후에, 당신은 어머니에게 집에 돌아가도 되느냐고 물었다. 다시 이사 준비로 분주히 그릇을 싸던 어머니는 남편과 같이 있어야 한다고 답했다. 남편을 행복하게 해줘라, 어머니는 말했다. 당신은 남편이 행복하다고 편지에 쓴다.


남편이 일하는 동안, 당신은 숲을 걷는다. 나무 사이에 있으면 강해지는 기분이 든다. 따뜻한 날에는 신발을 벗어 던지고 나무에 오른다. 푸른 잎새 저 높이, 나뭇가지 두 개가 자연스럽게 만나 안락의자처럼 편안한 자리가 만들어진 곳이 있다. 거기 올라가서 아래를 내려다보면 나뭇잎밖에 보이지 않는다. 누구의 눈에도 띄지 않는 곳, 나무 꼭대기에 오로지 혼자다.

잠시 그렇게 앉아 어치들 지저귀는 소리, 다람쥐 찍찍거리는 소리에 귀를 기울인다. 나뭇잎들이 사각거리며 산들바람에 흔들린다. 눈을 가늘게 뜨면, 햇빛이 수면에 반사되듯 시야에서 빛이 어른거린다.

깜빡 잠든 사이, 참나무 여자들이 주위에 모여 있다. 꿈속에서 당신은 그들에게 미소 짓는다. "아름다운 곳이에요." 당신은 말한다.

나뭇잎이 속삭이듯 나지막한 음성으로, 그들은 당신을 향해 두런거린다. "당신도 여기서 지내요. 우리랑 같이 지내요!" 그들은 당신에게 팔을 뻗는다.

당신은 주위를 둘러본다. "나무 안에서 어떻게 살아요?"

그들은 힘주어 두런거린다. "당신은 뭐든지 할 수 있어요."

그렇지 않다. 당신은 고개를 젓는다.

그들의 눈은 아몬드 모양이다. 머리카락은 갓 움튼 새싹 빛깔이다. 손가락은 가늘고 우아하다.

가장 작은 여자, 귀여운 미소를 띤 어린 소녀가 속삭인다. "당신은 아름다워요."

당신은 손을 내려다본다. 요즘 다시 손톱을 깨무는 버릇이 도졌다. 손목은 너무 가늘어서 뼈가 앙상하게 드러나 있다. 머리카락은 가늘고 헝클어져 있다. 당신은 흉하다.

"당신이 분명하게 보지 못하고 있는 거예요." 그녀는 속삭인다. "정말이에요, 당신은 아름다워요."

우르릉거리는 엔진 소리에 그녀의 목소리가 묻힌다. 자동차 한 대가 진입로로 올라오고 있다. 남편이 집에 온 것이다. 소스라치게 놀란 당신은 나무에서 내려와 그를 맞으러 허겁지겁 집으로 향한다.

당신은 문간으로 들어서며 남편을 부른다.

"곧 저녁 차릴게요." 침실에서 외출복을 갈아입는 기척이 들린다. 거실을 가로지르는 발소리가 들린다. 자기가 귀가했을 때 집을 비웠다고 얼마나 화가 나 있을까, 당신은 그 발소리를 통해 조마조마한 마음으로 짐작한다.

당신이 토마토를 썰어 샐러드를 만드는 동안, 그는 잠시 부엌 문간에 뚱하게 서서 당신을 지켜본다. 냉장고에서 맥주 한 병을 꺼내고, 뚜껑을 쓰레기통 쪽으로 대충 던진다. 빗나간다. 뚜껑은 바닥에 구르지만, 그는 집어 들지 않는다. "돼지우리 같아." 그는 말했다. "뭐 하러 집이라고 꼬박꼬박 들어오는지 모르겠다니까." 그는 돌아선다. 거실에서 텔레비전 켜는 소리가 들린다. 양고기 요리가 다 될 때쯤 그는 이미 맥주를 세 병째 마시고 있다. 그는 고기 접시를 반쯤 비우고 남긴다. 당신이 설거지를 하는 동안, 텔레비전에서 흘러나오는 경찰 프로그램에서 총성이 들려온다.

그날 밤, 당신은 악몽을 꾸고 잠에서 깬다. 잊고 싶은 과거에 대한 꿈이었다. 마음에 들지 않는 짓을 했다는 이유로, 남편이 목을 손으로 감고 조르고, 흔들고, 욕을 하고 있었다.

무슨 일이었더라? 우체부에게 미소 지었던가, 남편의 셔츠를 삐딱하게 개었을 것이다. 그건 중요하지 않다. 중요한 것은 공기, 그리고 고통이었다. 정신을 잃기 직전, 그는 목을 조른 손을 놓았다. 당신은 헐떡거렸다. "미안해요. 미안해요." 무엇 때문에 미안한지도 알 수 없었지만, 어쨌든 그가 이렇게 화가 났으니 나쁜 일, 아주 나쁜 일이었을 것이다. 멍이 빠질 때까지 당신은 2주 동안 목에 스카프를 두르고 다녀야 했다.

당신은 깨어 있고, 남편은 양손을 옆에 놓은 채 반듯이 누워 잠들어 있다. 당신은 가볍게 목을 누르고 있는 담요 자락을 밀어낸다. 다시 잠도 오지 않고, 혹시 뒤척이다가 남편이 깰까 두렵다. 최대한 조용히, 침대에서 빠져나와 밖으로 나간다. 달빛 아래 숲은 아름답다.

포치에 있는데 발소리가 들린다. 문이 삐걱 열린다. 남편이 나와 계단에 앉아 있는 당신 옆에 쭈그리고 앉는다. 순간 모든 것이 괜찮을 거라는 생각이 든다. 당신은 옆에서 들려오는 그의 숨소리에 귀를 기울인다.

"잠이 오지 않았어요. 당신을 깨우지 않으려고 밖으로 나왔어요."

"네가 일어나는 바람에 깼어." 그는 말한다. 그는 이쪽을 쳐다보지 않는다. 참나무 쪽을 응시하고 있다.

"미안해요." 반사적으로 대답이 흘러나온다.

"또 지각하면, 그 개새끼가 날 잡아먹으려 들 거야." 어째서인지, 당신 잘못이라는 말투다. 긴 통근길도, 말이 안 통하는 상사도, 남편의 정신 상태도, 모두 당신 책임이다. 그가 지각하면 당신 탓이다.

"침대로 가요. 당신은 자야 해요."

당신은 조심스럽게 팔을 뻗어 그의 손을 잡는다. 그를 다시 침대로 이끈다.

그는 곧 잠들지만, 당신은 옆에서 그의 숨소리를 들으며 말똥말똥 누워 있다.

당신은 최선을 다한다. 늦지 않게 저녁을 준비한다. 남편이 가장 좋아하는 음식을 만든다. 집을 아주 깨끗하게 유지한다.

그럼에도 불구하고, 작은 신호들이 있다. 늘 눈여겨보고 있기 때문에 놓치지 않는다. 시내로 통근하는 출퇴근길이 나아지지 않았는데도, 그는 이제 불평하지 않는다. 늘 지켜보고 있다가 꼬투리를 잡는

숲속의 여자들

상사에 대해 불평하지 않는다. 무언가가 다가오고 있다는 것을 직감하면서, 당신은 지켜보며 기다린다.

당신은 모든 것이 완벽하도록 노력한다. 모든 것은 완벽해야 한다. 완벽하지 않으면, 아니, 생각하기조차 싫다. 이번에는 기필코 모든 규칙을 다 지킬 것이다. 서랍 안에 셔츠를 잘 정리해 넣을 것이다. 잘난 척하는 것처럼 들리는 말은 한마디도 하지 않을 것이다. 아무에게도 미소 짓지 않을 것이다. 그리고 극히 사소한 신호라도 없는지, 그를 지켜볼 것이다.

이렇게 잘하고 있지만, 남편이 회사에서 일하는 시간에 당신은 이따금 숲속 나무 위 자리로 살그머니 올라간다. 한번은 그가 취해 잠든 밤에 몰래 나가 어둠 속에서 더듬더듬 자리를 찾아 올라가기도 했다.

운이 좋았다. 들키지 않았다.

그는 대체로 조용하다. 밤에 집에 오면, 텔레비전으로 경찰 프로그램을 시청한다. 꾸준히 술을 마시며 잔 너머로 당신을 바라본다. 가끔 그가 쳐다보는 시선과 눈이 마주치기도 한다. 무언가 분명 다가오고 있지만, 모든 것을 계속 완벽하게 해나가면 아무 일도 생기지 않을 것이다.

남편이 회사에 있는 동안, 집주인과 그 아내가 들른다. 라이온스 클럽이 인근 고등학교에서 팬케이크 조찬 모임을 여는데, 입장권을 사라는 것이다.

당신과 당신 남편이 같이 왔으면 좋겠다. 즐거운 시간이 될 것이다. 좀 더 자주 바깥바람을 쐬는 것이 좋지 않느냐. 집주인 부부는 이렇게 말한다.

집주인의 아내는 당신에게 너무 말랐다고 한다.

그래서 당신은 입장권 두 장을 산다. 돈을 지불하면서도, 남편이 가지 않을 거라는 것은 알고 있다. 어쨌든 예의를 갖추기 위해 미소 지으며 산다. 혹시 그가 나가서 사교적으로 행동한다면 어떨까 하는 생각도 든다. 남편도 사교적으로 굴 줄 아는 사람이다. 싹싹하게 행동할 줄 안다. 선 드레스 차림의 당신 모습을 상상해 본다. 팔에 멍이 없고, 남편은 결혼 전처럼 당신에게 미소 짓는 장면을.

당신은 주인과 아내에게 오래 이야기할 시간이 없다고 말한다. 저녁 준비를 해야 한다. 남편이 곧 귀가할 것이다. 하지만 그들은 계곡에 그림자가 길게 드리울 때까지 수다를 떤다. 마침내 주인 부부가 떠난 뒤, 당신은 스튜를 끓이고 큰 그릇에 채소 샐러드도 만든다. 남편의 귀가가 늦어진다. 다행이다. 그가 돌아오면 저녁은 다 되어 있을 것이다.

모든 게 완벽할 것이다.

캄캄하다. 숲을 쓸며 집을 환히 비추는 자동차 헤드라이트가 먼저 보인다. 당신은 그를 맞을 준비를 마치고 포치에 서서 기다린다. "저녁 다 됐어요." 당신은 외친다.

술을 마신 모양이다. 남편의 옷에서 위스키와 담배 냄새가 난다. 그는 당신을 밀어젖히며 부엌으로 들어가고, 당신도 여전히 미소 지으려고 애쓰며 따라 들어간다. 그는 사나운 눈빛으로 부엌을 둘러본다. 레인지 위에서 끓고 있는 스튜 향이 구수하다. 당연히 그도 기분이 좋을 것이다. 좋은 음식, 깨끗하게 정돈된 집.

"무슨 일이에요?" 당신은 묻는다. 입에서 그 말이 나오는 순간, 하면 안 되는 말이라는 것을 알 수 있었다. 해도 좋은 말은 없었다.

"개새끼가 날 해고했어." 그는 말했다. "이제 행복해?"

당신은 무슨 말을 해야 할지 알 수 없다. 이제 행복해? 아니, 그렇지 않다.

그는 팬케이크 조찬 모임 입장권을 흘끗 본다. 그냥 식탁 위에 무심하게 놓아두었던 것이다. 그는 입장권을 낚아채더니 적힌 내용을 읽는다.

"이따위에 돈을 낭비해?" 그는 입장권을 바닥에 던진다. 뭐라 말하기도 전에, 그는 당신의 머리채를 움켜잡고 손을 휘두른다. 한 번, 두 번, 세 번.

한 번, 두 번, 그의 손을 막았지만, 세 번째 휘두른 손이 팔을 옆으로 쳐낸다. 물러서려 하지만, 머리가 한쪽으로 휘청할 정도로 세게 손등에 맞는다.

"교훈 하나 알려주지." 남편이 주먹으로 가르쳤던 다른 교훈들이 떠오른다. 얼굴을 보호하기 위해 팔을 올렸더니, 그는 주먹을 낮게 휘둘러 배를 갈긴다. 교훈 1: 무엇을 하든, 당신이 잘못했다. 당신은 배를 감싸 쥔 채 허리를 굽히고, 그는 다시 주먹으로 머리를 갈긴다.

교훈 2: 교훈 1과 같다.

바닥에 쓰러져서 엉금엉금 도망치려고 해본다. 그가 발목을 잡아채자, 당신은 그의 손을 쳐내며 반격한다. 그가 손목을 잡아챈다. 필사적으로 그를 물어뜯는다. 피와 땀, 담배 맛이 난다. 전에는 이렇게 격렬하게 싸운 적이 없었다. 숲에서 보낸 시간 동안 더 강해진 것이다.

당신이 물어뜯자, 그는 손을 놓는다. 순간 당신은 문밖으로 달려나간다. 포치를 벗어나, 나무 아래 당신을 보호하는 든든한 어둠을 향해 달린다. 길은 환히 알고 있다.

등 뒤에서 취기로 혀가 꼬인 목소리가 들려온다. 죽여버린다, 이개 같은 년, 멍청한 년.

아무짝에도 쓸모없고 멍청한 년, 짐이라고, 발목 잡는 년이라고, 그는 고함을 지르며 욕을 퍼붓고 있다.

바람이 분다. 참나무는 살아 있다. 당신은 낮은 가지 밑으로 고개를 연신 숙이며 나무 사이를 달린다. 여자들이 바람 속의 잎새처럼 높고 가냘픈 목소리로 당신을 부르고 있다.

등 뒤에서 남편이 허우적거리며 따라오는 소리가 들린다. 나뭇가지가 그를 치고 눈을 찌른다. 뿌리가 발을 건다. 끙, 신음을 내며 넘어지는 소리가 들린다.

당신은 그를 한참 앞서서 비밀 장소에 도착한다. 더듬더듬 촉각에 의지해 얼른 나무 위로 올라간다.

참나무 여자들이 도와준다. 서늘한 손으로 손목을 잡아주고, 아픈 곳을 쓰다듬고, 얼른 올라오라고 격려한다. 당신은 자리를 찾아서 아주 조용히 앉는다.

남편이 당신을 찾는 소리가 들린다. 당신의 이름을 부르고, 욕을 하고, 나무를 지나치며 주먹으로 둥치를 친다. 빨리 나오는 게 좋을 거라고 협박한다.

당신은 자신의 심장이 쿵쿵거리는 소리를 들으며 꼼짝도 하지 않고 앉아 있다.

잠깐 이런 생각이 든다. '돌아가는 게 좋지 않을까. 시간을 끌면 더 나빠질 거야.' 하지만 당신은 움직이지 않는다. 조금 있으니 이런 생각이 든다. '난 잘못한 게 없어.'

손전등 불빛이 나무둥치를 훑고 지나간다. 나뭇잎 사이로 불빛이 번득이지만, 그는 당신을 보지 못한다.

당신은 참나무 여자들처럼 눈에 보이지 않는 존재다. 나무의 일부분, 잎새의 일부분이 되어 풍경 속에 녹아들어 간다.

여기 있으면 아무도 찾지 못한다. 그가 저 아래 수풀을 헤치는 동안, 당신은 웃음이 나오려는 것을 간신히 참는다. 여기 부딪히고 저기 부딪히지만, 그는 강하지 않다. 당신은 나뭇가지 사이에 느긋이 기대앉아 참나무 여자들의 위안에 귀를 기울인다.

"쉿." 그들은 말한다. "조용히 해요."

마침내 그는 집으로 돌아간다. 저 멀리 유리 깨지는 소리가 들려온다. 부엌 창문 같지만, 이제 상관없다. 창문이란 창문은 다 깨고, 내 물건은 모조리 불태우라지. 관심 없다.

몸이 뻣뻣하다. 이제 어떻게 할까? "떠나요." 참나무 여자들이 말한다. "우리와 같이 지내요." 동이 트고 있다. 새들이 지저귀기 시작한다.

"이리 와요." 가장 젊은 여자가 조른다. 그녀는 손을 뻗고, 당신은 그 손을 잡는다. 그녀는 미소 지으며 당신의 손을 끌어당긴다. 너무나 쉽다. 당신은 훌쩍 일어서서 나뭇가지 사이에 웅크리고 있는 작은 몸을 돌아본다.

너무나 가냘프고, 너무나 아름답다. 머릿결 사이로 바람이 느껴진다.

여기 있으면 남편은 절대 찾지 못할 것이다. 당신은 숲에서 그를 바라볼 것이다. 가끔 그의 머리에 나뭇가지를 떨어뜨려야지. 가끔 좋았던 순간이 떠오르면, 그가 미안하다고 했을 때, 같이 춤을 추고 정중하게 행동하던 때가 떠오르면, 그가 그립기도 할 것이다.

하지만 절대로 후회하지 않을 것이다. 다시는 미안해하지 않을 것이다. 언젠가 당신은 거짓말하는 법을 잊어버릴 것이다. 그때 다시 내려올 수 있을 것이다.

# 11

## 파도가 다정하게 나를 부르네

### Sweetly the Waves Call to Me

잔점박이물범이 생명이 꺼진 눈을 검게 뜬 채 파도가 밀려 올라오는 선 바로 위에 누워 있었다. 파도에 수없이 쓸리고 얻어맞은 사체였다. 얼룩덜룩한 회색 가죽에 흰 모래가 묻어 있었다. 머리에 난 상처에는 갈매기에게 쪼아 먹힌 흔적이 있었다.

케이트는 사체를 내려다보며 불편하게 발을 바꾸어 디뎠다. 그녀는 혼자였다. 애인 마이클은 아직 오두막에서 잠들어 있었다. 케이트는 쓸쓸한 꿈자리가 남긴 산만한 기분을 떨치려고 해안에서 산책하던 참이었다.

꿈은 기억나지 않았다. 홀로 외로이 버려진 기분을 남기고, 꿈은 해변의 파도처럼 물러가 버렸다.

그녀는 손을 들어 목에 건 체인에 매달린 상아 펜던트를 쓰다듬었다. 펜던트 표면에는 인장 비슷한 원이 새겨져 있었다. 화해하자는 뜻에서인지 마이클이 간밤에 건넨 선물이었다.

마이클이 주말에 찾아온 것은 그녀에게 사과하고, 그녀를 용서하기 위해서였다. 언뜻 모순되는 행동이었지만, 그는 무슨 일을 수행하든 특유의 유능함을 발휘하는 사람이었다.

케이트는 산타크루즈와 마이클을 떠나 여름 동안 부모님의 낡은 오두막에서 지내고 있었다. 바다의 민담에 대한 논문을 마치기 위해서 혼자 있는 시간이 필요했던 것이다. 마이클은 자기 곁을 떠나는 핑계로 논문을 이용했다고 그녀를 비난했던 것을 사과하는 뜻으로 수공예 펜던트를 가져왔다.

케이트는 자신이 논문을 핑계 삼고 있다고 생각하지 않았다. 하지만 이따금, 이렇게 갈매기가 머리 위에서 까악거리는 희끄무레한 새벽빛 속에서는, 확신할 수 없었다. 그녀는 때때로 그가 자신에게 필요하다는 것을 알고 있었다. 그가 단단한 사람이라는 것을, 강하다는 것을 알고 있었다.

저 멀리 1번 고속도로를 달려가는 트럭의 굉음이 들려왔다. 오두막은 대븐포트와 페스카데로 중간에 있었다. 남쪽에도 북쪽에도 특별한 곳은 없었다. 외로운 장소였다.

물범의 사체를 내려다보고 있는데, 누군가 지켜보고 있는 듯한 불편한 기분이 스쳤다. 그녀는 절벽 쪽을 쳐다보고, 이어 파도가 부서지는 바다를 내다보았다. 부서지는 파도 바로 너머 수면에 검은 머리 하나가 떠 있었다. 호기심 많은 물범이었다. 그녀가 마주 보자, 물범은 파도 아래로 쏙 들어가 버렸다.

그녀는 사암 경사면을 올라 지난번 내린 비에 흙이 침식되며 생긴 좁은 오솔길을 따라 오두막으로 서둘러 돌아갔다.

오두막은 낭떠러지 꼭대기에 자리 잡고 있었다. 절벽에 부딪히는 파도는 언젠가 그 낡은 건물을 부숴버리겠다고 위협하는 듯한 기세였다. 바다 안개도 천천히 공세를 취하기 시작했다. 흰 페인트는 색이 변하고 말라 떨어져 나갔고, 포치 한쪽 귀퉁이는 기둥이 썩어 내려앉았다. 낮은 처마 끝에 달린 풍경風磬은 녹색으로 녹슬어 있었다.

"나쁜 소식이야." 케이트는 부엌문으로 들어서며 말했다. "해변에 죽은 물범이 있어."

부엌은 따뜻하고 환했다. 마이클은 커피를 끓이고 있었다. "그게 왜 나쁜 소식이야?"

"물범을 쏜 사람에게 불운이 찾아올 테니까. 실키일 수도 있었어. 육지로 올라오면 인간의 형체로 변화하는 물범 인간. 인간이 실키를 죽였다면, 바다가 그에게 등을 돌리게 돼."

마이클은 함께 살던 시절 자주 짓던 익숙한 표정으로 그녀를 바라보고 있었다. 얼마나 진지하게 받아들여야 할지 모르겠다는 표정이었다.

"당신은 너무 오래 그 논문에 매달린 것 같아." 그는 그녀에게 커피 한 잔을 따라주었다.

그녀는 웃음을 터뜨리며 그의 허리에 팔을 감고 기댔다. 그의 몸은 따뜻했다.

옛 시절 같았다. "하. 과학자다운 말씀이군."

"불운을 없애는 건 간단해." 그는 덧붙였다. "내가 산타크루즈 대학에 전화하지. 육지에 밀려 올라온 해양 동물을 해부용으로 수거하는 반이 있어."

케이트는 그를 안은 팔을 풀고 두 개 있는 부엌 의자 중 하나에 앉았다. 커피잔이 안개 때문에 차게 식은 손을 데워주었다. "굳이 수거할 필요는 없어. 오늘 밀물이 들어오면 바다로 쓸려 나갈 거야."

마이클은 이마에 주름을 지었다. "대학에서 필요하다니까. 이게 표본을 확보하는 유일한 방법이야."

"아." 그녀는 뜨거운 커피를 마셨다. 저 멀리 바다에서, 부서지는 파도 저편에서, 바다사자 우짖는 소리가 들려왔다.

"좋은 일 같지 않아." 그녀는 말했다. "사체는 바다로 돌아가야 할 것 같아." 그가 웃거나 바보 같다고 말하기 전에, 그녀는 어깨를 으쓱했다. "하지만 그래도 괜찮겠지. 과학을 위한 일이라면."

마이클은 대학에 전화해서 자신은 여기 없지만 케이트가 맞이할 테니 오후에 물범을 수거할 학생들을 보내라고 약속을 잡았다.

그는 전화를 끊고 그녀를 돌아보더니 애매하게 물었다. "괜찮아?"

"그럼, 그럼. 괜찮아." 그녀는 짜증스럽게 답했다.

그가 탁자 옆을 돌아와서 그녀를 끌어안는데, 문득 케이트는 방금 그 질문의 의미를 깨달았다. 난 이만 간다. 괜찮아? 이 뜻이었다. 그녀가 생각하고 있었던 것은 물범이었는데.

포치에 혼자 서서 작별 인사로 손을 흔들다가, 케이트는 다시 뭔가 불편한 기분, 불안감을 느꼈다. 안개에서 짭짤한 물보라와 죽어가는 해초의 냄새가 풍겼다. 마이클은 손을 들어 작별 인사를 했고, 그녀는 자갈 위를 구르는 바퀴 소리를 들으며 세단이 안개 속으로 사라질 때까지 지켜보았다. 진입로 끝에서 차는 잠시 멈추더니 기어를 바꾸고 고속도로로 올라가서 속도를 내기 시작했다.

케이트는 자신이 목에 두른 펜던트를 한 손에 쥐고 있다는 것을 깨닫고 손을 놓았다. 갈매기가 안개 속에서 까악거렸고, 그녀는 다시 일하러 부엌으로 돌아갔다.

부엌 탁자에 펼쳐놓은 서류는 산타크루즈의 어촌에 전해 내려오는 이야기들을 몇 달 동안 수집한 결과물이었다. 수많은 이야기가 있었고, 바다 근처에 있을 때는 어떻게 행동해야 하는지에 관한 수많은 경고가 있었다.

그녀는 어선이 드나드는 선창에서 햇빛 아래 앉은 채 그물을 수리하던 노인의 조언을 듣던 기억이 났다. "바다 근처에서 상처를 입으면, 절대 피가 물에 닿게 해서는 안 돼. 피는 피를 불러. 바다가 당신 피를 먹으면, 당신은 바다에 속하게 돼." 스코틀랜드인 어부였던 남편을 잃었다는, 밝은 파란 눈과 건장한 몸집의 나이 든 여자도 떠올랐다. "바다를 가볍게 여겨서는 안 돼. 바다에서 먹고사는 사람은 바다의 힘에 자신을 내맡기는 거야. 파도 밑에는 수많은 암흑의 존재들이 도사리고 있어."

전설 속의 바다 주민들은 까다로웠다. 켈피, 혹은 수마水馬는 인간의 형태로 사람을 꾀어 물에 빠뜨릴 수 있다. 인어는 태풍을 일으켜 배를 침몰시킬 수 있다.

하지만 지금 계속 떠오르는 실키, 물범족은 순한 종족이었다. 케이트는 수첩 한 권을 들고 페이지를 휘리릭 넘겨 과부가 들려준 젊은 연어잡이 어부의 이야기를 찾아냈다. 그는 자기 배 근처에서 먹이를 먹고 있던 물범을 쐈다가 다음 달 폭풍에 목숨을 잃었다. 늙은 과부가 말하길 실키족은 인간에게 관대하지만 단 하나, 자기 종족이 죽으면 분노한다고 했다. 그들은 달빛이 교교한 밤에 인간의 모습으로 뭍에 올라와 해변에서 춤춘다. 어부들은 실키가 물범의 형상을 띨 때 사용하는 가죽을 몰래 훔치는 방법으로 실키 처녀를 포획해서 아내로 삼았다. 실키 남자들도 인간을 연인으로 삼는다고 알려져 있었다.

케이트는 과부의 이야기 중에서 전통적인 실키 관련 민담에 부합되는 요소를 목록으로 만들기 시작했다. 점심 식사 직전, 자갈이 깔린 진입로에서 타이어 소리가 들려왔다. 그녀는 스웨트셔츠를 집어 입고 포치로 나갔다.

학생 셋이 구닥다리 픽업트럭을 진입로에 세워놓고 내렸다. 남자 둘, 여자 하나였다. "물범을 수거하러 오신 모양이군요." 케이트는 망설이며 말했다. 마이클이 없으니 물범에 대한 불안감이 다시 고개를 들었다. 하지만 학생들을 돌려보낼 수는 없었다. "제가 안내하죠."

낮은 여전히 흐렸고, 바닷바람은 차가웠다. 케이트는 스웨트셔츠를 머리까지 덮어썼다. 펜던트 체인에 옷자락이 걸려서 얼른 잡아챘지만, 너무 세게 당긴 모양이었다. 체인이 끊어졌다. 그녀는 떨어지는 펜던트를 얼른 받았다. "젠장." 그녀는 중얼거렸다.

학생들의 시선이 쏠리는 것을 의식한 그녀는 펜던트와 체인을 주머니에 넣었다. "제가 안내할게요." 그녀는 되풀이했다.

학생들은 트럭 짐칸에서 들것을 내려 케이트를 따라 좁은 길로 들어섰다. 절벽 바닥에서 물까지는 돌밭이 펼쳐져 있었다. 밀물에 파도가 절벽에 철썩거릴 정도로 수위가 높아지면, 이 길에서 죽은 물범이 있는 넓은 해변으로 들어가는 것은 불가능했다. 보름달이 뜰 무렵 만조가 되면, 바다는 이 길 끝의 작은 해변과 북쪽의 넓은 해변을 둘 다 삼킨다…

케이트는 학생들과 같이 있는 것이 불편해서 자기소개도 하지 않았고 그들의 이름을 묻지도 않았다. 이들은 그녀의 해변 사람이 아니었다. 두 남학생이 시체를 굴려서 실을 수 있도록 물범 옆에 쭈그리고 앉아 들것을 적당한 위치에 놓는 동안, 그녀는 몇 미터 떨어져 서 있었다. 여학생은 물범 머리 옆에 서 있었다. 그녀는 초조하게 발을 바꿔 디디며 바다를 쳐다보다가 다시 물범을 바라보고 있었다. 케이트는 갑자기 추위를 느끼고 팔짱을 끼며 스웨트셔츠로 더 단단히 몸을 감쌌다. 여자는 케이트보다 더 따뜻하게 입고 있는데도 떨고 있었다.

그녀는 케이트 쪽으로 다가와서 시선을 마주쳤다. "이런 계절에도 수영을 하시다니 반은 물범이신가 봐요."

케이트는 이마에 주름을 지었다. "왜 제가 수영을 했다고 생각하세요?"

여자는 누군가 맨발로 물가를 따라 물범을 향해 다가온 한 쌍의 발자국을 가리켰다.

맨발이 남긴 발자국은 새 발자국과 부츠 자국으로 거의 지워져 있었다.

"내가 아니에요." 케이트는 말했다. "그런데 이상하네요. 오늘 아침에는 이 발자국이 없었어요. 근처에 사는 사람은 나뿐인데."

여자는 어깨를 으쓱했다. "고속도로에서 히치하이커가 잠시 멈춰서 해변 산책이라도 했나 봐요." 그녀는 회색 파도가 바위 위에 부서지는 바다를 내다보았다.

케이트는 고개를 끄덕였다. "그런가 보네요." 그녀는 발자국 옆에 쭈그리고 앉아 찬찬히 들여다보았다. 그냥 모래 위에 남은 발자국이었다. 특이한 점은 없었다.

"이제 가자." 남학생 하나가 불렀다. 두 남자는 들것을 들어 올려 다시 길 쪽으로 출발했다. 케이트와 여자는 말없이 걸었다. 파도 소리 너머로 남자 둘이 이야기를 나누며 웃는 소리가 들렸다.

"저 사람들은 사체 수거하는 일에 어떻게 농담이 나오는지 모르겠어요." 여학생이 말했다. "전 항상 도굴꾼이 된 기분이거든요."

"그래요?" 케이트는 여자의 얼굴을 돌아보았다. "제 기분도 그래요. 남자 친구가 사체를 가져가라고 대학에 전화를 했지요. 전 그냥 바다로 다시 쓸려 나가도록 내버려 두는 게 좋을 것 같았는데. 왜 그런지는 모르겠어요."

여자는 동의한다는 듯 고개를 끄덕였다. "태양 때문인 것 같아요. 안개도. 그리고 이 계절은 1년 중 낮이 가장 짧은 즈음 아닌가요?"

"동지." 케이트는 중얼거렸다. "바다에 잘못 얽히면 고약한 시기예요."

"그래요?" 여자는 호기심 어린 눈빛을 그녀에게 보냈다. "왜 그렇죠?"

케이트는 어깨를 으쓱했다. "민담에서 동지는 어둠의 힘이 가장 강해지는 시기라고 해요. 위험한 시기라고."

여자는 재킷 자락을 여미고 바다에서 불어오는 찬 바람에 어깨를 움츠렸다. "그런 걸 진지하게 받아들이시는 것 같네요."

"전 민담을 연구하고 있는데, 그러다 보면 옛이야기들이 몸에 배요." 케이트는 망설였다. "사실로 믿는다는 건 아니에요. 옛이야기를 존중하는 쪽에 가깝다고 해야겠죠. 유서 깊은 이야기니까. 강한 이야기." 그녀는 다시 어깨를 으쓱하고 입을 다물었다.

남학생들은 들것을 트럭 짐칸에 다시 실었다. 물범의 죽은 눈이 뒷문의 녹슨 쇠를 애절하게 응시하고 있었다. 여학생은 남자들을 따라 차에 오르기 전에 잠시 멈췄다. 그녀는 케이트의 팔에 손을 얹었다. "몸조심하세요." 그녀는 뭔가 더 말하고 싶은 것처럼 망설이다가 트럭에 올라탔다.

타이어 아래에서 자갈 부딪히는 소리가 났다. 케이트는 한 손을 들어 작별 인사를 했다. 트럭이 진입로 끝에서 변속하는 소리가 들려왔지만, 그녀는 고속도로에서 등을 돌린 채 차가 멀어지는 모습을 바라보지 않았다.

안개는 걷혔지만, 흐린 날씨였다. 회청색 대양과 청회색 하늘을 가르는 수평선에는 거의 눈에 띄지 않을 정도의 차이밖에 없었다. 대양은 잔잔했다. 낭떠러지 아래 회색 짐승은 종말이 다가오리라는 것을 확신하며, 안달하지 않고 기다리고 있었다. 태양은 수평선 위 구름 뒤에서 희미한 원으로 지고 있었다.

발을 바꿔 디디자, 자갈이 서로 부딪치며 달그락거렸다. 히치하이커가 해변까지 내려가려면 자동차 진입로를 통해 저 오솔길로 접어들어야 한다. 누군가 오두막을 지나쳤다면, 자갈 밟는 소리가 그녀에게 들렸을 것이다.

그런데 해변에 발자국이 있다.

해가 수평선 아래로 넘어갔다. 밤바람이 케이트의 머리카락을 흐트러뜨렸다. 그녀는 와락 떨고 오두막으로 들어갔다.

저녁을 먹고, 오두막의 온기로 실키에 관한 생각과 외로움을 몰아낸 뒤, 그녀는 포치로 나와 달이 뜨는 것을 바라보았다. 부엌 불빛이 등 뒤 커튼을 활기차게 밝히고 있었다. 하룻밤 더 지나면 보름이라 달은 원형 상아 펜던트처럼 가득 차서 둥글었다.

케이트는 매끈한 상아를 만져보려고 주머니에 손을 넣었다. 주머니는 비어 있었다. 손가락으로 더듬어 보니 천에 구멍이 나 있었다. 그녀는 조심성 없는 자신을 꾸짖었다. 오솔길이나 해변에서 떨어뜨린 것 같았다.

오솔길을 샅샅이 찾았지만, 상아는 보이지 않았다. 넓은 해안을 향해 걸으며 모래를 둘러보았지만, 소용없었다. 밀물이 올라오고 있었다. 파도가 낭떠러지 아래 바위에 부서지고 있었다. 파도가 물러가는 틈을 타서, 그녀는 얼른 해변으로 건너갔다.

넓은 해변의 마른 모래사장에 파도가 훑고 지나가는 선 바로 위를 따라 발자국이 나 있었다. 맨발이었다.

발자국은 오솔길 쪽에서 나와서 물범의 사체가 있던 지점을 향해 이어지고 있었다.

"여보세요." 케이트는 외쳤다. "거기 누구 있나요?" 대답은 없었다.

그녀는 오솔길과 지금 자신이 서 있는 지점 사이를 가로막고 있는 돌밭을 돌아보았다. 밀물이 올라오고 있었고, 파도가 철썩일 때마다 수위는 더 높아졌다. 케이트는 발자국을 따라 달리기 시작했다. 바닷물이 튀어 청바지가 젖는 것도 아랑곳하지 않고, 발밑에 밀려오는 파도를 성큼성큼 딛으며 달렸다. 그녀는 물범을 발견한 바위 노두 옆에 멈춰 해안을 살폈다.

거기. 해변 끝 낭떠러지 그늘 아래 깜빡이는 불빛과 움직이는 그림자가 보였다. 빛은 너무 희고 밝아서 모닥불 같지는 않았다. 손전등 불빛 같았다.

"여보세요!" 케이트는 소리쳤다. "밀물이 올라와요. 여보세요!"

불빛은 그 자리에서 움직이지 않았다. 케이트는 소리치며 그쪽으로 뛰어가다가, 이내 달리기에만 집중했다. 빛이 움직였고, 빛을 들고 있는 사람의 윤곽이 보였다.

30미터 정도 거리를 좁혔을 때 파도가 절벽을 때리고 부서진 물보라가 호를 그리며 깜빡이는 불빛을 덮쳤다. 어둑어둑한 윤곽이 움직였다. 인간이라기엔 너무나 빠르고 우아한, 쏜살같은 움직임이었다. 고양이 같았다. 해달 같았다. 물속의 물범 같았다. 빛은 사라졌다.

케이트는 달려 나가다 기세를 멈추지 못하고 세 걸음 더 내디딘 뒤 멈춰 절벽을 바라보았다. 갑자기 달빛이 아주 선명하게 비치는 것 같았다. 절벽 아래에는 아무도 서 있지 않았다.

손전등 불빛도 없었다. 사람이 숨을 만한 구멍도, 굴도, 틈도 없었다. 그저 달빛과 물, 캄캄하고 높다란 절벽뿐이었다. 그저 사라진 불빛과 스쳐 지나간 그림자뿐.

쏴 하며 물러가는 파도 소리 너머로 다른 소리가 들린 것 같았다. 오랫동안 잠수한 뒤 고개를 내밀고 공기를 들이마시는 물범의 긴 한숨 같았다. 그녀 앞 모래사장 위에 무언가 달빛을 받아 흰 원형으로 빛났다. 펜던트였다. 아까 걷던 곳에서 이렇게 멀리 떨어진 지점에 있다니. 다가가서 손을 뻗는데, 이쪽을 바라보는 시선이 느껴졌다. 펜던트가 미처 손에 닿기도 전에, 파도가 밀려와서 상아를 낚아채 버렸다. 그녀는 바닷물을 허겁지겁 더듬었지만, 상아는 물결에 휩쓸려 물거품과 달빛 속에 사라졌다.

케이트는 돌아서서 오솔길을 향해 달렸다. 바위 노두를 지났다. 심장이 쿵쿵거렸고, 바싹 마른 목구멍에서 거친 호흡이 새어 나왔다. 절벽 높이 물보라가 부서졌고, 물이 빠져나간 뒤에 마른 바위는 없었다. 높이 부풀어 울렁이는 바다 표면이 달빛으로 번들거렸다.

다시 파도가 바위를 쓸고 지나갔다. 케이트는 다음 파도가 부서지기 전에 돌밭을 건널 생각으로 물에 뛰어들었다. 얼음 같은 물이 다리를 빨아들이고 청바지를 무겁게 잡아당겼다. 부츠 아래 돌은 다시마와 해초 때문에 미끄러웠다.

물은 무릎까지, 허리까지 왔다. 바다는 다리를 잡아당겼고, 다시 파도가 부서졌다. 부츠 밑에서 돌멩이가 움직였다. 그녀는 돌 틈에 발목이 끼어 미끄러지면서 물속에서 허우적거렸다. 간신히 발을 비틀어 빼고 젖은 머리를 커튼처럼 늘어뜨린 채, 그녀는 물을 뚝뚝 흘리며 일어섰다. 청바지가 다리를 붙잡고 늘어졌다. 힘겹게 앞으로 나아갔지만, 발목이 접질렸다. 다시 비틀거리다가, 얼른 일어섰다. 그녀는 허리 높이로, 무릎 높이로 출렁이는 물속에서 허우적거리며 계속 전진했다. 모랫바닥을 향해. 작은 해안을 향해.

그녀는 마른 모래 위에 무너져서 부들거리는 숨을 길게 내쉬었다. 한 번 더, 젖은 머리를 얼굴에서 쓸어 넘기려고 손을 들고서야, 그녀는 손바닥이 찢어져서 피가 흐르고 있다는 것을 알았다. 바위에 벤 것 같았다. 그녀는 비틀비틀 일어섰고, 발목은 계속 둔하게 욱신거렸다. 모래밭에 밀려왔던 파도는 한 줄 순결한 물거품을 남기고 쏴 밀려갔다.

움켜쥔 주먹에서 피가 뚝뚝 떨어져서 물거품을 적셨다.

파도 너머에서 그림자가 움직였다. 창백하게 깜빡이는 흰색 불빛. 도깨비불이었다. 시선은 아직도 이쪽을 주시하고 있었다. 느낄 수 있었다. 아침나절 그녀를 휘감았던 외로움이 새삼 밀려왔다.

"내가 아니에요." 그녀는 쉰 목소리로 빛을 향해 외쳤다. "내가 죽인 게 아니에요. 내가 아니라고요." 빛은 파도 마루 아래 잠겨 시야에서 사라졌다.

케이트는 비틀비틀 집으로 향했다. 따뜻한 부엌에서 차 한잔을 하고, 뜨거운 샤워로 정신을 차리고 싶었다. 그러나 샤워 꼭지에서 쏟아진 물줄기가 샤워실의 벽을 두드리는 소리도 파도 소리를 덮어주지 못했다. 손의 상처에서 모래를 씻어낼 때조차, 케이트의 귀에는 파도가 규칙적으로 부서지는 소리가 부드럽게, 꾸준히 들려왔다. 찻물을 끓이는 동안, 창문을 가볍게 두드리는 빗방울로 폭풍이 시작되었다. 빗소리는 마치 너무나 고요해서 알아들을 수 없는, 수많은 음성들의 나직하고 끊임없는 속삭임 같았다. 부드러운 빗소리가 무슨 말을 건네려는지 귀를 곤두세우고 있는 자신을 발견하고, 케이트는 라디오를 켰다.

고래고래 소리치는 팝 록 음악과 경쟁이라도 하려는지, 폭풍은 차츰 위세를 더했다. 굴뚝 꼭대기에서 바람이 울부짖었다.

빗물이 창문을 때렸고, 창틀이 휘어져서 약간 벌어진 욕실 창으로 불어 들어왔다. 창문 틈에 신문지를 끼워 막자, 종이가 곧 빗물에 흠씬 젖었다. 종이가 젖으니, 물방울은 창밖의 높고 맹렬한 뇌성과 대조적으로 규칙적인 소리를 내며 바닥에 뚝뚝 떨어졌다.

케이트는 부엌을 서성거렸다. 집 안에 갇혔지만, 가만히 앉아 있을 수가 없었다. 바람에 문이 요란하게 덜컹거리자, 마치 오두막 전체가 흔들리는 것 같았다. 산사태가 나든가 절벽이 무너지는 게 아닌가 하는 생각까지 들 정도였다. 실키는 인어와 마찬가지로 폭풍을 일으켜서 배를 가라앉힐 수 있다. 낡은 바닷가 오두막 정도야 얼마든지 폭풍으로 산산조각 낼 수 있다.

손의 상처가 욱신거렸다. 발목도 아팠지만, 그녀는 계속 서성거렸다. 마이클에게 전화하려고 수화기를 집어 들었지만, 신호가 가지 않았다. 고속도로에서 전화선이 끊긴 것 같았다. 설사 연락이 닿는다 해도 뭐라고 말하지? 실키가 일으킨 폭풍 때문에 죽을까 봐 무섭다고?

그래서 그녀는 계속 서성거렸다. 인어나 켈피와 달리 물범족은 마음 넓은 종족이다. 그녀가 실키에게 해가 되는 짓을 한 적도 없었다.

자정쯤, 바람은 누그러들었고, 빗소리도 부드럽게 규칙적으로 잦아들었다. 발목과 손의 아픔을 잊으려고 애쓰며 침대에 누워 있는데, 절벽 아래 돌밭에서 바다사자 짖는 소리가 들려왔다. 그보다 훨씬 가깝게 들렸다.

케이트는 불편하게 잠들었다가 가볍게 땡그랑거리는 풍경 소리에 떨며 잠에서 깨었다. 비는 그쳤고, 절벽 위로 피어오른 해무가 오두막을 감싸고 있었다.

다시 꿈을 꾸었지만, 무슨 꿈이었는지는 뚜렷이 기억나지 않았다. 사무치는 외로움, 강렬한 동경, 손에 넣을 수 없는 무언가에 대한 갈망만 기억에 남아 있을 뿐이었다.

케이트는 담요를 꼭 끌어당겨 덮었다. 하지만 안개의 한기는 오두막에 스며들어 뼛속까지 적신 것 같았다.

내키지 않았지만, 그녀는 침대에서 일어난 뒤 차가운 부엌 바닥을 가로질러 이불장 선반에서 퀼트 담요 한 장을 꺼냈다.

풍경이 다시 땡그랑거렸고, 뭔가 다른 소리도 들리는 것 같았다. 바람 소리 같기도 한 긴 한숨 소리. 하지만 바람 같지 않았다. 문으로 걸음을 옮기자, 발밑에서 마룻바닥이 삐걱거렸다. 그녀는 문고리를 잡은 채 잠시 망설였다.

무엇이 무서운 거지? 그녀는 생각했다. 대답 대신 머릿속에 이미지가 떠올랐다. 그것은 허리춤에서 안개가 희뿌옇게 맴돌고 물갈퀴가 달린 발을 숨긴 날렵한 남성 형태의 존재가 포치에 서 있지 않을까 하는 두려움이었다. 상상 속에서 포치를 짚고 있는 손가락 사이에도 얇은 막이 이어져 있었다. 반대쪽 손에는 그녀의 펜던트가 걸려 있었다. 그에게서는 바다 냄새가 풍겼고, 어깨에는 해초 한 가닥이 붙어 있었다. 펜던트를 받으려고 뻗은 그녀의 손에 그의 손이 닿았다. 그 손은 차가웠다. 바다처럼.

혹시 자신의 숨소리가 들리지는 않는지. 자신이 귀를 기울이고 있다는 것을 반쯤 의식하며, 그녀는 문고리를 잡고 가만히 서 있었다.

그러다 그녀는 손잡이를 돌려 문을 벌컥 열었다.

달빛과 흐르는 안개 속에서 울타리 기둥 그림자의 형태는 움직이며 변하는 것 같았다. 기둥은 이리저리 기울어서 울타리에 남은 녹슨 철조망 한 가닥조차 지탱하기 힘겨워 보였다. 바다를 막아주는 것은 아무것도 없었다.

포치는 텅 비어 있었다. 난간을 짚고 있는 물갈퀴 달린 손은 없었지만, 그녀가 손이 있을 거라고 상상했던 자리에 희고 둥근 물체가 놓여 있었다. 갑자기 안개처럼 차가워진 손으로, 케이트는 펜던트의 체인을 집어 들어 붕대 감은 손에 쥐었다. 산들바람이 안개를 흔들고 풍경이 희미하게 쟁그랑거렸다. 물러서서 부엌으로 들어가려는데, 문간에서 문득 해초 한 가닥이 계단 꼭대기에 놓여 있는 것이 눈에 띄었다. 그녀는 등 뒤로 문을 잠갔다.

그 후에는 잠을 잘 수가 없었다. 부엌 불을 환히 켜놓고, 그녀는 담요를 뒤집어쓴 채 핫초코를 끓였다. 논문 작업을 하고, 풍경 소리와 부서지는 파도 소리를 무시하려고 애썼다.

동이 터 올 무렵 커피잔을 손에 쥔 채, 그녀는 다시 문을 열고 포치를 내다보았다. 계단 꼭대기에는 여전히 해초 가닥이 놓여 있었다. 어제 오두막에 비틀거리며 들어올 때 부츠에 붙어 있다가 떨어졌겠지, 그녀는 자신에게 말했다. 펜던트도 체인이 끊어졌을 때 주머니가 아니라 난간 위에 올려놓았나 보다.

그녀는 주유소 공중전화에서 마이클에게 전화를 걸어 발목을 삐었다, 시내 병원에 가는 길이라고만 말했다. 두 사람은 저녁 식사를 같이하기로 했다.

그날 저녁 식당에 앉아 있는 동안, 도로의 차 소리는 마치 파도처럼 밀려갔다 밀려왔다. 마이클에게 폭풍 이야기를 하는 동안에도, 케이트는 차 소리에 자꾸 신경이 쓰이고 정신이 산만했다. 실키를 보았다는 말은 그에게 하지 않고 산사태가 나서 오두막이 바다로 무너질 것 같았다는 말만 했다. 그런데도 자신이 바보처럼 느껴졌다. 커피와 페이스트리 향이 풍기는 따뜻한 카페에 있으니, 무시무시했던 태풍의 기억은 그저 아득하게 느껴졌다.

그는 붕대 감은 손을 부드럽게 감쌌다. "뭔가 정말 걱정스러운가 보지?"

그녀는 어깨를 으쓱했다. "오두막에 있을 때는 바다가 정말 많이 신경 쓰여, 그뿐이야." 그녀는 말했다. "안개, 파도, 바다사자 우짖는 소리…" 그리고 바다 가장자리에 도사린 광기, 그녀는 생각했다.

"외로운 곳이라고 했잖아." 그가 말했다.

"외롭다기보다…" 그녀는 망설였다. "더 이상 혼자라는 기분은 들지 않아. 그리고 계속 상상을 하게 돼. 요전 날 밤에는 쇄파 바로 너머에서 불빛이 춤추는 걸 본 것 같았어. 모르겠어. 내 눈이 만들어 낸

환상인지.”

마이클은 씩 웃으며 그녀의 손을 쓰다듬었다. “눈 걱정은 하지 마. 실제로 빛을 봤을 거야. 생물발광이라는 현상에 대해서 들어봤어? 빛을 내는 미생물이 있는데…”

마이클은 자세히 설명했다. 적조 현상, 해양화학. 그의 침착한 말이 불안감을 씻어주었다. 마이클은 찜찜하고 애매한 그녀의 기분과 불분명한 느낌에 시간을 낭비하지 않았다. 그녀는 그의 말에 귀를 기울이다가 설명이 끝나자 애써 미소 지었다.

“당신은 그 프로젝트에 너무 열심히 매달렸어.” 그는 말했다. “오늘 밤에는 시내에서 나랑 하룻밤 지내지 않겠어?”

그녀는 말없이 커피를 응시했다. “내게 돌아오는 걸 두려워하지 마.” 그는 부드럽게 말했다. “당신이 원한다면 얼마든지 그럴 수 있어.”

그녀는 자신이 무엇을 원하는지 알 수 없었다. “오늘 밤에는 돌아가야 해. 할 일이 있어.”

“오늘 밤에 꼭 해야 해? 내일 하면 안 돼?”

대답이 머릿속에 떠올랐지만, 그녀는 입 밖에 내지 않았다. 오늘 밤은 보름이다.

그녀는 마이클의 손에서 손을 빼고 손바닥으로 커피잔을 감쌌다. “할 일이 있어.” 그녀는 되풀이했다.

그날 밤 그녀는 산타크루즈에서 자신의 작고 외딴 공간으로, 구불구불 이어지는 도로를 달려 오두막으로 돌아왔다. 테이프에서 흘러나오는 오래된 비틀스 노래가 파도의 속삭임 위로 울려 퍼졌다.

"바다 아래 문어의 뜰에서 당신과 함께 있고 싶어."

진입로에 들어섰을 때는 보름달이 오두막 위에 환하게 떠 있었다. 그녀는 시동을 껐다. 음악이 멈췄다. 파도 부서지는 소리가 자동차 안을 가득 채웠다.

케이트는 절벽 끝으로 걸어갔다. 발아래 바다에서 달빛이 어른거리고 있었고, 너울이 마치 숨 쉬듯 규칙적으로 오르락내리락하고 있었다. 저 아래 바다에서 그녀를 바라보는 시선이 느껴졌다.

그녀는 오솔길을 내려가다가 세 번 미끄러졌다. 세 번째로 넘어지는 순간 다친 손으로 땅을 짚는 바람에 다시 통증이 화끈 번졌다. 발목이 욱신거렸지만, 그녀는 쉬지 않고 경사를 내려갔다.

파도는 아직 오솔길 입구까지 올라오지 않았다.

작은 해변은 달빛 아래 한 가닥 은색 실처럼 반짝이며 양방향으로 하염없이 뻗어 있었다.

그녀는 그 은색 실 위에 서서 바다를 바라보았다.

불빛 하나가 파도 위에서 춤추었다. 파도가 모래사장을 철썩 휩쓸고 물거품이 부츠 앞코까지 살짝 건드렸다. 외로움이 그녀를 감쌌다. 자기도 모르게 그녀는 물러가는 파도를 따라 한 걸음 나섰다. 다음 파도는 발목을 휘감았고, 다친 손에 찌르는 듯한 통증이 느껴졌다. 손을 찬물에 담가 아픔을 달래고 싶었다.

의식 한구석에서 누군가의 목소리가 메아리처럼 들려왔다. "피는 피를 불러." 그녀는 한 걸음 더 앞으로 나갔다. 물이 무릎까지 훑으며 청바지 자락을 무겁게 잡아당겼다.

손이 닿지 않는 곳에서 빛이 춤추었다. 발목에 와 닿는 물은 차가웠다. 통증을 덜어주었다. 욱신거리는 손의 통증도 식혀줄 것이다. 바다로 더 멀리 들어간다면.

붕대 감은 손으로, 그녀는 목에 건 펜던트를 움켜잡았다. 마이클은 물속에서 바라보는 존재가 있다고 해도 믿지 않을 것이다. 하지만 빛은 저기 있었다.

외로움도 그녀 곁에 있었다. 그녀는 춤추는 불빛을 바라보며 마이클이 설명해 준 발광 미생물을 생각했다. 물이 다리를 끌어당기고 있었다.

"안 돼." 그녀는 물과 빛을 향해 나직하게 말했다. 이어 한층 크게 말했다. "안 돼." 물은 재촉하듯, 고집하듯 그녀를 잡아당기고 있었다.

"안 돼."

그녀는 자신을 주시하는 시선을 느끼며 다시 오솔길을 올라갔다.

경이로움에 등을 돌리고. 아니, 돌밭에 그녀를 내동댕이칠 차가운 회색 물에 등을 돌리고.

그날 밤 폭풍은 불지 않았다. 하지만 절벽에 부서지는 파도 소리는 계속 들려왔다. 이리 오라고. 이리 오라고, 그녀를 하염없이 부르고 있었다. 케이트는 불편하게 잠들었고, 연인의 꿈을 꾸었다. 얼음 같은 손과 왕자의 얼굴을 지닌 소금 바다의 연인. 손가락 사이에는 물갈퀴가 이어져 있었다. 이는 뾰족했다. 몸에서 바다 향이 풍겼다. 그는 바다처럼 규칙적인 리듬으로 그녀를 사랑했다. 쾌감이었을까, 아픔이었을까. 차가운 손길에 비명을 지르자 그는 그녀를 껴안았다.

파도가 다정하게 나를 부르네

그녀는 물범 가죽처럼 매끄러운 그의 검은 머리를 쓰다듬었다. 키스하면 소금 맛이 나는 말 없는 연인, 그는 위안을 얻기 위해 왔다. 휴전하기 위해 왔다.

그녀는 바다의 향기와 부드럽게 쿵쿵거리는 소리에 잠에서 깼다. 비몽사몽간에 목을 더듬어 펜던트를 찾았지만, 없었다. 기억나지는 않았지만, 전날 밤 벗어버린 모양이었다. 그녀는 담요를 뒤집어쓴 채 침대에서 일어서서 부엌으로 나갔다.

포치로 나가는 문이 활짝 열린 채 산들바람에 조금씩 움직이며 부엌 벽에 가볍게 부딪히고 있었다. 그녀는 펜던트를 포치 난간에서 집어 들었다. 목에 걸지는 않았다. 필요 없었다.

두려움은 남아 있지 않았다.

낡은 울타리 철조망 한 가닥에 뾰족 튀어나온 철사 끝마다 이슬이 한 방울씩 줄줄이 맺혀 있었다. 철조망은 치워야겠다, 그녀는 생각했다. 이제 아무 쓸모가 없었다.

파도가 절벽 밑바닥에 부서지고 있었다. 대양은 끝없는 리듬으로 움직였다. 그 물속에서 그녀의 핏방울이 같이 밀려갔다 밀려오고 있었다. 바다의 힘도 그녀 안에 밀려들어 왔다.

저 멀리 바다사자가 울부짖었다. 계단에 늘어져 있는 해초 두 가닥에 밝은 새벽 햇빛이 반짝였다.

# 12

---

진흙의 악마

---

Clay Devils

어느 날 밤 돌로레스는 악마의 꿈을 꾼다. 꿈에 나온 악마는 마을 밖 나쁜 땅인 용암지대에 사는 많은 악마 중 하나다. 키가 크고, 우락부락한 얼굴, 몸에는 염소 털처럼 뻣뻣한 검은 털이 덮여 있다. 머리에는 검붉은 뿔이 돋았다.

악마는 언젠가 사막에서 본 코요테 두개골처럼 생긴 머리에서 길고 누런 이를 드러내며 그녀를 향해 음흉한 웃음을 띤다. 손톱이 긴 악마의 손이 이쪽으로 뻗어 오지만, 붙잡히기 직전에 그녀는 잠에서 깬다.

잠들어 있는 남편 토마스와 딸 에스페란사를 남겨두고, 그녀는 담요 밑에서 소리 없이 빠져나와 얇은 면 드레스를 입는다. 방 한 칸 짜리 흙집 뒤편에 나뭇가지로 느슨하게 엮은 작은 부엌의 세 벽면을 통해, 희붐한 먼동이 새어 들어오고 있다. 돌로레스가 나무 닭장 문을 열자, 영 살이 붙지 않는 삐삐 마른 닭 두 마리가 깃털을 털어대며 불안하게 문밖을 쳐다본다.

화덕에는 간밤에 태운 석탄 몇 개가 아직 불씨를 간직하고 있다.

돌로레스는 부채로 불씨를 살리고 불쏘시개를 집어넣어 성냥값을 아긴다. 토마스가 일어날 때쯤에는 맷돌로 간 옥수숫가루와 아침으로 먹을 구운 토르티야 준비가 끝났고, 남편이 오늘 밭에 일하러 갈 때 가져갈 토르티야와 콩 도시락도 다 쌌다.

토마스는 부엌 바깥에 놓인 알루미늄 통에서 박 바가지로 물을 푼다. 그는 그 물로 세수를 하고, 셔츠로 물기를 닦은 뒤, 부엌 문간에 잠시 서서 언덕을 내다본다. 팔의 털에 맺힌 물방울 몇 알이 도로변에 나뒹구는 유리 조각처럼 햇빛에 반짝인다.

"곧 미국인이 올 거야." 그는 아내를 바라보지 않고 말한다.

돌로레스가 마을의 여느 여자들처럼 점토 인형이나 호루라기를 만들면, 남편이 시내 장터의 기념품 상점에 내다 판다. 돌로레스의 작품을 특히 좋아하는 늙은 미국인 남자가 한 명 있다. 비둘기, 올빼미, 닭, 달을 보며 짖는 개 모양으로 기발하게 빚어낸 호루라기. 마을 사람들처럼 옷을 차려입은 남자와 여자 인형. 미국인은 토마스에게 돌로레스가 만든 다른 점토 작품이 있느냐고 물었고, 토마스는 장사를 더 하고 싶어서 "있다, 아름다운 물건들을 많이 만든다"라고 답했다. 미국인은 돌로레스가 만든 아름다운 물건들을 보러 마을에 찾아가겠다고 토마스와 약속했다.

"네." 돌로레스는 토르티야를 한 장 더 불에 올린다. "며칠 있다가 장난감을 불에 구워서 색칠할 거예요."

토마스는 고개를 끄덕인다. 그는 잘생긴 젊은이고, 돌로레스는 그가 장사를 잘하고 싶어 한다는 것을 알고 있다. 그는 원래 밭일에 만족하지 못했다. 오후 햇빛이 따가워서 머리가 아프다, 손잡이가 짧은 호미로 잡초를 뽑으면 허리가 쑤신다. 그는 늘 투덜거린다. 그는 마을 남자들이 밭에서 일할 때 입는, 집에서 만든 흰 바지보다 가게에서 재단한 검은 바지를 입고 싶어 하는 사람이다.

에스페란사가 침대에서 아장아장 걸어와 엄마 옆에 서자, 돌로레스는 아이에게 따뜻한 토르티야 한 장을 준다.

"오늘은 인형을 많이 만들어야겠어요." 돌로레스는 말했고, 토마스는 흡족하게 고개를 끄덕인다. 곧 그는 도시락을 들고 일하러 나간다.

토마스가 돌로레스를 도와 강에서 운반해 온 점토는 습도를 유지하기 위해 검은 비닐에 싸여 있다. 햇빛을 받아 따뜻한 점토가 손에 닿는 감촉이 좋다. 흙에서는 강 냄새가 풍긴다. 어두운 비밀과 고대의 향이 풍긴다. 돌로레스는 점토를 빵 반죽처럼 주무르며 불에 구울 때 터지지 않도록 공기를 뺀다. 점토를 매끈하게 반죽한 뒤, 그녀는 무엇을 만들어야 미국인의 마음에 들까 고민하며 한 주먹 떼어 모양을 빚기 시작한다.

에스페란사도 흙을 갖고 놀며 혼자 음률이 맞지 않는 노래를 부른다. 닭들은 흙투성이 잡초 틈에서 꼭꼭거리며 벌레를 찾고 있다. 지붕에서는 비둘기들이 서글프게 울며 오래전 잊힌 무언가를 애도하고 있다.

집은 마을의 맨 끝 변두리에 있다. 돌로레스는 악마가 사는, 소나무로 뒤덮인, 굽이치는 용암 언덕을 내다본다. 아무 생각 없이, 그녀는 우락부락한 얼굴, 퀭한 눈, 이마에 구부정한 뿔이 달린 난쟁이를 만든다.

어렸을 때, 돌로레스가 지금 에스페란사보다 아주 조금 더 컸을 무렵, 할아버지는 용암지대에 악마가 산다고 주의를 주었다. "혼자 거기 가면 안 된다. 악마가 널 지옥으로 잡아갈 거야."

할아버지는 돌로레스가 가장 좋아하던 오빠 페드로가 열병으로 죽던 밤, 악마가 집 주위에서 쿵쿵거리고 돌아다니는 소리를 들었다고 했다. 돌로레스의 아버지가 술에 취해 일하지 못할 때도, 할아버지는 악마를 탓했다.

돌로레스가 전갈에 쏘이면, 할아버지는 악마의 잘못이라고 확신했다. 어렸을 때, 그녀는 악마가 무서웠다. 마을에서 일어나는 나쁜 일들이 모두 악마 탓이니까.

이제 돌로레스는 다 컸으니 손으로 주물럭거릴 수 있는 점토 인형에 겁을 먹을 수는 없다. 돌로레스는 장난감 악마에게 손톱이 뾰족한 앞발과 날카로운 이를 드러낸 미소를 붙여 넣는다. 다리를 구부려 춤추게 하고, 고개를 뒤로 젖혀 웃게 한다. 시시한 악마, 어린이 장난감이다.

돌로레스는 악마를 말리기 위해 햇빛에 내놓고 또 다음 반죽을 떼어 모양을 만들기 시작한다. 이번에도 웃는 악마다. 이번에는 형이 춤추는 동안 반주를 할 수 있도록, 길고 날카로운 손톱으로 기타를 튕기는 형상을 만든다. 둘은 나란히 햇빛 아래 마른다. 트럼펫을 연주하는 악마도 그 옆에 합류한다.

들로레스는 악마 셋이 햇빛 아래 누워 웃고 있는 모습이 마음에 들지 않는다. 무언가 악한 존재를 향해 웃는 듯한⋯ 하지만 그녀는

진흙의 악마

인형을 놓아둔 채 서둘러 다른 모양을 만든다. 개구리 모양 호루라기, 비둘기 모양 호루라기, 목을 쭉 뻗고 으쓱거리는 점토 당나귀, 점토 염소 다섯 마리와 양치기 남자.

마침내 해가 중천에 높이 뜨자, 그녀는 남은 점토를 검은 비닐에 다시 싸고 에스페란사에게 토르티야를 준 뒤 다른 집안일을 하기 시작한다. 동네 우물에서 물을 길어 오고, 용암지대에서 장작을 주워 오고, 작은 정원에서 잡초를 뽑는다. 저녁 식사를 위해 콩을 물에 불리고, 싸리비로 집 안의 흙바닥도 쓴다.

토마스가 돌아오기 직전, 그녀는 인형을 확인한다.

만져보니 따뜻하다. 오후 햇살을 받은 악마에서 빨간색이 우러나와 진한 흙에 핏빛이 감돈다. 웃고 있는 악마가 어쩐지 불안하지만 이제 돌로레스는 쉽게 겁을 먹는 어린 소녀가 아니다.

그녀는 집에 돌아온 토마스에게 인형을 보여준다.

그는 악마 하나를 집어 든다. 악마는 오후의 태양 아래에서 이미 딱딱하게 굳어 있다. 그는 호루라기나 점토 당나귀 보듯 가볍게 인형을 바라본다. "미국인이 좋아할 거야." 그는 악마를 간질이듯 배를 가볍게 찔러본다. "이야, 춤추는 거 봐라." 토마스가 곁에 있으니 불안감이 사라진다. 돌로레스는 이런 것으로 겁을 먹다니 한심하다고 생각하며 미소 짓는다.

그날 밤, 에스페란사가 잠든 사이, 토마스와 돌로레스는 사랑을 나눈다. 밤공기가 따뜻해서 얇은 담요도 치웠다. 나무 궤짝으로 만든 침대는 움직이는 두 몸 아래에서 돌로레스의 나직한 신음에 장단을 맞추어 규칙적인 노래를 부르며 삐걱거린다. 토마스의 팔에 안긴 채, 돌로레스는 꿈도 없는 잠에 빠진다.

며칠 뒤, 그녀는 집 근처 풀이 나지 않는 공터에 파놓은 구덩이에서 도자기를 굽는다. 나무와 지푸라기에 불을 붙이자, 화염이 타닥거리고 나무가 총성 같은 소리를 내며 튄다. 불의 열기가 오후 햇살보다 더 뜨겁게 그녀의 얼굴을 데우고, 에스페란사는 즐거워 손뼉을 치며 까르르 웃는다. 검은 연기가 뇌운처럼 하늘로 올라간다.

돌로레스는 불이 타는 동안 다른 집안일을 서두른다. 뜰에 물을 나르고, 아까 쓴 나무 대신 장작을 채워놓고, 장터에 가서 쌀과 칠리를 조금 산다. 오후 늦게 불길은 사그라든다. 그녀는 생나뭇가지로 재를 긁어내고 검게 탄 인형을 파헤친다. 검댕이 묻은 비둘기 호루라기가 재 안에 묻혀 있다. 으르렁거리는 개가 검은 대가리를 쳐들고 있다. 점토가 모닥불 열기로 팽창할 때 내부의 공기 방울이 터지는 바람에, 염소 두 마리는 깨져 있다. 하지만 악마들은 멀쩡하다. 소리 없이, 그들은 연기가 피어오르는 땅 위에서 웃고 춤추며, 인간의 것이 아닌 손으로 악기를 연주하고 있다.

다음 날, 돌로레스는 토마스가 시내에서 갖고 온 밝은 물감으로 인형에 색칠한다. 악마들은 제일 마지막까지 남겨두었다가, 빨간 뿔, 노란 이빨, 번득이는 금빛 눈으로 칠해주었다. 알록달록한 색채는 오후 햇살에 눈부시게 빛났고, 악마들은 작업하는 그녀의 모습을 튀어나온 안구로 조롱하듯 응시하고 있다.

　　　　　　　　　　　　　　　　　　　　　　진흙의 악마

미국인은 희끗희끗한 머리의 마른 남자이고, 밝은 꽃무늬가 그려진 셔츠와 연갈색 바지 차림이다. 머리숱이 적어서 훤히 드러난 정수리와 얼굴이 햇볕에 붉게 달아올랐다. 스페인어를 잘하고, 아주 정중하다.

아주 깨끗한 남자다. 손은 희고 부드럽다. 여자처럼 깨끗한 손톱이 돌로레스의 눈에 들어온다. 그는 비둘기 호루라기를 부드러운 손으로 집어 들더니 이리저리 돌려보며 유심히 살펴본다.

토마스는 다리를 넓게 벌리고 바지 허리춤에 엄지를 찔러 넣은 채 미국인 옆에 서 있다. "아주 잘됐습니다." 토마스가 말한다. "예쁘지요?" 그는 보란 듯이 벼슬을 세운 초조한 수탉 같다.

돌로레스는 눈을 내리깔고 앞치마 안에 손을 숨긴 채 뒤로 물러서 있다. 가장 좋은 드레스, 갖고 있는 드레스 두 벌 중에서 새 옷을 입었지만, 그래도 자기 모습이 부끄럽다. 돌로레스의 손톱은 부서지고 점토투성이다.

미국인은 아무 말도 하지 않는다. 그는 비둘기를 내려놓고 춤추는 악마를 집어 든다. 하나씩, 그는 악마를 관찰한다. "다른 것도 좋지만, 특별하진 않군요." 그는 마침내 한 손으로 다른 장난감 쪽을 대수롭지 않게 손짓한다. "하지만 이것들은 상상력이 보입니다. 제가 미국 민속 공예품 수집가를 좀 아는데, 그 사람들이…" 그는 말을 끝맺지 않고 입을 다문다. "이걸 사겠습니다." 그는 악마들을 가리킨다. "더 보고 싶군요."

떠나기 전에, 미국인과 토마스는 악수를 나눈다. 거래가 성사되었다.

그날 저녁 토마스는 미국인에게 받은 돈으로 테킬라를 산다. 그가 자랑하는 성공담을 들으러 마을 남자들이 모인다. 돌로레스는 집 문간에서 지켜본다.

남자들은 용암지대 가장자리에 덩그러니 녹슨 채 버려진 낡은 자동차에 올라탄다. 바퀴는 오래전에 누군가 훔쳐갔다. 차체만 남아 배를 땅에 대고 있었고, 남자들은 녹슨 후드에 걸터앉아 테킬라를 마시고 요란하게 웃는다. 지는 햇빛이 그들을 붉게 물들인다. 그들의 그림자가 용암지대 안쪽으로 길게 늘어진다.

그날 밤 돌로레스는 수탉처럼 벼슬을 세운 악마 1이 가슴을 내밀고 반들거리는 뿔을 으쓱이며 돌아다니는 꿈을 꾼다. 악마 2는 새끼를 낳은 늙은 암돼지처럼 배가 불룩하다. 귀는 돼지처럼 털이 북슬북슬하고, 뿔은 염소 뿔처럼 둥글게 말려 있다.

토마스는 아침에 별말이 없다. 벌겋게 핏줄이 선 눈은 피곤해 보인다. 그는 머리가 아프다고 투덜거리며, 아침 키스를 하러 오는 에스페란사도 밀어내 버린다. "악마를 더 만들어." 그녀는 돌로레스에게 말하고 밭에 나간다.

그녀는 에스페란사를 달래고 점토로 악마를 만든다. 그녀의 손끝에서 뚱뚱한 악마는 한층 더 뚱뚱해진다. 그녀의 손가락은 악마의 둥근 배를 매끈하게 문지르고, 돼지의 배에 막대기 같은 다리를 붙인다. 햇볕에 마르는 악마의 귀가 서글프게 축 늘어져 있다. 우스꽝스러운 악마, 어린아이 장난감이지만, 어쩐지 그녀는 악마를 보며 웃을 수가

진흙의 악마

없다.

점토 한 줌으로, 그녀는 가슴을 한껏 부풀리고 매부리 같은 코를 한 채 거들먹거리는 수탉 악마를 만든다. 악마는 바보 같은 생김새이지만, 돌로레스는 불편하다. 악마는 어둠의 냄새, 태곳적 공간의 냄새를 풍긴다. 할아버지의 이야기가 다시 떠오른다.

"사악한 존재의 이름을 부르지 마라. 그렇게 하면, 그를 곁에 소환하여 힘을 부여하는 것이 된다."

점토를 다듬어 악마의 섬세한 뿔 형태를 만들면서, 그녀는 할아버지가 이 장난감을 보면 뭐라고 할지 생각한다. 용암지대에서 산들바람이 불어온다. 열이 오르는지 어지럽고 힘이 빠진다.


토마스는 그날 저녁 악마를 집에 들이라고 고집한다. 그는 침대 옆 선반에 악마를 놓고 뚱뚱한 놈의 배를 찌르며 웃는다.

이번에도 토마스와 친구들은 낡은 차에 앉아 데킬라를 마신다. 돌로레스는 침대에 누웠지만 잠이 오지 않는다. 토마스가 친구들과 이야기하며 웃는 소리가 들려온다.

다른 소리도 들린다. 쥐가 흙바닥에서 옥수수 낟알을 찾는 듯한 작은 소리다. 악마가 선반에서 손톱으로 나무판을 긁으며 돌아다니고 있다는 것을 알고, 그녀는 뜬눈으로 누워 있었다.

토마스가 비틀비틀 집에 들어올 때도 그녀는 깨어 있다. 그는 데킬라 병을 들고 왔다. 병을 쨍그랑거리며 침대 옆 바닥에 내려놓는 소리, 주섬주섬 셔츠 벗는 소리가 들린다. 그는 침대에 나란히 누웠고,

그녀는 그를 향해 돌아눕는다. 그의 숨결에서 데킬라 냄새가 풍긴다. 그는 그녀를 끌어당겨 목에 입술을 갖다 댄다. 어둠 속에서 사랑을 나누는 동안에도, 악마가 선반에서 보고 있다는 생각이 든다. 침대는 노래하지만, 그녀는 소리를 내지 않는다. 마침내 그는 잠든다.

남편과 딸이 잠든 사이, 돌로레스는 악마가 선반에서 움직이는 소리를 듣는다. 아침에 일어나 보니, 악마는 조금도 움직이지 않았다는 듯 조용히 서 있다. 그날 아침 동네 우물에서 물을 길어 오는 길에, 돌로레스는 마을 치유사이자 약초상인 도나 라몬의 집에 들른다.

약초를 서까래에 널어 말리고 마당에서 재배하기 때문에, 도나 라몬의 집과 마당에는 독한 약초 냄새가 감돈다. 도나 라몬에게 약간 겁을 먹었는지 에스페란사는 눈을 커다랗게 뜨고 엄마 옆에 바짝 붙어 선다.

들로레스는 악마를 원하는 미국인에 대해, 끔찍한 악몽에 대해, 밤에 들은 소리에 대해 도나 라몬에게 털어놓는다.

늙은 여자는 고개를 끄덕인다. "악마는 당신에게 불운을 가져올 거야. 당신은 악마를 만들면서 악마에게 힘을 부여하고 있어. 용암지대의 악마를 당신 집에 소환하는 거야."

"어떻게 해야 할까요?"

"이제 악마를 만들지 마."

"미국인은 악마를 원해요."

"그럼 당신이 불운을 얻게 될 거야."

그날 오후 돌로레스는 비둘기와 올빼미, 코요테, 개구리 모양의

진흙의 악마

호루라기와 아이들이 좋아할 만한, 집에 악마를 불러오지 않을 단순한 장난감을 만든다. 엄마가 일하는 동안, 에스페란사도 옆에서 점토를 가지고 둥근 공 모양을 만든 뒤 납작하게 두드려 진흙 토르티야를 만든다.

저녁에 집에 돌아온 토마스는 들로레스가 새로 만든 도자기를 살핀다. 악마는 하나도 없다.

"미국인이 악마를 만들라고 했잖아. 왜 이런 장난감을 만들고 있어?"

"난 악마가 마음에 들지 않아요." 들로레스는 나직하게 말한다. "불운을 갖고 올 거예요."

토마스는 얼굴을 찌푸린다. "악마는 돈을 갖고 올 거야. 돈은 행운을 가져와."

그녀는 고개를 젓는다. "치유사가 이 점토 악마는 용암지대의 진짜 악마를 우리 집에 불러올 거라고 했어요."

토마스는 웃는다. 즐거움이 담겨 있지 않은, 상대를 상처 입히는 비웃음이다. "난 왜 이렇게 멍청한 마누라를 데리고 살까?" 그는 묻는다. "용암지대에는 악마가 없어. 다 애들 겁주려고 만든 이야기야."

돌로레스는 고집스럽게 다시 고개를 젓는다. "난 악마를 만들 수 없어요. 그건…"

토마스의 손바닥이 느닷없이 뺨을 쳐서 그녀는 하마터면 쓰러질 뻔한다. "난 왜 이렇게 멍청한 마누라를 데리고 사느냐고!" 그는 외친다. "미국인이 악마를 원한다고. 그러니까 넌 악마를 만들어." 그는 다시 손바닥을 휘두르고, 돌로레스는 무릎을 꿇고 앉아 울며 머리를 감싼다. 그는 다시 때리려는 듯 손을 치켜올린 채 잠시 서서 그녀를 내려다본다. 그녀가 올려다보자, 그는 험상궂은 표정을 짓는다. 원하는 것을 못 주겠다는 말을 들은 어린 소년 같은 표정이다. "넌 악마를 만들어야 해." 그는 말한다.

"그럼 우리가 돈을 벌고, 너도 새 옷을 살 수 있어." 마지못해, 그녀는 고개를 끄덕인다. 그는 눈물을 닦으라고 하더니 그녀를 일으켜 세운다.

그날 밤, 토마스는 미국인의 돈으로 산 테킬라를 친구들과 같이 마저 해치운다. 돌로레스는 인간의 해골을 쌓아 올린 무대에서 박쥐 날개를 한 악마가 손톱이 긴 양손에 우는 아이를 하나씩 쥔 채 춤추는 꿈을 꾼다. 뱀 악마는 벌거벗은 여자를 똬리로 틀어 감고 있다.

다음 날 아침 돌로레스는 악마를 만든다. 여자를 포로로 잡은 뱀, 춤추는 박쥐 날개 악마, 새 악마와 아이들. 머리가 지끈거리고, 반나절밖에 지나지 않았는데도 피곤하다.

집에 돌아온 토마스는 그녀의 작품을 보고 미소 짓는다.

"이게 돈을 가져다줄 거야." 그는 말하지만, 그녀는 대답하지 않는다. 그는 이번 작품을 이전 것들과 함께 선반에 진열한다. 테킬라가 없기 때문에, 친구들은 집에 찾아오지 않는다. 그는 혼자 녹슨 차에 걸터앉아, 지는 햇빛을 받으며 존다. 돌로레스는 부엌문에서 바라본다. 밤이 다가오는데 그가 용암지대에 그렇게 가까이 있는 것이 마음에 걸린다. 그녀는 그에게 다가간다. "집으로 들어와요. 여기 나와 있으면 안 좋아요."

미소 짓는 그의 얼굴이 붉은 석양 속에서 어딘가 낯설어 보인다. "악마를 두려워하면 안 돼. 악마가 우리를 부자로 만들어 줄 거야. 당신한테 새 옷을 사주고 우리한테 새집을 지어줄 거야."

그녀는 그의 손을 잡는다. 그는 몽유병 환자처럼 그녀를 따라 고분고분 집으로 돌아온다. 그들은 침대에 누웠고, 그는 잠든다. 에스페란사도 잠든다. 돌로레스는 속삭이는 소리를 듣는다.

"돌로레스, 우리는 당신을 강하게 해줄 것이다. 돈을 줄 것이다. 힘을 줄 것이다." 사막에서 불어오는 바람처럼 메마른, 작은 목소리. "우리의 말을 들어라."

토마스가 잠결에 뒤척이다가 꿈속에서 비명이라도 지르는지 나직하게 신음하는 소리가 들려온다. 그는 악마의 약속에 좌지우지되는 약한 남자다. 악마는 그에게 부를 약속했고, 술로 유혹했다. 그는 약하지만, 그녀는 강하다. 그녀도 속삭이는 목소리를 들었지만, 귀를 기울이지 않았다.

희미한 이른 새벽빛 속에서, 돌로레스는 침대에서 빠져나와 악마들을 용암지대 가장자리로 모두 가져간다. 그녀는 악마들을 낡은 차 후드 위에 나란히 놓는다. 악마들은 튀어나온 눈으로 그녀를 노려보며 앞발로 위협하고 있다.

그녀는 땅에서 커다란 몽둥이를 주워 여자를 휘감은 뱀 악마를 후려갈긴다. 굽지 않은 점토는 산산조각이 난다. 몽둥이를 다시 들어 올리는 그녀의 몸을 새벽빛이 따뜻하게 데운다.

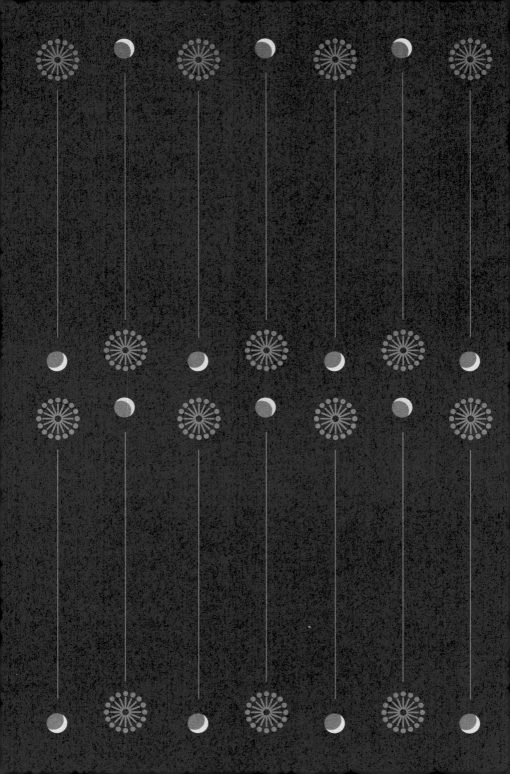

# 13

뒤돌아보지 말라

Don't Look Back

작은 수채화 한 폭이 벽난로 위에 걸려 있었다.

리즈가 이 넓은 고택에 살던 시절에는 그녀의 스케치 한 점이 저 자리에 걸려 있었다. 늦은 오후 햇살 속에서 눈을 가늘게 뜨니, 지금 저 수채화도 마치 자기 그림 같았다.

리즈는 벨벳이 닳아서 오래전 반질반질해진 소파 팔걸이에 고개를 기댔다.

어맨다가 키우는 골든리트리버 브리스틀이 관심 가져달라는 듯 그녀의 다리에 고개를 툭 부딪쳤고, 그녀는 느긋하게 개의 귀를 긁어주었다.

1년 전에도 이 집을 찾았다. 당시 리즈는 샌프란시스코에서 마크와 살고 있었다. "당신은 과거에 머무르려는 거야." 그녀가 옛집을 찾아 떠날 때, 그는 말했다. "자신을 불행하게 만들 뿐이야. 그런다고 돌아갈 수 없잖아." 오후 햇살을 얼굴에 받으며 소파에 누워 있으니, 마크의 말이 틀렸다는 것을 알 수 있었다. 그녀는 과거에서 행복했다. 미래는 걱정스러웠다.

마크는 아직 샌프란시스코에서 살고 있지만, 리즈는 그곳을 떠났다.

지난 한 해, 그녀는 로스앤젤레스에서 살았다. 지금은 가족과 친구를 뒤로하고 멀리 뉴욕에서 일자리를 찾아 떠날 참이었다.

브리스틀은 다시 리즈의 다리에 고개를 들이밀었고, 그녀는 계속해서 귀를 긁어주었다. "잘 어울리는 한 쌍이네." 나이 지긋한 어맨다가 방에 들어오며 말했다. 그녀는 찻주전자와 머그잔을 커피 탁자에 놓고 개의 옆 바닥에 책상다리를 하고 앉았다. 머리는 희끗희끗했지만, 자기 집에 사는 미대 학생들 못지않게 털털한 몸가짐이었다. "그 개는 예전부터 당신을 제일 좋아했어."

브리스틀은 고개를 들었다. 개는 미안하다는 듯 리즈에게서 떨어져 몸을 죽 펴더니 현관으로 향했다. 리즈는 눈살을 찌푸리며 소파에 일어나 앉았다. "누가 왔나 보죠?"

"엘사일 거야." 어맨다는 차를 따랐다. "당신이 쓰던 방에서 지내고 있어."

리즈가 문을 열어주자, 브리스틀은 얼른 옆을 지나쳐 나갔다. 그녀는 문간에 서서 골든리트리버가 열여덟 살쯤 되어 보이는 여자 옆에서 빙빙 돌며 재롱을 부리는 모습을 바라보았다. 소녀는 웃으며 개와 계속 얼굴을 마주 보려는 듯 빙빙 돌았다. 긴 갈색 머리카락에는 화사한 꽃 한 송이가 꽂혀 있었다. 겨드랑이에는 스케치북과 얇은 미술책 몇 권을 끼고 있었다.

긴 하루를 마치고 집에 돌아오면 브리스틀이 맞아주던 기억을 떠올리며, 리즈는 지켜보았다. 그때 그녀도 스케치북을 팔에 끼고 다녔고, 머리에 꽃을 꽂은 채 버스 정류장에서 집까지 걸어오곤 했다.

"벽난로 위에 걸린 수채화가 엘사 작품이야." 어맨다가 리즈 뒤에서 말했다. "솜씨가 상당히 좋지. 휘티어 교수 밑에서 공부하고 있어."

"그분께는 좋은 일만 있길." 리즈는 소녀와 개를 응시한 채 대답했다. 휘티어는 리즈의 지도교수이기도 했다.

소녀가 집 쪽으로 돌아서자, 리즈는 문간에서 물러났다. 나무 계단을 오르는 발소리가 토박토박 울렸고, 소녀와 개가 방 안으로 뛰어들어왔다. "안녕, 어맨다." 엘사는 입을 열었다. "저녁 식사는 집에서 안 할 거예요."

"서두르지 말고." 어맨다는 리즈에게 그랬듯 소녀에게 너그러운 미소를 보였다. "리즈 버크에게 인사하렴."

"만나서 반갑습니다." 엘사는 누가 듣는 것이 꺼려지기라도 하는 듯 나직하게 대답했다. "휘티어 교수님 사무실에 당신 그림이 걸려 있어요. 정말 좋더라고요." 망설이는 것을 보니, 무슨 말을 해야 할지 몰라 안절부절못하고 있다는 것을 자기 마음처럼 알 수 있었다. 리즈 자신도 휘티어의 옛 제자를 만나면, 교수가 존경과 애정을 담아 말하던 사람들을 만나면 그렇게 어색했던 기억이 떠올랐다. 엘사는 스케치북을 한 팔에서 다른 팔로 옮겨 끼더니 이제 가보겠다는 듯 어맨다를 바라보았다. "친구들이랑 강의 들으러 가요. 저녁 식사 시간에는 안 들어올 거예요, 어맨다." 엘사가 방을 나서고 브리스틀이 꽁무니를 쫓아 나가자, 애석함 같은 감정이 리즈의 가슴을 찔렀다. "1학년인가요?"

어맨다는 리즈에게 차 한 잔을 밀어주고 고개를 끄덕였다.

"맞아, 왜?"

"모르겠어요. 처음 보는 순간, 누가 떠올라서." 리즈는 어깨를 으쓱했다.

"잃어버린 당신 자신의 젊음 아닐까?" 어맨다는 씩 웃었다.

"모르겠어요." 리즈는 미간을 찌푸리며 답했다. "이야기해 보고 싶었는데."

어맨다는 웃었다. "당신 앞에서 기가 죽은 것 같아. 휘티어 교수의 학생들 전부가 당신 그림자 밑에서 춤추고 있잖아. 당신을 본받기란 쉽지 않겠지."

"본받기는 누가 본받으라고 한 적도 없는데." 리즈는 억울한 듯한 목소리였다. 귀나 긁어주게 골든리트리버가 옆에 앉아 있으면 좋겠다 싶은 기분으로, 그녀는 다시 소파에 앉아 차를 마셨다.

리즈는 이 집에 살던 시절에 관해 이야기를 나누며 어맨다와 저녁 시간을 함께 보냈다. "여길 뜬 건 잘한 거야." 어맨다가 말했다. "떠난 지 1년 뒤에 당신이 다시 돌아올 뻔했던 기억이 나는군."

"휘티어 교수님의 조교 자리가 났었죠." 리즈는 회상했다. "왜 안 했는지 모르겠어요. 급여도 좋았고, 일도 재미있었고, 돌아올 수 있는 기회였는데…"

어맨다는 얼른 아니라며 고개를 저었다. "내가 그 일은 받지 말라고 했잖아. 웬일로 당신이 내 말을 들었지. 당신은 돌아올 수 없어. 여기에는 더 이상 당신 자리가 없어." 어맨다의 목소리에는 애정이 담겨 있었고 따뜻했지만, 그 말은 리즈의 가슴에 서늘하게 메아리쳤다. 더 이상 네 자리는 없다.

어맨다가 잘 자라고 인사하고 위층 다락방 침실로 올라간 뒤에도 그 서늘한 기분은 가시지 않았다. 어둑어둑하게 그림자가 드리운 복도에서, 리즈는 계단을 올라가는 어맨다의 발소리에 귀를 기울이며 손님방 문 앞에 그대로 서 있었다.

1시가 지난 시각이었지만, 엘사는 아직 집에 돌아오지 않았다. 리즈는 손님방 문에서 돌아서서 자신이 예전에 쓰던 방문을 열어보았다.

달빛을 배경으로 데이지 꽃다발이 창틀에 꽂혀 있었다. 리즈도 늘 자기 방에 꽃을 두곤 했다. 책상 위에는 스케치, 책, 도안들이 어지럽게 널려 있었다. 열린 창가에 안락의자가 놓여 있었고, 찢어진 등받이 천을 가리기 위해 얇은 인도풍 모슬린 담요가 걸쳐져 있었다. 리즈가 쓰던 그 의자인지, 모양이 똑같이 삐딱한 다른 의자인지는 알 수 없었다.

열린 창문 밖으로, 고요한 정원 건너편에서 누군가 노래 한 곡조를 휘파람으로 부는 소리가 흘러왔다. 카페나 파티, 작업실에서 늦은 밤까지 일한 뒤 돌아올 때면, 리즈 역시 어둠을 물리치려고 휘파람을 불곤 했었다.

진입로에서 발소리가 들려서 리즈는 얼른 자기 방으로 도망갔다. 학생의 사생활을 침해하다니 도리에 어긋난 짓이라고 자신을 나무라며, 그녀는 엘사의 열쇠가 자물쇠 구멍에서 덜걱거리는 소리에 귀를 기울였다.

리즈는 다음 날 아침 일찍 일어났다. 창밖 나뭇잎 사이로 스며들어 온 햇빛이 천장에 어른어른 그림자를 드리우고 있었다. 그녀가 학생이던 때에도 햇빛은 옆방 천장에 똑같은 그림자를 드리웠다. 옆방에서 침대 스프링 삐걱거리는 소리, 옷장 문 열리는 소리가 들려왔다. 계단에서 발소리가 들렸지만, 그녀는 침대에 그대로 누운 채 바람이 나뭇잎을 흔들 때마다 천장에서 춤추는 햇빛의 그림자만 바라보고 있었다. 현관문이 열렸다가 닫히는 소리가 났다. 자갈 깔린 진입로에서 발소리가 차츰 멀어질 때까지 기다리고 있다가, 그녀는 마침내 일어나서 아침을 먹으러 어맨다가 있는 부엌으로 향했다.

아침을 먹은 뒤, 그녀는 학생 시절 매일 타던 버스에 올랐다. 버스를 타고 가는 동안에도, 휘티어 교수의 사무실을 향해 캠퍼스를 걷는 동안에도, 추억이 머릿속을 어지럽혔다. 좋은 기억은 아니었다. 나쁜 기억도 아니었다. 그저 기억이었다. 급하게 수업에 들어가는 길에 포트폴리오를 이 문 앞에 던져두었지, 갑자기 비가 내려서 이 건물에서 비를 피했지, 낡은 잼 병에 저 분수대 물을 채워서 꽃다발을 꽂아두었지, 휘티어 교수를 처음 만나러 갔을 때 나는 바로 저기 서 있었지. 바로 이 모퉁이를 돌아가면 벽에 내 스케치가 걸려 있었지.

바로 그 모퉁이를 돌아가니, 벽에 스케치 한 장이 걸려 있었다. 리즈는 걸음을 멈췄다. 초상화 속의 여자는 어맨다였고, 리즈는 서명을 확인했다. 엘사 브랜트. 묘한 불편함이 가슴을 스쳤지만, 뭐라 적당한 표현을 찾기가 힘들었다. 그날 아침 그녀를 늦게까지 침대에서 뒤척이게 만들었던 바로 그 어수선한 기분이었다.

휘티어 교수실의 문을 두드리려고 손을 드는 순간, 이런 생각이 스치는 것을 억누를 수 없었다. 노크도 매일 했었지. 이어진 생각 역시 피할 수 없었다. 엘사도 아마 매일 이러고 있겠지.

리즈가 없는 동안 휘티어 교수는 조금도 변하지 않았다. 냉랭한 노인네는 앞으로 리즈가 뉴욕에서 무슨 일을 하게 될지 말하는 동안 천천히 고개를 끄덕이며 들었다. 학교의 변화, 작업의 성장에 대해 이런저런 이야기를 나눈 뒤, 그녀는 학생들에 관해 묻지 않을 수 없었다.

교수는 어깨를 으쓱했다. 오랜 세월이 흘렀지만, 그는 여전히 빙산처럼 느리고 멈추지 않는 존재였다. "미대생들은 다 같아. 게으르고, 자기중심적이지. 그건 변하지 않았어." 그는 말했다. "단 한 사람, 자네가 쓰던 작업실에서 일하는 친구, 그 친구 하나가 그나마 미래가 보인달까. 이름은 엘사 브랜트야."

아까부터 리즈는 휘티어 교수의 머리 뒤쪽에 걸린 드로잉에 시선을 고정하고 있었다. 자신이 브리스틀을 모델로 2학년 때 완성했던 스케치였다. 햇볕이 내리쬐는 지점에 엎드려 잠들어 있는 개의 매끈한 우아함을 펜과 잉크로 포착하려고 애쓰며 따뜻한 오후 거실에 앉아 있던 순간이 떠올랐다. 리즈는 그 기억을 집요하게 더듬었다. 그녀는 독특했다. 아무도 그 순간을 이런 식으로 포착하지 못했을 것이다.

"네." 리즈는 조용히 인정했다. "저도 엘사의 작품을 봤습니다. 앞날이 기대되더군요."

교수실을 나오는 길에, 리즈는 예전에 쓰던 작업실에 들러 문간에서 멈췄다. 엘사가 복도 쪽으로 등을 보인 채 열린 창문을 향해 서 있었다. 이젤에는 거의 완성된 자화상이 걸려 있었다. 그림 속의 엘사는 마당에서 개가 반갑게 맞아줄 때 지었던 삐딱한 미소를 옅게 띠고 있었다. 리즈는 말을 걸려고 다가서다가 문득 깨달았다. 나도 항상 열린 창문을 향해서 그림을 그렸지. 그녀는 돌아서서 도망쳤다.

"한동안 머물 줄 알았어." 리즈가 자동차 짐칸에 여행 가방을 싣자 어맨다가 투덜거렸다. "일주일 정도는 뉴욕으로 출발할 계획이 없다고 했잖아."

"알아요. 그냥…" 그녀는 어맨다의 눈을 마주 보았다. "전 더 이상 이곳 사람이 아니에요." 그녀는 망설였다. '내 자리에 다른 사람이 있어요'라고 말하려다가, 생각을 고쳤다. "당신도 오랫동안 내게 했던 말이잖아요. 그 말이 맞다는 걸 이제야 깨달았어요."

어맨다는 걱정스러운 표정이었다. "그럼 이제 어디 갈 거야?"

"산호세에서 같이 일하던 제이컵스 씨에게 이미 전화했어요. 같이 점심이나 먹으러 갈까 해요." 그녀는 애써 가벼운 어조를 띠려고 노력했다. "아, 걱정 마세요, 어맨다. 지금은 어째 좀이 쑤셔서 한곳에 머물 수가 없네요." 그녀는 작별 인사로 연상의 여자를 포옹하고 차에 올랐다. 시동을 건 뒤, 그녀는 차창 밖으로 팔을 뻗어 어맨다의 손을 잡았다. "미안해요, 어맨다. 그저 이럴 수밖에…" 무슨 말을 해야 하는지 말문이 막혀 리즈는 다시 망설였다. "뉴욕에서 편지 쓸게요."

리즈는 점심시간을 넉넉히 남기고 산호세의 작은 실크스크린 회사에 도착했다. 그녀가 처음 디자이너 일자리를 얻어서 티셔츠 로고와 디자인을 스케치했던 곳이었다.

나이 지긋한 제이컵스 씨가 주문받은 티셔츠를 포장하는 동안, 그녀는 작업실 한쪽 구석에 있는 그의 책상 앞에 앉았다. 책상 한 귀퉁이 재떨이 위에 놓인 제이컵스의 파이프에서 옛 추억을 불러일으키는 냄새가 풍겼다. 제이컵스는 등을 돌린 채 셔츠를 하나하나 접어 깔끔하게 쌓고 있었다. 도와줄까 물었지만, 그는 자기가 하는 것이 더 빠르다며 거절했다. 그녀는 그가 일하는 모습을 바라보았다. 제이컵스 씨는 청바지와 파란색 작업복 셔츠 차림의 강단 있는 노인이었다. 그는 예전부터 항상 청바지와 파란색 작업복 셔츠만 입었다. 5년 뒤에 다시 온다 해도 여전히 희끗희끗한 머리통 한 부분만 대머리가 된 모습으로 청바지와 파란 작업복 셔츠 차림일 것 같았다. 리즈는 의자를 뒤로 젖히고 다리를 참나무 책상 위에 느긋하게 올렸다.

제이컵스 씨는 일꾼들을 통 믿을 수 없다고 연신 투덜거렸다. 고등학생들은 자동차 바퀴나 겨우 갈아 끼울 만큼 용돈이나 벌다가 그만둔다. 그러다 도색을 할 때가 되면 다시 받아달라고 찾아온다는 것이었다.

"그래도 받아주시죠?" 리즈는 노인을 바라보며 씩 웃었다.

"잘 아시네요." 리즈가 쓰던 사무실에서 한 여자가 나오더니 대신 답했다. "친구 기다리게 하지 마시고 식사하러 나가세요." 여자가 말을 이었다. "제가 포장하겠다고 했잖아요."

"일꾼이란 게 이 모양이야, 리즈." 제이컵스는 말했다. "리비는 늘 나더러 이래라저래라 해. 예전 자네랑 똑같아."

리즈는 바닥에 발을 내려놓고 의자를 다시 똑바로 세웠다. 리비는 청바지 차림이었고 긴 생머리였다. 그녀는 리즈에게 삐딱한 미소를 보였다. 약간 냉소적인 입술이었다.

제이컵스는 젊은 여자에게 짐짓 험악한 표정을 지었다.

"말조심하라고. 네 자리에 다른 사람 들일 수도 있어."

그들은 실크스크린 회사에서 몇 블록 떨어진 식당으로 점심을 먹으러 갔다. 리즈는 어쩐지 불편했고 정신이 산만했다.

어색했지만 질문을 피할 수가 없어, 리즈는 리비에 관해 물었다. "재미있는 사람 같더군요. 좋은 디자이너인가요?"

제이컵스 씨는 고개를 끄덕였다. "그럼. 좋은 친구야. 내가 아주 아껴. 처음 내 밑에서 일하기 시작했을 때의 자네를 많이 닮았지."

리즈는 카운터 뒤의 거울에 비친 자기 모습을 흘끗 보았다. 갈색 생머리가 어깨에 닿았고, 입에는 삐딱한 냉소가 걸려 있었다. 그녀는 외면했다.

"자네도 그랬듯이 저 친구도 곧 다른 곳으로 옮겨 갈 거야." 제이컵스 씨는 말하고 있었다. "성장해야지…" 리즈는 귀를 기울이려고 애썼지만, 거울 속의 자기 모습이 자꾸 신경 쓰였다.

식당은 북적거리고 시끄러웠다. 리비에게 했던 제이컵스 씨의 농담이 리즈의 머릿속을 떠나지 않았다. 네 자리에 다른 사람 들일 수도 있다. 다른 사람을 들일 수 있다.

"자네와 사귀는 젊은 남자는 어떻게 지내?" 제이컵스 씨는 물었다.

머릿속의 소음과 식당의 소음을 가르고 질문이 귀에 와 박혔다.

"마크 말씀이시군요." 제이컵스 씨와 마지막으로 이야기를 나눈 것이 얼마나 오래전 일인지 미처 깨닫지 못하고 있었다. "저도 한참 못 봤어요. 헤어진 지 1년 넘었어요." 포마이카 탁자 위의 은제 식기를 만지작거리다 고개를 들어보니, 제이컵스 씨는 걱정스러운 얼굴로 그녀를 바라보고 있었다. "괜찮아요." 목소리가 지나치게 컸다. 괜찮은 척하려고 지나치게 서둘러 부정한 것 같았다. "서로 가는 방향이 달랐어요, 그뿐이에요. 둘 다 나이가 좀 더 많고 정착할 준비가 되었다면, 달랐을지도 모르죠." 갑작스럽게 고요해진 머릿속에 자신의 말이 메아리쳤다. 달랐을지도 모르죠.

제이컵스 씨의 사무실에 돌아온 뒤, 리즈는 테리에게 전화했다. 샌프란시스코에 사는 옛 친구였다. 그녀는 차츰 커지는 당혹감을 억누르려고 애쓰며 가벼운 목소리를 내려고 노력했다.

"테리, 오늘 밤 찾아가도 될까?"

"그럼, 네가 동부로 가기 전에 만날 기회가 생겨서 다행이야."

테리의 목소리는 침착했다. 리즈에게 그녀는 언제나 균형추 같은 존재, 느긋하고 푸근한 존재였다. "근데 산타크루즈에서 동부로 출발할 거라고 하지 않았어?"

"계획이 변경됐어." 리즈는 자신의 목소리에서 긴장감을 느낄 수 있었다.

"설마 뉴욕 일을 포기하려는 건 아니겠지?" 테리는 물었다. "그러지 마."

등 뒤 작업실에서 제이컵스 씨의 퉁명스러운 목소리, 이어 리비의 웃음소리가 들려왔다.

도망치고 싶었다. "미안, 테리. 거기 도착해서 이야기하는 게 좋겠어. 지금은…" 전화를 끊은 뒤, 리즈는 작별 인사도 하지 않고 몰래 문을 빠져나갔다.

테리의 아파트에 도착한 리즈는 긴장을 풀려고 노력했다. 소파에 앉은 채 친구가 건네준 찻잔을 응시하며, 그녀는 자신이 한때 맡았던 일을 하고 있는 두 갈색 머리 여자를 만난 일이 왜 이렇게 마음에 걸리는지 설명할 방법을 찾으려고 애썼다.

"가기 전에 마크를 만나볼 생각은 없지?" 테리는 물었다. 친구는 방 맞은편 편안한 의자에 앉아 무릎에 손깍지를 끼고 리즈의 얼굴을 똑바로 쳐다보고 있었다. 테리가 자신을 걱정하고 있다는 걸 알고 있었지만, 리즈는 이 소파에 앉아서 열심히 귀를 기울이는 테리에게 문제를 털어놓고 있는 다른 여자의 모습을 상상하지 않을 수 없었다.

"생각해 보기는 했어." 리즈는 털어놓았다. 화해하는 장면을 상상해 본 적이 있었다. 어른스러운, 하지만 부드러운 마지막 작별 인사를 상상했다. 갈색 머리에 뻐딱한 미소를 지닌, 다른 특징은 어렴풋한 한 여자와 마주치는 장면도 상상했다.

"좋은 생각은 아닌 것 같아." 테리는 말했다. "너도 알고 있잖아."

"응, 알아. 단지…" 리즈는 망설였다. 그녀를 따라다니는 어렴풋한 여자의 모습은 이후 머릿속에서 한층 또렷해졌다. 이제 얼굴이 확실히 보였다. 젊은 시절의 자기 자신이었다. 자신이 그 여자의 등을 두드리며 이렇게 말하는 장면을 상상할 수 있었다. '행운을 빌어, 미래가 촉망되는 친구야.' 그녀는 고개를 저었다. "아니." 반쯤은 자기 자신에게, 반쯤은 테리에게 하는 말이었다. "좋은 생각이 아닌 것 같아."

리즈가 방문한 기념으로, 테리는 다음 날 휴가를 냈다. 리즈의 제안으로 그들은 그녀가 시내에서 일할 때 좋아했던 카페에 점심을 먹으러 갔다. 식당을 나서다가, 그들은 리즈가 편집디자이너로 일했던 잡지의 편집자 데이브를 만났다.

"리즈! 난 당신이 샌프란시스코에 있다는 것도 몰랐어." 데이브는 그녀의 어깨를 두드렸다. "오늘 밤 내가 여는 파티에 놀러 와. 다들 모일 거야." 그는 미간을 찡그리며 망설였다. "아, 마크하고는 아직 친구 사이겠지?"

"당연하지." 그녀는 약간 지나치게 빨리 대답했다. "마크를 다시 만날 수 있다면 좋겠네." 그녀는 무심한 척 미소 지었다. "몇 시에 가면 돼?"

카페를 나서면서, 테리는 리즈의 팔에 손을 얹었다. "네가 아무리 그래도 나는 못 속여. 마크를 보고 싶지 않으면…"

"괜찮아. 파티에 가고 싶어. 마크도 다시 보고 싶고."

"아직 앙금이 남아 있어서 보고 싶은 것이길 바라. 그건 건강한 동기니까. 마크가 없어도 네가 얼마나 잘 지내고 있는지 보여줘야지." 테리는 리즈의 얼굴을 바라보고 있었다. "옛정 때문에 한번 보고 싶다는 마음은 부디 아니었으면 좋겠어. 넌 돌아갈 수 없어. 알고 있잖아."

"알아." 리즈는 말했다. "정말 알아."

오클랜드를 내려다보는 언덕에 있는 데이브의 집 문간에서, 리즈는 자신이 모르고 있었다는 것을 깨달았다. 마크의 팔짱을 낀 여자는 묶어 올린 긴 갈색 머리에서 삐져나온 곱슬머리가 얼굴 주위에 흐트러져 있었다. 리즈보다 몇 살 어려 보였지만, 입가에는 삐딱한 미소를 짓고 있었다. 게다가 마크를 보니 예전의 의문이 되살아났다. 정말 우리는 계속 잘 살 수 있었을까? 헤어지지 말아야 했을까?

데이브는 재킷을 받아 들고 리즈의 시선을 따라 마크 커플을 바라보았다. "릴리언이야. 당신이 예전에 맡았던 일을 하고 있어."

"아, 정말?" 리즈는 애써 침착한 표정을 유지했지만, 데이브가 다른 곳을 돌아보자마자 테리에게 나직하게 말했다.

"저 여자가 차지한 건 그뿐만이 아니잖아."

"그냥 떠나고 싶으면…" 테리는 입을 열었다.

리즈는 얼른 고개를 저었다. "괜찮아." 자신의 팔을 잡는 동작으로 미루어, 테리도 리즈가 사실 괜찮지 않다는 것을 눈치챘지만 겉으로는 모르는 척하는 것 같았다.

리즈는 미소 지으며 마크 커플 쪽으로 걸음을 옮기다가 잡지사에서 일하던 옛 친구들을 만나서 잠시 안부를 나누었다. 그래, 더 큰 일, 더 좋은 일로 옮겼다. 그래, 뉴욕으로 옮긴다는 소문은 사실이다. 아니, 당신들을 잊지 않았다, 절대로.

웃고 떠드는 동안에도, 리즈는 마크와 릴리언에게서 시선을 떼지 않고 있었다. 릴리언이 마크를 떠나 다른 사람들에게 합류하는 것을 보고, 리즈는 마침내 말을 걸었다.

"안녕, 마크. 어떻게 지내고 있어?" 그녀는 반갑게 포옹했다. 어쨌든 헤어져도 친구로 지내기로 한 사이였다. "좋아 보이네."

"너도 잘 풀리는 것 같더군." 그는 말했다. "소문에 듣기로 뉴욕 일자리는 한 단계 윗급이라면서."

"힘든 도전이 될 거야." 그녀는 동의했다. 방 건너에서 릴리언은 데이브와 이야기하고 있었다. "정말 멋진 여자 같네." 리즈는 말했다. 릴리언은 무슨 말을 들었는지 미소 지었고, 그 미소가 약간 삐딱한 것이 새삼 리즈의 눈에 들어왔다.

"맞아." 마크는 약간 조심스러운 말투로 답했다. 그쪽을 바라보니, 그 역시 릴리언을 바라보고 있었다.

"너 릴리언 기억 안 나?" 마크가 물었다. 리즈는 어리둥절한 눈빛으로 그를 바라보았다. "미대에서 너보다 한 학년 아래였잖아. 너랑 같이 회화 수업도 들은 것 같던데."

리즈는 여자의 얼굴을 곰곰이 뜯어보았지만, 전에 본 기억은 없었다. "아니, 기억 안 나는데."

"릴리언은 널 기억해. 네 작품을 아주 좋아해." 그는 재미있다는 듯 씩 웃었다. "수많은 네 숭배자 중 하나야." 리즈는 릴리언에게서 시선을 돌려 마크의 눈을 바라보았다. "내일도 난 시내에 있을 거야. 며칠 더 머물려고 해. 점심이나 같이하면 어떨까 하는데. 그냥 이야기나 하게." 마크의 표정을 보니, 이 말은 실수였다.

"그건 곤란할 것 같아." 그는 말했다. "릴리언과 나는… 릴리언은 당신을 여기서 만나게 돼서 약간 위협을 느낀 것 같아. 오랜만인데도 네가 너무 예전처럼 잘 어울려서."

"다시 사귀자거나 그런 뜻은 아니야. 위협이라니. 난 그저… 우린 여전히 친구니까…" 그녀는 자신이 우스꽝스러워지는 기분이 들어 입을 다물었다. "우린 함께 오랜 시간을 보냈고, 난 여전히 네가 무슨 일을 하는지 궁금하고…"

"아직 과거를 놓아주는 법을 못 배웠군, 그렇지?" 마크의 목소리에 살짝 날이 섰다. "넌 아직도 집착하고 있어."

"넌 안 그래?" 이 말이 입에서 나오는 순간, 리즈는 무슨 뜻인지 자신도 설명할 수 없다는 것을 깨달았다. 릴리언의 삐딱한 미소가 리비와, 엘사와, 자기 자신과 비슷하다는 것도 뭐라 설명할 수가 없었다.

"난 이미 놓아 보냈어." 마크는 말했다. 반박할 말을 찾을 수가 없었다.

테리가 방 건너편에서 손짓하자, 리즈는 구원자를 만난 기분이 되어 벽난로 옆에 있는 친구에게로 향했다. 한참 시간을 보낸 뒤, 리즈는 데이브의 집 뒤 계곡을 내려다보는 목재 테라스로 나가려다가 유리문에 손을 대고 우뚝 멈췄다.

마크와 릴리언의 윤곽이 달빛을 배경으로 테라스에 서 있었다. 마크의 손이 릴리언의 어깨 위에 놓여 있었고, 리즈가 바라보는 앞에서 그는 손을 들어 그녀의 뺨을 만졌다. 머릿속에서 그의 말이 들리는 듯했다. 당신은 내게 정말 특별한 사람이야, 알아?

자기 자신이 연애하던 모습을 되돌아보는 느낌이었다. 두 사람 너머의 어둠 속에 갈색 머리, 삐딱한 미소를 지닌 얼굴들이 길게 늘어서 있는 것 같았다. 등 뒤에서 파티장의 음악 소리가 들려왔다. 오래된

뒤돌아보지 말라

앨범에서 크로스비, 스틸스, 내시, 영이 노래하고 있었다. '전에 여기 와본 듯한 기분이야…'

리즈는 자신이 도망치고 있다는 것을 알면서 도망쳤다. 그녀는 테리에게 이만 자리를 뜨자고 부탁했다. 그리고 다음 날 뉴욕으로 출발하겠다고 고집했다. 테리는 리즈의 갑작스러운 공황 상태에 대해 굳이 캐묻지 않았다. 다시 이곳에 얽혀서 머물게 되지 않을까 하는 두려움 때문에 서둘러 떠나고 싶은 것이라고 해석했을 것이다. 리즈는 그런 것이 아니라고 굳이 설명하지 않았다.

모든 도시가 똑같아 보이는 중서부의 고속도로를 달려 동부로 향하며, 그녀는 자신의 비겁함을 스스로 인정했다. 하지만 액셀에서 발을 떼지는 않았다. 손이 떨리지 않도록 핸들을 꽉 움켜쥔 채 눈이 아프도록 도로만 응시했다. 맥도날드에서 햄버거를 먹고, 식도가 아래로 타들어 가고 한참 동안 위장이 화끈거릴 정도로 뜨거운 커피를 마셨다. 도로변 모텔에서 하룻밤을 지냈다. 잠을 설쳤고, 계속 핸들을 움켜쥔 채 액셀을 밟으며 도로를 달리고 있다는 기분으로 퍼뜩 깨곤 했다. 그녀는 그들 모두에게서 떠나고 있었다.

마음 한구석에 억울한 기분이 응어리져 떠나지 않았다. 왜 그들은 나를 따라오는 걸까? 왜 하필 내가 앞장서야 하는 운명일까? 자신의 그림자 속에서 춤추며 따라오는 한 무리의 아이들을 이끄는 피리 부는 사나이처럼.


리즈는 뉴욕에 도착했고 일을 시작했다. 첫날은 편하게 지낼 수

Don't Look Back

있도록 사무실을 단장하는 일로 하루를 보냈다. 이 자리에서 일하다가 그만둔 미술가 베스가 들러서 남겨둔 스케치를 가져갈 거라고 미술부 사무원이 전해주었다.

리즈는 속에서 끊임없이 부글거리는 분노를 무시하려고 애쓰며 새 책상에 앉아 일하기 시작했다. 사무실 문이 열리자, 그녀는 고개를 들었다. 갈색 머리를 핀으로 꽂아 넘긴 연상의 여자가 들어왔다. 냉소적인 미소가 걸린 입은 삐딱했다.

"안녕하세요." 그녀는 말했다. "베스라고 해요."

# 14

유성은 우주에서 날아온 돌멩이다

A Falling Star Is a Rock
from Outer Space

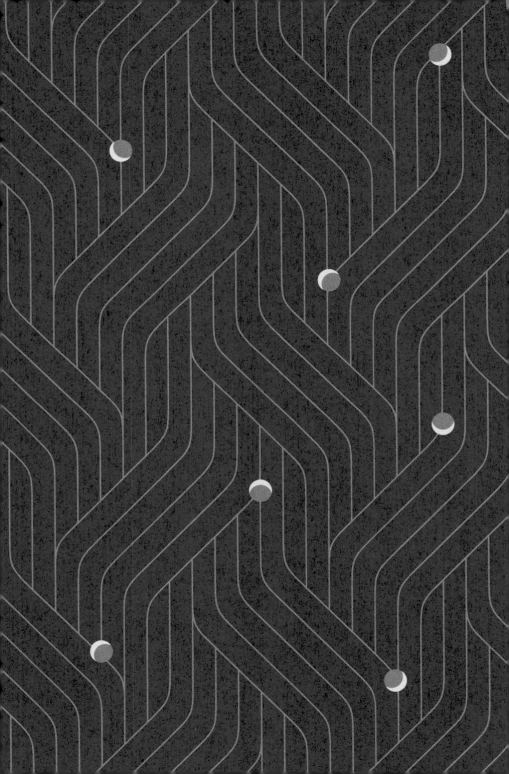

뿌연 창공을 청백색 불꽃으로 가르며, 유성이 샌프란시스코의 하늘에서 가파르게 떨어져 내렸다. 로라 젠킨스는 주전자를 닦던 손을 우뚝 멈춘 채 부엌 창밖을 내다보았다. 부엌 창문은 쌍둥이 봉우리라고 불리는 부드러운 회녹색 언덕 쪽으로 나 있었다. 유성은 쌍둥이 봉우리 송신탑 위로 나타나서 하늘을 가르며 그녀의 집 쪽으로 다가오고 있었다.

소원을 빌어야겠다, 젠킨스는 생각했지만 아무 소원도 떠오르지 않았다. 막연한 상실감과 갈망뿐이었다. 정확히 무엇을 빌어야 할지 알 수 없었다.

진한 파란색 저녁 하늘을 바라보고 있으니, 오래전의 다른 유성이 기억났다. 앤드리아는 열 살이었고, 젠킨스는 딸의 걸스카우트 주말 야영에 따라갔다. 청명하고 쌀쌀한 저녁, 젠킨스와 앤드리아는 장작을 모았다. 머리 위쪽은 이미 캄캄했고, 서쪽 하늘만 깊은 로열블루로 물들어 있었다. 유성이 타오르며 어둠을 가르는 것을 보고, 젠킨스는 외쳤다. "소원을 빌어라! 빨리, 사라지기 전에!"

나이에 비해 철이 일찍 든 앤드리아는 비웃듯 고개를 저었다. "시시해요. 저건 그냥 우주에서 땅으로 떨어지는 돌멩이일 뿐이잖아요.

저게 어떻게 소원을 들어준다는 거예요?"

저녁 하늘에 뜬 첫 별을 바라보며 눈을 깜빡이는 엄마를 뒤로한 채, 앤드리아는 장작을 한 아름 안고 모닥불 쪽으로 재빨리 돌아갔다.

젱킨스는 골격이 가냘프고 피부가 흰, 소심한 성격의 여자였지만, 그 약한 외모 아래 상당히 고집스러운 데가 있었다. 어떻게인지는 몰라도, 유성이 소원을 이루어 줄 것만 같았다. 어쨌든, 유성이 마법을 부린다는 건 사람들이 당연하게 받아들이는 다른 많은 것들보다 터무니없어 보이지는 않았다. 손목시계 계산기라든가, 달에 착륙한 인간이라든가, 점성술이라든가, UFO 등. 사람들에게 그런 것을 믿을 권리가 있다면, 내게도 유성을 믿을 권리가 있다는 것이었다. 딸이 아무리 비웃을지언정.

젱킨스는 플란넬 가운 자락을 단단히 여몄다. 얼음 조각 몇 개를 텀블러 안에 넣고 올드 부쉬밀 아이리시 위스키를 따랐다. 얼어붙은 웃음의 파편처럼, 얼음이 높고 날카롭게 쩽그랑거렸다. 위스키 첫 모금을 마시자, 언제나처럼 약간의 죄책감이 엄습했다. 앤드리아가 조명도, 미래의 전망도 밝은 뉴욕으로 이사 간 뒤로, 젱킨스는 긴장을 풀어주는 알코올의 힘에 의존하고 있었다. 말이 빠른 중고 자동차 판매상이었던 남편 젱킨스는 오래전 집을 나갔다. 딸이 태어나고 1년 뒤, 맥주 여섯 개들이를 사러 길모퉁이 가게에 간다면서 나간 길에 다시 돌아오지 않았다. 젱킨스는 아파트로 개조한 빅토리아풍 저택 꼭대기 층 침실 두 개짜리 집에 혼자 살았다.

위스키는 앤드리아에 대한 산만한 생각을 잠재우고 수면을 도와

유성은 우주에서 날아온 돌멩이다

주었다. 위스키는 그녀의 친구였고, 그녀의 손을 잡고 위안을 주었으며, 차가운 세상에서 따뜻한 온기를 주는 존재였다. 집이 너무나 넓고 텅 비어 보일 때, 뉴욕이 닿을 수 없을 정도로 멀게 느껴질 때, 젠킨스는 위스키가 필요했다.

월요일, 유성이 떨어진 다음 날 아침, 젠킨스는 욕실 세면대에서 낯선 머리카락 한 가닥을 발견했다. 붉은 기운이 도는 긴 금발이 배수구 구멍에 금방이라도 공격할 뱀처럼 또아리를 틀고 있었다. 젠킨스 자신의 머리카락은 짧은 곱슬머리였고 희끗희끗해진 갈색이었다. 그녀는 낯선 머리카락을 휴지로 주워 미간을 찌푸리며 들여다보았다.

젠킨스가 이 욕실을 사용하는 유일한 사람이었고, 일주일에 한 번씩 공들여 청소했다. 이 붉은 기운이 도는 금발이 어떻게 여기 있는지 설명할 길이 없었다. 그런데 거기 있었다. 아침 햇살에 반짝이는 수수께끼로, 비정상적으로.

낯선 머리카락을 깊이 생각할 시간은 없었다. 그녀는 퍼트넘 애비뉴 스쿨 도서관 사서로 일하고 있었기 때문에 빨리 출근해야 했다. 젠킨스는 머리카락을 쓰레기통에 던지고 머릿속에서 지워버렸다.

그녀는 학교로 가는 버스를 탔다. 통학하는 아이들, 출근하는 남녀로 버스는 만원이었다. 젠킨스는 통로 쪽 좌석에 앉아 핸드백을 무릎에 얹고 보호하듯 손을 그 위에 올렸다. 나이 많은 남자가 통로를 걸어오다가 젠킨스의 자리 옆에 서더니 그녀의 머리 위 손잡이를 잡으려고 팔을 들었다. 오래되어 추레한 스포츠코트와 청바지 차림이었고, 빨리 면도부터 해야 할 것 같은 행색이었다. 잔뜩 뿌린 올드 스파이스 향 아래 오줌 지린내가 희미하게 풍겼다. 하지만 그는 젱킨스를 향해 미소 지었고, 그녀도 아무 생각 없이 마주 미소 지었다. "간밤에 하늘에서 빛을 보셨어요?" 그는 젱킨스를 향해 말을 걸었다.

"유성요? 네, 봤어요."

나이 든 남자는 버스의 움직임에 따라 흔들렸다. "외계인의 우주선이에요." 그는 나직하게 말했다. "착륙 준비를 한 거예요." 그의 말투는 차분하고 객관적이었다. "그 빛이 하늘에서 떨어지는 걸 보고 나는 빗물 배수관으로 내려갔어요. 곧바로. 하수도로 들어갔다고요." 그는 꿈꾸는 듯 몽롱하게 미소 지으며 고개를 끄덕였다. "대부분의 사람들은 외계인이 하수도에 산다는 걸 몰라요. 정부에서 부정하지요. 하지만 난 착륙하는 걸 봤습니다."

"그랬군요." 젱킨스는 긴장했다. 그녀는 언제나 미친 사람들에게 잘해주려고 노력했다. 그녀는 고개를 돌리고 내릴 정류장이 다 됐는지 창밖을 살피는 척했다.

"그들을 조심하세요." 남자가 등 뒤에서 말했다.

내려야 할 정류장에 도착하자, 그녀는 버스에서 탈출해서 안전하게 교문 앞에 도착할 때까지 뒤도 돌아보지 않고 바삐 걸음을 옮겼다.

그 남자와 유성에 대한 그의 해석은 어딘가 매우 신경 쓰이는 데가 있었지만, 그녀는 그 생각을 머릿속에서 밀어내 버렸다.

그날 저녁 집으로 돌아와서 수프 캔을 꺼내려고 찬장을 열어보니,

유성은 우주에서 날아온 돌멩이다

그레이엄 크래커가 사라지고 없었다. 빈 상자가 옆으로 쓰러져 있었고, 갈색 기름종이 포장지가 그 안에 구겨져 있었다. 파이 크러스트를 만들려고 사놓았던 크래커였고, 분명히 반밖에 사용하지 않았는데. 젱킨스는 빈 상자를 조심스럽게 흔들어 보았다. 상자 안의 크래커를 그녀가 전부 다 사용했다 해도, 분명 포장을 내다 버렸을 것이다. 찬장 안에 빈 상자만 넣어두었을 리가 없다. 세면대의 머리카락만큼 기묘하고 설명할 길이 없는 상황이었다. 마침내, 그녀는 빈 통을 던져버리고 안에 뭔가를 가두듯 찬장 문을 단단히 닫았다.

이후 며칠 동안 계속 물건이 없어졌다. 침대 옆 탁자에 있던 껌 통이 사라졌다. 포테이토 칩과 땅콩이 부엌 찬장에서 사라졌다. 포장지는 남아 있는데, 내용물이 없었다. 음식만이 아니라 다른 것도 마찬가지였다. 해변에서 발견한, 파도에 매끄럽게 마모된 녹색 유리 조각, 매끄러운 직물로 된 큼직한 꽃무늬 싸구려 스카프, 충동적으로 구매했던 화려한 모조 다이아몬드 브로치. 수요일에 퇴근해 보니, 화장대에 있던 빗이나 향수, 보석함 같은 자질구레한 물건들이 모두 약간씩 위치가 바뀌어 미묘하게 새로 배치된 기분이 들었다.

수요일 밤늦게, 그녀는 텔레비전 심야 뉴스를 보면서 술을 한잔 마셨다. 요즘은 한밤중에 작은 소리 때문에 신경이 쓰이는 일이 많았다. 누가 복도에서 살금살금 걸어가듯 바닥 삐걱거리는 소리, 바람에 옷자락 스치듯 바스락거리는 소리. 한번은 누가 창문을 두드리는 소리가 들린 것 같았는데, 알고 보니 그저 유리창에 부딪히는 나뭇가지였다. 곤두선 신경이 가라앉지 않았다. 앤드리아가 아주 어렸던 시절 느꼈던 그런 종류의 불안감이었다. 무슨 소리가 들릴지 예상할 수 없는 가운데, 그녀는 밤에 침대에 누워서 귀를 기울였다.

그러나 정적을 묻어버리기 위해 텔레비전을 켜는 것 말고 그녀는 다른 대책을 세우지 않았다. 무엇을 해야 할지 생각나는 것이 없었다. 앤드리아에게 이런 불안감을 털어놓아 봤자 딸을 걱정시킬 뿐이고, 아이는 늙은 엄마가 바보처럼 변해간다고 생각할 게 뻔했다.

목요일 아침, 간밤에 누가 피넛 버터 잼 샌드위치를 만든 흔적을 발견하고, 젱킨스는 심각한 충격에 빠졌다. 부엌 작업대에 피넛 버터 병과 딸기잼 병이 열려 있었고, 나이프에는 피넛 버터와 잼이 잔뜩 묻어 있었으며, 빵 부스러기가 흩어져 있었다. 그녀는 아침 햇빛에 멍하니 이 난장판을 바라보았다. 한밤중에 내가 간식을 만들어 먹고 잊어버렸을 수도 있나? 아무리 밤중이라도 그렇지 나라면 이렇게 뒤처리를 지저분하게 하지 않는데.

그녀는 피넛 버터와 잼을 한쪽에 밀어놓고 싱크대를 닦았지만, 어깨 너머를 불안하게 돌아보며 부엌을 나섰다.

그날 직장에서는 통 집중이 되지 않았다. 목요일 오전 일과에 따라, 젱킨스는 유치원생들에게 소리 내어 책을 읽어주었다. 아이들에게는 매주 즐거운 오락, 선생님들에게는 반가운 휴식 시간이었다. 그녀가 고른 책은 공주가 친절을 베푼 개구리가 알고 보니 왕자였다는 내용의 동화였다. 하지만 통 집중이 되지 않아 평소만큼 연기가 나오지 않았다.

동화 구연 시간이 끝난 뒤, 그녀는 책상에 커피를 쏟았다. 화장실

유성은 우주에서 날아온 돌멩이다

에서 가져온 종이 타월로 커피를 닦으려다가, 열린 책상 서랍에 스타킹이 걸려 찢어졌다. 정오가 되자 머리가 지끈거려서, 그녀는 스테고사우루스가 브론토사우루스와 싸우면 이긴다 아니다를 놓고 크게 다투는 4학년 여학생 둘에게 짜증을 냈다. 양쪽 다 초식동물이라서 애당초 싸우지 않는다고 핀잔을 주었던 것이다.

"무슨 일 있어요?" 파트타임으로 도서관 일을 돕는 대학생 애니 클락이 물었다.

"그냥 두통이야." 젱킨스는 중얼거렸다. "요즘 몸이 좋지 않네."

애니는 아스피린 두 알을 먹으라고 했다. 오후 내내 애니는 아이들이 시끄럽게 굴기 시작하면 조용히 하라고 소곤소곤 주의를 주었다.

하교 시간을 30분 남긴 오후 3시, 젱킨스는 책상 앞에 앉아 그 주에 도착한 잡지를 확인하고 각각 비닐 커버를 씌운 뒤 〈퍼트넘 애비뉴 스쿨의 사유재산〉이라고 새긴 도장을 찍었다. 이 기계적인 단순 작업 덕분에 아파트에서 일어나는 이상한 일들에 대해 너무 많이 생각하지 않을 수 있었다. 그녀는 문득 과학소설 잡지 하나를 손에 들고 표지를 훑었다. 밤하늘에서 도시로 내려오는 우주선이 그려져 있었다. 우주선은 소방차처럼 빨간색이었고, 미끈한 유선형이었으며, 꼬리 부분에 긴 안정판을 장착하고 있었다. 우주선 뒤쪽으로 청백색 불빛이 반질거리는 검은 상공을 배경으로 꼬리를 끌고 있었다. 그림을 응시하고 있으니 유성이 떠올랐고, 하수도에 살면서 배관을 타고 올라온다는 외계인이 생각났다. 배관으로 드나들려면 몸집이 아주 작은 외계인일 것이다.

"괜찮으세요, 젱킨스 씨?" 애니가 걱정스러운 표정으로 물었다.

젱킨스는 애니의 질문에 놀라 죄지은 사람처럼 얼른 그림에서 시선을 거두었다. 그녀가 다가오는 소리를 미처 듣지 못했던 것이다. "괜찮아." 젱킨스는 방어적으로 말했다. "괜찮다니까."

애니는 연상의 여직원을 향해 미소 지으며 어깨를 으쓱했다. "고약한 감기가 돌아다닌다는데 그 때문인가 봐요. 몸조심하세요."

젱킨스는 퉁명스럽게 답했다. "내 몸은 내가 알아서 돌보고 있어." 그녀는 중얼거리며 애니의 시선을 피해 다시 일을 계속했다.

그날 저녁 버스를 타고 집에 돌아오는 길에, 젱킨스는 계속 불편한 기분이었다. 그녀는 집에 들어가야 하는 순간을 최대한 늦추려고 버스 정류장에서 내려 집을 향해 아주 천천히 걸었다. 그녀는 우편함을 확인했다. 앤드리아의 편지 한 통, 베스 벳벳이라는 이름 앞으로 온 광고물 한 통이 있었다. 그녀는 둘 다 들고 올라갔다.

현관문 구멍에 열쇠를 넣고 돌리니, 데드볼트 자물쇠에서 느껴지는 묵직한 저항이 마음을 안심시켜 주었다. 자물쇠는 안전했다. 아무도 들어올 수 없으니 걱정할 이유는 전혀 없다. 그녀는 소리 없이 현관문을 등 뒤로 닫고 누군가 침입한 흔적을 찾아 아파트를 이리저리 살피며 돌아다녔다.

아파트는 기차의 객실처럼 방들이 직선으로 배치되어 있었다. 조명이 어두침침한 복도가 아파트 끝에서 끝까지 모든 방을 연결하고 있었다. 주인 침실, 욕실, 거실, 부엌, 앤드리아가 쓰던 침실… 복도 끝의 문을 열면 후방 계단이 있었고, 이 계단을 내려가면 쓰레기 수거통과 잡초가 무성한 손바닥만 한 뒷마당이 나왔다.

뒷문 바로 옆이 앤드리아가 쓰던 방이었다. 남는 공간에 뒤늦게 방을 추가했는지, 트윈 침대, 서랍장 하나, 작은 책상 하나로 꽉 차는 좁고 아늑한 방이었다.

젱킨스의 침실은 아침에 나설 때와 같았다. 따뜻하고, 아늑하고, 든든했다. 부엌은 깨끗했다. 빵가루도 없었고, 난장판도 아니었다. 부엌 창문 밖까지 뻗은 옆집 마당의 늙은 소나무 가지에 참새 한 마리가 앉아 있었다. 하늘은 오리털 같은 부드러운 연회색이었다. 2월, 캘리포니아의 짧은 겨울이 물러가고 봄이 다가오고 있었다. 초조한 와중에도, 젱킨스는 잠시 무언가 색다른 기분을 느꼈다. 기대감과 반가움이었다. 그녀는 언제나 봄을 좋아했고, 비만 추적추적 내리는 단조로운 겨울에는 언제나 햇빛이 그리웠다.

젱킨스는 편지를 부엌 작업대에 놓고 뒷문을 확인하러 갔다. 데드볼트 자물쇠는 제자리에 있었고, 문은 잘 잠겨 있었다. 그런데 뒷방, 앤드리아의 방을 흘끗 본 순간, 다시 초조한 기분이 엄습했다.

당연히 바보 같은 생각이었다. 누군가 여기 숨어 있을지도 모른다니. 그녀는 문에 귀를 기울였다. 안에서는 아무 소리도 들리지 않았다. 그녀는 손잡이에 손을 얹고 망설이다 벌컥 문을 열었다.

방 안은 정적과 먼지, 앤드리아가 남겨둔 소지품들로 가득 차 있었다. 책장에는 고등학교 앨범들, 낸시 드루 추리소설집, 오래된 그림책 몇 권이 있었다. 벽장에는 앤드리아가 졸업 무도회에 입었던 드레스와, 유행에는 뒤떨어졌지만 너무 멀쩡해서 버리기는 아까운 오래된

스키 재킷이 걸려 있었다. 책상 위에는 채널 돌리는 손잡이가 부러진 트랜지스터라디오가 있었다. 앤드리아가 옛날 옛적에 덮던, 파란 바탕에 빛바랜 빨간 장미 무늬가 찍힌 낡은 플란넬 담요가 침대 발치에 깔끔하게 개어져 있었다. 담요 위에는, 마치 원래 이 방에 있던 것처럼, 모조 다이아몬드 브로치와 녹색 유리알, 잃어버린 스카프가 놓여 있었다.

젱킨스는 자기 물건을 낚아챘다. 마치 자신이 침입자가 된 것 같았지만, 앤드리아의 방에 들어오면 늘 들어오지 말아야 할 곳에 온 것 같은 기분이 은근히 들곤 했다. 그녀는 애써 빛바랜 채 벽에 붙은 록 그룹 포스터를 둘러보았다. 무슨 냄새인지 알 수 없는 희미한 향이 풍겼다. 바닐라 같기도 했고, 계피 같기도 했다. 벽장 문은 빼꼼 열려 있었다. 컴컴한 안쪽에 시선을 보내는 순간, 졸업 무도회 드레스 뒤에서 뭔가 움직임이 보인 듯했다. 그녀는 귀를 기울이며 우뚝 멈췄다. 아무 소리도 들리지 않자, 그녀는 방을 나와서 등 뒤로 문을 단단히 닫았다.

저녁 식사로 그녀는 샐러드를 조금 만들고 이번 주에 만든 캐서롤을 다시 데웠다. 그녀는 저녁을 먹으며 앤드리아의 편지를 읽었다. 뉴욕 광고사 업무와 한심한 뉴욕 날씨에 대한 유쾌한 분위기의 안부였다. 언제나처럼 앤드리아는 아주 유쾌했고, 현실적이었고, 아주, 아주 멀게 느껴졌다.

젱킨스는 디저트로 초콜릿 아이스크림을 먹었다. 힘든 한 주였기 때문에 보상을 받을 자격이 있다는 기분이 들었다. 그녀는 뜯지 않은

유성은 우주에서 날아온 돌멩이다

광고물과 딸의 편지를 부엌 작업대에 놓아두고, 술을 한 잔 따른 뒤, 심야 영화를 보기 위해 거실에 앉았다.

밤늦게 잠자리에 든 그녀는 아기가 우는 꿈을 꾸었다. 꿈속에서 아파트를 돌아다니며 어디서 소리가 나는지 찾아 헤맸지만, 도무지 알 수가 없었다. 그녀는 불행한 아이가 끊임없이 우는 소리가 들려오는 아파트에 혼자 있었다.

아침에 눈을 뜨니 혼란스럽고 어리둥절한 기분이었다. 그녀는 샤워를 하고, 가운으로 몸을 감싸고, 부엌으로 들어갔다. 아침 햇살이 아이스크림 통을 비추고 있었다. 통은 옆으로 쓰러진 채 피처럼 진하고 끈적한 아이스크림 웅덩이에 뒹굴고 있었다.

젱킨스는 광고물을 향해 떨리는 손을 뻗었다.

편지는 누가 급히 찢었는지 봉투가 이미 뜯겨 있었다. 선명한 색상의 브로슈어들이 봉투에서 흘러나왔다. 젱킨스는 집히는 대로 하나 집어 들었다. 9.95달러에 아이를 위한 맞춤형 그림책을 살 수 있다는 내용이었고, 브로슈어에는 '내 이름은 수'라고 적힌 티셔츠 차림의 어린 소녀 사진이 실려 있었다. 수는『내 비밀 친구』라는 제목의 그림책을 읽고 있었고, 책에 등장하는 소녀 이름도 수였다. 주문서에는 '고객님의 아이 이름'이라고 적힌 빈칸이 있었고, 누가 썼는지 이미 '베스'라는 이름이 적혀 있었다.

부엌 창밖의 하늘은 푸르렀고 태양이 빛나고 있었지만, 젱킨스는 떨리는 몸을 진정할 수가 없었다. 샤워 후 축축한 머리카락에서 가운 목깃으로 떨어진 물방울이 차갑게 등을 타고 흘러내렸다. 그녀는 녹은 아이스크림을 닦은 뒤 통을 쓰레기통에 넣었다. 그런 뒤 도망치듯 부엌에서 나가서 옷을 급히 입고 출근했다.

출근길 버스에서, 꽃무늬 드레스 위에 스웨터를 세 장 겹쳐 입은 부스스한 늙은 여자가 눈에 띄었다. 그녀는 옷가지가 잔뜩 들어 있는 쇼핑백을 발치에 둔 채 옆자리 직장인을 향해 큰 소리로 말을 하고 있었고, 옆 사람은 대화에 관심이 없었지만 버스가 만원이라 어쩔 수 없이 자리에 갇혀 있었다. 여자는 외계인이 자기 아파트에 와서 물건을 훔친다는 이야기를 하고 있었다. 밤에 몰래 들어온다, 모두 잠든 사이 들어오는데 자기 말고는 아무도 모른다는 것이었다.

이 여자도 처음에는 물건을 잃어버리거나 엉뚱한 곳에 두는 정도 아니었을까, 젱킨스는 바라보며 생각했다. 그러다가 결국 자기가 어디에 있는지, 뭘 하는지조차 기억이 안 나는 상태까지 간 거겠지.

지난번 찾아왔을 때 앤드리아는 엄마에게 아직도 혼자 사는 게 편하냐고 물었다. 단순한 질문, 별 뜻 없는 질문이었지만, 문득 젱킨스는 마음이 무거웠다. 요양소, 양로원, 혼자 자기 몸을 돌볼 수 없는 여성들을 위한 쉼터. 결국 속뜻은 이런 것이기 때문이다.

내려야 할 정류장에 버스가 도착하자, 그녀는 매우 반가웠다.

직장에서는 집중할 수가 없었다. 속이 약간 메슥거리면서 어지럽고 방향감각이 혼란스러웠다. 정오에 그녀는 애니 클락에게 감기 기운이 있다고 말하고 조퇴했다.

창문으로 쏟아지는 오후 햇살 속에서, 아파트는 쾌적하고 아늑했다. 햇빛이 침실 양탄자 위에 사각형으로 환한 빛을 드리웠다. 욕실과

유성은 우주에서 날아온 돌멩이다

거실은 아침에 나올 때 그대로였다.

그녀는 부엌 문간에서 멈춰 섰다. 위장이 조여 왔다. 쓰레기통에 버렸던 광고물이 작업대 위에 놓여 있었다. 분명 버린 것은 확실했다. 브로슈어 한쪽 귀퉁이에 쓰레기통 안의 아이스크림 통에서 묻은 초콜릿 얼룩이 묻어 있었던 것이다.

브로슈어 옆에는 봉제 인형이 맑고 파란 유리눈으로 그녀를 바라보고 있었다. 젱킨스는 떨리는 손으로 부드러운 털을 쓰다듬었다. 작고 귀여운 인형, 포근한 흰 털을 지닌 통통한 아기 고양이였다. 앤드리아의 아홉 번째 생일에 샀던 것으로 기억하고 있었다. 장난감 가게 선반에서 고양이를 집어 들었을 때, 젱킨스도 이 인형이 이제 앤드리아에게는 너무 어린 아기용이라는 것을, 지나치게 귀엽고 예쁜 물건이라는 것을 알고 있었다. 그래도 그녀 자신이 이 인형이 마음에 들었기 때문에, 앤드리아가 진짜 원했던 화학 실험 세트와 같이 샀던 것이다.

그때 앤드리아는 기뻐 소리치며 실험 세트를 열었다. 딸은 아기 고양이도 예의 바르게 받아서 책장에 올려두었지만, 인형은 오랫동안 먼지만 뒤집어썼다. 앤드리아가 고양이를 선반에서 집어 들어 털을 쓰다듬는 모습을 본 기억이 없었다.

젱킨스는 봉제 인형을 손에 든 채 부엌에 서 있었다. 등골을 따라 번진 한기는 가시지 않았다. 그녀는 작업대에 인형을 놓고 부엌을 나섰다.

복도가 얼마나 어두운지, 지금까지 그녀는 한 번도 의식해 본 적이 없었다. 여기는 창문도 없었고, 열린 부엌문에서 햇빛이 약간 흘러

들어올 뿐이었다. 젱킨스는 발끝으로 복도를 살금살금 지나 앤드리아의 방문 앞에 가서 섰다. 문 너머로 지직거리는 로큰롤 음악이 트랜지스터라디오에서 희미하게 흘러나왔다.

그녀는 차가운 금속 손잡이를 잡고 귀를 쫑긋 세웠다. 위장이 다시 쓰렸고, 화가 났다. 아기 고양이가 그녀를 서글프고 외롭게 했고, 왠지 그 서글픔과 외로움은 배 속 어디에선가 뭉쳐 분노로 변했다.

"들어봐라." 그녀는 나직하게 말했다. 방 안 가득 바글거리는 아이들을 향해 야단을 치듯, 이어 좀 더 크게 되풀이했다. "내 말 들어라!" 자신의 목소리에 히스테리가 가득하다는 것을 자각할 수 있었지만, 그녀는 억누를 수가 없었다. "이 집에서 나가라. 듣고 있니?" 그녀는 잠시 귀를 기울였다. 지직거리는 음악 너머로 뭔가 다른 소리가 들린 것 같았다. 문 반대편에서 누군가 숨을 내쉰 듯한, 희미한 한숨 소리 같았다.

"네가 누군지, 여기 어떻게 들어왔는지 모르지만, 이 문에는 자물쇠를 달 거다." 그녀는 말했다. "밖에서만 열 수 있는 아주 튼튼한 자물쇠를 달 거야. 그러니까 나갈 수 있을 때 나가는 게 좋을 거다." 그녀는 문고리를 달각달각 흔들었고, 라디오 소리는 갑자기 잠잠해졌다. "여기서 나가는 게 좋을 거야."

그녀는 아파트를 도망치듯 나왔다. 1시간 뒤 돌아온 그녀는 손에 망치를 곤봉처럼 쥐고 있었다. 겨드랑이에는 공구점의 갈색 종이봉투를 끼고 있었다.

복도는 조용했고 적막했다. 젱킨스는 앤드리아의 방문으로 곧장 다가갔다. 이쪽 복도 역시 고요했다. 라디오 소리도, 억누른 숨소리도 들리지 않았다.

빗장은 단순하고 튼튼한 구조였다. 1.27센티미터 두께의 철심이 문에 고정된 쇠고리 두 개와 문틀에 고정된 쇠고리 두 개를 관통한다. 공구상 청년은 어떤 문이든 안전하게 잠글 수 있다고 장담했다.

부엌문으로 새어 들어오는 오후 햇빛 속에 먼지가 부유했다. 젱킨스는 귀를 기울이며 기다렸다. 정적뿐이었다.

그녀는 문에다 쇠고리를 들어 올렸다. 그리고 뾰족한 연필로 나사박을 자리를 표시했다. 2.54센티미터 길이의 나사 여덟 개였다. 그녀는 망치와 못으로 구멍을 만든 뒤 고리를 달기 시작했다.

문틀의 목재가 워낙 단단해서 드라이버를 돌리는 손에 물집이 생겼다. 하지만 그녀는 물집이 터지는 것도 아랑곳하지 않고 아픔을 무시한 채 나무에 나사를 박았다. 일을 다 끝냈을 때 그녀는 숨을 몰아쉬고 있었다.

철심은 고리에 부드럽게 들어갔다. 손잡이를 흔들고 문을 잡아당겨 보았지만, 빗장은 끄떡도 하지 않았다.

그녀는 일을 마치고 평소대로 저녁을 보내려고 애썼다. 배가 고프지 않았지만 저녁 식사를 만들었고, 《뉴욕 타임스 북리뷰》를 들고 앉아 아동도서 서평을 읽으려고 애썼다.

아파트는 조용하지 않았다. 가까운 도로에서 자동차 소리가 들려왔다. 강을 흘러가는 물살처럼 밀려왔다 밀려가는 소리. 그녀는 라디오를 틀었고, 클래식 음악이 방 한구석을 채웠다. 하지만 우르릉거리며 지나치는 자동차 소리와 하프시코드의 춤곡 선율 아래로, 그녀는 정적을, 성난 거대한 어둠을 느낄 수 있었다. 그녀는 술을 한 잔 따랐지만, 위스키도 음울한 정적을 물리치지는 못했다.

비가 내리기 시작했다. 들어올 길을 찾는 듯 빗물이 유리창을 두드렸다. 자동차 타이어가 젖은 도로에 날카롭게 미끄러지는 소리가 들려왔다. 세 번째로 같은 서평을 읽기 시작했지만, 무슨 내용인지 전혀 기억나지 않았다.

젱킨스는 우산과 비옷, 비닐 모자를 꺼내 들고 극장으로 갔다. 집 근처 극장에서 뮤지컬 코미디를 상영하고 있었다. 어두운 상영관 안에 있으니 안전하다는 기분이 들었다. 거대한 화면에서 밝은 영상이 움직이며, 거대한 얼굴들이 사랑을 노래하고, 결국에는 모든 문제가 다 해결된다. 하지만 영화가 끝나자, 그녀는 집에 가야 했다.

현관 밖의 전구는 깨져서 불이 들어오지 않았고, 그녀는 열쇠를 찾았다. 문 앞에 서 있는데, 음악 소리, 웃음소리가 들려왔다. 평소 시끄러운 학생 세 명이 사는 아랫집에서 들리는 소리일 것이다.

아파트 문을 연 그녀는 갑작스레 눈부시게 쏟아지는 복도의 불빛에 눈을 깜빡였다. 침실 라디오에서 팝송 히트곡이 요란하게 흘러나오고 있었다. 무슨 사랑과 배신에 대한 가사였다. 텔레비전에서는 나지막한 목소리가 농담을 던졌는지, 그녀에게까지 들리지는 않았지만 즐거운 폭소가 와락 터졌다.

텔레비전을 빨리 끄고 웃음소리를 멈추게 해야겠다는 생각이 앞서, 그녀는 현관문을 열어둔 채 우산을 던지고 거실로 달려갔다.

유성은 우주에서 날아온 돌멩이다

종잇조각이 거실 바닥을 눈보라처럼 뒤덮고 있었다. 종이는 소파 주위에도 흐트러져 있었고, 울타리 기둥 옆에 눈이 쌓이듯 커피 탁자 다리 옆에도 쌓여 있었다. 지난주 일요일 신문이 갈기갈기 찢어진 채 뉴욕의 회색 먼지가 섞인 흰 눈 폭풍처럼 흩어져 있었다.

오븐 타이머가 귀에 거슬리는 요란한 소리로 울리고 있었다. 고물 오스타라이저 블렌더가 높고 가느다란 소리를 내며 돌아갔다. 가스 레인지의 화구에 모두 새빨간 빛이 들어왔고, 주전자는 몇 시간째 풀려날 가망 없이 고함을 지르고 있었는지 고통스러운 삐 소리와 함께 증기를 뿜고 있었다. 흩날리는 종이 폭풍 안으로 차마 발을 들일 수가 없어 문간에서 망설이는 사이, 토스터가 달그락 튀어나오고 텔레비전에서 폭소가 터져 나왔다. 열린 창문에서 불어 들어온 산들바람이 초소형 토네이도로 발달해서 종잇조각 몇 개를 날리더니 차츰 다른 조각까지 끌어들여 높이 허공에 밀어 올렸다. 현관문이 쿵 닫히는 소리가 들렸다. 흐느낌처럼 가쁜 숨이 터져 나왔다.

"미안하다." 젱킨스는 불쑥 말했다. 그녀는 두 손을 모은 채로, 거의 울음을 터트릴 지경이었다. "미안해. 제발 멈춰다오." 한층 목소리를 높였다. "그만해! 미안하다고 했잖아!"

이어 고함이, 웃음소리와 주전자 증기 소리, 오븐 타이머 소리를 누르고 울려 퍼졌다. "빌어먹을, 미안해!"

불이 꺼졌다. 웃음소리는 사라졌고, 웅웅 돌아가던 블렌더와 딩동거리던 타이머도 꺼졌다. 귀가 따갑도록 울부짖던 주전자는 1분가량 끈질기게 증기를 뿜으면서 차츰 잦아들다가 드문드문 훌쩍거리더니 결국 잠잠해졌다.

젱킨스는 자신의 숨소리를 들으며 어둠 속에 서 있었다. 희미하게 바스락거리는 소리가 들리더니, 뭔가 부드러운 것이 발목을 스쳤다. 산들바람에 날린 종잇조각 같았다. 다른 일은 일어나지 않았다.

그녀는 옆에 있는 전등 스위치에 손을 뻗어 올렸다가 내려보았다. 아무 반응도 없었다. 집 안 전체의 전기회로에 과부하가 걸려 퓨즈가 나간 모양이었다. 사소하지만 빨리 해결해야 하는 긴급상황이었다.

젱킨스는 신문 조각을 발로 끌며 조심스럽게 거실로 들어섰다. 아무것도 그녀를 다치게 하지는 않았다. 창문을 통해 들어오는 희미한 가로등 불빛에 텔레비전의 윤곽이 보였다. 그녀는 더듬더듬 텔레비전 전원 스위치를 찾아 껐다.

조심스럽게 부엌으로 가서 블렌더와 오븐 타이머, 가스레인지의 화구를 모두 껐다.

거실에서 누군가 보고 있는 것 같아, 그녀는 얼른 가스레인지에서 돌아섰다. 방 안에는 아무도 없었다. 귀를 기울였지만, 빠르게 쿵쿵거리는 자신의 심장박동 외에 아무 소리도 들리지 않았다. 그녀는 부엌 서랍에 손을 넣어 예비 퓨즈와 양초, 성냥을 꺼냈다.

두꺼비집 쪽으로 가는 길에, 거실 유리창에 비친 자신의 모습이 눈에 띄었다. 흔들리는 촛불 속에서, 안색은 창백했고 눈은 커다랗게 뜨고 있었으며 흰자가 번득였다.

그녀는 퓨즈를 갈았다. 차단기를 올리자, 복도에 불이 들어오고 라디오 디제이가 다음 곡을 소개했다. 침실로 가서 라디오를 끄고, 잠

유성은 우주에서 날아온 돌멩이다

시 침대에 앉아 있었다. 밝은 불빛에 눈이 아팠고, 아직도 귀에서 오븐 타이머 딩동거리는 소리가 울리는 것 같았다.

그녀는 억지로 일어서서 복도를 지나 앤드리아의 방으로 향했다. 쇠빗장이 한쪽으로 밀려 나가서 잠금장치가 풀려 있었다. 문이 편히 열리도록, 그녀는 천천히 빗장을 고리에서 완전히 빼냈다. 그리고 퓨즈를 보관하는 부엌 서랍에 빗장을 넣었다.

핸드백은 아까 떨어뜨렸던 현관에 놓여 있었다. 그녀는 핸드백을 집어 종잇조각을 털어내고 극장에서 산 밀크더즈 초콜릿 상자를 꺼냈다. 반 정도 남아 있었다. 그녀는 부엌 작업대 위에 상자를 놓고 침실로 돌아갔다.

머리가 욱신거렸고, 메슥거림이 한층 심해졌다. 그녀는 열이 오르는 것을 느끼며 옷을 벗고 잠옷으로 갈아입었다. 침대에 누운 뒤 잠들기 전에 잠시 읽을 생각으로 잡지를 집어 들었다.

그녀는 복통 때문에 잠에서 깼다. 침실 불은 여전히 켜져 있었다. 위장이 뒤틀리는 기분이 들어, 그녀는 욕실로 달려가서 토하고 또 토했다. 속이 완전히 비었는데도 맥없는 헛구역질이 계속 올라왔다. 리놀륨 바닥의 냉기가 속을 달래주는 것 같아, 그녀는 잠시 욕실 바닥에 누워 있었다. 그러다 일어나서 또 토했다.

얼마 후 깨어난 그녀는 급작스러운 한기에 부들부들 떨며 담요를 끌어당겨 덮었다. 담요가 어디서 왔을까, 막연한 생각이 스쳤다. 1분 전에도 없었는데. 오락가락한 잠결에 그녀의 손가락이 플란넬에 난 구멍을 더듬었다. 그러다 완전히 잠에서 깨고 나니, 침대에 눕는 것이 더 편하겠다는 생각이 들었다. 그녀는 담요를 망토처럼 어깨에 뒤집어쓴 채 이따금 벽에 기대 쉬어가며 비틀비틀 침실을 향해 복도를 걷기 시작했다. 복도는 아주 길게 느껴졌지만, 마침내 방에 다다른 그녀는 풀썩 침대에 무너졌다. 밤새도록 그녀는 깊이 잠들지 못하고 잠을 설쳤다.

그러다 잠시 깬 사이, 그녀는 물 한 잔 마셔서 입에 남은 토사물 냄새를 씻어 넘겼으면 하고 생각했다. 다음에 깨어보니, 침대 옆 탁자에 물이 한 잔 놓여 있었다. 그녀는 물이 왜 여기 있을까, 의문을 품지 않고 잔을 들어 고맙게 마셨다.

그녀는 아침에 잠시 깨었다가 다시 스르르 잠에 빠졌다. 간헐적으로 계속 잠들었다 깰 때마다, 침대 옆 탁자에 뭔가 선물이 놓여 있었다. 냉장고 안 주전자에서 따른 오렌지 주스 한 잔, 꿀을 탄 뜨거운 민트차 한 잔, 토스터에서 막 구워 따뜻한 토스트 두 장, 파란 유리눈을 박은 흰 새끼 고양이 봉제 인형.

오후 늦게 다시 깊은 잠에 빠진 그녀는 다음 날까지 푹 잤다. 이른 아침에 잠에서 깬 그녀는 출출해서 거실로 나가보았다. 종잇조각은 다 쓸어 모아 종이봉투에 담겨 있었고, 부엌 식탁의 잼 병에는 뒷마당에서 따온 듯한 민들레와 노란 겨자꽃이 가득 꽂혀 있었다. 밀크더즈 상자는 텅 비어 있었다.

비는 이미 그쳤고 하늘은 차츰 개고 있었다. 나풀거리는 흰 구름 가에 연파랑 하늘이 모습을 드러냈다. 무지개가 쌍둥이 봉우리 송신탑 위 하늘에 걸려 있었다.

유성은 우주에서 날아온 돌멩이다

어린 나이에 혼자 고향에서 멀리 떨어진 곳에 와 있으면 어떤 기분일까. 문득 그녀는 들쑥날쑥 뽑아 넣은 들꽃 다발을 보며 미소 지었다. 아이들은 철이 없을 때가 있지만, 다 좋은 마음으로 한 짓인걸.

아파트는 조용했지만, 고양이가 갸르릉거리는 소리 같은, 맨살에 닿는 햇볕의 감촉 같은 일종의 온기가, 아늑한 느낌이 감돌고 있었다. 젱킨스는 빈 초콜릿 상자를 버리고, 꽃병에 물을 더 붓고, 아침으로 스크램블드에그를 만들었다. 일하는 동안, 그녀는 혼자 기분 좋게 콧노래를 흥얼거렸다.

욕실 바닥에 누워 있을 때 덮었던 담요를 접으면서 다시 보니, 앤드리아가 아이 때 덮던 낡아빠진 하늘색 플란넬이었다. 젱킨스는 담요를 앤드리아의 방문 앞에 놓아두었다. 방 안에서 트랜지스터라디오 소리가 나직하게 들려왔다.

일요일 신문을 사러 밖에 나간 김에, 젱킨스는 초콜릿 아이스크림과 그레이엄 크래커 한 통을 사러 길모퉁이 상점에 들렀다.

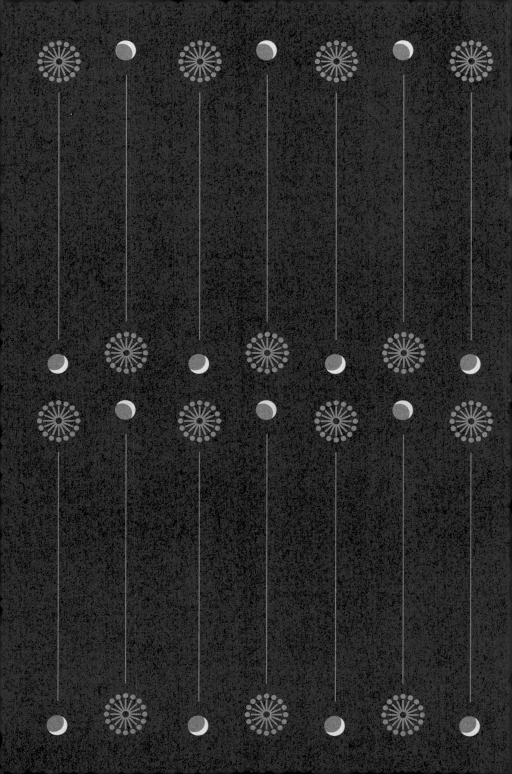

# 15

## 선견지명

### Prescience

캐서린은 미래를 알았다. 타로 카드에서, 사람의 손금에서, 찻잔에 뜬 잎에서, 별점에서, 남자가 의자에 앉는 자세에서, 여자가 복채를 계산대 위에 올려놓는 동작에서 미래를 읽었다. 그녀는 꿈 일기를 적었는데, 그 꿈은 너무나 자주 현실로 이루어졌다.

예측은 정확했지만, 손님들은 보통 불만이었다. 캐서린이 내다보는 미래는 결코 행복하지 않았다. 침착하고 냉정한 어조로, 그녀는 손님들에게 다가올 재앙을 알려주었다. 파경, 실업, 망가지는 휴가, 실망스러운 연애. 점을 보러 다시 찾아오는 사람은 드물었다.

정오 직후, 캐서린은 높은 의자에 앉아 오컬트 가게 계산대를 지키고 있었다. 등 뒤의 선반에는 온갖 마술용품이 진열되어 있었다. 유리병에 담은 무덤의 흙, 성수가 담긴 병, 맨드레이크 뿌리가 가득 든 통, 뼛가루, 향. 가게 사장은 점심을 먹으러 나갔고, 캐서린은 저지방 요거트를 통에서 퍼먹고 있었다.

문고리에 연결한 줄에 달린 종이 딸랑거리고, 한 남자가 가게에 들어섰다. 그녀는 그를 흘끗 보고 다시 요거트에 집중했다. 보통 고객들은 너무 찬찬히 관찰당하는 것을 좋아하지 않는다. 이번 손님은 한동안 책장 사이를 돌아다니다가 마침내 계산대로 다가왔다.

"안녕하세요. 점을 보러 왔습니다."

캐서린은 고개를 들어 그의 눈을 보았다. 당연히 기억하는 얼굴이었다. 간밤에 이 상황이 정확히 꿈에 나타났다. 그가 가게에 들어왔고, 그녀가 손금을 읽었고, 그런 뒤 그가 커피 한잔하자고 청했다.

"곤란한데요." 그녀는 활기찬 음성으로 말했다. "점술사가 그만뒀습니다. 카니발을 따라갔어요."

"당신이 손금을 보지 않나요?"

"아뇨. 죄송합니다. 도와드릴 수가 없어요."

나쁜 부류 같지는 않았다. 하지만 이미 그녀는 그에 대해 너무 많이 알고 있었다. 어깨를 세운 자세와 갸우뚱한 고개를 보니, 외로운 사람이라는 것, 가게에 들어와서 약간 긴장했다는 것을 알 수 있었다. 약간 애수에 잠긴 검은 눈, 눈은 좋았다. 하지만 어림없다. 캐서린은 끌려들어 가고 싶지 않았다. 손금을 읽지 않아도 골치 아픈 사람이라는 것을 알고 있었다. 그녀는 구름을 보았고, 다가올 폭풍을 예측했다. 그와의 데이트는 재앙일 것이다.

"미안합니다." 그녀는 다시 말했다. "정말 도와드리고 싶지만."

더 알고 싶지 않아서, 그녀는 요거트만 바라보았다. "정말 죄송해요." 출입문에서 종이 딸랑거리는 소리가 들리고 손님이 나간 것이 확실할 때까지, 그녀는 고개를 들지 않았다.

점심을 먹은 뒤, 그녀는 재스민차를 마셨다. 컵을 씻으려고 싱크대에 올려놓다가, 시선이 무심코 컵 바닥에 쌓인 찻잎으로 향했다. 볼줄 아는 사람이라면 누구나 볼 수 있을 정도로 분명하게, 그의 얼굴이 거기 있었다.

땅딸막한 헝가리인 사장은 여자를 지배하는 힘을 얻기 위해 향을 태우는 재수 없는 남자였다. 그는 손금을 읽는데, 틈날 때마다 캐서린의 손을 움켜잡고 손금을 관찰했다. 그의 손에는 땀이 배어 있었고, 언제나 약간 지나치다 싶을 정도로 오래 그녀의 손을 잡곤 했다.

"무서워하는군." 그는 말했다. "감정선과 생명선이 만나고 있어, 이건 불확실의 징조야." 그녀는 마지못해 자신의 손을 들여다보았다. 매일같이 선이 더 생겨나서 모래사장의 새 발자국처럼 손바닥을 가로지르는 것 같았다. 그 선들을 보니 초조했다. 결정할 일, 선택할 일, 운명이 너무나 많았다. "당신은 남자를 무서워하는 것 같아." 그는 말했다.

그녀는 손을 휙 뿌리치고 허브 통을 정돈하러 갔다. 사장은 가게 건너편에서 그녀를 응시하고 있었지만, 그녀는 무시했다. 해될 것은 없는 사람이다.

그는 한 번도 꿈에 나타나지 않았다.


새벽 2시. 잠에서 깬 그녀는 더듬더듬 전등을 켜고, 펜을 집어 들고, 꿈 일기장을 펼쳤다. 세세한 내용이 흐릿해지고 선명함을 잃기 전에 빨리 기록하는 것이 중요했다. "헤이트가의 한 카페. 테이블 건너편의 검은 머리 남자가 내 손을 잡고 뭔가 묻는다. 내 심장박동 소리가 너무 커서 그의 말이 들리지 않는다. 나는 겁에 질려 어쩔 줄 모르고 있다."

그녀는 망설이며 좀 더 세세한 장면을 기억해 내려고 애썼다. 세세한 것들을 알아야 자신을 보호할 수 있다.

"나는 좋아하는 은팔찌를 끼고 페전트 블라우스를 입고 있다. 내 앞에는 커피 한 잔이 놓여 있다. 그는 부드럽게 내 손을 쓰다듬는다. 피부에 닿는 그의 손길이 좋다."

그녀는 마지막 문장을 줄로 그어 지우고 침대에서 일어나 문 옆 바닥에 페전트 블라우스를 던져놓았다. 내일 구세군에 갖다줄 생각이었다. 팔찌는 텍사스의 여동생에게 선물로 보내 버려야겠다.

그런데도 그녀는 오랫동안 뜬눈으로 다시 잠들지 못했다.


캐서린은 손님의 손금을 들여다보았다. 손톱을 잘 손질한 아름다운 손이었다. 캐서린의 손에 비해 손바닥은 이상할 정도로 깨끗했다. 도로 표지판이 잘 세워진 고속도로처럼, 손금은 보기 좋게 또렷했다. 캐서린의 손금은 마치 토끼가 초원에 남긴 자취처럼 풀이 밟힌 희미한 흔적들이 무질서하게 서로 교차하고 다시 교차하는 형태였다. 캐서린은 손님의 애정선을 추적한 뒤, 곧 사랑에 빠질 거라고 말해주었다. 여자는 미소 지었지만, 캐서린은 그러지 말라고 설득했다.

"난 사랑에 빠지는 것이 싫어요." 캐서린은 말했다. "마치 무슨 질병 같달까. 사람을 붙잡고 머릿속을 곤죽으로 만들어 버리잖아요. 전 사랑할 때면 늘 멍청해져요. 솔직히 제가 당신이라면, 그만두려고 노력하겠어요."

사장이 가게 반대편에서 지켜보는 눈빛이 느껴졌다. 그는 미간에 주름을 잡고 있었다.

여자는 캐서린의 열띤 말투에 놀라 멍하니 눈을 깜빡였다.

"감정선은 강하군요." 캐서린은 사설을 그만두고 다시 손금 읽기로 돌아갔다.


퇴근 후 그녀는 여동생에게 은팔찌를 부치려고 헤이트 거리를 걸어 우체국으로 향했다. 팔찌를 줘버리기 싫었지만, 운명과 장난을 치는 것은 부질없는 짓이다.

카페를 지나치는데, 안에 그 남자가 보였다. 그는 테이블에 혼자 앉아 커피를 마시며 신문을 읽고 있었다. 알고 싶지 않은 세세한 것들이 눈에 띄었다. 커피잔을 들어 올리는 동작을 보니, 보호 본능이 강하고 소유욕도 약간 있다는 것을 알 수 있었다. 신문을 펼친 각도를 보니 수줍음이 많지만 겉으로는 사회성을 과시하며 그런 성격을 숨기는 사람이었다. 감정 표현이 느렸다. 자신의 몸에 대해 자신이 없었다.

캐서린은 작은 꾸러미를 폭탄처럼 든 채 빨리 지나쳤다. 미래를 알기 때문에, 그녀는 누군가를 만나서 인사도 하지 않고 잘 가라는 말부터 뱉을 때가 종종 있었다. 잠들기 전에 침대에 누워 있는 동안, 그녀는 작별 인사를 연습했다. 그녀는 작별 인사에 능숙했다. 별일 아니라는 듯 가볍게 한마디 던질 수 있었다. "만나서 즐거웠어요." "그럼 이만." "다음에 봐요."

그날 밤 그녀는 중국 음식을 배달시켰다. 포천 쿠키 두 개가 따라왔다. 첫 번째 쿠키에는 이렇게 적혀 있었다. "호랑이 굴에 들어가야 범을 잡는다." 두 번째 글귀는 이랬다. "꺼진 불도 다시 보자." 그녀는 쪽지를 두 장 다 침대 옆 향로에 태워버렸다. 연기에서 희미한 재스민 향이 풍겼다.

꿈을 꾸었다. 검은 머리 남자가 그녀 쪽으로 걸어오고 있었고, 그녀는 도망치고 싶었다. 돌아서서 달렸지만, 끈적이는 접착제를 뚫고 달리듯 슬로모션이었다. 온몸이 땀으로 흠뻑 젖은 채 잠에서 깬 그녀는 세세한 부분이 없는 것을 투덜거리며 꿈 내용을 기록했다.

계산대에서 일하고 있는데, 사장이 그녀의 손을 잡더니 억지로 펼쳤다.

"당신은 뭔가를 피하고 있어." 그는 말했다. "하지만 더 이상 피할 수 없어. 에너지는 어딘가로 발산되어야 해."

그녀는 사장이 자신의 손을 어루만지며 미소 짓고 있다는 것을 어렴풋이 의식했다.

"어떻게 해야 하지?" 그녀는 반쯤 혼잣말처럼 중얼거렸다.

사장은 물어보지 않을 거라고 생각했는지 씩 웃었다. "다 내게 맡겨. 어떻게 해야 하는지 다 알고 있으니까." 그는 손목을 쥔 손에 힘을 주었다.

캐서린은 그를 뿌리치고 얼음 같은 눈으로 응시했다.

심란한 일이 있을 때면, 그녀는 파도가 모래에 그리는 메시지를 읽으려고 애쓰며 해변을 걷곤 했다. 파도는 읽을 수가 없었다. 그녀는 그 점이 좋았다.

사람들은 너무 쉬웠다. 누구든지 볼 수 있도록 얼굴에 미래를 써 놓고 돌아다닌다. 원하든 원치 않든, 그녀는 읽지 않을 수가 없었다.

도요새가 앞서 달리며 모래사장에 발자국을 남기고 있었지만, 파도가 항상 끊임없이 부서지며 발자취를 쓸어 가고 있었다.

파도에 집중하고 있다가 문득 고개를 들어보니, 마침 그가 그녀를 향해 걸어오고 있었다. 그는 바다 너머 석양에 물든 구름을 바라보고 있었다. 그녀는 돌아서서 달렸지만, 모래에 발이 푹푹 빠져 속도가 나지 않았다.


그녀는 꿈을 꾸었다. 그녀는 그와 나란히 녹색 공원 벤치에 앉아 서로 손을 잡고 있었다. 그는 그녀를 바라보며 말했다. "사랑해." 이어 그는 그녀에게 키스했다. 그리고 그녀는 그가 자신을 떠날 것이라는 사실을 아주 분명히 알고 있었다.

그날 밤에는 다시 잠들 수 없었다. 캐서린은 일어나 앉아 그를 생각하며 타로점을 쳤다. 카드 안에는 실연, 배신, 고통이 있었다.

본인의 타로점을 보는 것은 좋지 않다, 그녀는 자신에게 일깨웠다. 정확성을 장담할 수 없다. 그녀는 카드를 섞어서 다시 읽었다. 올가미, 혼란, 파괴.

다시 읽었다. 행복, 만족, 평화. 미래가 너무 많았다.

그녀는 다시 카드를 섞어서 탁자에 늘어놓은 뒤 알록달록한 그림에서 믿을 수 있는 패턴을 찾았다.

새벽에, 그녀는 내키지 않는 기분으로 골든게이트 공원으로 향했다. 아침 햇살이 안개를 몰아내고 있었다.

그는 녹색 공원 벤치에 앉아 비둘기에게 팝콘을 던지고 있었다. 새들은 그의 주위에 모여 그가 던져주는 옥수수알을 쫓아다니고 있었다. 흙 위에 찍힌 새들의 발자국이 손금처럼 복잡하게 교차하는 무늬를 그리고 있었다. 한 마리 새의 발자국이 어디서 끝나고 다른 새의 발자국이 어디서 시작하는지 알아볼 수가 없었다. 캐서린은 잠시 서서 그를 지켜보았다.

그는 그녀를 흘끗 옆으로 쳐다보더니 눈이 마주치기 전에 얼른 다시 모이를 주기 시작했다.

여전히 그는 말이 없었다.

"이 모든 것의 필연성이 난 제일 마음에 걸려요. 내 인생은 미리 색깔을 다 정해놓은 밑그림에 지나지 않는가? 미래를 안다는 것이 나를 자유롭게 하는가? 그렇지 않아요."

그는 어리둥절해서 그녀를 바라보았다. "네?"

그는 정말 위험해 보이지 않았다. 대담한 비둘기가 그의 손에 담긴 팝콘을 먹으려고 테니스화 위를 기어올랐다. 햇빛에 눈이 부시는지 그는 눈을 가늘게 떴다.

"좋은 아침이에요." 그녀는 말했고, 그는 고개를 끄덕였다.

"그 점 말인데요." 이러지 않는 것이 좋다는 걸 알면서도, 그녀는 그의 손을 잡았다. "말하지 말아요." 그녀는 그가 입을 열기 전에 말했다. "말하지 말아요."

그녀는 자신의 손바닥을 얼른 훔쳐보았다. 감정선이 더 강해진 것 같았고, 생명선과 전혀 교차하지 않는 것 같기도 했다.

"여전히 난 당신이 나를 떠날 거라고 생각해요." 그녀는 나직하게 말했다. 고개를 들어 그의 눈을 마주 보았다. 그는 혼란스러운 얼굴이었다. 이번에도 다시 순서가 잘못되었다. 작별 인사를 할 때가 아니다. 아직은.

"좋아요, 그럼." 그녀는 말했다. "각오하고 한번 해보죠."

그 모든 것에도 불구하고, 그녀는 그에게 키스했다.

# 16

날렵한 사냥개 네 마리와 함께

With Four Lean Hounds

도둑 이야기부터 시작해 볼까. 은회색 머리카락과 겨울 하늘색 눈동자를 지닌 날렵하고 강인한 소녀. 아무도 그녀가 몇 살인지 몰랐고, 아무도 관심이 없었다. 때리는 건 괜찮은 나이지만, 데리고 자기에는 아슬아슬한 나이였다.

타지아는 성난 빵집 주인을 피해 도망치고 있었다. 겨드랑이에 낀 빵 덩어리는 아직 따뜻했다. 시장 가판 사이를 재빨리 지나쳐서 도시를 둘러싼 무너진 옹벽을 뛰어넘을 수 있는 지점을 향해 달려가는 중이었다.

그 지점에 도착하면 굴뚝 사이에 몸을 숨겨가면서 슬레이트 지붕을 건너뛰어 달릴 수 있다. 그녀는 바람과 하늘의 존재, 얼마든지 추적자를 따돌릴 수 있었다.

경비병이 호루라기를 불며 달려오는 소리가 들렸다. 불운이다. 그녀와 벽 사이를 경비병이 가로막고 있었다. 등 뒤에는 빵집 주인이 욕설을 퍼붓고 있었다. 재빨리 방향을 틀어 골목 입구로 뛰어들었지만, 그녀는 실수라는 것을 깨달았다.

벽은 반들반들한 돌이었다. 원숭이처럼 타고 오르는 재주로도, 이 벽은 기어오를 수 없었다. 골목 끝은 새 건물로 막혀 있었다. 막다른 골목이었다.

차가운 돌벽 끝에서 메아리치는 경비병의 호루라기 소리를 들으니, 손목에 찼던 쇠고랑의 감촉이 떠올랐다. 냉골이던 감옥의 추위가 아직도 뼛속에 사무쳤다.

골목 끝에서 바람에 날려 온 종이 뭉치가 바스락거렸다. 쥐 한 마리가 타지아를 쳐다보고 있었다. 털이 희끗한 늙은 할아버지 쥐가 관심 없다는 듯 오만한 눈빛으로 그녀를 바라보다 꼬리를 돌려 그늘 속에 숨겨진 구멍으로 쏜살같이 기어 들어갔다. 폭이 작은 도둑의 어깨너비만 한 어둡고 축축한 구멍이었다.

골목 입구에서 발소리가 들려왔다. 몸에 오물이 묻는 것을 아랑곳하지 않고, 그녀는 빵을 떨어뜨리고 막무가내로 구멍에 몸을 밀어 넣었다. 어깨가 축축한 돌에 긁혔다. 그녀는 지붕과 빛의 존재였지만, 어둠 속으로 꼼지락거리며 들어갔다.

쥐는 날개 없는 박쥐에 불과하다고 되뇌며, 그녀는 배를 바닥에 깔고 더듬더듬 앞으로 나아갔다. 지붕의 아이답게, 그녀는 박쥐에 대해 잘 알고 있었다. 하지만 좁은 돌 통로에 끼어 있으니 자신의 심장 박동 소리가 커다랗게 들려왔고, 머리를 조금만 들어도 벽에 부딪쳤다. 틀림없이 곧 배수관이 넓어지겠지, 그녀는 조금씩 앞으로 나아갔다. 설마 계속 이보다 더 좁아지고, 어두워지고, 축축해지지는 않을 거야.

고인 물과 축축한 돌, 오물 냄새를 실은 차가운 바람이 얼굴에 불어왔다. 마침내 그녀는 고개를 들 수 있었다. 아주 가느다란 털, 긴 꼬

날렵한 사냥개 네 마리와 함께

리가 달린 부드러운 것이 가벼운 산들바람처럼 발목을 휙 스쳐 지나 갔다.

빨리 움직이고 싶은 마음에, 그녀는 좁은 배수관에서 보다 넓은 공간으로 허둥지둥 빠져나왔다. 어둠 속에서 앞으로 발을 내디뎠지만, 발밑에는 아무것도 없었다. 그녀는 비틀거리면서 눈에 보이지 않는 모서리를 붙잡으려다 미끄러지며 추락했다. 순간 그녀는 정신을 잃었다.

머리 위에서 비둘기들이 퍼덕퍼덕 날갯짓했고, 숯 때는 냄새가 굴뚝에서 흘러왔다. 음울하고 습기 찬 새벽의 냄새였다. 맨발에 닿은 슬레이트 지붕은 차가웠고, 북쪽에서 불어오는 바람이 얇은 셔츠를 칼날처럼 뚫고 들어왔다. 그녀는 어느 집 지붕에 걸린 빨랫줄에서 훔쳐 입은 축축한 셔츠를 한 손으로 붙잡았다.

그녀는 귀를 기울이고 있었다.

무슨 소리가 들렸다. 지붕으로 나오는 출입문 빗장을 따는 소리는 아니었다. 비둘기도 아니었다. 그냥 바람 소리인가?

다시 들렸다. 열병식의 북소리처럼 둥둥거리는 소리와 관악기처럼 힘차고 유쾌한 피리 소리. 한 점 구름을 가르고 바람 여신의 마차가 나타났다. 여신과 함께 눈부신 햇살이 모습을 드러냈다. 여신은 은색 초승달을 이마에 쓰고 있었고, 금빛 햇살이 그녀의 가슴을 비추었다. 은회색 머리카락이 망토처럼 뒤로 펄럭였다. 날렵한 사냥개 네 마리, 북풍과 남풍, 동풍, 서풍이 곁에서 즐겁게 달리고 있었다.

여신은 지혜로운 눈으로 타지아를 내려다보며 미소 짓더니 손을 내밀었다. 타지아는 그 손을 잡으려고 팔을 뻗었다.


　머리가 욱신거렸고, 발은 차가웠다. 실제로 겪은 적이 없는 기억의 눈부신 꿈을 뒤로하고, 그녀는 어둠 속에서 눈을 떴다. 여신에게 바치는 공물을 실은 마차가 도시를 떠나 북쪽으로 향하는 광경은 본적이 있었지만, 타지아는 여신 자체를 본 적은 없었다.

　어딘가 모서리에 매달렸던 손은 쓰리고 뻣뻣했다. 입술에 손을 대자, 피 맛이 났다. 타지아는 발을 잡아당기며 졸졸 흘러가는 차가운 물살에 반쯤 잠겨 있었다.

　돌아갈 길은 없었다. 전진뿐이었다. 그녀는 손을 벽에서 떼지 않은 채 천천히 더듬더듬 걸음을 옮기며 먼지나 말의 냄새, 도시의 냄새가 풍기지 않는지 계속해서 공기 냄새를 맡았다. 저 앞에서 자갈 포장도로 위를 달리는 짐마차를 연상시키는 덜컹거리는 소리가 들려왔다. 그녀는 걸음을 재촉했다.

　터널은 넓은 동굴로 이어졌다. 암반 내부에 형성된 천연 구조였다. 벽면에 붙은 균류가 달빛보다 더 은은한 금빛으로 빛나고 있었다.

　동굴 한가운데에 거인이 누운 채 짐마차처럼 우르릉거리며 코를 골고 있었다. 거인이 잠들어 있는 돌 요람은 거인의 몸이 움직일 때마다 그에 따라 형태가 변하는 것 같았다. 저 멀리 암흑 속에서 풀 냄새, 자유의 냄새를 실은 공기가 거인 옆을 지나쳐서 불어왔다.

　거인이 길을 막고 있었고, 그녀는 그저 꼬마 도둑이었다.

　타지아는 마법사의 집이나 약초상을 털어본 적이 없었다. 일반 가정의 보안을 뚫는 간단한 주문 정도밖에 몰랐다.

거인의 얼굴은 거대했다. 아주 넓었고, 흙색이었다. 거인은 잠결에 뒤척였고, 발목에 감긴 사슬이 바닥의 나사에 연결되어 있었다. 고리는 타지아의 다리만큼 굵었다. 녹슨 자물쇠는 그녀의 머리통만 했다. 누가 거인을 가두었는지, 왜 이런 벌을 받고 있는지 궁금했다. 사슬의 길이를 가늠해 보니, 옆을 몰래 지나치려는 사람이 있으면 거인이 충분히 붙잡을 수 있을 것 같았다.

산들바람이 불어 거인의 머리카락이 흐트러지고 코 고는 소리가 멈췄다. 그는 콧구멍을 벌름거리며 냄새를 맡았다. "너의 냄새가 난다." 그는 느릿느릿 말했다. "네 냄새 알아, 마녀야. 나한테서 또 뭘 원하지?" 아는 사람에게 말하는 투였다.

타지아는 움직이지 않았다. 그녀는 한 손으로 돌벽을 짚고, 다른 한 손으로 별 쓸모도 없는 칼을 움켜잡고 있었다. 거인의 눈이 그림자를 훑다가 그녀를 발견했다.

"아." 그는 말했다. "똑같은 눈, 똑같은 머리카락, 똑같은 냄새. 마녀가 아니라, 마녀의 딸이군." 그는 씩 웃었다. 타지아는 그의 눈빛이 마음에 들지 않았다. "이렇게 늦게 찾아오다니."

"난 누구의 딸이 아니야." 그녀는 말했다. 거인과 마녀라니, 타지아와는 상관없는 존재였다. 어머니? 그녀에게는 어머니가 없었다.

"난 그저 도시에서 온 가난한 도둑일 뿐이야. 돌아가고 싶어."

"날 풀어주지 않으면 이 옆을 지나갈 수 없어, 마녀의 딸." 거인은 말했다.

"당신을 풀어줘?" 그녀는 믿을 수 없다는 듯 고개를 저었다. "어떻게? 사슬을 부숴?"

거인은 험상궂은 표정을 지었다. "자물쇠에 네 피 한 방울만 떨어뜨리면 난 풀려날 수 있어. 너도 알 텐데." 불신하는 말투였다. "그런 것도 모르면서 어머니의 왕관을 어떻게 물려받으려고…"

"내 어머니가 누구야?" 그녀는 목에 걸리는 음성으로 말을 가로챘다.

"나도 몰라." 거인은 씩 웃었다. 머리를 자주 굴릴 필요가 없는 덩치 큰 남자들에게서 흔히 들어본 교활한 말투였다. "날 풀어주면 말해주지." 거인이 다리를 굽히고 어색하게 쭈그려 앉자, 그의 머리가 동굴 천장에 부딪혔다. "피 한 방울만 흘려주면, 지나가게 해주지. 네 피로 자물쇠가 풀리지 않는다 해도, 어쨌든 보내주겠어."

"내 피로 풀리지 않는다 해도?" 그녀는 신중하게 물었다.

"그렇게 자기 자신을 의심해?" 거인은 어깨를 으쓱했다. "그렇다 해도 보내준다니까."

타지아는 언제든지 돌아서서 통로 쪽으로 뛰어갈 준비를 한 채 거인에게 다가갔다. 쭈그리고 앉은 거인을 주시한 채, 그녀는 칼로 손을 그었다. 피가 흐르더니 한 방울이 녹슨 자물쇠 위에 떨어졌다. 그녀는 뒤로 물러섰다. 거인의 시선은 자물쇠에 고정되었다. 자물쇠에서 연기가 피어올라 사슬을 감쌌다.

거인이 자물쇠를 지켜보는 동안, 그녀는 동굴 끝으로 물러났다. 안전한 거리를 확보한 상태로, 그녀는 날카롭게 외쳤다. "당신을 여기 묶은 마녀는 누구야, 거인? 거래 조건을 지켜. 누가…"

"됐다!" 거인은 말했다. 그는 의기양양하게 사슬을 잡아당겼고, 자물쇠가 툭 떨어졌다.

"마녀는 누구야?" 타지아는 다시 물었다.

"도와줘서 고마워, 마녀의 딸." 그는 타지아 옆을 지나쳐서 천장이 한층 우뚝 솟은 어둠 속으로 들어섰다. "이제 난 예언을 실현하기 위해 내가 맡은 역할을 하러 가야겠다."

"그래서 내 어머니는 누구냐고!" 그녀는 외쳤다. "말해준다고 했잖아."

그는 어깨 너머로 웃음을 보냈다. "땅의 아들을 묶어놓을 만큼 강한 자가 누굴까? 바람의 여신 말고 없잖아." 그는 어둠 속으로 멀어졌다.

"뭐라고?" 타지아는 믿기지 않는다는 듯 외쳤지만, 자신의 목소리만 메아리로 되돌아왔다. 거인이 어둠 속에서 쿵쿵 멀어지는 발소리가 들렸다. 천둥 같은 날갯짓, 으르렁거리는 날렵한 사냥개 네 마리의 모습이 머릿속을 가득 채웠다. 타지아는 거인을 뒤따라 달렸다. 따라잡을 수 없다는 것은 알고 있었지만, 그럼에도 불구하고 달렸다. 바깥의 공기와 온갖 세상의 생물 냄새가 차츰 강렬해졌다. "기다려!" 그녀는 외쳤지만, 거인은 사라지고 없었다.

갓 갈아엎은 흙냄새가 풍겼다. 그녀는 밝은 빛을 향해 달렸다. 늦은 오후의 햇빛이었다. 거인이 돌을 옆으로 던지고 입구를 밀고 나가면서 남긴 손가락 자국이 눈에 띄었다. 그가 발로 밟은 자리마다 부드러운 풀 위에 시꺼먼 구멍이 패어 있었고, 발자국은 완만한 구릉을 지나 저 멀리 반짝이는 강으로 이어지고 있었다. 거인이 첨벙거리며 헤엄을 치는지, 물이 튀는 광경이 멀리 아주 작게 보이는 것 같기도 했다.

넘어지기도 하고 풀밭에서 미끄러지기도 하면서, 그녀는 발자국을 따라 언덕을 달려 내려갔다. 한참을 달리던 그녀는 점점 느려지는 다리를 억지로 재촉하며 걸음을 옮겼다. 강둑을 따라 터벅터벅 걷는 사이, 그림자가 차츰 길어졌다. 그녀는 북쪽으로 향하고 있었다. 북쪽에는 산이 있고, 산에는 여신의 궁전이 있었다.

사방이 컴컴해질 무렵, 그녀는 멈췄다. 잠시 주저앉았다. 더 이상은 무리였다. 싸늘한 황혼빛 속에서 으슬으슬 떨며, 그녀는 도시 아래의 터널보다 더 깊은 어둠 속으로 굴러떨어졌다.

숯 때는 냄새, 새벽의 축축하고 암울한 냄새가 주위를 감싸고 있었지만, 타지아가 서 있는 곳은 차가운 슬레이트 지붕이 아니었다. 연기 냄새를 싣고 온 바람이 그녀의 머리를 뒤로 휘날렸고, 날개 펄럭이는 소리가 주위를 휘감았다.

타지아는 마차 위 여신 옆에 서 있었고, 바람의 사냥개 네 마리가 옆에서 달리고 있었다. 까마득한 발아래, 회색 슬레이트 지붕과 빨랫줄에 걸려 바람에 펄럭이는 옷가지가 보였다. 까마득한 발아래, 도시의 오래된 탑들, 무너져 내리는 벽들, 시장의 점포와 가판이 보였다.

"여기가 네가 있을 곳이다, 나의 딸." 여신은 탑 사이를 돌아 불어오는 여름 산들바람처럼 부드럽게 말했다. "세상 위 나의 옆." 여신이 타지아의 손을 잡자, 모든 아픔이 물러갔다.

우르릉거리는 소리가 들려왔다. 자갈 포장도로를 달리는 마차 소리 같았다. 까마득한 발아래, 탑이 흔들리더니 흙빛의 넓적한 얼굴을 한 거인이 그들을 올려다보았다. 구멍에서 나올 때 묻은 흙을 털더니, 거인은 몇 걸음 만에 성큼 도시의 성벽 꼭대기로 올라갔다. 지하에서 보았을 때보다 그는 한층 커 보였다. 그는 오래된 돌탑 위에 서서 그들을 향해 손을 뻗었다.

타지아는 비명을 질렀다. 거인이 그들을 잡아 다시 땅으로 끌어내릴 것 같았다. 연기와 먼지의 땅으로.

연기 냄새는 진짜였다. 몸 아래에서 강둑의 축축한 풀 촉감이 느껴졌지만, 따뜻했다. 말 냄새를 희미하게 풍기는 천이 몸에 덮여 있었다.

타지아는 억지로 눈을 떴다. 이른 새벽의 강둑, 안개가 풀 위에서 빛나고 있었다. 흰 말 한 마리가 풀을 뜯고 있었다. 여행의 때가 묻은 녹색 옷차림의 깡마른 갈색 머리 남자가 그녀를 바라보고 있었다. "깼구나. 기분은 어떠니?"

머리가 아팠다. 타지아는 담요 대신 몸에 덮고 있던 녹색 망토를 움켜쥐고 일어나 앉으려고 애썼다. 도시 물정이 몸에 밴 그녀는 곧장 경계심을 발동하며 웅얼거렸다. "이 정도로 안 죽어요."

남자는 계속 그녀를 바라보았다. "근처에 아무것도 없는 곳인데. 어디 가는 길이야?" 이따금 도시를 방문하던 남쪽 상인들의 억양이었다.

타지아는 몸을 비틀어 등 뒤 언덕을 바라보았다. 도시는 보이지 않았다. 구불구불한 동굴을 따라 얼마나 왔을까.

"전 도시에서 왔어요. 도시에서 떠나오는 길이에요." 타지아는 한 층 또렷해진 정신으로 흰 말을 살펴보았다. 영양 상태가 좋았다. 말 옆에 놓인 안장은 장기간의 여행 때문에 추레했지만, 원래 아주 고급 물건이라는 것을 알 수 있었다. 그녀가 덮고 있는 망토는 섬세하게 직조한 부드러운 모직이었다. 비슷한 천으로 싼 류트가 안장에 기대 세워져 있었다.

"나는 음유시인이다." 남자가 말했다. "북쪽으로 여행하는 중이야."

묻지도 않은 정보를 알려준다면 대체로 엉터리지, 타지아는 생각하면서 고개를 끄덕였다. 음유시인이 이런 안장을 살 수 있을 리가 없다. 남자의 갈색 눈을 쳐다보는 순간, 손에 낀 금반지가 언뜻 눈에 들어왔다. 차라리 동료 도둑이라면 신뢰할 수 있다. 도둑을 신뢰할 수 있는 한도까지는. 혼자 활동하는 쪽을 좋아해 온 터라, 그녀는 그 한도가 어느 정도인지는 잘 몰랐다.

"저도 북쪽으로 갈 생각이었어요." 타지아는 말했다. "절 데려가 주시면, 도움이 될 거예요. 연기가 안 나도록 모닥불을 땔 줄도 알고…" 그녀는 연기를 뿜는 모닥불을 바라보며 말끝을 흐렸다. 망토를 뒤집어쓴 자신의 모습이 얼마나 작고 가련해 보일지 알고 있었다. 얼굴도 창백하고 꾀죄죄한 흙투성이여야 할 텐데.

"널 여기 혼자 버려둘 수는 없겠지." 은근히 귀찮다는 듯한 말투였다. "다음 도시까지는 데려가 주마."

타지아는 나약한 척하며 천천히 일어섰다.

하지만 도움 되는 일도 했다. 잔가지에 불이 붙도록 불쏘시개로 모닥불을 살렸다. 그녀는 음유시인이 짐에서 꺼낸 빵을 두툼하게 잘라서 구운 뒤 그 위에 치즈를 녹였다.

흰 말에 안장을 얹는 일도 도왔다. 안장 가방의 위치를 바로잡는 척 슬쩍 손을 집어넣어 보았더니, 안에 돈주머니가 있었다. 그녀는 동전을 하나, 둘, 세 개 슬쩍한 뒤 나중에 자세히 볼 생각으로 얼른 자기 주머니에 옮겼다. 그가 다음 도시까지만 데려다준다 해도, 이 정도면 이익이다.

타지아는 그의 뒤에서 말 위에 올라앉았고, 그들은 강변을 따라 길을 나섰다. "북쪽 어디까지 가세요?"

"산으로." 그는 류트로 가락을 뜯기 시작했다.

"바람 여신의 궁전으로 가는 거군요." 타지아는 그가 이 말을 듣고 미간에 주름을 짓자 미소를 억눌렀다. 음유시인이 거기 아니면 어디로 갈까? 그녀는 속으로 정정했다. 아니지, 도둑이 거기 아니면 어디로 갈까? "제가 같이 가도 돼요?"

"왜?"

그녀는 대수롭지 않은 일인 양 어깨를 으쓱했다. "저는 여신의 궁전에 가본 적이 없어요. 아주 아름다운 분이라는 소문을 들었거든요."

음유시인은 고개를 저었다. "아름답지만, 사악해."

"비용은 제가 낼게요." 혹시 자기 동전을 알아보면 어떻게 하지?

하지만 그는 다시 고개를 저었다. 류트에서 다른 곡조가 흘러나오기 시작했다. 타지아가 기억하는 어린 시절의 잔잔한 가락이었다.

가사는 다 기억나지 않았지만, 원래 후렴구는 아름다운 여신과 그 옆에서 달리는 날렵한 바람의 사냥개 네 마리에 관한 내용이었다. 여신은 해님의 동생이자 달님의 딸이었다.

하지만 음유시인이 부르는 후렴구에는 냉소와 경멸이 담겨 있었다. 가사는 여신이 땅과 물과 불의 정령들을 결박했다, 네 바람을 붙잡아 탑에 가두었다, 바람들이 풀려날 때까지 세상은 불행할 것이라는 내용이었다.

"제가 기억하는 내용과 달라요." 음유시인의 노래가 끝나자, 타지아는 말했다.

그는 어깨를 으쓱했다. "내가 사는 나라에서는 여신에게 공물을 바치지 않는다. 땅이 메마르고 5년 동안이나 흉작이었어. 우리는 여신을 사랑하지 않아."

타지아는 매년 공물을 보낼 때마다 여신을 기리는 뜻으로 열리는 거리 행진을 떠올렸다. 은공예로 잘 알려진 도시는 장인들이 생산한 최고의 물건을 매년 산속의 궁전으로 보냈다. 그러면 바람이 탑을 휘감고 성벽 주변의 농부들을 위해 비를 불러온다.

작년, 하루 종일 축제 구경꾼들의 주머니를 털던 타지아는 성벽을 기어올라 공물을 실은 마차의 행렬이 농가와 녹색 들판을 굽이굽이 누비며 북쪽으로 향하는 모습을 문 위에서 구경했다.

높은 곳에 올라가 있으니 바람이 몰아쳐 몸이 싸늘했지만, 군중들을 위에서 굽어보는 것이 좋았다. 행렬의 마지막 말이 짊어진 은제 여신상은 사냥개의 머리에 손을 얹고 먼 곳을 응시하고 있었다. 그때 타지아는 여신과 동질감을 느꼈다. 홀로 당당히, 세상 위에 우뚝 선 그 모습이.

"왜 공물을 바치지 않아요?" 그녀는 음유시인에게 물었다. "그렇게 가난해요?"

"우리는 당당하니까. 왕이 허락하지 않아."

"바보짓이에요!"

음유시인은 쓸쓸하게 웃었다. "그럴지도 모르지. 왕가 전체가 다들 바보인 것 같아. 이상주의적이고 고개만 뻣뻣해서."

"당신 나라 사람들 전부가 자존심 때문에 죽겠네요."

그는 고개를 저었다. "그럴 수도. 안 그럴 수도 있고. 어쩌면 무슨 일이 일어날지도 모르지." 그는 한숨을 쉬었다. "나는 모르겠다만, 왕은 운에 맡기자고 생각하는 것 같아. 예언이 실현될 거라고."

타지아는 미간을 찡그렸다. "여신을 싫어한다면서 왜 그 궁전에 가는 거예요?"

"음유시인은 마법과 바람에 대해 걱정하지 않아." 그는 더 이상의 대화를 피하려는 듯 다른 노래를 시작했다.

느릿하게 흐르는 녹색 강물 너머로 선율이 울려 퍼졌고, 규칙적인 말발굽 소리가 리듬을 맞추었다. 음유시인은 인간과 사랑에 빠졌다가 물의 편을 들어서 넘쳐흐른 강물에 인간을 빠뜨려 죽인 물의 정령 운디네에 대해 노래하고 있었다.

길쭉한 잎을 지닌 나무들이 물 위에 가지를 드리웠다. 비틀린 나무둥치 사이로 길이 구불구불 이어졌다. 숲은 한층 깊어졌고, 강물에 빨려 들어간 햇빛은 소용돌이 속에서 반짝일 뿐 다시 빠져나오지 못하는 것 같았다. 반대편 강둑은 차츰 높아져서 양치류와 꽃으로 뒤덮인 절벽으로 이어졌다.

"아름다운 곳이네요." 타지아가 말했다.

"위험한 땅이다." 음유시인은 말했다. "절벽을 올라보면, 꽃이 핀 지점은 바위가 약하다는 걸 알게 돼. 손으로 움켜쥐면 쉽게 부서지거나 위에서 지반이 무너지지."

황혼 무렵에도 여전히 숲속이었고, 나무들은 모두 똑같은 모양이었다. 그들은 나그네를 아늑하게 맞아주는 협곡에서 야영하기로 했지만, 타지아가 피운 작은 모닥불조차 왠지 어둑어둑한 것 같았다.

숲에서 언뜻 바스락거리는 소리가 들린 것 같았고, 저녁 식사로 빵과 치즈를 구우려는데 멀리 강 건너편에서 뭔가 하얗게 번득이는 것이 스쳐 지나간 듯했다. 타지아는 음유시인의 여분의 망토로 몸을 감고 혼자 모닥불 옆에 웅크리고 누웠다.

잠시 도시 아래 지하 동굴에 돌아온 기분이었다. 컴컴하고 추웠다. 하지만 얼굴에 와 닿는 바람에서 흐르는 물과 생육하는 것들의 향기가 났고, 머리 위로 별들을 볼 수 있었다. 당당하게, 조용히, 여신이 그녀 옆에 서 있었다.

그들은 거인을 따돌렸다. 타지아는 거인 하나 정도는 여신에게 위협이 되지 않는다는 것을 깨달았다. 마차는 땅으로 가까이 다가갔다. 달빛에 반짝이는 구불구불한 강물이 저 아래 보였다. 타지아 자신이 피운 작은 불빛도 보였고, 그 옆 땅에 음유시인도 보이는 것 같았다.

날렵한 사냥개 네 마리와 함께

까마득히 아래였다.

타지아는 그가 뭔가 훔치기 위해 여신의 궁전으로 가는 거라고 짐작했다. 같이 나란히 마차를 타고 갈 수 있으면 좋겠다는 생각이 들었다. 그는 외롭고 추워 보였다. 탑의 도시에서 성벽 위에 오를 때마다 그녀 자신도 수없이 느꼈던 그 기분이었다.

"이제 그 모든 것이 네 발아래에 있다." 옆에 선 여신이 속삭였다. "너는 달님의 딸, 해님의 동생이야."

찰랑거리는 물결과 부드러운 말의 숨소리가 그녀를 잠에서 깨웠다. 물소리는 가깝게, 아주 가깝게 들렸다. 그녀는 일어나 앉아 달빛이 은은하게 비치는 수면이 아주 가까이 밀려와 있는 것을 보고 눈을 깜빡였다. 겨우 몇 발짝 거리였다. 말은 고삐를 최대한 당기고 점점 불어나는 물에서 최대한 물러나 있었다. 흰옷 차림의 날씬한 여인이 물 안에 서 있는 것이 보여서 타지아는 다시 눈을 깜빡였다. 인기척이 들리자, 여인은 서글픈 눈빛으로 타지아 쪽을 바라보았다.

그녀가 타지아에게 두 손을 뻗자, 긴 손가락 끝에서 물이 뚝뚝 떨어졌다. 수면에 반사되는 달빛이 그녀의 몸 전체에서도 은은하게 빛났다. 달빛의 형상으로 만든 듯한 은 사슬이 섬세한 손목에서 물 쪽으로 연결되어 있었다.

타지아는 물에서 다리를 거두고 일어나서 물러났다. 물의 요정이 뻗은 손이 타지아에게 거의 닿을 것 같았다. 찰랑이는 물소리에 섞여 목소리가 들려왔다. "내게 와, 날 만져다오, 강물을 만져다오." 타지아는 말에 한 손을 얹고 여차하면 올라타 도망칠 준비를 했다.

달빛이 수면의 검은 지점을 비추고 있었다. 음유시인의 망토였다. 물이 목까지 차 있는데도 그는 평화롭게 자고 있었다. 그가 기대앉은 나무에 망토가 반쯤 휘감긴 채 어깨 주위에 둥둥 떠서 물결에 흔들리고 있었다. 음유시인에게 가려면, 강물에 손을 담그고 물의 정령에게 다가가야만 했다. 이대로 혼자 어머니의 궁전으로 도망친다 해도 아무도 모를 것이다.

"날 놓아줘, 달의 딸이여." 물이 속삭였다. 타지아의 머리 옆에서 나뭇잎을 스치는 산들바람이 키득키득 웃는 것 같았다.

"그를 보내주면 당신을 놓아주겠어." 타지아는 필사적으로 흥정을 시도했다.

"그부터 보내줘." 정령을 어떻게 해야 놓아줄 수 있는지 그녀는 몰랐다. 물의 손이 타지아에게 다가왔다. 말 등에 올라타서 도망치고 싶었다.

"나를 놓아줘, 그러면 그를 보내주겠어." 찰랑이는 물결 속의 음성이 말했다.

"하지만 난 못 해… 어떻게 하는지 몰라서…"

밤 속의 속삭임. "당신의 일부를 내게 주렴, 달의 딸이여."

달빛 속에서 타지아는 음유시인의 머리가 뒤로 넘어가며 물속에 잠기는 것을 보았다. 은색 물방울이 보글보글 올라왔다.

그녀는 물의 정령을 옆으로 밀어낼 생각으로 걸음을 내디뎠다. 눈시울이 젖어 왔다. 답답함과 분노, 슬픔, 고통의 눈물이었다. 눈물 한 방울이 눈에서 나와 뺨을 타고 흘러내려 강물에 떨어졌다. 단 한 방울이었다.

타지아는 음유시인의 망토와 팔을 붙들고 힘들게 강둑으로 끌고 나왔다. 긴 한숨 소리가 들려 올려다보니, 물의 정령이 손목에 찬 사슬이 차츰 희미해지고 있었다. 정령은 벅찬 몸짓으로 하늘을 향해 두 팔을 뻗었고, 강물이 한숨을 쉬었다. "고맙다, 여신의 딸이여." 날씬한 형체는 강물에 그대로 녹아들어 가서 반짝이는 물결과 하나가 되었다. 음유시인은 기침하며 움직이기 시작했다.

타지아는 그의 젖은 몸을 말리기 위해 모닥불을 피우고 마른 망토를 어깨에 덮어주었다. 그녀는 망토 따위 필요 없었다. 강해진 기분이었다. 이제 그녀는 도둑이 아니라, 여신의 딸이었다.

"나 없이 모닥불은 도대체 어떻게 피울 작정이었어요?" 그녀는 음유시인에게 물었다.

그는 망토 밑에서 날렵한 어깨를 으쓱했다. "행운이 어떻게든 해결해 줄 거라고 믿는다. 행운과 운명이." 달빛이 반사된 그의 눈은 초롱초롱했다. "가끔 운명은 내게 아주 너그러워."

다음 날 그들은 계곡에서 빠져나와 금빛 언덕으로 접어들었다. 강가에서 염소떼를 치던 소년이 신기한 듯 그들을 빤히 바라보았다. "지금까지 그 길로 온 사람은 아무도 없는데요." 소년이 말했다.

눈앞에 놓인 산의 위용에 들뜬 타지아는 웃었다. "우리가 저 길로 왔잖아."

"운디네는요?" 소년은 물었다.

"운디네라." 그녀는 웃으며 계속 지나쳤다. "우리가 풀어줬어."

그들은 저벅저벅 말을 천천히 걷게 해서 염소떼를 지나 강가를 계속 따라갔다. 전방에 작은 마을의 건물들이 보였다. 햇빛이 타지아의 얼굴을 비추었고, 산맥과 눈이 녹지 않는 뾰족한 봉우리들이 보였다.

"여신의 궁전으로 데려가 주세요." 그녀는 불쑥 음유시인에게 말했다. "왜 거기 가시려는지 알아요. 저도 가고 싶어요."

그는 놀란 것 같았다. "왜 가는지 안다고? 하지만…"

그녀는 웃었다. "내가 바보인 줄 알아요? 음유시인이 이런 말이나 고급 가죽 안장을 무슨 돈으로 사요. 처음 만났을 때부터 도둑이라는 걸 알았어요." 그녀는 어안이 벙벙한 그의 표정을 보고 고개를 저었다. "여신의 궁전을 털러 가는 거잖아요."

"그렇군." 그는 천천히 말했다. "그런데 내가 도둑이라면 왜 같이 가려는 거지?" 그는 그녀의 얼굴을 찬찬히 보았다.

잠시 타지아는 사실대로 말할까 고민했다. 하지만 그녀는 도시 사람, 타인을 믿지 않았다. "여신에 대한 소문 중에 어떤 게 맞는지 알고 싶어요. 게다가 난 당신을 도울 수도 있어요." 어머니의 옆에 서서 거기까지 데려가 준 음유시인에게 금과 보석을 하사하는 자신의 모습을 상상하고, 그녀는 미소 지었다.

"위험한 곳이야." 그는 말했다.

"안 데려가 주면 혼자 갈 거예요. 데려가 주면 제 비용은 제가 댈게요. 오늘 숙박비도 내가 내요."

그는 마침내 고개를 끄덕였다. "원한다면 데려가 주마. 하지만 이

건 네가 원한 거다."

산들바람이 강둑의 키 큰 풀숲에서 속삭였다.

"바람이 우릴 격려하고 있어요." 타지아가 말했다.

"바람은 우릴 비웃고 있어." 음유시인이 말했다.

그날 밤 여관에서 타지아와 음유시인은 마을 사람들에게 둘러싸였다. 염소떼를 치던 목동이 그들이 어느 길을 통해 왔는지 소문을 낸 것이었다. "운디네를 지나왔다면서요?" 여관 주인이 신기한 듯 물었다. "무슨 수로 그렇게 한 겁니까?"

타지아는 물의 정령이 작별 인사로 남긴 한숨 소리만 빼놓고 다 이야기해 주었다. "그럼 강은 여신의 속박에서 풀려난 거군." 시큰둥한 표정의 농부가 말했다. "여신이 좋아하지 않을 거야." 입가에 암울한 미소가 떠올랐다.

"목소리 낮춰, 친구." 여관 주인이 나무랐다. "누가 들으면 어쩌려고…"

"우리는 여신의 지배 아래 살고 있어." 농부가 투덜거렸다. "어쩌면 이 치세에도 끝이 올지 몰라. 아들이 여신의 궁전 쪽으로 걸어간 거인의 발자국을 보았다고 했어. 이 사람들은 운디네가 풀려났다고 하고. 어쩌면 여신도…"

"여신의 핏줄만이 바람을 해방할 수 있어." 여관 주인이 말을 끊었다. "여신에게는 자식이 없잖아."

"딸이 하나 있다는 소문이 있지요." 음유시인이 조용히 말했다. "저는 류트를 공부하면서 고대 설화를 연구했습니다. 이웃 도시와 전투가 벌어진 와중에 그 아이가 납치되었다고 기록되어 있더군요. 딸을 돌려주는 대가로 여신이 바람을 풀어주는 것을 거부하자, 아이는 살해당했습니다."

"여신은 딸의 죽음을 슬퍼했나요?" 타지아는 머뭇거리며 덧붙였다.

마을 사람들은 웃음을 터뜨렸고, 음유시인은 눈썹을 치켜올렸다. "그럴 것 같지 않구나. 설화에 그런 내용은 없었어."

여관 밖에서 거세지는 바람에 덧문이 쾅 하고 부딪쳤다. 타지아가 물의 정령 이야기를 하는 동안 주위에서 듣던 마을 사람들은 이제 각자 다른 탁자로 흩어졌다.

"바람이 여신에게 이런저런 소문을 모아 전한다는 소문이 있어." 음유시인은 타지아에게 나직하게 말했다. "확실히 아는 사람은 없지만 말이다." 덧문이 다시 쿵 부딪쳤다. 주위의 대화가 일제히 끊겼다가 잠시 후 나직하게 이어졌다.

"여기 이 땅도 예전에는 녹색이었다." 음유시인은 말했다. "대지가 메말라서 사람들이 분을 품게 되었지."

음유시인은 느리고 감미로운 곡조를 연주하기 시작했고, 타지아는 여관 주인과 숙박비를 협상하기 위해 바로 향했다. 그녀는 주머니에서 음유시인의 동전 하나를 꺼냈다. 동전은 벽난로 불빛 속에서 은빛으로 빛났다. 주인은 동전을 손에 들고 무게를 가늠한 뒤 뒤집어서 양면을 찬찬히 관찰했다.

"남쪽 나라 돈이군." 그는 한쪽 면에 새겨진 인물상을 좀 더 자세히 보았다.

음유시인이 연주하는 곡의 가락이 두런거리는 대화 위로 방 전체에 잔잔히 깔렸다.

그는 전날 연주했던 여신에 대한 슬픈 발라드를 뜯고 있었다. 여관 주인은 날카로운 시선을 음유시인에게 보내더니 다시 동전을 확인했다. 그는 창가를 떠돌아다니는 바람 소리에 귀를 기울이는 것 같았다.

"여기서 산으로 간다고?" 그는 물었다.

"네." 타지아는 조심스럽게 대답했다. 주인은 여신에 대해 좋은 감정을 갖고 있지 않다.

그는 동전을 그녀에게 돌려주었다. "행운을 빈다." 그는 말했다.

"저녁은 마음껏 먹고, 마구간 위층에서 자거라."

그녀는 어리둥절해서 눈살을 찡그렸다. "무슨 뜻이에요? 왜요?"

주인은 어둑어둑한 불빛 속에서 음유시인의 얼굴을 관찰하는 것 같았다.

"강에서 운디네를 없애준 보답으로 치거라." 그는 처음으로 그녀를 향해 미소 짓더니 손에 다시 동전을 쥐어주었다. "행운을 빈다."

그녀는 동전을 주머니에 넣고 찜찜한 표정으로 음유시인에게 돌아갔다. 이해할 수 없는 흥정이라 썩 내키지 않았다. 거인과 마찬가지로 여관 주인도 타지아가 뭔가 더 많이 알고 있다고 생각하는 것 같았다.

"흥정은 잘했니?" 음유시인이 물었다.

그녀는 의자에 나란히 앉으며 이맛살을 찌푸렸다.

"마굿간 위층에서 자면 된대요. 돈은 낼 필요 없대요. 흥정도 안 했어요."

"알았다." 음유시인은 방 건너 여관 주인을 향해 고개를 끄덕였고, 나이 많은 남자는 손을 흔들었다. 거의 경례처럼 보이는 정중한 동작이었다.

"가격을 흥정하지 않는 대상도 있는 법이야, 어린 친구." 음유시인은 말했다. "너도 알아둬야 할 거다."

그날 밤 그들은 기분 좋은 냄새를 풍기는 건초 위에서 잠을 청했다.

바깥에서 바람은 사냥에 나선 한 무리 사냥개처럼 으르렁거렸고, 타지아는 뜬눈으로 누워 있었다. 그녀는 음유시인의 규칙적인 숨결에 귀를 기울이며 산맥과 여신의 궁전에 대해 생각했다. 하지만 잠들어서 꿈을 꾸고 싶지는 않았다.

그녀가 건초에서 계속 뒤척이자, 음유시인은 쳐다보며 눈을 깜빡였다. "가만히 누워서 좀 자거라."

"잠이 안 와요." 그녀는 말 냄새가 풍기는 어둠 속을 향해 퉁명스럽게 대꾸했다.

"왜 그러지?"

"추워요." 사실이었다. 그의 예비 망토를 둘렀지만, 그녀는 떨고 있었다.

그는 피곤한 듯 한쪽 팔꿈치를 받치고 몸을 일으키더니 옆에 누우라는 듯 자기가 덮은 망토 자락을 들어 올렸다. 그녀가 그의 가슴에 파고들자, 그는 그녀의 뺨을 가볍게 쓰다듬었다. "무슨 걱정 있어? 돌아가고 싶니?"

"예전에는 단순했는데." 그녀는 반쯤 혼잣말처럼 중얼거렸다. "난 그저 도시의 도적, 성벽을 타고 오르고 내게 주머니를 털리는 멍청한 사람들을 비웃는. 너무나 단순한…"

"지금은 뭐길래?" 나직한 음성이었지만 날이 선 질문이었다.

바람이 으르릉거렸고, 그녀는 와락 떨었다. "아무것도. 아무것도 아니에요."

음유시인은 타지아를 안고 가볍게 얼러주었고, 그녀는 옆에서 잠든 그의 규칙적인 숨소리에 귀를 기울였다.

그녀도 잠들었지만, 편안한 잠은 아니었다.

여신의 손이 작은 도둑의 손을 따뜻하게 잡고 있었다. 까마득한 발아래에 마을이 보였다. 금빛 언덕배기에 옹기종기 모인 장난감 같은 오두막들. 그들 앞에는 산이 우뚝 서 있었다. 차갑고, 험악한 회색 산맥.

"우리에게 그들은 필요 없어." 여신은 부드러운 목소리로 말했다. "날 싫어하든 말든 아무 상관 없다."

얼굴에 바람이 불어왔고, 별들이 궤도를 구르며 옆을 지나쳤다. 그녀는 그 모든 것을 발아래 두고 높이 서 있었다. 여기서는 아무도 그녀를 건드릴 수 없었다. 쇠고랑을 채울 수도, 하수도까지 쫓아올 수도 없었다. 내 집에 도착한 것이다.

다음 날 아침 마을을 떠날 때, 타지아는 말이 없었다.

어제 강둑에서 마주쳤던 목동이 언덕에서 염소에게 풀을 먹이고 있었다. "산속에는 도적들이 있어요." 그가 외쳤다. "올라가면 잡힐 거예요." 이런 소리를 하면서도 말투는 유쾌했다. "용도 있어요. 여신이 묶어놨어요. 도적들에게 잡히지 않는다 해도 용에게 발각되어서…"

음유시인은 소년의 염소떼 한가운데로 말을 몰았고, 염소들은 음매 울며 사방으로 흩어졌다.

말은 메마른 산기슭을 조심스럽게 오르기 시작했다.

해 질 녘이 되자 풀밭은 거친 바위로 변했고 말은 차츰 저물어 가는 빛 속에서 미끄러지기 시작했다. 타지아의 제안에 따라 두 사람은 내려서 말을 끌기로 했다. 안장 때문에 굳은 다리의 피로를 풀기 위해, 타지아는 앞장서서 돌을 피하고 바위를 기어오르며 달렸다. 도시의 성벽을 자유자재로 넘나들던 기분이 모처럼 다시 느껴졌다. 암반 하나를 오른 뒤 위에서 놀라게 해줄 생각으로, 그녀는 바위 너머로 빼꼼히 음유시인을 내려다보았다. 언뜻 갈색의 무언가가 눈에 들어왔다. 음유시인의 앞쪽은 산길이었고, 그 양쪽 풀숲 안에서 뭔가 움직이고 있었다.

"거기 멈춰라." 한 남자가 음유시인을 향해 활을 겨누며 바위 뒤에서 나타났다. 다른 남자들도 뒤에서 다가왔다.

"값나가는 물건은 전혀 없소." 음유시인은 무심하게 답했다. "아무것도."

"말이 있잖아." 도둑의 두목이 말했다. 음유시인과 똑같은, 부드럽고 리듬감 있는 억양이었다. "말은 당신보다 우리한테 더 유용할

　　　　　　　　　날렵한 사냥개 네 마리와 함께

것 같군." 남자는 음유시인의 돈주머니를 허리띠에서 낚아챘다. 씩 웃으며 주머니를 들어보고 무게를 가늠하더니, 그는 음유시인의 얼굴을 응시했다.

"허, 한데 당신 얼굴 어디서 많이 본 것 같군. 혹시 전에 어디서…" 그는 말끝을 흐렸다.

"나는 여신의 궁전으로 간다. 거기 가려면 말이 필요해." 음유시인은 말했다.

"남쪽 사람이 여신에게 참배하러 가다니." 두목은 놀랍다는 듯 말했다. "신기하군. 우리의 바보 같은 왕이 공물을 거부한 뒤로 남쪽 나라 사람들은 거의 여신의 산에 발을 들이지 않는데." 이렇게 말하며 돈주머니를 뒤지자, 동전이 폭포수처럼 두목의 손에 쏟아졌다.

"값나가는 건 전혀 없다더니, 과연. 그저 금은뿐이군." 도둑은 여관 주인이 그랬던 것처럼 저물어 가는 햇빛에 동전 하나를 비추어 보더니 길고 나직하게 휘파람을 불었다. 타지아는 그가 음유시인의 얼굴을 다시 확인하고 흰 이를 드러내며 씩 웃는 것을 보았다. "내가 우리 왕이 바보 같다고 했던가? 그 아들은 더 바보구먼그래." 두목은 주위를 둘러싼 다른 남자에게 동전을 던져주었다. "이것 봐. 이놈 왕자님이야."

손에서 손으로 동전이 넘어갔다. 도둑들은 음유시인과 동전, 동전과 음유시인을 번갈아 바라보았다. 바위 위에 숨어서 훔쳐보던 타지아는 어둑한 불빛 밑에서 동전을 잠시 비춰보았던 기억을 더듬었다. 그녀는 주머니에서 동전을 꺼내 차가운 금속 위에 새겨진 얼굴과 음유시인을 대조했다. 같은 얼굴이었다.

"우리는 우리의 운명과 행운을 따를 뿐." 음유시인, 아니 왕자는 말하고 있었다. "나는 아버지의 명에 따라 임무를 띠고 왔다."

두목의 웃음이 한층 커졌다. 그는 동전을 허공에 던졌다. 동전은 금빛으로 반짝이다가 다시 손에 떨어졌다. "공물을 가지고 가는군." 그는 말했다.

"아니다." 바람은 고요했고, 한때 음유시인이었던 왕자의 목소리는 침착했다. "나는 바람들을 해방하러 왔다."

타지아는 돌에 기댄 채 자신의 심장박동 소리에 귀를 기울였다. 심장은 점점 더 빠르게 뛰고 있었다. 두목의 웃음소리가 들렸다. "여신이 뭐라고 할 것 같소?"

"여신을 물리쳐야 할지도 모른다. 하지만 바람들은 반드시 해방해야 한다. 내가 떠나온 땅을 위하는 마음이 있다면 나를 보내주시오."

"도둑의 명예에 호소하시는 거요?" 두목은 말했다. "정녕 어리석군. 당신 혼자서 여신을 물리칠 수 있다고 생각하다니 그 또한 어리석어."

왕자는 타지아가 어디 숨어 있는지 알고 있는 듯 위를 한번 쳐다보더니, 다시 두목을 바라보았다. 하지만 그의 말은 타지아의 머릿속에 메아리치고 있었다. "여신을 물리쳐야…" 그녀의 머릿속에서 바람이 울부짖고 있었다. 여신을 노리는 자는 왕자 혼자가 아니다. 거인이 여신의 궁전을 향해 올라가는 모습을 목격한 사람이 있고, 운디네도 풀려났다. 타지아는 바위에 몸을 기대고 도둑들이 음유시인을 어떻게 처리할지 옥신각신하는 소리에 귀를 기울였다. 아니, 왕자다. 타지아는 그가 왕자라는 사실을 계속 자신에게 일깨워야 했다. 왕자를 인질로 잡아 몸값을 요구할까, 여신에게 데려가서 보상을 받을까, 이 자리에서 죽일까, 용에게 먹이로 던져줄까. 도둑들이 계속 입씨름을 하며 용의 동굴로 가는 동안, 타지아는 약간 위쪽에서 뒤처져서 따라갔다. 그들은 용의 동굴 입구에 멈춰 섰다. 말이 나직하게 히힝거리는 소리가 들려왔다. 말고삐를 잡은 남자는 타지아가 숨은 곳 바로 아래에 서서 말보다 입씨름에 더 집중하고 있었다.

타지아는 몸을 날렸다. 흰 말의 넓은 등에 아슬아슬하게 착륙한 그녀는 얼른 갈기를 붙잡고 발뒤꿈치로 옆구리를 찼다. 말의 의지인지, 그녀의 조종 탓인지 알 수 없었지만, 말은 왕자를 향해 앞으로 튀어 나갔다. 방향을 돌리려고 하자 잘 훈련된 말조차 놀라서 감당하기 어려웠는지 뒷다리로 일어서서 고개를 젖히며 우왕좌왕했다.

타지아는 말을 조종하려고 안간힘을 썼다. 황혼의 어둑한 빛 속에서 말발굽에 밟히지 않으려고 도둑들이 재빨리 몸을 피하는 것이 어렴풋이 보였다. 왕자는 보이지 않았다.

불꽃 튀는 소리, 유황 냄새, 산은 이제 캄캄하지 않았다. 아직 꼬마 도둑인 그녀는 제대로 마법을 써본 적도 없었고 용을 만나본 적도 없었다. 막연히 상상한 적이 있다고 해도 그녀에게 용은 불을 뿜는 도마뱀 정도의 존재였다.

그것은 번개, 그것은 작열하는 불꽃, 그것은 모닥불. 그런데 이 존재는 짐승처럼 움직였다. 발로 밟고 지나간 자리에는 새까만 재만 남았다. 짐승이 고개를 드는 순간, 그녀는 찬란한 백색 눈동자와 마주쳤다. 꼬리를 휘두르자 긴 불꽃이 허공을 갈랐다.

반은 불꽃, 반은 짐승. 아니, 반 이상 불꽃 같았다.

왕자가 용 앞에 우뚝 서 있었다. 불꽃의 자식이 입을 벌리자 뾰족뾰족한 번개 이빨이 드러났다.

"불의 자식이여." 타지아는 외쳤다. "내가 당신을 해방하면, 나를 내 어머니에게 안내하겠는가?"

지직거리던 온기는 열기를 뿜어내고 불꽃을 넘실거리며 승낙했다.

가슴 속에서 심장이 터질 듯 부풀고 혼란스러웠다. 수치심이 타오르고 배신감이 사무쳤다.

연기와 분노의 안개 너머로 왕자가 보였다.

타지아는 훔친 동전을 손에 쥐고 있었다. 동전을 버리고 싶었고, 그도 버리고 싶었다. "여기 나의 일부를 당신에게 준다, 불의 자식이여." 그녀는 불꽃을 향해 동전을 던졌다. 금화 세 닢은 순식간에 녹았다.

뜨겁던 아픔도 동전과 함께 사라졌다. 타지아는 하얗게, 차갑게 타오르고 있었다. 별빛처럼, 달빛처럼, 얼음 심장에 반사된 거울상처럼.

용이 날개를 펄럭이자, 열기가 파도처럼 밀려왔다.

용은 산을 한 바퀴 돌더니 상승기류를 타고 더 높이 솟구쳤다. 화염이 화강암 사면을 훑고 내리치더니, 용은 시야에서 사라졌다.

갑작스러운 정적 속에서 타지아는 있는 힘을 다해 말을 진정시켰다. 왕자는 굴 옆에 혼자 서 있었다. 초저녁 땅거미가 내린 산은 연기가 감돌고 눈이 쌓여 투명한 푸른색으로 물들어 있었다.

"당신은 바람들을 해방할 생각이라고 내게 말하지 않았어." 타지아는 말했다. 그 목소리에는 아직 용에게 말하던 때의 힘이 남아 있었다. "왕자라는 말도 안 했고."

"당신이 나를 완전히 믿지 못했듯, 나 역시 마찬가지였다, 바람의 딸이여."

"아, 알고 있었군." 그녀의 목소리는 자부심에 차 있었다.

"짐작했어. 당신이 운디네를 해방했으니까."

"나를 이용해서 내 어머니를 물리칠 계획이었나? 안 될걸. 예언이든 아니든. 난 어머니를 도우러 왔지, 물리치러 온 게 아니야." 그녀는 용이 남긴 화염의 흔적을 따라 말을 끌고 계곡을 올라갔다.

타지아는 돌아보지 않았다.

불에 탄 관목과 재의 흔적을 쫓아 산을 올랐다. 비틀거리는 말을 발로 차고 화염에 그을린 언덕을 뛰어넘으라고 재촉했다. 달이 뜨자 말은 한층 안정적으로 올라가기 시작했다. 고산지대의 꽃이 타지아가 지나치는 바람결에 고개를 숙였다. 눈 덮인 언덕마다 얼음 결정들이 빙빙 돌며 춤을 추었다.

여신의 성탑은 산을 오목하게 깎은 바위 한복판에 우뚝 서 있었다. 탑 뒤쪽의 얼음 절벽이 달빛을 받아 빙하처럼 푸르게 빛났다. 얼음 절벽에는 바람이 깎아 만든 굴과 특이한 형태의 기둥이 형성되어 있었다. 능선을 넘어 말을 끌고 성채 대문을 향해 걸음을 옮기려는 순간, 타지아는 탑 옆에 서 있는 거인을 보았다.

자신의 몸속에서 힘을 느낀 타지아는 돌아서지 않았다. 가까이 다가가는데, 얼음벽 안에서 누군가 눈에 띄었다. 운디네의 날씬한 모습이었다. 용은 유황 냄새를 풍기며 탑을 돌고 있었다. 얼음이 붉게 빛났다.

성문은 문짝이 떨어져 나가고 없었다. 궁전 안뜰에 눈이 날려 들어가 있었다. 돌은 불로 그을려 있었다.

타지아는 씩 웃고 있는 거인 앞에 말을 세웠다. "일을 끝내러 왔군." 그는 말했다.

"난 내 어머니를 보러 왔어." 타지아는 차갑고 신중한 음성으로 말했다.

"지난번 만났을 때보다 네가 뭘 좀 더 알고 있어야 할 텐데."

"난 어머니와 이야기하러 왔어." 그녀는 되풀이했다. "내가 뭘 아는지, 뭘 할 계획인지는 당신이 알 바 아니야." 타지아의 목소리는 별빛처럼 차가웠다.

거인은 이맛살을 찌푸렸다. "네 어머니의 부하들은 도망쳤어. 성은 무너졌다. 하지만 여신은 아직 바람을 부리고 있어. 우리가 따라가지 못하는 저쪽에 있다." 거인은 가장 높은 탑을 가리켰다. 바람에 눈이 쓸려 나가 탑의 기반이 드러난 지점이 눈에 띄었다. "원하면 올라가 봐라."

타지아는 흰 말을 탑 문 옆에 버려두고 차가운 계단을 혼자 올랐다. 산들바람이 목덜미를 간질이고 옷자락을 잡아당겼다. 추웠다. 빵한 덩어리를 훔쳤던 그날 새벽처럼 추웠다.

날씬한 형체가 하늘을 배경으로 문간에 서 있었다. "네가 날 물리치러 왔구나." 비단처럼 부드러운 동시에 날카로운 목소리였다.

"아니에요." 타지아는 항변했다. "물리치러 온 게 아니에요. 도우러 왔어요."

그녀는 고개를 들어 회색 눈을 쳐다보았다. 여신은 타지아의 꿈속에서처럼 아름다웠다. 날씬한 몸, 회색 눈동자, 잿빛 머리카락, 구름처럼 흰 가운. 손에는 네 마리 사냥개의 고삐를 쥐고 있었다. 달빛 아래 사냥개들은 은색이었고, 몸에서 은은한 빛이 뿜어 나오는 것 같았다. 눈동자는 새까만 어둠이었다. 타지아는 네 마리 바람들이 무슨 생각을 하고 있는지 궁금했다. 묶여 있지 않다면 어디를 돌아다닐까? 산들바람이 머리카락을 잡아당겼다. 바람들은 왜 묶여 있어야만 할까?

타지아가 여신의 눈을 응시하자, 여신은 바람에 부러지는 고드름 같은 소리로 웃었다. "네 눈에서 내가 보이는구나, 딸아. 네가 도우러 왔다니." 그녀는 손을 뻗어 꼬마 도둑의 어깨를 잡고 끌어당겼다. 그 손은 차가웠다. 한기가 뼛속까지 사무치는 것 같았다.

휘몰아치는 바람을 얼굴에 맞으며, 타지아는 여신 옆에 선 채 달빛에 비친 거인과 눈더미를 내려다보았다. 용이 가까운 땅 위에 내려앉았다. 이글거리는 화염이 눈을 불그스름하게 비췄다.

"우리는 그들 위에 있다, 딸아." 여신은 말했다. "우리에게 그들은 쓸모없어."

타지아는 아무 말도 하지 않았다. 내려다보니 거인의 팔에 사슬 조각이 매달려 있었다. 그가 왜 결박되어 있는지 궁금했던 기억이 났다.

"날 물리치러 올 자를 기다리고 있느냐?" 여신은 외쳤다. "영원히 기다리거라. 그녀는 여기 서 있다. 내 딸은 내 편에 섰고, 우리는 함께 있으니 나 혼자일 때보다 더 강해질 것이다. 너희들은 다시 감옥으로 돌아갈 것이다."

용은 이글거리는 날개를 위풍당당하게 펼쳤다. 거인은 넓적한 얼굴을 잔뜩 찡그린 채 대문 옆에 서 있었다. 운디네는 이 기둥에서 저 기둥으로 흘러갔다. 기둥을 지나칠 때마다 몸의 형태가 일그러져 보였다.

"내게 반기를 든 자들은 모두 사슬에 묶일 것이다." 여신이 말했다.

"그럴 필요 없어요." 타지아는 말했다. 그녀의 목소리는 어머니에 비해 작았다. 타지아는 기다리고 있는 셋을 향해 외쳤다. "우리를 다시 공격하지 않겠다고 약속할 수 있나? 맹세할 수…"

"딸아, 협상은 없다." 여신은 말했다. "거래도, 맹세도, 약속도 없다. 넌 배워야 해. 우리를 배신하는 자는 벌해야 한다. 네게는 그들을 능가하는 힘이 있어. 그들과 협상할 수는 없다."

말하는 동안 여신의 음성은 차츰 힘을 더했다. 겨울바람의 차가운 힘 같았다. 분노가 아니라 그저 냉기, 살을 에는 냉기였다. 홀로 외롭게, 당당하게, 도시의 탑을 휘감고 울부짖던 냉혹한 바람 같은. 성벽에서 잠들 때 타지아를 떨게 했던 세찬 바람 같은. 사슬에 묶여 도망칠 수 없었던 지하 감옥의 냉기 같은.

타지아는 어머니의 발치에 있는 사냥개들을 보았다. 은은한 빛을 발하는 몸, 밤의 눈을 지닌 날렵한 사냥개들. 개들은 왜 묶여 있어야 할까? 그녀는 여신을 쳐다보았다. 상아로 깎은 듯한 몸, 달빛 아래 은빛으로 빛나는 머리카락.

"가라." 타지아는 사냥개들에게 말했다. "마음대로 가거라." 이 말이 그녀의 입에서 한숨처럼 흘러나왔다. 동시에 타지아가 가질 수도 있었던, 잠시 그녀가 가졌던 힘이 숨결과 함께 타지아의 몸에서 빠져나왔다. 날이 선 칼과 스스로 이해할 수 없는 마법의 힘으로, 타지아는 팔을 뻗어 사냥개들을 묶은 고삐를 싹둑 잘랐다. 발아래에서 탑이 진동했다.

개들은 번득이는 잇새로 혀를 늘어뜨리고 기뻐하면서 날렵한 다리로 땅을 박차고 도약했다. 미소를 띤 사냥개들은 사냥개라기보다 유령, 바람에 날려 온 은색 모래 같았다. 여신의 머리카락이 허공에 휘날렸다. 여신은 흰 팔을 머리 위로 들어 저 멀리 달을 향해 손을 뻗었다. 타지아는 그 모습을 지켜보았다. 자신이 영영 이렇게 아름다울 수 없다는 것을, 이렇게 강한 힘을 지닐 수 없다는 것을, 바람을 이렇게 복종시킬 수 없다는 것을 그녀는 알고 있었다.

탑이 진동하며 유황 냄새가 사방에 가득 찼다. 눈의 결정이 타지아의 얼굴에 휘몰아쳤다. 갑자기 몸이 허공에 들리더니, 아니, 던져지더니 동전처럼 빙빙 돌며 날아갔다.

어떻게 했는지, 누군가 달과 별들을 가려버렸다.


숯불 냄새가 풍겼다. 이른 새벽의 축축하고 암울한 냄새였다. 젠장. 난 영원히 여기서 벗어날 수 없을까? 타지아는 억지로 눈을 떴다.

"깼군." 왕자가 말했다. "기분이 어때?"

화가 났던 것이 기억났다. 몸은 얼어붙은 듯 추웠다. 한때 힘으로 충만했던 몸속 어딘가는 이제 텅 빈 기분밖에 남아 있지 않았다.

가볍고 공허한 기분이었다.

타지아는 어머니의 성을 돌아보았다. 폐허뿐이었다. 불에 그을린 돌은 거인의 손자국이 여기저기 묻은 채 눈 범벅으로 바람에 나뒹굴고 있었다. 그대로 얼어붙은 폐허에는 군데군데 돌이 쪼개져 있었다. 타지아는 몸을 떨었다.

그녀는 힘들게 일어서서 마을 쪽으로 걸음을 옮겼다. 저 멀리 기류를 타고 눈의 결정이 소용돌이치고 있었다. 발 주변의 풀이 산들바람에 끊임없이 흔들리고 있었다. 타지아는 왕자를 쳐다보았다. 설명하고 싶은 것, 묻고 싶은 것들이 떠올랐지만, 그녀는 말하지 않았다. 바람이 치맛자락을 넘나들고 목덜미를 간질였다.

"당신이 바람을 데려간다면, 난 당신을 내 땅에 데려가겠어." 왕자가 말했다. 그녀를 동등한 상대로 바라보는 침착한 시선이었다.

"바람을 내 마음대로 데려갈 수는 없어. 난 그들의 주인이 아니야."

"따라올 거야." 왕자가 말했다. "당신은 그들의 친구니까."

그가 그녀에게 망토를 둘러주자 산들바람이 도왔다. 바람이 꽃을 춤추게 했고, 왕자와 도둑은 말을 타고 폐허를 빠져나갔다.

# 17

기차가 서지 않는 역의
어두운 면에서

On the Dark Side of the Station
Where the Train Never Stops

이것은 불꽃족 루시가 북극성이 된 과정에 관한 이야기다. 지난달에 일어난 일이다.

(무슨 뜻이지? 북극성이 지지난달에 거기 있었다고? 공룡도 믿을 사람이군. 조언 하나 할까? 믿지 마.)

뉴욕 한복판의 한 아이리시 펍에서 이야기를 시작해야겠다. 낯선 사람들과 컴컴한 구석 자리, 좋은 맥주 향이 가득한 술집이었다. 맥주가 공간의 결에 스며들어 있기 때문에 어딜 가나 그 냄새에서, 웃음소리와 재잘거리는 목소리에서 벗어날 수 없었다. 그 동네 사람들은 자기네 펍에서 낯선 사람들을 보고 어리둥절했지만, 아일랜드 사람들은 항상 페이*를 알아본다. 불꽃족과 그림자족은 틀림없는 페이다.

파티 자리였고, 루시가 거기 있었다. 당연했다. 루시는 항상 파티를 찾아냈고, 아니면 파티가 루시를 찾아냈다. 가끔 어느 쪽인지 확실하지 않을 때도 있지만.

루시는 불꽃족이고 노숙자였다. 사랑스러운 여주인공이 아니다. 낭떠러지 같은 턱, 매부리코, 트럼펫 같은 목소리, 겨울 같은 파란 눈동자.

※　fey, 마법을 부리는 켈트 신화의 초자연적인 존재_옮긴이.

루시는 숙녀에게 따르듯이 반만 따르지 말고 파인트 잔을 꽉꽉 채워달라고 바텐더에게 농을 던지고 있었다. 루시의 울퉁불퉁한 손에 낀 반지가 어둑한 조명에 빛났다. 루시 본인도 체내에 축적된 복사광으로 약간 빛나고 있었다. 반짝거리는 단추, 희끗희끗한 머리의 윤기. 눈은 머나먼 별빛처럼 초롱초롱했다.

그녀는 정색을 하고 바텐더에게 설명하고 있었다. "…내가 숙녀가 아니라는 건 당신도 척 보면 알잖아."

바텐더는 씩 웃었다. "그럼 당신들은 누구신지, 여기서 뭘 하고 계시는지 말씀해 주시죠."

"우리는 항상 여기 있었어."

"이 펍에요?"

"아니, 그게 아니라 주위에. 도시의 지하에, 하늘에, 사방에." 그녀는 세상 전체를 가리키듯 크게 손짓했다. "어디든지."

바텐더는 고개를 끄덕였다. 루시가 파란 눈으로 빤히 쳐다보면 반박하는 것이 어려웠다. 그는 파인트 잔을 채워주었다.

루시가 바텐더에게 말한 것보다 좀 더 이야기를 풀어볼까? 당신이 그 모든 진실에 만족할 수 있도록. 루시와 그 친구들은 세상을 운영하는 사람들이다. 사람들은 흔히 이들을 건달, 떠돌이, 노숙자와 혼동한다.

사람들은 모른다. 루시와 그 친구들은 당신이 잘 모르는 작지만 중요한 일을 한다. 개미를 발명한 남자. 바위를 부수어 모래로 만들고 다시 모래를 뭉쳐 바위로 만들어야 한다고 생각하는 특이한 정신

기차가 서지 않는 역의 어두운 면에서

세계를 지닌 어둠의 종족. 이유 없는 물건들을 어울리지 않는 장소에 놓아두는 여자. 요전 날 도로변에서 당신이 본 금색 슬리퍼도 그 여자의 짓이다.

루시와 그 친구들을 신이라고 생각하는 사람들, 주피터, 플루토, 머큐리, 다이애나 같은 이름으로 부르는 사람들도 있다. 나는 동의하지 않는다. 그들도 인간이다. 보통 인간보다 수명이 길고 더 중요한 일을 하지만, 그럼에도 불구하고 인간이다.

루시는 맥주를 들고 바에서 떠났다. 그녀는 돌아다니면서 아는 사람, 모르는 사람, 알고 싶은 사람과 이야기를 나누었다. 그러다 흥미를 끄는 목소리가 들려서 컴컴한 구석으로 어슬렁어슬렁 향했다. 그렇게, 루시는 그림자에서 그 남자를 만났다.

넝마주이 같은 모자, 목장 일꾼 같은 부츠, 굳이 논하지 않는 것이 좋을 구멍 난 셔츠. 그는 그림자족이었다. 당신이 어떤 말을 들었는지 몰라도 그림자족이 다 나쁜 사람들은 아니다. 다 나쁘지는 않다. 정신 상태가 약간 삐딱하고 골격이 엉뚱하게 붙어 있기는 하지만. 이따금 그들은 아주 재미있는 사람들이다.

그는 좋은 웃음을 지니고 있었고, 누군가를 만날 때 그 이상 필요 없는 경우가 많다.

"안녕." 루시는 어둠 속의 웃음을 향해 말했다. "내 이름은 루시야."

"나는 맥이야."

"여기 와 있는 이유가 뭐지?" 그녀는 물었다.

그는 다시 웃었다. 흥미로운 클클거림이었고, 약간의 그림자가 드리워 있었기 때문에 한층 더 흥미로웠다. "나는 과거를 발명하고 그것이 실재했다는 증거를 만드는 일을 해."

(여기서 불꽃족과 그림자족의 비밀 한 가지 알려줄까? 세상은 사실 생긴 지 몇 년밖에 안 됐어. 어떤 사람은 5년이라고 하고, 어떤 사람은 3년이라고도 해. 사실 당신한테 이런 말을 해도 문제는 없어. 당신은 어차피 안 믿을 거니까. 사람들은 중요한 진실을 믿는 경우가 거의 없지.)

"당신은 무슨 일을 하지, 루시?" 그는 물었다.

"나는 별빛채집항해의 불 수집가야." 루시는 이렇게 말했고, 그녀가 말하자 그것이 아주 중요한 일처럼 들렸다. 아니, 사실 중요한 일이긴 할 것이다. 머나먼 별빛을 포집해서 지구로 인도하는 일을 하는 사람도 있어야 하니까. 하지만 솔직히, 햇빛채집항해와 달빛반사광채집항해(그 까다로운 반사광)가 지구인들에게는 더 중요하다.

별빛채집항해는 그저 더 길고 더 외로울 뿐이다.

루시는 일반적인 불 수집가보다 더 젊은 나이에 별빛채집항해에 배치되었다. 실제보다 더 힘이 세고 똑똑하고 강인해 보이도록 많은 사람을 속인 덕분이었다. 그녀는 별빛채집항해 소속, 그 여행길에 오른 불 수집가가 영원히 사라지는 방법은 수없이 많다.

(어떻게, 언제, 왜 그랬는지 알고 싶어? 당신이 뭐길래 권력자들조차 이해하지 못하는 걸 설명해 달라는 거야? 게다가 설명해 봤자 아무한테도 좋을 일이 없어. 내 말 믿어.)

"흥미로운 직업이군." 맥은 말했다. "쉬운 일이 아니야." 루시는

기차가 서지 않는 역의 어두운 면에서

씩 웃고 잠시 여기 있겠다는 듯 파인트 잔을 탁자에 놓았다. 친구처럼 느껴지는 사람을 만날 때가 있지? 모르겠다고? 알걸. 그래도 모르겠다면, 그냥 믿어. 원래 그런 거야. 그는 친구처럼 느껴졌어.

"안녕, 루시." 다른 불 수집가가 바에서 그녀를 불렀다.

루시는 그림자족의 어깨에 한 손을 올리고 말했다. "저 사람과 할 이야기가 있어. 곧 돌아올게." 그녀는 급히 그 자리를 떠났고 다시 돌아오지 않았다. 파티가 원래 그렇듯이.

그날 밤, 루시는 도시를 떠나 머나먼 별을 향해 출발했다. 얼마 후 그녀는 돌아왔다. 다시 떠났고, 다시 돌아왔다. 돌아올 때마다 세상은 약간 더 밝아진 것 같았고, 별 사이의 공간은 약간 더 어두워진 것 같았다. 하지만 그녀는 불 수집가, 다시 출동했다가 돌아왔고, 다시 파티가 있었다.

이번 파티는 더 이상 기차가 정차하지 않는 91번가 유령 지하철역이었다. 루시가 서까래에 매달아 놓았던 빛의 구가 옛 역사를 환히 밝히고 있었다. 웃음소리, 목소리가 타일 벽에 메아리쳤다.

"오늘 밤은 좀 피곤해 보이는군, 루시." 남의 일에 대해 모르는 것이 없지만 절대 입 밖에 내지 않는 유쾌한 남자 존슨이 말했다. 그는 공공도서관 돌사자 옆에 살고 있었고, 불꽃족의 외모와 그림자족의 삐딱한 정신세계를 갖고 있었다. 아주 반짝이지만은 않았다. 그는 도시 상공의 하늘을 관찰했는데, 하늘의 일부는 구름이었다.

"피곤해." 루시는 말했다. "부탁 하나 해도 돼?"

"뭐지?"

"내일 밤에 구름을 쳐줘. 휴가가 필요해."

존슨은 미간을 찌푸렸다. "그건 우리 일정에 없는데."

그녀는 말없이 그를 바라보았다. 내가 말했던가. 루시에게 싫다고 대답하는 것은 쉽지 않다.

"알았어. 고쳐주지." 그는 마침내 말했다. "비를 내릴게."

"고마워." 그녀는 파티에 모인 사람들을 둘러보았다.

"누굴 찾는 거야?" 존슨이 물었다.

"골칫거리를 찾고 있어. 달리 뭐겠어?" 그녀의 시선이 계단 아래 어둑한 구석으로 향했다. "찾은 것 같아." 그녀는 존슨에게 씩 웃고 돌아서려 했다.

"아, 잠깐만." 존슨은 그녀의 어깨에 손을 얹었다. "그는 그림자족인데…"

"얼마 전 파티에서 이야기를 나눈 적이 있어." 그녀는 말했다. "흥미로운 사람 같던데. 어두운 곳에 드나드는 친구를 늘 갖고 싶었어. 게다가…" 그녀는 말끝을 흐리고, 어깨를 짚은 손을 떨친 뒤 계단 쪽으로 향했다. '게다가'가 무슨 뜻인지 설명은 없었다. 물론 설명해 봤자 별 소용도 없었을 것이다.

루시는 그늘로 향했다.

계단 맨 아랫단 끝의 어둠 속에 흰 점이 팔랑거리고 있었다. 그 옆에도 다른 흰 점 하나가 웅크리고 있었다.

"안녕, 고양이." 루시는 웅크리고 있는 흰 점을 향해 말했지만, 어린 고양이는 계단 끝에서 파들거리는 흰 종잇조각에만 정신을 집중하고 있었다.

바람은 불지 않았다.

루시가 바라보는 가운데, 종이는 움직였다. 살짝 파들거리다 약간 구르는 움직임이었다. 고양이의 눈이 커지더니 앞으로 살금살금 나아갔다. 종이는 다시, 날개 부러진 새처럼 움직였다. 고양이는 바닥에 납작 엎드려서 응시했다.

바람은 없었다. 종이는 다시 펄럭였고, 고양이는 펄쩍 뛰었다. 고양이는 한 발로 종잇조각을 누르고 몸부림치기를 기다렸다. 계속 기다렸다. 다른 발로 가볍게 톡 쳐보았다.

앞쪽 어둠 속에서 키득거리는 웃음이 들려왔고, 루시도 클클 웃었다. 그녀는 좋은 웃음을 가졌다는 평을 듣곤 했다. 그녀가 어둠 속으로 한 손을 들자, 반지가 한층 밝게 반짝였다. 그래도 어둑어둑해서 그가 잘 보이지 않았다. 그가 이 정도를 좋아할 거라는 것도 쉽게 짐작할 수 있었다

넝마주이 같은 모자, 목장 일꾼 같은 부츠. 루시는 씩 웃었고, 그도 마주 웃었다.

"포기해." 그녀는 고양이를 향해 말했다. "그건 네가 생각하는 게 아니야."

"세상에 안 그런 게 거의 없지." 어둠 속의 남자가 말했다.

그가 고양이를 돌아보자, 종잇조각은 팔랑 날아가더니 박쥐처럼 어둠 속으로 사라졌다.

멀리서 들리는 기차 소리에 대화가 끊겼다. 기차는 91번가 역에

서지 않는다, 이제는. 하지만 기차는 공기를 훅 밀어내고 쇠바퀴가 쇠 선로에 긁히는 날카로운 소리를 내며 눈부신 헤드라이트 불빛과 함께 지나갔다. 불빛은 너덜거리는 광고물과 낙서로 지저분한 모자이크 타일, 빈 공간, 눈을 커다랗게 뜨고 바닥에 납작 웅크리고 있는 고양이를 비추었다.

기차가 덜컹거리며 지나치자 거대한 정적만 뒤에 남았다. 기둥 뒤, 으슥한 구석에서 파티 손님들이 하나둘 다시 나왔다.

루시는 계단 아래 공간에 앉았다. "그래, 어떻게 지냈어, 맥? 펍 파티에서 본 뒤로 못 봤지?"

"존재하지 않았던 물건들을 제조하고 지냈지." 그는 말했다. "생명의 역사를 꽤 복잡하게 비트는 화석층을 이스트사이드에 깔았어. 모순되는 요소를 아주 잔뜩. 다들 몇 주일간은 어리둥절할 거야. 있지도 않은 설명을 찾느라 머리 꽤나 아플걸."

"설명을 찾는 건 잘못된 게 아니지."

"하! 더 애매해질 뿐이야. 화석을 흥미로운 예술 형태로 받아들이면 얼마나 좋아. 용의 뼈라고 생각하든가." 그는 어깨를 으쓱했다. "뭘 기대하겠어? 그들은 실험복만 걸치고 있지, 한 가지 진실을 넘어 다른 종류의 진실을 볼 줄 몰라. 그래, 당신은 뭘 하고 지냈어?"

"별빛채집항해를 했어." 그녀는 눈을 반짝이며 씩 웃었다. "모레 다시 출발해."

"어둡고 외로운 임무군."

"아, 그래도 보람이 있어." 그녀는 별빛채집항해에 대해서, 어떻게 시간을 갈아타서 거대한 공간을 뛰어넘는지, 어떻게 빛을 포집하는지 설명했다. 나도 그 설명은 다 들려줄 수 없다.

하지만 그저 이야기만 한 것은 아니었다. 뭔가 다른 것이 있었는데, 그것이 무엇인지는 설명하기 어렵다. 아니, 불꽃 지직거리는 소리, 오존 냄새 같은 건 아니었다. 하지만 단순히 오래된 지하철역에 고인 공기의 한기라고만은 할 수 없는, 밝은 한기가 있었다. 파티의 긴장감 이상의 긴장감이 있었다.

불꽃족 루시와 그림자족 맥은 이야기를 나누며 킬킬 웃었다. 주위에서 파티는 슬슬 파장 분위기였다. 빛의 구가 희미해지고 있을 때, 맥이 말했다. "내가 작업 중인 프로젝트 보여줄까?"

그들은 손을 잡고 걸었다. 그는 어둠 속에서 자신 있게 길을 찾았고, 두 사람의 발소리가 터널 안에 메아리쳤다. 그들은 동굴에 들어섰다. 메아리의 울림이 달라지는 것으로 루시는 짐작할 수 있었다. 루시는 손을 들었고, 반지가 빛으로 반짝였다.

그들은 구덩이 가장자리에 서 있었다. 맥은 발아래 뼈를 향해 손을 흔들었다. "이게 좀 골치가 아파서 말이야." 그는 말했다. 악어류의 두개골을 약간 닮은 것 같았다. 나머지는 그저 뼈 무더기였다. "걸을 수 없는 생물을 만드는 건 괜찮은데, 이건 설 수조차 없는 짐승이야. 관절을 이리저리 맞춰봐도…" 그는 고개를 저으며 말을 끊었다.

루시는 뼈를 내려다보며 미간을 찡그렸다. "어디 보자." 그녀가 구덩이로 손을 뻗자, 뼈가 빛나기 시작했다. 잠자고 있던 묵직한 두개골이 약간 움직이더니, 머리 형태가 빛을 발하며 고개를 들었다. 짐승은 천천히, 뼈 하나씩 일어나기 시작했다. 일어나는 뼈 하나하나가 구덩이 안에 있는 뼈의 복제였다.

거대한 도마뱀 종류의 짐승은 땅에 배를 대고 다리를 어중간한 각도로 굽힌 채 망설였다. "넓적다리뼈가 더 짧아야겠어." 맥은 중얼거렸다.

빛을 발하는 뼈들이 위치를 바꿨고, 짐승은 머리를 더 높이 들었다. "발은 더 커야겠고." 맥이 말하자, 발가락을 형성한 뼈들이 죽 늘어나서 길어졌다. 짐승은 빨리 움직이고 싶은지 꼬리를 실룩거렸다. "등은 너무 길어." 루시는 척추 몇 개를 짧게 했다. 짐승은 무거운 머리를 흔들더니 빈 눈구멍으로 그들을 올려다보았다. "이빨이 저렇게 많을 필요가 있나." 루시는 말했다.

"이빨은 그냥 둬." 맥이 말했다. "이빨은 필요해."

짐승은 그들을 계속 쳐다보면서 몸 아래 다리를 모았다. 머리를 더 치켜세웠고, 입은 양옆으로 한층 넓어졌다. "이빨이 마음에 들지 않아." 루시는 말했다. 구덩이 안의 빛이 희미해지기 시작했다. 짐승은 생명을 지닌 적이 없었던 듯 고이 누워 잠들었다.

맥과 루시는 구덩이 가장자리에 나란히 앉았다.

"이빨이 왜 필요하지?" 루시는 물었다.

그는 어깨를 으쓱했다. "세계가 요구해."

"저렇게 많을 필요는 없잖아. 항상 그럴 필요는 없어."

"저 정도는 돼야 해. 항상."

뼈에는 극히 희미한 빛이 아직 감돌고 있었다. 두 사람은 손을 잡은 채 가장자리에 앉아 있었다.

남녀 사이에 일어나는 일들이 있다. 불과 그림자 사이라도 그렇다. 어떤 일들에는 이름이 붙는다. 우정, 사랑, 육욕, 미움. 어떤 일들에는 이름이 없다. 이름이 붙은 일들과 다른 여러 요소가 복합적으로 혼합될 경우다. 예를 들어 호기심과 행복과 와인과 암흑과 욕구.

지금 이 일은 두 번째 종류였다. 하지만 뭐가 뭔지 그때는 상관없는 것 같았다. 자세한 것들까지 너무 걱정하지 말자. 아까 말했지만, 당신이 뭐길래 어떻게, 언제, 왜 그랬는지 꼭 알아야겠다는 거야?

단지 별빛채집항해의 불 수집가 루시가 유령 지하철역 안의 딱딱한 벤치에서 잠에서 깼다는 것만 알아두자.

전날 밤 시트나 베개가 있는, 따뜻하고 좀 더 푹신한 바닥이 없었을까? 아마도. 기억이 흐릿해서 알 수 없었다. 따뜻한 침대에서 잠들었다가 어둠 속에서 깨어나는 일은 흔치 않았기 때문에, 그녀는 어리둥절했다.

모두 아주 갑작스러웠다. 기묘했다. 아마 이야기가 정말로 시작되는 것은 이 지점일 것이다. 갑작스러운 한기와 어둠. 루시는 한 손을 들어 빈 정거장에 불의 구를 던졌다. 흰 고양이가 바깥으로 이어지는 터널에서 쳐다보고 있었다. "기묘하군." 루시는 말했다. "기묘해."

여기서 그녀의 생각 안에 들어가지 않는 것이 좋을 것이다. 그녀의 생각은 '기묘하다'는 한 단어처럼 조리 있고 점잖지 않았다.

루시에게 약간의 수수께끼를 남겨두는 편이 좋을 것이다. 타일 바닥에 빛나는 발자국을 남기고, 벽을 짚은 자리마다 환한 손자국을 남긴 채, 그녀는 터널을 따라 바깥세상으로 나갔다, 이 정도로 해두자.

그녀는 바깥세상의 빛 속에서 눈을 깜빡였다(설마 내가 도시 지하의 비밀통로에 대해 알려줄 거라고 기대한 건 아니겠지? 말도 안 되는 소리.)

깔끔한 정장 차림의 직장인들이 시선을 피하면서 급히 지나쳤다. 그들의 눈에는 허름한 옷차림의 노숙자 여인만 보였을 것이다. 사람들은 눈앞에 있는 것을 다 보지 않는다.

사람들은 많이 보지 않는다.

루시는 성질 있고 고집스러운 여자였다. 그녀를 잘 아는 사람들은 좀처럼 그녀의 뜻을 거스르려고 하지 않았다. 무슨 생각이나 불만을 대충 흘려보내지 않는다는 것을 알고 있었기 때문이었다. 그녀는 잡아 흔들어 보고 걱정하는 성격이었다. 보통 그래봐야 별 소용이 없었지만, 그래도 어쩔 수 없었다. 어설프게 풀려 있는 가닥을 두고 보지 못해서, 자기 몸을 거기 묶어 없애버리는 성격이었다.

어디에 있어야 하는지 언제나 잘 알고 있는 존슨은 근처 문간에서 있었다. 루시가 그를 보자, 그는 그녀가 미처 말하기도 전에 고개를 저었다.

"정말 기묘해." 루시는 다시 말했지만, 그것은 그녀가 생각하고 있는 것이 아니었다. 그녀는 터널을 다시 돌아보더니 미간을 찡그렸다.

존슨은 그녀 옆에 나란히 서서 이스트사이드 쪽으로 걸음을 옮겼다.

"당신은 골칫거리를 찾아가고 있어."

"오늘이 여느 날과 달라야 할 이유가 뭐지?" 그녀는 묻고 계속 걸

기차가 서지 않는 역의 어두운 면에서

었다.

"그래, 그가 당신의 심장을 훔친 거야?" 존슨은 잠시 후 말했다. "그림자족은…"

"당신은 그보다 똑똑한 사람일 텐데." 루시가 말을 막았다. "난 어리둥절할 뿐이야. 우리가 친구였던 건 맞는데, 그게…"

"아주 친근하지는 않았지." 존슨이 문장을 대신 맺었다. "이봐, 그는 그림자족이야. 그는 달라."

"그래?" 루시는 고개를 저었다. "난 이해할 수가 없어."

"당신은 이해하지 못하고, 그들도 이해 못 해. 결론은 항상 이해 부족이야." 그는 잠시 옆에서 걷다가 말했다. "그래서 당신은 설명을 찾아보겠다고?"

"그래."

"그에게 답이 없어도 실망하지 마." 존슨이 경고했다.

"자기가 어디로 갔는지, 누구인지는 알 거 아니야?"

"모를 수도 있지. 하지만 행운을 빌어." 존슨은 이렇게 말하고 걸음을 멈췄다.

루시는 혼자 도시를 계속 걸었다. 구름이 잔뜩 낀 날이었다. 존슨이 약속을 지켰으니 오늘 밤에는 별빛이 없을 것이고…

이스트사이드의 터널에서, 루시는 몇몇 그림자 형체들에게 화석 배치를 지시하고 있는 맥을 발견했다. 화석 하나는 도마뱀을 닮은 머리였지만 이빨이 너무 많았다. "이봐, 당신하고 할 이야기가 있어서 왔어." 루시는 말을 걸었다. "나는…"

"그럴 거라고 생각했어." 맥은 말했다. "간단해, 정말로."

"그래?"

"난 우리가 그냥 친구 사이로 지내는 게 좋을 거라고 생각했어."

"그래? 음, 그건 좋아. 하지만…" 그녀는 말을 꺼냈지만, 그는 어느새 곁에 없었다. 그는 다리와 몸통의 비율이 전혀 맞지 않는 복잡한 화석의 자세를 지시하고 있었다. 그러다 돌아왔다.

"그래, 친구. 안 그러면 상황이 너무 복잡해져." 그는 그녀를 쳐다보았지만, 그림자가 드리워서 눈은 보이지 않았다.

"내가 볼 때는 굳이 복잡할 게 있나 싶은데…" 그는 또 사라졌다. 이번에는 화석의 목을 배치하고 있는 작업자에게 가서, 서툰 작업자가 인위적으로 내려놓은 것이 아니라 자연스럽게 쓰러진 것처럼 보이도록 해야 한다고 온갖 말과 몸짓을 동원해 설명하고 있었다.

루시는 조용히 그 자리를 떠났다.

그날 오후 도시에는 긴장감이 감돌았다. 기류, 힘의 흐름이었다. 손등의 미세한 털이 이유 없이 비죽 서는 그런 날이었다.

루시는 도시를 돌아다니며 친구들을 만났다. "사람들은 그렇게 행동하지 않아." 그녀는 친구 매기에게 말했다. "확실한 이유가 없다면."

매기는 어깨를 으쓱했다. 그녀의 전문 분야는 아무도 예상치 못하는 곳으로 향하는 보도와 도로였다.

"이유가 있을지도 모르잖아." 매기의 목소리는 보도 위를 구르지만 아무 곳으로도 가지 않는 타이어 소리처럼 부드러웠다. "동족과 같이 있는 게 더 좋다든가. 누구랑 같이 있는 것보다 혼자 있는 것이 더 좋다든가. 아니, 애당초 그가 거기 없었을 수도 있어. 때로 그림자 속에서 환영을 보기도 하잖아."

"그는 확실히 거기 있었어." 루시는 친구 브라이언에게 말했다.

그녀는 늦은 오후 공원에서 그를 만났다. 그는 하루종일 저글링을 한 뒤 횃불과 곤봉을 챙기고 있었다. 브라이언은 비 내리는 밤 번개로 저글링을 했다.

"그냥 친구 사이로 지내고 싶은가 보지." 브라이언은 말했다. "자, 힘내. 내가 저글링 가르쳐 줄게."

하지만 둥근 공은 계속 땅에 떨어졌다. 루시는 평소 브라이언이 저글링을 가르쳐 주려고 애쓸 때마다 그랬던 것처럼 웃을 수가 없었다.

"그래, 그가 왜?" 브라이언은 풀밭에 앉으며 마침내 물었다.

"그가 아니라." 루시는 그의 옆에 앉았다. "사람들 말이야. 사람들은 그런 식으로 행동해서는 안 돼."

"그렇게 행동하는 걸 어떡해."

"우린 안 그렇잖아. 저런 사람들이나 그렇지." 루시는 공원을 산책하는 사람들을 가리켰다. 가까운 벤치에 소녀가 앉아 있었고, 햇살이 그녀의 머리카락을 비추고 있었다. 하늘색 눈을 지닌 남자가 젊은 여자를 지나치는 순간, 잠시 그들의 시선이 마주쳤다. 루시도 보았고, 브라이언도 보았다. 하지만 남자는 계속 걸었고, 여자의 금발에서 햇빛이 희미해졌다. "사람들은 저런 식이야." 루시는 말했다. "표면 아래를 보지 않아. 하지만 이 그림자족은… 그는 우리와 같잖아."

"아닐 수도 있지." 브라이언은 루시의 손을 향해 손을 뻗었다. 루시는 그의 손이 닿자 퍼뜩 놀랐다. 작은 소스라침이었다.

이어 그녀는 그의 손을 잡았다. 그들은 희미해지는 햇빛과 차츰 길어지는 공원의 그림자를 바라보았다. 하지만 어둠이 내리자 루시는 떠났다.

그날 밤 도시에 천둥이 쳤고, 커다란 번개가 흐린 하늘을 갈랐다. 천둥소리가 건물을 흔들자, 부랑자와 노숙자들은 현관과 버스 정류장에서 비를 피했다.

하지만 루시는 성질 있고 고집 센 여자였다. 그녀는 폭풍 속을 걸으며 행운과 힘을 가져다준다는 모든 행동을 다 했다.

자정에 특정한 분수대에 동전 세 개를 던졌다.

모서리에 서서 특정한 벽의 벽돌 사이에 7펜스를 놓았다.

요정에게 홀려 길을 잃었다가 주문에서 벗어나려는 여자처럼 재킷을 뒤집어 입었다.

젖은 공원 풀밭에서 네 잎 클로버를 발견하고 왼쪽 귀에 꽂았다.

새벽에 존슨은 공원의 젖은 풀밭에 앉아 있는 그녀를 발견했다. "부탁이 있는데." 그녀는 그를 쳐다보지 않고 중얼거렸다.

"오늘 밤, 비를 내리게 해줄 수 있어?"

그는 천천히 고개를 저으며 찌푸린 얼굴로 주머니 깊숙이 손을 찔렀다. "그런다고 당신한테 도움이 되지 않아." 그는 말했다. 그녀는 고개를 들지 않았다. "언제까지나 이렇게 앉아서 멍하니 기다릴 거야?" 그는 잠시 기다렸지만, 그녀는 입을 열지 않았다. "정말 속이 상했구나?"

기차가 서지 않는 역의 어두운 면에서

그녀는 풀밭에서 데이지 한 송이를 다시 뜯었다.

"그는 친구였어. 친구를 이렇게 쉽게 잃을 줄은 몰랐어."

"내일 밤에는 별이 다시 빛나야 해." 그는 서글프게 말했다.

"길고 외로운 항해야." 루시는 천천히 말했다. 마침내 그녀는 그를 올려다보았다. 그는 그녀의 표정을 읽을 수 없었다.

"하지만 해 질 때까지는 시간이 있어."

"소용없어, 루시. 당신은 설명을 찾고 있는데…"

"난 골칫거리를 찾고 있어." 그녀는 예전 같은 말투를 약간 회복했다. "찾고 말 거야."

해가 도시 위에 떠올라 안개를 태우기 시작했다. 루시는 이스트사이드의 터널로 돌아갔다.

(내 말 믿어. 내가 길을 자세히 알려준다 해도, 당신은 못 찾아갈 거야.) 발소리가 어둠 속에 메아리쳤다. 건설 현장은 텅 비어 있었고, 통로는 어둡고 조용했다. 그녀는 골칫거리를 찾으러 갔지만, 찾지 못했다.

그녀는 불행한 기분으로 혼자 유령 지하철역에 다시 돌아왔다. 하지만 그녀는 불 수집가, 나름의 힘이 있는 여성이었다. 피곤하고 상처 입은 마음이었지만, 그래도 힘이 있었다.

그녀는 허공에 사람의 형체를 그리고 빛으로 윤곽을 밝혔다. 넝마주이 같은 모자, 목장 일꾼 같은 부츠, 입 밖에 낼 수도 없는 구멍이 숭숭 뚫린 셔츠. 당연히 얼굴은 그림자 속에 가려져 있었다.

"저기, 난 이해할 수가 없어." 그녀는 형체를 향해 말했다.

"나도 당신이 그럴 거라고 생각해." 기차가 우르릉거리며 지나쳤고, 형체는 잠시 더 밝은 헤드라이트 빛 속에 사라졌다. 루시는 움직이지 않았다. 가벼운 떨림이 빛나는 형체를 훑고 지나갔다. 마치 거울에 이는 물결처럼, 흔들림은 닳디 닳은 부츠에서 시작해서 모자에서 끝났다. "나는 혼란스러운데, 나는 혼란스러운 게 싫어." 그녀는 잠시 형체를 빤히 보았다. 형체는 움직이지 않았고, 말도 하지 않았다.

루시는 빛나는 발자국을 남기고 돌아섰다. 터널 입구에서(아직도 터널이 알고 싶다고? 하! 절대 못 찾을 거다.) 그녀는 밤하늘의 작은곰자리, 그녀의 별자리를 올려다보았다.

존슨이 있을 거라는 것을 알고, 그녀는 도서관으로 걸어갔다. "작별 인사를 하러 왔어."

"별빛채집항해 떠나나?"

그녀는 고개를 끄덕였다. "힘든 여행일 거야." 그녀의 목소리는 젊고 부드러웠다. "돌아오지 못할지도 몰라."

존슨은 그녀의 손을 잡으려 했지만, 그녀는 물러서서 사자 머리에 손을 얹었다. "괜찮아." 그녀는 말했다. "한동안 다른 관점이 필요할 뿐이야. 괜찮을 거야. 곧 돌아오겠지."

존슨은 고개를 저었다. "이봐, 혹시 내가 그 그림자족을 보면 뭐라고…"

"아무 말도 하지 마." 그녀는 말했다. "아무것도 설명하지 마."

사자 머리에 한 손을 짚은 채, 그녀는 언제나 별 하나가 빠진 것처럼 보이는 작은곰자리를 바라보았다. 그리고 그녀는 흐려지기 시작했다. 머리카락은 쇠 빛깔에서 황혼 색깔로 바랬고, 얼굴은 우락

부락한 윤곽을, 몸은 거친 선을 잃었다. 곧 그녀는 별빛채집항해를 떠났다.

그녀는 아직 돌아오지 않았다. 도시에서 별을 많이 볼 수 없는 건 그 때문이다. 아직 불 수집가 한 사람이 모자라기 때문이다. 그녀는 스스로 별이 되어 머나먼 곳에 앉아 세상을 향해 빛을 한 움큼씩 던지고 있다. (그녀가 어떻게 북극성이 되었는지 알고 싶으면, 돌사자 옆에 사는 남자에게 물어보시라. 괜찮은 사람이라고 판단하면 그가 들려줄지도 모른다. 큰 기대는 말고.)

무슨 소리야, 북극성이 항상 거기 있었다니? 내 말 안 들은 거야? 세상은 겉보기와 달라. 시인을 붙잡고 물어봐. 노숙자 여자나. 누구든 황혼 속에서 환히 보는 사람, 불꽃족과 그림자에 대해 아는 사람들에게 물어봐.

도시의 비밀을 간직한 지하 터널 속에서 흰 고양이는 검정 고양이와 짝을 맺어서 새끼를 낳는다. 새끼 고양이들은 펄럭거리며 춤추지만, 생명이 없는 종잇조각에 덤벼들면서 논다. 희미하게 빛나는 형체는 유령 지하철역에서 아직도 멈추지 않는 기차를 기다리고 있다.

그리고 맥? 그림자족이 어떻게 되었는지 궁금해? 그는 애당초 존재하지 않았을 수도 있어. 하지만 그가 존재했다면, 그렇다면 아마 아직도 존재할 것이고, 아마 행복할 것이고, 아마 유령 지하철역의 벽에 기대서 있는 빛의 조각을 발견하지 못했을 거야. 아마도.

자, 이야기는 이것이 다고, 당신은 알아서 결론을 내.

하지만 주의해. 당신 안에 그림자의 본능이 있다면, 북극성을 따라가지 마. 그녀가 엉뚱한 곳으로 안내할지도 모르니까. 루시는 그럴 수 있어. 앙심을 품어.

당신 안에 그림자가 있다면, 걱정하지 마. 전부 내가 만들어 낸 이야기니까. 자, 기분 좋아? 됐지?

됐어.

# 18

눈의 보금자리에서

In the Abode of the Snows

흰 벽으로 둘러싸인 병실에서 자비에 클락은 죽어가는 어머니의 손을 잡고 있었다. 에어컨에서 흘러나오는 싸늘한 바람은 눈 덮인 히말라야의 봉우리들을 연상시켰다. 안나푸르나, 마차푸차르, 다울라기리, 닐기리. 그가 한 번도 가보지 못한 곳들. 어머니의 열은 숨결은 산바람에 날려 빙판을 건너온 눈의 결정이 속삭이는 소리 같았다. 창백한 피부 아래 혈관은 희미한 푸른색, 빙하의 색이었다.

어머니의 눈은 감겨 있었다. 자비에는 어머니가 죽어가고 있다는 것을 알고 있었다. 한 해 한 해 어머니는 도자기 찬장 안에 조심스레 넣고 잠가두던 섬세한 찻잔처럼 금방이라도 깨질 듯 허약해져 갔다. 한 해 한 해 색이 빠지는 흰머리는 너무 하늘거려서 아무리 열심히 빗질하고 단장해도 두피가 훤히 드러났다.

어머니의 호흡이 멈췄다. 자비에는 잠시 귀를 기울였다. 한층 가빠진 그 자신의 숨소리와 두근거리는 자신의 심장박동 소리 외에 아무것도 들리지 않았다. 그는 눈을 감으며 어머니의 손을 꼭 부여잡았다. 자신과 지구를 묶은 마지막 끈이 끊기고 이제 평범한 세상을 뒤로한 채 풍선처럼 훨훨 날아갈 수 있다는 희미한, 불편한 해방감이 엄습했다. 자비에는 병원에서 어머니의 집으로 돌아갔다.

그는 40 평생 살아온 이 집을 아직도 어머니의 집으로 생각하고 있었다. 아버지가 살아계셨을 때도 이 집은 어머니의 집이었다. 네팔 탐사 사이사이 휴식을 취하면서 글을 쓸 때만 잠시 머물던 아버지는 늘 손님 같았다.

자비에가 다섯 살 때, 아버지는 다울라기리 동쪽 사면에서 눈사태에 휩쓸려 세상을 떠났다. 아버지의 모습을 떠올려 봐도 생각나는 것은 그저 책 표지에 실린 초점이 나간 사진들, 실물이 아니라 흑백사진에서 본 어깨가 넓은 남자의 모습뿐이었다.

자비에가 아버지보다 더 또렷이 기억하는 것은 아버지의 소지품들이었다. 향냄새가 풍기는 정교한 회전식 불경 조각, 용 두 마리가 복잡한 패턴으로 서로 엉켜 있는 작은 깔개, 나무 막대로 치면 노래가 나오는 놋쇠 그릇, 눈구멍이 커다랗게 움푹 패고 입가에 음산한 웃음을 띤 나무 가면, 선명한 색상의 태피스트리 끈이 달린 주먹만 한 둥근 놋쇠 종. 아버지가 돌아가셨다는 소식을 듣고, 자비에의 어머니는 이 모든 이국적인 보물을 신문지에 싸서 커다란 여행용 트렁크에 넣은 뒤 다락방 구석에 처박아 버렸다. 어린 시절 자비에는 아버지의 물건들을 구경하고 싶어 안달했지만, 트렁크는 굳게 잠겨 있었다. 그는 어머니에게 열쇠를 달라고 졸라봤자 소용없다는 것을 알고 있었다.

아버지가 세상을 떠난 뒤 어머니는 아버지 이야기를 절대 하지 않았다. 재혼도 하지 않고 자비에를 혼자 키우며 아버지의 보험금과 책 인세로 검소하게 살았다.

10대 시절, 자비에는 아버지의 책 세 권을 샀다.『세계의 지붕에서 겪은 모험』, 『야크와 예티의 땅』, 『네팔의 마법』이었다. 그는 어머니의 눈에 띄지 않도록 책을 숨겨놓고 자기 방에서 숙제를 하는 척하며 몰래 읽었다. 그중 한 권의 표지 안쪽에 실린 지도에 아버지의 여정을 빨간 펜으로 기록하기도 했다. 그는 잠꼬대로 산의 이름을 중얼거렸다. 마차푸차르, 안나푸르나, 다울라기리, 닐기리. 몬순의 빗물과 눈 녹은 물이 흐르는 히말라야의 강줄기 이름들도 기억했다. 아버지의 짐꾼, 즉 함께 등정한 셰르파들의 이름도 학급 친구들의 이름보다 더 잘 알고 있었다.

그는 친구가 거의 없는 수줍은 10대였다. 고등학교를 졸업한 뒤에는 인근 대학에서 생물학을 전공했다. 로키산맥의 산양을 관찰해서 졸업논문을 쓸 계획이었지만, 길을 떠나기 직전 어머니가 병석에 누웠다. 그는 여행을 취소하고 여름 동안 인근 연못에서 물새를 관찰했고 도시 환경에서 서식하는 검둥오리의 생태에 대해 논문을 썼다.

대학 졸업 무렵, 그는 아이다호 국유림의 야생생물학자 일자리를 얻었다. 그런데 이 좋은 소식을 들은 어머니가 처음으로 심근경색을 일으켰다. 그는 어머니를 돌보기 위해 인근 고등학교에서 생물학 교사 자리를 얻어 집에 눌러앉았다.

아버지의 영광스러운 과거가 고요한 추억으로 깃든 어머니의 집에서 사는 동안, 그는 비밀이 많은 은둔자가 되었다. 마치 허물 벗을 때가 된 파충류처럼, 헐렁한 옷을 몸에 걸치고. 학생들은 그가 교실 유리장에서 키우는 비쩍 마른 도마뱀을 닮았다고 키득거렸다. 어머니가 같이 여행길에 오르거나 혼자 남겨두어도 될 정도로 건강을 회복하지 못했기 때문에, 그는 도시를 떠나지 못하고 일찌감치 나이 들었다.

어머니가 세상을 떠난 저녁, 텅 빈 집에서 자비에는 수십 년 만에 처음으로 진정 혼자가 되었다. 묘하게 공허했다. 외롭다기보다는 텅 빈 기분이었다. 가벼운 산들바람 한 조각에도 훌쩍 날아갈 듯 홀가분해진 것 같았다. 이제 무엇이든 할 수 있다. 어디든지 갈 수 있다. 그는 아버지의 트렁크를 생각하고 다락방으로 올라갔다.

트렁크는 가장 안쪽 구석, 처마 아래 공간에 처박혀 있었다. 부서진 전등 뒤에, 핀을 잔뜩 꽂은 미용사의 인체모형 뒤에, 자비에의 어린 시절 장난감 뒤에, 찢어진 천 밑에서 몇 세대 동안 번식한 쥐들이 보금자리로 삼았던, 쿠션이 지나치게 푹신한 안락의자 뒤에. 트렁크는 잠겨 있었고, 자비에는 잠시 그냥 내려갈까 망설였다. 문득 그는 이 집과 그 안의 모든 건 자기 것이라는 사실을 깨달았다.

그는 드라이버와 망치로 녹슨 트렁크 걸쇠를 두드려 뚜껑을 열었다.

신문지로 싼 온갖 보따리 맨 위에 네팔 소인이 잔뜩 찍힌 갈색 종이 꾸러미가 놓여 있었다. 조심스럽게 꾸러미를 풀자, 자신의 필체와 묘하게 닮은 가느다란 글씨가 빼곡하게 적힌 가죽 장정 공책 한 권이 나왔다.

자비에는 공책을 펼치고 한 페이지 읽었다. "나는 탐사대를 떠나 혼자 칼리간다키강의 원천을 쫓아 계속 전진하기로 결정했다. 셰르파가 예티라고 부르는 인간-원숭이는 황량한 북부의 산지에 있으리

　　　　　눈의 보금자리에서

라고 확신한다. 겨울이 다가온다. 많은 사람들이 나를 바보라고 하겠지만, 돌아설 수는 없다. 아내와 아들이 보고 싶지만, 내 아들도 여기 있다면 나를 이해할 것이다. 나는 돌아설 수 없다. 산맥이 놓아주지 않는다."

다락방의 먼지 냄새와 섞여 향냄새가, 낯선 충동을 일깨우는 이국의 향기가 코끝을 스치는 것 같았다. 트렁크 옆에 무릎을 꿇고 아버지의 일기를 손에 든 채, 자비에는 묘한 방식으로 자신이 결단을 내렸다고 느꼈다. 가을에는 학교로 돌아가지 않을 것이다.

자비에는 인근 스포츠용품점에서 산 새 배낭에 현장 기록용 공책과 카메라, 필름 여러 통을 꾸렸다. 등유 난로를 산 다음 뒷마당에서 경량 알루미늄 냄비에 찻물을 끓여 시험해 보았다. 방콕을 경유하여 카트만두로 가는 비행기표를 샀고, 현금 5,000달러를 여행자수표로 환전했다. 『간단 네팔어』라는 책을 사서 간단한 표현을 외웠다. 인근 대학 도서관에 가서 예티에 대한 목격담을 찾을 수 있는 대로 모조리 읽었다.

등반가들은 예티가 인간 같지 않을 정도로 크고 덥수룩한 털로 덮여 있다고 묘사했다. 예티가 야행성이며 교목한계선과 만년설 사이의 척박한 땅에서 출몰한다고 말하는 사람도 있었다. 어떤 이는 원숭이를 닮았다고 했다. 어떤 이는 곰 같다고 했다. 티베트인과 네팔인은 예티에게 초능력이 있다고 생각해서 그 뼈와 두피를 어마어마한 힘을 지닌 물건으로 숭상했다.

자비에는 아버지의 일기를 읽다가 땅과 산맥, 야생을 묘사한 부분에서 생각에 잠겼다. 아버지가 쓴 책들은 시종일관 영웅적인 필치였다. 인간이 황야에 맞서 언제나 정정당당하게 싸우고 대체로 승리한다는 이야기. 하지만 일기에는 보다 현실적인 내용이 적혀 있었다. 배탈이 났다든지, 장염에 걸렸다든지, 짐꾼이 게을러서 곤란하다든지, 빠른 일 처리를 위해 말단 공무원에게 뇌물을 주었던 기록 등의 내용이었다. 일기장에는 미신에 관한 내용도 있었다. 티베트인들은 주술사가 새로 변신할 수 있다, 모자를 찾으면 운이 나쁘다, 새벽에 울부짖는 개는 불길한 징조라고 믿었다. 자비에는 이 모든 것들을 아주 열심히 읽었다.

밤마다 그는 쉼 없는 바람이 매끈하게 훑고 지나간 차가운 사면의 꿈을 꾸었다. 사계절 내내 눈이 녹지 않는 고산지대를 향한 열띤 갈망이 그를 채웠다. 예티를 찾아내리라. 그 움직임을 추적하고, 생태를 연구하리라. 아버지가 시작했던, 그가 어머니의 집으로 돌아와서 성공담을 기록하곤 했던 그 임무를 완수하리라.

카트만두에서의 첫날, 자비에는 이국 도시의 좁은 골목들을 거닐었다. 너무나 낯설면서도 친근하게 느껴지는 것이 경이로운 기분이었다. 아버지가 묘사한 그대로였지만, 무슨 이유에서인지, 어떤 층위에서는 상당히 달랐다.

이마에 붉은 티카 점을 찍은 수줍음 많은 힌두 소년이 어둑한 문간에서 자비에를 바라보았다. 바지를 입지 않은 깡마른 다리, 깡마른 엉덩이의 검은 피부가 거리의 희미한 불빛을 받아 은은한 윤기를 발했다. 코끼리 머리를 한 비슈누 신의 아들 가네샤 신전의 차양 아래에

눈의 보금자리에서

서 떠돌이 개가 쉬며 상처를 핥고 있었다.

시장에서는 향냄새, 강렬한 향신료 냄새, 소똥 냄새가 풍겼다. 자비에는 관광객용 싸구려 장신구를 팔려는 상인들, 서툰 영어로 목적지를 묻는 인력거 운전자들, 미국 달러를 좋은 환율로, 아주 좋은 환율로 바꿔주겠다는 암시장 환전상들을 물리치며 피해 다녔다. 무슨일이 일어날 것이라는 예감, 뭔가 갑작스럽고 낯선 일, 이국적이고 예기치 못한 일이 일어날 것이라는 예감이 그를 사로잡았다. 그는 무심하고 굶주린 시선으로 주위를 응시하며 모험이 여기서 시작될 거라는 은밀한 신호를 찾아 헤맸다.

어느 작은 광장에서는 집마다 2층에서 침대 시트와 여러 빨랫감이 바람에 펄럭이고 있었다. 나무 창틀에는 지난 3세기 사이에 조각된 고풍스러운 장식이 보존되어 있었다. 힌두 신과 악마의 얼굴들이 인간의 몸과 덩굴, 꽃이 복잡하게 얽힌 장면을 배경으로 정면을 바라보고 있었다. 그 아래 광장에는 노란 곡식들이 가을 햇빛에 말라가고 있었다. 어린아이들은 시끄러운 게임을 멈추고 소와 개, 돼지가 곡물 곁에 다가오지 못하도록 경계했다.

네팔인들만 드나드는 좁은 골목 가판에서, 자비에는 길목에 튀어나온 나무 의자에 불편하게 쭈그리고 앉아 점심을 먹었다. 나팔 장수가 연주하는 높고 깨끗한 나팔 소리가 인력거 경적, 따르릉거리는 자전거 벨 소리와 어지럽게 섞여 울려 퍼졌다.

네팔인들은 손으로 음식을 먹었지만, 가게 주인은 자비에에게 녹슬고 구부러진 포크를 굳이 챙겨주며 네팔의 주식인 쌀과 렌틸콩 요리 달밧에 고춧가루를 뿌려 먹는 법을 알려주었다. 쭈글쭈글한 주인은 챙 없이 높이 솟은 모자를 쓴 채 자비에 옆에 앉아 그가 먹는 것을 바라보았다.

"영국에서 오셨나?" 주인은 자비에에게 물었다.

"아뇨, 미국에서 왔습니다."

"등반하려고?"

"아, 예. 좀솜이라는 마을을 지나갈 생각입니다. 저는…" 그는 망설이다 그냥 털어놓았다.

"예티가 그 지역에서 목격되었다는 글을 읽었습니다."

"아, 예티를 찾으러?"

"네."

가게 주인은 그를 찬찬히 보았다. "서양사람들은 예티를 찾을 만한 끈기가 없어. 그저 서두르고, 서두르느라 자기가 찾는 걸 절대 찾지 못하지."

"저는 시간이 남아도는 사람입니다." 자비에는 말했다.

주인은 손을 무릎 위에 얹고 미소 지었다. "안내인이 필요하겠군. 내 사촌 템파가 당신을 가야 하는 곳까지 데려다줄 수 있어."

자비에는 음식을 먹으며 주인이 자기 사촌 템파를 칭찬하는 소리를 들었다. 개방된 가판에 앉아서 위를 쳐다보니, 집들 사이로 가느다랗게 하늘이 보였다. 새 한 마리가 북서쪽으로 날아가고 있었다. 자비에는 새가 시야에서 사라질 때까지 쳐다보았다. 직장을 그만두고 네팔까지 오게 된 그때와 똑같이, 그는 자신이 북서쪽 히말라야로, 무슨 일이 일어날지 알 수 없는 고산지대로 가게 될 것이라고 확신할 수 있었다.

등반에 나선 지 나흘째, 자비에와 템파는 우박을 동반한 심한 폭풍우에 휘말렸다. 길은 졸졸 흐르는 시냇물로 변해 부츠 주위에서 첨벙거렸다. 얼마 지나지 않아 카트만두에서 바른 방수 오일을 뚫고 부츠에 물이 스며들었다. 양말이 흠뻑 젖었고 추위에 발이 시렸다.

그들은 찻집 겸 원시적인 숙소로 사용되는 나지막한 돌집에서 폭풍우를 피했다. 누더기를 걸친 짐꾼 한 무리가 모닥불 앞에 웅크리고 있다가 낮은 문간으로 들어서는 자비에를 쳐다보았다. 찻집에는 나무 연기와 씻지 않은 옷 냄새가 가득했다.

방 하나로 탁 트인 실내 한복판에서 타오르는 모닥불은 온기보다 연기를 더 많이 내뿜고 있었다.

자비에는 어두운 집 안에 시야가 적응하는 동안 눈을 깜빡였다.

우아한 숙소는 아니었지만, 텐트보다는 나았고 지난 사흘 동안 묵었던 찻집들보다 나쁠 것도 없었다. 자비에는 짐을 벽에 기대놓고 나무 문짝에 튀어나온 못에 비옷을 걸었다.

집주인 티베트 여자가 동네에서 빚은 와인 록시를 권했다. 그는 고맙게 받았다. 투명한 술에서는 희미한 사과 냄새가 풍겼고 알코올 향이 지독했다. 한 모금 마시니 뜨끈한 느낌이 입 안과 목구멍부터 가슴까지 쩡하게, 거의 아플 정도로 천천히 내려갔다. 그는 문간의 나무 의자에 앉아 젖은 부츠 끈을 천천히 풀었다.

템파는 이미 모닥불 곁에 쭈그리고 앉은 다른 짐꾼들과의 대화에

푹 빠져 있었다. 그는 불빛에 반짝이는 눈으로 자비에를 쳐다보았다. "북쪽 고개에 눈이 내렸답니다." 템파는 자비에에게 말했다. "큰 폭풍도 올 거래요."

자비에는 어깨를 으쓱하고 부츠를 벗으며 발가락을 조심스럽게 움직여 보았다. 첫날부터 템파는 짐이 무겁다, 하루 등반 일정이 너무 길다, 날씨가 궂어서 위험하다 불만이 많았다. "날씨는 우리가 어쩔 도리가 없지 않나."

템파는 얼굴을 찡그렸다. "큰 폭풍이랍니다. 계속 가기에는 이미 너무 늦은 계절이에요. 내일 돌아갑시다."

자비에는 고개를 젓고 결정권은 자신에게 있다는 투로 템파에게 미간을 찡그렸다. "돌아가? 이제 시작인데? 폭풍이 오면 기다리면 돼."

"너무 추워요." 템파가 말했다. "여긴 겨울입니다."

"내일 계속 간다." 자비에는 말했다. 아버지의 일기에 고집 센 짐꾼들 이야기, 누가 대장인지 보여줄 필요가 있다는 이야기가 있었다. "알겠나? 난 돌아갈 생각이 없어."

템파는 못마땅한 얼굴로 모닥불 옆에 있는 동료들에게 돌아갔다.

자비에는 젖은 플란넬 셔츠 목깃을 느슨하게 풀며 찻집 돌벽에 기댔다. 록시의 온기가 몸 전체에 퍼졌다. 바깥에는 비가 그치고 수탉이 꼬끼오 울고 있었다. 자비에는 눈을 감고 등산로를 따라 흘러 내려가는 물살의 나직한 속삭임과 찻집 문밖에 자란 짧막한 잡초 틈에서 먹을 만한 곤충을 찾아 구구거리는 닭들의 울음소리에 귀를 기울였다. 문을 통해 불어오는 바람에서 빗물에 깨끗하게 씻긴 산의 냄새가 났

눈의 보금자리에서

다. 깊이 숨을 들이쉬니, 다른 냄새도 느껴졌다. 나무 연기나 록시보다 더 강한 냄새, 동물의 냄새였다. 고개를 들어보니, 열린 오두막 문간에 노인 한 사람이 서 있었다.

오후의 바람은 차가웠지만, 노인은 셔츠나 재킷을 걸치지 않고 무슨 색인지 알아볼 수도 없는 느슨한 천 한 장만 아랫도리에 감고 있었다. 천은 원래 흰색이었던 것 같았지만, 지금은 이것도 저것도 아닌 애매한 회색이었다. 먼지와 나무 연기, 재와 검댕에 찌든 색이었다. 희끗희끗한 긴 머리카락은 상투를 틀고 있었다. 쭈글쭈글한 얼굴은 근엄했다. 이마는 높이 튀어나왔고 매부리코였다.

목에는 둥근 구슬을 실에 꿰어 걸고 있었다. 구슬 하나하나 조금씩 채도가 다른 흰색이었다. 아버지의 일기에서 읽은 기억이 나서, 자비에는 구슬을 유심히 바라보았다. 108개의 구슬은 각각 서로 다른 인간의 두개골을 깎아 만든 것이었다. 노인은 불교가 전래되기 전 히말라야 일대에 분포했던 고대 정령신앙 본교의 주술사들이 차고 다닌다는 상아를 깎은 퍼바, 즉 제례에 사용하는 단검을 허리띠에 차고 있었다.

노인은 한 손에 들고 있던 쇠그릇을 여주인에게 내밀었다. 그녀는 들어오라고 했고, 그는 모닥불 옆에 앉았다.

"나마스테." 자비에는 "인사드립니다"를 뜻하는 전통적인 네팔식 인사말을 건넸다. 목소리가 갑자기 떨렸다. 드디어 모험이다. 여행 중인 주술사와 같은 찻집에 머물게 되다니.

늙은 주술사는 자비에를 응시할 뿐 아무 답이 없었다.

자비에는 템파를 보았다. "이 노인은 누구지?" 그는 속삭였다.

영어를 사용하는 것이 곤란할 때 템파는 빈약한 어휘 핑계를 대는 것 같았다. 연신 록시를 마시며 얼른 친구들에게 돌아가고 싶은지, 그는 어깨를 으쓱했다. "타 차이나." 모른다는 뜻이었다.

"어디서 왔지?"

템파는 노인에 대해 아무 말도 하고 싶지 않은지 이맛살을 찌푸렸다. "그는 혼자 삽니다." 템파는 산 쪽으로 팔을 내저어 보였다.

"은둔자군." 자비에는 말했다.

템파는 어깨를 으쓱하고 친구들에게 돌아갔다.

티베트 여주인이 저녁 식사로 노인의 그릇에 밥을 퍼주고 달Dal 한 숟가락을 뿌려주었다. 노인은 말없이 먹을거리를 받아 들었다. 주인은 다른 손님들에게도 비슷한 저녁 식사를 나누어 주었다.

록시를 세 잔 마시고 달밧 한 접시를 먹고 나니, 자비에는 긴장이 풀렸다. 노인이 오두막 구석에 쭈그리고 앉아 혼자 먹고 있는 것이 눈에 띄었다. 술기운 때문에 용기가 났는지, 자비에는 구석으로 가서 노인과 대화를 시도해 보았다.

"록시?" 자비에는 노인에게 말을 건 뒤 여주인에게 술 한 잔 더 달라고 손짓했다. 노인은 무표정한 검은 눈으로 자비에를 쳐다보다가 잔을 받아 들었다.

"티미코 가르 케 호?" 노인은 자비에에게 물었다. "티미 카하 자네?" 어디서 왔나? 어디로 가나?

자비에는 네팔어로 더듬더듬 답했다. 나는 미국에서 왔다.

그는 목적지를 알리기 위해 손을 들어 자신의 꿈자리를 가득 채운 북쪽의 춥고 높은 산들 쪽을 가리켰다. "메테히르네." 대충, 예티를 찾고 있다는 뜻이었다.

노인은 자비에의 손을 힘있게 쥐더니 갑작스럽게 강렬한 눈빛으로 그의 얼굴을 빤히 응시했다. 노인은 네팔어로 빠르게 지껄였지만, 자비에는 알아들을 수가 없었다. 그가 얼떨떨한 표정으로 어깨를 으쓱하자, 노인은 다른 짐꾼과 함께 모닥불 옆에 앉아 있던 템파를 불렀다. 템파는 네팔어로 답했다.

노인은 엄격하던 얼굴에 주름을 가득 잡고 환한 미소를 띠었다. 그는 애정 깊은 할머니가 수줍음 많은 아이의 얼굴을 들어 올리듯 쭈글쭈글한 손을 내밀어 자비에의 턱을 쥐고 들어 올렸다. 자비에의 얼굴에서 무엇을 보았는지, 노인은 고개를 젖히고 웃음을 터뜨렸다. 그는 손을 놓고 뭐라고 말했지만, 자비에가 속사포 같은 네팔어에서 알아들을 수 있었던 것은 '메테'라는 단어뿐이었다. 예티에 대해 말하는 것 같았다.

아버지라면 이런 상황에 어떻게 대처했을까, 자비에는 불편하게 미소 지었다. "이 사람이 왜 이러는 거지?" 그는 템파에게 물었다. 템파는 마지못해 친구들 곁을 떠나 자비에와 노인 옆에 쭈그리고 앉았다.

"어디로 가는지 물어보길래, 예티를 찾으러 간다고 말해줬어요." 템파는 말했다.

자비에는 고개를 끄덕이고 노인에게 미소 지었다.

노인은 네팔어로 빠르게 뭐라 말했다. 자비에는 고개를 젓고 좀 천천히 말하라고 부탁했다.

여전히 웃음 띤 얼굴로 노인은 손짓을 섞어가며 단어 하나하나 끊어서 천천히 되풀이했다. 다 알아들을 수는 없었지만, 핵심은 알 것 같았다. 노인은 예티를 여러 번 보았다는 것이었다. 그는 강력한 주술사였고, 여러 번 예티를 사냥했다.

자비에는 노인에게 다시 록시 한 컵을 따라 주고 예티에 대해 더 말해달라고 부탁했다. 모닥불 옆에 앉아 있던 짐꾼 세 명이 시끌벅적하게 카드놀이를 하고 있었다. 문밖에서는 여주인이 촛불에 의지해서 저녁 설거지를 하고 있었다. 연기 자욱한 찻집 안에서, 자비에는 지독한 동물 냄새도 아랑곳하지 않고 노인에게 바싹 다가앉아 예티 이야기에 귀를 기울였다.

예티는 사람처럼 생겼지만, 다르다, 노인은 천천히 설명했다. 그들은 밤에 사냥하고, 매우 강하다. 맨손으로 야크의 목을 부러뜨려 죽일 수도 있다. (노인은 막대기를 부러뜨리듯이 손을 맞잡아 보였다.) 예티는 사납고 교활하다.

자비에는 그렇게 사나운 짐승을 그가 어떻게 사냥했는지 더듬거리는 네팔어로 손짓을 곁들여서 물었다. 노인은 더러운 손가락으로 자기 관자놀이를 두드리며 지혜롭게 고개를 끄덕였다.

그가 여주인에게 뭐라 소리치자, 주인은 도자기와 양철 컵 두 개를 가져왔다. 노인은 국자로 컵을 가득 채워 자비에에게 내밀었다. "요 창 호." 노인은 말했다. 이것이 '창'이다.

자비에도 쌀과 보리로 담근 걸죽한 맥주 창에 대해 들어본 적이 있었다. 노인의 뜻을 거스르고 싶지 않아서, 그는 걸죽한 음료를 받아 마셨다. 시큼한 죽과 알코올을 혼합한 듯한 맛이 났지만, 처음 몇 모금 마시고 나니 그렇게 나쁘지 않았다.

노인은 컵을 두드리며 자기가 예티를 창으로 어떻게 잡았는지 길게 설명하기 시작했다. 다 알아듣기는 힘들었다. 예티를 잡기 위해서, 노인은 예티가 작물을 훔치고 염소를 죽이는 등 사람들을 괴롭힌 마을에 찾아갔다는 것 같았다. 음력 초하루의 어느 밤, 노인은 예티의 눈에 띌 만한 경로에 창 한 주전자를 놓아두었다. 예티는 창을 마시고 잠들었고, 아침에 노인은 쉽게 예티를 포획했다. 예티는 창을 좋아한다는 것이었다.

창을 계속 마시며, 두 사람은 예티의 습관에 대해 더듬더듬 대화를 나누었다. 자비에는 찻집을 가득 채운 연기에 적응하기 시작했다. 여주인이 언제 촛불을 켰는지, 흔들리는 불빛이 드리운 거대한 그림자가 벽에서 춤을 추었다. 촛불에 비친 노인의 얼굴에는 은밀한 즐거움이 가득했다. 때로 노인이 자기만 아는 농담이라도 던지면서 자비에를 은근히 놀리고 있다는 느낌도 들었다.

하지만 작은 방은 아늑했고, 창을 한 잔씩 비울 때마다 자비에의 네팔어도 점점 좋아졌다. 즐거운 순간, 좋은 장소였다. 창을 얼마나 많이 마셨는지 더 이상 기억도 나지 않았다. 노인은 좋은 친구, 신뢰할 수 있는 벗 같았다.

어쩌다 보니 자비에는 자신의 아버지가 예티를 찾아 헤맨 모험에 대해 노인에게 털어놓고 있었다. 네팔어로 적절한 단어를 고민해 가며, 그는 예티를 찾아야 한다, 아버지가 시작한 임무를 끝내야 한다고 힘들게 설명했다. 산에 대해 자신이 어떤 감정을 품고 있는지 힘들게 설명했고, 네팔어와 영어를 섞어서 산과 눈에 대한 자신의 꿈을 묘사하려고 애썼다.

노인은 열심히 들으며 이해했다는 듯 고개를 끄덕였다.

그러다 그는 자비에의 손에 자신의 손을 얹으며 천천히, 나직하게 말했다. 내가 예티를 찾는 것을 도울 수 있다, 그는 자비에에게 말했다. 예티를 보고 싶은가?

창에 취해 몽롱하고 촛불 때문에 반쯤 최면에 걸린 상태로, 자비에는 노인의 손을 두 손으로 덥석 잡았다. "저는 예티를 찾고 싶습니다." 그는 영어로 말했다.

노인은 허리띠에 매단 주머니를 뒤졌다. 그는 쭈글쭈글한 손바닥에 뭔가 올려놓고 자비에에게 보여주었다. 거미줄 같은 문자가 새겨진 작은 갈색 뼈였다. 뼈에는 가죽끈이 엮여 있었다. 노인은 예티의 뼈라고 했다. 아주 강력한 마법의 힘을 가지고 있다는 것이었다.

자비에는 손을 뻗어 작고 마른 물건을 만졌다.

뼈는 잠들어 있는 작은 짐승처럼 따뜻했다.

노인은 미소 지었다. 마른 진흙땅 위에서 반짝이는 강변의 돌처럼, 검은 눈 주위에 주름이 자글자글 패었다.

노인은 결론을 짓자는 듯 고개를 끄덕이더니 가죽끈을 자비에의 목에 걸어주었다. 자비에는 깜짝 놀라 사양했지만, 노인은 그저 미소 지었다. 자비에가 목걸이를 벗으려고 하자 노인은 네팔어로 그를 나무랐다.

그들은 축하의 뜻으로 창을 더 많이 마셨고, 이후 자비에의 기억은 가물가물했다. 너는 예티를 보게 될 것이다, 노인이 장담하던 기억이 났다. 모닥불 옆 대나무 깔개에 누워 아직 축축한 침낭을 끌어 덮던 것도 기억났다.

꿈속에서 그는 목에 건 뼈를 만지작거렸다. 눈 쌓인 사면에 찍힌 발자국을 관찰하는 꿈도 꾸었다. 꿈속에서 그는 발자국 옆에 쭈그리고 앉아 길이와 폭을 쟀다. 문득 그는 자기 발도 맨발이라는 것을 깨달았지만 놀라지 않았다.

눈이 너무 차가워서 발이 아팠다. 배가 고팠다. 아주 많이.

희끄무레한 새벽빛 속에서 그는 눈을 깜빡이며 잠에서 깨었다. 금속 종이 맑게 딸랑거리는 소리가 들렸다. 노새가 끄는 수레의 행렬이 산길을 지나가는 소리였다. 열린 오두막 문으로 흘러들어 오는 장작 연기는 꿈에서 본 계곡의 차가운 안개를 연상시켰다. 머리와 배가 아팠다. 록시와 창을 너무 많이 마셨던 기억이 났다.

다른 대나무 침상은 모두 비어 있었다. 티베트 여주인은 화덕 옆에 허리를 굽히고 겁게 그을린 찻주전자 밑의 모닥불을 뒤적거리고 있었다. 짐꾼들은 아무도 없었다. 노인도 없었다. 꿈속의 이미지 때문에 아직 혼란스러운 기분으로, 자비에는 일어나 앉아 목에 건 가죽끈을 확인했다. 뼈는 있었다. 그는 거친 표면을 손톱으로 만져보고 더 자신감을 얻었다. 짐꾼이 어디로 갔는지 여주인에게 묻는데, 목이 아프고 쉰 목소리가 나왔다.

여자는 고개를 저었다. "타 차이나." 모른다는 뜻이었다.

침낭을 젖히고 힘들게 일어난 자비에는 오두막 밖으로 나와서 사람들이 화장실로 사용하는, 바위가 듬성듬성 떨어진 사면으로 향했다. 바람 때문에 얼굴이 얼었고, 오두막 밖의 회색 세상은 꿈속보다 더 비현실적으로 보였다. 하늘은 우중충했다. 산들은 저 멀리 안개 뒤에 숨어 있었다. 발아래 땅에는 북쪽에서 끊임없이 불어오는 바람에 반질반질하게 풍화된 조약돌이 회색과 갈색으로 얼룩덜룩하게 깔려 있었다. 노새 똥과 등산가들의 부츠 자국으로 생겨난 희미한 산길은 북쪽으로 이어지고 있었다.

자비에는 어마어마한 바위 옆에 멈췄다. 큼직한 까마귀 한 마리가 멀리 돌 위에 앉은 채, 소변을 보는 그를 유심히 지켜보고 있었다. "원하는 게 뭐야?" 그는 새를 향해 시비를 걸듯이 외쳤다. 새는 호기심 어린 맑은 눈동자로 그를 바라보며 한 번 우짖더니 그를 혼자 남겨두고 회색 하늘을 향해 훌쩍 날아올랐다.

자비에는 오두막으로 돌아왔다. 템파는 없었다.

티베트 여자에게 다시 물으니, 그녀는 어깨를 으쓱하고 템파가 새벽 일찍 떠났다고 말하는 것 같았다. 그는 자비에의 소지품 일부도 같이 가지고 갔다. 모직 장갑과 모자, 모닥불 옆에서 말리던 모직 양말, 자비에의 재킷 주머니에 들어 있던 루피 지폐.

자비에는 복잡하게 엇갈린 감정으로 이 상황을 고민했다.

도둑질한 짐꾼을 추적할 수도 있었지만, 여기서 돌아선다면 예티

눈의 보금자리에서

를 찾을 기회를 놓치게 된다. 이러지도 저러지도 못하는 상황이었다. 날씨가 이대로 고약해지면 정말 돌아서야 할지도 모른다. 안내인 없이 길을 찾을 수 있을까? 가져온 식량이 전혀 없는 상태로 현지에서 먹을 것을 구할 수 있을까?

마음 한편으로는 혼자 여행한다고 생각하니 반가운 기분이었다. 짐꾼은 등반 첫날부터 자비에의 계획에 회의적이었다. 자비에가 볼때 템파는 모험심이 부족했다.

결국 자비에로 하여금 결단을 내리게 한 것은 노인의 기억이었다. "너는 예티를 보게 될 것이다." 노인은 말했다. 이런 예언을 어떻게 외면할 수 있을까.

손해를 감수하고 자비에는 남은 물건을 티베트 여인에게 대부분 팔았다. 나머지는 자기 짐과 같이 꾸렸다.

떠날 때 짐은 10킬로그램 정도 더 무거웠다. 정오쯤 되면 어깨가 쑤실 거라는 것을 알고 있었지만, 그는 홀로 황량한 히말라야의 고산지대에 간다는 생각에 후련한 마음으로 휘파람을 불며 걸었다.

가사 북쪽, 툭체 마을을 지나자 계곡은 넓어졌다. 광대한 회색 사면에는 나무 한 그루도 자라지 않았다. 큼직한 바위 뒤에서 바람을 피해 드문드문 자라난 앙상한 관목과 풀들, 강인한 식물들은 돌투성이 사면 못지않게 먼지를 뒤집어쓰고 있었다. 덥수룩한 염소들이 수풀에서 가시투성이 점심을 뜯다가 자비에가 지나가자 희미한 적개심을 품은 금빛 눈으로 그를 홀끗 쳐다보았다. 염소를 치는 아이들, 헝클어진 머리에 콧물을 흘리는 누더기 소년 둘이 무심한 호기심이 어린 시선으로 말없이 백인을 지켜보았다.

한번은 까마귀 한 무리가 자비에 옆 언덕에서 날아오르더니 악마의 비행처럼 창공에 그늘을 드리우며 머리 위를 빙빙 돌았다. 그중 한 마리는 한동안 그와 보조를 맞추어 앞장서서 날다가 납작한 돌에 불경을 새겨 아무렇게나 쌓은 돌탑, 마니 벽에 내려앉았다. 자비에가 다가가자, 새는 까악 소리를 내더니 등산로를 따라 몇백 미터 더 앞에 자리한 다른 바위로 날아갔다. 그가 가까이 갈 때마다, 새는 따라잡아 보라는 듯 조금 더 멀리 날아갔다.

바람은 끊임없이 불며 먼지를 흩뿌리고 나뭇잎과 잔가지를 날렸다. 바위를 쓸고 불경을 지워 없애려는 듯 마니 돌탑을 마모시켰다. 자비에의 입술은 트고, 목구멍은 마르고, 피부와 머리카락은 먼지로 까칠까칠했다.

기슭에 뒹구는 화강암 바위처럼 회색을 띤 차가운 급류가 흐르는 강 칼리간다키를 따라 산길은 계속 이어졌다. 계곡에서 강은 넓어졌고, 물길은 살아 있는 동물의 정맥과 동맥처럼 갈라졌다 합치기를 반복했다. 산길은 이런 물길 하나를 따라 구불구불 이어졌다. 강물 옆에는 적갈색 풀이 듬성듬성 나 있었고, 잎사귀 사이로 회색 땅이 엿보였다.

모직 모자가 없으니 귀를 보호할 수가 없었다. 세차게 휘몰아치는 바람과 계곡을 흐르는 급류 소리, 숲의 날카로운 벌레 소리가 한데 섞여 들려왔다. 북쪽으로 갈수록 여행자가 지나간 흔적은 차츰 뜸해졌다. 진흙 속의 부츠 자국, 말발굽 자국, 오래전에 말라비틀어진 말똥.

때로 산길이 완전히 끊기면, 강물 옆에서 한참 돌아다니며 길을 찾아 헤매야 했다.

성목까지 다 자랐다가 죽은 나무도 몇 그루 보였다. 농부가 땔감으로 쓰기 위해 가지를 잘라내고 남은 나무의 앙상한 잔해가 끊임없는 바람에 비틀린 채 하늘을 향해 뻗어 있었다. 이곳이야말로 자비에가 혼자 상상해 오던 공간인 듯, 풍경은 어딘가 꿈결 같은 데가 있었다. 마른 가지가 마른 바람에 서로 딱딱 부딪혔다.

비틀린 나무 위에서 까마귀가 날아오르더니 까악 까악 웃으며 바람을 타고 하늘 높이 솟구쳤다. 자비에는 놀라지 않았다. 까마귀가 거기 있는 것이, 웃는 것이, 길을 알려주듯 앞장서서 날아가는 것이 당연한 것만 같았다.

좀솜 마을은 이런 풍경을 깨뜨리는 달갑지 않은 불청객이었다. 옹기종기 모인 나지막한 돌집 안에는 끊임없는 바람을 피해 수동적으로 웅크린 사람들이 살고 있었다. 회색 거리와 건물에는 활기가 없었다. 그는 최대한 빨리 마을을 지나쳤다.

좀솜에서 몇 킬로미터 더 걷자, 길은 갈라졌다. 한 갈래는 묵티나트, 등반가들이 즐겨 찾는 곳으로 향했다. 자비에는 북쪽으로 이어지는 다른 길, 사람의 발자취가 눈에 잘 띄지 않는 산길로 들어섰다. 산길을 따라 몇 킬로미터 더 가다가, 그는 칼리간다키 강변에서 멈춰 빠르게 흐르는 물길을 향해 가파른 기슭을 기어 내려갔다. 공기는 아직 차가웠지만, 등산을 하니 더웠다. 바람은 잦아들었고, 해도 나왔다. 그는 웃통을 벗어서 셔츠를 바위에 걸쳐놓고 시계도 옆에 두었다. 그러고는 물을 얼굴과 가슴, 어깨 너머 등까지 끼얹었다. 차가운 물이 피부에 닿을 때마다 그는 숨을 훅 들이쉬며 젖은 개처럼 머리를 털었다.

수건으로 몸을 닦고 있는데, 삭막하게 울부짖는 까마귀 소리가 들렸다. 검은 새가 셔츠 옆 바위에 앉아 있었다. 까마귀가 바위 위에 놓인 무언가를 쪼는 것을 보고, 그는 소리치며 손짓했다. 까마귀는 날아올랐다. 부리에 시계를 물고 있는 것이 보였다. 새는 반짝이는 시계를 문 채 상공을 한 바퀴 돌았다. 이어 바람을 타고 숲 위 상공 높이 솟구쳐 사라졌다.

예상했던 것만큼 시계가 아쉽지는 않았다. 차츰 자비에는 시간 없는 생활에 익숙해졌다. 배가 고프면 점심을 먹었고, 피곤하면 쉬었다. 그날 밤 그는 마을까지 가지 않고 처음으로 등산용 천막을 꺼내 칼리 간다키 강변에서 야영했다. 꿈자리는 마치 눈부신 결정체 같았다. 그는 가파른 빙벽 위에서 겨우 몇 발짝 앞서가는 검은 형체를 꾸준히 추적하고 있었다. 벼랑 끝까지 그 형체를 따라가다가 빙판에서 미끄러지는 순간, 그가 지금껏 추적했던 검은 형체는 자신의 그림자였다는 것을 깨달았다.

잠에서 깨자, 땅은 서리가 내려 희었고 숨을 쉴 때마다 입에서 뿜어 나온 김이 바람에 휘날렸다. 다음 날 해 질 무렵, 그는 사마가온 마을에 다다랐다. 마을 사람들은 몹시 수상하다는 듯한 눈초리를 그에게 보냈다. 등산로를 벗어나 이렇게 깊숙이 들어온 외지인은 지금까지 거의 없었다.

템파가 훔쳐 간 탓에 자비에가 지닌 루피 액수는 얼마 되지 않았다. 마을에는 찻집이 하나뿐이었다. 귀향한 구르카 용병 출신 주인은 미국인 여행자수표를 보더니 코웃음을 치며 입 안에 바람을 잔뜩 넣고 수표는 쓸모가 없을지도 모른다고 했다.

자비에는 잠시 고민하다가 장비를 줄 테니 현금과 음식으로 교환하자고 제안했다. 주인은 모직 스웨터와 오리털 재킷을 본체만체하고 등유 난로를 유심히 살펴보았다. 순간 충동적으로 자비에는 난로 없이도 지낼 수 있을 거라고 생각했다. 그는 연료통에 등유를 채우고 버너에 불을 켜는 시범을 보였다. 버너는 한두 번 쿨럭거리더니 세차게 파란 불꽃을 내며 어둡고 연기 자욱한 찻집 구석을 밝혔다. 더듬거리는 네팔어로 그는 난로를 칭찬했다. "람로 차. 데리 람로." 좋다, 아주 좋다. 며칠 동안 말을 한마디도 하지 못했더니 쉰 목소리가 나왔다.

그들이 흥정하는 동안, 어린 소녀 둘이 안주인의 치맛자락 뒤에 숨어 지켜보았다. 커다랗고 둥근 눈이 머나먼 백인의 나라에서 온, 이 신기한 백인을 빨아들일 듯 쳐다보고 있었다. 대대로 상인 집안 출신인 주인은 흥정하기 까다로운 상대였다. 결국 자비에는 쌀과 렌틸콩, 커리 가루, 현금 200루피로 합의했다. 난로의 가격에 비하면 헐값이었지만, 식량을 혼자 더 나를 수도 없었고 주인은 현금이 더 없다고 했다. 자비에는 주인집에서 하룻밤 묵은 뒤 꿀을 탄 옥수수죽으로 급히 아침을 때우고 북쪽으로 출발했다.

걷는 동안 그는 노래를 불렀다. 곡조도 없는 흥얼거림이 강의 흐름에 따라 밀려왔다 밀려가는 것 같았다. 턱수염이 자라기 시작했고, 잔잔한 개울에 비친 자신의 모습을 본 그는 웃어버렸다. 지저분한 얼굴과 까칠한 수염이 온통 자란 거친 인상의 남자가 있었다.

아침 일찍, 그는 산을 볼 수 있었다. 하지만 시간이 흐르면서 구름이 시야를 가리자, 뭉게뭉게 희뿌연 구름산이 피어오르며 지도에도 없는 설산 봉우리들이 새롭게 생겨나는 것 같았다.

이른 오후쯤 되자 찌푸린 하늘은 차츰 더 어두워지기 시작했다. 강이 발길을 가로막고 있었다. 물이 불어난 카헤 룽파가 높은 봉우리에서 칼리간다키에 합류하기 위해 출렁이며 흘러가고 있었다. 강기슭을 잇는 다리는 끊겨 있었다. 부서진 나무 기둥 주위로 물살이 빠르게 흘렀고, 썩은 널빤지가 급류 속에서 흔들리고 있었다. 몬순 폭풍 때 무너진 것 같았다. 근처에는 민가가 없었고, 이 길로 먼저 온 여행자가 있었다고 해도 다리를 수리하거나 새로 만들 만한 방법도 시간도 없어서 그냥 물살을 헤치고 건너간 것 같았다.

잠시 자비에는 기슭에 서서 세찬 물살을 바라보았다. 어느 책에서 아버지는 눈 녹은 물이 흐르는 강을 맨발로 건넜던 경험에 대해 이렇게 썼다. "젖은 부츠로 절벅거리며 한참 돌아다니는 것보다는 잠깐의 불편함을 감수하고 맨발로 건너는 것이 차라리 낫다." 자비에는 내키지 않는 기분으로 부츠를 벗으면서 찬 바람에 와락 떨었다. 부츠를 짐에 묶고, 고무 슬리퍼를 신었다. 바짓단을 말아 올리고, 망설이면 마음이 돌아설 것 같아 곧장 물에 들어섰다.

처음 몇 걸음은 고통스러웠지만, 차가운 물에 감각이 마비되었는지 곧 견딜 만해졌다. 강물이 다리를 잡아끌었고, 둥근 돌멩이가 발밑에서 미끄러졌다. 그는 신중하게, 몸무게를 싣기 전에 조심스럽게 발밑을 가늠하며, 천천히 한 발 한 발 내디뎠다. 시간은 의미가 없었다. 강을 건너는 데 1시간이 걸리든 1분이 걸리든, 그는 아무 차이를 느끼지 못했을 것이다.

반쯤 물을 건넜을까, 눈이 내리기 시작했다.

발에 통증이 되돌아왔다. 뼛속까지 사무치게 찌르는 듯 날카로운 아픔이었다. 좀 더 빨리 움직이려고 해보았지만, 더 이상 발아래 돌멩이의 감각이 느껴지지 않았다. 자비에는 비틀거리다가 얼른 바로 섰고 그러다 다시 미끄러져 한쪽으로 쓰러지면서 팔로 바닥을 짚고 몸을 지탱했다.

강물이 짐을 적셨다. 물살에 배낭이 앞뒤로 출렁거렸다. 자비에는 배낭끈을 붙잡고 다시 중심을 잡고 서서 물에 젖은 배낭을 건져내려고 애썼다. 그는 온몸을 엄습하는 찬물의 충격에 헐떡이며 슬리퍼를 간신히 신은 채 허우적거리며 첨벙첨벙 반대쪽 기슭 위로 기어올라가서 짐을 옆으로 던졌다.

강변의 앙상한 관목 숲에서 까마귀가 발작하듯 요란하게 까악 까악 웃었다. 자비에는 새 따위 아랑곳없이 숨을 헐떡이면서 기슭에 자란 축축한 풀을 손으로 움켜쥐었다. 잠시 후 그는 돌아누워 짐을 확인했다. 아까 물살에 부츠가 쓸려가 버리고 없었다. 식량과 침낭도 다 흠뻑 젖어 있었다.

잠시 자비에는 움직일 의욕이 없어 땅에 그대로 누워 있었다.

추위에 발이 아팠고, 손이 부들부들 떨렸다. 문득 그는 목에 걸었던 뼛조각 목걸이를 더듬었다. 노인은 그가 예티를 볼 것이라고 했다. 그 확신이 위안을 주었다. 그는 몸을 녹일 방법을 생각하며 억지로 일어나 앉았다.

젖은 모직 양말이 발을 그나마 보호해 주었다. 모직 스웨터가 그나마 바람을 막아주었다. 그는 운동으로 몸을 데울 겸 강가를 따라 자란 풀숲에서 땔감을 찾았다. 움직이고 있으면 팔과 다리도 그렇게 격렬하게 부들거리지 않았다.

1시간 정도 찾았지만, 나뭇가지는 얼마 모이지 않았다. 아무리 굵어봐야 손가락보다 가늘었고, 강기슭에 밀려온 젖은 통나무도 몇 개뿐이었다. 자비에는 이를 덜덜 부딪치면서 불이 잘 붙을 만한 마른 물건을 불쏘시개로 쓰려고 찾아보았지만, 나뭇잎과 풀은 모두 눈에 젖어 있었다.

점점 강해지는 바람이 젖은 옷을 칼처럼 갈랐고, 몸은 주체할 수 없을 정도로 떨렸다. 자비에는 주머니칼로 나뭇가지를 갈라 얇은 조각으로 만들어서 바람을 피할 수 있는 관목 덤불 옆에 쌓았다. 그는 그렇게 만든 불쏘시개 위에 작은 원뿔 모양으로 나뭇가지를 쌓아 올린 뒤 옆에 쭈그리고 앉았다.

첫 성냥 불은 곧장 꺼졌다. 두 번째 성냥, 빌어먹을 네팔제 성냥은 불이 붙지 않고 대가리가 부러졌다. 세 번째 성냥은 마지못해 탔다. 불꽃을 땔감 옆에 갖다 대자 나무 조각 두 개에 잠시 불이 붙었지만, 성냥불이 꺼지자 붉은빛도 희미해졌다.

자비에는 덜덜 떨리는 손으로 나무 조각 옆에 풀잎을 꼼꼼하게 배치했다. 풀잎도 나무와 마찬가지로 좀처럼 불이 붙지 않았다. 온기가 절실했다. 그는 종이를 찾아 미친 듯이 주머니를 뒤졌다. 지갑 안에 체온으로 따뜻하고 바삭바삭하게 마른 여행자수표가 있었다.

숲속에서는 아무 가치가 없었다. 그는 조금도 망설이지 않고 50달러 수표를 구겼다. 마른 종이 주위에 나무 조각을 다시 쌓아 올렸다.

수표는 잘 탔지만, 작은 종이 뭉치는 나무에 불이 붙기 전에 다 타버렸다. 자비에는 수표 두 장에 더 불을 붙인 뒤 손으로 바람을 막아 작은 불꽃을 보호했다. 수표는 머나먼 이국의 숨겨진 비밀을 들려주는 목소리처럼 소곤소곤 타닥거리며 불에 탔다.

네 번째, 다섯 번째 수표를 불에 던져 넣자 드디어 땔감에 불이 붙더니 나뭇가지에서 나뭇가지로 내키지 않는 듯 옮겨붙기 시작했다. 자비에는 통나무를 말리기 위해 모닥불 근처에 세워놓고 몸으로 바람을 막을 수 있도록 관목에 기댄 채 편안한 자세를 찾았다. 젖은 침낭도 모닥불로 데우기 위해 무릎 위에 걸쳤다.

밤은 길었다. 추위에도 불구하고 그는 꾸벅꾸벅 졸았다. 이따금 기침 때문에 잠에서 깨면 어둠 속에 깔깔하게 쉰 목소리가 메아리쳤다. 잠에서 깨어보면, 그는 뼈를 움켜쥐고 있었다. 구름산의 희끄무레한 회색 바위 틈으로 예티를 뒤쫓는 꿈도 꾸었다. 잠깐 깨어나서 모닥불에 땔감을 더 집어넣은 뒤, 그는 다시 꿈으로 돌아갔다.

시간이 지나자, 추위와 어둠은 더 이상 낯선 존재가 아니었다. 위협적이기는 했으나 익숙한 존재였다. 어둠 속에서 깨어나 온기를 찾아 헤매는 것이 이제 자연스러운 상태 같았다.

아침이 되자, 그는 고무 슬리퍼 바람으로 등산을 시작했다. 끊임없이 기침이 터져 나왔다. 어느 마을 동구 밖에서 염소 떼를 치던 한 소녀가 그에게 머뭇거리며 인사를 건넸다. 마주 인사하려 했지만, 입에서는 거친 컥컥거림밖에 나오지 않았다. 산사태에 바위 구르는 소리처럼 아무 의미 없는 소리였다. 아이에게 자신이 위험한 사람이 아니라는 것을 알리고 싶어서 미소 지으려 했지만, 소녀는 얼른 염소를 몰고 언덕 위로 올라가 버렸다.

그는 사흘 동안 산을 올랐다. 식량 일부는 상했고, 북쪽으로 가면 먹을 걸 구하는 게 더 힘들어질 것이다. 하지만 어째서인지, 알 수 없는 이유로, 그는 행복했다. 모직 양말은 구멍투성이였고 진흙이 말라붙어 있었지만, 발은 추위에 익숙해졌다. 턱수염이 한층 덥수룩해졌고, 얼굴과 손발의 때에 익숙해져서 덜 씻게 되었다. 마을이 나올 때마다 그는 사람을 피해 서둘러 지나쳤다. 누군가 인사하면 고개만 끄덕일 뿐 말은 하지 않았다.

이른 저녁, 그는 어둠 속에서 빠른 걸음으로 디Dhi 마을을 지났다. 인간과의 교류가 그립기는커녕, 그는 고독할수록 더 많은 고독을 갈구했다. 어느 집 안에서 개가 사납게, 거의 발작하듯 짖었다. 자비에는 야만인처럼 냉소하고 계속 걸었다. 빨랫줄에서 펄럭이는 세탁물이, 등산로 옆의 똥 무더기가 그의 눈에는 그저 한심했다.

마을을 빠져나온 그는 냇가에서 쇠 주전자에 물을 담고 있는 여자를 향해 고개를 끄덕여 인사했다. 그녀는 주전자를 떨어뜨리고 그를 빤히 응시했다. 여자가 뭐라고 외쳤지만, 그는 멈추지 않고 산을 찾아 어둠 속으로 계속 멀어졌다.

걷는 동안, 그는 바람의 소리에, 강물의 목소리에, 까마귀가 깍깍 거리는 울음소리에 귀를 기울였다. 소리들은 그의 몸을 통과하며 평화를 가져다주는 것 같았다. 날은 점점 추워졌지만, 그는 걱정하지 않았다.

디 마을을 지나 하루 더 걸은 뒤, 그는 무스탕 콜라강과 지도에 이름이 표시되지 않은 작은 강물이 만나는 지점에서 야영했다. 끊임없는 바람이 바위를 휩쓸고 돌멩이를 마모했다. 그는 집채만 한 바위 두 개 사이 오목한 공간에 텐트를 쳤다.

첫날 밤에는 아득히 늑대 소리가 들렸다. 자정쯤 잠에서 깨어보니 텐트에 부드럽게 눈이 내리고 있었다. 아침에 그는 모닥불 주변에 하얗게 내린 눈밭에서 늑대 발자국을 발견했다.

처음 며칠간, 그는 인근을 탐색했다.

꼬리가 짧은 통통한 쥐가 바위 사이로 잽싸게 달려가는 것이 보였다.

야생 양, 히말라야 푸른 양 바랄이 강가에서 풀을 뜯고 있었다. 자비에는 바위 사이로 이어진 양의 발자국을 따라 상류로 올라갔다.

반나절 정도 상류로 올라간 그는 바위틈에서 작은 동굴을 발견했다. 누군가 살았던 흔적이 있었다. 은둔자든, 성자든, 산속 미치광이든. 불에 그을린 바위 세 개가 삼각형으로 배치되어 화덕을 이루고 있었다. 뒤쪽의 덤불은 까칠까칠한 침대로 사용된 것 같았다. 동굴 아래에서 계곡은 넓어져서 작은 풀밭으로 이어졌다. 튼튼한 황갈색 풀이 가볍게 쌓인 눈 밑에서 튀어나와 있었다. 동굴 입구에서는 그가 본 다른 어떤 곳보다 계곡을 환히 조망할 수 있었다.

두 번째로 눈이 내리기 직전, 그는 짐을 동굴로 옮기고 안쪽에 쌓인 덤불에 침대를 마련했다.

곧 그는 작은 모닥불에서 요리하는 데 익숙해졌다. 연기 때문에 눈이 따가웠지만, 그것도 익숙해졌다. 동굴 속에서 그의 수면 시간은 변했다. 설원에 햇빛이 반사되면 눈이 아팠기 때문에, 그는 하루 중 가장 밝을 때 자고 해 질 무렵 깨어 늑대가 달빛 밝은 계곡에서 히말라야 푸른 양을 사냥하는 광경을 지켜보게 되었다. 꿈을 꾸면 노인이 나타나 그가 언젠가 예티를 목격하게 될 것이라고 말했다.

어째서인지 그는 자신의 목표가 가까이 다가왔다고 확신했다. 이 계곡에는 환상의 향기가 감돌았다. 바람은 비밀을 속삭였고, 바위는 잠든 그를 지켜보았다. 때로 자비에는 매일 저녁 동굴 입구를 지키고 있는 까마귀의 언어를 알아들을 수 있을 거라고 믿었다. 자신이 꾼 꿈 속의 풍경을 알아보듯, 그는 이 공간을 알고 있었다. 예티가 여기 있다는 것을 알고 있었다.

깨고 잠들고, 깨고 잠들고, 매일같이 그는 뭔가 특이한 것을 찾아 계곡을 바라보았다. 머리카락과 턱수염은 길고 헝클어졌다. 넝마가 된 모직 양말은 버렸다. 발은 단단해지고 못이 박였다. 피부는 바람에 거칠어졌다.

강가 모래밭에서 그는 넓적한 맨발자국을 발견했다. 가시덤불 위

눈의 보금자리에서

에서 붉은 기를 띤 금빛 머리카락도 찾아냈다. 몇 가지 흔적과 직감, 그뿐이었지만, 그것으로 충분했다.

식량이 다 떨어져 가고 있었지만, 먹을 것을 구하러 계곡을 떠나기가 싫었다. 그는 야생 풀을 뜯어 먹고 낡은 깡통을 덫으로 만들어서 짧은 꼬리 쥐를 잡아 불에 구워 먹었다. 한번은 늑대가 죽인 바랄 한 마리가 눈에 띄어 주머니칼로 고기를 잘라 오기도 했다.

꿈속에서 계곡은, 두 다리로 걷고 곰처럼 어슬렁거리는, 털이 덥수룩하고 이마가 푹 꺼진 존재의 그림자로 가득 차 있었다. 잠에서 깨어도 꿈속의 영상은 희미해지지 않고 주변의 세상 못지않게 또렷하고 날카롭게 남았다. 그는 까마귀의 꿈도 꾸었다. 하지만 어쩐지 그 새는 단순한 까마귀 이상이었다. 검은 새는 그에게 뼈를 준 노인이었다. 노인은 그 대가로 뭔가 원하고 있었다.

자비에는 낮에 절대 밖으로 나가지 않았다.

마침내 식량이 완전히 떨어졌다. 그는 마지막 쥐를 잡아 불에 구운 뒤 뼈를 깨끗이 발라냈다. 달이 뜨자, 그는 디 마을로 걸어갔다. 산길을 보니 불안했다. 사람이 다닌 흔적이 너무 많았다.

나무 연기 냄새가 코끝에 스쳐, 그는 우뚝 멈췄다. 멀리서 개 짖는 소리가 들려왔다.

마을 어귀 밖에서 그는 연못 물을 마시려고 잠시 멈췄다. 그는 수면에 비친 자신의 모습에 흠칫 놀랐다. 이글거리는 눈자위가 붉게 충혈되어 있었다. 얼굴은 적갈색 털로 뒤덮여 있었다. 그는 어느 집 근처 밭에 웅크렸다. 더 이상 가까이 가고 싶지 않았다. 집 옆 선반에는 바람과 햇빛으로 말린 옥수수가 쌓여 있었다.

배고픔 때문에 다가가고 싶은 마음이 굴뚝같았지만, 뭔가 발길을 붙잡았다. 그는 여기 속하지 않았다. 동이 터 올 무렵, 그는 마침내 움직였다. 선반 아래 서서 팔을 뻗어 옥수수를 끌어당겼다. 하나, 둘, 열 개, 스무 개. 끌어 내린 옥수수를 한데 묶고 있는데, 무슨 소리가 들렸다.

쌀쌀한 새벽, 열 발짝 정도 떨어진 곳에 누더기를 걸친 소년이 맨발로 서 있었다. 얼굴은 흙투성이였고, 벌써 코가 흐르고 있었다. 자비에가 그쪽을 돌아보자, 커다랗게 뜬 소년의 눈은 한층 더 크게 열렸다. "메테." 아이는 뒷걸음질 치며 속삭이더니 돌아서서 달렸다. "메테."

자비에도 달리기 시작했다. 슬리퍼 한 짝이 돌 틈에서 벗겨지고, 나머지 한 짝도 벗어 던졌다. 까마귀가 머리 위에서 웃으며 그를 인도했다. 그는 동굴까지 달려갔다.

옥수수 하나를 모닥불에 구웠다. 재가 묻고 딱딱했지만, 그에게는 맛있었다. 그는 오랫동안 잠든 채 노인과 까마귀에 대한 꿈, 그 둘이 하나가 된 꿈을 꾸었다. 그는 자신이 이곳에 속한다는 것을 알고 있었다. 매일 밤 그는 마을에 내려가서 식량을 훔쳤다. 개가 짖으면, 사람들이 횃불과 칼을 들고 오두막에서 달려 나와 외쳤다. "메테! 메테!"

조만간 그는 길에서 창 한 주전자를 발견하게 될 것이다. 까마귀가 꿈에서 그렇게 알려주었다. 창을 발견하면, 그는 그것을 마시고 잠들 것이다. 마을 사람들이 그를 잡을 것이고, 까마귀였던 노인이 그의 머리 가죽을 벗길 것이다. 그것이 세상 이치다.

그는 행복했다.

# 19

뼈

## Bones

이 이야기는 대부분 실화다. 역사책에도 저명한 외과 의사이자 박물학자인 존 헌터 박사가 나온다. 런던 왕립 외과의학대학은 박사가 수집한 18세기의 진기한 물건과 자연의 신비 소장품을 관리하고 있다.

찰리 번 역시 역사책에 등장한다. 그는 1782년 아일랜드에서 런던으로 건너왔다. 그는 세계 최장신 사나이이자 아일랜드 왕족의 후예라는 광고 문구를 앞세워 진기한 구경거리이자 기형 인간으로 자신을 전시했다.

역사는 그들의 만남을 기술하고 있는데… 아니, 너무 앞서가는 것 같다. 그 한참 전부터 이야기를 시작해야겠다.

추운 겨울 저녁, 서리가 내려 땅이 하얗게 얼어붙은 날, 찰리 번은 석탄 난로 옆 의자에 앉아 있었다. 고작 열 살 소년이었지만, 그의 키는 이미 성인 남자만 했다. 아직 젊은 과부인 찰리의 어머니는 어깨에 숄을 두르고 손에 위스키 한 잔을 든 채 옆에 앉아 있었다. 난로 불빛에 비친 뺨은 장밋빛이었고 눈은 반짝거렸다.

"그 이야기 해주세요, 엄마." 찰리는 말했다. "내가 왜 이렇게 큰지."

그녀는 다정하게 아들을 보며 미소 지었다. "아, 그 이야기는 너도 잘 알잖니, 찰리. 내가 들려줄 필요가 없잖아."

"잊어버렸어요. 다시 들려주세요."

"좋아. 딱 한 번만이다. 잔을 채워다오, 그럼 이야기를 시작할 테니." 그는 주전자에서 어머니의 잔에 술을 따랐고, 그녀는 의자에서 좀 더 편하게 고쳐 앉았다.

"남편이 혈기 왕성한 말에서 떨어져서, 등이 부러진 지 1년 뒤의 일이었지." 그녀는 말을 시작했다. "나는 좋은 농장이 있는 과부이다 보니, 나를 처로 들이고 싶어 하는 총각 농부들이 많았어. 하지만 나는 혼자 사는 것이 좋아서 아무하고도 결혼할 마음이 없었다." 그녀는 추억에 젖어 검은 머리를 뒤로 쓸어 넘겼다. "그해 가을에 손 더못이 죽어서 상가를 찾아갔어. 늦게까지 자리를 지키다가 해가 진 뒤에 집으로 걸어가고 있었다. 인적이 드문 길이었어. 피곤해서 지름길을 택했지. '거인의 뼈 무덤' 옆을 따라 난 길이었어."

어머니는 너무나 어리석은 선택이었다는 듯 고개를 저었다. 거인의 뼈 무덤은 귀신이 나온다고 알려진 외딴곳이었다. 작물을 심을 수도 없는 돌투성이 땅, 특이한 형태의 바위들 주변에는 푸르고 억센 잡초만 무성했다. 사람들은 이 바위들이 백성을 지키기 위해 침략자에 맞서 싸우다 100년 전에 죽은 아일랜드 거인 왕의 뼈라고 했다. 왕은 아일랜드에 자신이 필요하다면 언제든지 돌아오겠다는 유언을 남겼다. 그가 밤마다 자신의 뼈가 묻힌 들판을 배회한다는 소문도 있었다. 어쨌든 사람들은 해가 진 뒤 그곳을 피했다.

뼈

"하늘에는 초승달이 낮게 걸려 있어서 앞이 간신히 보일 정도였어. 들판을 절반쯤 지났을까, 성모마리아의 가운처럼 파랗고 아름다운 불빛이 보이더구나. 난 요정의 불빛을 쫓아갈 정도로 어리석지는 않았지. 길을 따라 서둘러 집으로 걸음을 옮기고 있는데, 불빛이 춤을 추며 들판을 지나 나를 향해 오는 거야. 그때 똑똑히 보았다."

어머니는 두 손을 모으고 찰리 쪽으로 몸을 숙였다. 찰리는 그녀를 쳐다보며 숨을 죽였다. "파란 불빛은 거대한 남자가 머리에 쓴 금빛 왕관에서 빛나고 있었어. 강한 남자, 마을의 대장장이보다 더 힘센 남자, 내가 본 그 누구보다 더 큰 남자였단다. 미남에 눈빛은 검고 강렬했어. 그가 나를 쳐다보는 순간, 나는 그 자리에 얼어붙어서 도망칠 수가 없었지."

어떤 기분이었는지 느껴보라는 듯 어머니는 찰리를 뚫어지게 쳐다보았고, 아들은 부르르 떨었다. "그는 다정한 목소리로 내게 말했어. 당신은 내 아들을 가질 것이다, 당신 아들의 핏줄에는 고대의 피가 흐를 것이고, 그 아이는 아일랜드를 구할 것이다. 그는 내 손을 잡더니 부드러운 풀이 깔린 곳으로 나를 데려갔어. 거기서 그는 내 옆에 누웠고 우리는 쾌락을 누렸지. 아침에 햇살이 눈부셔서 일어나 보니, 나는 '거인의 두개골'이라고 불리는 바위 옆에 누워 있더구나." 그녀는 의자에 몸을 기댔다. "아홉 달 뒤, 네가 태어났다. 산파가 너만큼 큰 아기는 평생 처음이라고 했다. 너는 계속 쑥쑥 자랐어. 네 아버지를 닮아서 그런 게지."

찰리는 난로의 불빛을 바라보며 고개를 끄덕였다. "엄마는 아버지를 다시 만난 적 있나요?"

"아니." 그녀는 중얼거렸다. "하지만 네가 그의 아들이란 건 확실해."

"제가 아일랜드를 구해야 한다는 것도요? 언제 그렇게 될까요?"

"그건 모르겠다. 하지만 때가 되면, 네가 알게 될 거야."

찰리는 뭔가 결심한 얼굴로 난롯불을 향해 이마에 주름을 잡았다. "해야 하는 일이라면 반드시 하겠어요. 그것이 무엇인지 알 수만 있다면."

어머니의 무릎 옆에 앉아 위스키 시중을 들고 있었지만, 찰리는 그녀의 아들이 아니었다. 그는 숲과 들판의 자식이었고, 집 안 못지않게 집 밖에서 성장했다. 여름이든 겨울이든 맨발로 뛰어다니다가 발에 흙을 묻히고 검은딸기나무 잎을 머리에 잔뜩 붙인 채 어머니의 집에 돌아오곤 했다.

그는 특이한 청년이었다. 어딘가 몽상에 빠진, 별난 분위기를 풍겼기 때문에 지능이 모자란다고 생각하는 사람도 있었다. 하지만 그는 멍청하지 않았다. 그저 다른 종류의 가르침에 귀를 기울일 뿐이었다.

창문을 통해 꽃이 자라는 들판을 보고 새소리를 들을 수 있으면 읽기와 쓰기는 중요하지 않았다. 그는 새 둥지의 수학을, 구름 모양의 시를, 달팽이가 교회의 차가운 돌벽에 남긴 흔적의 필체를 이해했다.

그는 특별한 재주가 있었다. 동물들은 그를 좋아했다. 난폭한 말도 찰리가 머리를 쓰다듬어 주면 고분고분 편자를 박았다. 그가 옆에서 있으면 암소는 쉽게 새끼를 낳았다. 세월이 흐르면서 과부의 번 농장은 융성했다. 밭은 비옥했고, 암탉은 마을 어느 농장보다 더 알을 많이 낳았다. 암소는 가장 고소한 우유를 생산했고 탈 없이 새끼를 쑥쑥 낳았다.

찰리는 어머니와 같이 살면서 농장 관리를 도왔다. 겨우 열여섯 살이 되자, 그는 마을에서 가장 키가 큰 남자가 되었다. 스무 살에는 240센티미터를 기록했는데도 계속 자랐다. 그는 아일랜드를 구할 임무를 언제 맡게 될까 늘 생각했다.

어느 화창한 날, 그는 거인의 두개골 바위에 등을 기댄 채 거인의 뼈 무덤에서 졸고 있었다.

햇살로 따뜻해진 바위 표면에 기댄 채, 그는 풀잎을 스치는 바람 소리와 초원에서 씨앗을 찾는 높고 가느다란 새소리에 귀를 기울였다. 종달새가 풀밭에서 날아와 바위 위에 내려앉았다. 찰리가 손을 뻗자 새는 그에게 날아왔다. 그는 한 손가락으로 부드럽게 새의 머리를 쓰다듬었다. 찰리의 손길이 멈추자, 종달새는 고개를 뒤로 젖히고 피리처럼 노래하더니 그의 손가락에서 훌쩍 날아올랐다.

찰리는 새가 날아가는 것을 바라보며 옆에서 풀잎 하나를 뜯어 달콤한 풀대를 씹었다. 몸 아래 땅은 따뜻했다. 햇살이 얼굴을 비추고 있었다. 바위가 이 초원의 것이듯, 그 역시 이 초원의 자식이었다. 언제까지나 여기 머물러야 한다는 생각이 들 때도 있었다. 풀이 훌쩍 머리 위로 자라고, 화강암 바위를 간질이는 그 뿌리가 자신의 피부를 간지럽힐 때까지.

바람이 목소리를 실어 왔다. 근처 밭의 이웃 농부들이 점심을 먹기 위해 일손을 멈춘 것 같았다. 저 멀리 새소리, 야생화 사이를 윙윙 날아다니는 벌 소리에 섞여 묵직한 목소리가 들려왔다. 찰리는 소리들에 몸을 맡겼다.

"패트릭은 영국으로 갔어." 한 남자가 말했다. 나이 지긋한 농부 믹의 음성이라는 것을 알 수 있었다. 패트릭은 그의 장남이었다. "부자가 되지 않으면 아예 안 돌아올 거라는군."

"아예 안 오겠구만." 동료가 중얼거렸다.

또 다른 이웃인 존 같았다.

"젊은 애들이 고향으로 돌아오는 거 봤나? 우리 집을 봐. 아내는 튼튼한 아들을 다섯이나 낳아줬어. 하느님이 데려가신 두 녀석은 천국에서 천사들과 행복하게 지내고 있겠지. 하지만 나머지 셋은 영국에 가버렸어. 런던에 있는 아들보다 천사들과 지내는 아들들이 집에 돌아오기를 기다리는 게 더 나을 거라고 봐."

"그래, 그게 사실이지." 믹은 서글프게 말했다. "아버지 농장을 돌보겠다고 돌아오는 아들은 본 적이 없어."

잠시 말이 끊기고, 주전자에서 콸콸 맥주 따르는 소리가 들려왔다.

"매일 밤 잠자리에 들 때마다 내가 죽으면 이 땅은 누가 경작하나 싶지." 존은 나직하게 말했다. "넓은 땅도 아니고 우리 식구 입에 풀칠하기도 버겁지만. 그래도 내 아버지의 땅, 아버지의 아버지가 갈던 땅 아니야." 맥주를 한 모금 들이키는지 존의 말은 잠시 끊겼다가 다시 이어졌다.

"아들이 다섯인데 밭 가는 걸 도와줄 사람이 하나도 없다니, 슬픈 일이야."

"무언가 잘못됐어." 믹이 말했다. "제일 잘난 자식들은 죄다 영국으로 도망가서 돌아오지 않는다니, 무언가 잘못된 거야."

존은 냉소적으로 웃었다. "맞아, 우리는 우리 자신을 지켜야 해. 빌어먹을 영국인들은 더 이상 칼로 싸우지 않아. 달콤한 약속과 금은 보화로 아이들을 꾀어낸다고. 속 시꺼먼 사기꾼들."

"맞아." 믹은 서글프게 동의했다. "그런 놈들이야."

남자 둘은 잠시 조용히 앉아 있었다. 존이 다시 입을 열었다. "자넨 저 바위만 쳐다보더군. 옛날이야기 같은 게 도움 될 리가 있나."

믹의 음성은 부드러웠다. "때로 전설 속의 왕이 뼈 무덤에서 일어나는 생각을 해. 왕이 눈앞에 나타난다면 아이들을 집으로 보내달라고 부탁하고 싶어. 런던으로 가서 우리의 아들과 딸들을 돌려보내 달라고."

존은 코웃음을 쳤다. "마법이 우릴 구해줄 거라고 믿다니, 생각보다 덜떨어진 작자였군그래. 마법 따위는 없어. 바위와 무성한 수풀뿐이야. 마법은 오래전에 사라졌다고."

찰리는 미간을 찌푸렸다. 존은 불행한 남자였다. 울분으로 가득하고 지친 사람, 자기가 경작하는 땅만큼 메마른 사람이었다. 왜 그아들들이 모두 떠나고 딸들이 일찌감치 결혼했는지 알 것 같았다.

"아, 글쎄." 믹은 말했다. "소원만 빈다고 땅이 저절로 갈리지는 않지. 일이나 하러 가자고."

목소리는 사라지고, 다시 웅웅거리는 벌 소리와 풀잎 사이 바람 소리만 남았다. 찰리는 햇빛을 향해 고개를 비스듬히 들고 생각했다.

생각이라는 것을 할 때면 찰리는 불편했다. 하지만 믹이 한 말을 생각해 보지 않을 수 없었다. 안 그래도 얼마 전부터 뭔가 잘못됐다는 기분, 명치 끝에 뭔가 걸린 듯한 불편한 감각을 느끼던 참이었다. 그는 이웃의 아들들과 딸들이 돌아오겠다는 말을 남기고 아버지의 농장을 떠나 영국으로 가는 것을 보아왔다. 땅이 돌아오라고 외치는데도 그들은 돌아오지 않는다.

찰리는 꿈을 꿨다. 아이들이 모두 사라진 세상. 늙은 남녀가 농장을 경작하고, 도망쳐 돌아오지 않는 아들딸을 생각하며 흐느끼는 세상.

햇살 아래 깜빡 잠들었던 모양이었다. 풀숲에 그렇게 누운 채 자기도 모르는 사이에 잠과 꿈의 가느다란 경계를 조용히 넘은 것 같았다. 해는 기울었고, 바위는 초원에 긴 그림자를 드리우고 있었다.

그는 발소리를 듣고 고개를 들었다. 왕관을 쓴 키 큰 남자가 서글픈 눈으로 그를 바라보고 있었다. 찰리는 허둥지둥 일어섰다.

어머니의 묘사와 완전히 일치하지는 않았지만, 그는 아버지를 알아보았다. 왕의 눈은 강렬하다기보다 서글프고 구슬펐다. 미남은 아니었다. 얼굴은 넓적했고 상냥해 보였다.

수염 가닥에 이끼가 자라고 있는지, 희끗희끗한 턱수염에 녹색이 감돌았다. 그는 녹슨 쇠판을 가죽끈으로 한데 엮은 갑옷을 두르고 있었다. 작고 보송보송한 꽃송이가 끈 사이에서 자라나 있었다. 왕관은 썩어가는 나무가 발산하는 묘한 형광처럼 희미한 푸른빛으로 빛나고 있었다.

왕은 가까운 바위에 털썩 주저앉았다. "네 차례가 왔다, 아들아." 구슬픈 어조, 부드럽고 낮게 울리는 목소리였다. "영국으로 가서 아일랜드의 아들딸을 고향으로 데려와라."

찰리는 열렬히 고개를 끄덕였다. "알겠습니다. 고향으로 데려오지요."

왕은 땅을 응시했다. "아직 여기에는 마법이 남아 있어. 어떤 이들은 그걸 알아보지 못하지만." 그는 찰리를 찬찬히 보았다. "임무를 마치면 이곳으로 돌아오너라. 네가 있을 곳은 여기다. 너는 마법과 힘의 일부야. 이곳이야말로 네가 죽어 묻혀야 할 장소다."

찰리는 얼굴을 찡그렸다. 자기가 죽은 뒤의 이야기를 굳이 할 필요가 있나. 그는 젊고, 강했고, 아버지가 원하는 일을 기꺼이 하고 싶었다. "네, 네. 이해합니다."

왕은 옆구리에 매달린 칼집으로 손을 뻗어 검을 뽑았다. 갑옷처럼 녹슬었지만, 칼자루에서는 보석이 빛났다. "이건 내 검이다. 어쩌면 도움이 될 것이야." 그는 미심쩍은 눈으로 검을 보았다. "이건 내 아버지가 쓰던 검이고, 아직 얼마간 마법이 깃들어 있다."

찰리는 칼자루를 잡고 아버지에게 어색하게 절했다.

잠에서 깨보니 주변은 어두웠다. 풀은 이슬이 내려 축축했고, 아까 검이 있던 자리에는 곧게 뻗은 산사나무 지팡이가 놓여 있었다. 지팡이를 집어 들자, 잠깐 새봄이 찾아오기라도 한 듯 마른 나무에서 흰 꽃이 피고 녹색 싹이 텄다. 찰리는 이맛살을 찡그리고 꽃을 털어냈지만, 그럴수록 꽃은 계속 피어났다. 마침내 포기한 그는 봄 향기를 물씬 풍기는 작고 흰 꽃으로 장식된 지팡이를 들고 걸음을 옮겼다.

8월마다 농부들은 더블린에서 멀지 않은 도니브룩 장터에 모여 경마를 하고, 소를 팔고, 위스키를 마시고, 싸움을 벌이곤 했다. 그해 마지막 장날, 회색빛 하늘에 안개비가 부슬부슬 내리고 있었다. 장터의 단단한 흙도 물이 차 번들거리는 진구렁으로 변했다.

조 밴스는 축축한 날씨에 잔뜩 어깨를 웅크린 채 인파를 헤집고 대충 지은 가판과 축 처진 텐트 사이 통로를 지나고 있었다. 시골 사람들은 비를 아랑곳하지 않는 것 같았다. 동전 따먹기 놀이를 하고, 펀치 앤 주디 쇼를 빤히 쳐다보고, 끔찍한 손풍금의 소음을 들으며, 벼룩투성이 원숭이의 익살에 웃고 있었다.

오전 내내 밴스는 지나가는 농부들에게 종지 세 개와 마른 완두콩 하나로 하는 단순한 게임을 권했다. 어느 종지 아래 콩이 숨어 있는지 알아맞히면 이기는 놀이였다. 하지만 구경꾼들은 별로 관심을 보이지 않았다. 밴스는 5시간이나 부슬비를 맞으며 동전 한 닢 없는 구경꾼들을 향해 호객하다 판을 접은 참이었다.

똑같은 게임을 하는 야바위꾼이 얼마 전에 다녀가서 다들 수법을 알고 있는 것 같기도 했다. 어쨌든 밴스는 시골이 지긋지긋했고, 금화 한두 닢 정도는 충분히 벌 수 있는 런던으로 빨리 돌아가고 싶었다.

통로 끝에 이르자, 구경꾼들이 젊은이 한 사람을 둘러싸고 있는

뼈

것이 눈에 띄었다. 젊은이는 상자를 딛고 올라서 있는 것 같았다. 구경꾼 중 가장 큰 남자보다 훨씬 더 컸다. 그의 어깨에는 들종다리 한 마리가 얌전히 앉아 있었다. 밴스가 지켜보는 가운데 종다리는 고개를 뒤로 젖히더니 높다랗게 성대를 한 번 울리고 곱게 노래했다. 새소리는 웅성거리는 군중의 소음과 손풍금 소리를 뚫고 널리 퍼졌다.

"저거 길들인 새요?" 밴스는 구경하던 남자에게 물었지만, 남자는 어깨만 으쓱했다. 밴스는 사람들을 밀고 가까이 다가갔다. 새장에 갇힌 되새가 런던 상류층 사이에서 상당히 인기를 끄는 것은 봤지만, 그 새는 그냥 파닥거리며 노래하는 것밖에 다른 재주는 없었다. 종달새를 길들일 수 있다면 큰돈을 벌 수 있을 것이다.

밴스가 구경꾼 맨 앞줄에 나서는 순간, 새는 노래를 마치고 날아올랐다. 새를 어깨에 얹고 있던 젊은이는 미소 짓더니 마치 따라가려는 듯 한 걸음 내디뎠다. 순간 밴스는 청년이 상자를 딛고 선 것이 아니라는 걸 깨닫고 놀랐다. 맨발로 진구렁을 단단히 밟고 서 있는 청년은 인파 속의 남자들보다 최소한 60센티미터는 더 커 보였다. 여행의 먼지가 잔뜩 묻은 거친 모직 옷차림으로 보아 시골 청년 같았다. 그는 한 손에 흰 꽃으로 장식한 나무 지팡이를 들고 있었다.

밴스는 종달새도, 새와 함께 날아가 버린 큰돈에 대한 기대도 잊었다. "이야, 대체 키가 얼마나 되는 거요?" 밴스는 고개를 쳐들며 물었다.

젊은이는 밴스를 내려다보며 어깨를 으쓱했다.

"데리 군에서는 제일 큽니다."

"내가 평생 본 사람 중에 제일 크군." 밴스는 말했다. "몇 살인가?"

"올여름에 스무 살입니다."

"기가 막히는군." 밴스는 중얼거렸다. 그는 눈으로 청년의 키를 가늠해 보았다. 런던 사람들은 진기한 구경거리에 언제나 기꺼이 돈을 낸다. "250센티미터는 족히 되겠어. 이름이 뭔가, 젊은이?"

"찰리 번입니다."

"내 이름은 조 밴스야, 찰리. 만나서 반갑네. 자넨 쓸 만한 청년이야, 찰리, 아주 쓸 만해. 솔직히 말하자면, 자네 같은 젊은이는 본 적이 없어. 그 자체로 볼거리가 아닌가."

찰리의 눈은 순진무구하고 맑은, 여름 하늘처럼 연하고 투명한 파란색이었다. "어디서 오셨습니까?"

"런던, 세상에서 가장 멋진 도시지."

찰리는 밴스를 빤히 쳐다보았다. "궁금한데요, 런던에 아일랜드인이 얼마나 있을까요?"

"아일랜드인? 흠, 데리 군의 아일랜드인을 다 합쳐도 세인트 자일스 루커리에 더 많을 거라는데 반 크라운 걸지." 밴스는 열심히 말했다. "런던에 있으면 고향이 그립지는 않을 거야."

찰리의 얼굴에는 가식이 없었다. 바보의 순수한 얼굴이었다. "저는 런던에 가고 싶습니다."

밴스는 일이 잘 풀린다 싶어 미소 지었다. 마침내 행운이 굴러 들어온 것 같았다. "자넬 처음 보는 순간부터 알았어, 찰리. 세상 구경을 하고 싶어서 좀이 쑤시는 모험심 넘치는 청년이라는 걸. 자넨 행운

　　　　　　　　　　　　　　　　　　　뼈

아라네, 찰리. 아주 행운아야." 밴스는 가까이 다가서서 팔을 뻗어 찰리의 어깨에 손을 얹었다.

"런던에 데려다주지. 이제 내가 자네 매니저야. 나는 특별한 재능을 지닌 사람들을 찾아서 도와주는 일을 하고 있어. 다듬는 거지, 말하자면. 런던에서 나는 브루징 펙의 매니저로 일했어. 들어본 적 있나?"

찰리는 고개를 저었다.

"런던 최고의 여성 투사였지. 펙이 링에 오르면 함성 소리가 몇 킬로미터 밖까지 들릴 정도였으니까. 은퇴한 게 안타까워." 그녀가 은퇴 결정을 내린 이유는 한쪽 다리가 부러지고 주먹으로 맞는 바람에 한쪽 귀가 들리지 않게 되었기 때문이라는 말은 굳이 할 필요가 없을 것 같았다. 밴스는 런던의 싸구려 셋방에 펙을 버리고 일주일 치 집세만 남겨주었다. 일단 나머지 수입을 들고 잠시 런던을 떠나 있는 것이 좋을 것 같았다. "자네를 런던에 데려가 주지." 밴스는 말을 이었다. "자네에게는 좋은 기회가 될 거야, 아주 좋은 기회."

찰리는 곧 더블린에서 영국으로 향하는 범선에 오르게 되었다. 항해 첫날 밤늦게, 침대와 옷에서 들끓는 이 때문에 잠에서 깬 톰 돌랜드는 갑판으로 올라갔다. 차가운 공기를 마시며 움직이니 이가 잠잠해지는 것이 다행이었다. 좁은 침대로 돌아가면 다시 이가 돌아다닐 것 같아서, 그는 바깥 공기를 마시며 계속 서성거렸다.

하늘 높이 뜬 반달이 갑판을 비추며 난간에 묶인 상자와 들통, 짐 꾸러미에 은빛을 드리웠다. 바람이 잠잠했기 때문에 배는 물 위에서 거의 움직이지 않았다. 톰은 난간에 몸을 기대고 바다를 내다보았다.

"기분 좋은 저녁이군요." 커다란 상자 옆 어둑한 그늘에서 묵직한 목소리가 말을 건넸다.

톰은 눈을 가늘게 뜨고 목소리가 들린 그늘을 바라보았다.

"밖에서 잠을 청하기에는 쌀쌀한 날씨인데요." 그는 말했다.

"객실에 사람이 너무 많아요." 목소리는 말했다.

톰은 고개를 끄덕였다. 객실은 앞 갑판 쪽의 축축한 공간이었다. 이번 항해처럼 배가 여객을 가득 실으면, 좁은 공간은 터질 것처럼 북적거렸다.

"런던까지 얼마나 걸리나요?" 목소리는 물었다.

톰은 별을 쳐다보았다. "바람이 없으면 바다에서 며칠씩 걸릴 수도 있어요."

"아." 그늘 속의 남자는 말했다. "그렇습니까?" 갑판 삐걱거리는 소리가 들리더니, 커다란 그림자가 모습을 드러냈다. 아주 큰 그림자였다. 톰보다 60센티미터 이상 큰 것 같았다. 톰은 거인을 올려다보았다. 어느 선원에게서 키가 아주 큰 남자가 손님으로 탑승했다는 말을 듣기는 했지만, 톰은 선원의 말이 과장일 거라고 생각하고 있었다.

"진짜 큰 분이군." 톰은 마침내 말했다.

"저는 제 아버지의 아들입니다." 거인은 톰 옆에서 난간에 기댔다. 그는 잔잔한 바다를 응시하며 고개를 저었다. "런던에 급한 용무가 있어요."

톰은 어깨를 으쓱했다. "급히 가야 한다면, 하늘이 도와야겠지."

뼈

그는 불경스럽게 말했다. "바람을 불러 배를 빨리 보내달라고 기도라도 해보시오."

거인은 톰의 말투에도 불쾌한 기색이 없었다. "바람이라." 그는 혼잣말했다. "아일랜드에서 우리를 떠나보내 줄 바람." 그는 손을 움직였고, 그제야 그가 들고 있던 지팡이가 톰의 눈에 띄었다. 거인은 지팡이를 보며 인상을 쓰더니 지팡이를 조심스럽게 난간 너머로 내밀고 원을 그렸다. 상쾌한 바람이 톰의 얼굴에 불어왔다. 미소 지으며, 거인은 다시 지팡이를 흔들었다. 돛에 바람을 가득 안은 범선은 영국 해안을 향해 부드럽게 미끄러지기 시작했다.


런던은 찰리가 상상했던 것보다 컸다. 많은 사람들이 각자의 용무로 여기저기 북적거렸다. 조 밴스가 없었다면 금세 길을 잃었을 것이다. 찰리는 가게 문간에 걸린 나무 간판을 피하려고 허리를 굽혀가며 좁고 구불구불한 길로 작은 남자를 따라갔다. 밴스는 복잡한 거리를 거침없이 누볐다. 말이 끄는 마차도 요리조리 피하고, 수레와 바구니에 과일을 내다 파는 행상을 밀치기도 하고, 악취를 풍기는 가축 내장과 말똥도 잽싸게 피해 다녔다.

찰리는 보조를 맞추느라 정신이 없었다. 추위를 막기 위해 어깨에 검은 숄을 단단히 두른 채 길모퉁이에서 오렌지를 파는 아일랜드 여자가 눈에 띄었다. 잠시 멈춰 이야기를 나눠보고 싶었지만, 밴스가 계속 걸음을 재촉했기 때문에 혹시 안내자를 잃을까 봐 걱정스러웠다. 꽃을 파는 어린 아일랜드 소녀도 눈에 띄었다. 하지만 찰리는 밴스를 따라가느라 바빠서 말 한마디 나눠볼 수가 없었다. 그가 지나갈 때마다 사람들은 그를 뚫어지게 쳐다보고, 친구를 부르고, 그를 가리켰다.

밴스는 좁은 거리에서 더 좁은 골목으로 꺾었다. 공동주택 사이로 가늘게 이어지는 저녁 하늘은 안개 낀 회색이었다. 공기는 축축하고 차가웠다. 건물 사이에 매단 세탁물이 바람 한 점 없는 대기 속에서 축 늘어져 있었다. 소년들이 거리 저쪽 끝에서 구슬치기를 하고 있었다. 돼지 두 마리가 도랑에 흩어진 짚 위에서 잠들어 있었다. 찰리가 지나가자, 둘 중 큰 돼지가 고개를 들고 킁킁거리면서 거인을 막연히 알아보는 듯 작은 눈으로 쳐다보았다.

골목은 아주 좁은 사각의 회색 하늘만 남기고 높은 건물들이 사방을 에워싼 작은 안뜰로 이어졌다. 밴스는 옆집 지팡이 가게의 바니시 냄새가 밴 복도로 들어가서 계단 위를 향해 소리쳤다. 계단으로 내려온 여자가 그를 보더니 놀라움과 기쁨, 약간의 나무람이 섞인 비명을 질렀다.

"맙소사, 이게 누구야, 조 밴스. 그동안 어디 있었어? 이 나쁜 사람 같으니."

밴스와 여자가 이야기하는 동안, 찰리는 마당에서 좁은 하늘을 쳐다보며 기다렸다. 펙이라는 사람에 대해 두런두런 말하는 소리가 들렸다. 밴스는 마음에 없는 목소리로 말했다. "부디 명복을." 하지만 찰리는 별 관심 없었다.

피곤하고 혼란스러웠다. 발아래 단단하게 느껴지던 아일랜드의 흙이 그리워서, 배에서부터 줄곧 불편했다. 밴스에게 털어놓으니, 그는 뱃멀미라면서 다시 땅을 밟으면 그런 기분도 사라질 거라고 했다. 하지만 멀미는 계속되었다. 배 속이 허한 느낌, 속이 텅 비었지만 주린 느낌이 없는 그런 기분이었다. 그는 지금 신발을 신고 있었다. 더블린에 도착하자마자 밴스가 꼭 신어야 한다고 했다. 발에 와 닿는 정직한 흙의 촉감이 그리웠다.

"찰리, 이리 와. 메리가 방을 마련해 줄 거야."

밴스는 이 집이 낯익은 것 같았다. 여자는 가구가 딸린 거실과 거기 붙은 침실을 보여주었다. 침실은 어둡고 추웠지만, 밴스가 어떻게 생각하느냐고 묻자 찰리는 어깨만 으쓱했다. 런던에 오래 있을 생각이 아니었기 때문에, 방은 자세히 보지도 않았다. 아일랜드인들을 모은 뒤에 바로 돌아갈 것이다. 그러니 방이 이러니저러니 트집 잡는 건 부질없는 짓이다.

밴스는 방을 둘러본 뒤에 오늘 할 일이 많다고 찰리를 재촉했다. 그들은 양복점에 찾아가서 찰리의 옷을 짓기 위해 치수를 쟀다. 그런 다음 모닝헤럴드 신문사에 찾아가서 광고를 신청하고 전단도 주문했다. "세계 최장신 남성! 이렇게 써주시오."

밴스는 직원에게 말했다. "세계 8대 불가사의."

밴스가 직원과 이야기하는 동안, 찰리는 밖으로 나갔다. 그는 좁은 거리를 둘러보았다. 저 멀리 탁 트인 하늘과 녹지가 눈에 띄었다. 그는 밴스를 남겨두고 녹지를 향해 걸음을 옮겼다.

템스강이 런던을 가로지르며 도시에 물을 공급하고 쓰레기와 하수를 실어 나가고 있었다.

거리를 걷다 보니, 어느새 강으로 내려가는 계단이 나왔다. 강둑에 키 큰 나무가 늘어서서 회색 돌로 이루어진 도시의 쉼터 역할을 하고 있었다. 나무 위에 새가 노래하고 있었다.

찰리는 돌계단에 앉았다. 바다 갈매기가 옆에 내려앉더니 양옆으로 고개를 까딱까딱 움직이며 양쪽 노란 눈으로 번갈아서 그를 관찰했다. 찰리는 새를 향해 미소 짓고 고개를 들어 태양을 바라보았다. 강물이 계단 맨 아랫단에 부드럽게 철썩이며 자기만의 언어로 위로의 말을 속삭여 주었다. 거기서 그렇게 쉬면서 태양의 따뜻함을 빨아들이고 있으니 찰리는 자신의 힘 일부가 되돌아오는 것을 느꼈다.


숀은 템스강 진흙 속에서 돈이 될 만한 쓰레기를 수집하는 일로 생계를 유지하는 지저분한 부랑자 무리 중 하나였다. 썰물이 되면, 그와 형제 둘은 더러운 물을 헤치고 강에 들어가 밧줄 토막이나 녹슨 쇳조각 같은 것을 찾아 고물상에 팔거나 어머니가 집에서 땔 석탄을 주웠다.

숀은 일곱 살이었고, 여섯 살 때부터 강을 뒤졌다. 부두 노동자였던 아버지는 뱃짐 사이에 몸이 끼는 사고를 당해 세상을 떠났다. 숀의 아버지가 죽은 뒤, 가족은 생계가 곤란해졌다. 어머니는 일거리가 있을 때마다 가정부 일을 했고, 아이들은 모두 쓰레기를 뒤졌다.

따뜻한 날에는 강물에 들어가는 것이 그리 어렵지 않았다. 물에서 기어 나오면 해가 이따금 나와 몸을 데워주었다. 하지만 바람이 불면 고역이었다. 그저 차가운 진흙, 차가운 물, 칙칙한 회색 하늘뿐이었다.

오늘은 화창한 날이었지만, 숀과 형제들은 운이 좋기도 했고 불운하기도 했다. 남자들이 배를 수리하고 있는 부둣가에서 아이들은 10여 개의 구리 못을 주웠다. 반 페니 정도 받을 수 있는 물건이었다. 이건 행운이었지만 불운도 따랐다. 숀은 못을 밟았고, 못이 발바닥에 깊숙이 박혔다. 선원들은 아이들을 부두에서 쫓아냈지만, 숀은 아파서 제대로 뛸 수가 없었다. 몇 시간이 지난 지금까지도 발이 화끈한 통증으로 욱신거렸고, 숀은 상처가 진흙에 닿지 않도록 발꿈치를 들고 절뚝거리며 형들을 따라다녔다.

"저기 봐." 맏형 데이비드가 외쳤다. "강가 계단." 숀이 지금까지 본 가장 큰 남자가 물로 내려가는 돌계단에서 햇볕을 쬐고 있었다. "이리 와봐. 말을 걸어보자."

세 소년은 남자의 몸집에 놀라 눈을 휘둥그레 뜬 채, 조심스럽게 다가갔다. 어머니가 옛날 아일랜드에 살았던 거인 이야기를 해준 적이 있었다. 그런 이야기 속에서 빠져나온 사람 같았다.

숀이 얕은 물에서 몇 미터 거리로 다가가자, 거인은 눈을 떴다. "안녕하세요, 아저씨." 셋 중 가장 대담한 데이비드가 입을 열었다. "불쌍한 아이들을 위해서 1페니 동전 한 닢만 주세요."

거인은 그들을 보며 눈을 깜빡였다. "1페니?" 그는 고개를 저었다. "한 푼도 없어. 조 밴스는 내가 곧 부자가 될 거라고 했지만 말이다."

숀은 그의 상냥한 말투에 용기를 얻어 가까이 다가갔다. "아저씨는 키가 크네요. 동화 속에 나오는 그런 거인이에요?"

남자는 고개를 끄덕였다. "내 아버지는 거인이었어. 나도 그런 것 같아." 그는 손을 내밀었다. "물에서 나오렴." 그는 손을 물에서 끌어 올려주었다. "옳지, 거기 앉아라."

손은 절뚝거리며 계단을 올라 거인 옆에 앉았다. 형들은 멍하니 쳐다보며 안전한 강물 안에 그냥 서 있었다. 하지만 거인은 친절한 사람 같았다.

"발은 어떻게 된 거니?" 거인은 물었다.

"못에 찔렸어요." 손은 상처를 확인하기 위해 다리를 굽혀 발을 꼬아보았다. 상처 주위 피부는 짙은 보라색이었다. 차가운 강물이 통증을 마비시켰지만, 진흙을 닦아내려던 손은 욱신거리는 아픔에 얼굴을 찌푸렸다.

거인의 커다란 손이 손의 손과 발을 함께 넉넉히 감쌌다. "그렇게 찌르지 마라, 녀석아. 그냥 둬. 내가 어떻게, 해볼까?" 거인의 손은 따스해서 아픔을 달래주는 것 같았다.

소년은 거인을 멍하니 쳐다보았다. "아저씨 의사예요?"

거인은 고개를 저었다. "의사는 아니야. 하지만 가끔 상처를 낫게 하는 힘이 있는 것 같긴 해." 그는 입술을 적셨다.

그렇게 키가 큰데도 그러고 있으니 거인은 손보다 그다지 나이가 많은 것 같지 않았다. "아버지가 내게 마법의 검을 주셨어." 거인은 나직하게 말하며 계단에 기대 세워둔 튼튼한 나무 지팡이 쪽으로 고갯짓을 했다. "저기에 힘이 있단다. 원하면 만져보렴."

손은 손을 뻗어 지팡이에 자라난 흰 꽃을 만져보았다.

"아일랜드에서 왔니?" 거인은 물었다.

숀은 고개를 저었다. "엄마가 아일랜드 사람이에요. 난 가본 적이 없어요."

"아. 그럼 너도 아일랜드 혈통인 셈이야." 그는 천천히 고개를 끄덕였다. "나는 아일랜드인을 고향으로 데려가려고 왔단다. 너도 나랑 같이 가자."

비록 어리지만, 숀은 세상 물정을 알 만큼 알았다. 그는 거인을 향해 얼굴을 찡그렸다. "우린 아일랜드에 못 가요. 뱃삯이 없는걸요."

뱃삯 생각은 미처 못 해봤는지, 거인은 침통한 얼굴로 그를 바라보았다. "브랜 대왕은 영국과 아일랜드 사이의 강을 걸어서 건넜었지. 그러면 아일랜드인들을 고향으로 데려갈 수 있었을 거야. 나보다 더 큰 거인이었으니까." 그는 미간에 주름을 잡으며 망설였다. "어쩌면 우리도 걸어갈 수 있을지 몰라."

숀은 고개를 저었다. "바다를 걸어서 건널 수는 없어요."

거인은 서글픈 얼굴이었다. 숀은 도움이 될 만한 걸 생각해 내려고 열심히 머리를 굴렸다. "모세는 바닷물을 갈랐어요." 너무 피곤하지 않은 밤이면, 어머니는 아이들에게 성경 이야기를 꼭 해주곤 했다. "혹시 그렇게 할 수도 있지 않을까요?"

거인은 템스강을 바라보았다. 그는 지팡이를 들더니 물을 밀어내려는 듯 흔들었다. "물러나라." 그는 호령했다. "마른 땅을 보여다오."

물은 느릿느릿 순종했다. 계단 밑바닥부터 슬슬 수면이 뒤로 물러나자 검은 강바닥의 진흙이 드러났다. 물은 몇십 센티미터 정도 물러가다가 멈췄고, 거인은 말 안 듣는 소를 몰듯 다시 지팡이를 흔들었다. "가거라. 움직여." 물은 60센티미터 정도 더 물러가서 유리처럼 매끈하고 반짝이는 녹갈색 벽을 형성했다. 숀의 형들은 발목 깊이까지 진흙에 빠진 채 드러난 자기 발을 놀란 눈으로 응시했다.

"찰리! 어디 있어, 이 한심한 아일랜드 놈 같으니! 찰리!"

성난 목소리를 듣더니, 거인은 지팡이를 내려놓았다. 물은 다시 제자리로 돌아와 계단 맨 밑바닥에서 다시 조용히 찰랑였다. 숀은 계단에서 내려서서 다시 안전한 강으로 돌아갔다. 작은 남자가 계단 꼭대기에 나타나서 거인을 보더니 다시 소리쳤다.

"어디 있었나, 찰리?"

"여기 강변에." 거인은 조용히 품위 있게 대답했다. "이 녀석들과 이야기하고 있었습니다. 아일랜드 출신이에요."

밴스는 숀 형제들을 노려보았다. "런던 넝마주이 절반은 다 아일랜드 출신이야. 자, 가자고, 찰리. 처리해야 할 일들이 있어."

"우리 민족입니다, 조. 내가 곧 아일랜드에 데려가야 할 사람들이에요."

밴스는 초조하게 고개를 끄덕였지만, 목소리는 누그러졌다.

"당연하지, 찰리. 하지만 지금은 가봐야 해."

숀은 거인이 멀어지는 모습을 바라보았다. 형들을 따라 걸음을 옮기던 그는 발이 더 이상 아프지 않다는 것을 그제야 깨달았다.

그날 밤 그는 난롯가에 앉아 상처를 찾았다.

발바닥은 매끈하고 티끌 하나 없었다. 구멍이나 상처, 긁힌 자국 도 전혀 없었다.

코번트 가든에는 정원이 없다. 코번트 가든이라고 불리는 광장은 세인트폴 교회에서 아주 가까운 런던 웨스트엔드의 중심가였고 아일랜드인들이 거주하는 슬럼가 세인트 자일스 루커리의 쓰러져 가는 연립주택에서 멀지 않았다. 낮에는 과일과 채소를 파는 행상들이 광장을 가득 메웠다. 물건을 선전하는 상인과 연예인 지망생들이 서로 질세라 목소리를 높이고 있었다. 날카로운 칼을 던지는 저글러, 살아 있는 쥐와 뱀을 삼키는 웨일스인, 뒷다리로 선 채 손풍금 음악에 맞춰 춤추는 원숭이를 데리고 있는 남자, 밧줄 위에서 걷는 닭을 선보이는 또 다른 남자.

인근 드루리 레인에서는 신사들이 닭싸움에 돈을 걸고 있었다. 둥근 판 돌리기나 주사위 굴리기를 통해 승부가 결정 나는 게임을 좋아하는 도박사들은 커피숍에서 룰렛과 패로, 브랙과 배셋, 크림프, 해저드, 롤리폴리 등을 하고 있었다. 저녁 도박판이 끝날 무렵 돈을 딴 도박사들은 광장 남쪽에 있는 마더 니덤, 마더 콜 등 런던의 유명한 매음굴로 향했다.

캐슬린이라는 아일랜드 여자도 코번트 가든에 가판을 차려놓고 있었다. 얼굴은 충분히 예뻤다. 이목구비도 뚜렷했고, 눈동자는 바다 색이었다. 하지만 사람들은 대체로 그녀의 눈이나 얼굴을 주목하지 않았다. 대신 행상인의 짐보따리처럼 등에서 툭 튀어나온 혹에 시선을 주었다. 캐슬린은 선천적인 꼽추였고, 덕분에 생계를 꾸렸다.

그녀는 손금을 읽고 점 보는 일을 했다. 신사들이 도박하는 톰 킹 커피하우스에서 멀지 않은 곳에 가판이 있었고, 많은 도박사들이 행운의 상징으로 그녀의 혹을 만지러 들렀다. 오늘 밤 도박을 할까 말까 묻는 사람도 있었다. 캐슬린은 그들의 손바닥을 들여다보고 조언을 했다. "오늘 밤은 아닙니다. 달이 좋지 않아서 행운이 따르지 않을 겁니다." "판 돌리기만 하세요. 주사위는 당신 편이 아니군요." 생과일을 사러 나온 여자들은 캐슬린에게 1페니를 건네고 잘생긴 젊은이에 대해 물었다. "그의 마음은 가짜예요, 아가씨." 그녀는 말했다. "다른 데서 진정한 사랑을 찾아보아요."

어느 화창한 아침, 그녀는 가판 밖 의자에 앉아 낮의 온기를 뼛속 깊이 빨아들이고 있었다. 고약하던 날씨가 맑아진 탓에 혹이 엄청나게 쑤셨다. 어떤 아픔도 낫게 해준다고 행상이 장담한 연고를 발랐지만, 통증은 그대로였다.

채소를 파는 농부들의 외침 위로 상쾌한 새소리가 들려왔다. 누가 새를 팔려고 가지고 나왔나 싶어 그녀는 주위를 둘러보았다. 남자들이 새장에 든 새를 장터에 갖고 나오거나 소년들이 새 둥지를 팔러 나오는 것은 런던에 봄이 다가왔다는 최초의, 때론 유일한 징조였다.

새소리가 다시 들려 고개를 들어보니, 천막의 장대 위에 새 한 마리가 앉아 있었다. 새는 고개를 뒤로 젖히고 다시 한 곡조 달콤한 노래를 불렀다.

"저기 봐." 사과 장수가 외쳤다. 목소리가 들리는 쪽을 돌아보자,

인파 위로 우뚝 서 있는 한 남자가 눈에 띄었다. 시골 청년 같은 복장이었고, 산사나무꽃 장식을 한 지팡이를 지니고 있었다.

"맞습니다, 다들 여기를 보세요." 거인 옆에서 걷던 키 작은 남자가 말했다. "내 이름은 조 밴스, 이쪽은 찰리 번입니다. 아일랜드의 거인, 제왕의 후예죠. 장담하지만 이런 사람은 아무도 본 적이 없을 겁니다. 친구들에게 보러 오라고 전하세요. 일요일을 제외하고 매일 보여드립니다."

작은 남자가 떠들썩하게 선전하는 동안, 키 큰 남자는 온갖 소음과 북적거리는 인파에 얼떨떨한 기색이 역력한 얼굴로 군중들을 둘러보았다. 덩치만 아니라면, 그냥 처음 대도시를 찾아온 학생 같았다.

캐슬린이 그를 향해 미소 짓자, 그도 상냥하게 미소지었다.

"안녕하세요." 그녀는 외쳤다. "점 안 보시겠어요, 찰리 번? 제왕의 후예는 공짜예요." 공짜로 점을 보아준다 해도 손해 볼 것이 없다. 이목이 집중될 테니 거인이 간 뒤에 손님을 끌 수 있을 것이다.

그가 다가오자, 인파는 바람 앞의 밀밭처럼 갈라졌다. "아일랜드 어디에서 오셨습니까?" 군중의 소음에 섞여 묵직한 그의 음성이 들려왔다.

"내 부모님은 코크 군 출신이에요." 그녀는 말했다. "하지만 나는 아기 때 영국에 왔죠."

그는 손을 내밀었고, 그녀는 그 손을 잡았다. 그의 피부는 햇볕에 데워진 바위처럼 따뜻하고 거칠었다. 손금은 화강암 바위가 갈라진 금처럼 깊이 패어 있었다.

"누군가 당신을 찾고 있네요." 그녀는 말했다. "당신은 그가 원하는 비밀을 갖고 있어요."

"난 비밀이 없습니다." 찰리는 말했다.

"누군가 당신이 가진 무언가를 원해요. 고통과 슬픔이 있겠군요. 당신은 고향에서 멀리 떨어진 땅에서 죽게 될 거예요."

그는 고집스럽게 고개를 저었다. "그럴 리가 없습니다." 묵직한 목소리였다. "나는 아버지에게 아일랜드로 돌아간다고 약속했습니다." 그는 그녀에게 미소 지었다. "당신도 데려갈 겁니다."

그때 밴스가 인파 너머에서 찰리를 불렀다.

그는 캐슬린의 손을 부드럽게 꼭 쥐었다. 거인이 인파를 헤치고 멀어지자, 새소리도 그를 맴돌며 따라갔다. 캐슬린은 문득 혹이 더 이상 아프지 않다는 것을 깨달았다. 한동안 그녀는 아픔을 전혀 느끼지 않았다.


벽난로 위 시계가 여덟 번 울리자, 조 밴스는 인파를 헤치고 들어갔다. "오늘 방문 시간은 끝입니다, 신사숙녀 여러분. 내일 다시 오세요. 놀라운 아일랜드 거인은 11시부터 3시까지, 5시부터 8시까지 손님을 받습니다. 친구들에게 전해주세요."

찰리는 벽난로 옆에 서서 후련한 마음으로 인파가 방을 나서는 것을 지켜보았다. 지난 4시간 동안, 그는 똑같은 질문에 계속해서 대답해야 했다. 스무 살입니다. 맨발로 서면 250센티미터입니다. 발은 380밀리미터입니다.

새로 장만한 정장은 불편했다. 재단사는 어깨와 가슴을 너무 꽉 끼게 옷을 지었다. 심호흡을 할 때면 실밥이 터져 나갈 것 같았다.

조 밴스는 그에게 숨을 얕게 쉬라고 조언했다.

조 밴스는 벽난로 옆 의자에 앉아 난로 앞 바닥 깔개 위에 스카프를 펼치고 동전을 한 움큼 쏟아부었다. 그는 찰리의 몫을 세고 있었다. 전체의 4분의 1, 밴스는 나머지를 가졌다. 그는 사업에 필요한 모든 비용을 자신이 여기서 책임진다고 했다. 집세, 거리에 광고 전단을 뿌리는 아이들에게 주는 급여 등등.

동전에 반사된 벽난로 불빛이 밴스의 눈 안에서 빛났다. 그는 계산을 마치고 작은 동전 뭉치를 찰리에게 밀어주었다. 찰리는 동전을 집어 들고 손 안에서 짤랑거렸다.

"자, 그 정도면 오늘 밤은 실컷 즐길 수 있겠지, 응?" 밴스는 찰리를 보며 씩 웃고 나머지를 자기 돈주머니에 쏟아부었다. "자, 난 이만 가보겠네. 다른 용무가 있어." 그는 찰리에게 윙크를 해 보이고 서둘러 나갔다. 어두운 침실에서 찰리는 새 정장과 신발을 벗고 편안한 옛 시골 옷으로 갈아입었다. 지팡이에 핀 산사나무꽃에서 신선한 봄의 향기가 방 안 가득 그윽하게 풍겼다. 그는 지팡이를 들고 아버지의 명을 받들기 위해 아일랜드인을 찾아 나섰다.

방을 나설 무렵, 런던에는 밤이 내리고 있었다. 그는 어둑어둑한 골목을 지나 코번트 가든으로 향했다.

여기저기 문간에 달린 오일 램프가 가게 입구를 밝히고 있었다. 찰리는 좁은 도로 한쪽에 붙어서 가게마다 늘어진 나무 간판 밑으로 고개를 연신 숙이며 걸었다. 몇몇 부지런한 가게 주인들은 문간에 조약돌을 깔아놓았다. 골목의 단단한 흙바닥에 박힌 돌멩이를 밟으니 맨발이 몹시 아팠다.

거리는 가판과 사람들이 북적거리는 광장으로 이어졌다. 상인들의 외침이 공기 중에 가득했다. "밤이요, 스무 개에 1페니!" "사과요! 맛있는 사과!" "굴, 세 개에 1페니. 신선하고 맛납니다. 굴이요!"

채소 가판에 촛불 하나가 흔들리고 있었다. 밤 장수의 뜨거운 석탄이 이글이글 타오르며 행인들을 벌건 악마처럼 비추었다. 굴 장수의 임시 가판은 가로등 바로 아래였다. 기름으로 가득 찬 등불 안의 심지가 파들거리며 노란 불빛을 드리웠다. 깜빡이는 불빛 속에 일렁이는 사람들의 얼굴은 핏기가 없고 성난 것처럼 보였다.

신사 세 사람이 광장을 서둘러 가로질렀다. 행색으로 보아 돈을 딴 도박꾼들이 커피숍이나 매음굴로 가는 것 같았다. 고작해야 여덟 살쯤으로 보이는 소녀가 그들을 쫓아가면서 외쳤다. "신사분들, 부탁드려요, 제 꽃 좀 사주세요. 한 묶음만 사주세요." 굴 장수 가판 앞을 지나치다가, 소녀는 움푹 팬 도로에서 발이 걸려 넘어졌다. 그녀는 꽃을 놓치고 가판 위로 쓰러졌다. 거리에 굴 대여섯 개가 나뒹굴었다.

소녀는 진흙탕을 헤치며 떨어뜨린 꽃다발을 향해 기어갔다. 굴 장수는 욕설을 뱉으며 아이를 때릴 기세로 손을 들어 올렸다. 깜빡이는 불빛 속에서 가면처럼 굳은 그의 얼굴은 마치 모든 인간적인 감정이 빠져나간 것 같았다.

뼈

"저런, 저런." 찰리는 외쳤다. 그는 남자와 아이 사이를 가로막고 섰다. "일부러 그런 게 아니지 않습니까."

굴 장수는 찰리를 노려보았다. "빌어먹을 아일랜드 촌놈 같으니." 그는 중얼거렸지만, 겁을 먹은 기색이 역력한 채 손을 내리고 가판 뒤로 물러섰다.

소녀 쪽으로 돌아서니, 아이는 진흙탕에서 무릎을 꿇고 꽃을 모으고 있었다. 짓눌린 꽃송이는 진흙투성이가 되었고, 아이는 꽃다발에서 흙을 털어내려 애쓰면서 울고 있었다.

찰리는 아이 옆에 쭈그리고 앉았다. "자, 꼬마야." 뭐라 말해야 할지 알 수 없었다. "울지 마라."

소녀는 그를 무시하고 눈물 어린 눈으로 꽃다발을 살펴보고 있었다. 찰리는 잠시 묵묵히 쳐다보다가 산사나무꽃이 아직 피어 있는 지팡이를 내밀었다.

"여길 봐라, 꼬마야. 새 꽃을 여기서 따렴."

그녀는 그를 올려다보았다. 그는 아이를 안아 일으켜 주었다.

"그렇지." 그는 지팡이를 계속 내밀고 있었다. 쭈그리고 있어서 다리가 아팠기 때문에, 그는 아이를 한 팔로 안고 진흙에서 들어 올렸다.

아이의 손이 꽃에 쉽게 닿도록, 그는 지팡이를 다른 손으로 들었다. "따 가렴."

찰리의 키에 호기심이 생긴 몇몇 행인이 발길을 멈추고 그가 굴 장수와 입씨름하는 모습을 지켜보고 있었다. 그들은 아이가 거인의 지팡이에서 꽃을 따는 것을 보았다. 소녀는 꽃을 한 아름 따서 누더기 옷 어딘가에 숨겨진 주머니에서 더러운 끈 도막을 꺼내더니 한데 묶었다. 그리고 한 아름 다시 땄다. 이번에는 처음보다 더 큰 꽃다발이었다. 구경꾼은 차츰 불어났다.

이제 다 땄을 텐데도, 지팡이는 처음처럼 꽃이 풍성했다.

소녀는 왼팔로 거대한 꽃다발을 끌어안은 채 오른손으로 어색하게 계속 꽃을 뜯어 세 번째 다발을 만들고 있었다. 거인이 꽃을 품 안에 가득 안은 아이를 내려놓았는데도, 지팡이에는 흰 꽃이 만발해 있었다. 소녀는 구경꾼들 사이를 돌아다니면서 신선하고 향기로운 꽃을 신기하게 바라보는 사람들에게 꽃을 팔았고, 군중들은 기대 가득한 눈으로 다음 마술을 기다리며 찰리를 쳐다보았다.

"이건 기적이야." 나이 지긋한 아일랜드인 과일 장수가 중얼거렸다. 그녀는 희끗희끗한 머리 위로 숄을 뒤집어쓴 채 이에 파이프를 물고 있었다.

"그냥 마술에 불과해." 말쑥하게 차려입은 젊은 인사가 말했다. "아주 교묘하긴 하군. 어떻게 한 건가, 친구?"

찰리는 혼란스러운 듯 그를 보며 눈을 깜빡였다. "무슨 뜻입니까?"

"꽃이 어디서 난 거냐고!" 남자는 답답한 듯 물었다.

"아일랜드 땅에서 난 겁니다." 찰리는 자신이 아는 한 가장 정직한 답변을 했다.

남자는 믿지 않고 코웃음을 쳤다. "절대 수법은 안 알려주지?" 그는 옆에 선 숙녀에게 말했다. 찰리가 뭐라 말하기 전에, 남자는 손을 뻗어 찰리의 손에서 지팡이를 빼앗았다. 지팡이가 찰리의 손을 떠나자 꽃은 시들었다. 꽃잎은 철 이른 눈송이처럼 땅에 우수수 떨어졌다. 찰리가 지팡이를 다시 받아 들자 꽃은 되살아났다. 꽃망울이 맺히지도 않았는데, 다시 생생한 꽃이 피어났다.

"마술이야." 남자는 여자의 팔짱을 낀 채 인파를 헤치고 사라졌다.

"마술 하나 더 봅시다." 인파 사이에서 누더기 차림의 청년이 말했다. 자기처럼 지저분한 누더기를 걸친 친구들에 둘러싸여 있어서인지, 대담한 말투였다. "다른 걸 만들어 봐요."

찰리는 뭘 해야 할지 막막해서 구경꾼들을 둘러보았다. "난 마술 같은 건 모릅니다. 난 아일랜드 사람들을 고향으로 데려가기 위해 아일랜드에서 왔어요."

"아일랜드 사람들을 고향으로?" 대담한 청년이 무례하게 비꼬자, 동료들은 웃음을 터뜨렸다. "아일랜드에 가느니 차라리 불 속에 뛰어들지."

"여러분은 고향에 가야 합니다." 찰리는 말했다. "땅은 여러분을 필요로 합니다."

"땅이 날 필요로 한다고?" 청년의 친구 중 하나가 빈정거렸다. "내게 필요한 건 어쩌고?"

"당신에게 필요한 것은 땅이 줄 겁니다." 찰리는 최대한 자신 있게 말했다.

다른 젊은이가 웃었다. "난 좋은 옷과 금시계가 필요한데. 땅이 그것도 주는 거요?"

첫 젊은이가 외쳤다. "나는 마차와 좋은 말 네 마리가 필요해. 땅이 그것도 주냐?"

"난 시골집이 필요해!"

"난 저녁에 먹을 구운 거위!"

"난 금화 5기니!"

찰리는 그들의 목소리를 누르고 소리쳤다. "여러분에게 필요한 건 그런 것들이 아닙니다. 이해를 못 하는군요. 나는 당신들이 있어야 할 곳에 당신들을 데려가러 왔소. 내 말을 들어보시오."

하지만 구경꾼들은 들으려 하지 않았다. 그들은 유쾌함과 신경질적인 상태의 경계에 있었다. 절반은 취해 있었고, 나머지는 차라리 취하고 싶은 사람들이었다. 웃음은 솔직하고 편안하지 않았다. 광기가 어려 있었다.

"하늘조차 볼 수 없는 이 더러운 도시에서 여러분을 낭비하지 마시오." 찰리의 음성이 주절거리는 인파의 소음 위로 메아리쳤다. "당신들이 태어난 섬으로 돌아갑시다! 나와 같이 갑시다!"

"네가 뭐라고 우리한테 이래라저래라야!" 첫 번째 젊은이가 말했다.

"나는 내 아버지의 아들이오." 찰리는 소음 위로 우렁차게 외쳤다. "내 아버지는 왕이었소. 그가 나를 여기에 보냈소."

"왕이라고?" 누더기 청년이 웃었다. "거지 왕이겠지!"

찰리는 고개를 저었다. "아니, 아일랜드의 왕이오. 그는 열심히 싸우다가…"

"부랑자의 왕이라니까!" 다른 젊은이가 소리쳤다.

"바보들의 왕!" 세 번째가 소리쳤다.

"맞아, 그거야!" 첫 번째가 다시 말을 받았다.

"바보들의 왕! 여기 바보들의 왕이 있군그래." 그들은 까마귀 한 마리를 괴롭히는 찌르레기떼처럼 찰리를 둘러싼 채 비웃고 잡아당겼다. "바보들의 왕!"

그들은 채소 장수 가판에서 빼앗은 미나리 화관을 찰리의 머리에 씌우고, 빵집 주인에게서 억지로 낚아챈 밀가루 포대를 망토처럼 추레하게 그의 어깨에 둘렀다. 마침 경찰이 나타나서 제지하지 않았다면 더한 짓도 했을 것이다. 청년들은 캐슬린의 가판 근처 진흙탕 속에 주저앉은 찰리를 뒤로하고 떠났다.

시끄러운 소동에 무슨 일인가 싶어 가판 밖으로 나온 캐슬린은 그를 발견했다. 찰리는 밀가루 포대를 목에 두르고 한쪽 눈 위로 미나리 화환을 늘어뜨린 채 광장 가장자리 벽에 기대고 있었다. 그는 지팡이를 꼭 붙들고 있었다.

캐슬린은 안쓰러운 마음에 그를 진흙탕에서 일으키고, 머리에서 화환을 벗기고, 어쩌다 생긴 눈 밑의 상처에서 진흙을 닦아주었다.

"당신이 무슨 짓을 했길래 저 망나니들이 이런 짓을 한 거예요?" 그녀는 물었다.

찰리는 아직 이 모든 상황에 얼이 빠진 기색으로 고개만 저었다.

"내가 그들을 고향 아일랜드로 데려가기 위해 왔다고 말했을 뿐입니다."

캐슬린은 답답한 듯 나직하게 한숨을 쉬며 그의 상처를 닦아주었다. 그는 덩치만 큰 어린아이 같았다. "그들을 고향 아일랜드로 데려가요? 그러려면 밧줄로 묶어서 상자 안에 가둬야 될걸. 제 발로 가지는 않을 테니까."

찰리는 싸늘한 밤안개 속에서 부르르 떨며 고개를 저었다. "이 사람들을 이해할 수가 없습니다. 여기가 그들을 바꾼 것 같아요. 런던은 사람들을 단단한 존재, 인간이 아닌 존재로 만들어 버립니다."

그녀는 고개를 저었다. "그들도 사람이에요. 그저 단단하고 잔인한 세상에서 살아남으려고 애쓰는 사람들."

"여긴 차가운 곳입니다, 런던은. 아일랜드를 떠나온 뒤로 따뜻함을 느낀 적이 없어요." 찰리는 중얼거렸다.

그는 너무나 서글프고 처량해 보였다. 캐슬린은 어떻게 하면 그의 기분을 북돋울 수 있을지 생각해 보았다. "몸은 얼마든지 데울 수 있어요, 찰리. 내가 추위를 몰아낼 방법을 알려드리죠. 블랙호스 술집에 들렀다 갑시다. 아일랜드 사람들도 많이 있어요."

블랙호스 술집은 술 취한 젊은 행상들이 카드놀이, 주사위 놀이, 도미노 게임을 벌이는 소리로 시끌벅적했다. 진 한 잔으로 몸을 데우려고 온 창녀가 음담패설에 깔깔거리고 있었다. 여드름투성이 견습생은 반쯤 드러난 그녀의 가슴을 쳐다보며 히죽거렸다. 양고기 굽는 구수한 기름 냄새로 공기는 후덥지근했다.

캐슬린은 비어 있는 거친 나무 식탁을 찾아 앉은 뒤 점원에게 손을 흔들었다. "진이 몸을 데워줄 거예요. 이렇게 더운 적이 없었다 싶

뼈

을 정도로 데워줄걸요."

점원은 진 두 잔을 내왔다. 캐슬린은 그중 한 잔을 들어 홀짝 마셨다. 알코올에 입술이 따끔거렸고 독한 향에 눈물이 핑 돌았지만, 금세 몸에 온기가 돌았다. 한두 잔이면 혹의 아픔도 누그러지고, 뼛속까지 스미는 통증도 잦아든다. 그녀는 진이 약이라고 생각했다. 술을 마시는 것은 그 때문이었다. "독한 술이지만, 사람을 편하게 해준답니다." 그녀는 찰리에게 말했다.

찰리는 조심스럽게 맛을 보았다. "위스키보다 독하군요. 과연 몸은 더워집니다."

"그럼요." 그녀는 탁자에 팔꿈치를 괸 채 몸을 앞으로 내밀고 찰리를 어떻게 할까 생각하며 쳐다보았다. 몸만 너무 자란 아이, 딱 그 꼴이었다. "고향에 가지 그래요, 찰리. 어머니 농장으로 돌아가요. 당신은 여기 어울리지 않아요."

그는 술잔을 완전히 비우고 고개를 저었다. "아버지가 아일랜드인들을 고향으로 데려오라고 명하셨습니다. 혼자 갈 수는 없어요."

캐슬린은 고개를 저었다. "아일랜드인들은 고향으로 안 간다니까요. 우리 모두 푸른 언덕이 그립다고 말은 하지만, 기근과 온갖 고생도 생생히 기억하고 있어요. 우린 안 돌아가요."

"하지만 돌아가야 합니다." 그는 다급한 음성으로 말했다. 진을 한 잔 더 마시며, 그는 거인의 뼈 무덤에서 잠들었던 이야기를 그녀에게 들려주었다. 아버지가 나타나서 명했다는 이야기도 했다. "이 검을 제게 주셨습니다." 찰리는 지팡이를 들어 보였다. "이건 마법입니다. 아일랜드로 오는 배 안에서 이 지팡이를 흔들었더니 바람이 불어 배를 영국으로 데려다줬어요." 그는 벌써 진으로 붉게 달아오른 얼굴로 몸을 내밀었다. "강가에서 지팡이를 흔드니 물이 갈라져서 마른 땅이 보였습니다."

캐슬린은 진을 홀짝이며 그의 넙데데한 얼굴 쪽으로 귀를 기울였다. 순진한 광인, 그건 분명했다. 하지만 그녀도 어렸을 때 어머니가 들려준 이야기를 떠올리지 않을 수 없었다. 거인과 영웅, 마법의 검에 대한 전설들.

찰리의 이야기는 옛 동화처럼 시작되었다. 마법에 걸린 아들, 마법의 검, 임무.

이야기를 이어가며, 찰리는 연거푸 잔을 비웠다. 진을 한 잔 마실 때마다 그의 목소리는 한층 커지고 두서를 잃어갔다. 그는 점점 더 흥분했다. "아일랜드인은 나를 따라 바닷가로 갈 거요." 술집의 소란을 뚫고 울려 퍼질 정도로 큰 음성이었다. "내가 이 지팡이를 휘두르면 바다가 갈라질 거요." 그는 의자를 뒤로 밀치고 일어나 두 손으로 바다가 자기 앞에서 갈라지는 시늉을 해 보였다. "우리는 텅 빈 해저를 행진하여 우리가 있어야 할 땅으로 돌아갈 거요."

"앉아요, 찰리." 캐슬린은 말했다. "진정해요."

근처에 있던 행상들과 견습생들이 빤히 쳐다보며 웃고 있었다.

"나와 같이 갑시다." 찰리는 팔을 벌리며 그들을 향해 외쳤다. "나와 같이 갑시다, 나의 민족이여. 내가 당신들을 아일랜드로 인도하겠소." 진이 그의 가슴에 열정의 불을 댕겼다. 그는 웃음소리와 무례한

뼈

외침을 뚫고 소리쳤다. "나를 따라 아일랜드로 돌아갑시다."

찰리는 술에 취한 모양이었다. 캐슬린은 찰리가 아주 약간 비틀거리는 것을 보았다. 그가 지팡이를 들자, 옆에 있던 견습생들이 서둘러 뒤로 물러났다. 찰리는 왕처럼 당당하게 고개를 들고 빈 공간으로 나섰다. 지팡이를 높이 쳐들자 손님들은 좌우로 갈라져서 길을 내주었고, 그는 당연하다는 듯 걸음을 옮겼다. "나를 따라오시오." 취해서 혀가 꼬인 음성이었다. 캐슬린은 일어서서 그를 따랐다. 저 불쌍한 바보 혼자서 집까지 갈 수는 없겠지. 하지만 구경꾼들이 곧바로 그를 다시 둘러싸는 바람에, 캐슬린은 사람들을 헤치고 뒤처져서 문으로 나가야 했다.


밤공기는 차가웠고, 진 때문에 어질어질했다. 찰리는 아무도 자신을 따라오지 않아서 어리둥절한 채 혼자 거리에 서 있었다. 분명 술집에서는 다들 앞길을 터주면서 따라올 것 같았는데 돌아보니 아무도 없었다. 캐슬린조차 없었다.

그렇게 술을 많이 마실 생각은 아니었지만… 아일랜드를 떠난 뒤 가슴 어딘가 텅 비었던 공간을 진이 온기와 위안으로 채워주는 것 같았다.

바람이 불자, 그는 오싹 떨고 셋집 방향으로 비틀비틀 걸음을 옮겼다.

머리가 커진 것 같고 거추장스러웠다. 발은 아주 멀리 떨어진 것 같았다. 몸의 반응 속도가 아주 느렸다. 겨우 몇 블록 못 가서 가로등

아래 앉아 잠시 쉬어야 했다. 진 때문에 감각을 잃은 그는 도랑에서 잠들어 버렸다.

거리 반대편에서 창녀 두 사람이 쓰레기와 요강의 오물을 피해 조심스럽게 걸음을 옮기고 있었다. 늦은 시간이었고, 준법 시민들은 살인마와 도둑이 들지 않도록 문을 단단히 잠그고 잠자리에 들 시간이었다.

쓰레기를 주워 먹던 개가 골목 입구에서 나왔다. 그 개는 특이하게 갈지자걸음으로 걸었다. 오래전, 마차를 끌던 말에게 정통으로 채여 오른쪽 뒷다리가 부러졌기 때문이다. 뼈가 삐딱하게 붙어서 이제 그 다리는 땅에 닿지 않았다.

개는 찰리의 냄새를 킁킁거렸다. 그의 옷에서는 블랙호스 술집의 구운 고기와 진 냄새가 풍겼다. 사람의 체온에 이끌려, 개는 찰리 옆에 몸을 웅크리고 잠들었다. 찰리는 잠결에 손을 들어 개를 감쌌다.

한동안 사람과 개는 평화롭게 잤다. 가로등으로 달아놓은, 기름이 가득 찬 구 안의 심지가 찰리의 얼굴에 노란빛을 드리웠다. 자면서 그는 미소 지었다.

찰리는 꿈을 꾸고 있었다. 꿈속에서 음악이 흐르고 있었다. 종달새의 노랫소리, 아이들의 웃음소리가 공기를 채웠다. 그는 영국에서 출세하기 위해 섬을 떠났던 아일랜드인으로 이루어진 개선 행렬의 선두에 서 있었다. 그가 그들을 고향으로 데려가고 있었고, 다들 그의 뒤에서 춤을 췄다. 꽃을 팔던 소녀는 찰리를 바보들의 왕이라고 불렀던 무례한 청년과 함께 춤추고 있었다.

소녀의 누더기가 다리 주위에서 펄럭였고, 머리수건은 머리 뒤로 벗겨져 있었다. 그녀와 청년은 햇빛을 보지 못해 창백하고 영양이 부족해 깡마른 몸이었지만, 이미 햇살이 그들의 뺨을 장밋빛으로 물들이고 있었다. 모두 다 춤추고 있었다. 술집의 창녀, 늙은 사과 장수 여인, 강바닥 진흙을 헤치던 넝마주이들, 누더기를 걸치고 런던의 거리에서 구걸하던 거지들.

찰리는 늙은 사과 장수가 폴짝거리는 모습에 웃으며 행렬의 선두에서 춤췄다. 머리 위 하늘은 푸르렀고, 태양이 얼굴을 비추었다. 맨발 아래 흙은 따뜻했다. 그는 사람들을 이끌고 어머니의 농장을 향해, 들판 가득 곡식이 자라는 시골길을 행진했다. 거인의 뼈 무덤에 이르러 그는 향기로운 풀밭에 드러누웠다. 그가 있을 곳은 여기, 아버지의 뼈가 있는 이곳이었다. 팔베개로 머리를 괸 채, 그는 눈을 감았다. 멀리서 사람들이 웃고 노래하는 소리가 들려왔다.

누군가 그를 부르고 있었다. "찰리. 찰리 번. 굼벵이처럼 거기 누워만 있으면 어떡해요. 일어나요. 눈 좀 뜨라고요."

찰리는 눈을 깜빡였다. 캐슬린이 그를 흔들어 깨우고 있었다. "일어나요, 이 진에 취한 주정뱅이 같으니." 그녀는 투덜거렸다. "여기 밤새도록 누워 있으면 얼어 죽어요."

찰리는 눈을 가늘게 뜨고 그녀를 쳐다보았다. "어떻게 된 거죠?" 그는 중얼거렸다. "사람들은 다 어디 갔어요?" 그는 주위의 집들을 둘러보았다. 회색 건물들이 어둑한 불빛 속에서 불길하게 우뚝 서 있었다.

"당신을 얼마나 찾았는지 몰라요." 캐슬린은 말하고 있었다. "혼자 집을 못 찾아갈 줄 알았지. 사는 곳이 어디예요?"

찰리는 힘들게 끙, 하며 일어나 앉았다. 그가 움직이자 옆에서 잠들었던 개도 일어나 몸을 털고 조심스럽게 꼬리를 흔들었다. 찰리는 멍하니 손을 뻗어 개의 귀를 쓸어주었다.

"잠깐 쉬려고 누웠는데. 정말 죽을 정도로 피곤했어요, 캐슬린."

"죽을 정도로 취했던 거겠죠. 진을 그만큼 마시면 황소도 뻗어요."

싸늘한 밤, 손바닥만 한 온기를 찾아, 개는 찰리에게 기댔다. 찰리의 손은 계속 느릿느릿 개를 쓰다듬고 있었다. "사람들이 나를 안 따라왔어요, 캐슬린. 따라올 줄 알았는데."

캐슬린은 손을 뻗어 그의 어깨를 다독였다. "집으로 가요, 찰리. 여기 이러고 있으면 진에 취해 도랑에 뒹굴다가 죽어요."

그는 어깨를 반듯이 폈다. "내 혈관에는 조상의 피가 흐르고 있습니다. 반드시 사람들을 아일랜드로 데리고 돌아갈 거예요." 그때 처음으로 그의 음성에 의혹의 그림자가 스쳤다. "당신은 날 믿죠, 캐슬린? 그렇죠?"

"집으로 들어가요." 피곤한 음성이었다. "어디 사는지 알려주면 내가 데려다줄게요."

"하늘이 거의 보이지 않는 좁은 거리, 지팡이 가게 바로 옆입니다." 찰리는 말했다. "코번트 가든에서 멀지 않아요."

"어딘지 알겠어요." 캐슬린은 말했다. 그녀는 그에게 손을 내밀고 다루기 힘든 아이 대하듯 얼렀다. "자, 찰리. 내가 집에 데려다줄게요."

"거긴 내 집이 아니에요." 찰리는 고집스럽게 말했다. "내가 사는 곳, 그뿐입니다."

"그래도 잠잘 수 있는 따뜻한 공간이잖아요. 오늘 밤은 거기가 최선이에요." 그녀는 말했다. "자, 따라와요."

찰리는 지팡이에 몸을 기대고 비틀비틀 일어섰다. 개는 꼬리를 열심히 흔들며 물러났다. 그가 일어서자, 캐슬린의 머리는 그의 가슴에도 닿지 않았다. 그는 그녀를 내려다보더니 기댈 곳을 찾아, 타인의 온기를 찾아 그녀의 어깨에 손을 짚었다. 찰리와 캐슬린은 걸음을 옮기기 시작했고, 개는 어느새 멀쩡해진 네 다리로 찰리를 따라갔다.


찰리는 난롯가 의자에 앉았다. 오후 내내 신사들의 질문에 대답하고 키를 자랑하느라 서 있었던 참이었다. 머리가 심하게 지끈거렸다. 지난 며칠 동안 머리가 아플 때면 세상이 사방에서 그를 조이는 것 같았다. 시야가 좁아지고, 때 이르게 밤이 찾아오듯 어둠이 가장자리를 좀먹어 들어왔다. 그는 잠시 눈을 감았다.

"어이, 친구." 밴스는 말했다. 그가 난로 옆에 의자를 끌어다 앉는 소리가 들렸다. "괜찮나?"

"추워요."

밴스가 부지깽이로 불을 쑤시고 석탄을 더 던져 넣는 소리가 들렸다. 눈꺼풀 안에서 빛이 춤을 추었고, 손에서 열기가 느껴졌다. 하지만 온기는 피부를 뚫고 들어오지 못했다. 불은 피부 표면만 데울 뿐, 뼈는 차가웠다. 그의 몸 깊은 곳까지 데울 수 있는 것은 오로지 아일랜드의 태양과 흙뿐이었다. 아일랜드의 태양, 아니면 영국의 진 한 잔.

매일 밤, 그는 아일랜드인에게 호소하기 위해 거리로 나갔다. 밤마다 그의 설교를 듣기 위해 찾아오는 사람들이, 그를 믿는 몇몇이 있었다. 늙은 사과 장수는 그를 성자라고 부르며 몸이 아픈 손녀딸을 고쳐달라고 데려왔다. 꽃을 파는 어린 소녀도 그를 찾았지만, 이건 아마 실용적인 이유에서였을 것이다. 그에게 오면 항상 신선한 꽃을 얻을 수 있었으니까. 무례한 청년들은 그를 마술사, 광인, 바보라고 불렀다. 행상들은 그를 비웃었다. 찰리는 물을 갈라 보이겠다고 제안했지만, 아무도 강변까지 따라오지 않았다. 매일 저녁은 똑같이 끝났다. 술집에서, 캐슬린과 함께 진을 마시며.

눈을 깜빡이자, 밴스가 초점에 들어왔다. 키 작은 남자는 의자에서 몸을 내밀고 걱정스러운 기색으로 찰리의 얼굴을 들여다보고 있었다. "자네는 술을 너무 많이 마셔. 진 때문에 저세상으로 갈지도 몰라."

"이 나라가 절 저세상으로 보내고 있어요." 찰리는 중얼거렸다.

"그건 맞는 말이야." 밴스는 귀를 기울이지 않았다.

그는 돈을 세고 있었다. 찰리에게 몫을 건네주며, 그는 얼굴을 약간 찡그렸다.

"오늘은 술 마시는 데 다 쓰지 마." 밴스는 말했다. "오늘 밤은 집에 있는 게 좋겠어."

찰리는 밴스를 응시했다. 이래라저래라 하는 말투가 마음에 들지 않았다. "내가 가고 싶으면 가고, 있고 싶으면 있을 겁니다." 그는 천

뼈

천히 말했다.

밴스는 동전을 모으다 말고 손을 우뚝 멈췄다.

"그럼, 찰리. 당연하지. 난 그저 친구로서 자네가…"

"나는 우리 민족을 찾으러 술집에 갑니다." 찰리는 말을 끊었다. "거기서 우리 민족을 찾아서 그 뼈를 데워주기 위해 진을 마시는 겁니다. 그들도 아일랜드의 흙을 그리워하고 있지만, 자신이 무엇을 그리워하는지 깨닫지 못하고 있어요. 그들도 나처럼 공허함을 느끼고, 그 공허함을 채우려고 진을 마시는 겁니다. 난 그들을 찾아 고향으로 데려가기 위해 거기 가는 겁니다." 그는 일어서서 밴스를 노려보았다.

밴스는 차갑고 표정 없는 눈빛으로 거인을 찬찬히 바라보았다. "도랑에서 잠들지 않도록 주의해, 친구. 기침이 점점 심해지고 있어."

찰리의 어깨가 약간 처졌다. 머리가 지끈거렸고, 몸에서 힘이 죽 빠졌다. "맞아요, 조. 도랑에서 잠들지 않을 겁니다. 미안해요, 조."


찰리 번의 이야기는 이 정도로 해두자. 이제 찰리 번과는 극과 극인 인간, 과학자 존 헌터로 넘어가 볼까? 캐슬린이 찰리를 만나고 몇 주 지난 어느 쌀쌀한 아침, 코번트 가든에 있는 그녀의 가판에서 이야기를 시작하는 것이 좋을 것이다.

템스강에서 불어오는 바람이 모직 숄을 사정없이 뚫고 들어와서 캐슬린은 혹이 쑤셨다. 고급 모직 코트 차림의 건장한 스코틀랜드인이 가판을 지나치면서 그녀가 앉아 있는 으슥한 그늘 안을 들여다보왔다.

"혹시 춤추는 원숭이를 데리고 다니는 남자 봤습니까? 그를 찾고 있는데."

"오늘 아침에는 못 봤어요." 혹시 동전 한 닢이라도 벌 수 있을까 싶어, 그녀는 신사를 찬찬히 보았다. 살을 에는 날씨였고, 오늘은 점을 본 손님이 단 하나뿐이었다. "나중에 나올지도 모르겠네요. 혹시 전할 말씀이라도 있나요?"

스코틀랜드인은 신중하지만 묘하게 탐욕스러운 표정으로 그녀를 흘끗 보았다. "원숭이가 죽었다고 들었는데." 그는 나직하게 말했다.

"저도 들었어요." 짐승이 오한을 앓다가 죽는 바람에 원숭이 춤으로 벌어들이던 수입이 끊긴 주인은 가슴을 찢는 슬픔에 빠져 있었다.

신사의 목소리는 한층 낮아졌다. "그 동물의 사체가 필요하오만. 돈은 넉넉히 내지요. 여기." 그는 주머니를 뒤졌다. "1페니 드릴 테니, 존 헌터가 좋은 제안을 했다고 전해주시오." 그는 동전을 내밀었다.

존 헌터, 캐슬린은 그 이름을 알고 있었다. 왕실 외과 의사였다. 그녀가 들은 소문에 따르면, 그는 비정상적일 정도로 호기심이 많다고 했다. 왕립 동물원에서 호랑이가 죽었을 때, 그는 사체를 해부하고 골격을 조립해서 전시했다.

코번트 가든 진기명기 쇼에 출연하던 샴쌍둥이가 죽었을 때는 매니저가 상당한 돈을 받고 헌터에게 시체를 팔았다는 소문이 있었다. 사람들은 그를 시체 도둑이자 도굴범이라고 불렀다.

"그래, 시체로 뭘 하시려고요?" 그녀는 물었다. "해부할 거죠?"

캐슬린은 원숭이에게 별다른 애정을 갖고 있지는 않았다. 그저 춤추는 시간보다 이 잡는 시간이 더 많은, 지저분하고 시끄러운 짐승일 뿐이었다. 하지만 그 내장을 찔러보고 들여다보고 싶다니 비정상적인 것 같았다.

"불쌍한 짐승 곱게 저세상으로 보내주지 않고요."

"그냥 썩으면 아무에게도 도움이 안 되는데, 땅에 묻으란 말이오?" 그는 화난 목소리로 물었다. "아무 거리낌 없이 소고기를 먹는 사람들이 왜 죽은 동물의 사체를 자세히 관찰하는 것은 잘못된 일로 생각하는지? 맞아요, 그 짐승을 해부할 거요. 장기를 분석해서 무엇 때문에 죽었는지 알아볼 거요. 근육을 연구할 거고, 두고두고 연구하기 위해 골격을 전시할 거요. 그렇게 하면 자연철학에 대한 인류의 지식에 보잘것없는 관찰 몇 가지가 늘어나겠지." 억울하고 씁쓸한 말투, 캐슬린에게라기보다는 자기 자신을 향해 말하는 것 같았다. "내 환자, 어린 소년이 오늘 기침병으로 죽었소. 폐를 관찰해서 질병이 어떤 영향을 끼쳤는지, 내 치료는 어떤 작용을 했는지 알아보고 싶었는데 그 아버지가 막아섰어. 무식한 바보 같으니. 그 아들의 시체에서 얻은 지식이 다른 아이를 치료하는 데 도움이 되었을지도 모르는데. 한사코 제 아들의 시체는 평화롭게 썩어야 하고 아이들은 계속 죽어야 한다는 거요. 질병이 인체에 어떤 작용을 하는지 관찰하지 못하는데 병에 대한 치료법을 어떻게 알아낼 수 있나? 의사들이 계속 무지한 상태로 약효도 보잘것없는 연고나 강장제나 팔았으면 좋겠나? 백정보다 나을 게 없는 자들."

캐슬린은 그의 열변에 놀라 가만히 그늘에 앉아 있었다.

그는 분통을 터뜨린 것을 후회하는지 표정을 누그러뜨리고 1페니를 다시 내밀었다. "자, 아가씨. 이거 받고 그 남자를 만나면 전해주시오." 그는 어느 점원이 공짜로 점을 본 대가로 그려준 간판을 흘긋 보았다. 손바닥이 보이도록 펼친 손에 생명선이 검은 잉크로 표시되어 있었다. "2페니 더 드릴 테니 내 운세도 봐주시오."

2페니를 준다고 하니 캐슬린은 의자에서 일어나 가판 밖으로 나갔다. 그제야 존 헌터는 처음으로 햇빛 아래에서 그녀를 보았다. "아." 예상치 않았던 보물을 발견했다는 듯한 말투. 그는 관심을 숨기지도 않고 솔직한 시선으로 빤히 바라보았다. "당신 등 말인데, 그 상태로 얼마나 오래된 거요?"

"아기 때부터요." 그녀는 숄을 어깨에 더 단단히 끌어 덮었다. 추위도 밀려왔고, 그가 관찰하는 눈빛도 거북했다. 사람들이 쳐다보는 것은 익숙했지만, 그의 관심은 일상적인 행인들보다 한층 더 강렬했다.

"아파요?" 그는 물었다.

그녀는 조심스럽게 고개를 끄덕였다. "날이 추우면, 아파요." 그녀는 동전 두 개를 받고 그의 손을 잡아 손금을 보기 위해 손바닥이 위로 오도록 뒤집었다. 잠시 쳐다보고 있으니, 교차하는 손금에서 패턴이 보였다. "아주 중요한 사람, 아주 강한 사람을 만나겠군요. 당신이 아주 원하는 것을 가진 사람. 당신에게 없는 비밀을 지닌 사람." 그녀는 손금을 바라보며 이맛살을 찌푸렸다. "당신은 원하는 뭔가를 갖게 됩니다. 하지만 갖는 순간, 그것은 당신이 원하는 것이 아니게

뼈

될 거예요." 그녀는 손금을 응시하며 고개를 저었다. "당신이 이해하지 못하는 것, 중요한 것이 있어요."

그는 이 마지막 말을 듣더니 웃음을 터뜨렸다. "그건 미래가 아니군. 현재 아닌가. 내가 이해하지 못하는 것은 많소."

그녀는 고개를 저으며 그의 손을 놓았다. "제가 말할 수 있는 건 이것뿐입니다." 그녀는 돌아서려 했지만, 그가 다시 불렀다.

"잠깐만." 그는 급히 말했다. "혹시 내가 가진 연고가 통증을 덜어줄지도 모르겠소." 그는 입술에 침을 적셨다. 탐욕스러운 어린아이 같은 표정이었다. "내 진료실로 찾아오면, 연고를 드리지. 내 집은 저 민가에 있소. 근처에서 아무에게나 물어보면 어딘지 알려줄 거요."

캐슬린은 그의 얼굴을 빤히 보았다. 나름의 특이한 방식으로 그는 분명 그녀의 고통을 덜어주고 싶은 것 같았다. 하지만 뒤틀린 뼈에 대해 알고 싶은, 불건전한 욕망도 있었다. 그녀는 그를 신뢰할 수 없었다.

"당신을 진찰하고 싶소. 내가 도울 수 있을지도 모르니까."

"생각해 볼게요." 그녀는 이렇게 답하고 그의 간절한 눈빛에서 돌아섰다. 런던에 워낙 오래 살았기 때문에 경계해야 한다는 것을 알고 있었다.


존 헌터는 분명 호기심이 많은 사람이었다. 어린 시절부터 그는 천성적으로 워낙 호기심이 많은 소년이었다.

여덟 살 때, 그는 한겨울 부모님의 스코틀랜드 농장 부엌 정원에서 굴을 발견했다.

안에 어떤 동물이 있는지 궁금해서 서리를 뚫고 차갑게 언 땅을 파보니, 두꺼비가 굴을 파고 들어가 있었다. 두꺼비는 차가웠고 꼼짝도 하지 않았다. 어딜 보나 죽은 것이 분명했다. 그런데 두꺼비를 손에 쥐어보니 차가운 몸에서 움직임이 느껴졌다. 작은 심장이 뛰고 있었다. 그는 두꺼비를 바지 주머니에 넣고 어머니 앞을 지나 몰래 집 안으로 가져갔다.

그는 뻣뻣한 두꺼비를 난로의 열기로 따뜻한 석탄 통 바로 뒤에 놓아두었다. 저녁 먹는 동안 두꺼비는 계속 그 자리에 있었다. 잠자리에 들기 직전에 다시 확인해 보니, 두꺼비는 찌뿌둥하게 되살아나 있었다. 두꺼비는 느릿느릿 그를 향해 눈을 깜빡이더니 천천히 벽난로 앞 깔개 위를 뛰어다니기 시작했다.

어머니가 그런 그를 보았다. "거기서 뭐 하니, 조니? 맙소사, 그건 어디서 가져온 거냐?"

아들의 항의도 아랑곳없이 어머니는 두꺼비를 정원에 다시 내다 버렸다. 아침에 그는 지푸라기 더미 밑에 웅크리고 싸늘하게 식어 있는 시체를 발견했다. 손에 들고 데워도 움직이지 않았다. 집 안으로 몰래 들고 와서 따뜻한 벽난로 옆에 두었지만, 두꺼비는 다시 살아나지 않았다.

그는 어리둥절했다. 왜 추운 곳으로 돌아갔을 때 두꺼비는 살아나지 못했을까?

어머니에게 들킬 염려가 없는 닭장 뒤쪽에서, 존은 두꺼비가 왜 죽었는지 알아내기 위해 주머니칼로 시체를 해부하고 내장을 들여다보았다.

존 헌터는 그렇게 자랐다. 열두 살 때는 사촌과 함께 교회 마당을 돌아다녔다. 부모님은 교회에서 막내딸의 세례식을 치르는 중이었다. 예식도 따분하고 어른들이 지켜보지도 않아서, 소년들은 몰래 교회에서 빠져나왔다.

늦은 오후 교회 마당의 묘비명 같은 회색 구름이 낮게 걸려 있었다. 존과 사촌은 돌벽에 기대 한가롭게 잡담을 나누었다.

"교회 마당에는 귀신이 나와." 사촌이 말했다. "밤에 맥도널드 노인의 유령이 무덤 사이를 배회하며 늦게까지 돌아다니는 아이들을 찾아다닌대."

한 달 전에 죽은 맥도널드 노인은 어린 소년들을 싫어한다고 잘 알려져 있었다.

존은 미심쩍었다.

"넌 유령 안 믿어?" 사촌은 도전적인 말투였다.

존은 신중하게 질문을 생각해 보았다. 그는 체계적인 사고방식을 지닌 소년이었다. "본 적은 없어. 넌?"

사촌은 망설이다 사실대로 말했다. "아니, 하지만 이야기를 들었어." 그는 입술을 축이며 존의 얼굴을 보았다. "네가 정말 유령을 믿지 않는다면 어디 노인의 무덤 주위를 뛰어서 돌아봐. 세 번. 반시계 방향으로."

존은 생각해 보았다. "반시계 방향으로 돈다면, 불운이 일어날 거야. 난 불운을 믿어."

"그럼 그냥 가서 무덤을 한번 만지고 돌아와 봐."

존은 공동묘지를 응시했다. 날씨는 한층 어두워진 것 같았다. 대낮이었지만 묵직한 구름이 햇빛을 모조리 가리고 있었다.

노인의 무덤은 멀리 떨어져 있었다. 존은 두려웠지만, 궁금하기도 했다. 후자의 감정이 더 강했다. 유령은 어떻게 생겼을까?

"할 수 없다면, 넌 유령을 믿는다고 말해야 해." 사촌은 계속 말했다.

결국 그의 등을 떠민 것은 사촌의 비아냥이 아니라 존 자신의 호기심이었다. 존은 축축한 벽에 제일 좋은 바지 무릎을 긁으며 공동묘지 벽을 타고 넘었다. 억지로 태연한 척, 그는 묘지를 향해 느긋하게 걸었다. 묘지는 아주 조용했다.

사방이 고요한 가운데, 나무에서 새들이 작게 재잘거리는 소리, 바짓단이 젖은 풀에 스치는 소리만 들려왔다. 갑자기 용기가 솟은 존은 손을 뻗어 비석의 천사상 날개를 만졌다. 서늘한 돌, 그 이상 아무것도 아니었다. 공기에서는 축축한 습기 냄새, 갈아엎은 흙냄새가 풍겼다. 그뿐이었다. 그는 걸음을 늦추고 정적 속에서 무슨 일이 일어나기를 기다렸다. 사촌을 돌아보니, 놀랍게도 너무 멀리 떨어져 있었다. 사촌의 얼굴은 컴컴한 교회 마당 벽을 배경으로 흰 점처럼 보였다.

노인의 무덤에 도착한 그는 돌에 손을 댄 채 기다렸다. 아무 일도 일어나지 않았다. 실망스럽기까지 한 기분으로 그는 가만히 서 있었다. 유령이 모습을 드러내 주기만 한다면 그 존재를 기꺼이 믿을 마음이 있었던 것이다. 존은 잠시 그렇게 서서 새 묘비를 곰곰이 뜯어보다가 묘지 옆에 놓인 꽃다발에서 꽃 한 송이를 뽑아 돌아왔다.

저 멀리 사촌의 창백한 얼굴, 커다랗게 뜬 눈이 보였다. 존은 사촌에게 노인의 묘에서 뽑아 온 꽃을 내밀었다. "난 유령을 믿지 않는 것 같아." 그는 이렇게 말하면서 그것이 사실이라는 것을 깨달았다.

세월이 흐른 뒤, 존은 다른 무덤 벽을 기어오르고 있었다. 이번에는 런던이었다. 손 밑에서 돌이 미끄러졌다. 초겨울, 달이 없는 밤이었다. 존 헌터와 동료 학생 한 사람은 해부학 실습 시간에 필수적인 재료를 얻기 위해 지난번 나들이에서 진흙 얼룩이 묻은 인부 작업복을 다시 입고 나와 있었다.

존은 갈아엎은 흙냄새를 킁킁거리며 인적이 없는 공동묘지 오솔길을 살금살금 걸었다. 공동묘지 맨 끝 구석에 찾던 것이 있었다. 겨우 하루 전 아이를 낳다가 죽은 젊은 여성의 새 묘였다.

동료 토머스는 무덤을 장식한 꽃을 들어 옆 무덤에 놓았다. 빠른 동작으로, 존은 쇠가 돌에 부딪혀서 쨍그랑거리는 소리가 나지 않도록 삽으로 흙을 파기 시작했다. 토머스는 마대 천을 풀 위에 펼쳤고, 존은 흙을 그 위에 쌓았다. 힘을 쓰고 있으니 기분 좋게 더워졌다. 그가 지칠 때마다 토머스가 교대해서 조용히 땅을 파고 존이 망을 보았다.

"무슨 소리지?" 토머스는 무덤에서 고개를 들고 교회 쪽으로 머리를 까딱했다.

"그냥 바람 소리야. 아무것도 아니야."

토머스는 어깨 너머를 돌아보며 부르르 떨었다. "이건 정말 못 할 짓이야." 그는 중얼거렸다. "하기 싫어."

존은 친구를 흘끗 보고 고개를 저었다. "쳇. 쓸데없는 소리 하지 마." 존은 다시 무덤에 내려가서 관뚜껑이 드러날 때까지 빠르게 흙을 팠다. 그는 뚜껑 가장자리 아래쪽, 관 머리 근처의 넓은 쇠고리를 풀었다. 그리고 무덤에서 나와서 토머스와 함께 밧줄을 잡아당겼다. 뚜껑이 둔탁하게 쪼개지는 소리를 내며 열렸고, 존은 무덤으로 다시 내려가서 부서진 나무 조각을 들어냈다.

그러고 나니, 시체의 어깨에 밧줄을 걸고 열린 틈으로 빼내는 것은 수월했다.

그들은 시체의 옷을 벗겼다. 옷을 훔치는 것은 시체만 훔치는 것보다 더 중죄였다. 벌거벗은 시체는 마대에 넣었다. 누가 건드렸다는 흔적을 남기지 않기 위해 무덤을 다시 채웠다.

존은 무덤 위에 꽃을 살짝 놓아두고 마대를 어깨에 짊어졌다. 두 남자는 왔던 길로 소리 없이 나갔다.

외과 대학에 짐을 배달한 뒤, 그들은 술집에 들렀다. 존은 유쾌했지만, 토머스는 시무룩했다. "왜 그래, 토머스? 우린 잘했어. 시체는 학교에 갖다 됐으니 내일 수업 준비는 다 됐어. 아무 문제 없다고."

토머스는 고개를 저었다. "넌 마음에 걸리지 않아?" 그는 나직하게 물었다.

뼈

존은 맥주잔에서 고개를 들었다. "마음에 걸릴 일이 뭐가 있는데?"

"밤에 교회에 몰래 숨어들어 가는 거." 토머스는 중얼거렸다.

존은 다시 맥주를 한 모금 마셨다. 토머스가 이 문제를 굳이 끄집어내는 이유를 알 수 없었다. 존도 한밤중에 무모한 행각을 벌이는 것이 썩 내키지는 않았지만, 외과의로 훈련받는 데 필요한 일, 당연한 일로 받아들이고 있었다. 시체를 해부해 보지 않으면 인간 신체의 해부학적 구조에 대해 배울 수 없다.

"시체를 구하지 못하면 해부학을 배울 수 없어." 존은 말했다. "해부학을 배우지 못하면 어떻게 외과 의사가 되겠어." 너무나 당연한 이유였다.

토머스는 맥주만 쳐다보며 어깨를 으쓱했다. "그냥 마음이 편하지 않아. 그뿐이야."

존은 미간을 찌푸리고 친구의 얼굴을 들여다보았다. "마음에 걸리는 게 뭐야, 토머스? 여자는 죽었어. 시체를 가져간다고 해서 그 여자가 고통받는 게 아니라고."

토머스는 묘한 표정으로 그를 바라보고 있었다. 존은 친구가 우울한 것이 어리둥절해서 고개를 저었다. 때로 복잡다단한 인간 감정의 특성에 비하면 인간 신체의 해부학은 차라리 간단하다는 생각이 들었다.

어쩌면 존 헌터에게는 뭔가가 결여된 걸지도 몰랐다. 약간의 인간적인 공감력, 약간의 경이감, 미지의 대상에 대한 약간의 두려움. 그를 용감한 사람이라고 할 수도 있겠지만, 그것은 진정한 용기가 아니었다. 두려워해야 할 이유를 알지 못했기 때문이었다. 그를 인간적인 연민이 완전히 결여된 악마라고 할 수도 있겠지만, 그것 역시 맞는 말은 아니었다. 그도 일종의 연민을 갖고 있었다. 병을 앓는 사람들, 고통에 시달리는 사람들을 돕고자 하는 절실한 욕구가 있었다.

그러나 그는 죽은 사람에 손을 대지 말아야 한다는 사람들에게 전혀 공감할 수 없었다. 생명이 사라진 인체는, 그것이 어머니든, 아내든, 사랑하는 자식이든, 죽은 고기에 불과하다. 그는 시체를 다르게 바라보는 사람들을 이해할 수 없었다.

이렇게 하여 존 헌터는 외과 의사가 되었다. 하지만 그의 연구 대상은 인체에 한정되지 않았다. 그는 자연에 존재하는 모든 것을 탐구하고자 하는 무한한 호기심을 지닌 인간이었다. 고슴도치의 습관, 동물의 열로 채소를 재배하는 법, 뻐꾸기의 행동, 태생 도마뱀의 자연사 등, 그는 갈까마귀가 반짝이는 금속을 모으듯 정보를 수집했다. 척추가 끊어진 뒤에도 개구리의 심장은 몇 시간 더 뛴다는 것을 실험을 통해 알아냈다. 장어는 빙점에 가까운 온도에서도 살아남는다는 것을 알아냈다. 민물 홍합의 진주 생산을 인공적으로 자극하는 방법을 개발했다. 그 모든 연구 중에서도, 그는 특이한 인체가 가장 흥미로웠다. 비정상적인 인간을 연구함으로써 정상적인 세상의 질서를 보다 깊이 이해할 수 있을 거라고 생각했다.

여기서 찰리 번과 존 헌터가 만나지 않을 수 없다는 걸 독자 여러분도 짐작하실 것이다. 그리하여 화창한 어느 날, 존 헌트는 코번트 가든으로 향했다. 그는 기형 쇼에 혹시 흥미로운 견본이 있는지 확인하려고 잠시 걸음을 멈췄다.

이따금 쇼의 주인은 존의 호기심을 자극하는 것들을 선보였다. 특이한 것을 좋아하는 선원이 소금물에 보관한, 남양군도 원주민의 문신 새긴 아래팔. 태어날 때부터 눈이 하나밖에 없는 돼지의 두개골.

그날 오후 기형 쇼의 주인장이 별다른 것을 선보이지 않아서, 존은 시장을 느긋하게 둘러보았다. 채소 가판 앞 통로를 지나는데, 방울새의 달콤한 노랫소리가 멜론 장수의 외침을 누르고 들려왔다. 그는 노랫소리를 향해 통로 끝까지 걸어갔다. 우리를 가득 채운 새들이 짹짹거리며 날개를 거친 나무 조각에 퍼덕퍼덕 부딪히고 있었고, 그 옆에 한 남자가 서 있었다. 새 장수는 손에 더 작은 새장을 들고 있었는데, 그 안에는 알록달록한 새 한 마리가 횃대에 앉아 있었다.

"한 줌 거짓이 없는 진실입니다." 새 장수는 젊은 여자에게 말하고 있었다. "서인도제도에서 막 돌아온 선원에게 산 새입니다. 이런 새는 인간 못지않게 또박또박 말을 배울 수 있답니다. 이런 새 한 마리에 2실링이라면 보기 드물게 싼값입니다."

존은 새를 바라보며 다가갔다. 분명 방울새였다. 알록달록한 색은 물감칠이었다.

"저한테는 너무 비싸요." 젊은 여자는 새장에서 물러섰다. "물론 멋진 새는 분명하지만."새 장수는 존에게 눈길을 흘긋 보내더니 이쪽이 더 기대할 만한 고객이라고 판단한 것 같았다. "진귀한 새를 알아볼 줄 아는 눈 높은 신사분이 오셨군요, 어르신. 아주 진귀한 새입니다."

존은 코웃음을 쳤다. "당신은 바보든지, 아니면 나를 바보로 본 거겠지. 방울새한테 드루리 레인 창녀처럼 분칠을 해서 갖고 나온 거 아닌가." 존은 입술을 오므리고 방울새 소리를 흉내 내어 휘파람을 불었다. 새장 안의 새는 휘파람 소리에 반응해서 경쟁자를 찾는 듯 주위를 두리번거리며 노랫소리를 들려주었다.

"멋진 노래군요." 새 장수는 외쳤다. "방울새가 이렇게 노래하는 건 평생 처음입니다."

"방울새 소리도 평생 들어 본 적이 없는 모양이군." 존은 잘라 말했다. 남을 속이려는 수법은 아무리 어설프다고 해도 그에게는 짜증스러웠다. "방울새는 3펜스인데, 분칠 조금 해서 세 배 이상 값을 받으려고 하다니. 이 새 장수를 당장…"

그때, 새 장수의 눈이 커지더니 존의 어깨 너머를 쳐다보았다.

"거기 당신!" 그는 외쳤다.

존이 뒤를 돌아보는 순간, 방울새떼와 참새떼가 새장의 구멍을 통해 열린 하늘로 폭발하듯 날아올랐다. 새장 옆에는 거대한 남자가 서 있었다. 그는 한 손에 새장에서 뜯어낸 나무 조각을 쥐고 있었고, 다른 손에 산사나무꽃으로 장식한 지팡이를 들고 있었다.

"하느님 아버지!" 새 장수는 부서진 새장으로 달려갔다. 마지막 참새가 꼬리를 흔들며 날아올랐고, 새장 안은 떨어진 깃털과 새똥만 남은 채 텅 비었다. 새 장수는 고래고래 소리치기 시작했다. "이 염병할 놈이, 멍청한 바보 자식!" 그는 거인을 향해 돌아서면서 때리려고 손을 쳐들었다.

뼈

남자는 허리를 곧게 펴고 새 장수를 내려다보았다. "새들이 날아가고 싶어 했습니다."

존은 거인의 덩치에 어안이 벙벙해서 멍하니 바라보았다. 때로 키 큰 남자나 거인을 선전하는 기형 쇼에도 가봤지만, 이 남자는 그중 최고였다.

두려움에서 비롯한 존경심이 분을 누그러뜨렸는지, 새 장수는 손을 내렸다. 하지만 고함은 계속되었다. "새 값은 누가 낼 거요? 그나마 이 새를 팔아 먹고사는데, 다 날아가 버렸잖아. 경찰을 부르겠어, 이 덩치만 큰 건달 같으니."

"어허, 저기 저 새는 어쩔 거요?" 존이 얼른 끼어들었다. "경찰은 집에서 색칠한 새를 이국의 새라고 속여 팔았다는 소리에 관심이 더 많을 것 같은데."

새 장수는 남은 새 한 마리를 불안한 눈으로 바라보았다. "아니, 어르신. 그럴 필요는 없잖습니까. 이건 당신 일이 아니잖아요."

존은 지갑에 손을 넣었다. "고함은 그만 지르시고." 그는 상인에게 동전 몇 개를 주었다. "이거라도 챙기고 그만 가보시오."

"그 시간을 들여서 모았는데, 건진 건 없고." 새 장수는 동전을 주머니에 넣으며 억울한 듯 계속 투덜거렸다.

"이 새는 어쩔 겁니까?" 거인은 새장에 들어 있는 새를 가리켰다.

존은 주머니에서 2실링을 꺼내고 새장을 넘겨받았다. 이어 그는 투덜거리는 새 장수가 마음을 바꾸기 전에 빨리 여기를 뜨는 게 좋겠다는 뜻으로, 거인에게 고갯짓을 해 보였다. 거인은 앞장서서 템스강으로 향했다. 그는 강가 계단에 앉더니 새장 쪽으로 손을 내밀었다. 거인에 대한 호기심에 가득 차서, 존도 진흙도 아랑곳하지 않고 돌계단에 나란히 앉았다.

"불쌍한 새." 거인은 방울새를 바라보며 말했다.

"물감은 금방 빠질 거요." 존은 말했다. "새 장수는 틀림없이 가장 싸구려 물감을 썼을 테지."

거인이 새장 문을 열자, 새는 그의 손가락 위로 폴짝 뛰어나왔다. 그는 새에게 강물을 뿌려주었다. 물감은 진홍색이었고, 꼬리털은 빛을 약간 잃었다.

존은 새가 가만히 있는 것을 보고 놀랐다. 날씨가 더워서 지친 것이리라. 하지만 더 신기한 것은 거인이었다. 대단한 표본이다, 그는 생각했다. 남자의 거대한 손을 보니, 그 아래 있는 뼈는 어떤 모양일까 궁금했다. 아, 이런 인간의 골격을 수집할 수 있다면 무엇이든 내놓겠건만.

남자의 얼굴은 넓적했고 젊어 보였다. 파란 눈은 조금 거칠었다. 약간의 광기가 엿보였다.

"왜 제가 풀어준 새 값을 내셨습니까?" 거인은 존에게 물었다.

"당신과 친해지고 싶어서." 존은 솔직히 대답했다. "당신처럼 큰 인간은 본 적이 없소." 그는 거인을 찬찬히 관찰했다. "혹시 손이 아픈가? 관절이 붉어 보이는데."

"맞습니다, 아파요."

"그럴 것 같았소. 무릎과 엉덩이, 그쪽도?"

"무릎, 엉덩이, 발, 손. 다 아픕니다. 런던에 온 뒤로 계속 그래요."

존은 생각에 잠겨 고개를 끄덕였다. "통증을 약간 덜어줄 연고가 있소." 그는 천천히 말했다. "발라볼 가치는 있지. 내 진료실에 오시면 연고를 드리겠소."

거인은 존을 내려다보았다. 관심을 보여줘서 고마운 것 같았다. "그렇게 해볼까요?"

며칠 뒤 존 헌터는 저민가 자택의 해부실에서 예비 외과 의사들을 모아놓고 인체해부학을 가르치고 있었다. 늙은 남자의 시체가 얼굴을 아래로 한 채 해부대에 놓여 있었다. 강의 중, 헌터는 종아리 근육을 덮은 피부와 섬유조직을 한 겹 한 겹 깔끔하게 벗겨내면서 아킬레스건 부상 치료에 대해 학생들에게 가르쳤다. 실험하고 관찰하는 것이 중요하다는 것도 언제나처럼 강조했다.

다리에서 엉덩이까지 해부하고 난 뒤, 그는 강의를 마치고 학생들을 내보냈다. 저 중에 훌륭한 의사로 성장하는 사람이 과연 있을까, 그는 돌아가는 학생들을 바라보며 생각했다.

아니면, 전해 내려오는 민간요법에 의존하고, 검사와 실험, 관찰을 등한시하는 세인트 조지 의대의 박식한 교수들 뒤를 따를까.

헌터는 피 묻은 앞치마를 벗고 깨끗한 물에 손을 씻었다. 지하 해부실과 본채를 연결하는 계단을 올라가는데, 가정부 실즈 부인이 문간에 나타났다.

"찰리 번이라는 키 큰 남자가 찾아왔어요." 그녀는 약간 당황한 얼굴이었다. "아주 키가 커요."

"잘됐군요, 실즈 부인." 그는 외쳤다. "아주 잘됐습니다. 빨리 들어오라고 해요."

거인은 존 헌터가 진료실로 사용하는 작은 방 벽난로 옆에 불편하게 서 있었다. 잘 맞지 않는 공간인 것 같군, 존은 생각했다. 강변에서 그는 자신감 있고, 강해 보였다. 그런데 이 좁은 집 안에 들어오자, 그 광활한 생명력이 온데간데없었다. 천장이 위에서 내리누르는지 어깨는 구부정했다. 얼굴은 창백했다.

아무것도 만지지 말라는 훈계를 들은 학생처럼, 거인의 손은 등 뒤에서 깍지 끼고 있었다. 저런 견본을 전시하려면 장식장이 얼마나 커야 할까, 존은 그를 바라보며 계산했다.

"말씀하신 연고를 받으러 왔습니다." 찰리는 말했다. "몸을 데우는 데 도움이 될 거라고 하셨지요?"

"와주셔서 반갑군." 존은 외쳤다. "어서 앉으시오. 실즈 부인이 차를 내올 겁니다. 셰리 한 잔도 좋고. 몸이 따뜻해질 거요."

"셰리는 마셔본 적이 없습니다."

"그러면 지금 마셔보는 것도 좋겠지." 존은 말했다. "앉으시오." 그는 의자를 가리켰다. "방울새는 어떻소? 깃털에 묻은 물감은 다 빠졌는지?"

찰리는 고개를 끄덕였다. "날아갔습니다. 시골로 돌아갔어요."

실즈 부인이 셰리를 가져와서 잔에 따르고 쟁반을 벽난로 옆 탁자에 놓았다. 존은 잔을 들고 찰리를 향해 미소 지었다. "새를 위해 건배. 런던의 연기 속에서 무의미하게 죽어가지 않게 되어 다행이오."

"네." 찰리도 셰리를 마셨다.

존은 잠시 말을 고르며 망설이다 기회를 놓치고 싶지 않아 빠르게 말했다.

"여기 온 김에 혹시 몸을 좀 검사해 봐도 괜찮겠소? 체온, 심장박동수, 간단한 거요."

찰리는 미간을 찌푸렸다. "왜 그런 걸 원하십니까?"

존은 조심스럽게 말을 골랐다. "나는 당신 같은 사람을 연구하는 사람이오."

찰리는 고개를 저었다. "나 같은 사람이 또 있을 것 같지는 않습니다."

존은 그런 말이 아니라는 듯 손을 저었다. "정확히 당신 같은 사람 말고. 거인뿐만이 아니라, 보통 사람보다 유난히 작은 사람들, 유난히 큰 사람들, 어딘가 다른 사람들. 그 차이 속에 자연의 비밀이 숨어 있지. 나는 놀라운 것들을 연구하는 일에 인생을 바친 사람이오. 이런 것들을 연구하면 세상에 대해 배우게 되거든. 머리가 둘 달린 양이 왜 태어나는지 알아내면, 왜 양들은 대부분 머리가 하나뿐인지 알게 되지 않겠소?"

찰리는 셰리를 비웠고, 존은 한 잔 더 따라주었다. "왜 그런 걸 알고 싶으십니까?"

존은 자기 잔을 탁자에 놓고 몸을 내밀었다. "인체는 놀라운 기계요, 찰리. 의지에 따라 손가락이 움직이고, 눈이 깜빡이고, 일어서고, 앉고." 그는 손을 뻗어 찰리의 가슴을 가볍게 두드렸다. "이 가슴 속의 심장은 시계처럼 정확하게 박동하지. 왜?" 존은 물러앉았다. "당신은 다른 사람들보다 훨씬 더 크게 자랐어. 왜 그럴까?"

"고대의 피가 제 혈관에 흐르기 때문입니다." 찰리는 말했지만, 존은 무시했다.

"해답은 거기 있소. 당신 몸 안에. 시계처럼 째깍거리며."

찰리는 자기 가슴을 불편하게 쳐다보았다.

"나는 그런 것들을 이해하고 싶은 거요." 존은 중얼거렸다.

"이해를 못 하는 것일 수도 있습니다." 찰리는 말했다. 그는 두 번째 잔을 비우고 다시 따라 달라는 뜻으로 존에게 잔을 내밀었다.

"그저 아직 충분히 알고 있지 못한 거요." 존은 말했다. "자연은 비밀을 숨기고 있지만, 내가 따라잡을 거요." 그도 술을 홀짝 마셨다. "불편하겠지만 혹시 몇 가지 검사를 하게 해주신다면…"

찰리는 어깨를 으쓱했다. "그렇게 하십시오."

존은 찰리의 맥박을 재고, 체온을 재고, 키와 허리둘레를 재고, 손발 길이를 재고, 뻗은 팔의 길이를 재고, 머리둘레를 쟀다. 작은 수첩 안에 치수를 적으면서, 존은 계속 대화를 이어갔다. "나는 살아 있을 때와 똑같은 형태로 조립한 거대한 고래의 골격을 갖고 있소. 놀라운 생물이지."

"전 고래를 본 적이 없습니다." 찰리는 말했다. "가장 큰 물고기라지요?"

"나도 살아 있는 고래를 마주친 적은 없지만, 내 학생 중 하나가 그중 작은 개체의 시체를 염장해서 보내줬다오. 골격으로 미루어 볼 때 물고기라기보다 소에 가깝지."

"평생 바다에서 사는 소?" 찰리는 말했다. "그럴 리가요."

존은 어깨를 으쓱했다. "고래에게는 물고기의 아가미가 없고, 대신 일종의 폐가 있어. 내 박물관에 골격을 보존해 두었지. 골격은 신체 작용에 대해 많은 것을 알려주거든." 그는 측정을 끝내고 의자에 물러앉았다. "우린 자연이라는 공통된 관심사가 하나 있군. 언제 내 시골집에 한번 찾아오시는 게 어떻겠소? 정원도 보고, 내가 수집한 짐승들도 구경하고. 런던의 거리에서 벗어나서 상쾌하게 기분 전환을 할 수 있을 거요."

존은 찰리의 얼굴에 혹시 두려운 기색이 나타나지 않는지 지켜보았다. 아, 정말 순수한 청년이었다. 그는 존을 향해 미소 지었다.

"좋습니다." 찰리는 중얼거렸다. "그렇게 하지요."

그들은 친구 비슷한 사이가 되었다. 날씨 좋은 오후, 찰리는 종종 존의 진료실에 찾아갔다. 셰리 한 병을 들고가서 난로 앞에 앉아 이야기를 하기도 했다. 존이 내어주는 연고가 손의 아픔을 덜어주는 것 같았지만, 아직 찰리는 무릎과 엉덩이가 아프다고 투덜거렸다. 그는 불 옆에 있을 때 제일 편안한 것 같았다.

자기 나름의 방식대로, 존은 거인을 진심으로 좋아했다. 매혹적인 사람이었다. 만난 지 얼마 지나지 않아, 존은 찰리가 미친 사람이라고 판단했다. 그의 사고방식은 상당히 독특했다. 그는 너무나 놀라운 이야기들을 아주 진지하게 하곤 했다. 귀신 나오는 풀밭, 유령 왕, 마법의 검. 찰리가 야생에서 잉태되었다는 이야기를 듣고, 존은 그가 사생아일 거라고 짐작했다. 아일랜드인들을 고향으로 데려가는 임무를 띠고 왔다는 이야기를 듣고 존은 정중히 고개를 끄덕였지만, 이것 역시 그는 거인이 미쳤다는 증거 중 하나로 받아들였다.

영구하게 꽃이 피어나는 듯한 신기한 지팡이는 놀라웠지만, 찰리가 들려준 지팡이의 기적 이야기에는 전혀 신빙성이 없었다.

지팡이를 꼼꼼히 조사한 결과, 꽃이 나무에서 곧바로 돋아난다는 것은 확인할 수 있었다. 서인도제도의 어떤 나무는 잘린 가지에서도 잎이 돋아난다는 이야기를 들은 적이 있었기 때문에, 존은 이 지팡이도 산사나무를 닮았을 뿐이지 그 비슷한 식물일 거라고 짐작했다. 지팡이를 반으로 잘라서 속도 진짜 살아 있는지 확인하고 싶었지만, 그것은 찰리가 허락하지 않을 것이다. 그는 지팡이가 자기 시야에서 벗어나는 것조차 허락하지 않았다.

그렇게 몇 주가 지났다. 런던은 찰리에게 맞지 않는 곳이라는 사실이 확실해졌다. 분명 그는 죽어가고 있었다.

찰리가 셰리 잔을 들어 입으로 가져갈 때면, 손이 덜덜 떨렸다. 몸은 전혀 따뜻해지지 않았다. 고질적인 기침이 시작되면, 돌풍에 휩쓸린 참나무처럼 큰 덩치가 휘청거렸다. 피부는 창백해졌고, 늘 진을 달고 살다 보니 코와 뺨은 온통 터진 혈관투성이였다. 발이 너무 차서 온기를 유지하려다 보니 신발을 신게 되었다. 존은 차츰 악화하는 찰리의 몸 상태를 애석함과 기대감이 뒤섞인 마음으로 지켜보았다.

살아 있는 거인을 연구할 기회는 잃겠지만, 그는 기꺼이 시체와 뼈를 관찰하고 싶었다.

때로 찰리의 음주 습관도 걱정스러웠다.

거인이 도랑에 쓰러져 죽는다면, 시체가 어디로 실려 갈지 아무도 모른다. 도굴꾼들이 넘쳐나는 세상, 존은 다른 외과 의사가 시체를 손에 넣을까 봐 두려웠다.

어느 화창한 오후, 존은 찰리를 얼스 코트에 있는 시골집으로 데려갔다.

두 사람은 존의 마차를 탔지만, 거인은 어깨를 움츠리고 고개를 숙여서 좌석에 몸을 억지로 구겨 넣어야 했다. 거인의 습관적인 무기력감은 런던을 벗어나자마자 사라지는 것 같았다. 찰리는 나무와 풀밭을 보더니 웃으며 창밖만 바라보았다.

"멋집니다. 녹색 들판을 다시 볼 수 있어서 너무나 좋아요."

얼스 코트에 도착한 존은 찰리에게 집 구경을 시켜주며 이국의 짐승과 조류를 보여주었다. 찰리는 입을 떡 벌린 채, 같은 방목장에서 풀을 뜯고 있는 얼룩말과 피부가 매끈한 아시아 물소를 바라보았고, 어린 표범 두 마리와 아프리카 사자를 보더니 고개를 설레설레 저었다. 온실에서 그는 존이 판유리로 지어놓은 벌통을 신기한 눈으로 쳐다보았다. 유리 아래에서 일벌이 복잡한 벌집을 분주하게 돌아다니며 열심히 일하고 있었다.

유리 안에서도, 주위 들판에서도, 희미한 벌레 소리가 들려왔다.

"고향 생각이 납니다." 찰리는 묵직한 목소리로 부드럽게 말했다. "어머니의 밭에서 클로버 사이를 날아다니는 벌 소리를 들으며 잠들곤 했어요. 아름다운 소리죠."

"나는 그 소리의 주파수를 측정해서 피아노 소리와 비교한 적이 있어." 존은 말했다. "중간 C음 위의 트레블 A야."

찰리는 듣고 있는 것 같지 않았다. 그는 유리판을 향해 몸을 숙이고 일벌들이 벌집을 넘나드는 것을 바라보았다. "정말 많군요, 정말 바쁘고."

"내가 세어본 결과, 벌집 하나당 대략 평균 3,400마리가 있어. 그리고 항상 여왕벌이 한 마리씩 들어 있지. 내가 확인한 모든 벌집에다 있었어."

찰리가 손을 뻗자, 들판에서 돌아오던 벌이 손가락에 내려앉았다.

"조심해." 존은 말했다. "성질이 아주 급하고 고약해. 나는 지난주에 네 번이나 쏘였어."

"날 쏘지는 않을 겁니다." 찰리는 말했다. 벌은 날개를 윙윙거리며 거대한 손 위에서 기어다녔지만 쏘지는 않았다.

존은 이어 잉어, 거머리, 장어를 실험용으로 번식시키는 양어장으로 걸음을 옮겼다. 문득 오늘따라 유난히 들판에 종달새, 방울새, 기타 작은 새들이 눈에 띄었다. 마치 풀밭이 살아 있는 것 같았다. 새들은 그들 앞 풀밭에서 펄럭이며 날아올라 거인의 머리 위를 맴돌다가 훌쩍 날아갔다. 한번은 놀랍게도 종달새 한 마리가 찰리의 어깨에 내려앉더니 고개를 뒤로 젖히고 폭포수처럼 노래를 쏟아내다가 다시 날아올랐다. 유난히 새들이 많이 몰려온 이유가 뭘까 생각하고 있는데, 찰리가 뒤로 처졌다. 존이 돌아보니, 거인은 신발을 벗고 있었다. 커다란 한쪽 발은 이미 맨발이었다.

"발에 밟히는 촉감이 좋네요." 찰리는 말했다. "따뜻해요. 런던의 거리와 달리." 그는 반대쪽 신발도 벗어서 울타리 기둥 옆에 나란히 두었다. 허리를 펴더니, 그는 어마어마하게 긴 팔을 머리 위로 죽 뻗었다. 몇 주 동안 이렇게 건강해 보인 적이 없는 것 같았다.

"햇빛이 자네한테 좋은 모양이야." 존은 잠시 거인을 지켜보았다. "원한다면 한동안 여기 머물러도 괜찮아." 그러면 많은 문제가 해결된다. 찰리는 더 오래 살지도 모르지만, 존은 더 이상 시체를 잃을 걱정을 하지 않아도 된다. 상황을 그가 통제할 수 있을 것이다.

찰리의 얼굴은 잠시 밝아졌지만, 그는 곧 얼굴을 찡그리고 고개를 저었다. "그럴 수는 없어요."

"내가 이따금 자넬 런던에 데리고 나갈 수도 있어." 존은 고집했다. "나머지 시간은 여기서 지내면 되잖나. 도시의 공기는 건강에 좋지 않아. 자네한테 좋을 게 없다고."

찰리는 고집스럽게 고개를 저었다. "아일랜드에 돌아갈 때까지 전 런던에 있어야 합니다. 아일랜드인들이 있는 곳은 거기고, 제가 머물러야 할 곳도 거기예요."

"뜻대로 하게." 존은 말했다. 걸음을 옮기면서, 그는 지금이 거인에게 뼈에 관해 물어볼 적절한 시기가 아닐까, 생각했다. 그는 과학 연구라는 개념을 최대한 순화시켜서 소개하려고 애썼다.

"다른 동물들도 더 보셔야지." 그들은 집을 둘러싼 방목장 쪽으로 다시 향했다. 존은 돼지우리 앞에 멈춰서 울타리에 기댔다. "돼지가 실험용으로 가장 좋아. 관리하기 쉽고 우리에서 번식도 잘하거든."

늙은 암소가 울타리에 다가와서 찰리를 쳐다보고 있었다. 거인이 몸을 숙이고 머리 꼭대기를 긁어주니, 소는 만족스러운 한숨을 쉬었다.

"새끼 돼지는 어떻게 된 겁니까?" 찰리는 물었다. 새끼 돼지 세 마리 다 오른쪽 뒷다리에 흉터가 있었고 다리를 절고 있었다.

"실험의 일환이라네." 존은 설명했다. "나는 뼈가 성장하는 과정을 연구하고 있어. 프랑스 식물학자 앙리 뒤마멜 뒤 몽소는 뼈가 끝부터 끝까지 전체적으로 증식한다고 주장해. 나는 말단 부위에서 자란다는 입장이고." 그는 실험 과정을 찰리에게 설명했다. 모든 돼지에게 시술한 실험이었다.

오른쪽 뒷다리 뼈를 들어내서 정확히 2인치 간격으로 구멍을 두 개 뚫은 뒤 구멍에 납탄을 삽입하고 다시 봉합한다. 수술 후 몇 주간, 주 단위로 돼지를 한 마리씩 도살해서 뼈를 확인한다. 다리뼈는 전체적으로 길어졌지만, 납탄 사이의 간격은 삽입한 시점과 동일했다. 뼈가 중간이 아니라 말단부에서 성장한다는 그의 가설을 입증하는 결과였다.

찰리는 우리 안의 돼지들을 빤히 보았다. "뼈가 어떻게 성장하는지 왜 알고 싶으신가요?" 그는 마침내 말했다. "어쨌든 성장한다는 것으로 충분하지 않은가요? 하느님의 은혜로 아주 잘 자라고 있지 않습니까?"

"하느님의 은혜를 항상 신뢰할 수는 없지." 존은 경쾌하게 말했다.

"그것 말고 다른 건 뭐가 있죠?"

"지식." 존은 말했다. "돼지가 자라지 않거나 제대로 안 자랄 때가 있지 않나. 나는 그 이유를 알고 싶어." 그는 새끼 돼지를 바라보았다. "알아야 할 게 너무나 많아. 혹시, 찰리, 내가 자네 뼈를 볼 수 있다면 왜 그렇게 아픈지 알아낼 수 있을지도 몰라. 자네한테 도움이 되진 않 겠지만, 뼈가 아픈 다른 사람들이 도움을 받을 수 있겠지."

"제 뼈를?" 찰리는 눈을 갑자기 크게 뜨고 그를 쳐다보았다. "제 뼈를 보고 싶다고요?"

"자네가 죽은 뒤에, 찰리. 우리 모두 언젠가는 죽어." 존은 부드럽 게 말했다. "내가 자네 몸을 가질 수 있다면…"

찰리는 충격받은 표정으로 그에게서 뒷걸음질 쳤다. "제 뼈를, 존? 제 뼈로 뭘 하실 겁니까?"

"관찰하려는 거야, 찰리." 그는 이성적인 사람이 이성적인 제안을 한다는 뜻으로 두 손을 펼쳐 보였다. "죽고 나면 자네한테는 쓸모가 없잖나."

찰리는 고개를 저었다. 그는 커다란 두 주먹을 꼭 움켜쥐었다. "제 뼈는 아일랜드로 돌아가야 합니다. 거기야말로 제 뼈가 있을 곳입니 다. 아버지에게 약속했어요."

"미신이야, 찰리." 존은 부드럽게 말했다. "그걸 너무 진지하게 생 각하면 안 돼."

찰리는 돌아서서 뛰어갔다. 찰리의 반응에 놀란 존은 그를 불렀지 만, 거인은 뒤돌아보지 않았다.

존도 뒤따라 달려갔지만, 따라잡기에는 어림도 없었다. 마침내 그 는 거인이 가버리도록 내버려 두었다. 어차피 그는 런던의 진료실로 돌아올 것이다.

찰리의 성급한 반응이 섭섭했다. 좀 더 조심스럽게 제안할 방법이 있었을까, 그는 대화를 머릿속에서 복기했다. 결국 그는 어떤 말로도 거인이 미신을 극복하게 할 수는 없었다는 결론을 내리고 마음의 평화를 찾았다. 그날 그는 얼스 코트에서 일별을 해부하며 밤을 보냈다. 까다로운 임무가 마음을 진정시켜 주었다.

다음 날 아침, 산책을 하는 동안, 풀밭에 새로운 종의 꽃이 자라고 있는 것이 눈에 띄었다. 땅에 붙은 키 작은 풀이었고, 아주 조그마한 금빛 꽃송이가 듬성듬성 모여 자라고 있었다. 찬찬히 관찰해 보니, 꽃은 거인의 발자국에서 돋아나 있었다. 존은 이 신기한 현상을 찰리의 발이 내리누른 압력에 기인한 것으로 결론짓고, 압력을 가한 상황에서 씨앗을 발아시키는 일련의 실험 계획을 세웠다.


찰리는 자신을 부르는 존의 목소리를 들었지만, 멈추지 않았다. 추운 오후, 런던으로 가는 길은 멀었다. 황소가 끄는 마차에 짚을 싣고 가던 농부가 몇 킬로미터 태워주었지만, 나머지는 줄곧 걸어야 했다. 도시 외곽에 다다를 때쯤에는 다리가 욱신거렸다. 고개를 들어 머리 위 연기 자욱한 하늘을 쳐다보는 것이 싫어서, 그는 고개를 푹 숙이고 걸었다.

비가 내리기 시작했지만, 굳이 피하지도 않았다. 차가운 빗물이 외투에 스며들었다. 머리카락은 머리에 찰싹 달라붙었고, 빗물은 더러운 눈물처럼 검댕 흔적을 남기며 뺨을 타고 흘러내렸다.

셋방으로 돌아온 그는 몸이 아파 침대로 사용하던 짚을 채운 매트리스에 드러누웠다. 움직일 수도 없었고, 움직이기도 싫었다. "진 때문에 그렇지." 밴스는 말했다. "그렇게 마시다가는 언젠가 죽는다고 했잖아." 찰리는 대답하지 않았다. 그저 난로의 불꽃만 바라볼 뿐이었다.

며칠 후 캐슬린이 찾아왔다. 코번트 가든의 가판에 그가 나타나지 않자 무슨 일인가 싶어 들른 것이었다. 지팡이 가게 옆집 문에 이런 안내문이 걸려 있었다. "오늘은 쇼가 없습니다. 내일 오세요." 그런데 안내판은 며칠 된 것 같았다. 캐슬린이 문을 두드리자, 집주인 메리가 나오더니 뚱한 표정으로 그녀를 쳐다보았다.

"찰리를 보러 왔는데요." 캐슬린은 말했다. "친구예요."

"빨리 만나봐요." 메리는 비웃는 듯한 말투였다. "며칠 안 남은 것 같으니까." 그녀는 캐슬린을 안에 들였다. 꼽추 캐슬린은 고약한 냄새가 풍기는 어둑한 실내를 지나 찰리의 침대로 향했다.

그는 힘없이 타오르는 난롯가 옆 매트리스 위에 누워 있었다. 석탄 불빛 때문에 불그스레한 안색은 열에 들뜬 눈빛과 슬픔에 잠긴 표정에 어울리지 않았다. 담요를 덮고 있는데도 그는 부들부들 떨고 있었다. "아, 캐슬린." 그는 중얼거렸다. "잠시 옆에 앉아 있어요. 난 지금 외로워요, 아주 많이."

그는 가끔 몸을 떨며 난로에 더 바짝 붙었다. 그러다가도 갑자기 땀에 흠뻑 젖어서 이불을 전부 차내기도 했다. 그는 두통이 가시지 않는다고 하소연했다.

며칠 동안 그는 혼미한 상태로 앓았다. 캐슬린은 그의 옆을 지키며 빵과 치즈를 가져다주고, 담요를 어깨까지 끌어 덮어주고, 혼자가 아니라는 것을 알 수 있도록 손을 잡아주었다. 이레째 되던 날, 그는 다시 정신을 차렸다. 매트리스 옆 바닥에서 잠들어 있던 캐슬린이 깨어보니, 그가 그녀를 바라보고 있었다.

"캐슬린." 눈빛은 서글펐지만, 열 기운은 없었다. "여기서 뭐 하는 겁니까?"

"당신을 돌보는 거죠, 찰리."

"이제 그럴 필요 없어요." 그는 머리를 힘없이 저었다. "내가 어리석었어요. 나는 마법이 충분히 강할 줄 알았습니다. 하지만 마법은 이미 죽어 사라졌어요. 세상이 변하고 있습니다."

"그런 소리는 하지 말고, 찰리." 결국 그도 정신 나간 생각을 거두기로 한 모양이었지만, 그래도 그 모습을 보니 마음이 아팠다.

"나는 여기 런던에서 죽을 거예요."

"아니에요, 찰리. 곧 나을 거예요."

그는 그저 고개만 저었다. 선의의 거짓말이라는 것을 알고 있었다.

"조 밴스 보셨습니까?" 그는 물었다.

캐슬린은 밴스를 찾아 나섰다. 캄캄한 방에 있다 나오니, 마당은 눈부실 정도로 환했다. 밴스는 런던에서는 그나마 밝은 햇빛으로 통하는 어스름한 회색빛 아래에서 종지 세 개와 마른 완두콩 놀이를 하며 빈둥거리고 있었다. 찰리가 찾는다고 전하니, 밴스는 내키지 않는 듯 그녀를 따라 방으로 들어왔다.

뼈

"꼴이 말이 아니군." 밴스는 말했다. "그 의사 양반, 존 헌터가 자 넬 다시 만나러 왔어. 직접 진료하면 열이 내리는 약을 줄 수 있을 거 라고 하더군. 행색이 좋아 보이던데."

찰리는 고개를 저었다. "그 사람은 다시 안 보겠다고 했잖습니까."

"돈이 일주일 째 안 들어왔어." 밴스는 느릿하게 말했다. "다음 월 요일에는 메리가 집세를 달라고 할 텐데."

찰리는 아무 말도 하지 않았다. 그는 밴스의 말을 무시한 채 불꽃 만 바라보고 있었다. 밴스가 나가려는 듯 일어나자, 그도 몸을 일으켰 다. "절 좀 도와주세요, 조. 정직한 장의사를 수소문할 수 있을까요?"

장의사이자 조 밴스의 친구인 필즈 씨는 전문가의 눈으로 찰리를 보더니 오래가지 못할 거라고 판단했다. 거인의 얼굴은 창백하고 땀 에 젖어 있었다. 눈은 충혈되어 있었다.

"관을 맞추시려고?" 필즈는 말했다. "특별히 제작해야겠군. 추가 요금을 내야 해."

"부탁드릴 게 있습니다." 찰리는 힘없이 중얼거렸다. 그는 팔을 뻗어 필즈의 손을 잡았다. "제 시체를 아일랜드로 가져가 주세요. 어 머니의 농장으로. 확실하게 조치해 주시길 부탁드립니다. 돈을 내겠 습니다."

"중국인들이 유골을 고향으로 보낸다는 이야기는 들어봤네만." 장의사는 말했다. "아일랜드인은 처음이오."

"부탁드립니다." 찰리는 목쉰 음성으로 말하며 남자의 손을 움켜 쥐었다. "꼭 그렇게 조치해 주셔야 합니다." 그는 이부자리를 뒤져 쨍그랑거리는 작은 돈주머니를 꺼냈다.

필즈는 눈으로 내용물을 가늠했다.

"저를 안전하게 고향으로 데려가 주셔야 합니다."

"돈만 낸다면 뭐든지 준비해 드리지." 필즈는 선뜻 대답했다. "편히 쉬시오, 번 씨."

캐슬린은 최선을 다해 찰스를 돌봤다. 하지만 돈이 떨어지자, 그에게 먹일 식량을 살 돈을 벌기 위해 오후와 저녁에는 가판으로 돌아가야 했다. 그녀는 빵과 치즈, 양고기스튜를 마련해 왔지만, 찰스는 그녀가 가져온 것들을 절반도 채 먹지 못했다.

그 주에는 시꺼먼 검댕 비가 내렸고, 거리는 진흙탕으로 변했다. 늦게 문을 연 행상들은 괜히 품만 들이고 한 푼도 벌지 못한 채 일찌감치 파했다. 진흙은 마차 바퀴와 말발굽에 달라붙었고, 운전사들은 날씨에 욕설을 내뱉었다. 가마꾼은 동상에 걸렸다.

비가 이레째 내린 날 아침 일찍, 세인트 자일스 루커리의 모든 개들이 지팡이 가게 문 앞으로 모여들었다. 지팡이 장수는 발로 차고 욕하면서 쫓아냈지만, 아무리 내쫓아도 개들은 다시 돌아왔다. 마침내 그는 포기하고 간판 아래 쭈그리고 앉은 지저분한 떠돌이 개들을 무시하려고 애쓰며 이따금 흘긋거렸다. 놀랍게도 개들은 싸우지 않았다.

이내 고양이들도 지붕을 타고 슬그머니 모였다. 비가 오는데도, 고양이들은 발아래 거리를 오가는 사람들을 노려보며 지팡이 장수의 가게 위에 웅크리고 앉아 있었다. 묘하게도 개들은 고양이를 보고 짖

뼈

지 않았고, 고양이도 개를 향해 앙칼진 울음소리를 내지 않았다. 그
저 조용히 기다렸다.

이른 오후, 참새가 지팡이 가게 간판 위에 내려앉았다. 한동안 새
는 추운 날씨에 잔뜩 털을 부풀린 채 빗속에 혼자 앉아 있었다. 그러
다 참새 한 마리, 되새 한 쌍이 합류했다. 잠시 후 산비둘기 네 마리가
고양이한테서 멀지 않은 간판에 내려앉았다. 하지만 고양이들은 새
를 쫓을 기미를 보이지 않았다.

문득 익숙한, 동시에 낯선 소리가 마차 바퀴 소리와 운전사의 욕
설을 뚫고 귀를 파고들었다. 지팡이 장수는 위를 올려다보았다. 그는
솔을 들고 잠시 꼼짝도 하지 않았다. 바니시를 바르던 지팡이를 그
대로 든 채, 그는 시골에서 살던 어린 시절의 기억을 되살리는 소리를
따라 문간으로 나갔다. 지저분한 거리 위, 간판에 들종다리 한 마리
가 지지배배 열심히 노래하고 있었다.

처마에서 산비둘기가 반짝이는 검은 눈으로 그를 쳐다보았다. 도
랑에서 개들이 서글픈 눈으로 그를 쳐다보았다. 지팡이 장수는 금빛
털이 드문드문 빛나는 작은 새를 쳐다보다가 다시 가게로 들어갔다.


런던에 땅거미가 내렸다. 도시가 공기에서 색채와 생명력을 모조
리 빨아들였는지, 불빛은 기묘한 회색을 띠었다. 파이 가게 주인은 가
게 문 앞에 내걸 기름 램프에 불을 켜고 있었다. 여기저기, 타오르는
노란 등불이 문을 연 가게와 술집을 알리고 있었다.

지팡이 가게 옆 복도에서 나온 조 밴스는 기다리고 있는 개를 발

로 걷어차고 근처 술집으로 향했다. 술집에 들어선 그는 연기 자욱한 내부를 둘러보다 장의사가 존 헌터와 함께 기다리고 있는 구석 자리로 향했다.

"환자는 어떤가?" 장의사는 유쾌하게 물었다.

그에게선 진 냄새가 났다. 그는 서글픈 얼굴에 어울리지 않는 미소를 짓고 있었다.

"오래 걸리지 않을 거야." 밴스는 말했다. "통증을 견디라고 진을 한 병 갖다줬어."

"빨리 가시라고." 필즈는 클클 웃었다. 존 헌터에게도 웃음을 보였지만, 그는 농담을 받지 않고 그저 노려보았다.

"내가 도울 수 있다면 좋을 텐데." 존은 방어적으로 중얼거렸다.

"그러시겠지요, 헌터 박사님." 밴스는 유들유들하게 말했다. "우리 모두 그렇습니다. 저도 그 청년을 아들처럼 아끼는걸요. 안 그런가, 필즈?"

한마디도 믿기지 않아, 존은 오만상을 찌푸리고 고개를 저었다.

"용건이나 이야기합시다." 그는 말했다.

장의사는 고개를 끄덕이고 나직하게 말했다. "우린 비용을 상의하고 있었어. 헌터 박사님은 시체 값으로 20파운드를 제시하셨네."

"20파운드?" 돈 이야기가 나오자, 밴스는 거인에 대한 사랑은 까맣게 잊고 얼굴을 찡그렸다. "말도 안 돼."

"우리가 구해드릴 특이한 상품 값으로는 적절치 못한 게 사실이지." 장의사는 중얼거렸다. "그 열 배가 적당해 보여."

존 헌터는 맥주잔에서 고개를 들었다. "그런 물건을 사겠다는 사람이 누가 있겠소."

"아, 무슨 말씀을." 장의사는 말했다. "세인트 조지 병원 수석 외과 의사와 이야기를 나누었는데, 여러 사람이 나설 거라고 합니다."

"30파운드." 존은 말했다.

홍정은 시간을 끌었다. 밴스는 거인에 대한 사랑을 어쩌나 유창하게 토로하는지 눈에 눈물이 고일 정도였다. 나는 거인의 친구, 어쩌면 유일한 친구다. 돈이 이렇게 쪼들리지 않으면 의사의 제안은 고려조차 하지 않았을 거다. 절절한 호소에 스스로 넘어간 나머지 순간 양심의 가책이 가슴을 찔렀지만, 존이 가격을 부르자 아픔은 사라졌다.

필즈는 자기들이 제공하는 물건이 희소하다는 점을 강조했다.

"지구상에서 둘도 없을 물건이지요. 이런 기회는 운이 좋아야 평생 한 번 올까 말까 합니다."

상품에 대해 너무 비현실적인 평가를 하는 것이 아니냐고 반박했을 뿐, 존은 셋 중에서 가장 말수가 적었다. 협상의 주도권을 쥔 것은 밴스와 필즈 쪽이었다.

코가 비뚤어지도록 진을 마시며 한참 이야기가 오간 끝에, 존은 마침내 100파운드를 부르고 더 이상 물러나지 않았다. 그들은 협상의 성사를 축하하는 뜻에서 건배했다.

시계가 열한 번 칠 무렵, 밴스는 거인을 확인하러 갔다. 거리는 이상할 정도로 고요했다. 술집 랜턴의 어둑한 불빛을 통해, 개들이 아직 기다리고 있는 것이 보였다. 머리 위에서 깃털 사각거리는 소리도 들렸다. 갑자기 어둠 속에 한 줄기 햇빛이 비치듯, 종달새가 찬란하게 지저귀기 시작했다. 떠돌이 개 중에서 가장 큰 놈이 고개를 뒤로 젖히더니 길게 울부짖기 시작했고, 나머지도 밴시*떼처럼 같이 울부짖었다.

밴스의 머리 위에서 한 남자가 잠옷 바람으로 창문을 벌컥 열더니 개들을 향해 고함을 질렀지만, 개들의 울부짖음은 계속되었다. 물세례와 요강 세례가 뒤따랐다. 밴스는 얼른 고개를 숙이고 술집 처마 밑으로 뛰어들었다. 다시 안에 들어간 그는 필즈와 존 헌터에게 말했다. "죽은 것 같소."

한밤중, 밴스와 필즈의 도움을 받아 존 헌터는 거인의 시체에서 옷을 벗기고 자루를 뒤집어씌운 뒤 마차에 실었다.

얼른 출발하고 싶어서 마음이 급했던 나머지, 그는 난로 옆 구석에 세워져 있던 거인의 지팡이를 챙기는 것을 잊어버렸다.

문간에 진을 치고 있던 떠돌이 개떼들은 700미터 정도 마차를 따라오다가 멀어졌다.

얼스 코트에 도착한 뒤, 밤중 운행에 익숙한 마차꾼은 존을 도와 시체를 수레에 싣고 지하 연구실까지 밀고 갔다.

시체와 둘만 남게 되자, 존은 망설였다. "자, 찰리." 그는 중얼거렸다. "자네 뜻이 어떠했든, 결국 이렇게 내게 왔군. 조금 안쓰러운 마음은 어쩔 길이 없네만, 그래도 자네가 충분히 행복하게 세상을 떴을 거라고 믿어." 그는 거인의 미신과 무지를 생각하며 고개를 저었다. 이어 그는 예리한 칼을 들고 찰리의 뼈를 끓는 물에 넣을 준비를 했다.

※　banshee, 가족이 죽을 때 울부짖는다는 아일랜드 전설 속의 여자 유령_옮긴이.

　　　　　　　　　　　　　　　　　　　　　　　뼈

옆방 새장 속의 종달새가 목놓아 노래하는 소리를 그가 의식한 것은 동틀 무렵이었다. 존은 무엇 때문에 새가 노래하나 싶어 고개를 갸웃하고 귀를 기울였다. 몇 달 동안 새장을 지하에 보관했지만, 종달새는 그가 아는 한 한 번도 노래한 적이 없었다.

마지막 뼈를 솥에 넣은 뒤 새에게 가보았지만, 새는 존이 다가가자 조용해지더니 다시는 노래하지 않았다.

그날 밤 캐슬린이 코번트 가든에서 돌아와 보니 찰리는 이미 사라지고 없었다. 방은 어두웠고, 난롯불은 꺼져 있었다. 옷가지는 매트리스 위에 흐트러져 있었다. 무슨 일이 있었는지 짐작할 수 있었다.

꽃이 시들고 말라비틀어져 있는 지팡이를 난로 옆에서 찾은 순간, 그녀는 그가 죽었다는 것을 알 수 있었다. 찰리가 살아 있다면 절대 지팡이 없이 나가지 않았을 것이다. 그녀는 지팡이를 챙겨서 방을 나섰다. 손에 쥐니 촉감이 좋았고, 찰리를 연상시켰다.

묘한 일이었지만, 지팡이를 쥐고 있으면 등의 혹이 아프지 않았다. 통증이 사라지자 캐슬린은 진을 덜 마시게 되었다. 한동안 혹은 차츰 줄어들기 시작하는 것 같았다. 그러다 그녀는 확신했다. 굽었던 등은 하루하루 더 곧게 펴지고 있었다.

혹이 작아지자, 점치러 오는 손님도 차츰 줄었다. 등이 반듯하게 펴진 아일랜드 여자에게 돈을 내고 점을 보려는 사람은 없었다. 코번트 가든 반대편에서 알록달록한 스카프를 매고 수정구슬에서 미래를 본다는 검은 피부의 남자가 캐슬린의 손님을 다 가져갔다. 캐슬린은 마지막 남은 돈을 털어 아일랜드로 돌아갔다. 런던에 머물 이유가 없었고, 손에 쥔 지팡이가 방랑벽을 자극했다. 아일랜드 땅에서 그녀는 구불구불한 길을 정처 없이 돌아다니며 먹을 것과 잠자리를 얻는 대신 이야기보따리를 풀었다. 어떤 때는 런던 이야기. 어떤 때는 찰리라는 이름의 거인 이야기. 이야기 속에서 그는 브랜 대왕처럼 덩치가 커졌다. 나쁜 생활은 아니었다.

그렇게 한 달 동안 떠돌던 그녀는 데리 군에 이르렀다. 그리고 여기저기 수소문한 끝에 거인의 뼈 무덤이라는 야생 목초지를 찾았다.

캐슬린은 가장 큰 바위에 지팡이를 기대놓고 잠시 서서 계곡을 굽어보며 찰리를 생각했다. 그러다가 마을로 돌아가서 하룻밤 재워줄 마음 넓은 집을 찾아보기로 했다. 그런데 지팡이를 집어 들려고 보니, 지팡이는 그 자리에 뿌리가 내려 움직이지 않았다. 마른 나무에 흰 꽃이 피었고, 연둣빛 새싹이 회색 하늘을 찌를 듯 돋았다. 캐슬린은 지팡이를 거기, 그것이 있어야 할 장소에 그대로 두었다. 이 정도면 그녀도 충분히 오래 갖고 있었다.

세월이 흐르고, 캐슬린은 농부와 결혼했다. 농부의 아내로서 그녀는 땅을 잘 돌보았다. 힘든 삶이었지만, 등이 튼튼하고 어떤 일이든 악착같이 해내는 그녀에게 잘 어울렸다.

존 헌터는 찰리 번의 유골을 면밀히 연구했지만, 찰리가 왜 그렇게 거인으로 자랐는지 알아내지 못하고 세상을 떠났다. 헌터가 죽고 100년도 더 지나 하비 윌리엄스 쿠싱이라는 외과 의사가 찰리의 두개골을 연구한 끝에 뇌하수체를 덮은 뼈 부위가 기형이라는 것을 알아냈다. 이 연구를 통해 쿠싱은 뇌하수체가 인간의 성장을 결정하는

　　　　　　　　　　　　　　　　　　　　뼈

데 역할을 한다는 사실을 밝혔다. 이는 존 헌터가 풀고자 했던 거대한 퍼즐의 작은 한 조각이었다.

그러나 쿠싱은 거인의 유골이 전시된 방 창가에 새들이 왜 종종 모이는지 설명하지 못했다.

창틀은 새똥으로 잔뜩 덮여 있었다. 때로 새들은 들여보내 달라는 듯 부리로 창문을 쪼고 초조하게 날개를 파닥거리기도 했다.

어쩌면 쿠싱은 새를 의식하지 못했을 것이다. 헌터와 마찬가지로, 그 역시 인간의 몸이 무슨 이유로 움직이는지 그 원리를 이해하는 데 몰두했다. 어리석은 새들이나 구름 형태의 시학, 달팽이가 정원의 슬레이트 포석 위를 기어가면서 남긴 읽을 수 없는 필적을 놓고 고민할 시간은 없었다.


내가 아는 한, 진실은 이러했다. 아, 이 이야기에서 묘사한 몇몇 사건에 대해 역사가들이 트집을 잡을지 모른다. 찰리의 지팡이에서 자라난 꽃, 아니 지팡이 그 자체가 기록된 역사적인 문서는 찾을 수 없다. 어쩌면 새들이 찰리의 유골에게 인사하기 위해 창가에 모인 일도 없었을지 모른다. 그랬다는 기록은 찾을 수 없다. 하지만 그런 일이 없었다는 기록 역시 찾을 수 없다. 어쨌든 이런 것들은 사소한 문제다. 핵심을 놓고 볼 때, 이 이야기는 진실이다.

찰리 번은 죽었고, 유골은 지금도 런던 왕립 외과의학대학에 걸려 있다. 거인의 뼈 무덤에서는 노인들이 흔히 거인의 두개골이라고 부르는 바위 근처 산사나무 덤불 속에 새들이 둥지를 튼다. 이 외로운 장소에는 슬픔과 상실감이 떠돈다. 때로 밤늦게 집에 돌아가는 어리석은 여행자가 이 들판을 지날 때 갑작스러운 한기를 느낄지도 모른다.

한기가 엄습하면, 그는 외투 자락을 여미고 유령에게 쫓기듯 어깨 너머를 돌아보며 서둘러 걸음을 재촉할 것이다. 전등불의 안전이 기다리는 집을 향하여, 유령들이 걸어 다니지 않고 뼈들이 편안히 쉬고 있는 세상으로 기꺼이 돌아가기 위하여.

# 20

## 무척추동물의 사랑과 섹스

## Love and Sex Among Invertebrates

이것은 과학이 아니다. 과학과 아무 관련이 없다. 어제, 폭탄이 떨어지고 세계가 끝났을 때, 나는 과학적인 사고를 포기했다. 산호세를 날려버린 폭탄 투하 지점에서 이 정도 떨어져 있다면, 나는 중급 정도의 방사능에 피폭되었다고 짐작할 수 있다. 즉사할 정도는 아니지만, 살아남기에는 너무 많은 양이다. 수명이 며칠밖에 남지 않았으므로, 나는 미래를 건설하는 데 이 시간을 사용하기로 결정했다. 누군가는 해야 한다.

사실 나는 이런 일을 하는 훈련을 받았다. 학부 전공은 생물학, 특히 동물의 신체와 골격의 구조를 다루는 구조 해부학이었다. 대학원 전공은 공학이었다. 지난 5년간, 나는 산업 공정에 사용되는 로봇을 설계하고 제작했다. 이제 이런 산업용 로봇은 쓸모가 없다. 하지만 동료들이 버리고 떠난 연구실에 남은 장비와 재료를 낭비한다는 것은 안타까운 일이다.

나는 로봇을 조합해서 작동시킬 예정이다. 하지만 로봇을 이해하려 하지는 않을 것이다. 분해해서 내부 구조를 연구하고 이것저것 뜯어보며 시시콜콜 분석하지는 않을 것이다. 과학의 시대는 끝났다.

※

의갈목 라지오케르네스 필로수스Lasiochernes pilosus는 전갈과 유사한 잘 알려지지 않은 곤충으로 두더지 굴에 서식한다. 의갈목 곤충들은 짝짓기 전에 춤을 추는데, 이 비밀스러운 지하 미뉴에트의 관객은 오로지 두더지와 관음적인 곤충학자뿐이다. 짝짓기를 받아들일 만한 암컷을 만나면, 수컷은 상대의 집게발을 자기 집게발로 붙잡고 끌어당긴다. 암컷이 저항해도, 수컷은 거절을 받아들이지 않은 채 암컷의 집게발을 놓지 않고 계속 잡아당기면서 둥글게 돈다. 그러다 다시 접근해서 떨리는 집게발로 암컷을 끌어당겨 본다. 암컷이 계속 저항하면, 수컷은 다시 물러서고 춤은 계속된다. 원을 그리며 돌다가, 잠시 멈추고 주저하는 짝을 끌어당기다가, 다시 돈다.

1시간 남짓 춤을 추다 보면, 암컷은 그 춤을 통해 상대가 자신과 동종이라는 것을 확인하고 결국 굴복한다. 춤추는 발짓으로 먼지가 쓸려 나가 말끔해진 땅에 수컷은 정자를 한 주머니 배출한다. 그는 집게발을 파르르 떨며 정자 위로 암컷이 자리 잡도록 끌어당긴다. 마침내 암컷도 생식 구멍을 땅에 누르고 정자를 몸속으로 받아들인다.

생물학 서적에는 수컷 의갈목이 춤을 출 때 집게발을 떤다고 기술되어 있지만, 그 이유는 나와 있지 않다. 그들은 의갈목의 감정, 동기, 욕망을 짐작하지 않는다. 그런 것들은 과학적이지 않다.

나는 수컷 의갈목이 간절하다는 가설을 세운다. 수컷은 일상적인 두더지 똥과 썩어가는 채소 냄새 속에서 암컷의 냄새를 맡고, 그 향기

무척추동물의 사랑과 섹스

로운 냄새에 욕망으로 가득 찬다. 하지만 두렵고 혼란스럽다. 사회화되지 않고 단독생활하는 곤충, 그는 동족의 존재를 느끼고 심란하다. 상충하는 여러 감정이 그를 사로잡는다. 포괄적인 욕구, 두려움, 사회적 상황의 낯섦.

과학인 척하는 것은 이미 포기했다. 나는 의갈목의 동기에 대해, 그의 춤에 체현된 갈등과 욕망을 추측한다.

❋

나는 일종의 농담으로, 진화에 대한 개인적인 농담으로 내가 만든 첫 로봇에게 음경을 달았다. 굳이 사적인 농담이라고 말할 필요는 없을 것이다. 이제 내 농담은 모두 사적이니까. 내가 아는 한, 나는 마지막 남은 인간이다. 동료들은 도망쳤다. 가족을 찾아, 산속에 피신하러, 여기저기 우왕좌왕하면서 마지막 날들을 보내기 위해. 가까운 시일 내에 누군가를 보게 될 것 같지는 않다. 그런 일이 있다고 해도, 그들은 내 농담에 흥미를 느끼지 않을 것이다. 대부분의 사람들은 농담이 통하는 시대가 지났다고 생각할 것이 분명하다. 폭탄과 전쟁이야말로 그중 최고의 농담이라는 것을 이해하지 못한다. 죽음이야말로 최고의 농담이다. 진화야말로 최고의 농담이다.

고등학교 생물 시간에 다윈의 진화론을 배웠던 것을 기억한다. 당시에도 나는 사람들이 진화론을 이야기하는 방식이 어쩐지 기묘하다고 생각했다. 선생님은 진화를 기정사실처럼, 이제 다 끝난 일처럼 설명했다. 라마피테쿠스, 오스트랄로피테쿠스, 호모에렉투스, 호모사피엔스, 호모사피엔스 네안데르탈렌시스 등, 인류의 진화에 관련된 복잡한 가설들이 온통 뒤죽박죽으로 흘러나왔다. 호모사피엔스에서 그녀는 멈췄고, 그게 다였다. 선생님의 관점에서, 우리는 마지막 인류, 피라미드 꼭대기, 계보의 마지막이었다.

분명 공룡도 생각이라는 것을 했다면, 같은 생각을 했을 것이다. 온몸에 두른 철갑과 못 박힌 꼬리보다 더 좋은 것이 어디 있을까? 더 나은 것이 있을 수 있을까?

공룡을 생각하면서, 나는 실험실과 창고를 가득 채운 산업용 시제품으로부터 긁어모은 각종 부품을 사용해 파충류 모델을 기반으로 도마뱀 비슷하게 생긴 나의 첫 피조물을 제작했다. 다부진 몸통과 나 정도 되는 키, 몸통 옆쪽으로 뻗어 나가다가 무릎을 굽혀서 땅을 딛는 형태의 다리 네 개, 금속 못이 장식으로 박힌, 몸통과 비슷한 길이의 꼬리, 악어 같은 입과 갈고리처럼 약간 구부러진 커다란 이빨.

입은 그저 장식용이자 방어용이다. 이 존재는 먹지 않을 테니까. 나는 로봇의 등에 달린 돛 모양의 돌출부에 태양열 집열판 한 세트를 부착한다. 태양열이 닿으면 돛이 펼쳐지고 전기에너지를 축적해서 배터리를 충전시킨다. 서늘한 밤에는 돛을 등 쪽으로 접어서 미끈한 유선형이 된다.

나는 연구실에 있는 물건들로 내 피조물을 장식한다. 소다 자판기 옆 쓰레기통에서 알루미늄 캔을 가져온다. 알록달록한 캔을 잘라 장식물을 만들어 이구아나 턱살처럼 턱 밑에 붙인다. 일을 끝내고 나니,

소다 캔에 찍혀 있던 코카콜라, 환타, 스프라이트, 닥터페퍼 등의 단어들이 전부 중간에서 잘려 아무 의미 없는 선명한 색채로 뒤섞여 있다. 마침내 모든 형태와 기능을 완성한 뒤, 나는 구리 관과 파이프로 음경을 만들어 붙인다. 성기는 배 아래쪽에 환한 구릿빛으로 음탕하게 매달려 있다. 밝은 구리 주변에는 한 움큼씩 빠지는 내 머리카락으로 둥지를 엮어준다. 모양은 마음에 든다. 뻣뻣한 검은 곱슬머리 뭉텅이에서 비죽 튀어나온 밝은 구리 덩어리.

　때로 구역질이 견딜 수 없이 밀려온다. 나는 하루의 절반을 연구실 옆 여자 화장실 차가운 타일 바닥에 누운 채 지내기도 한다. 변기에 토할 때만 잠시 몸을 일으킬 뿐. 구역질은 충분히 예상할 수 있었다. 죽어가고 있으니 당연한 것 아닌가. 나는 바닥에 누워 생물학의 특성에 대해 생각한다.

　수컷 거미에게 짝짓기는 위험한 과정이다. 특히 원형 거미집, 자연 전문 사진가들에게는 훌륭한 피사체가 되는, 아침 이슬이 맺혀 아름답게 빛나는 종류의 거미집을 엮는 거미류에게는 더욱 그렇다. 이런 종은 암컷이 수컷보다 덩치가 더 크다. 암컷은, 솔직히 말하자면, 쌍년이다. 자기 거미집을 건드리는 것들은 무조건 공격한다.

　짝짓기를 할 때, 수컷은 조심스럽게 접근한다. 거미집 가장자리에서 맴돌면서 암컷의 관심을 끌기 위해 실크 같은 거미줄 한 가닥을 슬그머니 당겨본다. 특정한 리듬으로 현을 뜯으면서 미래의 연인에게 부드럽게 속삭이며 신호를 보낸다. "사랑해. 사랑해."

얼마 후 수컷은 암컷이 신호를 받았다고 믿는다. 상대가 자신을 이해했다는 확신이 든다. 여전히 조심스럽게, 수컷은 암컷의 거미줄에 짝짓기 선을 붙인다. 짝짓기 선을 뜯으며 암컷에게 이쪽으로 넘어오라고 부추긴다. "당신밖에 없어, 자기. 오로지 당신뿐이야."

암컷은 짝짓기 선에 올라탄다. 사납고 열정적이지만 수컷의 약속에 잠시 누그러진 그대. 그 틈을 타, 수컷은 얼른 달려들어 정액을 전달한 뒤 재빨리, 그녀의 마음이 변하기 전에 도망친다. 사랑을 나눈다는 건, 위험한 거래다.

✤

세상이 사라지기 전, 나는 신중한 사람이었다. 친구들을 고를 때 세심한 정성을 들였다. 오해의 기미가 엿보인다 싶으면 도망쳤다. 그때는 그게 옳은 건 줄 알았다.

나는 영리한 여자, 위험한 짝짓기 상대였다. (묘하다. 스스로를 과거형으로 생각하며 글을 쓰고 있다니. 죽음이 임박한 나머지 자신을 이미 죽은 사람으로 간주하고 있다.) 남자들은 조심스럽게 다가와서 멀찍이 떨어진 채 신호를 보냈다. "너한테 관심이 있어, 너는?" 나는 응답하지 않았다. 어떻게 답해야 하는지 정말 몰랐다.

외동이었던 나는 언제나 다른 사람을 경계했다. 나는 어머니와 같이 살았다. 내가 아직 어렸을 때, 아버지는 담배 한 갑을 사러 나갔다가 돌아오지 않았다. 천성적으로 보호 본능이 강하고 조심성이 많았던 어머니는 내게 남자를 믿어서는 안 된다고 경고했다. 인간을 믿어서는 안 된다고. 어머니는 나를 믿을 수 있고, 나는 어머니를 믿을 수 있다. 그뿐이었다.

내가 대학에 다닐 때, 어머니는 암으로 돌아가셨다. 어머니는 1년 전부터 종양의 존재를 알고 있으면서도, 수술과 화학요법을 견디는 와중에 내게는 정원 가꾸기에 대한 유쾌한 편지를 보냈다. 목사님은 어머니가 성자라고 했다. 내 학업을 방해하고 싶지 않아서 병 이야기를 내게 하지 않았다는 것이었다. 어머니가 얼마나 틀렸는지 나는 그제야 깨달았다. 결국 어머니도 믿어서는 안 되는 것이었는데.

어쩌면 나는 좁은 기회의 창구를 놓친 것인지도 모른다. 숨지 말라고 나를 구슬리는 노력을 해주는 친구나 연인이 그 언제라도 있었다면, 나는 다른 사람이 되었을지도 모른다. 나는 그런 사람을 만나지 못했다. 고등학교 시절에는 책 속에서 안정감을 찾아다녔다. 대학 시절에는 금요일 밤마다 혼자 공부했다. 대학원에 갈 때쯤에는, 의갈처럼, 단독생활에 익숙했다.

나는 연구실에서 혼자 암컷을 제작한다. 암컷은 수컷보다 크다. 이빨은 더 길고 더 많다. 고관절을 용접하고 있는데, 어머니가 연구실로 찾아온다.

"케이티. 왜 넌 한 번도 사랑을 하지 않았니? 왜 아이를 가지지 않았어?"

손이 떨리지만, 나는 용접만 계속한다. 어머니가 저기 없다는 것을 나는 안다. 섬망은 방사능 중독의 한 증상이다. 하지만 일하는 동안 어머니는 계속 나를 바라보고 있다.

"엄마는 여기 없어." 어머니에게 이렇게 말하는 순간, 나는 말을 건넨 것이 실수라는 것을 깨닫는다. 그 존재를 인정하고, 더 큰 힘을 부여한 것이다.

"내 질문에 대답하렴, 케이티. 왜 안 했어?"

나는 대답하지 않는다. 내겐 시간이 없다. 배신에 대해 말하려면, 사회적 상황을 맞닥뜨린 단독생활 곤충의 혼란스러움을 설명하려면, 두려움과 사랑 사이의 균형을 묘사하려면 시간이 너무 많이 든다. 손 떨림과 배 아픔을 무시하듯, 나는 어머니를 무시하고 작업을 계속한다. 결국 어머니는 사라진다.

나는 나머지 소다 캔으로 암컷에 빛나는 비늘을 붙인다. 코카콜라의 빨강, 스프라이트의 녹색, 환타의 오렌지색. 역시 소다 캔으로 내벽이 금속으로 된 수란관을 만든다. 수컷의 음경이 들어가기에 딱 적당할 정도의 크기다.

수컷 바우어새는 일종의 예술 작품을 만들어 짝을 유혹한다. 수컷은 막대기와 풀잎으로 서로 나란하게, 아치형으로 만나도록 벽을 쌓는다. 그리고 자질구레한 물건들로 구조물과 그 주변을 요란하게

무척추동물의 사랑과 섹스

장식한다. 뼛조각, 녹색 잎, 꽃, 밝은 색의 돌, 화려한 새가 흘린 깃털. 사람들이 쓰레기를 버리는 지역에서는 병뚜껑이나 동전, 부서진 유리 조각을 사용하기도 한다.

수컷은 이 그늘에 앉아 노래를 부르며 근처에 있는 어떤 암컷이든 좋으니 사랑을 선언한다. 마침내 둥지에 반한 암컷 한 마리가 초대에 응하고, 그들은 짝짓기를 한다.

바우어새는 둥지를 장식할 때 안목을 발휘한다. 수컷은 장식품을 세심하게 선택한다. 눈부시게 반짝이는 유리 조각을 고르고, 자연스럽고 우아한 윤기가 흐르는 나뭇잎을 고르고, 약간의 색채를 가미하기 위해 코발트빛 깃털을 고른다. 둥지를 짓고 장식하면서 수컷은 무슨 생각을 할까? 둥지에 앉아서 노래하며 자신이 짝을 찾고 있다고 사방에 광고하는 동안, 수컷의 마음속에는 어떤 생각이 지나갈까?

수컷을 풀어준 뒤 암컷을 제작하고 있는데, 건물 밖에서 덜그럭거리며 뭔가 부딪히는 소리가 들린다. 연구실과 인근 사무실 건물 사이 골목에서 무슨 일이 있는 모양이다. 나는 무슨 일인지 보러 나간다. 골목 입구에서 안을 들여다보니, 수컷이 나를 향해 달려오고 있다. 나는 놀라 물러선다. 수컷은 고개를 저으며 위협적으로 이를 달그락거린다.

나는 도로 건너편으로 물러나서 그를 지켜본다. 수컷은 골목에서 나와 종종걸음으로 도로를 따라 달리다가 길가에 주차된 BMW 옆에 선다. 집게발이 금속에 부딪히는 소리가 들린다. 휠캡이 쨍그랑 보도에 떨어진다. 수컷은 반짝이는 금속 조각을 골목 입구로 가져다 놓고 돌아가서 나머지 세 개를 하나씩 뗀다. 내가 움직이자, 그는 골목으로 쏜살같이 돌아가서 자기 영역을 침입하려는 모든 시도를 봉쇄한다. 내가 멈춰 서자, 그는 다시 남은 휠캡을 모아다가 골목으로 가져가서 햇빛을 잘 받도록 금속을 골목 입구에 배치한다.

이어 도랑을 뒤지더니 마음에 드는 물건들을 모은다. 맥주병 뚜껑, 알록달록한 사탕 포장지, 밝은 노란색 플라스틱 밧줄 조각. 그는 물건을 하나 찾을 때마다 그것을 가지고 골목 안으로 사라진다.

나는 지켜보면서 기다린다. 수컷이 골목 입구의 도랑을 다 뒤지고 길모퉁이를 돌아가자, 나는 재빨리 골목으로 달려가서 안을 들여다본다. 골목 바닥은 색색의 종이와 플라스틱 조각으로 뒤덮여 있다. 사탕 포장지와 버거킹, 맥도날드 종이봉투가 보인다. 노란 플라스틱 밧줄 한쪽 끝은 벽을 따라 이어지는 파이프에, 다른 한쪽은 반대편 벽에 튀어나온 고리에 묶여 있다. 그 밧줄에 알록달록한 천이 매달려 있다. 마치 빨랫줄에 널린 빨래처럼. 버건디색 수건, 페이즐리 무늬 얇은 담요, 파란 새틴 침대 시트.

언뜻 한눈에 들어온 것들이다. 둥지를 좀 더 찬찬히 보려는데, 보도에서 달그락거리는 집게발 소리가 들려온다. 수컷은 침입자를 보고 화가 나서 나를 향해 달려오고 있다. 나는 얼른 연구실로 달아나서 등 뒤로 문을 닫는다. 내가 골목을 일단 벗어나니, 수컷은 더 이상 추적하지 않는다.

2층 창문을 통해, 수컷이 골목으로 돌아가는 것이 보인다. 혹시 내가 손댄 것이 있는지 확인하고 있는 것 같다. 잠시 후, 그는 골목 입구에서 다시 나타나더니 금속 갑각을 햇빛에 반짝이며 거기 주저앉는다.

연구실에서 나는 미래를 건설한다. 아니, 아닐 수도 있다. 하지만 여기 반박할 사람이 아무도 없으니, 그렇게 말해둔다. 나는 암컷을 완성해서 풀어준다.

그러자 구역질이 밀려온다. 힘이 남아 있는 동안, 나는 바깥을 내다보면서 내 피조물을 관찰하기 위해 뒷방에서 간이침대를 끌어다 창가에 둔다.

내가 그들에게서 원하는 것은 뭘까? 나도 정확히 모르겠다.

내가 무언가를 남겼다는 것을 알고 싶다. 세상이 나와 함께 끝나지 않는다는 것을 확신하고 싶다. 세상이 계속될 거라는 느낌을, 인식을, 확신을 원한다.

죽어가는 공룡들은 포유류를 보고, 풀숲 아래에서 부스럭대며 은밀히 돌아다니는 작은 쥐 같은 생명체를 보고 반가웠을까?

7학년 때, 어느 봄날 오후 체육 시간에 여학생들은 특별한 영상을 봐야 했다. 우리는 체육복을 입고 강당에 앉아 〈여성이 된다는 것〉이라는 영화를 관람했다. 사춘기와 생리에 관한 내용이었다. 화면에는 어린 소녀의 신체 윤곽이 나타났다. 영화가 진행되자, 소녀는 젖가슴이 커지면서 여성으로 변했다. 자궁 내막이 점차 두꺼워지다가 떨어져 나가고 다시 두꺼워지는 애니메이션이 흘러갔다. 난소에서 난자가 배출되고, 배출된 난자가 정자와 결합한 뒤 자궁에 착상하여 아기로 자라나는 장면을 입을 딱 벌리고 쳐다보았던 기억이 난다.

영화는 정액의 출처에 대해서는 미묘하게 언급을 피했던 것 같다. 엄마에게 정액이 어디서 왔는지, 어떻게 여자 몸에 들어가는지 물었던 기억이 난다. 어머니는 내 질문에 아주 불편한 기색이었다. 어머니는 남자와 여자가 사랑에 빠지면 어쩌고 대충 이야기했다. 마치 정자가 여자 몸으로 찾아 들어가는 데 필요한 것은 사랑이 전부라는 듯이.

그런 이야기를 나눈 이후, 나는 언제나 사랑과 섹스에 대해 약간 혼란스러웠던 것 같다. 섹스라는 행위에 대해, 무엇이 어디에 들어간다는 것을 배운 뒤에도 그랬다. 음경은 깔끔하게 질에 미끄러져 들어간다. 그런데 사랑은 어디로 들어가지? 생물학이 끝나고 고차원적인 감정이 시작되는 곳은 어디지?

암컷 의갈목은 춤이 끝난 뒤에도 수컷을 사랑할까? 수컷 거미는 목숨을 건지기 위해 서둘러 도망칠 때도 제 짝을 사랑할까? 둥지 안에서 짝짓기하는 바우어새 사이에는 사랑이 있을까? 교과서는 이야기하지 않는다. 나는 추측하지만, 해답을 얻을 길은 없다.

무척추동물의 사랑과 섹스

❋

　나의 피조물들은 길고 느린 구애에 돌입한다. 나는 점점 더 아프다. 가끔 어머니가 찾아와서 질문을 던지지만, 답할 마음은 없다. 가끔 남자들이 내 침대 옆에 앉아 있다. 그들은 어머니보다 더 허상이다. 그들은 내가 관심을 가졌던 남자들, 내가 사랑하는 걸지도 모르겠다고 생각했던 남자들, 하지만 생각만 했을 뿐 그 이상 진전되지 않았던 남자들이다. 그들의 투명한 몸 너머로 연구실 벽이 훤히 보인다. 지금 생각하면, 그들은 진짜였던 적이 없었다.

　때로, 섬망 상태에서 이런저런 것들이 기억난다. 대학 시절 춤추던 장면. 나는 누군가의 몸에 몸을 밀착하고 느리게 춤추고 있었다. 방은 뜨겁고 답답했고, 우리는 바람을 쐬러 밖으로 나갔다. 그가 키스했던 것이, 한 손으로 내 젖가슴을 만지면서 다른 한 손으로 블라우스 단추를 어설프게 더듬고 있었던 것이 기억난다. 나는 이런 게 사랑인가, 어둠 속에서 이렇게 더듬거리는 것이 사랑인가, 하는 생각만 계속했다.

　섬망 속에서, 장면은 변한다. 나는 누군가의 손이 내 손을 잡고 원을 그리며 춤추던 것을 기억한다. 발이 아파서 그만두고 싶지만, 파트너는 나를 놓아주지 않고 계속 끌어당긴다. 박자를 맞출 음악이 없지만, 내 발은 본능적으로 파트너의 발과 보조를 맞춘다. 습기와 곰팡내가 풍긴다. 나는 지하에서 살아왔고, 이런 냄새에 익숙하다.

　이것이 사랑인가?

나는 창가에 누운 채 더러운 유리창 바깥을 내다보며 낮을 보낸다. 골목 입구에서 수컷이 암컷을 부른다. 나는 수컷에게 목소리를 주지 않았지만, 그는 자기 방식대로, 앞발 두 개를 서로 문질러 금속 긁히는 소리를 낸다. 자동차 크기의 귀뚜라미가 낼 만한 소리다.

암컷은 이빨을 부딪치며 달려드는 수컷을 무시하고 골목 입구를 지나친다. 수컷은 따라오라는 듯 다시 물러선다. 암컷은 지나간다. 하지만 잠시 후 암컷은 다시 그곳을 지나가고 장면은 반복된다. 암컷이 수컷의 관심을 전혀 의식하지 않는 건 아니라는 걸 알 수 있다. 그저 시간을 두고 천천히 상황을 판단할 뿐이다. 수컷의 동작은 차츰 격렬해진다. 수컷은 한층 힘을 더해 고개를 홱 젖히며 뒤로 물러서고, 자신이 만든 멋진 집으로 암컷의 관심을 끌기 위해 최선을 다한다.

밤에 나는 듣기만 한다. 그들이 보이지는 않는다. 이틀 전 전기가 나가서 가로등이 켜지지 않는다. 그래서 그냥 어둠 속에서 귀를 기울이며 상상한다. 날카롭게 끼익거리며 금속 다리를 서로 비비는 소리가 난다. 성적인 자기 과시인지, 수컷의 등에 달린 돛이 덜컹거리며 펼쳐졌다가, 접혔다가, 다시 펼쳐지는 소리가 난다. 못 박힌 꼬리가 가시 돋은 등을 애무하듯이 철컹철컹 훑어 내려가는 소리가 들린다. 이빨이 달그락거리며 금속에 부딪히는 소리는 아마 사랑의 표현일 것이다. (수사자는 짝짓기를 할 때 암사자의 목을 무는데, 이 공격적인 행위를 암사자는 애정 표현으로 받아들인다.) 집게발이 금속 가죽에 긁히는 소리, 금속 비늘 위에 달그락거리는 소리. 이것이, 내 생각에는, 사랑이다. 나의 피조물들은 사랑을 이해한다.

나는 구리관과 파이프로 된 음경이 소다 캔 금속판 재질의 질 속으로 미끄러져 들어가는 장면을 상상한다. 금속 위로 금속이 미끄러지는 소리가 들린다. 거기서 내 상상력은 다한다. 나의 설계에는 생식에 필요한 장치들이 없다. 정자, 난자. 여기서는 과학도 답이 없다. 이 부분은 저 존재들 자신에게 달렸다.

❀

육신이 무너지고 있다. 밤에 잠들 수가 없다. 고통 때문에 계속 깨어 있다. 배, 가슴, 뼈, 온몸이 다 아프다. 나는 음식을 포기했다. 뭘 먹으면, 고통이 한동안 점점 심해지다가 결국 토하고 만다. 아무것도 소화할 수가 없어서, 결국 먹는 것도 포기했다.

날이 밝으면, 하늘을 뒤덮은 뿌연 장막을 통해 회색빛이 새어 들어온다. 나는 창밖을 응시하지만, 수컷이 보이지 않는다. 진을 치고 있던 골목 입구에 없다. 1시간가량 지켜보지만, 암컷도 지나가지 않는다. 둘이 이제 끝났나?

담요를 어깨에 감고, 몇 시간 동안 침대에 누워 지켜본다. 때로 열이 올라 담요가 땀으로 흠뻑 젖는다. 때로 한기가 들어 담요 밑에서 부들부들 떤다. 여전히 골목 안에는 움직임이 없다.

계단을 내려가는 데 1시간 이상이 걸린다. 다리가 나를 지탱해 줄 거라는 믿음이 없다. 너무 어려 똑바로 설 수 없는 아기처럼 무릎으로 기어서 방을 가로지른다. 담요도 망토처럼 어깨에 덮고 있다. 계단 맨

위에서 잠시 쉬다가, 천천히, 한 번에 한 계단씩 내려간다.

골목은 비어 있다. 휠캡이 어둑한 햇빛 아래 진열되어 반짝이고 있다. 환한 종잇조각이 쓸쓸하게 버려져 있다. 나는 조심스럽게 입구로 발을 들인다. 수컷이 지금 덤빈다면, 나는 도망칠 수 없을 것이다. 여기까지 오는 데 남은 힘을 모두 써버렸다.

골목은 고요하다. 나는 안간힘을 다해 일어서서 종이를 헤치고 비틀비틀 걸음을 옮긴다. 시야가 부옇고, 골목 중간쯤 걸려 있는 얇은 담요만 겨우 눈에 들어온다. 나는 그쪽으로 향한다. 내가 왜 여기 왔는지 모르겠다. 보고 싶은 것 같다. 무슨 일이 있었는지 알고 싶은 것 같다. 그뿐이다.

나는 줄에 매달린 얇은 담요 밑으로 허리를 굽힌다. 어둑한 빛 속에서, 벽돌 벽에 난 문간이 보인다. 위쪽 문틀에 뭔가 매달려 있다.

나는 조심스럽게 접근한다. 물체는 뒤에 있는 문과 같은 회색이다. 독특한 나선형 형태. 건드려 보니, 마치 멀리서 기계 장비가 웅웅거리듯 안에서 희미한 진동이 느껴진다. 표면에 뺨을 대보니, 낮은 음역의 노래가 꾸준히, 일정하게 들려온다.

어린 시절 가족과 함께 바닷가에 갔을 때, 나는 몇 시간이고 조수웅덩이를 관찰했다. 웅덩이 안에는 푸르스름한 검정 홍합 무더기와 검은 소라 사이에 뿔상어 알이 있었다. 이 알처럼 나선형이었고, 햇빛에 비추어 보니 안에 작은 배아가 들어 있는 것이 보였다. 아직 정말로 살아 있다고 할 수 없는데도, 배아는 꿈틀거리며 움직였다.

무척추동물의 사랑과 섹스

나는 담요를 뒤집어쓴 채 골목 뒤에 쭈그리고 앉는다. 움직일 이유가 없다. 여기서 죽든 어디서 죽든 마찬가지다. 나는 알을 보호하기 위해 지키고 있다.

때로 나는 지난 내 삶에 대한 꿈을 꾼다. 어쩌면 다른 선택을 해야 했는지도 모르겠다. 덜 신중하고, 서둘러 짝짓기 선에 올라타고, 수컷이 둥지에서 노래하면 그 노래에 응답했어야 했는지도. 하지만 이제 그런 것은 중요하지 않다. 그 모든 것은 가버린 일, 지나간 일이다.

나의 시간은 끝난다. 공룡과 인간들, 우리의 시대는 끝난다. 새로운 시대가 오고 있다. 새로운 유형의 사랑이. 나는 미래를 꿈꾸고, 금속 집게발의 달각거리는 소리가 나의 꿈을 채운다.

# 후기

## 나는 왜 쓰는가

어린 시절, 어머니는 C. S. 루이스의 〈사자, 마녀, 그리고 옷장〉을 나와 형제들에게 소리 내어 읽어주었다. 아이들이 지극히 평범한 옷장을 통해서 새로운 세상으로 건너간다는 이야기는 나를 매혹시켰다. 이야기를 듣고 나서, 나는 어딘가 다른 세계들이 있다고, 내가 찾아내기만을 기다리고 있다고 철석같이 믿게 되었다.

혼자 책을 읽는 나이가 되자, 나는 비밀 공간과 강력한 마법에 대한 다른 이야기들을 읽었다. 오즈 시리즈, E. 네스빗의 〈다섯 아이와 모래요정Five Children and It〉, 메리 노튼의 〈난쟁이 가족The Borrowers〉, 에드워드 이거의 〈시간의 정원the Time Garden〉, 〈반쪽 마법Half Magic〉, 그 외 수많은 마술적인 책들. 조금 더 큰 뒤에는 과학소설과 모험소설로 독서의 영역을 넓혀서 오빠의 책장에 꽂혀 있던 〈타잔〉과 〈닥터 새비지Doc Savage〉시리즈를 전부 다 읽었다. 이런 독서는 모두 내가 처음 느꼈던 충동의 연장인 것 같았다. 하나같이 내가 사는 세상보다 더 위험한 세상, 더 아름다운 세상, 더 흥미로운 세상을 다루는 책들이었다.

비밀 공간에 대한 책을 읽지 않을 때면, 나만의 비밀 공간을 찾아 헤맸다. 마법의 옷장을 찾을 수 없었기 때문에 아쉬운 대로 만들어야 했다. 나는 뒷마당의 구석진 땅을 치우고(아무도 들어가지 않는 무성한 갯버들 덤불 뒤쪽이었다) 크로커스와 제비꽃을 심어 비밀의 정원을 만들었다. 생울타리 구멍이나 동굴, 지하배수로, 캄캄한 통로를 만날 때마다 어둠 속을 들여다보며 혹시 새로운 세상으로 이어지는 길이 아닐까 생각하곤 했다. 훌륭한 예비 과학자다운 방식으로, 야생에서 식용으로 사용할 수 있는 식물을 알아보는 법도 배웠다. 어린 질경이 같은 것들이었다. 생각해 보면 나는 무슨 일이 일어났을 때 야생에서 살아가겠다고 계획하고 있었던 것 같다. 그것이 어떤 사건이 될지, 언제 그런 일이 생길지는 몰라도, 틀림없이 뭔가 어마어마한 일이 생길 거라는 것은 알고 있었다.

언젠가 통로를 찾아 오즈나 페릴랜드라, 나니아, 그 어딘가에 툭 떨어지게 된다면, 먹을 수 있는 식물이 무엇인지 알아볼 수 있어야 하지 않나?

나는 비밀의 문을, 숨겨진 통로를, 다른 차원이나 다른 시간으로 열린 문을 찾는 일을 그만둔 적이 없었다. 하지만 어느 순간 비밀의 문이 내 앞에 그냥 나타나지는 않는다는 걸 깨달았다. 나만의 비밀의 문을 창조해야 했다. 그래서 나는 백일몽을 꾸기 시작했다. 망아지를 갖게 되거나, 뒤뜰 오디나무 꼭대기에 올라가는 꿈이 아니었다. 보다 현실성 없는 꿈, 공주를 용으로부터 구출하거나 해적선을 타고 무협과 검술이 낭자한 해적질을 하는 꿈 같은 것들이었다.

물론 책도 광적으로 계속 읽었다. 나는 과학소설과 판타지 작가들이 쓴 상상 속의 세계를 닥치는 대로 읽으며 나만의 모험에 뛰어드는 연료로 사용했다. 나만의 회오리바람 모험 속에서, 도로시는 팻 머피라는 이름의 동반자와 함께 오즈로 여행을 떠났다. 강력한 왼 주먹을 지닌 깡마른 할리퀸 안경잡이 4학년생 팻 머피는 분명 타잔이 황금의 도시에 갔을 때도 같이 있었다.

펜을 손에 쥘 수 있는 나이가 되자마자 종이 위에 글을 쓰기 시작했던 멋진 작가들과 달리, 나는 공상들을 혼자 간직했다. 어쨌거나 비밀 공간의 가치는 프라이버시에 있기도 하니까. 누군가 한 사람이라도 내 해적선에 올라 모험을 떠날 수 있다면, 모두가 할 수 있는 것 아닌가. 그러면 비밀은 새어 나간다. 그래서 나는 영웅적인 모험의 꿈을 나 혼자 간직했다.

그 과정에서 내 안에 있는 이야기의 캐릭터들은 변화하기 시작했다. 내가 영웅이 되지 않는 날도 있었다. 다른 캐릭터가 영웅이 되는 것을 지켜보기만 할 때도 있었다. 이야기가 진화하면서 플롯도 차츰 변해서 완전히 새로운 결말, 새로운 모험, 새로운 세계로 이어지기도 했다.

모험이 길을 잘못 들면 앞으로 되돌아가서 바로잡고 나의 행동이나 다른 캐릭터의 행동을 재고하기도 했는데, 이것은 실제 삶에서는 불가능한 일이었다.

이런 이야기들을 실제로 글로 써볼까 하는 생각이 든 것은 대학에 들어간 뒤였다. 훌륭한 문학 선생님이었던 로이스 네이턴슨은 내가 제출한 과제를 읽고 글이 훌륭하다고 했다. 누군가 내게 글을 쓸 수 있다, 잘 쓸 수 있다고 말해준 것은 그때가 처음이었다.

그래서 나는 이야기를 써보기 시작했다.

묘하게도 처음에는 내가 아는 비밀의 인간들과 공간에 대해 쓰지 않았다. 비밀이니까, 안 그런가?

지금 생각해 보면, 그 대신 다른 사람들의 이야기처럼 쓰려고 노력했고, 나 자신을 너무 드러내지 않는 이야기를 쓰려고 노력했다. 존경하는 작가 어슐러 르 귄처럼, 케이트 윌헬름처럼, 마거릿 애트우드처럼 쓰려고 노력했다. 그러던 어느 날 나 자신의 공간에 대한 이야기를 썼더니, 마치 집에 돌아온 기분이었다. 나니아에 들어서는 기분, 오즈에 착륙하는 기분이었다. 그 이후 나는 예전으로 돌아가지 않았다.

지난 10여 년에 걸쳐 집필한 이 책의 수록작들을 다시 돌아보니, 어린 시절의 독서와 공상의 흔적이 눈에 띈다. 내가 쓴 많은 이야기들은 외부인들, 자신이 속하지 않는 세상에 갇힌 사람들을 다룬다. 자신의 시간대에서 납치된 네안데르탈인 샘. 고향으로 돌아가는 길을 찾을 수 없어 멕시코를 방황하는 이름 없는 외계인 여성. 10대 소녀의 정신을 지닌 침팬지 레이철. 이런 캐릭터들은 어떤 의미에서 내가 늘 찾아 헤매던 비밀의 문을 찾은 사람들이다. 이국적인 것들과 낯선 사람들로 가득한 새로운 세상, 그들이 들어온 그 세상이 하필 우리가 매일 살아가는 세상일뿐이다.

내 이야기 중 많은 것들은 외국이 배경이다. 나는 여건이 허락하는 한 자주 여행하며, 온두라스 해안의 베이 군도, 멕시코의 유카탄반도, 네팔 같은 낯선 이국의 공간, 오즈처럼 이국적이고, 페릴랜드라처럼 불가사의한 공간의 이야기를 지니고 돌아온다.

어린 시절, 나는 환상의 존재가 길모퉁이 너머에 기다리고 있다는 것을, 어둑한 그림자 속에 도사리고 있다는 것을, 진달래 덤불 뒤에 숨어 있다는 것을 알고 있었다. 어떤 존재는 착하고, 어떤 존재는 무시무시했다. 침대 밑의 마녀처럼, 빗물 배수관 안에 숨은 괴물처럼. 나는 그들의 삶을 상상했고, 그들은 실제가 되었다. 어른이 된 지금, 나는 그때 하고 싶었던 일을 하고 있다. 비밀의 문을 열고 그 존재를 우리의 세계로 들이고 있다. 비밀의 통로를 걸어 그들의 세계를 찾아가고 있다.

지금도 나는 동굴 앞을 지날 때마다 안을 들여다본다. 어떤 층위에서, 여전히 나는 침대 밑 마녀의 존재를, 언젠가 깨진 노면 틈에서 찾아내고픈 마술 동전의 가치를 믿는다.

그것이 내가 쓰는 이유 중 하나다.

# 사랑에 빠진 레이철

**초판 1쇄 찍은날** 2023년 4월 19일
**초판 1쇄 펴낸날** 2023년 4월 26일
**지은이** 팻 머피
**옮긴이** 유소영
**펴낸이** 한성봉
**편집** 김학제·신소윤·권지연·전소연·문정민
**콘텐츠제작** 안상준
**디자인** 권선우
**마케팅** 박신용·오주형·강은혜·박민지·이예지
**경영지원** 국지연·강지선
**펴낸곳** 허블
**등록** 2017년 4월 24일 제2017-000050호
**주소** 서울시 중구 퇴계로30길 15-8 [필동1가 26]
**페이스북** www.facebook.com/dongasiabooks
**트위터** twitter.com/in_hubble
**전자우편** dongasiabook@naver.com
**블로그** blog.naver.com/dongasiabook
**홈페이지** hubble.page
**전화** 02) 757-9724, 5
**팩스** 02) 757-9726

**ISBN** 979-11-90090-98-8 03840

※ 허블은 동아시아 출판사의 SF 브랜드입니다.
※ 잘못된 책은 구입하신 서점에서 바꿔드립니다


**만든 사람들**

**책임편집** 신소윤                          .
**크로스교열** 안상준
**디자인** 석윤이
**본문조판** 최세정